Verlag
Volk und Welt
Berlin

Marcus Clarke

Roman

Titel der englischen Originalausgabe:
FOR THE TERM OF HIS NATURAL LIFE
Deutsch von Karl Heinrich
Mit einem Nachwort von Anselm Schlösser
Anmerkungen am Schluß des Bandes

VORREDE DES AUTORS

In der modernen Romanliteratur ist uns der Sträfling bisher nur am Anfang oder am Ende seiner Laufbahn begegnet. Entweder setzt die Verbannung seinen Missetaten ein geheimnisvolles Ende, oder sein Auftreten beansprucht unser Interesse durch eine ebenso unverständliche Liebe zum Verbrechen, die er während seiner Leidenszeit in einer Strafkolonie erworben hat. Charles Reade schildert die Zustände in einem englischen Zuchthaus, und Victor Hugo zeigt, wie es einem französischen Strafgefangenen nach Verbüßung seiner Strafe ergeht. Meines Wissens aber hat noch kein Schriftsteller den Versuch unternommen, die schreckliche Lage eines Verbrechers während seiner Verbannungszeit zu beschreiben.

In »Lebenslänglich« habe ich mich bemüht, die Handhabung und die Ergebnisse des sorgfältig geplanten und unter behördlicher Kontrolle durchgeführten englischen Deportationssystems darzulegen. Um die allgemeine Aufmerksamkeit auf diesen dunklen Punkt unserer Rechtsprechung zu lenken, war ich bestrebt, in möglichst eindeutiger Weise auf die Unzweckmäßigkeit hinzuweisen, Gesetzesübertreter auch in Zukunft an Orten zusammenzupferchen, wo sie dem förderlichen Einfluß der öffentlichen Meinung entzogen und Strafmaßnahmen unterworfen sind, deren sinnvolle Anwendung notwendigerweise von dem Charakter und von den Launen der jeweiligen Aufseher abhängt.

Einige der hier erzählten Ereignisse sind zweifellos tragisch und schrecklich. Ich hielt es indessen für unumgänglich, sie zu berichten; denn es handelt sich um Dinge, die tatsächlich geschehen sind und die unfehlbar immer wieder geschehen werden, wenn man die Mißstände, deren Folgen sie sind, nicht beseitigt. Es stimmt zwar, daß die britische Regierung keine Verbrecher mehr aus England deportiert, aber das Strafsystem, zu dem auch die Deportation gehörte, ist noch immer im Schwange. Port Blair ist ein zweites Port Arthur, statt mit Engländern mit Indern vollgestopft; und im Laufe des letzten Jahres hat Frankreich in Neukaledonien eine Strafkolonie errichtet, in deren Annalen sich die Geschichte von Macquarie Harbour und Norfolk Island zwangsläufig wiederholen wird.

Melbourne, Australien   M. C.

PROLOG

Auf der östlichen Anhöhe der Hampsteader Heide, zwischen Finchley Road und Chestnut Avenue, liegt, umgeben von weitflächigen Parkanlagen, Northend House. Am Abend des 3. Mai 1827 war der Garten dieses großen, aus roten Backsteinen errichteten und mit zahlreichen Erkern geschmückten Herrenhauses der Schauplatz einer Familientragödie.

Drei Menschen waren die handelnden Personen. Der eine war ein alter Mann, dessen weißes Haar und runzliges Gesicht verrieten, daß er mindestens sechzig Jahre zählte. Hoch aufgerichtet, mit dem Rücken zur Mauer, die den Garten gegen die Heide abgrenzt, in der Haltung eines Menschen, der sich zu einem plötzlichen Wutausbruch hat hinreißen lassen, schwang er einen schweren Ebenholzstock, auf den er sich für gewöhnlich stützte. Ihm gegenüber stand ein junger Mann von zweiundzwanzig Jahren, ungewöhnlich groß und athletisch gebaut, in derber Seemannskleidung, der seine Arme schützend um eine Dame mittleren Alters gelegt hatte. Das Gesicht des jungen Mannes drückte Erstaunen und Entsetzen zugleich aus, und die zarte Gestalt der grauhaarigen Frau wurde von krampfhaftem Schluchzen geschüttelt.

Diese drei Personen waren Sir Richard Devine, seine Frau und sein einziger Sohn Richard, der erst am Morgen aus dem Ausland heimgekehrt war.

»Madam«, rief Sir Richard mit jener schrillen, vor Erregung zitternden Stimme, die auch Menschen von ungewöhnlicher Selbstbeherrschung in Augenblicken höchster seelischer Spannung eigen ist, »so sind Sie also zwanzig Jahre lang als lebende Lüge umhergegangen! Zwanzig Jahre lang haben Sie mich betrogen, sich über mich lustig gemacht! Zwanzig Jahre lang haben Sie und ein Schurke, dessen Name der Ausdruck für alles Lasterhafte und Gemeine ist, mich als blindgläubigen, mühelos zu täuschenden Narren verlacht. Und nun, nur weil ich es wagte, meine Hand gegen diesen leichtsinnigen Burschen hier zu erheben, gestehen Sie Ihre Schande und sind obendrein noch stolz darauf!«

»Mutter, liebste Mutter«, stieß der junge Mann tief bekümmert hervor, »sagen Sie ihm doch, daß diese Worte nicht ernst gemeint waren, daß nur der Zorn aus Ihnen gesprochen hat! Sehen Sie, ich bin jetzt ganz ruhig, mag er mich schlagen, wenn er will.«

Lady Devine zitterte. Sie schmiegte sich noch enger an die breite Brust ihres Sohnes, als wollte sie sich bei ihm verstecken.

Der alte Mann sprach weiter: »Ich heiratete Sie Ihrer Schönheit wegen, Ellinor Wade; Sie heirateten mich um meines Vermögens willen. Ich war ein Plebejer, ein Schiffszimmermann; Sie stammten aus gutem Hause, Ihr Vater war ein Mann von Welt, ein Spieler, der Freund von Wüstlingen und Verschwendern. Ich war reich. Ich war geadelt worden. Ich stand bei Hofe in Gunst. Er brauchte Geld, und so verkaufte er Sie. Ich zahlte den Preis, den er verlangte, aber von Ihrem Vetter, dem sauberen Lord Bellasis und Wotton, stand nichts in dem Kontrakt.«

»Schonen Sie mich, Sir, schonen Sie mich!« flehte Lady Ellinor mit versagender Stimme.

»Sie schonen! Haben Sie mich denn geschont? Hören Sie«, rief er in jäher Wut, »so leicht kann man mich nicht zum Narren halten. Ihre Familie ist stolz, Oberst Wade hat noch mehr Töchter. Ihr Geliebter, Mylord Bellasis, geht nach wie vor darauf aus, sein vergeudetes Vermögen durch eine Heirat wiederzuerlangen. Sie haben Ihre Schande eingestanden. Morgen wird Ihr Vater, werden Ihre Schwestern, wird alle Welt die Geschichte erfahren, die Sie mir erzählt haben.«

»Bei Gott, Sir, das werden Sie nicht tun!« fuhr der junge Mann auf.

»Schweig, Bastard!« schrie Sir Richard. »Ja, beiß dir nur auf die Lippen. Das Wort stammt von deiner teuren Mutter!«

Lady Devine entwand sich den Armen ihres Sohnes und warf sich ihrem Gatten zu Füßen.

»Tu es nicht, Richard! Ich bin dir zweiundzwanzig Jahre lang treu gewesen, ich habe alle Demütigungen, alle Beleidigungen, mit denen du mich überhäuftest, geduldig ertragen. Das schamvoll verschwiegene Geheimnis meiner Jugendliebe entrang sich meiner Brust, als du in deiner Wut ihn bedrohtest. Jage mich fort, töte mich, aber erspare mir diese Schande!«

Sir Richard, der sich bereits zum Gehen gewandt hatte, blieb plötzlich stehen. In seinem geröteten Gesicht zogen sich die buschigen weißen Augenbrauen drohend zusammen; sein Blick flackerte wild und finster. Er lachte, und in diesem Lachen schien seine Wut zu kaltem, grausamem Haß zu erstarren.

»Sie möchten sich also Ihren guten Ruf bewahren? Ihre Schande vor der Welt verbergen? Nun, ich will Ihren Wunsch erfüllen – unter einer Bedingung.«

»Und die wäre, Sir?« fragte sie und erhob sich. Aber sie zitterte vor Angst, während sie mit hängenden Armen und weit aufgerissenen Augen vor ihm stand.

Der alte Mann sah sie eine Sekunde lang an, dann sagte er langsam: »Daß dieser Betrüger, der so lange fälschlich meinen Namen getragen, der unrechtmäßigerweise mein Geld verschwendet und mein Brot gegessen hat, sofort das Haus verläßt! Daß er für immer den Namen ablegt, den er sich widerrechtlich angeeignet hat, daß er mir aus den Augen geht und nie wieder den Fuß über meine Schwelle setzt.«

»Sie werden mich doch nicht von meinem einzigen Sohn trennen wollen!« rief die unglückliche Frau.

»Dann gehen Sie mit ihm zu seinem Vater.«

Richard Devine löste behutsam die Arme, die von neuem seinen Nacken umklammerten, küßte das bleiche Gesicht der Mutter und wandte das eigene – kaum minder blasse – dem alten Mann zu.

»Ich schulde Ihnen keine Ehrerbietung«, sagte er. »Sie haben mich von jeher gehaßt und geschmäht. Als Sie mich durch Ihre Gewalttätigkeit aus Ihrem Hause vertrieben, schickten Sie mir Spione nach, die mich in dem neuen Leben, das ich mir gewählt hatte, beobachten mußten. Mit Ihnen verbindet mich nichts. Ich habe das schon lange gefühlt. Nun, da ich zum erstenmal erfahre, wessen Sohn ich in Wirklichkeit bin, freue ich mich, daß ich weniger Grund habe, Ihnen zu danken, als ich einst glaubte. Ich nehme die Bedingungen an, die Sie stellen. Ich werde gehen. Nein, Mutter, denken Sie an Ihren guten Ruf!«

Wieder lachte Sir Richard Devine. »Ich begrüße es, daß du so willfährig bist. Höre jetzt. Noch heute abend wird Quaid kommen und mein Testament neu aufsetzen. Maurice Frere, der Sohn meiner Schwester, soll statt deiner mein Erbe sein. Du gehst leer aus. In einer Stunde verläßt du dieses Haus. Du nimmst einen anderen Namen an. Weder in Worten noch in Taten wirst du jemals Ansprüche an mich oder die Meinen stellen. Gleichviel, auf welche Notlage, auf wie bittere Armut du dich auch berufen magst – selbst wenn dein Leben davon abhängen sollte –, an dem Tage, da ich erfahre, daß einer auf Erden lebt, der sich Richard Devine nennt, wird deiner Mutter Schande ruchbar werden. Du kennst mich. Ich stehe zu meinem Wort. In einer Stunde bin ich zurück, Madam. Sorgen Sie dafür, daß er dann fort ist.«

Hocherhobenen Hauptes, als hielte sein Zorn ihn aufrecht, ging er an ihnen vorüber, schritt mit der Kraft, welche die Wut verleiht, durch den Garten und entfernte sich auf der Landstraße nach London.

»Richard!« schluchzte die arme Mutter. »Vergib mir, mein Sohn! Ich habe dich ins Unglück gestürzt.«

Von Liebe und Kummer überwältigt, strich sich Richard Devine das schwarze Haar aus der Stirn.

»Mutter, liebe Mutter, weinen Sie nicht«, bat er. »Ich bin Ihrer Tränen nicht wert. Nicht Sie, nein, ich bin es, der Vergebung braucht, herrisch und undankbar, wie ich war, während Sie sich all die Jahre in Kummer verzehrten. Lassen Sie mich nun Ihre Last mittragen, damit ich sie Ihnen erleichtere. Er ist gerecht. Es ist richtig, daß ich gehe. Ich kann mir einen ehrlichen Namen erringen, einen Namen, den ich ohne Erröten tragen darf und dessen Sie sich nicht zu schämen brauchen, wenn Sie ihn hören. Ich bin stark, ich kann arbeiten. Die Welt ist groß. Leben Sie wohl, liebe Mutter!«

»Noch nicht, noch nicht! Ach, sieh nur, er ist in den Landweg nach Belsize eingebogen. O Richard! Bitte den Himmel, daß sie einander nicht begegnen!«

»Pah! Sie werden einander bestimmt nicht begegnen! Sie sind so blaß, Mutter, Sie werden ohnmächtig!«

»Es ist die Angst vor irgendeinem nahenden Unheil, die mich überwältigt. Ich zittere vor der Zukunft. O Richard, Richard, vergib mir! Bete für mich!«

»Still, liebste Mutter! Kommen Sie, ich führe Sie ins Haus. Ich schreibe Ihnen. Zumindest hören Sie noch einmal von mir, bevor ich abreise. So, so, jetzt sind Sie wieder ruhiger, Mutter.«

Sir Richard Devine, in den Adelsstand erhobener Schiffsbauer, Marinelieferant und Millionär, war der Sohn eines Bootszimmermannes aus Harwich. Früh verwaist, mit der Sorge für seine Schwester belastet, gab es für ihn schon bald kein anderes Lebensziel als die Anhäufung von Reichtümern. Vor einem halben Jahrhundert etwa hatte er sich im Bootsschuppen zu Harwich – allen Vorhersagen eines Fehlschlages zum Trotz – kontraktlich verpflichtet, die *Hastings* zu bauen, eine Korvette für das Marineamt Seiner Majestät König Georgs III. Dieser Kontrakt war der erste Schlag auf den Keil, der den mächtigen Eichblock der Regierungsgönnerschaft schließlich in Dreidecker und Linienschiffe aufspaltete; er erwies seinen Nutzen unter Pellew, Parker, Nelson und Hood; er trieb Blätter, verzweigte sich in riesige Schiffswerften in Plymouth, Portsmouth und Sheerness und trug als Knospen und Blüten unzählige Fässer mit minderwertigem Pökelfleisch und madigem Schiffszwieback. Dick Devines grober, strebsamer und nüchtern denkender Sohn strebte nur nach einem: nach Geld. Er hatte sich geduckt und war zu Kreuze gekrochen, er hatte gedroht und getobt, er hatte sich vor den Großen gedemütigt und in den Vorzimmern der Mächtigen gekatzbuckelt. Nichts war ihm zu niedrig, nichts zu hoch. Da er sich sowohl aufs Geschäftemachen wie auf sein Handwerk verstand und obendrein durch keinerlei Gewissensskrupel oder Ehrbegriffe gehemmt war, kam er rasch zu Geld und hielt es zusammen. Zum erstenmal erfuhr die Öffentlichkeit von seinem Reichtum, als im Jahre 1796 bekannt wurde, daß Mr. Devine, einer der Schiffsbaumeister der Regierung, ein verhältnismäßig junger Mann von etwa vierundvierzig Jahren, fünftausend Pfund Staatsanleihe zur Fortsetzung des Krieges gegen Frankreich gezeichnet hatte. Nachdem er in dem Prozeß gegen Lord Melville, den Marineschatzmeister, gute und, wie es hieß, recht einträgliche Dienste geleistet hatte, vermählte er im Jahre 1805 seine Schwester mit einem wohlhabenden Kaufmann aus Bristol, einem gewissen Anthony Frere; er selbst heiratete Ellinor Wade, die älteste Tochter des Obersten Wotton Wade, der ein Zechkumpan des Regenten und der angeheiratete Onkel eines stadtbekannten Taugenichts und Stutzers, Lord Bellasis, war. Zu jenem Zeitpunkt hatten ihm glückliche Spekulationen in Staatspapieren – wie man sich zuraunte, wurde er dabei in den stürmischen Jahren 1813 bis 1815 durch Geheimnachrichten aus Frankreich unterstützt – und die rechtmäßigen Gewinne aus seinen mit der Regierung abgeschlossenen Lieferverträgen bereits ein fürstliches Vermögen eingebracht, so daß er sich eine ebenso fürstliche Lebenshaltung in Glanz und Pracht hätte leisten können. Doch die Bürde der Knausrigkeit und des Geizes, die er als junger Mensch freiwillig auf sich genommen hatte, ließ sich im Alter nicht mehr abschütteln; er trug seinen Reichtum nur einmal zur Schau, und das war, als er bei seiner Erhebung in den Adelsstand das zwar unzweckmäßig angelegte, aber behaglich eingerichtete Haus in Hampstead erwarb und sich angeblich von den Geschäften zurückzog.

Das Leben, das er von nun an führte, war keineswegs glücklich. Er war ein strenger Vater und ein harter Gebieter. Die Dienerschaft haßte ihn, seine Frau fürchtete ihn. Sein einziger Sohn Richard schien den unbeugsamen Willen und die Herrschsucht des Vaters geerbt zu haben. Unter sorgsamer Aufsicht und bei richtiger Anleitung hätte er vielleicht den rechten Weg finden können; so aber, draußen sich selbst überlassen und daheim durch das eiserne Joch der väterlichen Zucht gewaltsam niedergehalten, wurde er leichtsinnig und verschwenderisch. Die Mutter – die arme, eingeschüchterte Ellinor, die man rücksichtslos von ihrem Vetter, Lord Bellasis, ihrer Jugendliebe, getrennt hatte – versuchte, ihn zu einem maßvollen Lebenswandel anzuhalten. Aber obgleich der eigenwillige Junge für seine Mutter jene innige Liebe empfand, die nicht selten ein Wesenszug so stürmischer Naturen ist, erwies er sich als unlenksam und flüchtete nach dreijährigem häuslichem Zwist, um auf dem Kontinent das leichtfertige Leben fortzusetzen, über das sich Sir Richard in London empört hatte. Daraufhin ließ Sir Richard den Sohn seiner Schwester, Maurice Frere, kommen – die Firma Frere in Bristol war durch die Abschaffung des Sklavenhandels bankrott gegangen – und kaufte ihm eine Offiziersstelle in einem Infanterieregiment, nicht ohne dabei geheimnisvoll auf künftige besondere Gunstbeweise anzuspielen. Seine feinfühlige Frau, die den Kontrast zwischen der noblen Großzügigkeit ihres Vaters und der Knickrigkeit ihres Gatten schmerzlich empfand, fühlte sich durch Sir Richards offene Bevorzugung seines Neffen tief getroffen. Seit langem schon bestand wenig Sympathie zwischen dem Emporkömmling Devine und der Familie des auf eine lange Ahnenreihe zurückblickenden Wotton Wade. Sir Richard spürte, daß der Oberst ihn, den geadelten Bürgerlichen, verachtete. Auch war ihm des öfteren zu Ohren gekommen, daß Lord Bellasis und seine Freunde bei Wein und Kartenspiel das bittere Los der schönen Ellinor beklagten, die an einen solchen Geizhals geraten war. Armigell Esmé Wade, Viscount Bellasis und Wotton, war ein Kind seiner Zeit. Er entstammte einer vornehmen Familie (von seinem Vorfahren Armigell wurde berichtet, er sei vor Gilbert und Raleigh in Amerika gelandet) und hatte seinen Herrensitz Bellasis oder Belsize von einem gewissen Sir Esmé Wade geerbt, den Königin Elisabeth als Botschafter in der delikaten Mendoza-Affäre an den Hof des spanischen Königs entsandt hatte und der später Ratgeber Jakobs I. und Kommandant des Towers wurde. Dieser Esmé war ein dunkler Ehrenmann gewesen. Er war es, der im Auftrage Elisabeths mit Maria Stuart verhandelte; er war es, der Cobham die Zeugenaussage gegen den großen Raleigh entlockte. So wurde er reich, und der Reichtum des Hauses wuchs noch mehr an, als seine Schwester (die Witwe Henry de Kirkhavens, Lords of Hemfleet), die in die Familie Wotton eingeheiratet hatte, ihre Tochter Sybil mit Marmaduke Wade vermählte. Marmaduke Wade, damals Marineminister, war ein Gönner von Pepys, der in seinem berühmten Tagebuch (unter dem 17. Juli 1668) einen Besuch auf Schloß Belsize erwähnt. Im Jahre 1667 wurde ihm die Pairswürde mit dem Titel eines Barons Bellasis und Wotton verliehen, und er heiratete in zweiter Ehe Anne, die Tochter Philip Stanhopes, des zweiten Earls of Chesterfield. Durch die Verbindung mit diesem mächtigen Geschlecht wuchs und blühte der Stammbaum des Hauses Wotton Wade. – Im Jahre 1784 heiratete Philip, der dritte Baron, Miß Povey, eine berühmte Schönheit; ihrer beider Sohn war Armigell Esmé, mit dem sich die klug waltende Vorsorge der Familie erschöpft zu haben schien.

Der vierte Lord Bellasis vereinigte in sich die Abenteuerlust seines Vorfahren Armigell und die schlechten Eigenschaften Esmés, des Tower-Kommandanten. Kaum war er nämlich in den Besitz seines Vermögens gelangt, als er sich mit der für das letzte Jahrhundert charakteristischen Zügellosigkeit dem Trunk, dem Würfelspiel und der Ausschweifung ergab. Er war der erste bei jedem Tumult und der berüchtigste aller berüchtigten Draufgänger jener Tage.

In einem seiner Briefe an Selwyn aus dem Jahre 1785 erwähnt Horace Walpole eine Tatsache, die in dieser Erzählung nicht fehlen darf. »Der junge Wade«, schreibt er, »soll gestern abend tausend Guineen an den verkommensten aller Bourbonen, den Herzog von Chartres, verspielt haben, und wie es heißt, ist der närrische Bursche noch keine neunzehn Jahre alt.« Aus dem Narren Armigell Wade wurde ein ausgewachsener Gauner, und der Umstand, daß er im Alter von dreißig Jahren mit seinen Gütern auch die Hoffnung verlor, die einzige Frau zu erringen, die ihn vielleicht noch hätte retten können, seine Kusine Ellinor, machte ihn zu dem unglückseligsten Geschöpf auf Gottes Erdboden, einem Schwindler und Betrüger aus guter Familie. Als ihm der schmallippige, kaltblütige Oberst Wade mitteilte, der reiche Schiffsbauer Sir Richard Devine habe um die Hand der blondhaarigen, sanften Ellinor angehalten, schwor er mit einer zornigen

Unmutsfalte zwischen den schwarzen Brauen, hinfort werde ihn kein menschliches oder göttliches Gesetz von seinem eigensüchtigen und liederlichen Lebenswandel abhalten können. »Sie haben Ihre Tochter verkauft und mich ins Verderben gestürzt«, rief er. »Die Folgen haben Sie sich selbst zuzuschreiben.« Spöttisch lächelnd sagte Oberst Wade zu seinem jähzornigen Verwandten: »Sie werden sich in Sir Richards Haus gewiß wohl fühlen, Armigell, und ein so erfahrener Spieler wie Sie dürfte dabei auf seine Kosten kommen.«

Lord Bellasis verkehrte tatsächlich während des ersten Ehejahres seiner Kusine in Sir Richards Haus; aber nach der Geburt eines Sohnes, des Helden unserer Geschichte, brach er einen Streit mit dem geadelten Bürgerlichen vom Zaun, nannte ihn einen knickrigen Geizhals, der weder würfelte noch zechte wie ein richtiger Gentleman, wünschte ihn zu allen Teufeln und kehrte, erbitterter denn je mit dem Schicksal auf Kriegsfuß stehend, zu seinen alten Kumpanen zurück. Das Jahr 1827 fand ihn als einen aller Hoffnungen beraubten Mann von sechzig Jahren, dessen Gesundheit untergraben, dessen Vermögen in nichts zerronnen war, der aber, dreifach gestützt durch ein Korsett, ein Haarfärbemittel und seinen unerschrockenen Mut, der Welt trotz allem die Stirn bot und in dem von der Zwangsvollstreckung bedrohten Belsize ebenso munter speiste, wie er es einst in Careton House getan hatte. Von den Besitzungen der Familie Wotton Wade war ihm allein dieses alte, schmucklose und kahle Gutshaus verblieben, das er indessen nur selten mit seinem Besuch beehrte.

Am Abend des 3. Mai 1827 hatte Lord Bellasis an einem Taubenschießen in Hornsey Wood teilgenommen. Ungeachtet der geradezu aufdringlichen Bitten eines seiner Bekannten – es handelte sich um einen gewissen Mr. Lionel Crofton, einen vornehmen jungen Lebemann, dessen Stellung in der Gesellschaft man kaum als gesichert bezeichnen konnte –, lehnte er es ab, ihn in die Stadt zu begleiten, und erklärte, er gedenke quer über die Hampsteader Heide nach Belsize zu reiten.

»Ich habe eine Verabredung bei den Kiefern auf der Heide«, sagte er.

»Mit einer Frau?« fragte Mr. Crofton.

»Keineswegs. Mit einem Pfarrer.«

»Mit einem Pfarrer?«

»Da staunen Sie, was? Nun, er ist gerade erst ordiniert worden. Ich habe ihn im vergangenen Jahr in Bath kennengelernt, wo er seine Ferien verbrachte. Er studierte damals noch in Cambridge und war so liebenswürdig, beim Spiel eine größere Summe an mich zu verlieren.«

»Ah, und jetzt wartet er, um seine Schulden aus den ersten Einkünften seiner ersten Pfarrstelle zu begleichen. Ich wünsche Euer Lordschaft von ganzem Herzen Glück. Wir müssen uns aber beeilen, denn es ist schon spät.«

»Schönen Dank für Ihre gute Absicht, mein Lieber, aber ich muß allein reiten«, sagte Lord Bellasis trocken. »Morgen können wir die Zeche der letzten Woche verrechnen. Hören Sie, es schlägt gerade neun. Gute Nacht!«

Um halb zehn verließ Richard Devine das Haus seiner Mutter, entschlossen, das neue Leben zu beginnen, das er sich gewählt hatte. Und so kam es durch eine jener seltsamen Schicksalsfügungen, die unser Leben bestimmen, zu einer Begegnung zwischen Vater und Sohn.

Der junge Mann hatte den Pfad, der in die Heide führte, bereits zur Hälfte hinter sich gebracht, als er den aus dem Dorf zurückkehrenden Sir Richard traf. Es war nicht seine Absicht, eine Aussprache mit dem Manne zu suchen, dem seine Mutter so bitteres Unrecht zugefügt hatte, und am liebsten wäre er im Schutze der Dunkelheit an ihm vorbeigeschlichen. Aber wie er ihn so allein seiner traurigen Heimstätte zustreben sah, trieb es den verlorenen Sohn, ihm einige Worte des Abschieds und der Reue zu sagen. Zu seiner Überraschung ging Sir Richard jedoch rasch an ihm vorbei, den Oberkörper nach vorn geneigt, wie jemand, der das Gleichgewicht verloren hat, die Augen starr in die Ferne gerichtet, als nehme er seine Umgebung gar nicht wahr.

Erschrocken über diesen unheimlichen Anblick, eilte Richard weiter, bis er an einer Biegung des Pfades über etwas stolperte, was das merkwürdige Gebaren des alten Mannes in furchtbarer Weise erklärte. Ein Toter lag mit dem Gesicht nach unten im Heidekraut, neben ihm eine schwere Reitpeitsche, deren Griff mit Blut besudelt war, und eine aufgeschlagene Brieftasche. Richard griff nach der Tasche und las auf dem Deckel in goldenen Buchstaben: Lord Bellasis.

Der unglückliche junge Mann kniete neben dem Körper nieder und versuchte, ihn aufzurichten. Der Schädel war durch einen Schlag zertrümmert, aber das Leben schien noch nicht ganz erloschen. Außer sich vor Entsetzen — denn alles deutete darauf hin, daß die schlimmsten Befürchtungen seiner Mutter Wirklichkeit geworden waren —, hielt Richard seinen ermordeten Vater in den Armen. Er wartete, bis sich der Mörder, dessen Namen er trug, in Sicherheit gebracht hätte. In seiner Erregung kam es ihm vor, als sei eine Stunde vergangen, ehe er in dem Hause, das er soeben verlassen hatte, einen Lichtschein von Fenster zu Fenster huschen sah und wußte, daß Sir Richard ungehindert sein Zimmer erreicht hatte. Nun erhob er sich und schlug den Weg zur Stadt ein, um Hilfe zu holen. Während er auf dem Pfad ausschritt, hörte er plötzlich Stimmen, und gleich darauf stürmten etwa ein Dutzend Männer auf ihn zu, von denen der eine ein Pferd am Zügel führte. Wütend fielen sie über ihn her und warfen ihn zu Boden.

Zunächst war sich der so roh angegriffene junge Mann der Gefahr, die ihm drohte, gar nicht bewußt. Für ihn gab es nur eine einzige grauenhafte Erklärung dieses Verbrechens, so daß er nicht begriff, welche andere, auf der Hand liegende Vermutung der Wirt des Gasthauses »Zu den drei Spaniern« hegte.

»Gott sei mir gnädig!« rief Mr. Mogford, der im blassen Licht des aufgehenden Mondes die Gesichtszüge des Ermordeten betrachtete. »Das ist ja Lord Bellasis! — Oh, du verdammter Schurke! Jem, bring ihn her, vielleicht kann Seine Lordschaft ihn noch erkennen.«

»Ich war es nicht!« schrie Richard Devine. »Um Gottes willen, Mylord, sagen Sie doch...« Er verstummte jäh und starrte, von seinen Häschern in die Knie gezwungen, in plötzlicher grausiger Furcht auf den Sterbenden.

Menschen, in denen die Erregung einen beschleunigten Blutkreislauf bewirkt, pflegen in Augenblicken höchster Gefahr blitzschnell zu folgern. In dem einen schrecklichen Moment, da seine Augen denen von Lord Bellasis begegneten, zählte sich Richard Devine jedes Für und Wider auf, von dem sein künftiges Schicksal abhing, und nun erkannte er deutlich, was er zu gewärtigen hatte. Durch den Anblick des reiterlosen Pferdes alarmiert, waren die Zecher im Gasthaus »Zu den drei Spaniern« hinausgelaufen, um die Heide abzusuchen, und hatten einen jungen Burschen in derber Seemannskleidung entdeckt, einen Unbekannten, der hastig von dem Tatort fortstrebte, an dem sie neben einer geplünderten Brieftasche und einer blutverschmierten Reitpeitsche einen Sterbenden fanden.

Er hatte sich in das Netzwerk eines Indizienbeweises verstrickt. Noch vor einer Stunde wäre es ihm ein leichtes gewesen, sich daraus zu befreien. Die Erklärung: »Ich bin Sir Richard Devines Sohn. Kommen Sie mit in das Haus dort drüben, und ich werde Ihnen beweisen, daß ich es erst vor wenigen Minuten verlassen habe« hätte genügt, seine Unschuld über jeden Zweifel erhaben zu machen. Dieser Weg war ihm jetzt versperrt. Da er Sir Richards Charakter kannte und überdies wähnte, der alte Mann habe in seinem rasenden Zorn den Schänder seiner Ehre gestellt und ermordet, sah sich der Sohn von Lord Bellasis und Lady Devine in einer Lage, die ihn zwang, sich entweder selbst zu opfern oder seine Freiheit mit der Schande seiner Mutter und dem Tod des Mannes, den seine Mutter betrogen hatte, zu erkaufen.

Wenn man den verstoßenen Sohn als Gefangenen nach Northend House schleppte, würde Sir Richard — nunmehr doppelt vom Schicksal geschlagen — ihn zweifellos verleugnen; und dann konnte er sich nur rechtfertigen, indem er Dinge enthüllte, die seine Mutter der Schande preisgaben und den Mann, der zwanzig Jahre lang hinters Licht geführt worden war, an den Galgen brachten — diesen Mann, dessen Güte er seine Erziehung und seinen früheren Wohlstand verdankte. Er kniete noch immer wie betäubt neben dem Sterbenden, unfähig, zu sprechen oder sich zu rühren.

»Komm näher!« rief Mogford wieder. »Sagen Sie, Mylord, ist dies der Schurke?«

Lord Bellasis strengte die schwindenden Sinne an, seine glasigen Augen starrten mit schaurigem Bemühen in das Gesicht seines Sohnes, dann schüttelte er den Kopf, hob den kraftlosen Arm, als wollte er in eine andere Richtung weisen, und fiel tot hintenüber.

»Wenn du ihn nicht ermordet hast, dann hast du ihn aber beraubt«, brüllte Mogford. »Heute nacht wirst du jedenfalls in der Bow Street schlafen. Tom, lauf schnell zum Posten, er soll dem Pförtner Bescheid geben, daß ich einen Reisenden für die Kutsche habe! — Bring ihn fort, Jack! — He, du, wie heißt du?«

Er mußte die barsche Frage noch zweimal stellen, ehe der Gefangene antwortete. Doch schließlich hob Richard Devine sein blasses Gesicht, auf dem sich schon wieder feste Entschlossenheit und männlicher Trotz zeigten, und sagte: »Dawes — Rufus Dawes.«

Sein neues Leben hatte bereits begonnen. In dieser Nacht lag Rufus Dawes, des Mordes und des Raubes angeklagt, schlaflos im Gefängnis und wartete auf den Schicksalsspruch des Morgens.

Zwei andere Männer warteten ebenso ungeduldig. Der eine war Mr. Lionel Crofton; der andere jener Reiter, der mit dem ermordeten Lord Bellasis unter den schattigen Kiefern der Hampsteader Heide verabredet gewesen war. Nur Sir Richard Devine wartete auf niemand mehr, denn kaum hatte er sein Zimmer erreicht, als ihn der Schlag rührte und er tot zu Boden fiel.

Erstes Buch
Das Meer
1827

KAPITEL I
Das Gefangenenschiff

Einsam lag der Schatten der *Malabar* in der schwülen Stille eines Tropennachmittags auf der glitzernden See. Die Luft war stickig und heiß, der wolkenlose Himmel wie gleißendes Metall.

Die Sonne, die jeden Morgen als glühender Feuerball zur Linken des Schiffes aufging, langsam ihre Bahn durch die unerträgliche Bläue zog und schließlich zur Rechten in den sich vermischenden Strahlen von Himmel und Ozean feuerrot unterging, stand gerade tief genug, um unter das Sonnensegel des Kajütendecks zu lugen und einen jungen Mann in Drillichzeug zu wecken, der auf einem zusammengerollten Tau schlummerte.

»Verdammt! Ich muß wohl geschlafen haben!« murmelte er und stand auf. Mit dem müden Seufzer eines Mannes, der nichts zu tun hat, reckte und streckte er seine Glieder, hielt sich dann an einem Stag fest und blickte über die Schulter in den mittleren Teil des Schiffes hinunter.

Bis auf den Mann am Steuer und den Wachposten an der Reling des Achterdecks war er allein an Deck. Ein paar Vögel umkreisten das Schiff. Sie schienen nur deshalb unter den Heckfenstern vorbeizuschießen, damit sie am Bug wieder auftauchen konnten. Ein träger Albatros, von dessen Flügeln weißschäumendes Wasser tropfte, schwang sich mit einem schrillen Schrei leewärts, und an der Stelle im Meer, wo er soeben noch gesessen hatte, glitt die häßliche Flosse eines lautlos schwimmenden Hais vorüber. Die Fugen des blankgeschrubbten Decks waren von geschmolzenem Pech verklebt, und das mit Messing beschlagene Kompaßhaus funkelte gleich einem Juwel in der Sonne. Es war windstill, und während das schwerfällige Schiff auf der leichten Dünung langsam rollte und schlingerte, klatschten die schlaffen Segel mit einem regelmäßig wiederkehrenden Geräusch an die Masten. Der Bugspriet schien sich mit jedem Wellenberg zu heben und gleich darauf mit einem Ruck, unter dem sich alle Taue erzitternd strafften, wieder hinabzutauchen. Auf dem Vorderdeck saßen mehrere Soldaten in den verschiedenartigsten Drillichuniformen; einige spielten Karten, andere rauchten oder beobachteten die Angelschnüre, die über den Kranbalken hingen.

Soweit unterschied sich das Äußere des Schiffes in keiner Weise von dem eines gewöhnlichen Transportschiffes. Mittschiffs aber bot sich ein seltsamer Anblick. Er sah aus, als hätte man dort einen Zwinger erbaut. Am Fuße des Fockmastes und auf dem Achterdeck war das Deck von Reling zu Reling durch eine starke Schanzverkleidung verbarrikadiert, in der sich Schießscharten und Türen befanden. Vor diesem Zwinger hielt ein bewaffneter Posten Wache. Im Innern standen oder saßen etwa sechzig Männer und junge Burschen in einheitlicher grauer Kleidung; einige gingen mit gleichmäßigen Schritten auf und ab, stets im Feuerbereich der funkelnden Musketenläufe in der Waffenkiste auf der Kampanje. Die Männer und Burschen waren Gefangene der Krone, und der Zwinger war der Ort, an dem sie sich Bewegung verschaffen durften. Ihr Gefängnis lag unterhalb der Hauptluke im Zwischendeck, und die Schanzverkleidung, die unten weiterlief, bildete seine Seitenwände.

Die zweistündige Pause an der frischen Luft, die den Gefangenen der Krone durch die Gnade Seiner Majestät König Georgs IV. an jedem Nachmittag huldvoll gestattet war, näherte sich ihrem Ende, aber einstweilen genossen die Gefangenen sie noch in vollen Zügen. Es war hier vielleicht nicht so angenehm wie unter dem Sonnensegel auf dem Kajütendeck, doch der geheiligte Schattenplatz war nun einmal so vornehmen Leuten wie dem Kapitän und seinen Offizieren, dem Schiffsarzt Pine, dem Leutnant Maurice Frere und den beiden wichtigsten Persönlichkeiten an Bord, Hauptmann Vickers und Frau, vorbehalten.

Höchstwahrscheinlich hätte auch der Sträfling, der an der Reling lehnte, seinen Feind, die Sonne, gern für einen Augenblick vertrieben. Seine Gefährten, die auf dem Süll der Hauptluke saßen oder sich lässig im Schatten der Schanzverkleidung rekelten, lachten und plauderten mit gotteslästerlicher und obszöner Heiterkeit, die widerlich anmutete; er aber, der seine Mütze tief in die Stirn gezogen und die Hände in die Taschen seines groben grauen Kittels vergraben hatte, hielt sich von ihrer abscheulichen Ausgelassenheit fern. Die Sonne sandte ihre heißesten Strahlen auf den ungeschützten Kopf des Mannes; aber trotz der sengenden Hitze, unter der jede Ritze und jede Fuge des Decks heißes Pech ausschwitzte, stand er unbeweglich und starrte finster auf die schläfrige See. So hatte er oftmals an der Reling gestanden, denn seit das ächzende Schiff den schweren Brechern in der Bucht von Biskaya entronnen war, hatte man die unglücklichen einhundertachtzig Geschöpfe, zu denen auch er gehörte, von ihren Ketten befreit und ließ sie zweimal täglich frische Luft schöpfen.

Die rohen Kerle mit den niedrigen Stirnen und den groben Zügen, die sich auf dem Deck lümmelten, warfen manchen verächtlichen Seitenblick auf die einsame Gestalt an der Reling. Aber ihre Bemerkungen blieben auf bloße Gebärden beschränkt. Auch unter Verbrechern gibt es Rangunterschiede, und der Sträfling Rufus Dawes, der mit knapper Not dem Galgen entgangen war, um lebenslänglich in Ketten zu schuften, galt als bedeutende Persönlichkeit. Er war unter der Anklage, Lord Bellasis beraubt und ermordet zu haben, vor Gericht gestellt worden. Die wenig glaubhafte Behauptung, er sei in der Heide auf einen Sterbenden gestoßen, hätte dem unbekannten Vagabunden wohl kaum etwas genützt, wäre nicht die beschworene Aussage des Gastwirts gewesen, daß Seine Lordschaft auf Befragen, ob der Gefangene der Mörder sei, den Kopf geschüttelt habe. Der Vagabund wurde von der Anklage des Mordes freigesprochen, aber wegen Raubes zum Tode verurteilt; als seine Todesstrafe in lebenslängliche Deportation umgewandelt wurde, hieß es in London, wo man an dem Prozeß lebhaften Anteil nahm, er könne sich glücklich schätzen.

Auf diesen schwimmenden Gefängnissen war es üblich, das Verbrechen eines jeden vor seinen Mitgefangenen geheimzuhalten. Wenn er wollte und die Launen seiner Aufseher es ihm gestatteten, konnte er in der neuen Heimat ein neues Leben beginnen, ohne daß man ihm seine früheren Missetaten vorwarf. Aber wie so viele andere ausgezeichnete Beschlüsse stand auch diese Anordnung lediglich auf dem Papier, und von den einhundertachtzig Verurteilten waren nur wenige nicht über die Vergehen ihrer Gefährten im Bilde. Die Schwerverbrecher rühmten sich ihrer schurkischen Meisterstücke, die kleinen Verbrecher schworen, ihre Schuld sei weitaus größer, als es den Anschein habe. Obendrein hatten eine so blutrünstige Tat und eine so unerwartete Strafmilderung den Namen »Rufus Dawes« in düsteren Ruhmesglanz getaucht, und die überlegen geistigen Fähigkeiten des Sträflings, nicht weniger aber sein stolzes Wesen und seine kraftvolle Gestalt, erhöhten sein Ansehen noch. Ein junger Mann von zweiundzwanzig Jahren, der sich von allen fernhielt und nur insofern zu ihnen gehörte, als auch er ein Verbrechen begangen hatte, war ihrer Achtung und Bewunderung sicher. Selbst die gemeinsten Kerle der im Zwischendeck eingeschlossenen gemeinen Horde, die hinter seinem Rücken über seine »vornehmen Allüren« lachten, kuschten vor ihm, wenn sie ihm Auge in Auge gegenüberstanden. Denn auf einem Sträflingsschiff ist der größte Schurke der größte Held, und der einzige in dieser furchtbaren Republik anerkannte Adel ist der Orden vom Hanfstrick, der von der Hand des Henkers verliehen wird.

In diesem Augenblick bemerkte der junge Mann auf dem Kajütendeck den hochgewachsenen Sträfling, der an der Reling lehnte, und nahm sogleich die willkommene Gelegenheit wahr, etwas Abwechslung in seinen eintönigen Dienst zu bringen. »He, du!« rief er mit einem Fluch. »Scher dich vom Fallreep weg!«

Rufus Dawes stand gar nicht auf dem Fallreep – er war in Wirklichkeit gut zwei Fuß davon entfernt –, aber beim Klang von Leutnant Freres Stimme zuckte er zusammen und ging gehorsam auf die Luke zu.

»Willst du wohl grüßen, du Hund!« schrie Frere und näherte sich der Reling des Achterdecks. »Na, wird's bald?«

Rufus Dawes legte die Hand an die Mütze und grüßte halb militärisch.

»Ich werde euch Burschen schon die Hammelbeine langziehen, wenn ihr nicht pariert!« brummte der ärgerliche Frere halblaut vor sich hin. »Unverschämtes Gesindel!«

Der Lärm der Wache, die auf dem Achterdeck das Gewehr präsentierte, brachte ihn auf andere Gedanken. Ein großer, schlanker, soldatisch aussehender Mann mit kalten blauen Augen und strengen Gesichtszügen stieg aus der Kajüte herauf und reichte einer gezierten und sehr zimperlich tuenden Blondine mittleren Alters die Hand, um ihr an Deck zu helfen. Hauptmann Vickers von Freres Regiment, nach Vandiemensland abkommandiert, geleitete seine Gattin an Deck, damit sie zum Abendessen besseren Appetit hätte.

Mrs. Vickers zählte zweiundvierzig Jahre (dreiunddreißig gab sie zu) und war, bevor sie den steifen John Vickers heiratete, elf aufreibende Jahre lang eine Garnisonschönheit gewesen. Die Ehe gestaltete sich nicht sehr glücklich. Vickers erkannte bald, daß seine Frau überspannt, eitel und schnippisch war, wohingegen ihr sein barsches, nüchternes und alltägliches Wesen mißfiel. Das einzige Bindeglied zwischen diesem schlecht miteinander harmonierenden Paar war eine Tochter, die zwei Jahre nach der Hochzeit zur Welt gekommen war. Vickers liebte die kleine Sylvia abgöttisch, und als er sich – da ihm die Ärzte seiner geschwächten Gesundheit wegen zu einer längeren Seereise rieten – in das ...te Regiment versetzen ließ, konnten ihn auch Mrs. Vickers' wiederholt geäußerte Bedenken hinsichtlich erzieherischer Schwierigkeiten nicht davon abbringen, das Kind mitzunehmen. Unterrichten werde er sie im Notfall selbst, hatte er gesagt, deswegen brauche sie nicht zu Hause zu bleiben. So fügte sich Mrs. Vickers schließlich nach hartem Ringen, begrub ihren Traum, in Bath zu residieren, machte gute Miene zum bösen Spiel und folgte ihrem Gatten. Als sie erst einmal auf hoher See waren, schien sie mit ihrem Schicksal völlig versöhnt und verwandte die Zeit, in der sie gerade nicht mit ihrer Tochter oder ihrer Zofe zankte, darauf, den ungeschliffenen jungen Leutnant Maurice Frere zu bestricken.

Koketterie war ein wesentlicher Bestandteil von Julia Vickers' Natur. Von Männern bewundert zu werden, bedeutete ihr den einzigen Sinn ihres Lebens. Selbst an Bord eines Sträflingsschiffes und unter den Augen ihres Mannes mußte sie entweder flirten oder an seelischer Vereinsamung zugrunde gehen. Dabei ließ sie sich übrigens nicht das geringste zuschulden kommen. Sie war ganz einfach eine eitle Frau in mittleren Jahren, und Frere erblickte in ihren Gunstbeweisen nicht mehr, als sie wert waren. Zudem sollte sich ihr Entgegenkommen, wie wir noch sehen werden, als nützlich erweisen.

Frere enterte die Strickleiter hinunter und bot ihr, die Mütze in der Hand, seine Unterstützung an.

»Danke, Mr. Frere. Diese fürchterlichen Strickleitern! Ich zittere jedesmal – hihi! – tatsächlich. Und heiß ist das! Ja, du meine Güte, drückend heiß. John, den Feldstuhl! Ach, bitte, Mr. Frere. – oh, vielen Dank! Sylvia! Sylvia! John, hast du auch mein Riechfläschchen? Noch immer eine Flaute, wie? Diese fürchterlichen Flauten!«

Ihr seichtes Salongewäsch klang hier, auf der anderen Seite der Schanzverkleidung, nicht mehr als zwanzig Schritt von dem Raubtierkäfig entfernt, reichlich seltsam; aber Mr. Frere machte sich darüber keine Gedanken. Gewohnheit vertreibt den Schrecken, und so trug die unheilbare Kokette vor den Augen der grinsenden Sträflinge ihre raschelnden Musselinröcke und ihre schon etwas angegriffenen Reize mit ebensoviel Selbstgefälligkeit zur Schau, als befände sie sich in einem Ballsaal in Chatham. Ja, wäre niemand sonst in der Nähe gewesen, so hätte sie vermutlich mit den Burschen im Zwischendeck kokettiert und dem schmucksten Sträfling schöne Augen gemacht.

Vickers verbeugte sich vor Frere, half seiner Frau die Leiter hinauf und wandte sich dann seiner Tochter zu.

Sylvia war ein zartes sechsjähriges Kind mit blauen Augen und hellblondem Haar. Obgleich sie von ihrem Vater mit aller Nachsicht behandelt und von ihrer Mutter verzogen wurde, neigte sie dank ihrer natürlichen guten Veranlagung nicht zu Unarten, und die Folgen ihrer Erziehung verrieten sich vorerst lediglich in zahllosen herrisch vorgebrachten Schelmereien, die sie zum Liebling des ganzen Schiffes machten. Die kleine Miß Sylvia genoß das Vorrecht, überall hingehen und alles tun zu dürfen, was ihr beliebte. In ihrer Gegenwart verstummte sogar das zotige Gerede der Sträflinge. Die Kleine lief neben ihrem Vater her und plauderte mit aller Redseligkeit ihres geschmeichelten Selbstbewußtseins. Sie rannte hierhin und dorthin, stellte Fragen, erfand selber Antworten darauf, lachte, sang und hüpfte, spähte in das Kompaßhaus, faßte in die Taschen des Steuermannes, legte ihr Händchen in die große Hand des wachhabenden Offiziers, lief sogar ins Achterdeck hinunter und zupfte den diensttuenden Posten an den Rockschößen. Schließlich holte sie, des Herumtollens müde, einen kleinen gestreiften Lederball aus der Tasche ihres Röckchens und warf ihn ihrem Vater zu, der auf dem Kajütendeck stand. Er warf ihn zurück, und nun flog der Ball zwischen ihnen hin und her, von dem Kind jedesmal mit Jubel und Händeklatschen begrüßt.

Die Sträflinge, die sich ihre Tagesration frischer Luft bis auf einen winzigen Rest einverleibt hatten, wandten sich voll Eifer dieser neuen Quelle des Vergnügens zu. Unschuldiges Gelächter und kindliches Geplapper waren ihnen fremd. Einige lächelten und drückten ihre Teilnahme an den wechselvollen Schicksalen des Balles durch eifriges Kopfnicken aus. Einer der jungen Burschen hielt sich nur mühsam von lauten Beifallskundgebungen zurück. Es war, als sei unversehens eine kühle Brise aus der drückenden Hitze aufgestiegen, die über dem Schiff brütete.

Inmitten dieses allgemeinen Frohsinns stutzte plötzlich der wachhabende Offizier, der den sich rasch karmesinrot färbenden Horizont absuchte; er beschattete seine Augen mit der Hand und blickte angestrengt nach Westen.

Frere, der Mrs. Vickers' Unterhaltung ein wenig lästig fand und von Zeit zu Zeit zur Kajütentreppe hinüberschaute, als erwarte er jemand, wurde aufmerksam.

»Was gibt's denn, Mr. Best?«

»Ich weiß nicht genau. Es sieht wie eine Rauchfahne aus.« Er griff nach einem Fernglas und suchte erneut den Horizont ab.

»Lassen Sie mal sehen«, sagte Frere und blickte seinerseits durch das Glas.

Weit hinten am Horizont, unmittelbar links neben der untergehenden Sonne, stand eine winzige dunkle Wolke. Jedenfalls schien es so. Das Gold und Karmesinrot, das sich inzwischen über den ganzen Himmel ergossen hatte, umfloß auch den schwarzen Fleck, und es war unmöglich, irgendwelche Einzelheiten zu erkennen.

»Ich kann es auch nicht genau ausmachen«, sagte Frere und gab das Glas zurück. »Warten wir ab, bis die Sonne ein bißchen tiefer steht.«

Natürlich mußte auch Mrs. Vickers durch das Fernglas schauen. Sie tat sehr geziert bei der Einstellung des Glases, hob es mit viel mädchenhaftem Gekicher an die Augen und erklärte schließlich, nachdem sie ein Auge mit ihrer schönen Hand verdeckt hatte, sie könne wirklich nichts sehen als den Himmel und glaube, der böse Mr. Frere tue es absichtlich.

Nun erschien Kapitän Blunt, der sich das Glas von seinem Offizier reichen ließ und lange und aufmerksam hindurchsah. Darauf rief man den Ausguck in der Kreuzmarsstenge an, doch der erklärte, es sei nichts zu sehen.

Endlich ging die Sonne unter, ruckartig, als sei sie durch einen Schlitz ins Meer gerutscht, und der schwarze Fleck, der von dem aufkommenden Dunst verschluckt wurde, war nicht mehr zu erkennen.

Bei Sonnenuntergang kam die Wachablösung die Achterluke herauf, und der abgelöste Posten hielt sich bereit, den Abstieg der Sträflinge zu beaufsichtigen. In diesem Augenblick verpaßte Sylvia ihren Ball, er sprang bei einem plötzlichen Schlingern des Schiffes über die Schanzverkleidung und rollte auf Rufus Dawes zu, der noch immer an der Bordwand lehnte, anscheinend tief in Gedanken versunken.

Der bunte Farbfleck, der über das weiße Deck kullerte, erregte seine Aufmerksamkeit. Er bückte sich mechanisch, hob den Ball auf und trat vor, um ihn zurückzubringen. Die Tür des Käfigs stand offen, und der Posten, ein junger Soldat, der nur Augen für die Ablösung hatte, bemerkte nicht, daß der Gefangene hindurchschritt. Im nächsten Augenblick stand Rufus Dawes auf dem geheiligten Achterdeck.

Sylvia, vom Spiel erhitzt, mit glühenden Wangen, funkelnden Augen und flatternden Haaren, hatte sich umgedreht und wollte eben hinter dem Ausreißer herspringen, als sich ein runder weißer Arm aus dem Dunkel der Kajüte streckte und eine schöngeformte Hand das Kind bei der Schärpe faßte und es zurückhielt. Gleich darauf legte der Mann in grauer Sträflingskleidung das Spielzeug in Sylvias Hand.

Maurice Frere, der gerade vom Kajütendeck herabstieg, hatte den kleinen Zwischenfall nicht beobachten können. Unten angekommen, sah er nur, daß ein Sträfling verbotenes Gebiet betreten hatte.

»Danke schön«, sagte eine Stimme, als Rufus Dawes sich vor der schmollenden Sylvia verneigte.

Der Sträfling hob die Augen und erblickte ein schlankes, gutgewachsenes Mädchen von achtzehn oder neunzehn Jahren, das in einem weitärmligen weißen Kleid in der Tür stand. Sie hatte schwarze Haare, die ihr in langen Locken um das schmale und flache Gesicht fielen, kleine Füße, eine weiße Haut, wohlgeformte Hände und große, dunkle Augen. Als sie ihm zulächelte, wurden hinter den roten Lippen weiße, gleichmäßige Zähne sichtbar.

Er erkannte sie sofort. Es war Sarah Purfoy, Mrs. Vickers' Zofe; aber er hatte sie nie zuvor aus der Nähe gesehen. Ihm schien, er stehe vor einer seltsamen tropischen Blume, die einen schweren, betäubenden Duft ausströmte.

Eine Sekunde lang blickten die beiden einander an, dann wurde Rufus Dawes von hinten beim Kragen gepackt und heftig zu Boden geschleudert.

Er sprang auf, und sein erster Impuls war, über den Angreifer herzufallen. Doch da sah er das funkelnde Bajonett des Wachpostens, und er hielt gewaltsam an sich, denn es war Maurice Frere, der ihn angegriffen hatte.

»Wie, zum Teufel, kommst du hierher?« schrie der Leutnant. »Was suchst du hier, du fauler, hinterhältiger Hund? Wenn ich dich noch mal auf dem Achterdeck erwische, lasse ich dich eine Woche in Ketten legen.«

Bleich vor Ärger und Zorn, öffnete Rufus Dawes den Mund, um sich zu rechtfertigen; aber die Worte erstarben ihm auf den Lippen. Es hatte ja doch keinen Sinn.

»Scher dich runter, und denk dran, was ich gesagt habe«, brüllte Frere. Er hatte sofort begriffen, was geschehen war, und merkte sich den Namen des pflichtvergessenen Postens.

Der Sträfling wischte sich das Blut aus dem Gesicht, machte wortlos kehrt und ging durch die schwere Eichentür in seinen Käfig zurück.

Frere beugte sich vor und ergriff mit einer ungezwungenen Gebärde die schöne Hand des Mädchens. Aber die Zofe entzog sie ihm, und ihre dunklen Augen blitzten ihn feindselig an.

»Sie Feigling!« sagte sie.

Der phlegmatische Soldat neben ihnen hörte es und zwinkerte mit den Augen. Frere biß sich ärgerlich auf die dicken Lippen und folgte dem Mädchen in die Kajüte. Doch Sarah Purfoy nahm die erstaunte Sylvia bei der Hand, schlüpfte mit einem spöttischen Lachen in die Kabine ihrer Herrin und schloß die Tür hinter sich.

KAPITEL 2
Sarah Purfoy

Wenn die Sträflinge wieder unter Deck hinter Schloß und Riegel waren und ihre Pritschen aufgesucht hatten oder vielmehr ein Brett von sechzehn Zoll Breite, das jedem Mann laut Regierungserlaß zustand und das infolge Platzmangels an Bord noch ein wenig knapper bemessen war, dann verlebten die Passagiere der Kajüte für gewöhnlich noch einen ganz netten Abend. Mrs. Vickers, eine poetisch angehauchte Seele, war auch musikalisch und sang zur Gitarre. Kapitän Blunt war ein jovialer, rauher Geselle; Doktor Pine, der Schiffsarzt, erzählte für sein Leben gern Geschichten; Vickers war mitunter recht langweilig, Frere hingegen immer munter und gesprächig. Überdies war die Tafel reich gedeckt, und bei gutem Essen, bei Tabak, Whist, Musik und Brandy vergingen die schwülen Abende mit einer Schnelligkeit, von der sich die wilden Tiere im Zwischendeck, die zu sechst in Kojen von fünf Fuß drei Zoll zusammengepfercht waren, keinen Begriff machten.

An diesem Abend aber wollte in der Kajüte keine rechte Stimmung aufkommen. Das Essen verfehlte seine Wirkung, und die Unterhaltung geriet immer wieder ins Stocken.

»Keine Anzeichen für eine Brise, Mr. Best?« fragte Blunt, als der Erste Offizier eintrat und Platz nahm.

»Keine, Sir.«

»Diese – hihi! – fürchterlichen Flauten!« stöhnte Mrs. Vickers. »Seit einer Woche geht das nun schon, nicht wahr, Kapitän Blunt?«

»Seit dreizehn Tagen, Madam«, brummte Blunt.

»Ich erinnere mich«, warf der unverwüstliche Pine ein, »es war auf der Höhe der Koromandelküste, als an Bord der *Rattlesnake* die Pest ausbrach...«

Blunt beeilte sich, dem Anekdotenerzähler ins Wort zu fallen. »Noch ein Gläschen Wein gefällig, Hauptmann Vickers?«

»Nein, danke. Ich habe Kopfschmerzen.«

»Kopfschmerzen – aha. Ist ja auch kein Wunder, Sie waren doch unten bei diesen Kerlen. Eine Schande, wie die Regierung diese Schiffe vollstopft. Wir haben hier über zweihundert Seelen an Bord, und von Rechts wegen ist kaum Platz für die Hälfte.«

»Zweihundert? Das kann doch nicht stimmen«, meinte Vickers. »Nach den königlichen Verfügungen...«

»Hundertachtzig Sträflinge, fünfzig Soldaten, dreißig Mann Besatzung alles in allem, und dazu – warten Sie mal – eins, zwei, drei... sieben Personen in der Kajüte. Wie viele sind das Ihrer Meinung nach?«

»Na ja, diesmal sind wir tatsächlich ein bißchen beengt«, sagte Best.

»Das ist unverantwortlich«, entrüstete sich Vickers. »Einfach unverantwortlich. Nach den königlichen Verfügungen...«

Aber das Thema »königliche Verfügungen« war in der Kajüte noch unbeliebter als Pines endlose Anekdoten, und Mrs. Vickers lenkte das Gespräch schleunigst in andere Bahnen. »Sind Sie dieses schrecklichen Lebens nicht herzlich überdrüssig, Mr. Frere?«

»Nun, ich kann nicht leugnen, daß ich mir eigentlich etwas Besseres erhofft hatte«, antwortete Frere und fuhr sich mit der sommersprossigen Hand über die widerborstigen roten Haare. »Aber ich muß eben gute Miene zum bösen Spiel machen.«

»Ja«, sagte die Dame in jenem gedämpften Ton, den man unwillkürlich anschlägt, wenn man ein allgemein bekanntes Unglück erwähnt, »es ist gewiß ein schwerer Schlag für Sie gewesen, so plötzlich eines so großen Vermögens beraubt zu werden.«

»Nicht nur das, sondern obendrein feststellen zu müssen, daß der Tunichtgut, der das Geld erbte, nach Indien gesegelt war, ohne etwas vom Tode meines Onkels zu wissen! Am Beerdigungstage erhielt Lady Devine einen Brief von ihm, in dem er ihr mitteilte, er habe sich an Bord der *Hydaspes* nach Kalkutta eingeschifft und sei nicht gesonnen, je wieder zurückzukehren.«

»Und mehr Kinder hatte Sir Richard Devine nicht?«

»Nein. Nur diesen geheimnisvollen Dick, der mich gehaßt haben muß, obwohl wir einander nie begegnet sind.«

»Gott behüte! Entsetzlich, diese Familienstreitigkeiten! Die arme Lady Devine, den Mann und den einzigen Sohn an ein und demselben Tage zu verlieren!«

»Und am nächsten Morgen von der Ermordung ihres Vetters zu erfahren! Sie wissen doch, wir sind mit den Bellasis' verwandt. Der Vater meiner Tante war mit einer Schwester des zweiten Lord Bellasis verheiratet.«

»Ja, ich erinnere mich. Ein grausiger Mord. Und Sie meinen wirklich, dieser entsetzliche Mensch, den Sie mir neulich zeigten, ist der Mörder?«

»Die Geschworenen scheinen anderer Meinung gewesen zu sein«, sagte Mr. Frere mit einem Auflachen. »Ich wüßte freilich nicht, wer außer ihm Grund dazu gehabt haben könnte. Aber wie dem auch sei, ich gehe jetzt ein Weilchen an Deck, um meine Pfeife zu rauchen.«

»Ich frage mich nur, weshalb dieser alte Knicker von einem Schiffsreeder seinen einzigen Sohn zugunsten eines so ungehobelten Gesellen enterben wollte«, sagte der Schiffsarzt zu Hauptmann Vickers, als Maurice Freres breiter Rücken auf der Kajütentreppe nicht mehr zu sehen war.

»Ich glaube, der Junge hatte es im Ausland ein bißchen toll getrieben. Leute, die es aus eigener Kraft zu etwas gebracht haben, sind nun einmal unduldsam gegen Verschwender. Aber es ist hart für Frere, denn er ist bei all seiner Grobheit ein anständiger Kerl. Wenn ein junger Mensch durch einen dummen Zufall eine Viertelmillion einbüßt und arm wie eine Kirchenmaus dasteht, nur mit seinem Offizierspatent und dem Marschbefehl in eine Sträflingskolonie in der Tasche, dann hat er schon einigen Grund, mit dem Schicksal zu hadern.«

»Wie kam es eigentlich, daß der Sohn schließlich doch noch das Geld erbte?«

»Soviel ich weiß, hatte der alte Devine wegen der Testamentsänderung bereits nach seinem Anwalt geschickt, erlag dann aber plötzlich einem Schlaganfall. Vermutlich eine Folge der übermäßigen Aufregung. Als man am Morgen die Tür seines Zimmers öffnete, fand man ihn tot.«

»Und jetzt schwimmt der Sohn irgendwo auf hoher See, ohne etwas von seinem Glück zu ahnen«, sagte Mr. Vickers. »Es ist wie in einem Abenteuerroman.«

»Ich freue mich jedenfalls, daß Frere das Geld nicht bekommen hat«, meinte Pine, der grimmig bei seinem Vorurteil beharrte. »Ich bin selten einem Menschen begegnet, dessen Gesicht mir weniger behagte, nicht einmal bei meinen Banditen da unten.«

»Oh, Dr. Pine! Wie können Sie so etwas sagen?« mischte sich Mrs. Vickers ein.

»Meiner Seel, Madam, von denen stammen einige aus gutem Hause. Es sind Taschendiebe und Betrüger dabei, die in der besten Gesellschaft verkehrt haben.«

»Schreckliche Kerle!« rief Mrs. Vickers und strich ihre Röcke glatt. »John, ich möchte an Deck gehen.«

Dies war das Zeichen zum allgemeinen Aufbruch.

»Wissen Sie, Pine«, sagte Kapitän Blunt, als die beiden Männer allein waren, »wir beide treten doch immer ins Fettnäpfchen.«

»Frauen sind eben ein überflüssiger Ballast an Bord eines Schiffes«, erwiderte Pine.

»O Doktor, ich weiß genau, das ist nicht Ihr Ernst«, ließ sich hinter ihm eine volle, sanfte Stimme vernehmen.

Es war Sarah Purfoy, die in der Tür ihrer Kabine stand.

»Da ist sie ja!« rief Blunt. »Wir sprachen gerade von Ihren schönen Augen, meine Liebe.«

»Ich denke, sie sind der Rede wert, nicht wahr, Kapitän?« fragte sie und wandte ihm ihren Blick zu.

»Bei Gott, das will ich wohl meinen!« versicherte Blunt und schlug zur Bekräftigung mit der Hand auf den Tisch. »Es sind die schönsten Augen, die ich in meinem ganzen Leben gesehen habe. Und darunter leuchten Lippen von einem Rot, wie ich...«

»Wollen Sie mich bitte vorbeilassen, Kapitän Blunt? Danke, Doktor.« Und ehe der verliebte Kommandant sie zurückhalten konnte, war sie sittsam aus der Kajüte geschlüpft.

»Ein hübsches Ding, was?« sagte Blunt, während er ihr nachblickte. »Und obendrein hat sie den Teufel im Leib.«

Der alte Pine nahm eine gewaltige Prise Schnupftabak.

»Den Teufel? Ich will Ihnen sagen, was mit ihr los ist, Blunt. Ich weiß zwar nicht, wo Vickers sie aufgegabelt hat, aber eher würde ich mein Leben dem schlimmsten Übeltäter im Zwischendeck anvertrauen als in ihre Fänge geraten wollen, wenn ich es mit ihr verdorben hätte.«

Blunt lachte.

»Ich glaube auch, sie wäre imstande, einen Mann ohne viel Federlesens zu erdolchen«, sagte er. »So, Doktor, und jetzt muß ich an Deck.«

Pine folgte ihm langsam. »Ich bilde mir nicht ein, daß ich viel von Frauen verstehe«, brummte er vor sich hin, »aber irgend etwas stimmt mit dem Mädchen nicht, oder ich müßte mich sehr täuschen. Was die veranlaßt haben mag, auf dieses Schiff zu gehen, und ausgerechnet als Zofe, ist mir ein Rätsel.« Er klemmte die Pfeife zwischen die Zähne und schlenderte über das nunmehr menschenleere Deck zur Hauptluke. Als er sich noch einmal nach der weißen Gestalt umschaute, die auf dem Kajütendeck auf und ab ging, sah er, daß eine andere, dunklere Gestalt auf sie zutrat. »Ich möchte schwören, sie führt nichts Gutes im Schilde«, murmelte er.

Im gleichen Augenblick berührte jemand seinen Arm, ein Soldat im Drillichzeug, der von unten heraufgekommen war.

»Was ist denn?«

Der Mann nahm Haltung an und salutierte. »Verzeihung, Doktor, einer der Gefangenen ist krank, es geht ihm ziemlich schlecht. Und weil das Abendessen vorbei ist, habe ich mir erlaubt, Euer Gnaden zu stören.«

»Du Esel!« sagte Pine, der, wie viele barsche Menschen, unter der rauhen Schale ein gütiges Herz verbarg, »warum hast du mich nicht gleich gerufen?« Er klopfte die Asche aus seiner eben erst angesteckten Pfeife, löschte die Glut und folgte dem Soldaten nach unten.

Die Frau, die der grimmige alte Geselle zum Gegenstand seiner Verdächtigungen gemacht hatte, genoß inzwischen die verhältnismäßig kühle Abendluft. Ihre Herrin und deren Tochter waren noch in der Kabine, und die Herren widmeten sich einstweilen dem Tabakgenuß. Das Sonnensegel war entfernt worden, die Sterne leuchteten an dem mondlosen Himmel, die Wache auf dem Kajütendeck hatte sich auf das Achterdeck zurückgezogen, und Miß Sarah Purfoy promenierte mit keinem Geringeren als Kapitän Blunt in vertraulichem Gespräch auf dem verlassenen Kajütendeck. Zweimal war sie stumm an ihm vorübergegangen, doch bei der dritten Kehrtwendung konnte der dicke Mann, der etwas unruhig in die Dämmerung hinausspähte, dem Funkeln ihrer großen Augen nicht länger widerstehen und schloß sich ihr an.

»Sie haben mir das vorhin doch hoffentlich nicht übelgenommen, Mädchen?« fragte er.

Sie tat überrascht. »Ja, was denn nur?«

»Nun, meine ... äh ... meine Grobheit! Denn ein bißchen grob war ich, das muß ich schon sagen.«

»Übelgenommen? Aber nein! Du lieber Himmel, Sie waren doch nicht grob.«

»Dann ist ja alles gut«, entgegnete Phineas Blunt, ein wenig beschämt, daß er sich mit seinem Geständnis eine Blöße gegeben hatte.

»Vermutlich wären Sie zudringlich geworden – wenn ich es hätte dazu kommen lassen.«

»Woher wollen Sie das wissen?«

»Ich habe es Ihnen angesehen. Meinen Sie etwa, eine Frau merkt nicht sofort, wenn ein Mann zudringlich werden will?«

»Ich zudringlich? Bestimmt nicht, auf Ehrenwort!«

»Ja, zudringlich. Den Jahren nach könnten Sie mein Vater sein, Kapitän Blunt, aber Sie haben kein Recht, mich zu küssen, es sei denn, ich bitte sie ausdrücklich darum.«

»Haha!« lachte Blunt. »Das höre ich gern. Mich bitten! Bei Gott, ich wünschte, Sie täten es, Sie schwarzäugiger kleiner Racker!«

»Das wünschen sich andere Leute zweifellos auch.«

»Zum Beispiel der Offizier dort drüben, nicht wahr, Miß Sittsam? Danach zu urteilen, wie er Sie mitunter anschaut, würde er's gern versuchen.«

Das Mädchen blitzte ihn mit einem raschen Seitenblick an. »Sie meinen Leutnant Frere? Sind Sie etwa eifersüchtig auf ihn?«

»Eifersüchtig? Pah! Der Junge ist ja noch nicht mal trocken hinter den Ohren. Eifersüchtig!«

»Es sieht aber ganz so aus. Dabei haben Sie gar keinen Grund dazu. Er ist ein langweiliger Tölpel, auch wenn er Leutnant Frere ist.«

»Das stimmt. Da haben Sie recht, bei Gott.«

Sarah Purfoy ließ ein tiefes, volltönendes Lachen hören, bei dessen Klang Blunts Pulse schneller schlugen und er sein Blut in den Fingerspitzen prickeln fühlte.

»Kapitän Blunt«, sagte sie, »Sie sind im Begriff, eine große Dummheit zu begehen.«

Er trat dicht vor sie hin und versuchte, ihre Hand zu ergreifen. »Was für eine Dummheit?«

Sie antwortete mit einer Gegenfrage: »Wie alt sind Sie eigentlich?«

»Zweiundvierzig, wenn Sie's unbedingt wissen müssen.«

»Oh! Und Sie sind drauf und dran, sich in ein neunzehnjähriges Mädchen zu verlieben.«

»In wen denn?«

»In mich!« erwiderte sie, indem sie ihm die Hand reichte und ihn mit ihren vollen roten Lippen anlächelte.

Das Gaffelsegel verbarg sie vor den Blicken des Mannes am Steuerruder, und das zwielichterne Funkeln einer tropischen Sternennacht lag auf dem Hauptdeck. Blunt spürte den warmen Atem dieser seltsamen Frau auf seiner Wange, ihre Pupillen schienen sich bald zu weiten, bald zu verengen, und die feste, kleine Hand, die er in der seinen hielt, brannte wie Feuer.

»Ich glaube, Sie haben recht«, sagte er. »Halb habe ich mich tatsächlich schon in Sie verliebt.«

Sie senkte verächtlich die schweren, langbewimperten Lider und zog ihre Hand zurück.

»Dann passen Sie nur auf, daß Sie sich nicht ganz in mich verlieben, Sie könnten es sonst bereuen.«

»Tatsächlich?« fragte Blunt. »Na, das lassen Sie meine Sorge sein. Kommen Sie her, kleine Hexe, geben Sie mir den Kuß, um den ich Sie vorhin in der Kajüte bitten wollte, wie Sie behaupten.« Und damit schloß er sie in die Arme.

Im Nu hatte sie sich ihm entwunden und maß ihn mit blitzenden Augen.

»Wagen Sie nicht, mich zu küssen!« rief sie. »Mit Gewalt! Pah, Sie führen sich ja auf wie ein Schuljunge. Wenn es Ihnen gelingt, mich zu erobern, werde ich Sie küssen, sooft Sie nur wollen. Andernfalls bleiben Sie mir gefälligst vom Leibe.«

Blunt wußte nicht recht, ob er über diese Abfuhr lachen oder sich ärgern sollte. In Anbetracht dessen, daß er sich nicht gerade mit Ruhm bedeckt hatte, hielt er es für das beste zu lachen. »Sie sind ja ein richtiger kleiner Hitzkopf. Was muß ich tun, um Sie zu erobern?«

Sie knickste vor ihm.

»Das ist Ihre Sache«, sagte sie, und da in diesem Moment Mr. Freres Kopf über der Kajütentreppe auftauchte, ging Blunt nach achtern, ziemlich bestürzt, aber nicht ganz unzufrieden mit sich.

»Alle Wetter, ein prachtvolles Mädchen«, murmelte er und schob seine Mütze keck aufs Ohr. »Der Teufel soll mich holen, wenn sie nicht scharf auf mich ist.«

Leise vor sich hin pfeifend, stapfte der alte, verliebte Bursche über das Deck. Den Mann, der seinen Platz an der Seite des Mädchens eingenommen hatte, bedachte er mit unfreundlichen Blicken, aber ein unklares Schamgefühl bewog ihn, sich nicht einzumischen.

Maurice Fréres Gruß war recht kurz.

»Nun, Sarah«, fragte er, »sind Sie noch böse auf mich?«

Sie runzelte die Stirn. »Weshalb haben Sie den Mann geschlagen? Er hatte Ihnen doch nichts getan.«

»Er war unbotmäßig. Was hatte er auf dem Achterdeck zu suchen? Man muß diese Schurken ducken, mein Kind.«

»Sonst werden sie wohl zu stark, wie? Glauben Sie wirklich, ein einzelner könnte das Schiff in seine Gewalt bringen, Mr. Maurice?«

»Einer allein nicht. Aber hundert vielleicht.«

»Unsinn! Wie sollten die je gegen die Soldaten aufkommen? Es sind doch fünfzig Soldaten an Bord.«

»Das ist schon richtig, aber...«

»Was aber?«

»Ach, nichts weiter. Es verstößt eben gegen die Vorschriften, und das dulde ich nicht.«

»›Gegen die königlichen Verfügungen‹, wie Hauptmann Vickers sagen würde.«

Frere lachte, als sie seinen wichtigtuerischen Hauptmann nachahmte.

»Sie sind ein sonderbares Mädchen. Ich werde nicht klug aus Ihnen. Kommen Sie«, fügte er hinzu und nahm ihre Hand, »erzählen Sie mir, wer Sie wirklich sind.«

»Versprechen Sie mir, es nicht weiterzusagen?«

»Natürlich.«

»Ehrenwort?«

»Ehrenwort.«

»Also ich bin... aber nein, Sie sagen es bestimmt weiter.«

»Ich? Nie! So sprechen Sie doch schon.«

»Kammerzofe bei der Familie eines vornehmen Herrn, der ins Ausland reist.«

»Können Sie denn nicht einen Augenblick ernst sein, Sarah?«

»Ich bin ernst. So stand es in der Anzeige, auf die ich mich gemeldet habe.«

»Ich meine doch, was Sie früher gewesen sind. Sie waren gewiß nicht immer Kammerzofe?«

Sarah Purfoy hüllte sich fester in ihren Schal, und ein Zittern durchlief sie. »Aha, man kommt nicht als Kammerzofe auf die Welt, nicht wahr?«

»Also, wer sind Sie? Haben Sie keine Freunde? Was waren Sie früher?«

Sie sah den jungen Mann an – sein Gesichtsausdruck war etwas weniger streng als gewöhnlich –, schmiegte sich an ihn und flüsterte: »Lieben Sie mich, Maurice?«

Er ergriff eine ihrer kleinen Hände, die auf der Reling ruhten, und küßte sie im Schutze der Dunkelheit.

»Sie wissen, daß ich Sie liebe«, erwiderte er. »Ob Sie nun Zofe sind oder etwas anderes, für mich sind Sie die bezauberndste Frau, der ich je begegnet bin.«

Sie lächelte über seine stürmische Liebeserklärung. »Was kümmert es Sie, wer ich bin, wenn Sie mich lieben?«

»Wenn Sie mich auch liebten, würden Sie es mir erzählen«, sagte er mit einer Lebhaftigkeit, die ihn selber überraschte.

»Aber ich habe Ihnen nichts zu erzählen, und außerdem liebe ich Sie nicht – noch nicht.«

Er ließ ihre Hand mit einer ungeduldigen Geste los, und in diesem Augenblick tauchte Blunt auf, der sich nicht länger zurückhalten konnte.

»Eine schöne Nacht, Mr. Frere.«

»Ja, eine schöne Nacht.«

»Nur leider keine Anzeichen für eine Brise.«

»Nein, leider nicht.«

Plötzlich blitzte aus dem violetten Dunst, der den Horizont verschleierte, ein seltsamer Lichtschein auf.

»Hallo! Haben Sie das gesehen?« rief Frere.

Alle drei hatten es gesehen, aber sie warteten vergeblich, daß es sich wiederholen sollte.

Blunt rieb sich die Augen.

»Ich habe es deutlich gesehen«, sagte er. »Ein Blitz.«

Mit weit aufgerissenen Augen versuchten sie, die Dunkelheit zu durchbohren.

»Vor dem Essen hat Best etwas Ähnliches gemeldet. Es muß ein Gewitter in der Luft liegen.«

Da — ein dünner Lichtstrahl schoß hoch und versank wieder.

Diesmal war jeder Irrtum ausgeschlossen, und ihren Kehlen entrang sich gleichzeitig ein Ausruf des Erstaunens. Aus dem Dunkel, das über dem Horizont hing, stieg eine Feuersäule auf, welche die Nacht sekundenlang erhellte und dann verschwand. Nur ein mattroter Schein blieb zurück.

»Ein brennendes Schiff!« rief Frere.

KAPITEL 3
Die Eintönigkeit hat ein Ende

Sie hielten von neuem Ausschau. Noch immer lag der matte Schein auf dem Wasser, und unmittelbar darüber wuchs aus der Dunkelheit ein grellroter Fleck, der wie ein unheimlicher Stern in der Luft schwebte. Die Soldaten und die Matrosen auf dem Vorderdeck waren ebenfalls aufmerksam geworden, und bald griff die Erregung auf das ganze Schiff über. Mrs. Vickers, an deren Röcke sich die kleine Sylvia klammerte, kam an Deck gelaufen, um die neue Sensation nicht zu versäumen. Beim Anblick ihrer Herrin zog sich die sittsame Zofe unauffällig von Freres Seite zurück. Im Grunde wäre das gar nicht nötig gewesen; kein Mensch beachtete sie. Blunt hatte in seiner beruflichen Erregung ihre Anwesenheit bereits vergessen, und Frere war in eine ernste Beratung mit Vickers vertieft.

»Machen Sie ein Boot klar!« sagte der Hauptmann. »Aber gewiß, mein lieber Frere, unbedingt. Vorausgesetzt natürlich, daß der Kapitän nichts einzuwenden hat und es nicht gegen die Dienstvorschrift verstößt...«

»Was halten Sie davon, Kaptän? Vielleicht können wir ein paar von den armen Teufeln retten«, rief Frere, dessen Tatkraft bei der Aussicht auf ein erregendes Abenteuer neu erwachte.

»Ein Boot?« knurrte Blunt. »Das Schiff ist mindestens zwölf Meilen von uns entfernt, und obendrein regt sich kein Lüftchen.«

»Aber wir können sie doch nicht wie Kastanien rösten lassen!« wandte der Leutnant ein, während sich der Feuerschein über den Himmel ausbreitete und immer heller wurde.

»Was nützt da ein Boot?« erwiderte Pine. »Das große Beiboot faßt nur dreißig Mann, und es handelt sich anscheinend um ein großes Schiff.«

»Nun, dann nehmen wir eben zwei Boote – oder drei! Beim Himmel, wollen Sie gar nichts zur Rettung der Leute unternehmen und zusehen, wie sie bei lebendigem Leibe verbrennen?«

»Die haben doch ihre eigenen Boote«, sagte Blunt, dessen Bärenruhe in krassem Gegensatz zu dem Ungestüm des jungen Offiziers stand. »Wenn das Feuer weiter um sich greift, werden sie schon in die Rettungsboote gehen, darauf können Sie sich verlassen. Inzwischen wollen wir ihnen mal zeigen, daß jemand in der Nähe ist.«

Er hat noch nicht ausgesprochen, als eine blaue Rakete zischend in den Nachthimmel stieg.

»So, das dürften sie wohl gesehen haben«, meinte er.

Die grelle Flamme hatte die Sterne für einen Augenblick ausgelöscht, nun aber funkelten sie um so heller an dem dunkler erscheinenden Himmel.

»Mr. Best, lassen Sie die Rettungsboote vom Achterdeck klarmachen und besetzen! Mr. Frere, Sie können mitfahren, wenn Sie wollen. Nehmen Sie einen oder zwei Freiwillige von den Graujacken im Zwischendeck mit. Ich brauche alle Leute, die irgend entbehrlich sind, für den Fall, daß wir das große Beiboot und den Kutter einsetzen müssen. Vorsichtig, Jungens! Langsam!«

Während sich die ersten acht Mann, die das Deck erreichen konnten, auf die Boote an der Backbord- und Steuerbordseite verteilten, lief Frere über das Hauptdeck.

Mrs. Vickers, die, wie immer, im Wege war, stieß einen leisen Schrei aus, als sich Blunt mit einer gemurmelten Entschuldigung an ihr vorbeizwängte. Ihre Zofe dagegen stand aufrecht und unbeweglich an der Achterreling, und als der Kapitän einen Moment im Laufen innehielt und zurückblickte, sah er ihre dunklen Augen bewundernd auf sich gerichtet. Er war, wie er selbst sagte, zweiundvierzig Jahre alt, beleibt und grauhaarig, aber er errötete wie ein Mädchen unter ihrem anerkennenden Blick. Trotzdem begnügte er sich mit einem geknurrten »Die ist wirklich ein Prachtkerl« und einem leisen Fluch.

Inzwischen war Maurice Frere an der Wache vorbeigelaufen und in das Zwischendeck hinuntergestürmt. Auf seinen Wink wurde die Gefängnistür aufgerissen. Die Luft war heiß und der Raum von jenem seltsamen, widerlichen Geruch erfüllt, den eng zusammengepferchte Menschenleiber ausströmen. Es war, als trete man in einen überfüllten Stall.

Sein Blick glitt die zweifache Reihe der Kojen an der Längsseite des Schiffes entlang und blieb schließlich an der ihm gegenüberliegenden Koje hängen. Irgend etwas schien dort nicht in Ordnung zu sein, denn an Stelle der sechs Paar Füße, die eigentlich hätten herausragen müssen, sah er im Lichtschimmer des Bullauges nur deren vier.

»Was ist hier los, Posten?« fragte er.

»Ein Gefangener ist krank, Sir. Der Doktor hat ihn ins Krankenrevier geschickt.«

»Da fehlen aber zwei.«

Der zweite trat aus der Nische hinter der Koje heraus. Es war Rufus Dawes. Er hielt sich die Seite und grüßte. »Mir war übel, Sir, und ich wollte die Luke ein wenig öffnen.«

Alle Köpfe der schweigenden Reihe waren hochgefahren, alle Augen und Ohren warteten gespannt auf das, was kommen würde. In diesem Augenblick hatten die Kojen eine erschreckende Ähnlichkeit mit den Käfigen wilder Tiere.

Maurice Frere stampfte wütend mit dem Fuß auf.

»Übel! Wovon ist dir denn übel, du Hund? Faulkrank, was? Ich werde dir gleich Gelegenheit geben, deine Krankheit auszuschwitzen. Los, vortreten!«

Verblüfft gehorchte Rufus Dawes. Er war offensichtlich matt und benommen und fuhr sich über die Stirn, als wollte er einen Schmerz wegwischen.

»Wer von euch Schurken kann mit einem Ruder umgehen?« fuhr Frere fort. »Verdammt noch mal, ich brauche keine fünfzig. Drei genügen mir. Los, beeilt euch!«

Die schwere Tür fiel ins Schloß, und im nächsten Augenblick standen die vier »Freiwilligen« an Deck. Die dunkelrote Feuerglut färbte sich langsam gelb und hatte sich inzwischen über den ganzen Himmel ausgebreitet.

»In jedes Boot zwei!« rief Blunt. »Alle Stunde schieße ich eine blaue Rakete ab, Mr. Best. Und paßt mir gut auf, daß sie die Boote nicht zum Kentern bringen. Also vorwärts, Jungens!«

Als der zweite Gefangene in Freres Boot die Ruder ergriff, stöhnte er laut auf und fiel vornüber, fing sich aber sofort wieder. Sarah Purfoy, die an der Reling lehnte, wurde aufmerksam.

»Was ist los mit dem Mann?« fragte sie. »Ist er krank?«

Pine stand neben ihr und blickte sogleich hinunter. »Das ist der große Bursche aus Nummer zehn«, rief er. »Hallo, Frere!«

Aber Frere hörte ihn nicht. Er starrte wie gebannt auf das immer heller leuchtende Feuer in der Ferne. »Los, Jungens!« brüllte er. Und von den ermunternden Rufen der Schiffsbesatzung begleitet, schossen die beiden Boote aus dem grellen Lichtkreis der blauen Rakete heraus und verschwanden in der Dunkelheit.

Sarah Purfoy blickte Pine an. Sie wartete auf eine Erklärung, aber er wandte sich unvermittelt ab und ging fort. Eine Sekunde lang blieb das Mädchen unschlüssig stehen, dann warf sie rasch einen Blick in die Runde, und ehe der Schiffsarzt kehrtmachte und zurückkam, war sie bereits auf der Leiter und stieg ins Zwischendeck hinab.

Die eisenbeschlagene, für den Ernstfall mit Schießscharten und gepanzerten Falltüren versehene Eichenbarrikade, welche die Soldaten von den Gefangenen trennte, war gleich zu ihrer Linken, und der Posten an der mit einem schweren Vorhängeschloß gesicherten Tür schaute sie fragend an. Das Mädchen legte ihre kleine Hand auf seine große, rauhe Pranke – auch ein Posten ist nur ein Mensch – und richtete ihre dunklen Augen auf ihn.

»Das Krankenrevier«, sagte sie. »Der Doktor schickt mich.« Und bevor er etwas erwidern konnte, verschwand ihre weiße Gestalt durch die Luke und bog um das Schott, hinter dem der Kranke lag.

KAPITEL 4
Das Krankenrevier

Das Krankenrevier war nicht mehr und nicht weniger als ein Bretterverschlag im Unterdeck; den dafür benötigten Raum hatte man den Soldaten entzogen. Es lag an der Längsseite des Schiffes, reichte bis an die Heckfenster und war im Grunde eine nachträglich eingebaute Heckkabine. Notfalls hätte man dort ein Dutzend Menschen unterbringen können.

Obwohl nicht so heiß wie im Gefängnis, war die Luft im Unterdeck stickig und verbraucht, und Sarah Purfoy, die stehengeblieben war, um dem gedämpften Stimmengewirr zu lauschen, das aus den Kojen der Soldaten drang, wurde von einem eigenartigen Schwindelgefühl befallen. Sie nahm sich jedoch zusammen, und als sich nun ein Mann aus den unförmigen Schattengebilden der trübsinnig hin und her pendelnden Laterne löste, streckte sie ihm die Hand entgegen. Es war der junge Soldat, der tagsüber als Wache vor dem Fallreep, das zu den Sträflingen führte, gestanden hatte.

»Hier, Miß, hier bin ich, wie Sie sehen. Ich warte schon auf Sie.«

»Du bist ein guter Junge, Miles. Aber meinst du nicht, ich bin es wert, daß man auf mich wartet?«

Miles grinste von einem Ohr zum anderen. »Und ob!« sagte er.

Sarah Purfoy runzelte die Stirn, dann lächelte sie. »Komm her, Miles, ich habe dir etwas mitgebracht.«

Miles grinste noch breiter und trat einen Schritt vor.

Das Mädchen griff in die Tasche ihres Kleides und brachte einen kleinen Gegenstand zum Vorschein. Wenn Mrs. Vickers ihn gesehen hätte, wäre sie wahrscheinlich böse geworden, denn es war nichts Geringeres als die Brandyflasche des Hauptmanns.

»Trink«, sagte sie. »Es ist der, den sie oben trinken, also wird er auch dir nichts schaden.«

Der Bursche bedurfte keiner Ermunterung. Er leerte die halbe Flasche in einem Zug, holte tief Luft und starrte das Mädchen unverwandt an. »Der schmeckt mir großartig!«

»Wirklich? Das glaube ich gern.« Sie hatte ihn mit unverhohlenem Abscheu betrachtet, während er trank. »Branntwein ist alles, worauf ihr Männer euch versteht.«

Miles, der noch immer seinen Atem einsog, kam einen Schritt näher. »Stimmt nicht«, sagte er mit einem Blinzeln seiner Schweinsäuglein. »Ich versteh mich auch auf was anderes, Miß, das können Sie mir glauben.«

Sein Tonfall schien zu bewirken, daß sie sich plötzlich auf den Grund ihres Kommens besann. Sie lachte so laut und lustig, wie sie es nur wagte, und legte ihre Hand auf den Arm des Soldaten. Der Junge — denn er war noch ein Junge, einer jener vielen wild aufgewachsenen Bauerntölpel, die den Sterz des Pflugschars mit der Muskete vertauschen und für einen Schilling Tageslöhnung allen »Pomp und Staat des glorreichen Krieges« erleben — errötete bis an die Wurzeln seiner kurzgeschorenen Haare.

»So, das ist jetzt nahe genug. Du bist nur ein gemeiner Soldat, Miles. Du darfst mir nicht den Hof machen.«

»Ich darf nicht?« rief Miles. »Weshalb haben Sie mich denn sonst herbestellt?«

Sie lachte abermals. »Was für ein Dummkopf du bist! Und wenn ich dir nun etwas zu sagen hätte?«

Miles verschlang sie mit den Blicken.

»Es ist ein hartes Los, einen *Soldaten* zu heiraten«, sagte er und betonte das Wort mit allem Stolz des Rekruten. »Aber es könnte Ihnen was Schlimmeres passieren, Miß. Ich würde wie ein Sklave für Sie schuften. Bestimmt.«

Sie blickte ihn neugierig und belustigt an. Obgleich ihre Zeit offensichtlich kostbar war, konnte sie der Verlockung nicht widerstehen, ihn ihr Lob singen zu hören.

»Ich weiß, ich bin nicht Ihresgleichen, Miß Sarah. Sie sind eine vornehme Dame, aber ich liebe Sie, wirklich, und Sie machen mich ganz rasend mit Ihren Schlichen.«

»Tatsächlich?«

»Da fragen Sie noch? Weshalb kommen Sie erst und tun mit mir schön, wenn Sie dann hingehen und mit den anderen schäkern?«

»Mit welchen anderen?«

»Na, mit denen aus der Kajüte – mit dem Käpt'n und dem Pfaffen und dem Frere, diesem... Abends sehe ich Sie doch immer mit ihm an Deck auf und ab gehen. Bei Gott, ich könnte dem Kerl eine Kugel in seinen roten Schädel feuern, wenn er Sie nur ansieht.«

»Pst! Liebster Miles, man wird uns noch hören.«

Ihre Wangen glühten, die geblähten Nasenflügel bebten. So schön ihr Gesicht auch war, in diesem Augenblick hatte es etwas Raubtierhaftes.

Durch die Anrede ermutigt, legte Miles den Arm um ihre schlanke Taille, genau wie Blunt es getan hatte; aber jetzt wehrte sie nicht so schroff ab. Miles hatte mehr versprochen.

»Pst!« flüsterte sie mit bewundernswert gespieltem Erschrecken. »Ich höre Schritte!« Und als der Soldat zurückfuhr, strich sie selbstgefällig ihr Kleid glatt.

»Es ist niemand da!« sagte er.

»Nein? Dann habe ich mich wohl geirrt. Komm her, Miles.«

Miles gehorchte.

»Wer liegt im Krankenrevier?«

»Ich weiß nicht.«

»Ich möchte hineingehen.«

Miles kratzte sich am Kopf und grinste verlegen.

»Sie dürfen nicht rein.«

»Warum nicht? Du hast mir's doch schon einmal erlaubt.«

»Befehl vom Doktor. Er hat mir ausdrücklich gesagt, ich soll keinen reinlassen, nur ihn.«

»Unsinn.«

»Ist kein Unsinn. Heute abend hat man einen Sträfling gebracht, und es darf niemand zu ihm.«

»Einen Sträfling?« Sie zeigte sich lebhaft interessiert. »Was fehlt ihm?«

»Weiß nicht. Aber er soll ganz ruhig liegen, bis der alte Pine wieder nach ihm sieht.«

Sie schlug einen gebieterischen Ton an. »Los, Miles, laß mich hinein!«

»Das können Sie nicht von mir verlangen, Miß. Es ist gegen die Befehle und...«

»Ach was, Befehle! Eben hast du dich noch gebrüstet, du würdest andere Leute erschießen, und jetzt...«

Miles fühlte sich in die Enge getrieben und wurde ärgerlich. »So, habe ich das? Gebrüstet oder nicht, jedenfalls bleiben Sie draußen.«

Sie wandte sich ab. »Auch gut. Wenn das der Dank dafür ist, daß ich hier unten meine Zeit mit dir vertrödle, dann gehe ich eben wieder an Deck.«

Miles wurde unsicher.

»Es sind viele nette Leute an Bord.«

Miles trat einen Schritt auf sie zu.

»Mr. Frere wird mich bestimmt hineinlassen, wenn ich ihn darum bitte.«

Miles fluchte halblaut. »Immer dieser verdammte Mr. Frere! Na, gehen Sie schon rein, wenn Sie unbedingt wollen«, sagte er. »Ich will Sie nicht hindern, aber denken Sie daran, was ich für Sie riskiere.«

Sarah Purfoy, die schon am Fuße der Leiter stand, kam rasch zurück. »Du bist doch ein guter Kerl. Ich wußte ja, du würdest es mir nicht abschlagen.« Sie lächelte dem armen Tölpel zu, den sie zum Narren hielt, und schlüpfte in die Kabine.

Drinnen brannte keine Laterne, und durch die teilweise verdeckten Heckfenster fiel nur trübes, dunstiges Licht. Die kurzen Wellen schlugen mit einem melancholischen Glucksen an den Rumpf des auf der leichten Dünung schaukelnden Schiffes, und der keuchende Atem des Kranken schien die Luft zu erfüllen. Das leise Geräusch der sich öffnenden Tür ließ ihn hochfahren; er stützte sich auf den Ellbogen und murmelte etwas vor sich hin. Sarah Purfoy blieb im Türrahmen stehen und lauschte, vermochte aber keines der undeutlich und hastig geraunten Worte zu verstehen. Mit einer Handbewegung, die durch den weißen Ärmel in der Dunkelheit sichtbar wurde, winkte sie Miles heran.

»Die Laterne«, flüsterte sie, »bring mir die Laterne!«

Er hakte sie von dem Tau ab, an dem sie hin und her schwankte, und wollte sie in die Kabine tragen. In diesem Augenblick setzte sich der Kranke auf und wandte den Kopf mühsam dem Licht zu. »Sarah!« rief er mit schriller, scharfer Stimme und stieß seinen mageren Arm in das Dunkel, als wollte er nach ihr greifen.

Das Mädchen sprang wie ein Panther aus dem Verschlag, riß dem Burschen die Laterne aus der Hand und stand gleich darauf wieder am Kopfende der Pritsche. Der Sträfling war ein junger Mann von etwa vierundzwanzig Jahren. Seine Hände, die sich jetzt krampfhaft in die Decke krallten, waren schmal und wohlgeformt; die Stoppeln am Kinn ließen auf einen starken Bartwuchs schließen. Die wildflackernden schwarzen Augen glühten im Fieber, und er rang so heftig nach Atem, daß dicke Schweißperlen seine Stirn bedeckten.

Der Anblick des Kranken war grausig, und Miles, der mit einem Fluch zurückprallte, wunderte sich nicht über das Entsetzen, das Mrs. Vickers' Zofe gepackt hatte. Mit offenem Mund und angstverzerrtem Gesicht stand sie wie versteinert in der Mitte des Raumes, die Laterne in der Hand, und starrte den Sträfling an.

»Bei Gott, den hat's erwischt«, sagte Miles schließlich. »Kommen Sie raus, Miß, und machen Sie die Tür zu. Er redet irre, Sie können's mir glauben.«

Der Klang seiner Stimme brachte sie zu sich. Sie stellte die Laterne hin und stürzte zur Pritsche. »Dummkopf, merkst du denn nicht, daß er erstickt? Wasser! Bring mir Wasser!«

Sie schlang die Arme um den Mann, preßte seinen Kopf an ihre Brust und wiegte ihn fast ungestüm hin und her.

Eingeschüchtert durch den herrischen Ton, gehorchte Miles; er schöpfte mit einem Trinkbecher Wasser aus einem offenen Faß, das in einer Ecke stand, und brachte es ihr. Ohne ein Wort des Dankes hielt sie den Becher an die Lippen des kranken Gefangenen. Er trank gierig und schloß mit einem erleichterten Seufzer die Augen.

Da vernahm der hellhörige Miles Waffenklirren.

»Der Doktor kommt, Miß!« rief er. »Die Wache präsentiert schon das Gewehr. Kommen Sie! Schnell!«

Sie ergriff die Laterne, öffnete den Schieber und blies das Licht aus.

»Sag, sie ist ausgegangen!« flüsterte sie erregt. »Und halt den Mund! Um mich brauchst du dich nicht zu kümmern.«

Sie beugte sich über den Sträfling, als wollte sie noch rasch sein Kopfkissen aufschütteln, huschte gerade in dem Augenblick aus der Kabine, als Pine die Luke hinabstieg.

»Hallo! Wo bleibt das Licht?« rief Pine, der um ein Haar gefallen wäre.

»Hier, Sir!« antwortete Miles und machte sich an der Laterne zu schaffen. »Gleich wieder in Ordnung, Sir. Sie ist bloß ausgegangen, Sir.«

»Ausgegangen? Warum läßt du sie ausgehen, du Esel!« schimpfte der ahnungslose Pine. »Das sieht euch Dummköpfen wieder ähnlich. Was nützt eine Laterne, wenn sie ausgeht, he?«

Während er sich mit ausgestreckten Armen durch die Finsternis tastete, schlüpfte Sarah Purfoy unbemerkt an ihm vorbei und erreichte das Oberdeck.

KAPITEL 5
Der Käfig

Erregtes Stimmengemurmel ließ die Dunkelheit im Gefängnis des Zwischendecks vibrieren. Der Wachposten am Lukeneingang sollte eigentlich »jeden Lärm der Gefangenen unterbinden«, aber er legte den Befehl sehr großzügig aus, und solange die Männer nicht laut grölten oder mit viel Geschrei übereinander herfielen – was sie zuweilen ausgiebig taten –, ließ er sie in Ruhe. Dieses Verhalten wurde nicht nur von der Bequemlichkeit, sondern auch von der Klugheit diktiert, denn ein einziger Posten vermochte wenig gegen so viele auszurichten. Faßte man die Sträflinge gar zu hart an, so erhoben sie unweigerlich eine Art tierischen Gebrülls, in das alle einstimmten und das trotz des gewaltigen Lärms die Bestrafung einzelner verhinderte. Man konnte nicht hundertachtzig Männer auspeitschen, und ebenso unmöglich war es, einen besonderen Schreier herauszugreifen. Auf diese Weise hatten sich die Sträflinge in letzter Instanz das ungeschriebene Recht erwirkt, im Flüsterton miteinander zu sprechen und in ihrem Eichenkäfig umherzugehen.

Für jemand, der unmittelbar aus der Helligkeit des Oberdecks kam, herrschte hier unten pechschwarze Nacht; die Augen der Sträflinge aber, an das ewige Dämmerlicht gewöhnt, vermochten ihre Umgebung einigermaßen deutlich zu erkennen. Das Gefängnis war etwa fünfzig Fuß lang, fünfzig Fuß breit und hatte die volle Höhe des Zwischendecks, das heißt ungefähr fünf Fuß zehn Zoll. Die Schanzverkleidung wies hier und dort Schießscharten auf, und die Lücken zwischen den Planken waren an mehreren Stellen breit genug für den Lauf einer Muskete. Achtern, wo sich die Kojen der Soldaten befanden, war eine Falltür, ähnlich dem Schieber vor dem Feuerloch eines Ofens. Auf den ersten Blick schien es, als habe hier menschliches Erbarmen für eine Lüftungsklappe gesorgt, aber schon der zweite Blick zerstörte diese Illusion. Die Öffnung war gerade groß genug für die Mündung einer kleinen Haubitze, die dahinter in Bereitschaft stand. Im Falle einer Meuterei konnten die Soldaten das Gefängnis von einem Ende zum anderen mit Kartätschen bestreichen. Frische Luft drang nur durch die Schießscharten und – etwas reichlicher – durch ein Luftsegel herein, das von der Luke in das Gefängnis hinabhing. Da aber das Luftsegel zwangsläufig am Ende des Raumes angebracht war, wurde die Luft, die es zuführte, hauptsächlich von den zwanzig oder dreißig glücklichen Burschen in seiner Nähe verbraucht, und die übrigen hundertfünfzig hatten das Nachsehen. Freilich, die kleinen Luken standen offen, aber da die Kojen so gebaut waren, daß sie gegen sie standen, war die Luft, die sie zuführten, das persönliche Eigentum derjenigen Männer, die unmittelbar an den Luken schliefen. Die Zahl der Kojen betrug achtundzwanzig, je eine für sechs Mann. Sie standen – immer zwei übereinander – an drei Wänden des Gefängnisses, zwanzig an den beiden Längsseiten, die restlichen acht an der vorderen Barrikade gegenüber der Tür. Jede Koje sollte fünf Fuß sechs Zoll im Geviert messen; man hatte sie aber, da es an Laderaum fehlte, kurzerhand um sechs Zoll verkleinert, so daß zwölf Mann auf den Deckplanken schlafen mußten. Pine hatte nicht übertrieben, als er von der Gewohnheit sprach, Sträflingsschiffe zu überladen; und in Anbetracht dessen, daß ihm für jeden Mann, den er lebend in Hobart Town ablieferte, eine halbe Guinee zustand, war seine Beschwerde nicht unbegründet.

Frere, der vor einer Stunde unten gewesen war, hatte die Gefangenen friedlich unter ihren Decken schlummernd gefunden. Inzwischen hatte sich das geändert, obgleich sie beim ersten Klicken der Riegel ihre Plätze sofort wieder eingenommen und scheinbar tief geschlafen hätten. Dem an das trübe Dunkel des Gefängnisses gewöhnten Auge bot sich ein seltsamer Anblick. In allen nur denkbaren Stellungen lagen, saßen oder standen die Männer in Gruppen beisammen; einige schritten auf und ab. Es war das gleiche Bild wie zuvor auf dem Poopdeck; nur daß sich die wilden Tiere, durch keine Furcht vor ihren Wärtern in Schach gehalten, hier ein wenig ungezwungener bewegten. Es ist unmöglich, mit Worten eine Vorstellung von der schaurigen Gespensterhaftigkeit dieser Szene zu vermitteln oder die aus dem übelriechenden Dämmerlicht des schrecklichen Gefängnisses auftauchenden Gestalten und Gesichter zu beschreiben. Der Griffel eines Jacques Callot, die Feder eines Dante hätten es vielleicht andeutungsweise vermocht; aber jeder Versuch, dieses Grauen eingehend zu schildern, würde nichts als Abscheu erregen. So wie es verpestete Höhlen gibt, in die man nicht einzudringen wagt, so gibt es auch Tiefen der Menschheit, die niemand erforschen kann.

Alte Männer, Jünglinge und Knaben, verwegene Einbrecher und Wegelagerer schliefen Seite an Seite mit ausgemergelten Taschendieben oder gerissenen Landstreichern. Der Falschmünzer teilte die Koje mit dem Leichenfledderer. Der Mann von Bildung lernte die sonderbaren Geheimnisse der Einbrecherzunft kennen, und der kleine Gauner aus St. Giles nahm bei dem durchtriebenen Berufsschwindler Unterricht in Selbstbeherrschung. Der betrügerische Handlungsgehilfe und der mit allen Wassern gewaschene »Türenknacker« tauschten ihre Erfahrungen aus. Die Berichte des Schmugglers von glücklichen Zufällen und gelungenen Beutezügen übertrumpfte der Straßenräuber mit Erinnerungen an neblige Nächte und gestohlene Taschenuhren. Der Wilderer, der mit grimmiger Wehmut an sein krankes Weib und die vaterlosen Kinder daheim dachte, fuhr zusammen, wenn ihm der Raufbold aus dem Nachtasyl auf die Schulter klopfte und ihm mit einem Fluch riet, sich tapfer und »wie ein Mann« zu benehmen. Der leichtsinnige Ladenbursche, der hier seine Leidenschaft für vornehmen Umgang und üppige Lebensweise abbüßte, hatte das anfängliche Schamgefühl längst überwunden und lauschte begierig den Geschichten von erfolgreichen Schandtaten, die so glatt über die Lippen seiner älteren Gefährten kamen. Wie es schien, war die Deportation gar kein so ungewöhnliches Schicksal. Die Alten lachten und wiegten die grauen Köpfe, wenn sie an vergangene Tage dachten, und die lauschende Jugend sehnte die Zeit herbei, da sie es ihnen gleichtun könnte. Die Gesellschaft war ihr gemeinsamer Feind, und die Richter, die Gefängnisaufseher und die Geistlichen waren das natürliche Freiwild aller Menschen, die etwas auf sich hielten. Nur Narren waren ehrlich, nur Feiglinge küßten die Rute, anstatt auf Rache zu sinnen an jener Welt der Rechtschaffenheit, die ihnen so bitteres Unrecht zugefügt hatte.

Jeder, der neu hinzukam, war ein weiterer Rekrut in den Reihen des Banditentums, und unter den in dieser stinkenden Lasterhöhle zusammengepferchten Gesellen gab es keinen, der nicht zum geschworenen Feind von Gesetz, Ordnung und Bürgertum wurde. Was einer früher gewesen sein mochte, war ohne Belang. Jetzt war er ein Gefangener, eingesperrt in einem stickigen Käfig, in enger Gemeinschaft mit dem Abschaum der Menschheit, mit Gotteslästerern und gemeinen Kreaturen, deren unflätige Flüche ihm ständig in den Ohren gellten, er verlor jede Selbstachtung und wurde das, wofür seine Kerkermeister ihn hielten: ein wildes Tier, das hinter Schloß und Riegel verwahrt werden mußte, damit es nicht ausbräche und sie zerrisse.

Das Gespräch drehte sich um den plötzlichen Abruf der vier Sträflinge. Was konnte man zu dieser Stunde von ihnen wollen?

»Ich sage euch, an Deck ist irgendwas los«, sagte einer zu seinen Nachbarn. »Hört ihr nicht, wie das rumpelt und poltert?«

»Warum haben sie die Boote ausgesetzt? Ich habe deutlich das Eintauchen der Ruder gehört.«

»Keine Ahnung, Mann. Vielleicht 'ne Beerdigung«, meinte ein kurzbeiniger, stämmiger Bursche hoffnungsvoll.

»Einer von den Burschen aus dem Salon!« ergänzte ein anderer.

Diese Vermutung rief bei den Gefangenen schallendes Gelächter hervor.

»Soviel Glück gibt's gar nicht. Du wirst dir deine Leichenrede schon noch ein Weilchen aufsparen müssen. Wahrscheinlich ist der Alte bloß mal zum Fischen ausgefahren.«

»Der Alte fischt doch nicht, du Narr. Was sollte er denn fischen? Noch dazu mitten in der Nacht.«

»Wie der alte Dovery, was?« sagte ein fünfter – eine Anspielung auf einen alten, grauköpfigen Burschen, einen rückfälligen Sträfling, der zum zweitenmal wegen Leichenfledderei verurteilt worden war.

»Ja, Menschenfieber, wie der Pfaffe sagt«, warf ein junger Mann ein, der in dem Ruf stand, die gerissenste »Krähe« in ganz London zu sein. Er ahmte den näselnden Tonfall eines Methodistenpredigers so täuschend ähnlich nach, daß alle erneut in lautes Gelächter ausbrachen.

Da drängte sich ein kleiner Taschendieb zwischen sie, ein armseliger Cockney, der sich zur Tür tastete. Eine Salve von Flüchen und Fußtritten empfing ihn.

»Verzeihung, meine Herren«, rief der unglückliche Bursche, »aber ich muß Luft haben.«

»Kauf dir 'ne Tüte voll!« brüllte die Krähe, durch den Erfolg seines letzten Witzes ermuntert.

»Au, mein Rücken!«

»Ich will raus«, stöhnte einer in der Dunkelheit. »O Gott, ich ersticke! He, Wache!«

»Wasser!« schrie der kleine Cockney. »Gebt uns einen Tropfen Wasser, um Gottes Barmherzigkeit willen! Ich habe den ganzen Tag noch nichts gekriegt.«

»Eine halbe Gallone pro Tag, und damit Schluß«, sagte ein Matrose neben ihm.

»Was hast du denn mit deiner halben Gallone gemacht, he?« erkundigte sich die Krähe spöttisch.

»Die hat mir einer gestohlen«, jammerte der Verdurstende.

»Ach was, versetzt hast du sie«, kreischte jemand. »Einfach versetzt, um dir einen schönen Sonntagsanzug dafür zu kaufen. Oh, so ein verdorbener junger Mann!« Und der Sprecher, der humorvoll den strengen Sittenapostel mimte, verhüllte sein Haupt mit der Decke.

Der elende kleine Cockney – er war Schneider von Beruf – versuchte noch immer, sich zwischen den Beinen der Krähe und seiner Gefährten hindurchzuwinden.

»Laßt mich aufstehen, Leute«, flehte er. »Laßt mich aufstehen. Ich glaube, ich muß sterben – ich sterbe.«

»Laßt den Herrn aufstehen«, sagte der Spaßvogel in der Koje. »Seht ihr denn nicht, daß sein Wagen wartet? Er will doch in die Oper fahren!«

Die Unterhaltung war ziemlich laut geworden, und aus der Koje über ihnen schob sich ein runder Schädel.

»Kann man denn hier überhaupt nicht mehr schlafen?« rief plötzlich eine barsche Stimme. »Verdammt noch mal, wenn ich runterkomme, haue ich euch mit euren hohlen Köpfen zusammen.«

Anscheinend genoß der Sprecher bei den anderen einiges Ansehen, denn der Lärm verstummte sofort. Gleich darauf aber wurde die Stille von einem schrillen Schrei zerrissen, der sich der Brust des unglückseligen Schneiders entrang. »Hilfe! Sie bringen mich um! Au!«

»Was ist hier los?« brüllte der Ruhestifter und sprang mit einem Satz aus der Koje. »Laßt ihn in Frieden, hört ihr?« herrschte er die Krähe und seine Gefährten an und stieß sie beiseite.

»Luft!« wimmerte der arme Teufel. »Luft! Ich werde ohnmächtig!«

Im gleichen Augenblick drang ein Stöhnen aus der gegenüberliegenden Koje.

»Zum Teufel mit euch!« fluchte der Riese, während er den keuchenden Schneider beim Kragen packte und wild um sich blickte. »Ist ja der reinste Hexenkessel hier! Habt ihr's denn schon alle auf der Lunge, meine Hühnchen?«

Der Mann in der Koje stöhnte noch lauter.

»Sagt dem Posten Bescheid!« rief einer, der menschlicher dachte als die übrigen.

»Jawohl, schmeißt ihn raus!« stimmte der Spaßmacher zu. »Dann sind wir einen los. Der Platz, der frei wird, ist uns dienlicher als seine Gesellschaft.«

»Posten, hier ist ein Kranker!«

Aber der Posten kannte seine Dienstvorschrift und rührte sich nicht. Der junge Soldat war über alle Schliche und Listen der Sträflinge aufgeklärt worden, und überdies hatte ihm Hauptmann Vickers nachdrücklich eingeschärft, es sei dem Posten auf Grund der »königlichen Verfügungen« verboten, irgendeine Frage oder Mitteilung eines Sträflings zu beantworten; er habe in jedem Fall die Pflicht, den Unteroffizier vom Dienst zu rufen. Nun hätte er sich zwar leicht mit der Wache auf dem Achterdeck verständigen können, doch es widerstrebte ihm, die Herren eines kranken Sträflings wegen zu stören, und da er wußte, daß die dritte Ablösung in wenigen Minuten erscheinen würde, beschloß er, bis dahin zu warten.

Inzwischen ging es dem Schneider immer schlechter. Er begann schauerlich zu stöhnen.

»Hallo!« schrie sein Beschützer erschrocken. »Halt dich senkrecht, Bursche! Was fehlt dir denn? Mach hier bloß nicht schlapp. Los, tragt ihn doch zur Tür!« Und der Ärmste wurde von Mann zu Mann weitergeschoben.

»Wasser!« flüsterte er und schlug schwach mit der Hand an die dicke Eichentür. »Geben Sie uns was zu trinken, Mister, um Gottes willen!«

Aber der vorsichtige Wachposten blieb still und stumm, bis die Schiffsglocke das Herannahen der Ablösung verkündete.

Als sich der ehrliche alte Pine mit besorgter Miene erkundigte, was los sei, erhielt er die Auskunft, daß ein weiterer Gefangener erkrankt sei. Auf seinen Befehl wurde die Tür aufgeschlossen und der Schneider schleunigst herausgeholt. Ein Blick in das vom Fieber gerötete, angstverzerrte Gesicht genügte dem Arzt.

»Da stöhnt doch noch einer, wer ist das?« fragte er.

Es war der Mann, der vor einer Stunde vergeblich nach dem Wachposten gerufen hatte. Die Sträflinge waren einigermaßen verwundert, als Pine ihn ebenfalls hinausschaffen ließ.

»Führt sie beide nach achtern ins Krankenrevier«, sagte er. »Und wenn noch mehr Leute krank werden sollten, Jenkins, dann gebt mir sofort Bescheid. Ich bin an Deck.«

Die Wachposten sahen einander beunruhigt an, sagten aber nichts, da das brennende Schiff, das nun auf der ruhigen Wasserfläche in hellen Flammen stand, ihre Gedanken mehr beschäftigte als die näher liegende Gefahr.

Pine stieg die Luke hinauf.

»Wir haben Typhus an Bord!« sagte er zu Blunt, dem er oben begegnete.

»Großer Gott! Ist das wirklich wahr, Pine?«

Der grauhaarige Alte nickte sorgenvoll. »Daran ist nur diese verdammte Flaute schuld. Ich habe übrigens schon lange damit gerechnet, man hat eben viel zuviel Leute hier reingestopft. Als ich auf der *Hekuba* war...«

»Wer ist es?«

Pine lachte ein halb mitleidiges, halb ärgerliches Lachen. »Ein Sträfling natürlich, wer denn sonst? Da unten stinkt es ja wie in einem Schlachthof. Hundertachtzig Menschen in einem fünfzig Fuß langen Raum, eine Luft wie in einem Backofen – erwarten Sie da etwas anderes?«

Der arme Blunt stampfte mit dem Fuß auf. »Meine Schuld ist das nicht«, rief er. »Die Kojen achtern brauchen wir doch für die Soldaten. Wenn die Regierung diese Schiffe so überlädt, kann ich nichts machen.«

»Ach, die Regierung! Die Herren schlafen ja auch nicht in einer knapp sechs Fuß hohen Kajüte, mit sechzig anderen neben sich! Die holen sich keinen Typhus in den Tropen, oder?«

»Das nicht, aber...«

»Na also, und darum ist das der Regierung ganz egal.«

Blunt wischte sich die heiße Stirn. »Wer war der erste Kranke?«

»Nummer siebenundneunzig, die zehnte Koje in der unteren Reihe. John Rex ist sein Name.«

»Sind Sie sicher, daß es Typhus ist?«

»Völlig sicher. Ein Kopf wie eine Feuerkugel, die Zunge wie gegerbtes Leder. Wenn sich da einer auskennt, dann ich«, sagte Pine mit einem traurigen Lächeln. »Ich habe ihn ins Krankenrevier bringen lassen. Krankenrevier! Ein schönes Krankenrevier! Ein Loch, so finster wie ein Wolfsrachen. Ich habe Hundehütten gesehen, die bequemer waren.«

Blunt deutete mit dem Kopf auf die düstere Rauchwolke, die über der Feuersbrunst schwelte. »Vielleicht müssen wir noch eine ganze Ladung von diesen armen Teufeln an Bord nehmen. Ich kann sie doch nicht ihrem Schicksal überlassen.«

»Nein, das können Sie schlecht«, entgegnete Pine mit finsterer Miene. »Wenn wirklich welche gerettet werden, müssen wir sie eben irgendwo verstauen. In dem Fall wird es wohl das beste sein, wir laufen mit der ersten Brise das Kap der Guten Hoffnung an. Weiter weiß ich auch keinen Rat.«

Damit wandte er sich ab, um das brennende Schiff zu beobachten.

KAPITEL 6
Das Schicksal der Hydaspes

Inzwischen hielten die beiden Boote geradewegs auf die rote Feuersäule zu, die wie eine riesige Fackel über der See stand.

Wie Blunt gesagt hatte, lagen gut und gern zwölf Meilen zwischen dem brennenden Schiff und der *Malabar*, und es war ein anstrengendes, ermüdendes Rudern. Die schützenden Schiffsplanken, die sie bislang auf ihrer traurigen Fahrt getragen hatten, blieben hinter ihnen zurück, und vor den Abenteurern schien sich eine neue Welt aufzutun. Zum erstenmal enthüllte sich ihnen die Unendlichkeit des Ozeans, auf dem sie sich langsam vorwärts bewegten. An Bord des Gefangenenschiffes, umgeben von allen heimatlichen Erinnerungen, wenn auch nicht von den Bequemlichkeiten des Festlandes, war ihnen gar nicht bewußt geworden, wie weit sie von jener Zivilisation entfernt waren, die sie seit ihrer Geburt begleitet hatte. Die helle, behaglich ausgestattete Kajüte, der schlichte Frohsinn, der auf dem Vorderdeck herrschte, das Aufstellen der Posten und die Wachablösung, ja selbst das düstere Grauen des streng bewachten Gefängnisses – das alles trug dazu bei, daß sich die Reisenden vor den unbekannten Gefahren des Meeres geschützt wähnten. Aus dem Gefühl der Verbundenheit mit unseren Mitmenschen erwächst uns die Kraft, den Naturgewalten die Stirn zu bieten, und so war es bisher auch ihnen ergangen. Sie spürten, daß sie, obwohl allein auf dem unermeßlichen Meer, mit ihresgleichen in Verbindung standen und daß die Schwierigkeiten, die andere überwunden hatten, auch von ihnen gemeistert werden konnten. Nun aber, da das Schiff hinter ihnen immer kleiner wurde und das andere vor ihnen als brennendes Wrack auf dem schwarzen Wasser trieb, ein Bild des Grauens und der menschlichen Hilflosigkeit, nun erkannten sie plötzlich ihre eigene Ohnmacht. Die *Malabar*, dieses gewaltige Seeungeheuer, in dessen geräumigem Bauch so viele menschliche Geschöpfe lebten und litten, war zu einer Nußschale zusammengeschrumpft. Wie winzig klein hatte sich doch das zerbrechliche Beiboot neben dem riesigen Schiff ausgenommen, als sie von dem hoch aufragenden Heck ablegten! Eben noch war ihnen der dunkle Rumpf als ein mächtiges Bollwerk erschienen, das den heftigsten Stürmen und Wellen trotzte; jetzt war er nur noch ein schwimmendes Stück Holz auf einem unbekannten, tiefen, schwarzen, unergründlichen Meer. Das blaue Signallicht, das bei seinem ersten Aufleuchten über dem Ozean sogar den Glanz der Sterne ausgelöscht und das ganze Himmelsgewölbe in gespenstisches Licht getaucht hatte, war nur noch ein Punkt, ein glänzender, deutlich sichtbarer Punkt zwar, der aber gerade durch seinen Glanz das Schiff bis zur Bedeutungslosigkeit verkleinerte. Wie ein Glühwürmchen auf einem schwimmenden Blatt, so lag die *Malabar* auf dem Wasser, und das grelle Licht der Rakete hatte nicht mehr Macht über die Dunkelheit als die Kerze, die ein einsamer Bergmann in die Tiefe der Kohlengruben mitnimmt.

Und dabei hatte die *Malabar* über zweihundert Menschen an Bord!

Das Wasser, auf dem die Boote dahinglitten, war schwarz und glatt; seine hohen, schaumlosen Wogen muteten um so schrecklicher an, als sie stumm blieben. Wenn die See schäumt und zischt, dann spricht sie, und die Sprache bricht den Bann des Grauens; wenn sie dagegen träge daliegt und geräuschlos aufbrandet, ist sie stumm und scheint Unheil auszubrüten. Während einer Flaute gleicht das Meer einem finsteren Riesen; man fürchtet, daß es Böses im Schilde führt. Zudem wirkt die ruhige See unermeßlich, die zornig aufgewühlten Wellenberge dagegen lassen den Horizont näher rücken, und es ist nicht zu unterscheiden, wie viele Meilen weit die unbarmherzigen Wogen einander folgen. Um die grausige Unendlichkeit des Ozeans zu begreifen, muß man ihn sehen, wenn er schläft.

Wolkenlos breitete sich der Himmel über der schweigenden See. Die Sterne schienen dicht über dem Wasser zu schweben, sie leuchteten aus einem tiefhängenden violetten Dunstschleier. Ringsum herrschte tiefe Stille, und jeder Ruderschlag wurde mehrmals gedämpft zurückgeworfen. Sooft die Ruder in das dunkle Wasser einschnitten, blitzte es wie Feuer auf, und die Spuren am Kiel der Boote glichen zwei Seeschlangen, die in geräuschlosen Windungen durch einen See aus Quecksilber schwimmen.

Bisher hatten die beiden Boote eine Art Wettrennen veranstaltet. Mit zusammengebissenen Zähnen und fest aufeinandergepreßten Lippen ruderten die Männer Schlag auf Schlag. Plötzlich aber fiel das vordere Boot zurück. Best stieß einen Jubelruf aus und fuhr vorbei, geradewegs auf den breiten dunkelroten Streifen zu, von dem ihnen bereits Brandgeruch entgegenkam.

»Was ist los?« schrie er.

Aber er hörte nur einen unterdrückten Fluch aus Freres Munde, und dann legten sich die anderen erneut in die Riemen, um ihn einzuholen.

Es war tatsächlich nichts von Bedeutung – ein Gefangener hatte »schlappgemacht«.

»Verflucht!« brüllte Frere. »Was ist denn mit dir? Ach, du bist es, Dawes! Natürlich wieder Dawes. Von so einem verstockten Hund habe ich auch nichts anderes erwartet. Na, das verfängt bei mir nicht. Bestimmt ist es angenehmer, an Deck herumzulungern, aber jetzt wirst du weiterrudern, mein Junge.«

»Er scheint krank zu sein, Sir«, sagte der mitleidige Schlagmann.

»Krank? Der nicht! Alles Verstellung. Los, los, weiter! Ordentlich durchziehen!«

Der Sträfling griff nach dem Ruder, und das Boot schoß vorwärts. Aber so laut Mr. Frere seine Männer auch anfeuerte, er konnte nicht mehr aufholen, und Best erreichte als erster die schwarze Wolke, die über dem dunkelroten Wasser hing. Auf sein Signal kam das zweite Boot längsseits.

»Weiten Abstand halten!« rief er. »Wenn noch viele Leute an Bord sind, können Sie leicht unsere Boote zum Kentern bringen; und es werden wohl viele sein, denn wir sind keinem Boot begegnet.«

Während die Männer erschöpft über den Rudern lagen, rief er mit lauter Stimme das brennende Schiff an.

Es war ein großes, plump gebautes Schiff mit sehr breitem Oberdeck und hohem Poopdeck. Obgleich der Brand nach ihren Beobachtungen noch nicht lange wüten konnte, war das Schiff merkwürdigerweise schon ein Wrack und schien von allen verlassen. Der Hauptherd des Feuers war mittschiffs, und das Unterdeck stand in hellen Flammen. In den Bordplanken waren hier und dort große verkohlte Löcher und Öffnungen, durch die man das rotglühende Feuer wie durch die Gitterstäbe eines Rostes sah. Auf der Steuerbordseite schleifte das schwarze Gerippe des Großmasts im Wasser, und das erklärte die Schräglage des schwerfälligen Schiffes.

Das Feuer brüllte wie ein Katarakt, riesige rotzüngelnde Rauchschwaden wälzten sich aus dem Laderaum und legten sich als dichte schwarze Wolke über die See.

Frere, dessen Boot langsam um das Heck des Schiffes herumfuhr, rief immer wieder zum Deck hinauf. Aber es kam keine Antwort, und obwohl ihn die Lichtflut, die das Wasser blutrot färbte, jedes Tau und jede Spiere deutlich erkennen ließ, nahmen seine angestrengten Augen nicht eine lebende Seele an Bord wahr.

Als sie näher heranruderten, sahen sie die vergoldeten Buchstaben des Schiffsnamens aufblitzen.

»Wie heißt der Kahn, Leute?« schrie Frere. Seine Stimme ging im Gebrüll der Flammen fast unter. »Könnt ihr's entziffern?«

Rufus Dawes, anscheinend von einem starken Impuls der Neugier getrieben, stand hoch aufgerichtet im Boot und beschattete die Augen mit der Hand.

»Na, kannst du nicht sprechen? Wie heißt der Kahn?«

»*Hydaspes!*«

Frere keuchte. Die *Hydaspes!* Das Schiff, mit dem sein Vetter Richard Devine gesegelt war! Das Schiff, auf dessen Rückkehr man nun in England vergeblich warten würde! Die *Hydaspes*, die – plötzlich erinnerte er sich, was er bei seinen Erkundigungen nach dem vermißten Vetter über das Schiff gehört hatte. »Zurück, Leute! Beidrehen! Rudert um euer Leben!«

Bests Boot glitt längsseits. »Können Sie den Namen erkennen?«

»Die *Hydaspes!*« brüllte Frere, kreidebleich vor Entsetzen. »Sie war nach Kalkutta unterwegs und hat fünf Tonnen Pulver an Bord!«

Es bedurfte keiner weiteren Worte. Dieser eine Satz erklärte das ganze Geheimnis. Die Besatzung war beim ersten Alarm in die Boote gegangen und hatte das mit der tödlichen Fracht beladene Schiff seinem Schicksal überlassen. Die Unglücklichen waren gewiß schon weit weg, und vermutlich hatten sie nicht die Richtung eingeschlagen, aus der ihnen Hilfe kam.

Die Boote flogen über das Wasser. Die Männer, die es so eilig gehabt hatten, das Schiff zu erreichen, waren nun in noch größerer Eile, von ihm fortzukommen. Die Flammen hatten bereits die Kampanje erreicht; in wenigen Minuten würde es zu spät sein. Eine

Weile sprach niemand ein Wort. Die Männer ruderten mit aller Kraft, keuchend, die Augen unverwandt auf das gespenstische Schiff gerichtet, von dem sie sich entfernten. Frere und Best, rückwärts gewandt, trieben angesichts der grausigen Gefahr, vor der sie flohen, ihre Leute zu noch größeren Anstrengungen an.

Schon leckten die Flammen nach der Schiffsflagge, schon schmolzen die Schnitzwerke am Heck im Feuer. Gleich mußte alles vorbei sein.

Da — es war bereits geschehen! Ein dumpfes Krachen; das brennende Schiff barst auseinander; eine Feuersäule stieg aus dem Ozean auf, Deckbalken und Planken flogen durch die Luft; es gab ein furchtbares Getöse, als stießen Himmel und Meer zusammen; ein mächtiger Wasserberg schoß hoch, rollte heran, erreichte sie, brauste über sie hinweg. Dann waren sie allein — betäubt, benommen und atemlos, von grauenhafter Finsternis und Grabesstille umgeben.

Das Aufklatschen der Schiffstrümmer auf der Wasserfläche brachte sie zur Besinnung. Und als nun das blaue Signallicht der *Malabar* eine helle Bahn über die See legte, da wußten sie, daß sie in Sicherheit waren.

Auf der *Malabar* schritten zwei Männer in Erwartung des Morgens an Deck auf und ab. Endlich begann es zu dämmern. Der Himmel hellte sich auf, der Nebel zerriß, und bald tauchte unmittelbar über dem fernen östlichen Horizont ein langer, blaßgelber Lichtstreifen auf. Immer stärker funkelte das Wasser, die See färbte sich, ihr Schwarz wurde zu Gelb, das Gelb zu Hellgrün. Der Mann im Mastkorb rief das Deck an. Die Boote waren in Sicht, sie näherten sich dem Schiff, und schon sah man schimmernde Tropfen von den schwer arbeitenden Rudern sprühen. Die Zuschauer, die sich an der Reling drängten, brachen in lauten Jubel aus und schwenkten die Hüte.

»Nicht eine Seele!« rief Blunt. »Nur unsere Leute. Ein Glück, daß wenigstens sie heil und gesund zurück sind.«

Die Boote legten sich längsseits, und wenige Sekunden später stand Frere an Deck.

»Nun, Mr. Frere?«

»Alles vergebens«, meldete Frere, der vor Kälte zitterte. »Wir hatten gerade noch Zeit, fortzukommen. Um ein Haar hätte es uns erwischt, Sir.«

»Haben Sie niemand gesehen?«

»Keine Menschenseele. Sie sind bestimmt in die Boote gegangen.«

»Dann können sie nicht weit sein«, meinte Blunt, während er den Horizont mit dem Glas absuchte. »Bei dieser Windstille müssen sie doch die ganze Zeit rudern und kommen nur langsam voran.«

»Vielleicht sind sie in die entgegengesetzte Richtung gefahren«, sagte Leutnant Frere. »Sie hatten immerhin gut vier Stunden Vorsprung.«

Nun kam auch Best an Bord und erstattete der begierig lauschenden Menge Bericht. Nachdem die Matrosen die Boote an Bord gehievt und festgemacht hatten, schickte man sie zum Essen auf das Vorderdeck, wo sie zwischen den einzelnen Bissen von ihren Erlebnissen erzählen mußten. Die vier Sträflinge dagegen wurden sofort ins Zwischendeck gebracht und wieder eingeschlossen.

»Sie sollten sich gleich aufs Ohr legen, Frere«, sagte Pine mürrisch. »Es hat keinen Sinn, den ganzen Tag hier herumzustehen und auf Wind zu warten.«

Frere lachte sein munterstes Lachen. »Das will ich auch tun«, sagte er. »Ich bin hundemüde und übernächtig wie eine Eule.« Damit kletterte er die Poopleiter hinunter.

Pine schritt ein paarmal auf und ab, dann wechselte er einen Blick mit dem Kapitän und blieb vor Vickers stehen. »Sie werden mich vielleicht für grausam halten, Hauptmann Vickers, aber es ist besser, wenn wir nicht länger nach diesen armen Teufeln suchen. Wir haben ohnehin genug auf dem Halse.«

»Wie soll ich das auffassen, Mr. Pine?« fragte Vickers, der bei aller Wichtigtuerei menschlicher Gefühle fähig war. »Sie wollen doch nicht etwa diese unglücklichen Menschen ihrem Schicksal überlassen?«

»Vielleicht würden sie uns nicht einmal Dank wissen, wenn wir sie an Bord nähmen.«

»Ich verstehe Sie nicht.«

»Bei uns ist Typhus ausgebrochen.«

Vickers hob die Brauen. Er hatte keinerlei Erfahrung in solchen Dingen. Die Nachricht war zwar erschreckend, aber in Anbetracht des überfüllten Gefängnisses nicht weiter verwunderlich. Auf den Gedanken, daß er selbst gefährdet war, kam er gar nicht. »Das ist ein großes Unglück. Aber Sie werden gewiß die erforderlichen Schritte unternehmen...«

»*Bisher* ist nur das Gefängnis betroffen«, erwiderte Pine mit grimmiger Betonung des ersten Wortes. »Aber niemand kann sagen, wie lange es dabei bleibt. Es sind immerhin schon drei Krankheitsfälle zu verzeichnen.«

»Sie haben natürlich freie Hand, Sir. Treffen Sie nur Ihre Anordnungen, ich werde tun, was in meinen Kräften steht.«

»Danke. Vor allem brauche ich mehr Platz für das Krankenrevier. Die Soldaten müssen ein bißchen zusammenrücken.«

»Ich will sehen, was sich tun läßt.«

»Und es wäre ratsam, wenn sich Ihre Frau und Ihr Töchterchen soviel wie möglich an Deck aufhielten.«

Bei der Erwähnung seines Kindes erblaßte Vickers. »Großer Gott! Meinen Sie, daß Gefahr besteht?«

»Gefahr besteht für uns alle; aber mit etwas Vorsicht können wir ihr entrinnen, hoffe ich. Und da ist noch diese Zofe. Sagen Sie ihr, sie möchte sich ein bißchen zurückhalten. Man trifft sie bald hier, bald dort, und das gefällt mir gar nicht. Die Krankheit wird sehr leicht übertragen, und Kinder stecken sich eher an als Erwachsene.«

Vickers kniff die Lippen zusammen. Dieser alte Mann mit seiner barschen, mißtönenden Stimme und seiner gräßlichen Nüchternheit krächzte Unheil wie ein Rabe.

Blunt, der bisher schweigend zugehört hatte, fühlte sich bewogen, die abwesende Frau zu verteidigen. »Das Mädchen ist doch völlig gesund, Pine. Was haben Sie an ihr auszusetzen?«

»Gewiß, *sie* ist gesund, daran zweifle ich nicht. Wahrscheinlich ist sie weniger anfällig als wir alle. Eine so lebensprühende Person – die ist zäh wie eine Katze. Aber übertragen kann sie die Krankheit, und zwar rascher als sonst jemand.«

»Ich... ich gehe sofort zu ihr«, stammelte der arme Vickers und wandte sich zum Gehen.

Die Frau, von der soeben die Rede gewesen war, begegnete ihm an der Leiter. Ihr

Gesicht war blasser als gewöhnlich, und dunkle Schatten unter den Augen zeugten von einer schlaflosen Nacht. Sie öffnete die roten Lippen, um zu sprechen, hielt aber jäh inne, als sie Vickers erblickte.

»Nun, was ist?«

Sie sah von einem zum anderen. »Ich wollte zu Doktor Pine.«

Mit der raschen Auffassungsgabe, welche die Liebe verleiht, erriet Vickers, was sie hergeführt hatte. »Ist jemand krank?«

»Miß Sylvia, Sir. Aber ich glaube, es ist nicht weiter schlimm. Ein bißchen erhöhte Temperatur, und Mrs. Vickers...«

Mit angstverzerrtem Gesicht stürmte der Hauptmann an ihr vorbei und die Leiter hinunter. Pine packte den runden, festen Arm des Mädchens. »Wo sind Sie gewesen?«

Zwei große rote Flecke zeichneten sich auf ihren bleichen Wangen ab, und sie warf Blunt einen entrüsteten Blick zu.

»Kommen Sie, Pine, lassen Sie das Mädchen in Ruhe!«

»Sind Sie in der Nacht bei dem Kind gewesen?« fuhr Pine fort, ohne den Kopf zu wenden.

»Nein, ich war seit gestern abend nicht mehr in der Kabine. Mrs. Vickers hat mich eben erst hereingerufen. Lassen Sie meinen Arm los, Sir, Sie tun mir weh.«

Die Auskunft schien Pine zu befriedigen, denn er gab das Mädchen frei. »Entschuldigen Sie«, sagte er barsch. »Ich wollte Ihnen nicht weh tun. Aber im Gefängnis ist Typhus ausgebrochen, und ich fürchte, das Kind hat sich angesteckt. Sie müssen vorsichtig sein.« Und dann eilte er mit besorgtem Gesicht dem Hauptmann nach.

Eine Sekunde lang stand Sarah Purfoy wie versteinert, von tödlichem Schrecken gepackt. Ihre Lippen öffneten sich ein wenig, ihre Augen schimmerten feucht, und sie machte eine Bewegung, als wollte sie davonlaufen.

Armes Ding! dachte der ehrliche Blunt. Wie sehr sie sich um das Kind sorgt! Verdammt, dieser Tölpel von einem Arzt hat ihr weh getan! »Nehmen Sie's nicht so tragisch, Mädchen«, sagte er laut. Es war heller Tag, und er wagte nicht, so vertraulich zu sprechen wie bei Nacht. »Nur keine Angst! Ich hab's schon öfter erlebt, daß irgendeine Krankheit an Bord ausbrach.«

Es war, als erwache sie beim Klang seiner Stimme. Sie trat auf ihn zu. »Aber gerade Typhus! Ich habe soviel davon gehört! Auf derart überfüllten Schiffen sterben die Menschen wie die Fliegen.«

»Pah! Hier bestimmt nicht. Seien Sie ganz unbesorgt, Miß Sylvia wird nicht sterben und Sie auch nicht.« Er ergriff ihre Hand. »Vielleicht müssen ein paar Dutzend Gefangene ins Gras beißen. Sie sind ziemlich eng zusammengepfercht...«

Sie entzog ihm ihre Hand; besann sich aber sogleich und reichte sie ihm wieder.

»Was haben Sie denn?«

»Nichts. Mir ist nicht gut – ich habe die letzte Nacht nicht geschlafen.«

»Nun, nun! Es wird wohl nur die Aufregung sein. Legen Sie sich ein Weilchen hin.«

Sie starrte gedankenverloren an ihm vorbei auf die See hinaus. Ihr Blick war so angespannt, daß Blunt sich unwillkürlich umschaute. Diese Bewegung rief sie in die Wirklichkeit zurück. Sie runzelte die Stirn, aber gleich darauf hob sie die schönen, geraden Brauen wie jemand, der sich über sein weiteres Verhalten klargeworden ist.

»Ich habe Zahnschmerzen«, sagte sie und legte die Hand an die Wange.

»Nehmen Sie ein paar Tropfen Laudanum«, riet Blunt, der sich dunkel erinnerte, wie seine alte Mutter in solchen Fällen immer zu verfahren pflegte. »Der alte Pine wird es Ihnen gewiß geben.«

Zu seinem größten Erstaunen brach sie in Tränen aus.

»Nun, nun! Nicht weinen, meine Liebe. Aber nicht doch! Warum weinen Sie denn?«

Sie wischte die glänzenden Tränen ab und hob ihr Gesicht mit einem vertrauensvollen Lächeln zu ihm auf. »Ach, es ist nichts! Ich bin nur so einsam, so weit fort von zu Hause, und ... und Doktor Pine hat mir weh getan. Sehen Sie, hier!«

Damit entblößte sie ihren wohlgeformten Arm, und tatsächlich waren drei rote Fingerabdrücke auf der weißen, schimmernden Haut zu sehen.

»Dieses Rauhbein!« rief Blunt. »Unerhört!« Und nach einem hastigen Blick in die Runde küßte der verliebte Kapitän die gerötete Stelle. »Ich gebe Ihnen das Laudanum«, sagte er. »Sie sollen diesen Grobian nicht darum bitten müssen. Kommen Sie in meine Kabine.«

Blunt bewohnte die Steuerbordkajüte, die unter dem Sonnensegel des Poopdecks lag. Von den drei Fenstern war das eine an der Wasserseite, die beiden anderen blickten auf das Deck. Die entsprechende Backbordkajüte war Maurice Frere zugeteilt worden. Der Kapitän schloß die Tür und nahm einen kleinen Arzneikasten von der Klampe, die an der Wand über den Haken angebracht war, an denen sein Fernglas hing.

»Hier«, sagte er und öffnete das Kästchen. »Ich schleppe das alles seit Jahren mit mir herum, aber gottlob habe ich es noch nicht oft gebraucht. So, nun nehmen Sie ein paar Tropfen und behalten Sie sie im Mund.«

»Gott behüte, Kapitän Blunt, Sie wollen mich vergiften! Geben Sie mir das Fläschchen mit, ich komme schon allein zurecht.«

»Aber nehmen Sie nicht zuviel«, warnte Blunt. »Das Zeug ist nämlich gefährlich.«

»Keine Sorge, ich habe es schon früher verwendet.«

Die Tür war geschlossen, und als sie das Fläschchen einsteckte, nahm der liebeshungrige Kapitän sie in die Arme. »Was meinen Sie? Dafür hätte ich doch wohl einen Kuß verdient.«

Ihre Tränen waren längst getrocknet und hatten nur die Röte ihrer Wangen vertieft. Diese liebenswürdige Frau weinte nie so lange, daß sie häßlich aussah.

Mit einem kecken Lächeln hob sie ihre dunklen Augen eine Sekunde lang zu ihm auf. »Alles zu seiner Zeit«, sagte sie und entwischte durch die Tür.

Da die Kabine neben der ihrer Herrin lag, konnte sie das schwache Stöhnen des kranken Kindes deutlich hören. Ihre Augen füllten sich mit Tränen — mit ehrlichen diesmal. »Armes kleines Ding!« flüsterte sie. »Hoffentlich stirbt sie nicht.«

Dann warf sie sich auf ihr Bett und wühlte den heißen Kopf in das Kissen. Die Kunde vom Ausbruch der Seuche schien sie erschreckt zu haben. Hatte diese Nachricht irgendeinen klug ausgeheckten Plan durchkreuzt? Hatte das plötzliche und unerwartete Auftreten der Krankheit Sarah Purfoys sorgfältig angestellte Berechnungen über den Haufen geworfen und ihr, die sich schon am Ziel ihrer seit langem gehegten Wünsche glaubte, ein schier unüberwindliches Hindernis in den Weg gelegt?

Wenn sie nun stirbt? Und durch meine Schuld? dachte sie. Wie konnte ich wissen, daß er Typhus hat? Vielleicht habe ich mich auch angesteckt — mir ist so elend... Sie warf sich auf dem Bett hin und her, als hätte sie Schmerzen. Plötzlich aber durchzuckte sie ein Gedanke, der sie auffahren ließ: Vielleicht wird *er* sterben? Die Krankheit greift schnell um sich, und dann ist die ganze Verschwörung umsonst gewesen. Also muß auf der Stelle gehandelt werden. Jetzt gibt es kein Zurück mehr... Sie nahm das Fläschchen aus der Tasche und hielt es hoch, um zu sehen, wieviel es enthielt. Es war dreiviertel voll. »Das reicht für beide«, stieß sie zwischen den Zähnen hervor. Beim Anblick des Fläschchens fiel ihr der galante Blunt ein, und sie mußte lächeln. »Was man nicht alles aus Liebe zu einem Mann tut«, murmelte sie vor sich hin. »Aber *ihm* ist es ja gleich, und ich dürfte mir mittlerweile auch nichts mehr daraus machen. Ich werde meinen Weg gehen; wenn alle Stränge reißen, kann ich noch immer auf Maurice zurückkommen.« Sie lockerte den Korken des Fläschchens, damit sie ihn im gegebenen Augenblick so geräuschlos wie möglich entfernen konnte, und verbarg es sorgfältig im Ausschnitt ihres Kleides. »Und nun will ich, wenn irgend möglich, ein bißchen schlafen«, sagte sie. »Die anderen wissen Bescheid, heute nacht soll es geschehen.«

KAPITEL 7
Typhusfieber

Der Übeltäter Rufus Dawes hatte sich in seiner Koje ausgestreckt und versuchte zu schlafen. Er fühlte sich müde und zerschlagen, und sein Kopf war schwer wie Blei, und doch blieb er hellwach. Das Rudern in der scharfen Luft hatte ihn zwar angestrengt, aber zugleich auch belebt. Nichtsdestoweniger hielt ihn die heimtückische Krankheit, die ihn befallen hatte, in ihrem Griff; seine Pulse jagten, seine Schläfen hämmerten, eine unnatürliche Hitze brannte in ihm. Er lag im Halbdunkel auf der schmalen Pritsche, wälzte sich hin und her, schloß die Augen – vergebens, er konnte nicht einschlafen. Mit äußerster Willensanstrengung gelang es ihm lediglich, sich in eine Art dumpfen Schwebezustand zu versetzen, in dem er die Stimmen seiner Mitgefangenen hörte, dabei aber ständig das brennende Schiff vor sich sah – die *Hydaspes,* mit deren Untergang jede Spur des unglücklichen Richard Devine für immer ausgelöscht war.

Niemand störte ihn; vielleicht kam es ihm zugute, daß der Mann, der mit ihm im Boot gesessen hatte, eine redselige Natur war; denn die Gefangenen wollten die Geschichte von der Explosion mindestens ein dutzendmal hören. Rufus Dawes war nur wachgerüttelt worden, damit er den Namen des Schiffes nannte. Hätten ihm seine Gefährten nicht eine gewisse, wenn auch widerstrebende Achtung entgegengebracht, so wären sie vermutlich in ihn gedrungen, das Abenteuer zu schildern, wie er es erlebt hatte, und sich an der lebhaften Erörterung über das Schicksal der geflüchteten Besatzung zu beteiligen. So aber ließ man ihn in Ruhe; er lag unbeachtet in seiner Koje und versuchte zu schlafen.

Da sich ein Trupp von fünfzig Mann zum »Auslüften« an Deck befand, war es im Gefängnis nicht ganz so heiß wie während der Nacht, und viele Sträflinge benutzten die Gelegenheit, sich in den nunmehr weniger überfüllten Kojen für die allzu kurze Nachtruhe zu entschädigen. Die vier freiwilligen Ruderer durften sogar gründlich ausschlafen.

Bisher war es wegen des Fiebers noch nicht zu Unruhen gekommen. Die drei Krankheitsfälle hatten freilich Anlaß zu einigem Gerede gegeben, und wäre nicht das brennende Schiff gewesen, das die Gemüter stark erregte, so hätten wohl Pines Vorsichtsmaßnahmen wenig genützt. Die »alten Füchse«, die schon einmal die Überfahrt mitgemacht hatten, hegten zwar Verdacht, sprachen aber nur unter sich darüber. Wahrscheinlich mußten ja die Schwachen und Kränklichen zuerst daran glauben, und dann würden die anderen mehr Platz haben. Die »alten Füchse« waren es zufrieden.

Drei von ihnen hatten sich hinter der Bretterwand von Dawes' Koje zusammengefunden. Wie bereits erwähnt, maßen die Schlafkojen fünf Fuß im Geviert, und jede war für sechs Mann bestimmt. Dawes' Koje – Nummer zehn – lag in der Ecke zwischen Steuerbord und Mittelschiff, und hinter ihr befand sich eine Nische, in der die Springluke angebracht war. Er hatte gegenwärtig nur drei »Bettgenossen«, da man John Rex und den Londoner Schneider ins Krankenrevier geschafft hatte. Diese drei waren es, die sich im Schutze der Nische eifrig unterhielten. Der Wortführer schien der Riese zu sein, der in der Nacht zuvor seine Autorität im Gefängnis geltend gemacht hatte. Er hieß Gabbett und war ein rückfälliger Sträfling, zum zweitenmal wegen Einbruchsdiebstahls verurteilt. Die beiden anderen waren ein Mann namens Sanders, als der »Bettler« bekannt, und Jemmy Vetch, die Krähe. Sie sprachen im Flüsterton; doch Rufus Dawes, der mit dem Kopf dicht an der dünnen Bretterwand lag, konnte vieles von dem, was sie sagten, verstehen.

Zuerst redeten sie von dem brennenden Schiff und erörterten die Möglichkeit, die Besatzung zu retten. Dann erzählten sie von Schiffskatastrophen und Abenteuern im allgemeinen, und schließlich sagte Gabbett etwas, was den unfreiwilligen Zuhörer aus seiner halben Bewußtlosigkeit in helle Wachheit riß. Es handelte sich um seinen eigenen Namen in Verbindung mit dem jener Frau, der er auf dem Achterdeck begegnet war.

»Ich sah sie gestern mit Dawes sprechen«, sagte der Riese mit einem Fluch. »Wir sind gerade genug. Ich habe keine Lust, meinen Hals für die Launen von Rex' Frau zu riskieren, und das werde ich ihr auch sagen.«

»Es war von wegen dem Kind«, erklärte Jemmy, die Krähe, in seinem besten Slang. »Ich glaube nicht, daß sie ihn vorher schon mal gesehen hat. Außerdem ist sie ganz scharf auf Jack, und da wird sie sich wohl keinen anderen anlachen.«

»Wenn ich sicher wüßte, daß sie uns verpfeift, würde ich ihr glattweg die Kehle durchschneiden!« knurrte Gabbett wild.

»Da hätte aber Jack auch noch ein Wörtchen mitzureden«, näselte der Bettler. »Und mit dem ist nicht gut Kirschen essen.«

»Halt die Schnauze!« brummte Gabbett. »Das Gequatsche bringt uns nicht weiter. Wenn wir was tun wollen, müssen wir auch richtig rangehen.«

»Aber was sollen wir tun?« fragte der Bettler. »Jack steht auf der Krankenliste, und ohne ihn wird das Mädchen keinen Finger krumm machen.«

»Stimmt«, erwiderte Gabbett, »das ist es ja gerade.«

»Liebe Freunde«, begann die Krähe, »meine lieben, christlichen Freunde, es ist bedauerlich, daß die Natur euch zwar schrecklich dicke Schädel, aber kein bißchen Grips gegeben hat. Ich sage euch, gerade jetzt ist der richtige Augenblick. Schön, Jack liegt im Krankenrevier. Aber hat das was zu sagen? Ist er deswegen etwa besser dran? Keine Spur. Und wenn er abkratzt, na, dann wird sich das Mädchen erst recht nicht rühren, denn sie macht nicht unseretwegen mit, sondern seinetwegen. Stimmt's?«

»Hm«, meinte Gabbett mit der Miene eines Mannes, der nur halb überzeugt ist. »Wird wohl so sein.«

»Um so mehr Grund für uns, rasch loszuschlagen. Und noch eins: Sowie die Jungen spitzkriegen, daß wir Typhus an Bord haben, gibt's einen mordsmäßigen Krawall, das könnt ihr mir glauben. Dann wollen sie alle mitmachen. Und wenn wir erst die Flinten und Pistolen haben, sind wir obenauf.«

Dieses mit Flüchen und Slangausdrücken vermischte Gespräch war für Rufus Dawes sehr aufschlußreich. Er, der so unvermutet ins Gefängnis geworfen und in aller Eile abgeurteilt worden war, der nichts von seines Vaters Tode und seinem ererbten Vermögen ahnte, hatte sich bisher in seinem Schmerz und Trübsinn von den Schurken seiner Umgebung ferngehalten und ihre plumpen Anbiederungsversuche zurückgewiesen. Nun erkannte er seinen Irrtum. Er wußte, daß der Name, den er einst getragen hatte, ausgelöscht war, daß auch der letzte Fetzen seines früheren Lebens, der ihm noch angehangen hatte, in dem Feuer, das die *Hydaspes* zerstörte, zu Asche zerfallen war. Das Geheimnis, für dessen Bewahrung Richard Devine freiwillig seinen Namen geopfert und das Wagnis eines schrecklichen und schmachvollen Todes auf sich genommen hatte, konnte nun nie mehr ruchbar werden. Denn Richard Devine war tot – untergegangen mit der Besatzung des Unglücksschiffes, auf dem er sich, wie seine Mutter auf Grund eines aus dem Gefängnis geschmuggelten Briefes glaubte, befunden hatte. Richard Devine war tot und hatte das Geheimnis seiner Geburt mit sich genommen. Fortan sollte nur Rufus Dawes leben, sein anderes Ich. Rufus Dawes, der überführte Missetäter, der angebliche Mörder, sollte weiterleben, um seine Freiheit zu fordern und seine Rache vorzubereiten, und vielleicht würde er, durch das schreckliche Erlebnis der Gefangenschaft erstarkt, trotz Kerker und Kerkermeister sowohl die Freiheit erringen wie auch die Rache vollziehen.

Mit schwindelndem Kopf und fieberndem Hirn lauschte er angestrengt. Es war, als hätte das Fieber, das in seinen Adern brannte, den weitaus größten Teil seiner Sinne verzehrt, ihm aber dafür eine gesteigerte Hörfähigkeit verliehen. Er war sich bewußt, daß er krank war. Seine Glieder schmerzten, seine Hände glühten, der Kopf schwirrte ihm, und doch hörte er jedes Wort und war, wie er meinte, imstande, über das Gehörte gründlich nachzudenken.

»Also ohne das Mädchen können wir nichts unternehmen«, stellte Gabbett fest. »Sie muß die Wache ablenken und uns das Zeichen geben.«

Ein verschmitztes Lächeln hellte das gelblichgraue Gesicht der Krähe auf. »Wie klug er wieder spricht!« sagte er. »Als ob er die Weisheit Salomons mit Löffeln gefressen hätte! Seht mal!«

Er brachte einen schmutzigen Zettel zum Vorschein, den seine Gefährten neugierig betrachteten.

»Wo hast du das her?«

»Gestern nachmittag stand Sarah auf der Kampanje und fütterte die Möwen mit Brotkrumen. Ich merkte, daß sie mich immer wieder ansah. Schließlich kam sie so nahe an die Barrikade, wie sie es nur wagte, und warf dabei unentwegt Krumen in die Luft. Auf einmal fiel mir ein ziemlich dicker Brocken vor die Füße. Ich paßte eine günstige Gelegenheit ab und hob ihn auf. Und da war dieser Zettel drin.«

»Ah!« sagte Gabbett. »Das läßt sich schon eher hören. Lies vor, Jemmy.«

Die Schrift, obwohl weiblich im Charakter, war kühn und deutlich. Offenbar hatte Sarah den Bildungsgrad ihrer Freunde berücksichtigt und sich bemüht, ihnen so wenig Kopfzerbrechen wie möglich zu bereiten.

»*Alles in Ordnung. Gebt acht, wenn ich morgen abend um drei Glasen an Deck komme. Wenn ich mein Taschentuch fallen lasse, dann fangt zur vereinbarten Zeit an. Auf die Wache ist Verlaß.*«

Obgleich Rufus Dawes die Augenlider kaum offenhalten konnte und von einer furchtbaren Mattigkeit wie gelähmt war, nahm er die im Flüsterton gesprochenen Sätze gierig in sich auf. Es war eine Verschwörung im Gange, sich des Schiffes zu bemächtigen. Sarah Purfoy hatte sich mit den Sträflingen verbündet, war die Frau oder die Geliebte eines von ihnen. Sie war in der Absicht, ihn zu befreien, an Bord gekommen, und dieser Plan sollte jetzt ausgeführt werden. Rufus Dawes hatte oft genug von den Greueltaten erfolgreicher Meuterer gehört. So manche Erzählung dieser Art war von den Gefangenen mit widerlicher Heiterkeit aufgenommen worden. Er kannte den Charakter der drei Schurken, die, nur durch eine zwei Zoll dicke Planke von ihm getrennt, scherzend und lachend ihre Freiheits- und Rachepläne erörterten. Obwohl er kaum je mit seinen Gefährten sprach, teilten diese Männer seine Koje, und er wußte genau, auf welche Weise *sie* sich an ihren Kerkermeistern rächen würden.

Gewiß, diese schreckliche Verschwörung hatte kein Haupt – John Rex, der Fälscher, fiel aus –, aber sie hatte zwei Hände oder vielmehr zwei Klauen, nämlich Gabbett, den Einbrecher, und Sanders, den Ausbrecher. Und wenn auch Jemmy, die schmächtige, weibische Krähe, nicht den hellen Verstand seines Herrn und Meisters hatte, so machte er seine schlaffen Muskeln und seinen schwachen Körper durch eine katzenhafte Schläue und eine teuflische Beweglichkeit wett, die nichts hemmen konnte. Mit einem so mächtigen Verbündeten außerhalb des Gefängnisses, wie es die angebliche Zofe war, hatten sich die Erfolgsaussichten gewaltig verbessert. Es waren hundertachtzig Sträflinge an Bord, aber nur fünfzig Soldaten. Wenn der erste Überfall gelang – und die von Sarah Purfoy getroffenen Vorbereitungen ließen das durchaus möglich erscheinen –, dann gehörte das Schiff ihnen.

Rufus Dawes dachte an das blondhaarige kleine Mädchen, das so vertrauensvoll auf ihn zugelaufen war, und ihn schauderte.

»Na, was sagt ihr nun?« fragte die Krähe mit spöttischem Lachen. »Meint ihr noch immer, daß sie uns zum besten hält?«

»Nein«, sagte der Riese grinsend, während er seine kräftigen Arme wohlig reckte und streckte, so wie man seinen Brustkasten in der Sonne dehnt, »die ist in Ordnung. Das nenne ich Maßarbeit.«

»England, Heimatland, Schönheit!« deklamierte Vetch mit komisch-heroischem Pathos, das in seltsamem Gegensatz zu ihrem Gesprächsthema stand. »Du würdest doch sicher auch gern wieder nach Hause fahren, was, Alter?«

Gabbett fuhr wütend auf ihn los. Seine niedrige Stirn legte sich in Zornesfalten. »Du!« knurrte er. »Du denkst wohl, in Ketten schuften ist ein Zuckerlecken, was? Aber ich hab's mitgemacht, mein Hühnchen, ich weiß, was das bedeutet.«

Eine oder zwei Minuten lang herrschte Schweigen. Der Riese starrte düster vor sich hin. Vetch und der Bettler tauschten einen vielsagenden Blick. Gabbett war zehn Jahre in der Strafkolonie Macquarie Harbour gewesen, und er hatte dort Dinge erlebt, die er seinen Gefährten nicht anvertraute. Wenn er bisweilen von seinen Erinnerungen überwältigt wurde, hielten es seine Freunde für ratsam, ihn in Ruhe zu lassen.

Rufus Dawes konnte sich das plötzliche Schweigen nicht erklären. Er strengte seine Sinne bis zum äußersten an, um etwas zu hören; denn das Verstummen der im Flüsterton geführten Unterhaltung befremdete ihn. Alte Artilleristen berichten, daß sie im Schützengraben, an das pausenlose Brüllen der Geschütze gewöhnt, bei einer plötzlichen Feuerpause stets heftige Ohrenschmerzen verspürten. Ähnlich erging es Rufus Dawes. Seine Hörfähigkeit und sein Denkvermögen – beide aufs höchste angespannt – schienen unvermittelt zu versagen. Ihm war zumute, als hätte man ihm die Beine unter dem Leib weggezogen. Seine Sinne, nicht länger durch Laute von außen angeregt, begannen zu schwinden. Das Blut schoß ihm in den Kopf, summte in den Ohren. Er machte eine heftige, aber vergebliche Anstrengung, sein Bewußtsein nicht zu verlieren, dann sank er mit einem schwachen Aufschrei zurück, so daß sein Kopf gegen die Kante der Koje schlug.

Das Geräusch riß den Einbrecher aus seinen Gedanken. Es war jemand in der Koje! Die drei blickten einander schuldbewußt an, und Gabbett war mit einem Satz jenseits der Bretterwand.

»Es ist Dawes!« sagte der Bettler. »Den hatten wir ganz vergessen!«

»Er wird mitmachen, Mann – bestimmt macht er mit!« rief Vetch, aus Furcht, es könnte zu Blutvergießen kommen.

Gabbett stieß einen zornigen Fluch aus, stürzte sich auf den Ohnmächtigen, packte ihn am Kopf und zerrte ihn zu Boden. Der plötzliche Schwindelanfall sollte Rufus Dawes das Leben retten. Der Räuber krallte seine sehnige Hand in das Hemd des Lauschers, ballte die andere zur Faust und wollte gerade zum Schlag ausholen, um ihn für immer zum Schweigen zu bringen, als Vetch ihm in den Arm fiel. »Er hat geschlafen«, schrie er. »Nicht zuschlagen! Sieh doch, er ist ja noch immer nicht wach.«

Im Nu waren sie von Neugierigen umringt. Der Riese lockerte den Griff, aber der Sträfling gab nur ein dumpfes Stöhnen von sich, und sein Kopf fiel schlaff auf die Schulter.

»Du hast ihn getötet!« rief einer.

Gabbett warf noch einen Blick auf das hochrote Gesicht und die schweißbedeckte Stirn, dann sprang er zurück und rieb seine rechte Hand, als wollte er etwas Klebriges abwischen.

»Er hat Typhus!« brüllte er, und das Entsetzen verzerrte seine Züge zur Grimasse.

»Was hat er?« fragten zwanzig Stimmen zugleich.

»Typhus, ihr grinsenden Narren!« rief Gabbett. »Ich erlebe das heute nicht zum erstenmal. Wir haben Typhus an Bord, und er ist schon der vierte!«

Der Kreis tierischer Gesichter, der sich dicht herangeschoben hatte, um »den Kampf« zu sehen, wich bei dem nur halb begriffenen, aber von unheilvoller Vorbedeutung trächtigen Wort erschrocken zurück. Es war, als sei eine Bombe in die Gruppe gefallen. Rufus Dawes lag reglos und schwer keuchend am Boden. Der wilde Kreis starrte auf den hingestreckten Körper. Das Gerücht machte die Runde, und alle Insassen des Gefängnisses drängten näher, um ihn anzustarren. Plötzlich stöhnte er laut, stemmte sich auf die steifen Arme gestützt, hoch und versuchte zu sprechen. Doch kein Laut entrang sich seinen verkrampften Kinnladen.

»Der ist erledigt«, sagte der Bettler brutal. »Und gehört hat er nichts, darauf nehme ich Gift.«

Der Lärm der schweren Riegel, die polternd zurückgeschoben wurden, brach den Bann. Die erste Abteilung kam vom »Auslüften« zurück. Die Tür wurde aufgestoßen, und ein Sonnenstrahl, der durch die Luke fiel, ließ die Bajonette der Wachsoldaten aufblitzen. Dieses Sonnengefunkel am Eingang des dunklen, stickigen Gefängnisses schien ihres Elends zu spotten. Es war, als lachte der Himmel sie aus. Einem jener schrecklichen und seltsamen Impulse folgend, von denen die Massen so leicht ergriffen werden, wandte sich die Menge von dem Kranken ab und stürzte zur Tür. Das Innere des Gefängnisses leuchtete weiß auf, als sich alle Gesichter plötzlich nach oben richteten. Wild fuchtelnde Hände blitzten in der Dunkelheit auf.

»Luft! Luft! Gebt uns Luft!«

»Na, seht ihr«, sagte Sanders zu seinen Gefährten. »Ich hab ja gewußt, was passiert, wenn sie's erfahren.«

Gabbett, dessen wildes Blut beim Anblick der funkelnden Augen und zornsprühenden Gesichter in Wallung geriet, war drauf und dran, mit den anderen vorwärts zu stürmen. Aber Vetch hielt ihn zurück.

»Ist gleich vorbei«, sagte er. »Das ist nur so ein Anfall.«

Er hatte recht. In das laute Geschrei mischte sich das Klirren von Eisen auf Eisen, als die Wache ins Gewehr trat, und vor den erhobenen Musketen wich die Menge der »Grauen« in jähem Schrecken zurück. Einen Augenblick lang herrschte Stille, dann stieg der alte Pine unbehelligt in das Gefängnis hinunter und kniete neben Rufus Dawes nieder.

Beim Anblick der vertrauten Gestalt, die so ruhig ihre gewohnte Pflicht tat, erwachte sogleich jene Unterwürfigkeit vor der anerkannten Autorität, die das Ergebnis einer strengen Disziplin ist. Die Sträflinge schlichen zu ihren Kojen oder eilten diensteifrig, mit geheucheltem Gehorsam, herbei, um dem Doktor zu helfen.

Das Gefängnis glich einer Schulklasse, in der plötzlich der Lehrer erschienen ist. »Zurücktreten, Jungens! Hebt ihn auf, zwei von euch, und tragt ihn zur Tür. Der arme Kerl wird euch nichts tun.« Sie gehorchten Pines Befehlen. Der Alte wartete, bis sie seinen Patienten draußen abgeliefert hatten, dann hob er die Hand, um sich Gehör zu verschaffen.

»Ich sehe, ihr wißt bereits, was ich euch zu sagen habe. Hier ist Typhus ausgebrochen. Den Mann hat es erwischt. Es wäre lächerlich, anzunehmen, daß er der einzige bleibt. Ich bin ebenso gefährdet wie ihr. Daß ihr hier unten sehr eng zusammengepfercht seid, weiß ich, Jungens, aber ich kann's nicht ändern. Ich habe das Schiff nicht gebaut.«

»Hört! Hört!«

»Es ist eine schlimme Sache, aber ihr müßt Ruhe und Ordnung bewahren und alles, was kommt, mannhaft ertragen. Ihr kennt die Vorschriften, und es liegt nicht in meiner Macht, sie zu ändern. Ich werde mein möglichstes für euch tun, und ich hoffe, daß ihr mich dabei unterstützt.«

Hocherhobenen Hauptes schritt der tapfere alte Mann die Reihe entlang, ohne nach rechts oder links zu blicken. Er hatte den richtigen Ton getroffen und erreichte unter Bravorufen und »Hört! Hört!« die Tür. »Recht so, Doktor, recht so, Doktor«, klang es hinter ihm her. Aber er atmete doch auf, als er glücklich draußen war. Er hatte sich einer heiklen Aufgabe unterziehen müssen und war sich dessen bewußt.

»Hört euch das an, die schreien noch hurra über diesen verfluchten Typhus!« brummte der Bettler in seiner Ecke.

»Warte nur ab«, meinte der gewitztere Jemmy Vetch. »Laß ihnen Zeit. In der Nacht wird es noch drei oder vier erwischen, dann sprechen wir uns wieder!«

KAPITEL 8
Eine gefährliche Krise

Am späten Nachmittag erwachte Sarah Purfoy aus ihrem unruhigen Schlummer. Sie hatte von der Tat geträumt, die sie plante, und sie war rot und fiebrig; aber da sie wußte, was von dem Gelingen oder Scheitern des Unternehmens abhing, raffte sie sich auf, kühlte Gesicht und Hände in kaltem Wasser und stieg mit möglichst gelassener Miene zum Poopdeck hinauf.

Nichts hatte sich seit gestern verändert. Die Waffen der Wachen glitzerten in dem unbarmherzigen Sonnenlicht, das Schiff rollte knarrend auf der Dünung der leicht bewegten See, und der Raubtierzwinger war noch immer von den gleichen freudlosen Gestalten bevölkert, die in den gleichen Stellungen wie am Vortage an Deck hockten. Selbst Mr. Maurice Frere, der sich inzwischen von den nächtlichen Strapazen erholt hatte, war zu seinem alten Ruheplatz, dem zusammengerollten Tau, zurückgekehrt.

Und doch hätte das Auge eines scharfen Beobachters hinter dem äußeren Firnis der Ähnlichkeit einen Unterschied entdeckt. Der Mann am Steuer suchte heute emsiger den Horizont ab, er spuckte mit trübsinnigerer Miene als gestern in das strudelnde, unheimlich aussehende Wasser. Die Angelschnüre hingen nach wie vor über die Kranbalken, aber niemand rührte sie an. Die Soldaten und die Matrosen standen in kleinen Gruppen auf dem Vorderdeck; sie hatten nicht einmal Lust zu rauchen, sondern starrten finster vor sich hin. Vickers saß in der Kajüte und schrieb. Blunt war in seiner Kabine, und Pine sorgte mit Hilfe von zwei Tischlern, die unter seiner Anleitung arbeiteten, für die Vergrößerung des Krankenreviers. Der Lärm von Hammer und Schlegel hallte unheilvoll im Schlafraum der Soldaten wider; es hörte sich an, als würden Särge gezimmert. Im Gefängnis herrschte eine seltsame Stille, jene lastende Stille, die einem Gewitter vorausgeht. Die Sträflinge an Deck erzählten keine Geschichten, sie lachten auch nicht über gemeine Witze, sondern hockten schwermütig und geduldig beisammen, als warteten sie auf irgend etwas. Drei Männer – zwei Gefangene und ein Soldat – waren erkrankt, seit man Rufus Dawes ins Revier geschafft hatte. Obgleich bisher noch keine Klage laut geworden war und nichts auf eine Panikstimmung hindeutete, zeigten alle Gesichter einen Ausdruck angstvoller Erwartung, und ein jeder, gleichviel ob Soldat, Matrose oder Gefangener, schien sich zu fragen, wer wohl der nächste sein werde. Ein schrecklicher Schatten war auf das Schiff gefallen, das sich über der undurchsichtigen Tiefe des trägen Ozeans wie ein verwundetes Geschöpf unaufhörlich hin und her warf. Die *Malabar* schien in eine elektrisch geladene Wolke gehüllt, und jeden Augenblick konnte ein zufälliger Funke das trübe Dunkel in eine Feuersbrunst verwandeln, die das Schiff verzehren würde.

Die Frau, in deren Hand beide Enden der Kette lagen, die diesen Funken erzeugen sollte, verhielt den Schritt, kam dann an Deck, spähte umher, beugte sich über die Poopreling und schaute in den Zwinger hinunter. Wie schon berichtet, standen die Gefangenen in kleinen Gruppen zu viert oder zu fünft beieinander. Sarah Purfoys Blick richtete sich auf eine bestimmte Gruppe. Drei Männer, die lässig an der Reling lehnten, beobachteten jede ihrer Bewegungen.

»Na bitte, da ist sie«, brummte Gabbett, als setze er ein früheres Gespräch fort. »Keck wie immer. Sie sieht auch hierher.«

»Aber keine Spur von einem Taschentuch«, stellte der nüchtern denkende Bettler fest.

»Geduld ist eine Tugend, höchstedler Totschläger«, sagte die Krähe mit gekünstelter Sorglosigkeit. »Laß der jungen Frau doch Zeit.«

»Verflucht! Ich warte nicht länger«, murrte der Riese und leckte sich die wulstigen blauen Lippen. »Tag für Tag hat uns das Weib dieses Stutzers an der Nase herumgeführt, und wir sind wie die Hunde um sie herumgesprungen. Wir haben Typhus an Bord, und alles ist vorbereitet. Was sollen wir da noch warten? Mit oder ohne Befehl, ich bin dafür, daß wir sofort losschlagen... Da, seht euch das an«, fügte er fluchend hinzu, als Maurice Frere neben der Zofe auftauchte und die beiden Seite an Seite über das Deck schlenderten.

»Was willst du denn bloß, du blöder Wirrkopf«, rief Jemmy, die Krähe, der die Geduld mit seinem störrischen, dummen Gefährten verlor. »Wie soll sie uns ein Zeichen geben, wenn der Bursche dabei ist?«

Gabbetts einzige Antwort auf diese Frage war ein wildes Knurren und ein plötzliches Heben seiner geballten Faust, woraufhin sich Vetch schleunigst zurückzog. Der Riese ließ es dabei bewenden, so daß Vetch, mit verschränkten Armen, in einer Haltung, die leise Verachtung ausdrückte, sein Augenmerk wieder auf Sarah Purfoy richten konnte. Sie schien übrigens im Mittelpunkt der allgemeinen Aufmerksamkeit zu stehen, denn im gleichen Moment erklomm ein junger Soldat eilig die Leiter zum Vorderdeck und starrte gespannt zu dem Mädchen hinüber.

Maurice Frere war hinter sie getreten und hatte ihre Schulter berührt. Nach dem Gespräch am Vorabend war der Entschluß in ihm gereift, sich nicht länger zum Narren halten zu lassen. Das Mädchen spielte offenbar mit ihm, und er wollte ihr zeigen, daß man mit ihm nicht spielen konnte. »Nun, Sarah?«

»Nun, Mr. Frere?« Sie nahm die Hand von der Reling und drehte sich mit einem Lächeln um.

»Wie hübsch Sie heute aussehen! Wirklich reizend!«

»Das habe ich schon so oft gehört«, antwortete sie und verzog schmollend die Lippen. »Haben Sie mir nichts anderes zu sagen?«

»Doch. Daß ich Sie liebe«, erwiderte er mit ungestümer Leidenschaft.

»Ich weiß, ich weiß. Das ist mir nichts Neues.«

»Verdammt, Sarah, was muß ein Mann denn tun, damit Sie ihn erhören?« Seine kühnen Verführungspläne schwanden rasch dahin. »Was hat es für einen Sinn, auf diese Weise mit einem Mann Katze und Maus zu spielen?«

»Ein *Mann* sollte allein wissen, was er zu tun hat, Mr. Frere. Ich habe Sie nicht gebeten, sich in mich zu verlieben, oder? Wenn Sie mir nicht gefallen, dann ist das vielleicht nicht Ihre Schuld.«

»Was wollen Sie damit sagen?«

»Ihr Soldaten habt an so viele Dinge zu denken – an eure Wachen und Posten, an Besichtigungen und was weiß ich. Sie haben eben keine Zeit für eine arme Frau wie mich.«

»Keine Zeit?« rief Frere erstaunt. »Zum Teufel, Sie wollen mir ja nie erlauben, Zeit für Sie zu haben. Wenn's weiter nichts ist – das ließe sich einrichten.«

Sie schlug die Augen nieder, und eine sittsame Röte stieg ihr in die Wangen. »Ich habe so viele Pflichten«, sagte sie halblaut. »Und dann werde ich auch dauernd beobachtet, ich kann mich nicht rühren, ohne gesehen zu werden.«

Während sie sprach, hob sie den Kopf und schaute sich an Deck um, als wollte sie ihre Worte unter Beweis stellen. Ihr Blick kreuzte sich mit dem des jungen Soldaten auf dem Vorderdeck, und obgleich die große Entfernung sie hinderte, seine Züge zu erkennen, erriet sie, wer es war – der eifersüchtige Miles. Entzückt über ihren plötzlichen Stimmungsumschwung, trat Frere dicht an sie heran und flüsterte ihr etwas ins Ohr. Sie heuchelte Erschrecken und benutzte die Gelegenheit, der Krähe einen Wink zu geben.

»Ich komme um acht Uhr«, sagte sie verschämt, mit abgewandtem Gesicht.

»Um acht ist Wachablösung«, erklärte er in bedauerndem Ton.

Sie warf den Kopf in den Nacken. »Gut, dann gehen Sie nur zu Ihrer Wachablösung. Mir ist es gleich.«

»Aber, Sarah, überlegen Sie doch...«

»Welche liebende Frau war wohl je der Überlegung fähig«, erwiderte sie und sah ihn mit so glutvollen Augen an, daß auch ein kälteres Herz als das seine zerschmolzen wäre.

Sie liebte ihn also! Wenn er sie jetzt abwies, hätte er ja ein Narr sein müssen. Das wichtigste war, daß sie kam. Wie er Pflicht und Vergnügen in Übereinstimmung bringen sollte – nun, das würde sich finden. Notfalls konnte die Wachablösung auch einmal ohne seine Aufsicht vor sich gehen.

»Also gut, Liebste, es bleibt bei acht Uhr.«

»Pst! Da kommt dieser alberne Kapitän.«

Als Frere fort war, drehte sie sich um und ließ, die Augen auf den Sträflingskäfig gerichtet, das bereitgehaltene Taschentuch über die Poopreling fallen. Es wehte dem verliebten Blunt vor die Füße, und der würdige Kapitän hob es mit einem raschen Blick nach oben auf und brachte es ihr zurück.

»O danke, Kapitän Blunt«, sagte sie, und ihre Augen sprachen eine beredtere Sprache als ihre Zunge.

»Haben Sie das Laudanum genommen?« flüsterte Blunt mit einem Augenzwinkern.

»Ein paar Tropfen«, antwortete sie. »Heute abend bringe ich Ihnen das Fläschchen zurück.«

Blunt ging nach achtern. Er summte vergnügt vor sich hin und begrüßte Frere mit einem Schlag auf den Rücken. Die beiden Männer lachten, jeder mit seinen eigenen Gedanken beschäftigt, aber ihr Gelächter ließ den Schatten, der auf dem Schiff lastete, noch schwärzer erscheinen als zuvor.

Sarah Purfoy, die zu den Sträflingen hinüberschaute, bemerkte, daß sich die Haltung der drei Männer verändert hatte. Sie standen wieder dicht beieinander, und Jemmy Vetch hatte seine graue Mütze abgenommen. Er streckte sie weit von sich, während er mit der anderen Hand über die Stirn wischte. Sarahs Zeichen war verstanden worden.

Inzwischen lag Rufus Dawes, den man ins Krankenrevier gebracht hatte, flach auf dem Rücken, starrte zur Decke hinauf und versuchte, sich auf etwas zu besinnen, was er unbedingt sagen mußte.

Er erinnerte sich, daß er nach dem plötzlichen Schwächeanfall, dem Vorboten seiner Erkrankung, von rauhen Händen aus seiner Koje gezerrt worden war, in wilde Gesichter geblickt und die Nähe irgendeiner drohenden Gefahr gespürt hatte. Er erinnerte sich auch, ein für ihn selbst und für alle auf dem Schiff lebenswichtiges Gespräch belauscht zu haben, während er, mit dem anstürmenden Fieber kämpfend, in seiner Koje lag. Von dem Inhalt dieses Gesprächs hatte er allerdings keine Ahnung mehr. Vergeblich strengte er sein Gedächtnis an, vergeblich rief sein mit dem Fieber ringender Wille Wortfetzen und Sinneseindrücke zurück; sie entschlüpften ihm ebenso rasch, wie er sie eingefangen hatte. Die Last der halben Erinnerungen bedrückte ihn. Er wußte, daß eine furchtbare Gefahr ihn bedrohte; daß er, wenn es ihm gelang, sein Gehirn für zehn Minuten zum zusammenhängenden Denken zu zwingen, eine Mitteilung machen konnte, die alle Gefahr abwenden und das Schiff retten würde. Aber sein Kopf glühte, seine Lippen waren wie ausgedörrt, er fühlte sich entsetzlich schwach und vermochte kein Glied zu rühren – als hätte man ihn verhext.

Der Raum, in dem er lag, war nur schwach beleuchtet. Erfinderisch, wie Pine war, hatte er zum Schutz gegen die Sonne eine Persenning über dem Koker anbringen lassen, die ziemlich viel Licht abfing. Rufus Dawes konnte kaum die Planken über seinem Kopf erkennen und die Umrisse der drei anderen Kojen wahrnehmen, die anscheinend seiner eigenen glichen. Die einzigen Laute, die das Schweigen unterbrachen, waren das Gurgeln des Wassers unter ihm und das Hämmern von Pines Leuten an der neuen Bretterwand: Als die Hammerschläge für eine Weile verstummten, hörte der Kranke den keuchenden Atem, das Stöhnen und Gemurmel seiner Gefährten – ein Zeichen, daß sie noch am Leben waren.

Plötzlich rief eine Stimme: »Natürlich sind seine Wechsel vierhundert Pfund wert; aber was sind schon vierhundert Pfund für einen Mann in meiner Stellung, mein Bester? Vierhundert Pfund habe ich ja allein für eine Laute meiner Sarah ausgegeben! Stimmt's, Jezebel? Sie ist ein gutes Mädchen, was man bei Mädchen eben gut nennt. Mrs. Lionel Crofton aus der Familie Croft, Sevenoaks, Kent – Sevenoaks, Kent – Seven...«

Ein Lichtstrahl durchzuckte die Finsternis, die Rufus Dawes' gemartertes Gehirn umhüllte. Der Mann war John Rex, sein Kojennachbar.

»Rex!« stieß er mühsam hervor.

»Ja, ja, ich komme. Nur nichts überstürzen. Auf die Wache ist Verlaß, und die Haubitze steht nur fünf Schritte von der Tür. Ein Sprung, Jungens, und sie gehört uns. Das heißt mir. Mir und meiner Frau, Mrs. Lionel Crofton aus Seven Crofts, nein, Sevenoaks – Sarah Purfoy, Zofe und Kindermädchen – haha! – Zofe und Kindermädchen!«

Der Name in diesem letzten Satz war der Faden, der den Weg durch das Labyrinth wies, in dem Rufus Dawes' verworrene Gedanken umherschweiften. Sarah Purfoy! Plötzlich entsann er sich jeder Einzelheit des Gesprächs, das er unter so seltsamen Umständen belauscht hatte, und er wurde sich der gebieterischen Notwendigkeit bewußt, unverzüglich die Verschwörung aufzudecken, die das Schiff bedrohte. Mit der Überlegung, wie die Meuterei durchgeführt werden sollte, hielt er sich nicht auf; er spürte, daß er über einem Fieberabgrund schwebte und daß alles verloren sein würde, wenn es ihm nicht gelang, sich verständlich zu machen, bevor ihm die Sinne schwanden.

Er wollte aufstehen, mußte jedoch erkennen, daß seine fieberschlotternden Glieder sich weigerten, dem Impuls seines Willens zu gehorchen. Nun versuchte er, laut zu rufen, aber seine Zunge klebte am Gaumen, und die Kinnladen hafteten fest zusammen. Er vermochte keinen Finger zu heben, keinen Laut hervorzubringen. Die Planken über seinem Kopf schlugen Wellen wie ein Tuch, das man ausschüttelt, und die Kabine tanzte im Kreis, während die Sonnenkringel zu seinen Füßen wie flackernder Kerzenschein auf und ab hüpften. Mit einem tiefen Seufzer der Verzweiflung schloß er die Augen und ergab sich in sein Schicksal. Im gleichen Moment hörte das Hämmern auf, und die Tür wurde geöffnet. Es war sechs Uhr. Pine war gekommen, um vor dem Abendessen noch einmal nach seinen Patienten zu sehen. Offenbar war er nicht allein, denn eine freundliche, wenn auch wichtigtuerische Stimme verbreitete sich über die Unzulänglichkeit und die Enge des Krankenreviers und über »die Notwendigkeit, die unbedingte Notwendigkeit, sich an die königlichen Verfügungen zu halten«.

Obgleich der ehrliche Vickers um sein Kind bangte, wollte er kein Jota vom Wege der Pflicht abweichen. Er hatte sich entschlossen, den Kranken einen Besuch abzustatten, ohne Rücksicht darauf, daß dieser Besuch seine Verbannung aus der Kabine, in der seine Tochter lag, nach sich ziehen würde. Mrs. Vickers hatte sich oft auf Garnisonfesten in kokettem Selbstmitleid darüber beklagt, daß der »arme liebe John eine so überaus strenge, ja beinahe sklavische Dienstauffassung« habe.

»Hier sind sie«, sagte Pine. »Sechs Mann. Diesen Burschen« – er trat zu Rex – »hat es am schlimmsten gepackt. Wenn er nicht eine solche Pferdenatur hätte, würde er die Nacht wohl kaum überleben.«

»Drei, achtzehn, sieben, vier«, murmelte Rex. »Zwei hin, drei im Sinn. Ist das etwa eine Beschäftigung für einen Gentleman? Nein, Sir. Gute Nacht, Mylord. Gute Nacht. Horch! Es schlägt neun. Fünf, sechs, sieben, acht! Deine Stunde hat geschlagen. Jammere nicht, du hast dein Leben genossen.«

Pine hielt die Laterne hoch. »Ein gefährlicher Bursche«, bemerkte er. »Ein sehr gefährlicher Bursche – früher jedenfalls. Dies hier ist also der Raum – ein regelrechtes Rattenloch. Aber was kann man dagegen tun?«

»Kommen Sie, gehen wir wieder an Deck«, sagte Vickers und schüttelte sich vor Ekel.

Rufus Dawes fühlte, wie ihm dicke Schweißperlen auf die Stirn traten. Sie hegten keinen Verdacht. Sie wollten gehen. Er mußte sie warnen. Mit unsäglicher Mühe drehte er sich in der Koje um und schob seine Hand unter der Decke hervor.

»Hallo! Was ist denn?« rief Pine und hob abermals die Laterne. »Hinlegen, mein Freund! Wasser, nicht wahr? Na, trink, aber langsam, ganz langsam.« Und damit hielt er den Becher an die blauen, schaumbedeckten Lippen. Das kühle Naß feuchtete die ausgetrocknete Kehle an, und der Sträfling machte eine verzweifelte Anstrengung zu sprechen.

»Sarah Purfoy... heute abend... das Gefängnis... MEUTEREI!«

Das letzte Wort, das der Kranke in seinem verzweifelten Bemühen, sich verständlich zu machen, mehr schrie als sprach, rief John Rex' schweifende Sinne zurück.

»Still!« krächzte er. »Bist du's, Jemmy? Sarah hat recht. Wartet, bis sie das Zeichen gibt.«

»Er phantasiert«, sagte Vickers.

Pine packte den Sträfling an der Schulter. »Was sagst du da, Mann? Eine Meuterei unter den Gefangenen?«

Mit offenem Munde und geballten Fäusten, keines Wortes mehr fähig, nahm Rufus Dawes alle Kraft zusammen und versuchte zu nicken; aber sein Kopf fiel auf die Brust, und gleich darauf waren das flackernde Licht, das düstere Gefängnis, Pines erregtes und Vickers' erstauntes Gesicht vor seinen überanstrengten Augen verschwunden. Er sah nur noch, wie die beiden Männer einen halb ungläubigen, halb besorgten Blick wechselten, dann trieb er auf den Wellen des kühlen braunen Stroms seiner Knabenzeit dahin, um gemeinsam mit Sarah Purfoy und Leutnant Frere die Meuterei auf der *Hydaspes* zu entfachen, die in dem alten Haus in Hampstead auf Stapel lag.

KAPITEL 9
Die Waffen einer Frau

Die beiden Entdecker des gefährlichen Geheimnisses hielten Kriegsrat. Vickers meinte, man müsse sofort die Wache alarmieren und den Gefangenen verkünden, daß die Verschwörung – um was es sich auch immer handeln mochte – aufgedeckt worden sei. Pine aber, an den Umgang mit Sträflingen gewöhnt, sprach sich gegen den Vorschlag aus.

»Ich kenne die Burschen besser als Sie«, sagte er. »Möglicherweise planen sie gar keine Meuterei. Das Ganze ist vielleicht nur so ein Hirngespinst von diesem Dawes. Bringen wir die Gefangenen erst einmal auf den Gedanken, uns anzugreifen, dann ist nicht abzusehen, was sie tun werden.«

»Immerhin schien der Mann seiner Sache sicher«, erwiderte der andere. »Und er erwähnte auch die Zofe meiner Frau!«

»Na, wennschon... Donnerwetter, er könnte übrigens doch recht haben! Mir war das Mädchen nie ganz geheuer. Aber wenn wir ihnen jetzt sagen, daß wir dahintergekommen sind, wird sie das nicht hindern, es noch mal zu versuchen. Wir wissen ja gar nicht, was sie im Schilde führen. Wenn es sich wirklich um eine Meuterei handelt, kann die halbe Besatzung mit ihnen im Bunde sein. Nein, Hauptmann Vickers, gestatten Sie mir als Marinestabsarzt, über die geeigneten Maßnahmen zu befinden. Sie sind sich gewiß darüber im klaren, daß...«

»...daß Sie nach den königlichen Verfügungen mit allen Vollmachten ausgestattet sind«, ergänzte Vickers, der auch in verzweifelten Situationen die Disziplin über alles stellte. »Natürlich, ich meinte bloß... Ich kenne das Mädchen nicht näher, ich weiß nur, daß ihre letzte Herrschaft – eine Mrs. Crofton, wenn ich nicht irre – ihr ein glänzendes Zeugnis ausgestellt hat. Wir waren froh, daß wir überhaupt jemand für diese Seereise bekamen.«

»Sehen Sie«, fuhr Pine fort, »angenommen, wir sagen diesen Schurken auf den Kopf zu, daß uns ihr Plan bekannt ist: sie werden völlige Unwissenheit heucheln und es bei der ersten besten Gelegenheit von neuem versuchen. Und dann haben wir vielleicht keine Ahnung davon. Hinzu kommt, daß wir nicht das geringste über die Art der Verschwörung wissen und auch die Namen der Rädelsführer nicht kennen. Wir werden stillschweigend die Wachen verdoppeln und die Soldaten in Alarmbereitschaft halten. Mag Miß Sarah tun, was ihr beliebt; wenn die Meuterei wirklich ausbricht, werden wir sie im Keim ersticken. Wir legen dann alle Schurken, deren wir habhaft werden, in Ketten und liefern sie in Hobart Town den Behörden aus. Ich bin kein grausamer Mensch, Sir, aber wir haben eine Ladung wilder Tiere an Bord und müssen vorsichtig sein.«

»Haben Sie auch an die Möglichkeit gedacht, daß es dabei Tote geben könnte, Mr. Pine? Ich meine ... äh ... sollte man nicht etwas menschlicher verfahren? Sie wissen, Vorbeugen ist besser als ...«

Pines Antwort zeugte von jener grimmigen Nüchternheit, die ein Teil seiner Natur war. »Haben *Sie,* Hauptmann Vickers, auch an die Sicherheit des Schiffes gedacht? Sie wissen wohl, was sich bei einer Meuterei abspielt, oder haben zumindest davon gehört. Haben Sie daran gedacht, was aus dem halben Dutzend Frauen in den Kojen der Soldaten werden soll? Haben Sie an das Schicksal Ihrer eigenen Familie gedacht?«

Vickers schauderte. »Tun Sie, was Sie für richtig halten, Mr. Pine. Sie kennen sich da wohl noch am besten aus. Aber setzen Sie nicht mehr Menschenleben aufs Spiel, als unbedingt nötig.«

»Seien Sie unbesorgt«, erwiderte der alte Pine. »Ich mache das schon, bei meiner Seele. Sie wissen ja nicht – noch nicht –, wie Sträflinge sind, oder vielmehr, was die Justiz aus ihnen gemacht hat ...«

»Arme Kerle!« sagte Vickers, der wie viele strenge Vorgesetzte in Wirklichkeit ein weiches Herz hatte. »Mit ein wenig Güte könnte man viel bei ihnen erreichen. Schließlich sind sie unsere Mitmenschen.«

»Ja, gewiß«, entgegnete der andere. »Aber kommen Sie ihnen nicht mit diesem Argument, wenn sie das Schiff erst erobert haben, es wird Ihnen dann nicht viel nützen. Lassen Sie mich nur machen, Sir. Und noch eins: Sprechen Sie mit niemand darüber. Unser aller Leben kann von einem unbedachten Wort abhängen.«

Vickers versprach es, und er hielt sein Versprechen so gut, daß er bei Tisch heiter mit Blunt und Frere plauderte. Seiner Frau schrieb er eine kurze Mitteilung, sie solle sich, was auch geschehen möge, nicht aus ihrer Kabine rühren, bis er selber zu ihr käme. Er wußte, daß sie trotz ihrer Torheit ohne Zaudern gehorchen würde, wenn sie einen so nachdrücklichen Befehl erhielt.

Wie es auf Sträflingsschiffen üblich war, fand die Wachablösung alle zwei Stunden statt, und um sechs Uhr abends wurde die Poopwache auf das Achterdeck zurückgezogen, wo sie die Musketen, die tagsüber auf der Waffenkiste bereitlagen, in einem eigens für diesen Zweck erbauten Gestell ablegte. Ohne Frere ins Vertrauen zu ziehen – der Leutnant war, wie wir wissen, auf Pines Rat nicht eingeweiht worden –, befahl Vickers allen Männern, außer denen, die am Tage Wachdienst gehabt hatten, unter Waffen zu bleiben, er verbot ihnen, das Oberdeck zu betreten, und stellte seinen eigenen Diener, einen alten Soldaten, auf dessen Ergebenheit er sich vollauf verlassen konnte, als Posten vor die Tür der Wachstube. Dann verdoppelte er die Wachen, nahm die Schlüssel zum Gefängnis, die sonst der Unteroffizier vom Dienst verwahrte, an sich und ließ die Haubitze auf dem Unterdeck mit Kartätschen laden. Es war Viertel vor sieben, als Pine und er sich an der Hauptluke postierten. Sie waren fest entschlossen, bis zum Morgen zu wachen.

Um Viertel vor sieben wäre einem jeden, der aus Neugier durch Kapitän Blunts Kabinenfenster gespäht hätte, ein ungewöhnlicher Anblick zuteil geworden. Der galante Kommandant saß, ein Glas Rum in der Hand, auf seinem Bett, und Mrs. Vickers' hübsche Zofe hatte neben ihm auf einem Schemel Platz genommen. Ein Blick genügte, um zu erkennen, daß der Kapitän sternhagelvoll war. Das graue Haar hing ihm wirr in das gerötete Gesicht, und seine Augen blinzelten und zwinkerten wie die einer Eule im Sonnenlicht. Er hatte beim Abendessen mehr Wein als gewöhnlich getrunken, aus reiner Vorfreude auf das Stelldichein, und da er sich gerade in dem Augenblick einen »Beruhigungsschluck« aus der Rumflasche eingeschenkt hatte, als das Opfer seiner Bestrickungskünste durch die vorsorglich angelehnte Tür der Kabine schlüpfte, war es der Zofe nicht schwergefallen, ihn zum Weitertrinken zu überreden.

»Komm ... kommen Sie, Sarah«, stotterte er. »Alles in b... bester Ordnung, meine K... Kleine. Sie brauchen aber nicht so – hick! – nicht so stolz zu tun. Wissen Sie, ich bin ein einfacher Seemann ... ein einfacher Seemann, Sarah. Phineas Bl.. Blunt, Kommandant der Mal... Mala... Malabar. Und das s... soll ein W... Wort sein.«

Sarah lachte leise und ließ kokett einen schmalen Knöchel sehen. Der verliebte Phineas beugte sich ungeschickt vor, und es gelang ihm, ihre Hand zu ergreifen. »Sie l... l... lieben mich, und ich – hick! – ich liebe Sie, Sarah. Und Sie sind eine süße kleine – hick! – kleine Hexe sind Sie. Gib mir einen Kuß, Sarah!«

Sarah stand auf und ging zur Tür.

»W... was denn? Schon g... gehen? Geh nicht, Sarah!« Er erhob sich und taumelte auf sie zu. Das Glas Grog in seiner Hand schwankte beängstigend.

Die Schiffsglocke schlug sieben. Jetzt oder nie, dachte Blunt. Er faßte sie um die Taille und versuchte, vor Liebe und Rum lallend, den Kuß zu stehlen, den er begehrte. Sie benutzte die günstige Gelegenheit, schmiegte sich in seine Arme, zog das Fläschchen mit dem Laudanum aus der Tasche und goß hinter seinem Rücken die Hälfte des Inhalts in das Glas.

»Sie denken w... wohl – hick! –, ich bin betrunken, w... wie? Ich n... nicht, mein Mädchen.«

»Sie werden es aber bald sein, wenn Sie so weitermachen. Kommen Sie, trinken Sie das noch aus, und dann geben Sie Ruhe, sonst gehe ich.«

Aber sie begleitete ihre Drohung mit einem Blick, der ihre Worte Lügen strafte und so herausfordernd war, daß er sogar in das umnebelte Bewußtsein des armen Blunt drang. Auf unsicheren Beinen schwankend, hielt er sich an der Kabinenwand fest und glotzte das Mädchen mit einem verliebten Lächeln trunkener Bewunderung an; dann starrte er auf das Glas in seiner Hand, rülpste dreimal mit umständlicher Feierlichkeit und goß den Rum in einem Zuge hinunter, als sei er sich plötzlich einer Pflichtvergessenheit bewußt geworden. Die Wirkung trat auf der Stelle ein. Er ließ das Glas fallen, taumelte auf die Frau an der Tür zu und sank mit einer halben Umdrehung, die der schlingernden Bewegung des Schiffes folgte, in seine Koje. Gleich darauf schnarchte er wie ein Schwertwal.

Sarah Purfoy beobachtete ihn noch eine Weile, dann blies sie das Licht aus, schlich aus der Kabine und schloß die Tür hinter sich. Wie in der Nacht zuvor herrschte an Deck eine undurchdringliche Finsternis, die alles verbarg, was vor dem Großmast lag. Auf dem Vorderdeck brannte eine Laterne, die mit dem Schiff hin und her schwankte. Die Lampe an der Gefängnistür warf einen schwachen Lichtschein durch die offene Luke, und in der Kajüte zu ihrer Rechten brannten wie üblich mehrere Petroleumlampen. Sie hielt unwillkürlich nach Vickers Ausschau, der sich zu dieser Stunde gewöhnlich dort aufhielt, aber die Kajüte war leer. Um so besser, dachte sie, zog ihren dunklen Mantel fester um die Schultern und klopfte an Freres Tür. Plötzlich spürte sie einen heftigen Schmerz in den Schläfen, und ihre Knie zitterten. Mit äußerster Willensanstrengung drängte sie die Ohnmacht zurück, die sie zu überwältigen drohte, und richtete sich kerzengerade auf. Sie konnte es sich nicht leisten, jetzt zusammenzubrechen.

Die Tür öffnete sich, und Maurice Frère zog sie in die Kabine.

»Also sind Sie wirklich gekommen«, sagte er.

»Wie Sie sehen. Oh, wenn man mich nur nicht beobachtet hat!«

»Unsinn! Wer sollte Sie denn beobachten?«

»Hauptmann Vickers, Doktor Pine oder sonst jemand.«

»Ach was, die beiden sitzen seit dem Abendessen unten in Pines Kabine. Da sind sie gut aufgehoben.«

In Pines Kabine! Diese Nachricht erfüllte sie mit Entsetzen. Was war der Grund für ein so ungewöhnliches Verhalten? Hatten sie etwa Verdacht geschöpft?

»Was tun sie denn dort?« fragte sie.

Maurice Frere war nicht in der Stimmung, sich in Vermutungen zu ergehen.

»Wer weiß? Ich habe keine Ahnung. Aber was kümmert das uns«, fügte er hinzu. »Soll sie der Teufel holen, wir brauchen die beiden doch nicht, Sarah.«

Sie schien zu lauschen und gab keine Antwort. Ihre Nerven waren bis zum Zerreißen angespannt. Der Erfolg der Verschwörung hing von den nächsten fünf Minuten ab.

»Wo sehen Sie denn nur hin? Schauen Sie mich lieber an! Was für schöne Augen Sie haben! Und so herrliches Haar!«

In diesem Moment zerriß der Knall einer Muskete die Stille. Die Meuterei hatte begonnen!

Der Schuß bewirkte, daß sich der Offizier auf seine Pflicht besann. Er fuhr hoch, befreite sich von den Armen, die seinen Hals umklammert hielten, und stürzte zur Tür. Der Augenblick, auf den die Komplicin der Sträflinge gewartet hatte, war gekommen. Sie hängte sich mit ihrem ganzen Körpergewicht an Frere. Ihre langen Haare streiften sein Gesicht, ihr warmer Atem traf seine Wange, und der fallende Mantel enthüllte eine runde, glatte Schulter. Schon hatte er sich, berauscht und erobert, halb zu ihr umgewandt, als plötzlich das tiefe Rot ihrer Lippen einem fahlen Grau wich. Wie von einem Krampf befallen, schloß sie die Augen, sie ließ ihn los, taumelte, preßte die Hände an die Brust und stieß einen schrillen Schmerzensschrei aus. Das Fieber, das seit zwei Tagen in ihr steckte und gegen das sie sich unter Aufbietung aller Willenskraft gewehrt hatte, war ihr – durch die heftige Erregung ausgelöst – im entscheidenden Augenblick zum Verhängnis geworden. Leichenblaß sank sie zu Boden.

Da krachte ein zweiter Schuß, und man hörte lautes Waffenklirren. Frere überließ die ohnmächtige Frau ihrem Schicksal und stürmte an Deck.

KAPITEL 10
Acht Glasen

Um sieben Uhr war es im Gefängnis zu einem Tumult gekommen. Die Kunde von der drohenden Typhusgefahr hatte in den Sträflingen die Sehnsucht nach Freiheit geweckt, die bisher, eingehüllt durch die Monotonie der Fahrt, in ihnen geschlummert hatte. Nun, da sie vom Tode bedroht waren, verlangte es sie unbändig nach einer Möglichkeit des Entkommens, die den Freien offenzustehen schien. »Wir müssen hier raus«, ging es von Mund zu Mund. »Man hat uns hier eingesperrt, damit wir verrecken wie das Vieh.« Kein Gesicht, das nicht finster, keine Miene, die nicht verzweifelt war. Zuweilen aber flammte ein wilder Blick auf und erhellte das Dunkel der Mutlosigkeit wie ein Blitzstrahl, der eine schwarze Gewitterwolke unheimlich durchzuckt. Auf unerklärliche Weise verbreitete sich allmählich das Wissen, daß eine Verschwörung im Gange war, daß man sie aus ihrem stinkenden Käfig herausholen würde, daß einige unter ihnen einen Plan zu ihrer Befreiung geschmiedet hatten. In staunender Angst hielten die Gefangenen des Zwischendecks den Atem an, um ihre Vermutungen mit keinem Hauch zu verraten. Unter dem Einfluß dieser alles beherrschenden Vorstellung entstand ein seltsames Hin und Her. Jedes einzelne Teilchen in der Masse der Bösewichter, der Unwissenden und Unschuldigen setzte sich, von dem gleichen Impuls getrieben, in Bewegung. Natürliche Wesensverwandtschaft führte sie zueinander, gleich gesellte sich zu gleich, lautlos schob sich jeder an den ihm gemäßen Platz, nicht anders, als sich die Glasstückchen und bunten Perlen in einem Kaleidoskop zu geometrischen Figuren gruppieren. Um sieben Glasen waren die Gefangenen in drei Gruppen geteilt: die Tollkühnen, die Zaghaften und die Vorsichtigen. Der Standort einer jeden Gruppe ergab sich aus ihrem Charakter. Die von Gabbett, Vetch und dem Bettler angeführten Meuterer hielten sich unmittelbar an der Tür auf. Die Zaghaften – Knaben und Greise, unschuldige elende Geschöpfe, auf Grund von Indizienbeweisen verurteilt, oder bettelarme Landbewohner, zu Dieben gestempelt, weil sie sich eine Rübe vom Acker geholt hatten – drängten sich ängstlich im hinteren Teil des Käfigs zusammen. Und die Vorsichtigen, das heißt alle übrigen, die bereit waren, zu kämpfen oder zu fliehen, vorwärtszustürmen oder zurückzuweichen, den Gewalthabern oder ihren Gefährten zu helfen, je nachdem, wem das Glück der Stunde sich zuwenden würde, hatten den Mittelraum inne. Die Zahl der eigentlichen Meuterer belief sich auf etwa dreißig Mann, und von diesen dreißig waren nicht mehr als sechs in den Plan eingeweiht.

Die Schiffsglocke schlug die halbe Stunde, und als die Rufe der drei Wachen, die auf dem Achterdeck ablösten, verhallt waren, stieß Gabbett, der mit dem Rücken an der Tür lehnte, Jemmy Vetch an.

»Jetzt, Jemmy«, flüsterte er, »sag's ihnen!«

Die Männer neben ihm, die seine leisen Worte gehört hatten, verstummten. Allmählich lief das Schweigen wie leichtes Wellengekräusel über die Menge hin, bis es auch die hinteren Kojen erreicht hatte.

»Gentlemen«, begann Vetch in seiner höflich-sarkastischen Galgenstrickmanier, »ich und meine Freunde hier sind im Begriff, das Schiff für euch zu erobern. Wer sich auf unsere Seite schlagen will, soll gleich Bescheid sagen, denn in einer halben Stunde wird keine Gelegenheit mehr dazu sein.«

Er machte eine Pause und blickte mit so unverschämter Dreistigkeit in die Runde, daß sich drei Unentschlossene im Mittelraum weiter nach vorn drängten, um besser zu hören.

»Ihr könnt unbesorgt sein«, fuhr Vetch fort, »es ist alles vorbereitet. Draußen warten gute Freunde auf uns, und die Tür wird sich sofort öffnen. Alles, was wir brauchen, Gentlemen, ist eure Zustimmung und eure Anteilnahme... Ich meine eure...«

»Quatsch nicht soviel«, unterbrach ihn der Riese ärgerlich. »Komm zur Sache, hörst du! Sag ihnen, daß wir das Schiff stürmen werden, ob's ihnen gefällt oder nicht, und wer sich weigert, mitzumachen, der fliegt über Bord. Das ist der klare Tatbestand.«

Seine nüchternen Worte schlugen wie eine Bombe ein. Die Gruppe der Zurückhaltenden im Hintergrund wechselte besorgte Blicke. Ein dumpfes Gemurmel entstand, und das wilde, vergnügte Gelächter, das einer von Gabbetts Nachbarn anstimmte, trug nicht dazu bei, die Zaghaften zu beruhigen.

»Und die Soldaten?« fragte eine Stimme aus den Reihen der Vorsichtigen.

»Der Teufel soll sie holen!« schrie der Bettler, einer plötzlichen Eingebung folgend. »Sie können euch höchstens totschießen, und ob ihr durch eine Kugel sterbt oder am Typhus – das bleibt sich gleich!«

Er hatte den richtigen Ton getroffen, wie ihm die halblauten Beifallsrufe der Gefangenen bestätigten.

»Alles klar, Alter!« rief Jemmy Vetch dem Riesen zu und rieb sich mit unheimlicher Ausgelassenheit die mageren Hände. »Die Jungens sind in Ordnung!« Und als sein scharfes Ohr Waffenklirr vernahm, setzte er hinzu: »Jetzt alle zur Tür! Und dann drauflos!«

Es war acht Uhr, und die Ablösung kam vom Achterdeck. Die Gefangenen an der Tür hielten den Atem an, um zu lauschen.

»Alles ist vorbereitet«, brummte Gabbett leise. »Wenn die Tür aufgeht, stürmen wir raus, und ehe die Soldaten wissen, wie ihnen geschieht, sind wir mitten unter ihnen, zerren sie ins Gefängnis, greifen uns die Gewehre, und die Sache ist erledigt.«

»Die sind ja so still«, bemerkte die Krähe mißtrauisch. »Hoffentlich geht alles glatt.«

»Gib die Tür frei, Miles«, sagte draußen Pines Stimme, ruhig wie immer.

Die Krähe atmete erleichtert auf. Der Doktor sprach nicht anders als sonst, und Miles war der Soldat, den Sarah Purfoy bestochen hatte, nicht zu schießen. Alles war gut gegangen.

Schlüssel rasselten, die Tür wurde aufgeschlossen. Der Mutigste unter den Vorsichtigen, der hin und her überlegt hatte, ob er nicht unter Einsatz seines Lebens die Freiheit dadurch erkaufen sollte, daß er im gegebenen Augenblick vorsprang und die Soldaten warnte, unterdrückte den Schrei in seiner Kehle, als er die Männer, die sich zum Vorstoß anschickten, ein Stück zurückweichen sah und den gesträubten Haarschopf und die gebleckten Zähne des Riesen erspähte.

»Jetzt!« schrie Jemmy Vetch. Die eisenbeschlagene Eichentür flog auf, und schon stürzte Gabbett mit dem kehligen Gebrüll eines angreifenden wilden Ebers aus dem Gefängnis.

Der rote Lichtschein, der durch die Öffnung drang, wurde in der nächsten Sekunde von den schwarzen Gestalten verdeckt. Das ganze Gefängnis brandete nach vorn, und im Nu waren fünf, zehn, zwanzig der unerschrockensten Burschen draußen. Es war, als hätte eine Sturmflut in einer Steinmauer eine Lücke gefunden, durch die sie ihre Wassermassen ergoß. Die kämpferische Stimmung griff auf alle über, ließ sie ihre Bedenken vergessen. Die Zaghaften im Hintergrund sahen Jemmy Vetch auf dem Kamm dieser Menschenwoge, deren dunkle Umrisse sich von dem wirren Knäuel kämpfender Gestalten abhoben, sahen, wie er sie mit einem Grinsen anspornte, und nun drängten auch sie wütend vorwärts.

Plötzlich hörte man ein furchtbares Geheul, als sei ein wildes Tier in eine Falle getappt. Der reißende Sturzbach staute sich in der Tür, aus dem flackernden Lichtschein, auf den der Riese zugestürzt war, zuckte ein greller Blitz, und der verräterische Wachposten fiel dumpf stöhnend, mit durchschossener Brust, hintenüber. Die Menge im Türrahmen zögerte einen Moment, dann wurde sie durch den Druck der Nachdrängenden weitergetrieben. Aber schon schlug die schwere Tür krachend zu, und die Riegel wurden vorgeschoben.

Es war, als geschehe das alles auf einmal; die Vorgänge spielten sich mit einer so atemberaubenden Geschwindigkeit ab, daß es schwierig ist, sie im einzelnen zu schildern. Die Gefängnistür hatte sich geöffnet und im nächsten Augenblick wieder geschlossen. Das Bild, das sich den Augen der Sträflinge geboten hatte, war so rasch entschwunden wie das in einem »Panorama«. Die Zeitspanne zwischen dem Öffnen und dem Schließen der Tür entsprach etwa der Dauer des Musketenschusses.

Ein zweiter Schuß krachte, und verworrenes Geschrei, in das sich Waffenklirren mischte, verriet den Gefangenen, daß die Besatzung alarmiert worden war. Wie sah es an Deck aus? Würden ihre Freunde die Wachen überwältigen können, oder würden sie zurückgeschlagen werden? Gleich mußte es sich entscheiden. In der heißen Dunkelheit, verzweifelt bemüht, einander zu erkennen, warteten sie auf den Ausgang des Kampfes. Plötzlich verstummte der Lärm, und ein seltsames polterndes Geräusch drang an die Ohren der Lauschenden.

Was war geschehen?

Die Männer, die aus der Finsternis hervorbrachen, rannten, durch die plötzliche Helligkeit irritiert, ziellos über das Deck. Miles hatte, getreu seinem Versprechen, keinen Schuß abgefeuert, aber im nächsten Augenblick entriß Vickers ihm die Muskete, sprang mitten in das Gewühl und schoß in das Gefängnis hinein. Der Aufruhr war eher losgebrochen, als er erwartet hatte; doch er verlor seine Geistesgegenwart nicht. Mit dem Schuß wollte er zweierlei erreichen, nämlich die Männer in der Wachstube alarmieren und – wenn möglich – einen der Sträflinge töten, um dadurch die anderen einzuschüchtern. Immer wieder zurückgedrängt, verbissen gegen den Ansturm gräßlich verzerrter Gesichter kämpfend, dachte er nicht mehr an Milde und Menschlichkeit. Er zielte kaltblütig auf Jemmy Vetchs Kopf; die Kugel verfehlte jedoch ihr Ziel und tötete den unglücklichen Miles.

Mittlerweile hatten Gabbett und seine Kumpane die Kajütentreppe erreicht, wo sie auf die verstärkte Wache stießen, deren gefällte Bajonette im Schein der Laterne rötlich funkelten. Ein Blick nach oben zeigte dem Riesen, daß die Waffen, die er hatte erbeuten wollen, durch zehn Musketen geschützt waren und daß die übrigen Soldaten der Abteilung in den geöffneten Türen des Bretterverschlages hinter dem Besanmast die Gewehre in Anschlag hielten. Selbst sein dumpfer Verstand begriff, daß die tollkühne

Meuterei gescheitert war und daß man ihn verraten hatte. Mit verzweifeltem Geheul – es drang, wie gesagt, bis ins Gefängnis – erkämpfte er sich den Rückzug und kam gerade noch zurecht, um zu sehen, wie die Menge auf dem Fallreep vor dem grellen Blitz aus Vickers' Muskete zurückwich. Im nächsten Augenblick nutzten Pine und zwei Soldaten das plötzliche Nachlassen des Druckes aus, schoben die Riegel vor und verschlossen das Gefängnis.

Die Meuterer saßen in der Falle.

In dem engen Raum zwischen Wachstube und Barrikade entbrannte nun ein wildes Ringen. Etwa zwanzig Sträflinge und halb so viele Soldaten schlugen und stachen aufeinander ein. Es herrschte ein solches Gedränge, daß Angegriffene und Angreifer kaum wußten, wen sie trafen. Gabbett riß einem Soldaten das Bajonett aus der Hand, warf seinen riesigen Kopf in den Nacken, befahl dem Bettler, ihm zu folgen, und stürmte die Leiter hinauf, fest entschlossen, dem Feuer der Wachen die Stirn zu bieten. Ehe der Bettler dem Riesen nachsetzte, stürzte er sich auf den ersten besten Soldaten, packte ihn beim Handgelenk und versuchte, ihm das Bajonett zu entreißen. Ein muskulöser, stiernackiger Bursche neben ihm schmetterte seine geballte Faust in das Gesicht des Soldaten, der in rasender Wut das Bajonett fahrenließ, die Pistole zog und dem neuen Angreifer eine Kugel in den Kopf jagte. Dieser zweite Schuß war es, der Maurice Frere alarmiert hatte.

Als der junge Leutnant an Deck sprang, erkannte er an der Aufstellung der Wachen, daß andere um die Sicherheit des Schiffes besorgter gewesen waren als er. Indessen blieb keine Zeit für Erklärungen, denn an der Luke prallte er auf den heraufstürmenden Riesen, der beim Anblick dieses unerwarteten Gegners einen gräßlichen Fluch ausstieß und ihn, da er auf dem engen Raum nicht zuschlagen konnte, mit den Armen umklammerte. Die beiden Männer fielen zu Boden. Die Wache auf dem Achterdeck wagte nicht, auf die ineinander verschlungenen Leiber zu schießen, die wie ein Knäuel über das Deck rollten, und für einen Augenblick hing Freres Leben am seidenen Faden.

Der Bettler, der über und über mit dem Blut und dem Gehirn seines unglücklichen Kameraden besprizt war, hatte bereits den Fuß auf die unterste Stufe der Leiter gesetzt, als ihm das Bajonett durch einen Kolbenhieb aus der Hand geschlagen und er selbst rauh zurückgezerrt wurde. Im Fallen sah er, wie Jemmy Vetch aus der Menge der Gefangenen, die eben noch mit der Wache gekämpft hatten, vorsprang, den freien Raum am Fuße der Leiter erreichte und die Hände hob, als wollte er sich vor einem Schlag schützen. Mit einemmal war es still geworden. Auf die Gruppe vor der Barrikade senkte sich jenes geheimnisvolle Schweigen, das die Insassen des Gefängnisses so sehr beunruhigte.

Sie begriffen bald, was draußen vorging. Die beiden Soldaten, die mit Pines Hilfe die Gefängnistür zugeschlagen hatten, entriegelten eilends die Falltür in der Barrikade, von der bereits in einem früheren Kapitel die Rede war, und auf ein Zeichen von Vickers zogen drei Männer die geladene Haubitze aus ihrem finsteren Versteck nahe der Wachstube, richteten die todbringende Mündung auf die Öffnung in der Barrikade und warteten auf den Feuerbefehl.

»Ergebt euch!« brüllte Vickers, nunmehr aller humanen Regungen bar. »Ergebt euch und liefert eure Rädelsführer aus, sonst lasse ich euch zusammenschießen!«

Seine Stimmte zitterte nicht, und obgleich er mit Pine unmittelbar am Mündungsrohr des aufgefahrenen Geschützes stand, spürten die Meuterer mit jenem Scharfsinn, den eine drohende Gefahr selbst dem stumpfesten Hirn verleiht, daß er sein Wort halten würde, wenn sie auch nur einen Augenblick zögerten. Ein schreckliches Schweigen entstand, das nur von einem schurrenden Geräusch im Gefängnis unterbrochen wurde. Es klang, als fliehe eine Rattenfamilie, beim Schmaus in der Mehltonne gestört, in ihren Unterschlupf.

Das Schurren rührte von den Sträflingen her, die zu ihren Kojen stürzten, um dem angedrohten Kartätschenhagel zu entgehen. Für die zwanzig Desperados, die vor der Mündung der Haubitze kauerten, war dieses Geräusch beredter als Worte. Sie hatten keine Macht mehr über ihre Kameraden: Die dort drinnen würden sich weigern mitzumachen. Die Lage war höchst heikel. Aus der geöffneten Falltür kam ein dumpfes Raunen wie das Summen in einer Seemuschel; aber in dem dunklen Rechteck war nichts zu erkennen. Die Falltür hätte ebensogut ein Fenster sein können, das auf einen Tunnel hinausging. Rechts und links dieses schrecklichen Fensters, infolge der Enge fast vor die Öffnung gedrängt, standen Pine, Vickers und die Wache. Vor der kleinen Gruppe lag die Leiche des unglückseligen Jungen, den Sarah Purfoy ins Verderben getrieben hatte; dicht daneben, aber bemüht, sich von der niedergetrampelten blutigen Masse fernzuhalten, hockten die zwanzig Meuterer, auf deren Gesichtern sich Angst und Wut malten. Hinter den Meuterern, von dem Lichtschein, der durch die Luke fiel, nicht erreicht, drohte die Mündung der Haubitze mit Tod und Verderben; und hinter der Haubitze, durch eine Reihe brauner Musketenläufe geschützt, glomm trübe die winzige Flamme der brennenden Lunte, die Vickers' getreuer Diener in der Hand hielt.

Die in die Falle geratenen Männer blickten zur Luke, aber die Wache hatte ihnen auch diesen Fluchtweg abgeschnitten, und einige Mitglieder der Besatzung — unbekümmert um die Gefahr, wie es Matrosen in jeder Lebenslage sind — spähten auf sie herab. Es gab keine Möglichkeit mehr, zu entkommen.

»Noch eine Minute!« rief Vickers, überzeugt, daß eine Sekunde genügen würde. »Eine Minute, oder...«

»Ergebt euch, Kameraden, um des Himmels willen!« schrie einer der armen Teufel aus dem Innern des dunklen Gefängnisses. »Wollt ihr denn unseren Tod?«

Jemmy Vetch, wie alle nervösen Menschen mit einer erstaunlichen Sensibilität begabt, spürte, daß seine Kameraden ihn als ihren Sprecher wünschten, und erhob seine schrille Stimme. »Wir ergeben uns«, sagte er. »Es hat keinen Sinn, daß wir uns eine Kugel durch den Kopf schießen lassen.« Er nahm die Hände hoch, setzte sich auf einen Wink des Hauptmanns in Bewegung und ging als erster zur Wachstube hinüber.

»Her mit den Ketten!« rief Vickers und verließ eilig seinen gefährlichen Standort. Und bevor der letzte Mann an der noch immer rauchenden Lunte vorbeigezogen war, verkündeten Hammerschläge, daß Jemmy, die Krähe, wieder in jene Fesseln gelegt worden war, von denen man ihn vor einem Monat in der Bucht von Biskaya befreit hatte. Im nächsten Augenblick wurde die Falltür geschlossen, die Haubitze rumpelte in ihre Stellung zurück, und die Gefangenen atmeten auf.

Inzwischen hatte sich auf dem Oberdeck eine fast ebenso erregende Szene abgespielt. In der blinden Wut, mit der gewalttätige Naturen meist reagieren, sobald sie sich eines Mißerfolgs bewußt werden, war Gabbett Frere an die Gurgel gesprungen, entschlossen, wenigstens einem seiner Feinde den Garaus zu machen. Aber wenn er auch mit dem Mut der Verzweiflung kämpfte und dem Leutnant an Körpergewicht und Stärke überlegen war, so mußte er doch feststellen, daß er einen nicht zu unterschätzenden Gegner vor sich hatte.

Maurice Frere war kein Feigling. Er mochte brutal und selbstsüchtig sein, aber Mangel an körperlichem Mut konnten ihm sogar seine erbittertsten Feinde nicht nachsagen. Im Gegenteil, in den Tagen fröhlichen Übermuts, die für immer vergangen waren, hatte er sich gerade durch die entgegengesetzten Eigenschaften Ruhm erworben. Er nahm begeistert an männlichen Wettkämpfen teil, verfügte über erhebliche Muskelkraft und hatte in manchem Wirtshausstreit, bei mancher von ihm selbst angestifteten nächtlichen Schlägerei bewiesen, wie unrecht das Sprichwort hat, demzufolge ein Renommist *immer* ein Feigling ist. Er besaß die Zähigkeit einer Bulldogge, und hatte er sich erst einmal in seinen Gegner verbissen, so ließ er nicht mehr locker. Was Kraft und Ausdauer anlangte, so war er ein Gabbett mit der Geschicklichkeit eines Preisringkämpfers. Wenn zwei gleich mutige Männer aufeinandertreffen, zählt technisches Können mehr als Stärke. In dem Kampf jedoch, der hier ausgetragen wurde, schien das technische Können von geringem Wert zu sein. Ein unerfahrener Beobachter mußte annehmen, der tobende Riese, der den unter ihm liegenden Mann an der Kehle gepackt hielt, werde mit Leichtigkeit als Sieger aus dem Kampf hervorgehen. Rohe Kraft war allein vonnöten – weder Raum noch Zeit gestatteten die Entfaltung geschickter Verteidigungskünste.

Nun verleiht das Wissen um technische Feinheit zwar keine zusätzlichen Kräfte, wohl aber Kaltblütigkeit. Trotz des überraschenden Angriffs verlor Maurice Frere seine Geistesgegenwart nicht. Der Sträfling hielt ihn so fest umklammert, daß er nicht zuschlagen konnte; doch als er rückwärts gedrängt wurde, gelang es ihm, sein Knie in den Schenkel des Angreifers zu stoßen und ihn gleichzeitig mit einer Hand am Kragen zu packen. Eng umschlungen stürzten sie zu Boden und rollten, ohne daß die erschrockene Wache einen Schuß abzugeben wagte, über das Deck, bis sie heftig gegen die Schiffswand prallten. Frere, der Gabbett jetzt unter sich hatte, bot alle Kräfte auf, um den Würgegriff abzuwehren, mit dem der Riese ihn auf den Rücken zwingen wollte; aber ebensogut hätte er versuchen können, eine Steinmauer umzustoßen. Die Augen traten ihm aus den Höhlen, jede Sehne war bis zum äußersten angespannt, und doch wurde er langsam herumgedreht. Er fühlte, wie Gabbett seinen Griff lockerte, um zu dem entscheidenden Schlag auszuholen. Mit einem Ruck befreite Frere seine linke Hand, warf sich plötzlich auf den Rücken, zog das rechte Knie an, stieß es heftig unter Gabbetts Kinn und hieb, als der riesige Kopf hochzuckte, seine Faust in den sehnigen Hals. Der Riese taumelte, fiel auf Hände und Knie und war im Nu von Matrosen umringt.

Nun begann und endete in kürzerer Zeit, als man zu seiner Schilderung braucht, das erbitterte Ringen eines Mannes gegen zwanzig, ein wahrhaft homerischer Kampf, der deshalb nicht weniger heldenmütig war, weil es sich bei Ajax um einen Sträfling und bei den Trojanern um einfache Matrosen handelte. Gabbett schüttelte seine Angreifer so leicht ab wie ein wilder Eber die Hunde, die an seinen borstigen Flanken hochspringen, war im Nu auf den Füßen und hielt die Männer dadurch in Schach, daß er das erbeutete Bajonett über seinem Kopf kreisen ließ. Viermal hoben die Soldaten rings um die Luke ihre Musketen, und viermal wagten sie nicht, das Feuer zu eröffnen, aus Furcht, sie könnten ihre Kameraden verwunden, die sich auf den wütenden Riesen gestürzt hatten. Gabbetts struppiges Haar war wild gesträubt, seine blutunterlaufenen Augen funkelten vor Zorn, seine mächtige Pranke öffnete und schloß sich in der Luft, als giere sie danach, etwas zu packen, und er brüllte wie ein verwundeter Stier, während er sich unablässig um die eigene Achse drehte. Sein grobes Hemd, von der Schulter bis zur Lende aufgerissen, enthüllte das Spiel seiner gewaltigen Muskeln. Aus einer Stirnwunde floß ihm das Blut über das Gesicht, vermischte sich mit dem Schaum auf den Lippen und tropfte langsam auf die behaarte Brust. Sooft ein Angreifer in die Reichweite des kreisenden Bajonetts geriet, ließ ein neuer Wutanfall die Kräfte des Schurken ins Übermenschliche wachsen. Hatten eben noch seine Gegner wie Trauben an ihm gehangen, so daß seine Arme, seine Beine und seine Schultern von einer baumelnden Masse menschlicher Leiber umklammert waren, so stand er im nächsten Augenblick allein inmitten seiner Feinde, frei und verwegen, das häßliche Gesicht von Zorn und Haß verzerrt. Er glich weniger einem Menschen als einem Dämon oder einem jener riesigen wilden Affen, welche die Einsamkeit der afrikanischen Wälder bevölkern. Ohne der Meute zu achten, die ihn bedrängte, schritt er auf seinen im Hintergrund stehenden Gegner zu, um ihn mit einem letzten Schlag für immer niederzustrecken. Da er sich einbildete, Sarah Purfoy habe ihn verraten, und zwar um dieses schmucken Offiziers willen, hatte sich seine Wut auf Maurice Frere konzentriert. Der Anblick des Bösewichts war so entsetzlich, daß Frere beim Aufblitzen des geschwungenen Bajonetts trotz seines natürlichen Mutes vor Schreck die Augen schloß und sich in sein Schicksal ergab.

Gerade als Gabbett zuschlagen wollte, ging ein Ruck durch das Schiff, das sich bisher sanft auf der trägen, schweigenden See gewiegt hatte. Der Sträfling verlor das Gleichgewicht, schwankte und stürzte zu Boden. Bevor er sich erheben konnte, hatten ihn zwanzig Hände gefesselt. Im Nu waren Ruhe und Ordnung wiederhergestellt. Die Meuterei war vorüber.

KAPITEL 11
Entdeckungen und Geständnisse

Die plötzliche Erschütterung war überall auf dem Schiff zu spüren gewesen, und Pine, der die Fesselung der letzten Meuterer beaufsichtigte, erriet sogleich, was geschehen war.

»Gott sei Dank!« rief er. »Endlich eine Brise!«

Während der überwältigte Riese, braun und blau geschlagen, blutend und gefesselt, die Luke hinabgezerrt wurde, eilte der glückstrahlende Doktor an Deck, wo er feststellte, daß die *Malabar* mit fünfzehn Knoten Geschwindigkeit durch das weiß schäumende Wasser pflügte.

»Klar zum Reffen der Toppsegel! In die Takelung, Männer, und die Bramsegel festgemacht!« brüllte Best vom Achterdeck. Inmitten des munteren Durcheinanders erstattete Maurice Frere dem Arzt kurz Bericht, was sich in seiner Kabine abgespielt hatte. Über seine Pflichtvergessenheit ging er dabei allerdings so schnell wie möglich hinweg.

Pine hob die Brauen. »Meinen Sie, das Mädchen steckt mit den Meuterern unter einer Decke?«

»Bestimmt nicht!« beteuerte Frere, eifrig bemüht, eine Untersuchung des Falles abzuwenden. »Wie sollte sie auch? Verschwörung! Wenn mich nicht alles täuscht, hat sie Typhus.«

Und richtig – als sie die Kabinentür öffneten, fanden sie Sarah Purfoy am Boden liegen, genau dort, wo sie vor einer Viertelstunde zusammengebrochen war. Nicht einmal das Waffengeklirr und die Schüsse hatten sie zu wecken vermocht.

»Wir müssen sie irgendwo isolieren«, sagte Pine mit einem wenig freundlichen Blick auf die reglose Gestalt. »Obwohl ich nicht glaube, daß es sie sehr schlimm erwischt hat. Der Teufel soll sie holen! Wahrscheinlich ist sie an der ganzen Sache schuld. Na, ich krieg's schon heraus, und zwar bald, denn ich habe den Banditen erklärt, wenn sie nicht bis morgen früh alles gestehen, lasse ich sie samt und sonders in Hobart Town auspeitschen. Ich hätte nicht übel Lust, es schon vor der Landung zu tun. Los, Frere, fassen Sie an, wir wollen sie hier rausschaffen, bevor Vickers kommt. Sie sind aber auch wirklich ein Dummkopf! Ich habe ja gleich gewußt, daß es mit den Frauen an Bord nicht gut gehen kann. Ein wahres Wunder, daß Mrs. Vickers nicht schon längst zum Vorschein gekommen ist. Langsam – vorsichtig an der Tür. Mann, Sie tun ja, als hätten Sie noch nie ein Mädchen um die Taille gefaßt! Herrje, machen Sie doch nicht so ein ängstliches Gesicht – von mir erfährt keiner was. Nun aber ein bißchen flink, bevor der kleine Pfarrer kommt. Pfaffen sind immer Klatschbasen.« So vor sich hin brabbelnd, half Pine, Mrs. Vickers' Zofe in ihre Kabine tragen.

»Alle Wetter, hübsch ist sie, das muß man ihr lassen«, sagte er und musterte den wie leblos daliegenden Körper mit dem Berufsblick des Arztes. »Wundert mich gar nicht, daß Sie sich in sie vergafft haben. Möglicherweise haben Sie sich bei ihr angesteckt, aber lassen Sie nur, die Brise wird das Fieber rasch vertreiben. Und Blunt, dieser alte Esel, ist um kein Haar besser als Sie! Er sollte sich wirklich schämen. In seinem Alter!«

»Was wollen Sie damit sagen?« fragte Frere hastig, da er Schritte hörte. »Was hat Blunt mit ihr zu tun?«

»Oh, ich weiß nicht«, sagte Pine. »Er hat sich eben in sie verliebt, das ist alles. Genau wie eine ganze Menge anderer.«

»Eine ganze Menge anderer?« wiederholte Frere mit gespielter Unbekümmertheit.

»Ja!« bestätigte Pine lachend. »Die hat doch jedem Mann an Bord schöne Augen gemacht, mein Lieber! Einmal kam ich gerade hinzu, als sie einen Soldaten küßte.«

Maurice Freres Wangen glühten. Er, der erfahrene Schürzenjäger, war zum Narren gehalten, hintergangen, vielleicht sogar ausgelacht worden. Die ganze Zeit hatte er sich in dem Glauben gewiegt, er habe das schwarzäugige Mädchen bezaubert. Und dabei hatte sie ihn um den kleinen Finger gewickelt, hatte sich vielleicht mit ihrem Liebsten, dem Soldaten, über sein Liebeswerben lustig gemacht. Ein höchst unerfreulicher Gedanke. Seltsamerweise aber haßte er Sarah trotz ihrer Treulosigkeit nicht. Es gibt eine Art Liebe – falls man das Liebe nennen kann –, die gedeiht, wenn sie mit Füßen getreten wird. Immerhin fühlte er sich so angeekelt, daß er einige Flüche ausstieß.

An der Tür kam ihnen Vickers entgegen. »Pine, Blunt ist krank! Mr. Best hat ihn stöhnend in seiner Kajüte gefunden.«

Der Kommandant der *Malabar* lag in seiner Koje, völlig verkrampft, wie es bei Menschen, die in Kleidern schlafen, leicht der Fall ist. Der Doktor schüttelte ihn, beugte sich über ihn und knöpfte ihm den Kragen auf.

»Er ist nicht krank«, stellte er fest. »Er ist betrunken! Blunt! Wachen Sie auf! He, Blunt!«

Aber der Klotz rührte sich nicht.

»Hallo!« rief Pine plötzlich und schnupperte an dem zerbrochenen Glas. »Was ist das? Es riecht so komisch. Rum? Nein. Ah! Laudanum! Donnerwetter, man hat ihn betäubt!«

»Unsinn!«

»Jetzt ist mir alles klar«, sagte Pine und schlug sich auf den Schenkel. »Das war dieses teuflische Frauenzimmer! Sie hat ihm was eingegeben. Und das gleiche wollte sie mit...« (Frere warf ihm einen flehenden Blick zu) »... mit jedem anderen Dummkopf tun, der sich's hätte gefallen lassen. Dawes hatte recht, Sir. Sie steckt mit den Burschen unter einer Decke. Ich möchte schwören, daß es so ist.«

»Was«, rief Vickers, »die Zofe meiner Frau? Unsinn!«

»Unsinn!« sagte auch Frere.

»Es ist kein Unsinn. Der Soldat, der erschossen wurde – wie heißt er doch gleich? – dieser Miles hat... na, lassen wir das. Jetzt ist alles vorbei.«

»Bis morgen werden die Männer ein Geständnis ablegen«, sagte Vickers. »Dann wird sich's ja zeigen.« Damit entfernte er sich, um seine Frau in ihrer Kabine aufzusuchen.

Mrs. Vickers öffnete ihm die Tür. Sie hatte bis jetzt am Bett ihres Kindes gesessen, dem Schießen gelauscht und geduldig auf die Rückkehr ihres Mannes gewartet. Bei aller Koketterie und Oberflächlichkeit war Julia Vickers ohne weiteres fähig, schwierigen Situationen mit jenem unerschrockenen Mut zu begegnen, den Frauen ihres Schlages mitunter aufbringen. Obgleich sie bei der Lektüre eines jeden Buches, das über dem Niveau des üblichen Liebesromans lag, von einem Gähnkrampf befallen wurde, obgleich sie junge Männer, die sehr wohl ihre Söhne hätten sein können, mit lächerlich angemaßter Mädchenhaftigkeit zu fesseln suchte, obgleich sie beim Anblick eines Frosches oder einer Spinne schrille Angstschreie ausstieß, konnte sie eine derart spannungsgeladene Viertelstunde wie die letzte so tapfer durchstehen, als sei sie die furchtloseste Frau, die je ihr Geschlecht verleugnete.

»Ist alles vorbei?« fragte sie.

»Ja, Gott sei Dank!« sagte Vickers, der auf der Schwelle stehengeblieben war. »Jetzt ist alles wieder ruhig, aber wir sind wohl nur mit knapper Not davongekommen. Was macht Sylvia?«

Die Kleine lag in ihrem Bettchen. Ihr blondes Haar ringelte sich auf dem Kopfkissen; ihre Händchen bewegten sich unruhig hin und her.

»Ich glaube, es geht ihr schon etwas besser. Allerdings phantasiert sie viel.«

Die roten Lippen öffneten sich, und die blauen Augen, glänzender denn je, schauten blicklos umher. Sie schien die Stimme ihres Vaters gehört zu haben, denn sie sprach ein kurzes Gebet: »Gott schütze Papa und Mama, Gott schütze alle auf diesem Schiff. Gott schütze mich umd mache mich fromm und gut, um Jesu Christi willen, unseres Herrn. Amen.«

Das schlichte Gebet des kranken Kindes hatte etwas so Rührendes, daß John Vickers, der noch vor zehn Minuten ohne Zaudern sein eigenes Todesurteil unterschrieben hätte, nur um die Sicherheit des Schiffes zu gewährleisten, ungewohnte Tränen aufsteigen fühlte. Wahrlich, ein seltsamer Gegensatz: Mitten auf dem trostlosen Ozean, an Bord eines vom Typhus verseuchten Gefangenenschiffes, viele Meilen vom Festland entfernt, umgeben von Raufbolden, Dieben und Mördern, bat das dünne Stimmchen eines unschuldigen Kindes vertrauensvoll den Himmel um Schutz.

Zwei Stunden später – die *Malabar*, mit Mühe und Not der sie bedrohenden Gefahr entronnen, setzte ihre rasche Fahrt über die sich kräuselnde See fort – ließen die Meuterer durch ihren Wortführer, Mr. James Vetch, folgendes Geständnis übermitteln: Es täte ihnen sehr leid, und sie hofften, man werde ihnen den Verstoß gegen die Disziplin verzeihen. Die Angst vor dem Typhus habe sie dazu getrieben. Sie hätten weder innerhalb noch außerhalb des Gefängnisses Komplicen, wollten jedoch nicht verfehlen, darauf hinzuweisen, daß Rufus Dawes derjenige sei, der die Meuterei geplant habe. Der boshafte Krüppel hatte erraten, von wem die Nachricht stammte, die zum Scheitern der Verschwörung geführt hatte. Und nun rächte er sich auf seine Art.

KAPITEL 12
Eine Zeitungsnotiz

Auszug aus dem »Hobart Town Courier« vom 12. November 1827:
»Letzten Dienstag wurde das Verhör der an dem Anschlag auf die *Malabar* beteiligten Gefangenen abgeschlossen. Die vier Rädelsführer – Dawes, Gabbett, Vetch und Sanders – wurden zum Tode verurteilt. Wie wir erfahren, ist die Strafe inzwischen durch einen Gnadenerlaß Seiner Exellenz des Herrn Gouverneurs in einen sechsjährigen Aufenthalt in der Strafkolonie Macquarie Harbour umgewandelt worden.«

Zweites Buch
Macquarie Harbour
1833

KAPITEL 1
Topographische Beschreibung von Vandiemensland

Von dem einsamen Mewstone bis zu den Basaltklippen von Tasmans Vorgebirge, von Tasmans Vorgebirge bis Kap Pillar und von Kap Pillar bis zu der rauhen Erhabenheit der Piratenbucht ähnelt die Südostküste von Vandiemensland einem von Ratten angenagten Zwieback. Die Küstenlinie ist unregelmäßig gezackt, zerfressen durch den von Osten und Westen andrängenden Ozean, der die Halbinsel einstmals vom Festland, dem gewaltigen australasiatischen Kontinent, losriß und somit für Vandiemensland das gleiche getan hat wie für die Isle of Wight.

Auf der Landkarte betrachtet, gleichen die phantastischen Bruchstücke der Inseln und Vorgebirge, die zwischen dem Südwestkap und dem größeren Swan Port verstreut liegen, den seltsamen Gebilden, die entstehen, wenn man geschmolzenes Blei in Wasser gießt. Wäre die Vermutung nicht zu ausgefallen, so könnte man sich vorstellen, ein unachtsamer Riese habe beim Gießen des australischen Kontinents den Schmelztiegel umgestoßen und Vandiemensland in den Ozean gekippt. Die Küstenschiffahrt ist hier ebenso gefährlich wie die des Mittelmeers. Der Seemann, der auf der Fahrt von Kap Bougainville zur Ostspitze von Maria Island zwischen den zahlreichen Felsen und Untiefen hindurchsteuert, die unterhalb der dreifach gespaltenen Höhe von Three Thumbs liegen, sieht sich plötzlich vor der Tasman-Halbinsel, die wie ein riesiger Doppelohrring vom Festland herabhängt. Segeln wir um den Pillar-Felsen herum und durch die Sturmbucht weiter nach Storing Island, so gelangen wir zu dem Italien dieser Miniatur-Adria. Zwischen Hobart Town und Sorrel, Pittwater und dem Derwent schiebt sich eine seltsam geformte Landzunge in die Bucht — der italienische Stiefel mit nach oben gebogener Spitze —, und dahinter, durch einen schmalen Wasserstreifen von der Landzunge getrennt, taucht Bruny Island auf, eine langgestreckte, felsige Insel, zwischen deren Westküste und den Klippen des Mount Royal die gefährliche, unter dem Namen D'Entrecasteaux-Kanal bekannte Meerenge liegt. An der südlichen Kanaleinfahrt bezeugt eine Reihe versunkener Felsen, die man in ihrer Gesamtheit als Axtaeon Riff bezeichnet, daß einstmals das Bruny-Vorgebirge mit der Küste der Recherche-Bucht verbunden war. Der weiße Gischt, der vom Südkap bis hinauf nach Macquarie Harbour über den versunkenen Riffen hochsprüht, und die Zacken einzelner Felsen, die jäh aus dem Meer aufragen, warnen den Seemann, sich der Küste zu nähern.

Man könnte meinen, die eifersüchtige Natur hätte den Zugang zu den Schönheiten ihres silbernen Derwent mit so vielen Gefahren wie nur irgend möglich verbunden. Doch hat man den Archipel des D'Entrecasteaux-Kanals oder, von Osten kommend, die weniger gefährliche Sturmbucht hinter sich gelassen, dann ist die Fahrt flußaufwärts eine reine Freude. Von der schweigenden Einsamkeit des Iron Pot bis zu den anmutigen Ufern von New Norfolk schlängelt sich der Fluß in unzähligen Windungen dahin, zwängt sich zwischen zerklüfteten, hoch aufragenden Klippen als schmale, tiefe Wasserstraße hindurch. Zöge man von der Quelle des Derwent eine genau nach Norden verlaufende Linie, so würde sie auf einen zweiten Fluß treffen, der sich – ebenso wie der Derwent im Süden – aus der Insel herausschlängelt. Hier haben die Wellen weniger heftig gewütet – mag sein, daß sich ihre Kraft bei der Zerstörung der Landenge, die vor zweitausend Jahren wahrscheinlich Vandiemensland mit dem Kontinent verband, erschöpft hat. Die kreisenden Strömungen der Südsee, die an der Mündung des Tamar zusammentreffen, sind über die Landenge hinweggebraust, die von ihnen verschlungen wurde, und haben im ständigen Anbranden gegen die Südküste Victorias ein Binnenmeer ausgehöhlt, das den Namen Port Philip Bay trägt. An der Südküste von Vandiemensland haben die Wellen nur ein wenig genagt, aus der Südküste Victorias dagegen einen großen Happen herausgebissen. Port Philip Bay ist ein großer Mühlteich, der eine Fläche von neunhundert Quadratmeilen hat und sich zwischen den Vorgebirgen zu einem zwei Meilen breiten Graben verengt.

Etwa hundertsiebzig Meilen südlich dieses Grabens liegt Vandiemensland, fruchtbar, schön und reich, bewässert von den milden Schauern der Wolken, die, von Frenchman's Cap, Wyld's Crag oder den stolzen Gipfeln der Wellington- und der Dromedary-Gebirgskette angelockt, ihre fruchtbringenden Ströme auf die geschützten Täler ergießen. Kein sengend heißer Wind – der Straßenkehrer, wenn nicht gar der Quälgeist des Festlandes – weht hier über die Kornfelder. Der kühle Südwind kräuselt die blauen Wasser des Derwent und bauscht die Gardinen in den offenen Fenstern der Stadt, die sich in den breiten Schatten des Mount Wellington schmiegt. Der heiße Wind, dessen Geburtsstätte die glühende Sandwüste im Innern des weiten australischen Kontinents ist, fegt über die von der Sonne versengten, knisternden Ebenen, leckt ihre Ströme auf und dörrt das Gras, bis er die Wasser der großen Südbucht erreicht. Auf dem Wege über die Meerenge aber wird er seines Feuers beraubt und sinkt, von der langen Reise erschöpft, am Fuße der terrassenförmig ansteigenden Höhen von Launceston nieder.

Das Klima von Vandiemensland ist eins der lieblichsten auf der Welt. Launceston ist warm, geschützt und feucht; Hobart Town, durch Bruny Island und die Archipele des D'Entrecasteaux-Kanals und der Sturmbucht vor der Gewalt der südlichen Brandung geschützt, hat die mittlere Temperatur von Smyrna. Zwischen diesen beiden Städten erstrecken sich eine Reihe schöner Täler, durch die klare, glitzernde Ströme fließen. An der Westküste aber, von den steilen Felsen des Kap Grim bis zu dem kahlen, vom Busch umschlossenen Kap Sandy und dem finsteren Eingangstor nach Macquarie Harbour, weist die Landschaft einen völlig anderen Charakter auf. Längs der felsigen Küste, von Pyramid Island und den einsamen Wäldern von Rocky Point bis zu dem großen Ram-Vorgebirge und dem langgestreckten Hafen von Port Davey, ist alles öde und freudlos. Hier, an diesem düsteren Strand, beenden die Flutwellen der Südsee ihre Rundreise um den Erdball, und der Sturm, der das Kap der Guten Hoffnung heimgesucht und sich auf seinem Wege nach Osten mit den eisigen Winden vereinigt hat, die aus den unbekannten Schreckensgebieten des Südpols nordwärts fegen, verheert ungehindert die Fichtenwälder von Huon und peitscht die grimmige Stirn des Mount Direction mit

Regen. Wütende Winde und plötzliche Stürme bedrohen die Küstenbewohner. Jede Seefahrt ist ein gefährliches Wagnis, und in das »Höllentor« von Macquarie Harbour kann man – zu der Zeit, von der wir berichten, der unrühmlichen Blütezeit der Strafkolonie (1833) – nur bei ruhigem Wetter gelangen. Wie Seezeichen reiht sich Wrack an Wrack. Die Felsenriffe sind nach den Schiffen benannt, die an ihnen zerschellten. Die Luft ist unangenehm kalt und feucht, der Boden bringt nur stachliges Gestrüpp und Unkraut hervor, und die giftigen Ausdünstungen der Sümpfe und Moore hängen dicht über der feuchten, schwammigen Erde. Ringsum atmet alles Verlassenheit. Das Antlitz der Natur trägt den Stempel ewiger Drohung. Der schiffbrüchige Matrose, der mühevoll die Basaltklippen erklimmt, oder der gefesselte Sträfling, der einen Baumstamm zum Rand eines überhängenden Felsplateaus zerrt, blickt auf ein Nebelmeer hinab, aus dem Berggipfel wie Inseln auftauchen, oder er sieht durch den beißenden Hagelschauer eine mit Buschwerk und Felsblöcken übersäte Wüste und dahinter den Mount Heemskirk und den Mount Zeehan, die wie zwei kauernde Löwen die Küste bewachen.

KAPITEL 2
Der Einsame vom Höllentor

Das Höllentor wird von zwei Landzungen gebildet, deren eine, wild zerklüftet, scharf nach Norden verläuft und mit ihrer östlichen Flanke fast die andere, dem King's River vorgelagerte, berührt. In der Mitte des Tores befindet sich ein natürlicher Riegel – das heißt eine Insel, die auf einer sandigen Barriere liegt und beiderseits von der Strömung umtost wird, so daß sich ein doppelter Strudel bildet, ein selbst bei ruhigstem Wetter nahezu unüberwindliches Hindernis. Hat das landeinwärts fahrende Schiff dieses Tor glücklich passiert, so sieht der an das Deck gekettete Sträfling den kahlen Kegel von Frenchman's Cap vor sich, der in fünftausend Fuß Höhe aus dem feuchten Dunst ragt, er sieht die dunklen Ränder des Talbeckens, die sich, von überhängenden Felsen verfinstert und von riesigen Wäldern beschattet, nach der Mündung des Gordon zu verengern. Der reißende Strom ist von indigoblauer Farbe, und da er von zahlreichen Nebenflüßchen gespeist wird, die ihren Weg durch eine von Fäulnis zerfressene Vegetation nehmen, ist sein Wasser so giftig, daß es nicht nur ungenießbar ist, sondern auch jeden Fisch tötet, der bei stürmischem Wetter aus der offenen See hereingespült wird. Wie man sich denken kann, verursachen die wilden Stürme, die diese ungeschützte Küste peitschen, eine überaus starke Brandung. Wenn der Nordwest mehrere Tage hintereinander stürmt, führt der Gordon noch zwölf Meilen oberhalb der Barriere salzhaltiges Wasser. Unweit der Mündung dieses unwirtlichen Flusses, auf einer Insel, die Sarah Island heißt, lag das Hauptquartier der Strafkolonie.

Heute ist diese Gegend verlassen, und man findet nur noch ein paar modernde Pfähle und Klötze – stumme Zeugen grausiger Geschehnisse, die sich nie wiederholen werden. Doch im Jahre 1833 standen dort zahlreiche geräumige Gebäude. Auf Philip Island, auf der Nordseite des Hafens, lag eine kleine Farm, wo man Gemüse für die Beamten der Niederlassung anbaute; auf Sarah Island befanden sich Sägemühlen, Schmieden, Schiffswerften, das Gefängnis, das Waschhaus, die Baracken und die Mole. Die Soldaten, etwa sechzig Mann, hatten gemeinsam mit den Aufsehern und den Konstablern mehr als dreihundertfünfzig Gefangene zu bewachen, elende Geschöpfe, die jeder Hoffnung beraubt und mit den erniedrigendsten Arbeiten beschäftigt waren. In der ganzen Kolonie gab es kein einziges Lasttier; selbst die schwersten Arbeiten wurden von Menschen verrichtet. Ungefähr hundert Männer genossen dank ihrer guten Führung einige Erleichterungen: Sie waren der Werft zugeteilt worden und schafften das Holz zum Schiffsbau heran. Die anderen mußten die Bäume am Rande des Festlandes fällen und sie auf ihren Schultern zur Küste schleppen. Dabei galt es zunächst, in einer Länge von etwa einer Viertelmeile eine »Bahn« durch das dichte, undurchdringliche Buschwerk zu schlagen; dann wurden die ausgeästeten Stämme auf dieser Bahn aneinandergelegt, bis eine »Rutsche« entstanden war, auf der man die allerschwersten Stämme zum Hafen hinabrollen konnte. Dort wurde das Bauholz zu Flößen verankert und zu den Lagerschuppen geflößt oder für den Weitertransport nach Hobart Town zusammengestellt. Die Sträflinge waren auf Sarah Island in Baracken untergebracht; daneben erhob sich das zweistöckige Gefängnis, dessen »Zellen« der Schrecken auch der abgebrühtesten Burschen waren. Jeden Morgen wurde ihnen ihr Frühstück zugeteilt – Haferbrei, Wasser und Salz; anschließend ruderten sie unter Aufsicht der Wachposten zu den Holzfällerlagern, wo sie, ohne eine weitere Mahlzeit zu erhalten, bis zum späten Abend arbeiteten. Beim Verladen und Behauen der Stämme mußten sie bis zum Gürtel im Wasser stehen. Viele von ihnen trugen obendrein schwere Ketten. Starb ein Sträfling, so wurde er auf einem Fleckchen Erde, Halliday's Island, begraben, so genannt nach dem ersten Mann, den man dort eingescharrt hatte. Das einzige Denkmal, das man den Toten setzte, war ein einfaches Stück Holz mit den eingeschnitzten Anfangsbuchstaben ihres Namens.

Sarah Island ist eine langgestreckte, flache Insel in der Südostecke des Hafens. Ihren Mittelpunkt bildete das Haus des Kommandanten, das von dem Gefängnis durch die Baracken und das Haus des Geistlichen getrennt war. An der Westküste lagen das Krankenhaus und die beiden Strafanstalten. Mehrere Reihen hoher Palisaden umschlossen die Niederlassung und gaben ihr das Aussehen einer befestigten Stadt. Man hatte diese Palisaden errichtet, um die furchtbaren Stürme abzuhalten, die durch die langgestreckte, schmale Bucht pfiffen wie durch das Schlüsselloch einer Tür und in früheren Zeiten Häuser abgedeckt und Bootsschuppen niedergerissen hatten. Die kleine Stadt, am äußersten Rande der Zivilisation erbaut, war sozusagen der Natur abgetrotzt worden, und ihre Bewohner führten einen unablässigen Krieg gegen Wind und Wellen.

Aber Sarah Island war nicht das einzige Gefängnis in dieser trostlosen Gegend. In einiger Entfernung vom Festland ragt ein Felsen aus dem Meer, über dessen Wetterseite bei stürmischem Wetter die Wogen branden. Am Abend des 3. Dezember 1833, als die Sonne bereits hinter den Baumwipfeln auf der linken Seite des Hafens stand, zeigte sich ein Mann auf dem Felsen. Er trug rauhe Sträflingskleidung, und seine Knöchel steckten in Eisenringen, die durch eine kurze, schwere Kette miteinander verbunden waren. An der Mitte der Kette war ein Lederriemen befestigt, der sich in Hüfthöhe T-förmig spaltete und als Gürtel um den Leib gebunden war. Der Riemen zog die Kette so hoch, daß der Sträfling beim Gehen nicht über sie stolperte. Der Mann war barhäuptig, und sein grobes blaugestreiftes Hemd, das über der Brust offen war, ließ den sonnverbrannten, sehnigen Hals frei. Er war aus einer Art Nische oder Höhle getreten, die Natur oder Menschenhand in der Klippe geschaffen hatte. Nachdem er ein Kiefernscheit auf ein spärliches Feuer geworfen hatte, das in einer Vertiefung zwischen zwei

Felsblöcken brannte, verschwand er in seiner Höhle und kam gleich darauf mit einem eisernen Topf voll Wasser zurück. Seine verarbeiteten Hände scharrten die Asche zur Seite, dann setzte er den Topf auf die Glut. Anscheinend war die Höhle Vorrats- und Speisekammer zugleich, und die Vertiefung zwischen den beiden Felsblöcken diente ihm als Küche.

Nun, da er sein Abendbrot vorbereitet hatte, stieg er einen Pfad hinauf, der zum höchsten Punkt des Felsens führte. Die Kette zwang ihn, kurze Schritte zu machen; er verzog beim Gehen das Gesicht, als schnitten ihm die Fesseln ins Fleisch. Sein linker Knöchel, den der Ring wundgescheuert hatte, war mit einem Taschentuch oder einem Stoffetzen umwickelt. Von Schmerzen gepeinigt, schleppte er sich langsam bergauf, warf sich, am Ziel angelangt, auf den Boden und blickte in die Runde.

Der Nachmittag war stürmisch gewesen, und die Strahlen der untergehenden Sonne warfen einen rötlichen Schein auf die trüben, wildschäumenden Wasser der Bucht. Zur Rechten lag Sarah Island, zur Linken das öde Ufer der Küste mit dem hoch aufragenden Gipfel von Frenchman's Cap; im Osten hingen noch schwarze Sturmwolken drohend über den kahlen Hügeln. Das einzige, was von menschlicher Nähe kündete, war eine Brigg, die von zwei mit Sträflingen bemannten Booten in den Hafen geschleppt wurde.

Der Anblick der Brigg schien den einsamen Mann auf dem Felsen an etwas zu erinnern; denn er stützte das Kinn in die Hand und richtete seinen schwermütigen Blick gedankenverloren auf das einfahrende Schiff. Über eine Stunde verging, aber er rührte sich nicht vom Fleck. Die Brigg warf Anker, die Boote stießen ab, die Sonne ging unter, und die Bucht hüllte sich in Dunkel. Entlang der Küste flammten die Lichter der Siedlung auf. Das kleine Feuer erlosch, und das Wasser in dem eisernen Topf wurde kalt; doch der Beobachter auf dem Felsen starrte noch immer in die Nacht hinaus. Reglos wie der Fels, auf dem er sich ausgestreckt hatte, lag er am Rande der kahlen Klippe, allein in seinem Gefängnis, und seine Augen waren unverwandt auf das Schiff gerichtet.

Der einsame Mann war Rufus Dawes.

KAPITEL 3
Ein geselliger Abend

Im Hause des Kommandanten von Macquarie Harbour, Major Vickers, ging es am Abend des 3. Dezember ungewöhnlich lustig zu. Leutnant Maurice Frere, bis vor kurzem auf Maria Island stationiert, war unerwartet mit Nachrichten aus dem Hauptquartier eingetroffen. Die *Ladybird*, der Regierungsschoner, besuchte die Siedlung gewöhnlich zweimal im Jahr, und die Siedler erwarteten sie stets mit freudiger Ungeduld. Für die Sträflinge war die Ankunft der *Ladybird* gleichbedeutend mit der Ankunft neuer Gesichter, mit Nachricht von alten Kameraden und Neuigkeiten aus der Welt, aus der sie verbannt waren. Wenn die *Ladybird* einlief, fühlten die abgearbeiteten, in Ketten geschlagenen Verbrecher, daß sie trotz allem Menschen waren, daß die düsteren Wälder, die ihr Gefängnis umgaben, nicht die Grenze alles Lebens waren, daß dahinter eine Welt lag, in der Menschen wie sie rauchten, tranken und lachten, sich ausruhten – und in Freiheit lebten. Wenn die *Ladybird* einlief, erfuhren sie Neuigkeiten, die sie wirklich interessierten. Es lag ihnen ja nichts an müßigem Geschwätz, an Berichten über Kriege und einlaufende Schiffe, um so mehr aber an Dingen, die ihre eigene Welt betrafen: daß

Tom jetzt im Straßenbaukommando arbeitete, daß man Dick bedingt entlassen hatte, daß Harry in den Busch geflohen war, daß man Jack im Zuchthaus von Horbart Town gehängt hatte. Dies waren die einzigen Meldungen, bei denen sie aufhorchten, und die Besucher konnten sie mit derartigen Informationen reichlich versorgen. Für die Sträflinge war die *Ladybird* das, was für uns Stadtklatsch, Theaterbesuch, Börsennachrichten und die neuesten Telegramme sind. Sie war ihre Zeitung und ihr Postamt, die einzige Abwechslung in ihrem traurigen Dasein, das einzige Bindeglied zwischen ihrem eigenen Elend und dem Glück der anderen. Dem Kommandanten und den freien Siedlern war dieser Bote aus der Außenwelt kaum weniger willkommen. Kein Mensch auf der Insel sah die weißen Segel hinter dem Vorsprung des Hügels verschwinden, ohne daß es ihm schwer ums Herz wurde.

Diesmal war Major Vickers' freudige Erregung einem Auftrag von ungewöhnlicher Bedeutung zuzuschreiben. Gouverneur Arthur hatte beschlossen, die Strafkolonie aufzulösen. Durch eine Reihe von Mordfällen und zahlreiche Fluchtversuche war die Aufmerksamkeit der Behörden auf diesen Ort gelenkt worden, der sich obendrein infolge seiner Entfernung von Hobart Town als unbequem und kostspielig erwies. Arthur hatte die Halbinsel Tasman – den Ohrring, von dem breits die Rede war – zur künftigen Strafkolonie ausersehen und sie sich selbst zu Ehren Port Arthur getauft. In seinem Auftrag hatte Leutnant Frere Major Vickers davon in Kenntnis gesetzt, daß die Gefangenen von Macquarie Harbour dorthin zu überführen seien.

Wir können die Wichtigkeit und die Bedeutung eines solchen Befehls, wie ihn Leutnant Frere überbrachte, nur dann richtig ermessen, wenn wir kurz die gesellschaftlichen Zustände in der Strafkolonie zu diesem Zeitpunkt ihrer Geschichte betrachten.

Oberst Arthur, ehemals Gouverneur von Honduras, hatte sein neues Amt vor neun Jahren angetreten, und zwar in einem höchst kritischen Augenblick. Sein Vorgänger, Oberst Sorrell, war ein freundlicher, aber allzu willensschwacher Mann gewesen. Überdies neigte er, was sein Privatleben betraf, zu Ausschweifungen, und seine Offiziere, durch sein Beispiel ermutigt, verstießen gegen alle Regeln gesellschaftlichen Anstandes. Es war gang und gäbe, daß sich die Offiziere ihre Geliebten unter den weiblichen Sträflingen suchten, und keiner machte ein Geheimnis daraus. Mit Willfährigkeit konnten sich die Frauen manche Erleichterung erkaufen; aber es waren auch merkwürdige Geschichten im Umlauf, denen zufolge Frauen, die sich ihre Liebhaber nach eigenem Geschmack zu wählen wagten, hart bestraft wurden. Diese Mißstände auszurotten war Arthurs erstes Anliegen. Allerdings hielt er so streng auf Einhaltung der Etikette und der äußeren Formen, daß man seine Forderungen als leicht übertrieben hätte bezeichnen können. Er war ehrbar, tapfer und hochherzig, aber auch knauserig und abweisend, und die herausfordernde Fröhlichkeit der Kolonisten lief vergeblich Sturm gegen seine höfliche Gleichgültigkeit.

Einen krassen Gegensatz zu der von Gouverneur Arthur geschaffenen offiziellen Gesellschaft bildete die der freien Siedler und der bedingt entlassenen Gefangenen. Letztere waren zahlreicher, als man vielleicht anzunehmen geneigt ist. Am 2. November 1829 wurden achtunddreißig Begnadigungen und sechsundfünfzig bedingte Begnadigungen ausgesprochen, und am 26. September desselben Jahres belief sich die Gesamtzahl der Entlassenen auf siebenhundertfünfundvierzig.

Es ist unmöglich, ohne Verwunderung von den damaligen gesellschaftlichen Zuständen in der Kolonie zu sprechen. In den Aufzeichnungen vieler ehrenwerter Persönlichkeiten – Regierungsbeamte, Offiziere und freie Siedler – wird immer wieder der liederliche Lebenswandel der Siedler erwähnt. Trunksucht war ein allgemein verbreitetes Laster. Sogar betrunkene Kinder konnte man auf den Straßen sehen. An Sonntagen drängten sich Männer und Frauen vor den Wirtshäusern, die erst nach dem Gottesdienst öffnen durften, und warteten ungeduldig darauf, ihr Zechgelage fortzusetzen. Auch bei den Gefangenen herrschten unbeschreibliche Zustände. Auf heimlichen Alkoholverkauf standen strenge Strafen; nichtsdestoweniger wurde er in großem Umfang betrieben. Männer und Frauen betranken sich gemeinsam, und eine Flasche Branntwein galt als billig erkauft, wenn man mit zwanzig Peitschenhieben davonkam. Die Fabrik – ein Frauengefängnis – war der Schauplatz schändlichster Ausschweifungen; in den Arbeits- und Straflagern spielten sich mit der größten Selbstverständlichkeit derart widerliche Szenen ab, daß man sie hier unmöglich im einzelnen schildern kann. Alles, was gemeine und vertierte Menschen nur irgend erfinden und ausüben können, wurde in diesem unglücklichen Land ohne Hemmung und ohne Scham erfunden und ausgeübt.

Im Jahre 1826, als die neuen Gefängnisbaracken in Hobart Town fertig waren, teilte man die Verbrecher in sieben Klassen ein. Die erste Klasse brauchte nicht in den Baracken zu schlafen und durfte am Sonnabend auf eigene Rechnung arbeiten; die zweite erfreute sich nur des zuletzt erwähnten Vorrechtes; die dritte hatte nur den Sonnabendnachmittag zur freien Verfügung; in der vierten und fünften waren die »widerspenstigen und aufrührerischen Elemente« vereinigt, die in Ketten arbeiten mußten; die sechste bestand aus »Menschen von entartetem und unverbesserlichem Charakter«, die nicht nur gefesselt arbeiten mußten, sondern auch von den übrigen Gefangenen strengstens ferngehalten wurden; die Angehörigen der siebenten Klasse aber waren der Abschaum des Abschaums, Mörder, Banditen und Schurken, die sich weder durch Ketten noch durch Peitschenhiebe bändigen ließen. Sie waren für die menschliche Gesellschaft gestorben und wurden zum Höllentor oder nach Maria Island gebracht. Das Höllentor war das am meisten gefürchtete dieser Sklavenhäuser. Die Zucht war so streng und das Leben dort so schrecklich, daß die Gefangenen alles aufs Spiel setzten, um zu entkommen. In einem Jahre waren von achtzig Todesfällen nur dreißig auf natürliche Ursache zurückzuführen; von den übrigen fünfzig Toten waren siebenundzwanzig ertrunken und acht tödlich verunglückt, drei waren von den Soldaten erschossen und zwölf von ihren Kameraden ermordet worden. Im Jahre 1822 wurden von einhundertzweiundachtzig Mann einhundertneunundsechzig mit insgesamt zweitausend Peitschenhieben bestraft. Während der zehn Jahre seines Bestehens flohen aus dem Höllentor einhundertzwölf Mann, von denen nur zweiundsechzig gefunden wurden – als Leichen. Die Gefangenen verübten Selbstmord, weil sie ein solches Leben nicht länger ertrugen, und auch wenn es ihnen gelang, sich durch den sumpfigen Busch zu schlagen, der sich zwischen ihrem Gefängnis und den besiedelten Gebieten erstreckte, so zogen sie doch den Tod der erneuten Gefangennahme vor. Die Überlebenden dieser doppelt gestraften Übeltäter unversehrt in Arthurs neues Gefängnis zu schaffen – das war Maurice Feres Auftrag.

Er saß, wie üblich mit gleichgültiger Miene, die Beine lässig übereinandergeschlagen, vor dem ungeheizten Kamin und machte Konversation. Die sechs Jahre, die seit seiner Abreise aus England verstrichen waren, hatten seine Gestalt kräftiger, die Wangen voller werden lassen. Sein Haar war struppiger, das Gesicht röter und der Blick härter geworden; aber in seinem Benehmen hatte sich wenig geändert. Vielleicht war er jetzt etwas gesetzter, und seine Stimme hatte jenen entschlossenen, selbstsicheren Ton, den eine befehlsgewohnte Stimme im Laufe der Zeit unweigerlich annimmt. Aber seine schlechten Eigenschaften waren noch ebenso augenfällig wie früher. Der fünfjährige Aufenthalt auf Maria Island hatte die Brutalität seines Denkens und sein anmaßendes Geltungsbedürfnis – zwei Eigenschaften, für die er von jeher bekannt war – noch gesteigert, ihm aber gleichzeitig ein sicheres Auftreten verliehen, das die weniger erfreulichen Züge seines Charakters verdeckte. Die Gefangenen haßten ihn – sie standen »auf Hauen und Stechen« mit ihm, wie er erzählte –, doch bei seinen Vorgesetzten galt er als guter Offizier, rechtschaffen und gewissenhaft, wenn auch von etwas schroffer Wesensart.

»Nun, Mrs. Vickers«, sagte er, während er eine Tasse Tee aus den Händen seiner Gastgeberin entgegennahm, »es tut Ihnen doch hoffentlich nicht leid, diesen Ort zu verlassen? Würden Sie mir wohl das Röstbrot reichen, Vickers?«

»Nein, ganz und gar nicht«, beteuerte Mrs. Vickers mit ihrem mädchenhaften Gekicher, auf dem der Schatten von sechs Jahren lag. »Ich bin sehr froh darüber. Ein gräßlicher Ort! Natürlich, John kann sich seiner Pflicht nicht entziehen. Aber der Wind! Sie machen sich keine Vorstellung davon, lieber Mr. Frere. Ich wollte Sylvia deshalb schon nach Hobart Town schicken, aber John läßt sie ja nicht fort.«

»Wie geht es denn übrigens Miß Sylvia?« fragte Frere mit der gönnerhaften Miene, die Menschen seines Schlages aufsetzen, wenn sie von Kindern sprechen.

»Leider nicht besonders«, entgegnete Vickers. »Wissen Sie, es ist hier etwas einsam für sie. Das einzige gleichaltrige Kind ist die kleine Tochter des Lotsen, und das ist doch wirklich kein Umgang für Sylvia. Aber ich wollte mich nicht von ihr trennen und habe mich bemüht, sie selbst zu unterrichten.«

»Hm! Sagen Sie, war da nicht eine – äh – Erzieherin oder etwas Ähnliches?« fragte Frere und blickte in seine Teetasse. »Diese Zofe, Sie wissen schon – wie hieß sie doch gleich?«

»Miß Purfoy«, sagte Mrs. Vickers und wurde ernst. »Ja, das arme Ding. Eine traurige Geschichte, Mr. Frere.«

Freres Augenlider zuckten. »Richtig! Sie erinnern sich wohl, daß ich Hobart Town kurz nach dem Prozeß gegen die Meuterer verließ. Irgendwelche Einzelheiten habe ich daher nie erfahren.«

Er sprach obenhin, wartete jedoch gespannt auf die Antwort. »Eine traurige Geschichte!« wiederholte Mrs. Vickers. »Sie war die Frau dieses unglückseligen Rex und hatte sich von mir als Zofe annehmen lassen, um in seiner Nähe zu sein. Sie wollte mir ihre Lebensgeschichte nicht erzählen, das arme Ding, obgleich ich sie nach den furchtbaren Beschuldigungen dieses gräßlichen Doktors – ich habe den Menschen nie leiden können – fast kniefällig darum bat. Sie wissen ja, wie aufopfernd sie Sylvia und auch den armen John gepflegt hat. Und dabei ein so vornehmes Geschöpf. Ich glaube, sie war tatsächlich Erzieherin.«

Mr. Frere hob jäh die Augenbrauen, als wollte er sagen: Erzieherin! Natürlich, das ist des Rätsels Lösung! Daß ich darauf nicht selber gekommen bin!

»Ihr Betragen war mustergültig – wirklich, höchst mustergültig –, und während der sechs Monate, die wir in Hobart Town lebten, hat sie Sylvia eine Menge beigebracht. Ihrem unglücklichen Mann konnte sie allerdings nicht helfen.«

»Ach, richtig«, sagte Frere, »über den habe ich doch irgend etwas gehört. Geriet arg in die Klemme, nicht wahr? Bitte, nur eine halbe Tasse.«

»Miß Purfoy oder Mrs. Rex, wie sie eigentlich hieß, obgleich ich bezweifle, daß Rex ihr wahrer Name ist – Zucker und Milch, sagten Sie? –, kam durch den Tod einer alten Tante in England in den Genuß einer kleinen Erbschaft.«

Mr. Frere nickte schroff, womit er ausdrücken wollte: Alte Tante! Ausgezeichnet. Genau das, was ich erwartet habe.

»Daraufhin sagte sie mir den Dienst auf und mietete ein Häuschen in der New Town Road. Rex wurde ihr als Diener zugewiesen.«

Eine leichte Röte stieg in Freres Wangen.

»Aha, der alte Trick«, bemerkte er. »Und weiter?«

»Der Ärmste versuchte zu entfliehen, und sie half ihm dabei. Er wollte nach Launceston und von dort per Schiff nach Sydney. Aber sie nahmen ihn fest und schickten ihn nach Macquarie Harbour. Für sie war damit alles aus, obgleich sie mit einer Geldstrafe davonkamen.«

»Alles aus?«

»Ja, sehen Sie, es wußten doch nur wenige Leute von ihren Beziehungen zu Rex, und sie war sehr geachtet. Als nun die ganze Geschichte bekannt wurde, wollte natürlich niemand mehr mit ihr verkehren. Kein Wunder, denn dieser Prozeß war doch zu schrecklich, und obendrein noch die furchtbaren Behauptungen dieses Doktor Pine... Sie werden es mir vielleicht nicht glauben, aber es war etwas an diesem Menschen, was mich von Anfang an abstieß. Am liebsten wäre sie mit uns gekommen, um Sylvia zu unterrichten, aber John meinte, sie wolle nur in Rex' Nähe sein, und er erlaubte es nicht.«

»Natürlich ging es ihr um nichts anderes«, sagte Vickers und erhob sich. »Wenn Sie rauchen wollen, Frere, gehen wir auf die Veranda. Sie wird nicht eher Ruhe geben, bis sie diesen Schurken freibekommt.«

»Wohl ein übler Bursche, was?« fragte Frere. Er öffnete die Glastür, die in den sandigen Garten führte. »Entschuldigen Sie meine Unhöflichkeit, Mrs. Vickers, aber ich bin gewissermaßen der Sklave meiner Tabakspfeife. Haha! Sie ist mir Weib und Kind zugleich.«

»Ein ganz übler Bursche«, bestätigte Vickers. »Von der stillen, schweigsamen Sorte, aber zu jeder Schandtat bereit. Ich halte ihn für einen der Schlimmsten hier. Ja, abgesehen von ein oder zwei anderen, ist er wohl tatsächlich der Schlimmste.«

»Warum lassen Sie die Kerle nicht auspeitschen?« sagte Frere und steckte sich in der Dunkelheit seine Pfeife an. »Bei Gott, Sir, ich ziehe meinen Banditen die Haut ab, wenn sie nicht parieren.«

»Ich persönlich halte nicht viel von der Prügelstrafe«, antwortete Vickers. »Barton, mein Vorgänger hier, prügelte mordsmäßig drauflos; aber ich glaube nicht, daß es etwas genützt hat. Sie haben mehrmals versucht, ihn umzubringen. Erinnern Sie sich noch an die zwölf Burschen, die gehängt wurden? Nein? Ach, stimmt ja, Sie waren damals schon fort.«

»Was tun *Sie* denn mit ihnen?«

»Die Schlimmsten lasse ich selbstverständlich auch auspeitschen. Aber in der Regel nie mehr als einen in der Woche. Und nie mehr als fünfzig Hiebe. Sie sind jetzt schon viel zahmer. Außerdem legen wir sie in Eisen, sperren sie in Dunkelzellen und setzen sie aus.«

»Wie denn — aussetzen?«

»Wir verschreiben ihnen Einzelhaft auf Grummet Island. Wenn's einer gar zu arg treibt, rudern wir ihn nach Grummet hinüber und geben ihm für eine Woche Verpflegung mit. In den Felsen sind nämlich Zellen gehauen, und wenn der betreffende Bursche sein bißchen Proviant raufgeschleppt hat, bleibt er dort mutterseelenallein. Ungefähr einen Monat lang. Das wirkt Wunder, sage ich Ihnen.«

»Tatsächlich?« rief Frere. »Ein großartiger Einfall. Ich wünschte, ich hätte auf Maria Island auch so ein Plätzchen.«

»Im Augenblick habe ich einen gewissen Dawes dort«, fuhr Vickers fort. »Sie erinnern sich gewiß noch an ihn. Bei der Meuterei auf der *Malabar* war er der Rädelsführer. Ein ganz verkommenes Subjekt. Im ersten Jahr meines Hierseins war er höchst aufsässig. Barton prügelte ja, wie gesagt, sehr viel, und Dawes hatte eine kindische Furcht vor der neunschwänzigen Katze. Als ich hier ankam — wann war das doch gleich? — ja, im Jahr neunundzwanzig, da hatte er gerade eine Art Bittschrift eingereicht, er wolle in die Siedlung zurück. Behauptete natürlich, er sei unschuldig an der Meuterei und fälschlich angeklagt worden.«

»Der alte Trick«, meinte Frere wiederum. »Haben Sie wohl Feuer? Danke.«

»Selbstverständlich konnte ich ihn nicht gehen lassen. Aber ich nahm ihn aus der Arbeitskolonne heraus und schickte ihn auf die *Osprey*. Sie haben sie wohl im Dock liegen sehen, als Sie hereinkamen. Eine Zeitlang arbeitete er ganz ordentlich, aber dann versuchte er auszureißen.«

»Der alte Trick. Haha! Kenne ich, kenne ich alles«, stellte Frere fest und blies eine Rauchwolke in die Luft, als wolle er damit seine übernatürliche Weisheit dartun.

»Nun, wir fingen ihn wieder ein und verabfolgten ihm fünfzig. Dann wurde er dem Arbeitskommando zugeteilt, zum Holzfällen. Danach schickten wir ihn zu den Booten, aber er bekam Streit mit dem Bootsführer, und wir versetzten ihn zu den Flößern. Vor etwa sechs Wochen machte er einen neuen Fluchtversuch — zusammen mit Gabbett, dem Burschen, der Sie damals beinahe getötet hat. Aber er rieb sich den Knöchel an dem Eisenring wund, und wir bekamen ihn glücklich zu fassen. Gabett und drei andere sind allerdings entkommen.«

»Sie haben sie nicht gefunden?« fragte Frere und zog an seiner Pfeife.

»Nein. Aber es wird ihnen um kein Haar besser ergehen als all den anderen«, sagte Vickers mit düsterem Stolz. »Aus Macquarie Harbour ist noch niemand entkommen.«

Frere lachte. »Die Burschen werden wohl einiges auszustehen haben, wenn sie bis zum Ende des Monats nicht zurück sind, was?«

»Oh«, sagte Vickers, »sie kommen bestimmt zurück — falls sie überhaupt noch dazu imstande sind. Wer sich im Busch verirrt, der hat wenig Aussicht, am Leben zu bleiben.«

»Wann werden Sie zur Übersiedlung bereit sein?« erkundigte sich Frere.

»Sobald Sie es wünschen. Mir liegt gar nichts daran, auch nur einen Augenblick länger hierzubleiben, als unbedingt nötig ist. Dieses Leben ist doch entsetzlich.«

»Finden Sie?« fragte der andere mit ungeheuchelter Überraschung. »Mir gefällt es eigentlich gut. Gewiß, es ist ein bißchen eintönig. Anfangs habe ich mich auf Maria Island schrecklich gelangweilt, aber man gewöhnt sich bald daran. Wissen Sie, es befriedigt mich irgendwie, diese Schurken im Zaum zu halten. Ich freue mich immer, wenn ich an so einem Burschen vorbeigehe und sehe, wie seine Augen mich anfunkeln. Großer Gott, sie würden mich mit Wonne in Stücke reißen, wenn sie es wagten, wenigstens einige von ihnen.« Er lachte grimmig, als sei der Haß, den er einflößte, ein Grund zum Stolz.

»Wie wollen wir die Sache anpacken? Haben Sie dafür irgendwelche Anweisungen?« fragte Vickers.

»Nein«, erwiderte Frere, »das bleibt ganz Ihnen überlassen. Arthur hat nur gesagt, Sie sollen alles so verladen, wie Sie es für richtig halten, und sich dann schleunigst auf den Weg machen. Seiner Meinung nach sind Sie hier zu weit vom Schuß. Er will Sie in Rufweite haben.«

»Eine gefährliche Sache, so viele auf einmal zu verfrachten«, gab Vickers zu bedenken.

»Ach was! Pferchen Sie sie unten im Laderaum zusammen und stellen Sie genügend Wachen auf, dann wird bestimmt nichts passieren.«

»Aber meine Frau und das Kind?«

»Auch daran habe ich gedacht. Sie fahren mit den Gefangenen auf der *Ladybird* und gestatten mir, Mrs. Vickers auf der *Osprey* zu begleiten.«

»Das wäre eine Möglichkeit. Ja, ich glaube wirklich, so ist es am besten. Der Gedanke, Sylvia unter diesen Scheusalen zu wissen, behagt mir gar nicht. Andererseits möchte ich mich ungern von ihr trennen.«

»Nun, dann fahre eben ich auf der *Ladybird*«, sagte Frere, der sich zutraute, alles, was er unternahm, erfolgreich durchzuführen. »Und Sie bringen Mrs. Vickers auf der *Osprey* hinüber.«

»Nein, nein«, verwahrte sich Vickers mit einem Anflug seiner alten Wichtigtuerei, »das geht nicht. Nach den königlichen Verfügungen ...«

»Schon gut«, fiel ihm Frere ins Wort, »Sie brauchen sie nicht zu zitieren. ›Der kommandierende Offizier ist verpflichtet, persönlich dafür Sorge zu tragen‹, und so weiter. Alles in bester Ordnung, Sir. Ich habe nicht das geringste dagegen einzuwenden.«

»Es war mir nur um Sylvia zu tun«, erklärte Vickers.

»Da kommt sie ja!« rief der Leutnant, als sich die Glastür öffnete und eine kleine weiße Gestalt auf die große Veranda trat. »Fragen Sie sie selbst. Nun, Miß Sylvia, wollen Sie nicht einem alten Freund die Hand schütteln?«

Aus dem blondhaarigen Kind, das auf der *Malabar* gespielt hatte, war ein blondhaariges Mädchen von etwa elf Jahren geworden. Wie sie so dastand, in ihrem einfachen weißen Kleidchen, vom Lichtschein der Lampe umflossen, konnte selbst der prosaische Mr. Frere nicht umhin, ihre außerordentliche Schönheit zu bewundern. Die strahlend blauen Augen waren so hell und so blau wie nur je; die zierliche Gestalt war gerade und geschmeidig wie eine Weidengerte; und das unschuldige feine Gesicht wurde von einem Heiligenschein jenes feingesponnenen goldenen Haars umrahmt, mit dem die träumenden Maler des Mittelalters ihre Engel krönten und verherrlichten – trockenes, knisterndes Haar, in dem jede Strähne ihren eigenen Glanz hatte.

»Kommen Sie, Miß Sylvia, geben Sie mir einen Kuß!« rief Frere. »Sie haben mich doch hoffentlich nicht vergessen?«

Sylvia legte die Hand auf das Knie ihres Vaters und musterte Mr. Frere von Kopf bis Fuß mit der reizenden Unverschämtheit, die Kindern eigen ist. Dann warf sie den blonden Kopf in den Nacken und fragte: »Wer ist der Mann, Papa?«

»Das ist Mr. Frere, Liebchen. Erinnerst du dich denn nicht mehr an Mr. Frere, der auf dem Schiff mit dir Ball gespielt hat und der so nett zu dir war, als du dich nach deiner Krankheit noch schonen mußtest? Schäm dich, Sylvia!«

Seine Stimme klang vorwurfsvoll, doch es schwang so viel Zärtlichkeit darin mit, daß der Tadel wirkungslos blieb.

»Ich erinnere mich«, sagte Sylvia und warf ihr Köpfchen trotzig zurück. »Damals waren Sie aber viel netter als jetzt. Ich mag Sie nicht leiden.«

»Sie erinnern sich gewiß nicht mehr an mich«, widersprach Frere. Er war ein wenig verwirrt, obgleich er tat, als bereite ihm die Unterhaltung großes Vergnügen. »Bestimmt nicht. Wie heiße ich denn?«

»Leutnant Frere. Sie haben damals einen Gefangenen niedergeschlagen, der meinen Ball aufgehoben hatte. Ich mag Sie nicht leiden.«

»Alle Wetter, so eine vorwitzige junge Dame«, rief Frere und wollte sich vor Lachen ausschütten. »Haha! Genauso war es. Jetzt fällt's mir wieder ein. Was für ein Gedächtnis Sie haben!«

»Er ist jetzt hier, nicht wahr, Papa?« fuhr Sylvia unbeirrt fort. »Rufus Dawes ist sein Name, und er hat immer solche Schwierigkeiten. Der arme Kerl, er tut mir sehr leid. Danny sagt, er ist nicht ganz richtig im Kopf.«

»Und wer ist Danny?« erkundigte sich Frere lachend.

»Unser Koch«, erklärte Vickers. »Ein alter Mann, den ich mir aus dem Krankenhaus geholt habe. Sylvia, du sprichst zuviel mit den Gefangenen. Ich habe es dir schon ein paarmal verboten.«

»Aber Danny ist doch kein Gefangener, Papa«, erwiderte Sylvia, die sich so rasch nicht einschüchtern ließ. »Er ist Koch, und er ist ein kluger Mann. Er hat mir viel von London erzählt, wo der Lord-Mayor in einer gläsernen Kutsche fährt und alle Arbeit von freien Menschen getan wird. Dort hört man niemals Ketten rasseln, sagt er. Ich möchte so gern nach London, Papa!«

»Mr. Danny zweifellos auch«, warf Frere ein.

»Nein – das hat er nicht gesagt. Er möchte nur seine alte Mutter noch einmal wiedersehen, sagt er. Du meine Güte, Dannys Mutter! Das muß aber eine häßliche alte Frau sein! Er sagt, im Himmel sieht er sie ganz gewiß wieder. Stimmt das, Papa?«

»Ich hoffe, mein Liebling.«

»Papa!«

»Ja?«

»Trägt Danny im Himmel auch seine gelbe Jacke, oder ist er da ein freier Mann?«

Frere brach in schallendes Gelächter aus.

»Sie sind unverschämt, Sir«, rief Sylvia, und ihre blauen Augen schossen Blitze. »Wie können Sie es wagen, mich auszulachen? Wenn ich Papa wäre, würde ich Sie eine halbe Stunde lang auspeitschen lassen. So eine Unverschämtheit!« Rot vor Zorn, lief die verzogene kleine Schönheit ins Haus.

Vickers blickte ernst drein, aber Frere wurde von einem solchen Lachkrampf befallen, daß er gezwungen war aufzustehen.

»Das ist gut! Auf Ehre, das ist wirklich gut! Die kleine Hexe! Eine halbe Stunde lang will sie mich auspeitschen lassen! Haha! Hahaha!«

»Sie ist ein seltsames Kind«, erklärte Vickers, »und sie sagt Dinge, die für ihr Alter höchst ungewöhnlich sind. Sie dürfen ihr das nicht übelnehmen. Sylvia ist zwar kein Kind mehr, aber auch noch keine Frau, und ihre Erziehung ist arg vernachlässigt worden. Und dazu dieser finstere Ort mit all den schrecklichen Eindrücken – was können Sie von einem Kind erwarten, das in einer Strafkolonie aufwächst?«

»Sie ist entzückend, mein Lieber«, erwiderte der Leutnant. »Und von einer geradezu verblüffenden Weltfremdheit.«

»Sie muß drei oder vier Jahre eine gute Schule in Sydney besuchen. So Gott will, werde ich ihr das nach unserer Rückkehr ermöglichen, oder ich schicke sie nach England, wenn ich irgend kann. Sie ist ein liebes, gutherziges Mädchen, aber was Lebensart betrifft, so muß sie noch eine ganze Menge lernen.«

In diesem Augenblick näherte sich ihnen vom Garten her ein Mann und salutierte.

»Was gibt's, Troke?«

»Einer von den Gefangenen ist wieder da, Sir.«

»Welcher?«

»Gabbett. Heute abend ist er zurückgekommen.«

»Allein?«

»Ja, Sir. Die anderen sind tot – sagt er.«

»Was ist denn los?« fragte Frere, dessen Interesse erwacht war.

»Der Ausreißer, von dem ich Ihnen erzählte – Ihr alter Freund Gabbett. Er ist wieder da.«

»Wie lange war er fort?«

»Fast sechs Wochen, Sir«, sagte der Konstabler und legte die Hand an die Mütze.

»Bei Gott, ich möchte wetten, der ist gerade noch so davongekommen. Ich würde ihn mir gern einmal ansehen.«

»Er ist unten bei den Schuppen«, sagte der dienstbeflissene Troke – ein »Ehemaliger«, dem seine gute Führung diesen Posten eingetragen hatte. »Die Herren können ihn gleich besichtigen, wenn Sie Lust haben.«

»Wie wär's, Vickers?«

»Aber gewiß, sehr gern.«

KAPITEL 4
Der Ausreißer

Es war nicht weit zu den Schuppen. Nach wenigen Minuten hatten sie die hölzernen Palisaden hinter sich gelassen und standen vor einem langgestreckten, zweistöckigen Steingebäude, aus dem ein entsetzliches dumpfes Geheul drang. Dazwischen hörte man schrillen, kreischenden Gesang. Erst als die Gewehrkolben gegen die Holzbohlen schlugen, verstummte der Lärm, und eine unheimliche Stille, unheimlicher als jeder Laut, breitete sich aus.

Die beiden Offiziere schritten zwischen zwei Reihen von Aufsehern hindurch und gelangten in eine Art Vorraum, wo eine undefinierbare Masse auf einer Holzpritsche lag. Daneben, auf einem rohgezimmerten Schemel, saß ein Mann in der grauen Jacke, die die wegen guter Führung bevorzugten Gefangenen zum Unterschied von den gelbgekleideten Sträflingen trugen. Er hielt eine Blechschüssel mit Hafersuppe zwischen den Knien und bemühte sich anscheinend, die Masse auf der Pritsche zu füttern.

»Will er nicht essen, Steve?« fragte Vickers.

Steve erhob sich, als er die Stimme des Kommandanten hörte.

»Keine Ahnung, was mit ihm los ist, Sir«, sagte er und tippte sich an die Stirn. »Scheint übergeschnappt zu sein. Ich kann einfach nichts mit ihm anfangen.«

»Gabbett!«

Der kluge Troke, eifrig und darauf bedacht, den Wünschen seiner Vorgesetzten zuvorzukommen, zerrte die Masse in eine sitzende Stellung und rüttelte sie heftig.

Gabbett – denn er war es – fuhr sich mit seiner großen Pranke übers Gesicht und starrte die Besucher verwirrt an. Er behielt genau die Haltung bei, die der Konstabler ihm gegeben hatte.

»Na, Gabbett, da wären wir ja mal wieder«, sagte Vickers.

»Wann wirst du bloß endlich Vernunft annehmen? Wo sind deine Kameraden?«

Der Riese antwortete nicht.

»Hörst du nicht? Wo sind deine Kameraden?«

»Wo sind deine Kameraden?« wiederholte Troke.

»Tot«, sagte Gabbett.

»Alle drei?«

»Ja.«

»Und du? Wie bist zu zurückgekommen?«

Gabbett wies in beredtem Schweigen auf seine blutenden Füße.

»Wir fanden ihn auf der Landspitze, Sir, und brachten ihn im Boot rüber«, erklärte Troke diensteifrig. »Er hat dann einen Napf Hafersuppe bekommen, aber anscheinend ist er nicht hungrig.«

»Hast du Hunger?«

»Ja.«

»Warum ißt du dann die Suppe nicht?«

Gabbett verzog den breiten Mund. »Ich hab sie gekostet. Mit dem Fraß im Leib soll einer die Prügel durchstehen? Habt ihr nichts Besseres für mich, ihr knausrige Bande? Wieviel gibt's denn diesmal, Herr Major? Fünfzig?«

Damit ließ er sich grinsend auf die Pritsche zurückfallen.

»Ein Prachtexemplar!« sagte Vickers mit ratlosem Lächeln. »Was soll man nur mit einem solchen Kerl anstellen?«

»Wenn er so mit mir spräche, würde ich ihm die Seele aus dem Leib prügeln«, erwiderte Frere.

Diese Bemerkung flößte Troke und den anderen Respekt vor dem jungen Offizier ein. Er sah ganz so aus, als würde er sein Wort halten.

Der Riese hob den großen Kopf und blickte den Sprecher an, aber er erkannte ihn nicht. Er sah nur ein fremdes Gesicht – vielleicht ein Besucher. »Geben Sie mir ein Stück Kautabak, Mister, dann können Sie mich gern prügeln«, sagte er.

Frere lachte. Die brutale Gleichgültigkeit des Burschen gefiel ihm. Er warf Vickers einen fragenden Blick zu, zog dann ein kleines Stück Preßtabak aus der Tasche seiner blauen Tuchjacke und hielt es dem wiedereingefangenen Sträfling hin. Gabbett stürzte sich darauf wie ein Köter auf einen Knochen und ließ es sofort in seinem Mund verschwinden.

»Wie viele Kumpel hatte er denn?« fragte Maurice, während er die mahlenden Kiefer mit dem gleichen Interesse betrachtete, wie jemand ein Wundertier anstaunt. Seine Frage klang, als sei ein »Kumpel« etwas, womit ein Sträfling geboren wird – ein Muttermal zum Beispiel.

»Drei, Sir.«

»Drei? Na schön, Vickers, geben Sie ihm dreißig Hiebe.«

»Wenn ich drei mehr mitgehabt hätte«, brummte Gabbett und kaute an seinem Tabak, »wäre ich schon durchgekommen.«

»Was sagt er?«

Aber Troke hatte nicht verstanden, und Steve, der, wie es schien, ein wenig zurückgewichen war, behauptete, nichts gehört zu haben. Der Schurke selbst schmatzte laut an seinem Tabak, hüllte sich in Schweigen und tat, als hätte er kein Wort gesprochen.

Wie er so finster kauend dasaß, bot er einen schaurigen Anblick. Nicht so sehr wegen seiner natürlichen Häßlichkeit, die durch die schmierigen, kaum seine Blöße bedeckenden Lumpen ins Ungemessene gesteigert wurde; nicht so sehr wegen seines unrasierten Kinns, der Hasenscharte, der zerschundenen, blutenden Füße, der eingefallenen Wangen und des riesigen, abgemagerten Körpers. Nicht allein deswegen, weil dieses geduckte Tier, das einen Fuß um den anderen geschlungen hatte und den behaarten Arm zwischen den Knien baumeln ließ, so grauenhaft, so unmenschlich aussah, daß man bei dem Gedanken schauderte, zarte Frauen und Kinder müßten sich zwangsläufig zur Artgemeinschaft mit einem solchen Ungeheuer bekennen. Nein, vor allem, weil sein sabbernder Mund mit den langsam mahlenden Kiefern, seine ruhelosen Finger und die blutunterlaufenen, unstet umherschweifenden Augen von irgendeinem Grauen kündeten, das furchtbarer war als das Grauen des Hungertodes – die Erinnerung an eine Tragödie, die sich in der Tiefe der dunklen Wälder abgespielt haben mochte.

»Kommen Sie«, sagte Vickers, »wir wollen gehen. Ich werde ihn wohl wieder auspeitschen lassen müssen. Ach, dieser entsetzliche Ort! Kein Wunder, daß sie ihn Höllentor nennen.«

»Sie sind zu weichherzig, Sir«, stellte Frere fest, als sie etwa die Mitte des Palisadenpfades erreicht hatten. »Bestien muß man wie Bestien behandeln.«

Major Vickers seufzte, obwohl ihm eine solche Einstellung nichts Ungewohntes war. »Es steht mir nicht zu, an dem System Kritik zu üben«, sagte er. Seine Ehrfurcht vor der »Disziplin« ließ ihn zögern, sich rückhaltlos zu äußern. »Aber mitunter frage ich mich, ob man mit Güte nicht weiterkäme als mit Ketten und mit der neunschwänzigen Katze.«

Sein Begleiter lachte. »Aha, immer noch die alten Ideen! Bedenken Sie doch, daß sie uns damals auf der *Malabar* fast das Leben gekostet haben. Nein, nein, ich habe meine Erfahrungen mit den Sträflingen – obgleich meine Banditen bestimmt nicht so schlimm waren wie Ihre –, und ich sage Ihnen, Sir, da gibt es nur eins: Daumen drauf. Sie müssen fühlen, was sie sind. Die Burschen sind zum Arbeiten hier, und wenn sie nicht arbeiten wollen, dann müssen wir sie eben prügeln, bis sie willig sind. Und selbst wenn sie tüchtig arbeiten, kann ein gelegentlicher Hieb mit der Katze nichts schaden. Es erinnert sie daran, was ihnen blüht, wenn sie faul sind.«

Sie hatten inzwischen die Veranda erreicht. Der aufgehende Mond warf seinen milden Schein auf die Bucht zu ihren Füßen und ließ den Gipfel des Grummet Rock weiß schimmern.

»Nun ja, das ist die allgemeine Auffassung«, erwiderte Vickers. »Aber bedenken Sie doch, was für ein Leben sie führen. Mein Gott!« rief er mit plötzlicher Leidenschaft, während Frere stehenblieb und auf die Bucht hinunterschaute. »Ich bin kein grausamer Mensch und habe meines Wissens noch nie eine unverdiente Strafe verhängt; aber seit ich hier bin, habe ich zehnmal erlebt, daß sich ein Gefangener von dem Felsen dort drüben ins Meer stürzte. Sie alle zogen den Tod diesem Elendsdasein vor. Drei Wochen ist es erst her, da haben zwei, die bei der Holzfällerkolonne auf den Hügeln arbeiteten und mit dem Aufseher Streit bekamen, ihren Kameraden Lebewohl gesagt und sich dann Hand in Hand von der Klippe gestürzt. Ein schrecklicher Gedanke!«

»Dann hätten sie eben kein Verbrechen begehen dürfen«, sagte der nüchtern denkende Frere. »Schließlich wußten sie ja, welche Strafe sie erwartete. Geschieht ihnen ganz recht.«

»Aber stellen Sie sich vor, ein unschuldig Verurteilter müßte hier leben!«

»Das kann ich mir nicht vorstellen«, sagte Frere grinsend. »Unschuldig verurteilt – daß ich nicht lache! Die sind alle unschuldig, wenn man ihren Erzählungen Glauben schenken wollte. Nanu, was bedeutet denn das rote Licht dort drüben?«

»Das ist Dawes' Feuer auf Grummet Rock«, erwiderte Vickers und wandte sich zum Gehen. »Der Mann, von dem ich erzählte. Kommen Sie, wir wollen einen Brandy trinken und die Tür hinter uns zumachen.«

KAPITEL 5
Sylvia

»Na, lassen Sie es gut sein, bald haben Sie es geschafft«, sagte Frere, als sie ins Haus traten. »Ende des Monats können Sie doch sicher schon aufbrechen. Ich komme dann mit Mrs. Vickers nach.«

»Was redet ihr denn da über mich?« rief ihnen die lebhafte Mrs. Vickers entgegen. »Ihr bösen Männer, mich die ganze Zeit allein zu lassen!«

»Mr. Frere hat sich freundlicherweise erboten, dich und Sylvia auf der *Osprey* zu begleiten. Ich übernehme natürlich das Kommando auf der *Ladybird*.«

»Das ist aber reizend von Ihnen, Mr. Frere. Ganz reizend«, sagte Mrs. Vickers, und eine Erinnerung an ihren sechs Jahre zurückliegenden Flirt mit einem gewissen jungen Leutnant rötete ihre Wangen. »Wirklich sehr aufmerksam. Freust du dich nicht, Sylvia, mit Mr. Frere und Mama nach Hobart Town zu fahren?«

»Mr. Frere«, sagte Sylvia, die aus einem Winkel des Zimmers zum Vorschein kam, »es tut mir sehr leid, daß ich Sie vorhin gekränkt habe. Wollen Sie mir verzeihen?«

Sie stand vor ihm, das Gesicht von blonden Locken umrahmt, die Hände über der schwarzen Seidenschürze gefaltet (Julia Vickers hatte ihre eigenen Anschauungen über die Kleidung ihrer Tochter), und brachte ihre Abbitte mit einer so steifen, altmodischen Art vor, daß Frere drauf und dran war, wiederum in Gelächter auszubrechen.

»Natürlich verzeihe ich dir, meine Kleine«, antwortete er. »Du hast es nicht so gemeint, ich weiß.«

»Doch, doch, ich habe es so gemeint, deshalb tut es mir ja gerade leid. Ich bin manchmal ein sehr unartiges Mädchen, obgleich Sie mir das vielleicht nicht glauben werden.« (Dies sagte sie mit der reizenden Koketterie eines seiner Schöheit bewußten Kindes.) »Besonders was die römische Geschichte betrifft. Ich glaube nämlich nicht, daß die Römer auch nur halb so tapfer waren wie die Karthager. Und Sie, Mr. Frere?

Diese Frage traf Maurice so unerwartet, daß er nur mit einem »Warum nicht?« antworten konnte.

»Weil ich sie nicht halb so gern mag«, erklärte Sylvia mit echt weiblicher Mißachtung verstandesmäßig bedingter Gründe. »Sie hatten immer so viele Soldaten. Allerdings waren die anderen sehr grausam auf ihren Eroberungszügen.«

»Tatsächlich?« fragte Frere.

»Ja, was denn sonst? Du meine Güte! Haben sie nicht dem armen Regulus die Augenlider abgeschnitten und ihn in einem Faß voll Nägel bergab rollen lassen? Halten Sie das etwa nicht für grausam?«

Mit der Miene eines Menschen, der seine Klassiker gründlich studiert hat, wiegte Mr. Frere den roten Kopf und gab zu, daß dies nicht sehr nett von den Karthagern gewesen sei.

»Sie sind eine große Gelehrte, Miß Sylvia«, sagte er rasch, denn er fühlte, daß das selbstbewußte Mädchen ihn in die Enge trieb. »Lesen Sie gern?«

»Sehr gern.«

»Und was für Bücher lesen Sie?«

»Oh, eine Menge. ›Paul und Virginie‹ und das ›Verlorene Paradies‹ und Shakespeares Stücke und ›Robinson Crusoe‹ und Blairs Predigten und den ›Tasmanischen Almanach‹ und das ›Buch der Schönheit‹ und ›Tom Jones‹.«

»Eine ziemlich bunte Mischung, fürchte ich«, warf Mrs. Vickers mit einem matten Lächeln ein – sie machte sich gar nichts aus Büchern –, »aber unsere kleine Bibliothek bietet ja leider nur eine beschränkte Auswahl, und ich selbst lese nicht viel. John, Mr. Frere trinkt gewiß noch ein Glas Branntwein. Oh, Sie brauchen sich deshalb nicht zu entschuldigen, schließlich bin ich ja die Frau eines Soldaten. Sylvia, Liebes, sag Mr. Frere gute Nacht und geh zu Bett.«

»Gute Nacht, Miß Sylvia. Bekomme ich jetzt einen Kuß?«

»Nein!«

»Sylvia, du sollst nicht so ungezogen sein!«

»Ich bin nicht ungezogen«, rief Sylvia, empört über die Art, wie man ihre literarischen Geständnisse aufgenommen hatte. »*Er* ist ungezogen! Ich mag ihn nicht küssen. Du meine Güte, ausgerechnet ihn!«

»Du willst mich nicht küssen, du kleine Schönheit?« rief Frere, beugte sich vor und legte den Arm um das Kind. »Dann muß ich eben dich küssen!«

Zu seiner größten Überraschung wurde Sylvia dunkelrot, als sie sich so gepackt und gegen ihren Willen geküßt sah, hob ihre kleine Faust und schlug ihn mit aller Kraft ins Gesicht.

Der Schlag kam so unerwartet und schmerzte im ersten Augenblick so heftig, daß Maurice um ein Haar seiner angeborenen Grobheit nachgegeben und einen Fluch ausgestoßen hätte.

»Aber Sylvia!« rief Vickers im Ton ernsten Vorwurfs.

Doch Frere lachte schon wieder. Er umklammerte Sylvias Hände mit festem Griff und küßte die Kleine wieder und wieder, so heftig sie sich auch zur Wehr setzte. »Da!« sagte er triumphierend. »Du siehst, es hilft dir alles nichts!«

Vickers erhob sich sichtlich verärgert und wollte das Kind fortziehen. Sylvia, die keuchend nach Luft rang und vor Wut schluchzte, hatte inzwischen ihre eine Hand befreit und schlug in einem Sturm kindlicher Leidenschaft immer von neuem auf ihren Peiniger ein.

»Mann!« rief sie mit zornsprühenden Augen, »lassen Sie mich los! Ich hasse Sie! Ich hasse Sie! Ich hasse Sie!«

»Es tut mir sehr leid, Frere«, sagte Vickers, als sich die Tür hinter Sylvia geschlossen hatte. »Ich hoffe, sie hat Ihnen nicht weh getan.«

»Aber nein! Ihr Temperament gefällt mir. Haha! Es ist doch überall in der Welt das gleiche: Mit Frauen wird man nur fertig, wenn man ihnen zeigt, wer der Stärkere ist.«

Vickers beeilte sich, dem Gespräch eine andere Wendung zu geben, und bei Erinnerungen an vergangene Tage und Betrachtungen über die Zukunft war der kleine Zwischenfall bald vergessen. Aber als Mr. Frere eine Stunde später den Korridor überquerte, um sein Schlafzimmer aufzusuchen, stand unversehens eine zierliche, in einen Schal gehüllte Gestalt vor ihm. Es war seine kleine Feindin.

»Ich habe auf Sie gewartet, weil ich Sie um Verzeihung bitten möchte, Mr. Frere«, sagte sie. »Ich hätte Sie nicht schlagen dürfen. Ich bin ein böses Mädchen. Ja, wirklich, und wenn ich mich nicht bessere, komme ich nicht in den Himmel.«

Damit zog das Kind unter dem Schal einen Zettel hervor, der wie ein Brief gefaltet war, und drückte ihn Frere in die Hand.

»Was ist denn das?« fragte er. »Geh nur schnell ins Bett zurück, Kindchen, du erkältest dich sonst.«

»Es ist eine schriftliche Entschuldigung. Und erkälten werde ich mich nicht, weil ich nämlich Strümpfe anhabe. Wenn Sie sie nicht annehmen«, fügte sie mit hochgezogenen Augenbrauen hinzu, »dann vermag ich das leider nicht zu ändern. Ich habe Sie geschlagen, aber ich entschuldige mich jetzt dafür. Da ich eine Frau bin, kann ich Ihnen nicht in der üblichen Weise Genugtuung geben.«

Mr. Frere unterdrückte ein Lachen und machte eine tiefe Verbeugung vor seiner ritterlichen Widersacherin.

»Ich nehme Ihre Entschuldigung an, Miß Sylvia«, sagte er.

»Damit ist unser Gespräch beendet«, erwiderte Miß Sylvia hochmütig. »Ich habe die Ehre, Ihnen eine gute Nacht zu wünschen, Sir.«

Das kleine Fräulein zog den Schal mit großer Würde fester um die schmalen Schultern und schritt so gelassen, als wäre sie Amadis von Gallien persönlich, den Korridor entlang.

Frere, der sich vor unterdrücktem Lachen schüttelte, eilte in sein Zimmer, entfaltete den Zettel und las beim Schein der Talgkerze, was Sylvia ihm in ihrer verschnörkelten, kindlichen Handschrift mitteilte:

Sir, ich habe Sie geschlagen. Ich entschuldige mich schriftlich. Gebieten Sie über Ihre ergebene Dienerin

Sylvia Vickers

Ich möchte nur wissen, aus welchem Buch sie das abgeschrieben hat«, murmelte er vor sich hin. »Sie ist bestimmt ein bißchen verdreht. Kein Wunder, das hier ist doch kein Leben für ein Kind.«

KAPITEL 6
Ein Sprung ins Dunkle

Zwei oder drei Tage nach der Ankunft der *Ladybird* bemerkte der einsame Gefangene auf Grummet in den Morgenstunden geheimnisvolle Bewegungen längs der Küste von Sarah Island. Die Gefangenenboote, die für gewöhnlich bei Sonnenaufgang zum Fuße der bewaldeten Höhenzüge auf der anderen Hafenseite hinüberfuhren, waren seit ein paar Tagen nicht mehr erschienen. Der Bau einer Mole oder eines Wellenbrechers an der Westspitze der Niederlassung war eingestellt worden. Alle verfügbaren Arbeitskräfte wurden offensichtlich auf der neuerbauten *Osprey* beschäftigt, die auf der Helling lag. Auch Soldaten, die allmorgendlich von der *Ladybird* herüberkamen, beteiligten sich an den geheimnisvollen Arbeiten. Vergeblich überlegte Rufus Dawes auf seinem kleinen täglichen Rundgang, was dieses ungewöhnliche Treiben wohl zu bedeuten habe. Unglücklicherweise ließ sich niemand blicken, der ihn hätte aufklären können.

Vierzehn Tage später, um den 15. Dezember herum, beobachtete er wiederum etwas Merkwürdiges. Eines Morgens fuhren alle Boote der Insel zur gegenüberliegenden Seite des Hafens, und im Laufe des Tages breitete sich eine große Rauchwolke über den Hügeln aus. Tags darauf wiederholte sich das Schauspiel, und am vierten Tage kehrten die Boote mit einem riesigen Floß im Schlepptau zurück. Wie sich herausstellte, bestand dieses Floß, das an der *Ladybird* festmachte, aus Planken, Balken und Sparren, die nacheinander hochgewunden und im Laderaum der Brigg verstaut wurden.

Dies gab Rufus Dawes zu denken. Sollte vielleicht überhaupt kein Holz mehr gefällt werden? Hatte die Regierung eine andere Methode ersonnen, die Arbeitskraft der Sträflinge zu nutzen? Er hatte Bäume gefällt und Boote gebaut, er hatte Häute gegerbt und Schuhe angefertigt. War es möglich, daß man nun irgendeinen neuen Handel betreiben wollte? Bevor er eine einleuchtende Erklärung hätte finden können, gab ihm eine weitere Bootsexpedition ein neues Rätsel auf. Drei Boote fuhren in die Bucht hinaus und kehrten vierundzwanzig Stunden später mit vier fremden Gestalten, vielen Vorräten und landwirtschaftlichen Geräten zurück. Als Rufus Dawes die Werkzeuge erblickte, kam er zu dem Schluß, daß die Boote nach Philip Island, dem »Garten« der Siedlung, gefahren waren, um die Gärtner und die Ernteprodukte abzuholen. Das alles ließ ihn vermuten, die *Ladybird* habe einen neuen Kommandanten gebracht – seine durch das halbwilde Leben geschärften Augen hatten Mr. Maurice Frere bereits erkannt – und diese geheimnisvollen Vorgänge seien »Verbesserungen« des neuen Gebieters. An diesem Punkt seiner Überlegungen ergab sich aus der ersten Vermutung – wenn er ihre Richtigkeit voraussetzte – als deren natürliche Folge eine zweite: Leutnant Frere würde ein strengerer Kommandant sein als Major Vickers. Was Rufus Dawes betraf, so hatte die Strenge schon längst das Maß des Erträglichen erreicht, und so faßte der Unglückliche einen verzweifelten Entschluß – er wollte sich töten. Bevor wir ein solches Vorhaben als Sünde verdammen, wollen wir uns vor Augen halten, was der Sünder in den letzten sechs Jahren hatte erleiden müssen.

Wir haben bereits eine Vorstellung davon, wie das Leben an Bord eines Sträflingsschiffes verläuft, und wir wissen, durch welches Fegefeuer Rufus Dawes gegangen war, bevor er die unfruchtbare Küste des Höllentores betrat. Um aber die Qualen, die er seither erduldet hatte, voll und ganz ermessen zu können, müssen wir uns die Schändlichkeiten, die sich im Zwischendeck der *Malabar* abspielten, verhundertfacht denken. In jenem Gefängnis leuchtete wenigstens hin und wieder ein Hoffnungsstrahl auf. Nicht alle waren widerwärtige Banditen; nicht alle waren schamlose, unverbesserliche Gesellen. So eng und stickig das Gefängnis auch sein mochte, so verroht die Gesamtheit der Insassen, so schrecklich die Erinnerung an vergangenes Glück – noch war die Zukunft unbekannt, noch bestand Hoffnung. In Macquarie Harbour aber sammelte sich die Hefe aus dieser Schale der Trostlosigkeit. Die Schlimmsten kamen dorthin, und die Schlimmsten mußten für immer bleiben. Der Abgrund der Qual war so tief, daß man nicht einmal mehr den Himmel sehen konnte. Solange das Leben währte, gab es keine Hoffnung; nur der Tod öffnete die Pforten dieses Inselgefängnisses.

Ist es möglich, sich auch nur für einen kurzen Augenblick auszumalen, was ein Unschuldiger, von Ehrgeiz besessen, mit der Fähigkeit begabt, andere zu lieben und zu achten, in einer einzigen Woche seiner Strafzeit gelitten haben muß? Wir gewöhnlichen Menschen, die wir unser Alltagsleben führen, die wir spazierengehen, ausreiten, lachen, heiraten und unsere Kinder verheiraten, können uns keinen Begriff von einem solchen Elend machen. Vielleicht haben wir eine verschwommene Vorstellung von den Annehmlichkeiten der Freiheit und von dem Ekel, den schlechte Gesellschaft einflößt; aber das ist auch alles. Wir wissen, daß wir wahrscheinlich sterben oder in Wahnsinn verfallen würden, wenn man uns in Ketten schlüge und demütigte, uns mit Abfällen fütterte und wie Lasttiere behandelte, uns mit Drohungen und Schlägen zu unserer täglichen Arbeit triebe und mit Schurken zusammensperrte, die für Anstand und aufrechte Gesinnung nur Spott und Verachtung übrig haben. Aber wir wissen nicht – und können es niemals wissen –, wie unbeschreiblich verhaßt einem das Leben werden muß, wenn man es mit Geschöpfen teilt, wie die es waren, welche die Baumstämme an die Ufer des Gordon schleppten und unter wilden Verwünschungen in der schrecklichen Sandgrube von Sarah Island in Ketten schufteten. Kein Mensch vermag zu beschreiben, in welche Tiefen der Erniedrigung und des Ekels vor sich selbst ihn eine einzige Woche dieses Daseins stürzen würde. Auch wenn er fähig wäre, das alles in Worte zu kleiden, er würde es nicht wagen. Wie einer, der in der Wüste nach einem menschlichen Antlitz sucht, dabei auf einen Teich voll Blut stößt und beim Anblick seines eigenen Spiegelbildes entsetzt die Flucht ergreift – so würde auch ein jeder von uns vor der Betrachtung seiner eigenen erniedrigenden Qualen fliehen. Und nun stelle man sich vor, daß ein Mensch diese Marter sechs Jahre lang ertragen hat.

Da Rufus Dawes nicht wußte, daß alles, was er ringsum beobachtete und hörte, mit der Auflösung der Strafkolonie zusammenhing und daß die *Ladybird* die Gefangenen fortschaffen sollte, beschloß er, die Bürde, die so schwer auf ihm lastete, für immer abzuschütteln und seinem Leben ein Ende zu machen. Sechs Jahre lang hatte er Holz gehauen und Wasser geschleppt; sechs Jahre lang hatte er aller Hoffnungslosigkeit zum Trotz gehofft; sechs Jahre lang hatte er im Tal des Todesschattens gelebt. Er wagte nicht, sich seine Leiden zu vergegenwärtigen. Seine Sinne waren von den Folterqualen gelähmt und abgestumpft.

Das einzige, was ihm stets bewußt blieb, war dies: Er war ein Gefangener auf Lebenszeit. Wohl hatte er anfangs von der Freiheit geträumt, hatte alles getan, damit man ihn wegen guter Führung begnadigte; aber die Schurkerei eines Vetch und eines Rex hatten ihn um die Frucht seiner Bemühungen gebracht. Anstatt Lob und Anerkennung zu ernten, weil er die Verschwörung aufgedeckt hatte, wurde er selbst für schuldig befunden und trotz seiner Unschuldsbeteuerungen verurteilt. Sein »Verrat« – denn so nannten es seine Mitgefangenen – wurde ihm von den Behörden nicht als Verdienst angerechnet, brachte ihm aber dafür die Verachtung und die Feindschaft jener Ungeheuer ein, in deren Mitte er von nun an lebte. Bei seiner Ankunft im Höllentor war er bereits ein Gezeichneter – ein Paria unter jenen Wesen, die für die Außenwelt Parias waren.

Dreimal hatten sie ihm nach dem Leben getrachtet; aber damals war er noch nicht gänzlich lebensmüde und verteidigte sich. Diese Verteidigung wurde von einem Aufseher als mutwillige Schlägerei gedeutet, und man legte ihm die Fesseln, von denen er befreit worden war, wieder an. Seine Körperkraft – sie allein konnte ihm hier nützen – flößte den anderen Respekt ein, und so ließ man ihn in Ruhe.

Anfänglich war ihm diese Behandlung nur recht; mit der Zeit aber wurde sie quälend, dann schmerzlich und schließlich fast unerträglich. Wenn er ruderte, wenn er bis zum Gürtel im Schlamm watete oder sich unter seiner Holzlast krümmte, dann gierte er danach, daß jemand ihn anspräche. Wenn er einen Teil der Menschenraupe bildete, auf deren Rücken ein schwerer Kiefernstamm lag, nahm er die doppelte Last auf seine Schultern, nur um ein kameradschaftliches Lob zu hören. Er arbeitete die doppelte Zeit, nur um ein freundliches Wort aus dem Munde eines Kameraden zu erhaschen. Einsam und ausgestoßen, wie er war, rang er um die Freundschaft von Räubern und Mördern. Dann kam der Rückschlag: Nun haßte er schon den bloßen Klang ihrer Stimmen. Er sprach nicht mehr und weigerte sich zu antworten, wenn jemand ihn anredete. Sogar seine dünne Wassersuppe verzehrte er fern von den anderen, wann immer seine Kette es ihm gestattete. So kam er bald in den Ruf eines finsteren, gefährlichen und halbverrückten Bösewichts. Hauptmann Barton, der Kommandant, hatte Mitleid mit ihm und beschäftigte ihn als Gärtner. Etwa eine Woche lang ertrug er das Mitleid, doch als Barton eines Morgens herunterkam, fand er die wenigen Sträucher ausgerissen, die Blumenbeete zertrampelt, und sein Gärtner hockte zwischen den zerbrochenen Gartenwerkzeugen auf der Erde. Für diese mutwillige Zerstörung wurde Dawes ausgepeitscht. Es hieß, er habe sich dabei recht seltsam benommen. Er weinte und bettelte, man möge ihm die Strafe erlassen, warf sich Barton zu Füßen und flehte um Gnade. Der war jedoch unerbittlich, und beim ersten Hieb verstummte der Gefangene. Von Stund an war er noch verschlossener, nur manchmal, wenn er sich allein glaubte, konnte man beobachten, daß er sich zu Boden warf und wie ein Kind weinte. Die allgemeine Ansicht war, daß sein Verstand gelitten hätte.

Als Vickers seinen Posten antrat, ersuchte Dawes um eine Unterredung und bat, der Major möge ihn nach Hobart Town zurückschicken. Das wurde natürlich abgelehnt, aber er durfte auf der *Osprey* arbeiten. Man nahm ihm die Fesseln ab, und eine Zeitlang ging alles gut. Eines Tages aber versteckte er sich auf der Helling und schwamm bei Einbruch der Dunkelheit durch den Hafen. Er wurde verfolgt, eingefangen, erneut ausgepeitscht und dann zu den härtesten Strafarbeiten verurteilt. Er brannte Kalk, schleppte Baumstämme und plackte sich auf den Ruderbänken. Stets mußte er die schwersten und erniedrigendsten Arbeiten verrichten. Von seinen Gefährten gemieden und gehaßt, von den Aufsehern gefürchtet und von den Behörden mit scheelen Augen angesehen, hatte Rufus Dawes in dem Abgrund des Leids, in den er sich freiwillig gestürzt hatte, die tiefste Tiefe erreicht. Seine Gedanken trieben ihn fast zur Raserei, und so schloß er sich Gabbett und den unglücklichen drei anderen bei ihrem verzweifelten Fluchtversuch an, wurde aber, wie Vickers berichtet hatte, umgehend wieder eingefangen. Er war durch die schweren Fesseln, die er trug, stark behindert, und obgleich Gabbet mit befremdendem Eifer versichert hatte, er bürge für das Gelingen der Flucht, fiel der Unglückliche schon nach den ersten hundert Yards des schrecklichen Wettrennens hin und wurde, ehe er sich aufraffen konnte, von zwei Freiwilligen ergriffen. Diesem Umstand verdankten seine Kameraden ihre kurze Freiheit; denn Mr. Troke gab sich mit dem einen Gefangenen zufrieden, stellte die Verfolgung ein, die der Bodenbeschaffenheit wegen recht gefährlich war, und brachte Dawes als Sühneopfer für die Nachlässigkeit, die zum Verlust der anderen vier geführt hatte, im Triumph in die Siedlung zurück. Für diese Wahnsinnstat war der rebellische Sträfling in die Einsamkeit von Grummet Rock geschickt worden.

In der schrecklichen Abgeschiedenheit hatte sich sein Gemüt in verzehrender Selbstpeinigung verwirrt. Er wurde von Visionen und furchtbaren Träumen heimgesucht. Stundenlang lag er reglos da und starrte in die Sonne oder auf das Meer. Er unterhielt sich mit imaginären Wesen. Wieder und wieder durchlebte er die Szene, die mit dem Abschied von seiner Mutter geendet hatte. Er hielt den Felsen feierliche Ansprachen und forderte die Steine auf, seine Unschuld und sein Opfer zu bezeugen. Seine Jugendfreunde zogen in einem gespenstischen Reigen an ihm vorbei; und mitunter hielt er sein gegenwärtiges Leben für einen Traum. Sooft er aus diesen Phantasien erwachte, rief ihm eine innere Stimme gebieterisch zu, sich in die Brandung zu stürzen, die an die Mauern seines Gefängnisses schlug, und nicht länger diese traurigen Träume zu träumen.

Trotz seiner körperlichen und geistigen Lethargie nahm er die ungewöhnlichen Vorgänge an der Küste der Niederlassung wahr, und sie bewirkten, daß er das Leben noch wilder haßte. Er erblickte in ihnen etwas Unverständliches und Furchterregendes, las aus ihnen die Androhung ins Maßlose gesteigerter Qualen. Hätte er geahnt, daß die *Ladybird* in Bälde die Anker lichten würde und daß man bereits Anweisung gegeben hatte, ihn von seinem Felsen zu holen und mit den anderen in Ketten nach Hobart Town zu bringen, dann hätte er vielleicht gezögert; aber er ahnte nichts davon – er wußte nur, daß die Bürde des Lebens unerträglich war und daß er sie jetzt oder nie von sich werfen mußte...

Inzwischen herrschte in der Siedlung fieberhafte Geschäftigkeit. Knapp drei Wochen nachdem Vickers den Beschluß des Gouverneurs verkündet hatte, war alles zum Auslaufen bereit. Auch über die taktischen Maßnahmen hatte sich der Kommandant endgültig mit Frere geeinigt. Er selbst wollte die *Ladybird* mit den Sträflingen übernehmen. Seine Frau und seine Tochter sollten zurückbleiben, bis die *Osprey* in See stach, die unter Mr. Freres Kommando dem anderen Schiff folgen würde, sobald der Leutnant seinen Auftrag, die Siedlung dem Erdboden gleichzumachen, erfüllt hatte. »Ich lasse Ihnen eine Wache unter einem Korporal und zehn Gefangene als Schiffsmannschaft hier«, hatte Vickers gesagt. »Das dürfte wohl vollauf genügen.« Worauf Frere mit einem selbstbewußten Lächeln, das Mrs. Vickers galt, erklärte, er werde notfalls auch mit fünf Gefangenen auskommen, denn er wisse, wie er aus diesen faulen Hunden die doppelte Arbeitsleistung herausholen könnte.

Einen der Zwischenfälle, die sich während der Reisevorbereitungen ereigneten, dürfen wir in diesem Bericht nicht verschweigen. In der Nähe von Philip Island, an der Nordseite des Hafens, liegt Coal Head, und dort war noch unlängst eine Abteilung bei der Arbeit gewesen. Die Männer, von Vickers in aller Eile zurückgerufen, weil sie bei dem Vernichtungswerk helfen sollten, hatten einige Werkzeuge und Bauholz liegenlassen. In letzter Stunde wurden ein paar Mann in einem Boot ausgeschickt, um das Vergessene zu holen. Sie sammelten die Werkzeuge ein und verbanden die Stämme, von denen jeder in Hobart Town fünfundzwanzig Schilling wert war, mit Ketten zu einem Floß. Nachdem die Sträflinge das Nutzholz auf diese Weise in Sicherheit gebracht und ins Schlepp genommen hatten, ruderten sie bei Sonnenuntergang zum Schiff zurück. Da die Zeit drängte und ohnehin niemand mehr auf strengste Zucht hielt, war das Floß nicht mit der gewohnten Sorgfalt gefertigt worden, und die starke Strömung, gegen die das Boot anzukämpfen hatte, tat ein übriges. Die Stämme begannen sich zu lockern, und obwohl die Kette durch die Bewegung des Bootes straff gespannt blieb, löste sich ein Teil der Fracht, als die Ruderer ihr Tempo verlangsamten. Mr. Troke, der das Boot an der *Ladybird* festmachte, sah gerade noch, wie sich ein riesiger Stamm von seinen Gefährten löste und in der Dunkelheit verschwand. Während er ihm empört und verärgert nachstarrte, als handle es sich um einen widerspenstigen Gefangenen, der zwei Tage Einzelhaft verdiente, vermeinte er plötzlich aus der Richtung, in die der Baumstamm trieb, einen Schrei zu hören. Er hätte gewiß noch länger gelauscht, aber er mußte seine ganze Aufmerksamkeit auf die Rettung des Holzes konzentrieren und verhindern, daß die schleudernde Masse das Boot zum Kentern brachte.

Den Schrei hatte Rufus Dawes ausgestoßen. Von seinem einsamen Felsen aus hatte er das Boot vorübergleiten und auf die *Ladybird* zusteuern sehen. Wenn es um letzte Entscheidungen geht, tritt oft eine seltsam kindliche Geisteshaltung zutage, und so beschloß auch Rufus Dawes, sich in dem gleichen Augenblick in die Brandung zu werfen, da die zunehmende Dunkelheit das Boot verschlingen würde. Er sah, wie es sich mühsam vorwärts kämpfte, mit jedem Ruderschlag von ihm abrückte, immer undeutlicher wurde. Plötzlich war nur noch die Gestalt Mr. Trokes am Heck sichtbar, dann verschwand auch sie, und als die nächste Welle die Spitze des Floßes emporhob, stürzte sich Rufus Dawes ins Meer.

Die schweren Fesseln ließen ihn wie einen Stein untergehen. Er hatte sich vorgenommen, nicht zu schwimmen, und im ersten Augenblick hob er tatsächlich die Arme über den Kopf, um schneller zu sinken. Als aber die würgende Atemnot einsetzte, als das eiskalte Wasser die geistige Umnachtung vertrieb, die ihn befallen hatte, da schlug er verzweifelt um sich und gelangte trotz der eisernen Fesseln für einen Augenblick an die Oberfläche, völlig verwirrt, nur noch von einem wilden Selbsterhaltungstrieb besessen. Plötzlich gewahrte er eine riesige schwarze Masse, die aus der Dunkelheit auf ihn zuschoß. Ein kurzes Ringen mit der Strömung, ein erfolgloser Versuch, unter der Masse wegzutauchen, das schreckliche Gefühl, die Eisenkette an seinen Füßen zöge ihn in die Tiefe – und der gewaltige Stamm, der sich vom Floß gelöst hatte, war über ihm und drohte ihn zu zerquetschen. Angesichts der tödlichen Gefahr verschwanden alle Gedanken an Selbstmord. Mit jenem Verzweiflungsschrei, den Troke undeutlich vernommen hatte, riß er die Arme hoch, um das Ungetüm zu packen, das ihn in den Tod stoßen wollte. Der Baumstamm lag auf ihm und drückte ihn unter Wasser; aber als Rufus Dawes' Hand den rauhen Stamm entlangglitt, kam sie mit der Schlaufe des aus Häuten gefertigten Seiles in Berührung, das noch um den Stamm hing. Er packte zu, umklammerte die Schlinge mit einem verzweifelten Würgegriff. Im nächsten Augenblick war sein Kopf über Wasser, er sicherte seinen Griff und schwang sich mit letzter Kraft auf den Stamm.

Für eine Sekunde sah er in der Ferne die Lichter in den Heckfenstern der vor Anker liegenden Schiffe, sah Grummet Rock zu seiner Linken verschwinden, dann schloß er erschöpft die Augen, keuchend und zerschunden, und der treibende Stamm trug ihn schnell und lautlos in das Dunkel hinaus.

Mr. Troke, der am nächsten Morgen auf der Felseninsel landete, stellte fest, daß sie verlassen war. Die Mütze des Gefangenen lag am Rande der kleinen Klippe, aber der Gefangene selbst war verschwunden. Auf dem Rückweg zur *Ladybird* dachte der kluge Troke gründlich über den Fall nach, und als er Vickers Bericht erstattete, erwähnte er den seltsamen Schrei, den er am Vorabend gehört hatte.

»Ich glaube, Sir, er hat versucht, durch die Bucht zu schwimmen«, sagte er. »Aber bestimmt ist er sofort untergegangen, denn mit der Kette konnte er doch keine fünf Stöße machen.«

Vickers, der gerade die Anker lichten ließ und alle Hände voll zu tun hatte, nahm diese sehr naheliegende Vermutung ohne weiteres hin. Der Gefangene hatte entweder Hand an sich gelegt, oder er war durch einen Unglücksfall ums Leben gekommen. Aber ob nun Selbstmord oder mißglückter Fluchtversuch – nach den bisherigen Erfahrungen mit Rufus Dawes war die zweite Erklärung wahrscheinlicher –, jedenfalls war er tot. Wie Mr. Troke sehr richtig bemerkt hatte, konnte kein Mensch in Fesseln die Bucht durchschwimmen. Als die *Ladybird* eine Stunde später an Grummet Rock vorbeifuhr, waren alle an Bord davon überzeugt, daß die Leiche des letzten Felsenbewohners unter den hoch aufschäumenden Wellen begraben lag.

KAPITEL 7
Abschied von Macquarie Harbour

Jedermann auf der *Ladybird* hielt Rufus Dawes für tot, und diejenigen, die auf Sarah Island zurückblieben, ahnten nichts von dem seltsamen Zwischenfall. Sofern Maurice Frere überhaupt einen Gedanken an den rebellischen Gefangenen verschwendete, glaubte er, Dawes sei im Laderaum des Schoners sicher verstaut und schon auf halbem Wege nach Hobart Town. Keine der achtzehn Personen an Bord der *Osprey* ahnte, daß das Boot, das den ausgesetzten Sträfling holen sollte, ohne ihn zurückgekehrt war. Im übrigen blieb der kleinen Schar wenig Muße, ihren Gedanken nachzuhängen. Mr. Frere, eifrig bemüht, seine Geschicklichkeit und seine Tatkraft zu beweisen, machte gewaltige Anstrengungen, die Abreise zu beschleunigen. Er trieb die unglücklichen zehn Gefangenen so erbarmungslos an, daß die *Osprey* schon eine Woche nach Auslaufen der *Ladybird* Segel setzen konnte. Mrs. Vickers und ihre Tochter, die der Zerstörung ihres

Hauses mit verständlichem Bedauern zugesehen hatten, waren in ihre kleine Kabine auf der Brigg übergesiedelt, und am Abend des 11. Januar teilte Mr. Bates, der Lotsenkapitän, der Besatzung mit, Leutnant Frere habe befohlen, bei Tagesanbruch die Anker zu lichten.

So geschah es denn auch. Die Brigg stach bei Tagesanbruch unter einer leichten Brise aus Südwest in See und ging gegen drei Uhr nachmittags außerhalb des Höllentors vor Anker. Unglücklicherweise drehte der Wind auf Nordwest, was einen schweren Seegang an der Sandbank, der bereits erwähnten Barriere, verursachte. Mit Rücksicht auf Mrs. Vickers und das Kind fuhr der vorsichtige Mr. Bates daraufhin zehn Meilen zurück und warf um sieben Uhr abends in der Wellingtonbucht Anker. Die Flut stieg rasch, und die Brigg schlingerte recht heftig. Mrs. Vickers blieb in ihrer Kabine und schickte Sylvia zu Leutnant Frere mit dem Auftrag, ihn zu unterhalten. Sylvia ging, aber sie war keineswegs unterhaltsam. Sie fühlte sich von Frere abgestoßen – eine jener heftigen Antipathien, die Kinder manchmal grundlos hegen – und behandelte ihn seit jenem denkwürdigen Abend, an dem sie ihm ihre Entschuldigung überreicht hatte, mit abweisender Höflichkeit. Vergebens hatte er sie verwöhnt und umschmeichelt, sie ließ sich durch nichts bewegen, ihm freundlichere Gefühle entgegenzubringen. »Ich mag Sie nicht leiden, Sir«, sagte sie beispielsweise in ihrer gespreizten Art. »Aber das macht Ihnen sicherlich nichts aus, Sie haben ja genug mit Ihren Gefangenen zu tun. Bemühen Sie sich bitte nicht, ich kann mich auch ohne Sie unterhalten.« – »Ganz wie Sie wünschen«, antwortete Frere dann wohl. »Ich habe nicht die Absicht, mich aufzudrängen.« Aber er war trotzdem leicht verärgert. An diesem Abend zeigte sich die junge Dame allerdings etwas entgegenkommender. Ihr Vater war fort, ihre Mutter krank, sie fühlte sich einsam, und Frere war der einzige, der ihr ein wenig Abwechslung bieten konnte. Also gehorchte sie dem Befehl der Mutter. Der Leutnant schritt rauchend an Deck auf und ab.

»Mr. Frere, ich soll Sie unterhalten.«

»So? Bitte, ich höre.«

»Du meine Güte, nein. Es kommt dem Herrn zu, die Unterhaltung zu führen. Geben Sie sich ein bißchen Mühe!«

»Na schön, nehmen Sie Platz, und dann wollen wir plaudern«, erwiderte Frere, der guter Laune war, weil er seinen Auftrag so erfolgreich durchgeführt hatte. »Womit soll ich Sie unterhalten?«

»Ach, sind Sie dumm! Als ob ich das wüßte! *Sie* müssen doch reden. Erzählen Sie mir ein Märchen.«

»Jack und die Bohnenstange?« schlug Frere vor.

»Jack und die Großmutter! Lächerlich! Denken Sie sich selbst eins aus.«

Frere lachte. »Ich weiß keins. So etwas habe ich in meinem ganzen Leben noch nicht gemacht.«

»Dann wird es aber höchste Zeit. Fangen Sie schon an, sonst gehe ich wieder.«

Frere rieb sich die Augenbrauen.

»Also, hast du – kennst du die Geschichte von Robinson Crusoe?« begann er in einem Ton, als sei das die beste Idee von der Welt.

»Natürlich kenne ich die«, versetzte Sylvia und zog ein Mäulchen. »Robinson Crusoe kennt doch jeder.«

»Wirklich? Das wußte ich nicht. Laß mich mal überlegen.«

Nachdenklich paffte er seine Pfeife und kramte in literarischen Erinnerungen. Sylvia saß neben ihm und wartete ungeduldig auf den glücklichen Einfall, der nicht kommen wollte.

»Sie sind aber wirklich dumm!« sagte sie schmollend. »Ein Glück, daß ich bald wieder bei Papa bin. Der weiß alle möglichen Geschichten, fast so viele wie der alte Danny.«

»Nanu, Danny weiß auch welche?«

»Danny?« wiederholte sie mit ebenso großer Überraschung, als hätte er »Walter Scott« gesagt. »Und ob der welche weiß! Ich glaube gar« – sie legte den Kopf schräg und warf ihm einen drollig überlegenen Blick zu –, »ich glaube gar, Sie kennen nicht einmal die Geschichte von dem Gespenst, das den Tod ankündigt?«

»Nein. Nie gehört.«

»Und die von dem Schimmel der Peppers?«

»Nein.«

»Das hätte ich mir denken können. Und das Märchen vom Wechselbalg? Auch nicht?«

»Nein.«

Sylvia rutschte von dem Deckfenster herunter, auf dem sie gesessen hatte, und musterte den rauchenden Esel neben sich mit tiefer Verachtung. »Ich muß schon sagen, Mr. Frere, Sie sind wirklich ein sehr ungebildeter Mensch. Entschuldigen Sie, ich möchte Sie keinesfalls kränken, aber ich kann nicht umhin festzustellen, daß Sie für Ihr Alter höchst ungebildet sind.«

Maurice Frere ärgerte sich ein wenig über diese Bemerkung.

»Du bist reichlich naseweis, Sylvia«, sagte er.

»Miß Vickers ist mein Name, Leutnant Frere. Und jetzt gehe ich zu Mr. Bates und unterhalte mich mit dem.«

Diese Drohung führte sie auf der Stelle aus. Mr. Bates, der das verantwortungsvolle Amt des Lotsen bekleidete, erzählte ihr von Tauchern und Korallenriffen und berichtete – mit einiger Übertreibung – von seinen Abenteuern in den chinesischen Gewässern. Frere ging indessen rauchend auf und ab. Er war wütend, teils auf sich und teils auf die herausfordernde kleine Fee. Dieses elfenhafte Geschöpf übte einen unerklärlichen Zauber auf ihn aus.

An diesem Abend bekam er sie nicht mehr zu Gesicht, und am nächsten Morgen beim Frühstück behandelte sie ihn sehr von oben herab. »Wann fahren wir denn endlich weiter? Bitte, die Marmelade, Mr. Frere. Danke.«

»Ich weiß nicht, Miß«, antwortete Bates. »An der Sandbank ist ziemlich schwere See. Mr. Frere und ich haben heute früh gelotet, es ist noch nicht sicher genug.«

»Ich will nur hoffen«, bemerkte Sylvia, »daß wir keinen Schiffbruch erleiden und vielleicht viele Meilen schwimmen müssen, um unser Leben zu retten.«

»Hoho!« lachte Frere. »Nur keine Bange. Ich kümmere mich schon um dich.«

»Können Sie schwimmen, Mr. Bates?« fragte Sylvia.

»Ja, Miß, freilich kann ich schwimmen.«

»Dann möchte ich lieber, daß Sie mich retten. Ich mag Sie sehr gern. Mr. Frere kann Mama retten. Dann leben wir alle zusammen auf einer einsamen Insel, nicht wahr, Mr. Bates, und ernähren uns von Kokosnüssen und Brotfrüchten. Ach, dieser Zwieback ist aber gräßlich hart! Ja, und ich bin dann Robinson, und Sie sind Freitag, Mr. Bates.

Ich würde gern auf einer einsamen Insel leben. Nur dürften keine Wilden dort hausen, und es müßte viel zu essen und zu trinken geben.«

»Das wäre bestimmt sehr nett, Miß. Leider findet man solche Inseln nicht alle Tage.«

»Dann wollen wir lieber nicht stranden«, sagte Sylvia mit entschlossenem Kopfnicken. »Wir stranden doch nicht, Mr. Bates?«

»Ich hoffe nicht, Miß.«

»Steck dir für alle Fälle einen Zwieback in die Tasche, Sylvia«, meinte Frere lachend.

»Oh, Sie wissen, wie ich über Sie denke, Sir. Schweigen Sie bitte, ich wünsche keine Erörterung mit Ihnen.«

»Nein? Na, mir soll's recht sein.«

»Mr. Frere«, sagte Sylvia würdevoll und machte an der Kabinentür ihrer Mutter halt, »wenn ich Richard III. wäre, wissen Sie, was ich dann mit Ihnen tun würde?«

»Keine Ahnung«, entgegnete Frere und aß seelenruhig weiter. »Was denn?«

»Ich würde Sie so lange in einem weißen Laken und mit einer brennenden Kerze in der Hand vor der Sankt-Pauls-Kathedrale stehen lassen, bis Sie in sich gingen und Ihre häßlichen, schlechten Manieren ablegten – Sie Kerl!«

Mr. Frere in einem weißen Laken, mit einer brennenden Kerze in der Hand, und noch dazu vor der Sankt-Pauls-Kathedrale – bei dieser Vorstellung konnte Mr. Bates unmöglich ernst bleiben. Er brach in schallendes Gelächter aus. »Ein seltsames Kind, nicht wahr, Sir? Der geborene Widerspruchsgeist – aber dabei eine gutmütige kleine Seele.«

»Wann können wir weiter, Mr. Bates?« fragte Frere, der sich durch den Heiterkeitsausbruch des Lotsen in seiner Würde verletzt fühlte.

Der veränderte Ton entging Bates nicht, und er paßte sich eiligst der Stimmung seines Vorgesetzten an.

»Ich hoffe, gegen Abend, Sir«, erwiderte er. »Wenn die Flut zurückgeht, will ich's riskieren. Vorher hat's keinen Sinn.«

»Die Männer wollten an Land und ihre Sachen waschen«, sagte Frere. »Wenn wir bis zum Abend hier festliegen, schicken Sie sie am besten gleich nach dem Essen rüber.«

»Jawohl, Sir«, antwortete Bates.

Der Nachmittag verlief wie vorgesehen. Die zehn Gefangenen gingen an Land und wuschen ihre Kleidungsstücke. Es waren James Barker, James Lesly, John Lyon, Benjamin Riley, William Cheshire, Henry Shiers, William Russen, James Porter, John Fair und John Rex.

Der letztgenannte Schurke war erst nachträglich zum Dienst auf der *Osprey* bestimmt worden. Er hatte sich in jüngster Zeit besser betragen und beim Beladen der *Ladybird* einen auffallenden Eifer an den Tag gelegt. Seine Klugheit und sein Einfluß auf die anderen Gefangenen machten ihn zu einer ziemlich wichtigen Persönlichkeit, und Vickers hatte ihm gewisse Vergünstigungen gewährt, von denen er bisher ausgeschlossen gewesen war. Mr. Frere jedoch, der das Verladen der Vorräte beaufsichtigte, schien entschlossen, Rex' offenkundige Arbeitswilligkeit auszunutzen. Er trieb ihn unaufhörlich an, fand stets etwas an ihm auszusetzen und nannte ihn faul, mürrisch und unverschämt. Von früh bis spät hieß es: »Rex, komm her! Rex, mach dies! Rex, mach das!« Für die Gefangenen galt es als ausgemacht, daß Mr. Frere einen Pik auf John Rex hatte. Einen Tag vor dem Auslaufen der *Ladybird* hatte sich Rex in seiner Vorfreude auf die baldige Abfahrt verleiten lassen, auf eine besonders bissige Bemerkung zu antworten, und daraufhin beschwerte sich Mr. Frere bei Vickers.

»Der Bursche hat es aber sehr eilig, von hier fortzukommen«, sagte er. »Lassen Sie ihn mir für die *Osprey,* es wird ihm eine Lehre sein.«

Vickers willigte ein, und John Rex wurde in Kenntnis gesetzt, daß er nicht mit der ersten Abteilung segeln würde. Seine Kameraden bezeichneten diesen Befehl als eine glatte Gemeinheit; Rex selbst äußerte sich nicht dazu. Er schuftete nur um so mehr, und Frere fand nichts mehr an ihm auszusetzen, sosehr er es auch gewünscht hätte. Der Leutnant rühmte sich sogar, den aufsässigen Sträfling »gezähmt« zu haben, und stellte den jetzt schweigsamen und gefügigen Rex als Beweis für die ausgezeichnete Wirkung seiner strengen Maßnahmen hin. Den Sträflingen jedoch, die John Rex besser kannten, war diese stille Geschäftigkeit von Anfang an verdächtig.

Am Abend des 13. Januar kehrte John Rex, anscheinend munter und gut gelaunt, mit den übrigen Gefangenen zurück. Mr. Frere, der wider Willen zum Nichtstun verurteilt war, hatte beschlossen, vor dem Abendessen noch ein paar Fische zu fangen, und stieg in das Boot, das die Gefangenen zurückbrachte. Er sah Rex mit einigen anderen lachen und beglückwünschte sich wiederum zu seinem Erfolg.

Die Zeit verging. Es wurde allmählich dunkel, und Mr. Bates, der an Deck auf und ab schritt, schaute ungeduldig nach dem Boot aus; denn er wollte die Anker lichten und Kurs auf die Sandbank nehmen. Alles war in bester Ordnung. Mrs. Vickers und das Kind waren in ihrer Kabine gut aufgehoben. Zwei von den Soldaten befanden sich an Deck (die beiden anderen hatte Frere mitgenommen), und die Gefangenen auf dem Vorderdeck sangen. Es wehte ein günstiger Wind, und die See hatte sich beruhigt. In einer knappen Stunde konnte die *Osprey* den Hafen hinter sich gelassen haben.

KAPITEL 8
Die Macht der Wildnis

Der treibende Holzstamm, dem Rufus Dawes seine wunderbare Rettung verdankte, schwamm mit der Strömung aus der Bucht hinaus. Die Last aber, die er trug, spürte davon nichts. Von dem verzweifelten Kampf um sein Leben erschöpft, lag der Sträfling reglos, kaum atmend, auf dem rauhen Rücken dieses vom Himmel gesandten Floßes. Schließlich brachte ihn ein heftiger Stoß zur Besinnung, und er erkannte, daß der Stamm an einer sandigen Landzunge gestrandet war, deren Umrisse sich in der Dunkelheit verloren. Mit unendlicher Mühe richtete er sich aus seiner unbequemen Lage auf, taumelte ein paar Schritte landeinwärts, ließ sich niederfallen und schlief sogleich ein.

Als der Morgen dämmerte, sah Rufus Dawes, wo er sich befand. Der Baumstamm war auf der vom Wind abgekehrten Seite an Philip Island vorbeigetrieben und an der südlichen Landzunge von Coal Head angespült worden. Etwa dreihundert Meter entfernt lagen die verlassenen Schuppen der Kohlenkolonne. Eine Zeitlang ließ sich der Sträfling von den wärmenden Strahlen der aufgehenden Sonne bescheinen, ohne seine zerschundenen und zerschlagenen Glieder zu bewegen. Das Gefühl der Ruhe war so köstlich, daß es alle Fragen und Erwägungen in den Hintergrund drängte. Er dachte nicht einmal darüber nach, weshalb die Hütten anscheinend leer standen. Wenn niemand dort war – nun, um so besser. War die Kohlenkolonne aber nicht abgezogen, so würde man ihn in wenigen Minuten entdecken und in sein Inselgefängnis zurückbringen. Elend und zu Tode erschöpft, wie er war, nahm er sowohl die eine als auch die andere Möglichkeit hin und schlief wieder ein.

Zu der Zeit, da er seinen schmerzenden Kopf zur Ruhe bettete, berichtete Mr. Troke dem Kommandanten von seinem Tod, und während er in tiefem Schlaf lag, fuhr die *Ladybird* so dicht an ihm vorüber, daß jeder an Bord mit einem scharfen Glas die ausgestreckte Gestalt am Strand hätte erspähen können.

Als er erwachte, war es hoher Mittag, und er lag mitten im prallen Sonnenschein. Seine Kleider waren trocken. Durch den langen Schlaf erfrischt, stand er auf.

Bisher war ihm noch kaum zum Bewußtsein gekommen, in welcher Situation er sich befand. Gewiß, er war entronnen, aber nicht für lange. Rufus Dawes kannte sich in der Geschichte der Fluchtversuche aus und wußte, daß ein einzelner an dieser unfruchtbaren Küste nur die Wahl zwischen dem Hungertode und der erneuten Gefangennahme hatte. Er blinzelte in die Sonne und überlegte verwundert, wieso er sich eigentlich noch immer in Freiheit befinde. Dann fiel sein Blick auf die Kohlenschuppen, und er begriff, daß sie leer waren. Dies setzte ihn in Erstaunen, und er zitterte in ungewisser Furcht. Er trat in eine der Hütten, blickte sich aber dabei scheu um, denn er erwartete jeden Augenblick, einen auf der Lauer liegenden Konstabler oder einen bewaffneten Soldaten zu sehen. Plötzlich entdeckte er die Brote, welche die Sträflinge bei ihrem Aufbruch am Vorabend in eine Ecke geworfen hatten. Dieser Fund im Augenblick höchster Not erschien ihm wie ein Geschenk des Himmels. Er war beinahe darauf gefaßt, daß sie gleich wieder verschwinden würden. Wäre er das Kind eines früheren Jahrhunderts gewesen, so hätte er sich nach dem Engel umgeschaut, der sie gebracht hatte.

Dann aber, nachdem er von diesem Wunderbrot gegessen hatte, zog er seine Erfahrungen als Sträfling zu Rate, und allmählich wurde ihm klar, was geschehen war. Die Kohlenförderung war eingestellt worden, wahrscheinlich weil der neue Kommandant andere Arbeit für seine Lasttiere hatte; ein Flüchtling konnte sich hier also wenigstens für ein paar Stunden sicher fühlen. Aber er durfte nicht bleiben. Für ihn gab es kein Ausruhen. Wenn er entkommen wollte, mußte er sofort weiter. Sein Blick ruhte noch immer auf dem Fleisch und dem Brot, und plötzlich durchzuckte etwas wie ein Hoffnungsstrahl seine mutlose Seele. Hier waren Vorräte für ihn, die Rationen von sechs Mann. War es nicht möglich, mit ihrer Hilfe die Wüste, die zwischen ihm und der Freiheit lag, zu durchqueren? Der bloße Gedanke ließ sein Herz schneller schlagen. Es war bestimmt möglich. Er mußte eben haushalten mit dem Proviant, viel laufen und wenig essen, eine Tagesration auf drei Tage verteilen. Mit dem, was hier lag, sollten sechs Mann einen Tag reichen, also konnte einer sechs Tage davon leben. Und wenn er immer nur ein Drittel jeder Portion aß, dann würde er achtzehn Tage damit auskommen. Achtzehn Tage! Wie viele Meilen konnte er in achtzehn Tagen zurücklegen? Täglich dreißig, nein vierzig Meilen — das hieß also mehr als sechshundert Meilen. Doch gemach! Er durfte nicht zu optimistisch sein: Der Weg war schwierig, der Busch stellenweise undurchdringlich. Man mußte Umwege machen, gelegentlich wohl auch meilenweit zurückwandern, und damit ging kostbare Zeit verloren. Aber vielleicht zwanzig Meilen am Tage? Ja, zwanzig Meilen, das war gewiß nicht zuviel. Er hob einen Stock vom Boden auf und rechnete im Sand. Achtzehn Tage und zwanzig Meilen täglich — dreihundertsechzig Meilen. Mehr als genug, ihm die Freiheit zu schenken! Es war zu schaffen. Wenn er klug zu Werke ging, war es zu schaffen! Vorsicht und Mäßigkeit, das war jetzt das oberste Gebot. Mäßigkeit! Er hatte ja schon viel zuviel gegessen. Hastig nahm er den letzten Bissen Fleisch aus dem Munde und legte ihn zu den Vorräten zurück. Bei jedem anderen würde man das als widerlich bezeichnen, mit diesem bedauernswerten Geschöpf aber kann man nur Mitleid empfinden.

Sein Entschluß war gefaßt, und nun ging er unverzüglich daran, sich von seinen Fesseln zu befreien. Das war leichter, als er erwartet hatte. Im Schuppen fand er einen Eisenkeil, mit dem er die Nieten aufbog. Die Ringe waren zu stark, um sich »dehnen« zu lassen, sonst hätte er sie schon längst abgestreift. Er packte das Fleisch und das Brot zusammen, steckte den Keil in den Gürtel – vielleicht konnte er ihm als Verteidigungswaffe dienen – und machte sich auf den Weg.

Seine Absicht war, die Niederlassung zu umgehen, bis zu den besiedelten Bezirken an der Küste vorzudringen und sich dort als Schiffbrüchiger oder verirrter Wanderer auszugeben. Was er im einzelnen tun würde, wenn er sich erst einmal unter freien Menschen befand, das kümmerte ihn im Augenblick nicht. Ihm war, als könnte es dann keine Schwierigkeiten mehr für ihn geben. Jetzt galt es vor allem, die vor ihm liegende Wüste zu durchqueren, später würden ihm sein Scharfsinn oder der Zufall schon helfen, jeden Verdacht von sich abzulenken. Die drohende Gefahr, daß man ihm bereits auf der Spur war, ließ alle anderen Befürchtungen verblassen.

Bevor der nächste Morgen heraufdämmerte, hatte er zehn Meilen zurückgelegt, und bis zum Abend des vierten Tages gelang es ihm, weitere vierzig Meilen hinter sich zu bringen.

Mit wunden Füßen und todmüde legte er sich in einem Dickicht dorniger Kajeputbäume zur Ruhe. Nun fühlte er sich endlich von Verfolgungen sicher. Am fünften Tag kam er langsamer voran. Der Busch war heimtückisch. Dichtes Gestrüpp und wuchernde Dschungelpflanzen versperrten ihm den Weg; kahle, steinige Gebirgsketten erhoben sich vor ihm. Er geriet in Schluchten und Sümpfe, blieb in Dornsträuchern hängen. Das salzige Meer, das sich glitzernd und hungrig zu seiner Rechten erstreckt hatte, lag auf einmal zu seiner Linken. Er hatte sich in der Richtung geirrt und mußte umkehren. Zwei Tage lang suchte er sich vergeblich zurechtzufinden, und am dritten stand er plötzlich vor einer mächtigen Klippe, deren stumpfer Gipfel aus dem undurchdringlichen Busch ragte. Es blieb ihm nur die Wahl, dieses Hindernis zu übersteigen oder zu umgehen, und er entschloß sich für die zweite Möglichkeit. Ein natürlicher Pfad führte am Fuße der Klippe entlang. Hier und dort lagen abgebrochene Zweige, und es schien dem armen Teufel, der unter dem Gewicht seiner immer kleiner werdenden Last keuchte, daß vor ihm schon andere hier gegangen waren. Der Pfad endete in einer Lichtung, und auf dem Boden der Lichtung flatterte irgend etwas im Winde. Rufus Dawes eilte vorwärts und stolperte über einen Leichnam.

In der schrecklichen Stille dieses einsamen Ortes war ihm plötzlich, als hätte ihn eine Stimme gerufen. Alle grausigen Mordgeschichten, die er jemals gelesen oder gehört hatte, schienen sich in dem gräßlichen Kadaver zu verkörpern, der die gelbe Sträflingskleidung trug und zusammengekrümmt dalag, als hätte ihn jemand erschlagen. Rufus Dawes beugte sich über ihn, von dem unwiderstehlichen Drang getrieben, das Schlimmste zu erfahren, und stellte fest, daß der Tote verstümmelt war. Ein Arm fehlte, und der Schädel war mit irgendeinem schweren Gegenstand zerschmettert worden. Der erste Gedanke, daß dieser Haufen Lumpen und Knochen, der Leichnam eines verhungerten Flüchtlings, stummes Zeugnis für den Wahnsinn seines eigenen Unternehmens ablegte, machte einem furchtbaren Verdacht Platz. Er erkannte an der Nummer, die auf das grobe Tuch aufgedruckt war, daß es sich um einen der Männer handelte, die mit Gabbett geflohen waren. Er stand an der Stätte eines Mordes! Ein Mord – aber war das alles? Gott sei Dank, daß *seine* Vorräte noch nicht erschöpft waren! Er wandte sich hastig zur Flucht und schaute im Laufen mehrmals ängstlich zurück. Im Schatten dieses entsetzlichen Berges konnte er nicht atmen.

Rasend vor Angst, brach er durch Buschwerk und Dickicht und erreichte schließlich zerschunden und blutend einen Ausläufer der Gebirgskette. Er blickte sich um. Über ihm erhoben sich die eisengrauen Hügel, unter ihm breitete sich der Busch aus. Der weiße Kegel von Frenchman's Cap lag zu seiner Rechten; links schien eine Reihe von Bergen eine unübersteigbare Schranke zu bilden. Ein glitzernder Streifen, wie ein See, zog sich im Osten hin. Riesige Fichten reckten ihre anmutigen Wipfel in den schillernden Abendhimmel, und zu ihren Füßen erstreckte sich ohne Lücke und ohne Schneise der dichte Busch, durch den sich Rufus Dawes so mühsam hindurchgearbeitet hatte. Es sah aus, als könnte er von dort, wo er stand, auf die dichte Masse der Baumwipfel springen. Er hob die Augen, und in der Ferne, genau gegenüber, lag wie ein langes stumpfes Schwert die schmale, stahlblaue Fläche des Hafens, aus dem er geflohen war. Ein dunkler Fleck glitt über das Wasser. Es war die *Osprey* auf der Fahrt nach dem Höllentor, scheinbar so nah, daß er einen Stein auf ihr Deck hätte werfen können. Ein ohnmächtiger Wutschrei entrang sich seiner Brust. Während der letzten drei Tage mußte er im Kreise gelaufen sein, denn er war wieder in der Nähe der Niederlassung angelangt! Über die Hälfte der Zeit, die er sich zugemessen hatte, war verstrichen, und er hatte sich noch keine dreißig Meilen von seinem Gefängnis entfernt. Der Tod lag auf der Lauer, bereit, ihn in dieser barbarischen Wildnis zu überwältigen. Wie eine Katze ein Weilchen mit einer Maus spielt, ehe sie zuschnappt, so hatte das Schicksal mit ihm gespielt und ihn in trügerischer Sicherheit gewiegt. Jetzt war seine Lage hoffnungslos. Er konnte nicht mehr entkommen. Als der Unglückliche seine verzweifelten Augen hob, sah er, daß die sinkende Sonne, die als purpurner Ball hinter einer hohen Fichte auf dem Gipfel des gegenüberliegenden Hügels glühte, einen dunkelroten Strahl in die Lichtung zu seinen Füßen sandte. Es war, als deute ein blutiger Finger auf den Leichnam, der dort lag – ein unheilverkündendes Omen, bei dessen Anblick sich Rufus Dawes schaudernd abwandte und wieder im Waldesdickicht untertauchte.

Vier Tage wanderte er ziellos durch den Busch. Er hatte alle Hoffnung aufgegeben, sein Ziel zu erreichen; aber solange noch etwas von seinen spärlichen Vorräten übrig war, trachtete er danach, sich von der Niederlassung fernzuhalten. Da er dem Hunger nicht länger widerstehen konnte, hatte er seine Tagesration heraufgesetzt; das Pökelfleisch, das dem Regen und der Hitze ausgesetzt war, ging zwar bereits in Fäulnis über, doch er brauchte es nur zu sehen, und schon wurde er von dem Verlangen gepackt, sich nach Herzenslust satt zu essen. Das rohe, verdorbene Fleisch und das harte Roggenbrot dünkten ihn köstliche Bissen, der Tafel eines Kaisers würdig. Ein- oder zweimal zwang er sich, die jungen Triebe der Teebäume und Pfefferminzsträucher zu essen. Sie hatten einen aromatischen Geschmack und verdrängten für eine Weile das quälende Hungergefühl, aber sie riefen einen brennenden Durst hervor, den er in den eiskalten Bergquellen stillte. Zum Glück gab es viele solcher Quellen, sonst hätte er schon nach wenigen Tagen den Tod gefunden. Endlich, am zwölften Tage nach seinem Aufbruch aus Coal Head, stand er am Fuße des Mount Direction, an der Spitze der Halbinsel, welche die Westseite des Hafens bildet. Seine Schreckenswanderung hatte ihn nur im Kreise um die Niederlassung herumgeführt! In der nächsten Nacht schleppte er sich die Küste von Birches Inlet entlang und kam zu dem Landungsplatz gegenüber von Sarah Island. Seine Lebensmittelvorräte waren seit zwei Tagen erschöpft, und er war wie von Sinnen vor Hunger. Er dachte nicht mehr an Selbstmord. Nur ein Gedanke beherrschte ihn: Essen! Er war entschlossen, sich zu stellen, sich auspeitschen und füttern zu lassen, wie so viele andere es vor ihm getan hatten. Aber als er den Landungsplatz erreichte, war das Wachhaus leer. Er sah zum Inselgefängnis hinüber und konnte kein Lebenszeichen erspähen. Die Niederlassung war geräumt!

Diese Entdeckung brachte ihn fast um den Verstand. Seit Tagen, die ihm wie Jahrhunderte vorgekommen waren, hatte nur der feste Entschluß, die Siedlung zu erreichen, seinen übermüdeten und zerschundenen Körper am Leben erhalten; und nun, da er sie nach einer grauenvollen Wanderung, nach Qualen ohnegleichen erreicht hatte, fand er sie verlassen. Er schlug sich, um zu sehen, ob er nicht träume. Er weigerte sich, seinen Augen zu trauen. Er rief, er schrie und schwenkte seine zerfetzte Jacke in der Luft. Als er schließlich erschöpft zusammenbrach, sagte er sich ganz ruhig, die Sonne, die auf seinen ungeschützten Kopf brannte, müsse sein Gehirn verwirrt haben, und er werde in wenigen Augenblicken die wohlbekannten Boote auf sich zukommen sehen. Dann, als sich kein Boot zeigte, redete er sich ein, es liege eine Verwechslung vor, und die Insel dort drüben sei gar nicht Sarah Island, sondern irgendeine andere Insel, die ähnlich aussehe; in wenigen Sekunden werde er den Unterschied klar erkennen. Aber die unerbittlichen Berge, die ihm in sechs langen Jahren so gräßlich vertraut geworden waren, gaben ihm stumme Antwort, und das Meer zu seinen Füßen schien ihn mit schmalen Lippen und hungrig aufgerissenem Rachen anzugrinsen. Die Siedlung war verlassen, soviel stand fest; aber das alles war so unerklärlich, daß er es einfach nicht zu fassen vermochte. So mag jenem Wanderer in den Zauberbergen zumute gewesen sein, der am Morgen zu seinen Kameraden zurückkehrte und sie in Stein verwandelt fand.

Endlich konnte er sich der schrecklichen Wahrheit nicht länger verschließen. Er trat einige Schritte zurück, dann taumelte er mit einem Aufschrei wütender Verzweiflung zum Rande der niedrigen Felsenklippe. Er wollte sich gerade zum zweitenmal in das dunkle Wasser stürzen, als seine Augen, die mit einem letzten Blick die Bucht umfaßten, eine seltsame Erscheinung auf der linken sichelförmigen Landzunge erspähten. Hinter dem westlichen Arm der kleinen Bucht hing ein dünner blauer Streifen in der windstillen Luft. Der Rauch eines Feuers! Neue Hoffnung erfüllte die Seele des armen Verzweifelten. Gott hatte ihm ein Zeichen gesandt! Die winzige bläuliche Rauchfahne erschien ihm ebenso herrlich wie einst den Kindern Israel die Feuersäule, die sie durch die Wüste geführt hatte. Also waren doch noch menschliche Wesen in der Nähe! Er kehrte der hungrigen See den Rücken und wankte mit letzter, schwindender Kraft dem gesegneten Zeichen entgegen.

KAPITEL 9
Die Eroberung der Osprey

Freres Fischfangexpedition erwies sich als Fehlschlag und zog sich infolgedessen in die Länge. Er wollte auf keinen Fall mit leeren Händen zurückkommen, und starrköpfig, wie er nun einmal in jeder Lebenslage war, verzögerte er den Aufbruch, obwohl ihn die rasch hereinbrechende Dunkelheit eines australischen Abends zur Umkehr hätte drängen müssen. Schließlich mahnte ihn ein Signal, ein Musketenschuß, an Bord der Brigg abgefeuert: Mr. Bates wurde langsam ungeduldig. Mit finsterer Miene zog Frere die Angelschnüre ein und befahl den beiden Soldaten, zum Schiff zurückzurudern.

Die *Osprey* lag noch immer unbeweglich auf dem Wasser, und an ihren kahlen Masten war kein einziges Segel zu sehen. Die Soldaten, die mit dem Rücken zum Schiff ruderten, hatten den Musketenschuß als die natürlichste Sache der Welt empfunden. Sie brannten darauf, die schreckliche Gefängnisbucht zu verlassen, hatten daher Mr. Freres hartnäckige Bemühungen mit scheelen Blicken beobachtet und seit mindestens einer halben Stunde das Signal herbeigesehnt, das sie nun aufgescheucht hatte. Plötzlich aber bemerkten sie, daß sich der mürrische Gesichtsausdruck ihres Kommandanten veränderte. Frere, der im Heck saß und die *Osprey* vor Augen hatte, war auf eigentümliche Vorgänge an Deck aufmerksam geworden. Von Zeit zu Zeit tauchten an der Reling seltsame Gestalten auf, die ebenso schnell wieder verschwanden, und dumpfes Stimmengewirr hallte über das Wasser. Auf einmal knallte ein zweiter Musketenschuß, vom Echo der Hügel zurückgeworfen, und ein dunkler Körper fiel über Bord. Halb beunruhigt, halb empört, stieß Frere einen Fluch aus, sprang auf, beschattete die Augen mit der Hand und blickte angestrengt zur Brigg hinüber. Die Soldaten zogen die Ruder ein und folgten seinem Beispiel. Dadurch geriet das Boot ins Schwanken und schaukelte gefährlich hin und her. Eine kurze, beängstigende Pause, dann krachte wieder ein Schuß, dem der schrille Aufschrei einer Frauenstimme folgte. Nun war alles klar. Die Gefangenen hatten sich der Brigg bemächtigt! »In die Riemen!« schrie Frere, bleich vor Zorn und Furcht, und die Soldaten, die sogleich begriffen, in welcher Gefahr sie schwebten, trieben das schwere Boot so rasch durchs Wasser, wie es die beiden armseligen Ruder nur zuließen.

Mr. Bates, den der heimtückische Einfluß der Stunde verleitet hatte, sich in einem trügerischen Gefühl der Sicherheit zu wiegen, war nach unten gegangen, um seiner kleinen Spielgefährtin mitzuteilen, daß es nun bald nach Hobart Town gehen werde, dieser Stadt, von der sie schon soviel gehört hatte. Einer der beiden Soldaten hatte Wache, der andere machte sich Mr. Bates' Abwesenheit zunutze und ging, vom Gesang der Sträflinge angelockt, zum Vorderdeck. Er fand die zehn Männer bei bester Laune. Drei von ihnen sangen ein Seemannslied, die anderen hörten zu. Die Stimmen klangen recht melodisch, und der Text des Liedes, mit dem sich seit eh und je viele kräftige Burschen auf vielen Schiffen die Zeit vertrieben haben, war dazu angetan, ein Soldatenherz zu erfreuen. Soldat Grimes vergaß das ungeschützte Deck; er setzte sich nieder und lauschte.

Während er in zärtlichen Erinnerungen schwelgte, schlichen sich James Lesly, William Cheshire, William Russen, John Fair und James Barker zur Luke und stiegen an Deck.

Barker erreichte die Achterluke gerade in dem Augenblick, als der Wachposten kehrtmachen wollte. Er umklammerte den Soldaten von hinten und zerrte ihn zu Boden, bevor er einen Schrei ausstoßen konnte. Der so jäh Überfallene ließ in seiner Verwirrung die Muskete fahren, um sich des unsichtbaren Gegners zu erwehren. Fair riß die Waffe an sich und drohte, er werde den Posten auf der Stelle erschießen, falls er auch nur einen Finger rühre. Damit war der Soldat außer Gefecht gesetzt, und nun sprang Cheshire, als folge er einem zuvor festgelegten Plan, die Achterluke hinunter und reichte Lesly und Russen die Musketen aus dem Gewehrgestell zu. Alles in allem hatten sie vier Musketen erbeutet.

Barker ließ Fair als Wache bei dem Gefangenen zurück, ergriff eine der Musketen und rannte zur Kajütentreppe. Russen, der durch dieses Manöver unbewaffnet blieb, schien seine Pflicht zu kennen. Er lief zum Vorderdeck, schlich hinter dem lauschenden Soldaten vorbei und berührte den einen Sänger an der Schulter. Das war das verabredete Zeichen. John Rex brach seinen Gesang jäh ab, lachte laut auf und schlug dem glotzenden Grimes die Faust ins Gesicht.

»Keinen Laut!« rief er. »Die Brigg gehört uns.«

Ehe Grimes ein Wort hervorbringen konnte, hatten Lyon und Riley ihn ergriffen und gefesselt.

»Vorwärts, Jungens!« brüllte Rex. »Werft die Gefangenen hier runter! Diesmal haben wir's geschafft, so wahr ich lebe!«

Seinem Befehl gemäß, wurden Grimes und der Wachposten nach unten geschleudert und die Riegel vorgeschoben.

»Stell dich vor die Luke, Porter«, rief Rex. »Wenn die Burschen raufkommen, schlag sie mit einem Hebebaum nieder. Lesly und Russen, ihr beide geht zur Kajütentreppe. Lyon, du behältst das Boot im Auge, wenn es nahe genug heran ist, dann gib Feuer!«

Während er sprach, fiel der erste Musketenschuß. Anscheinend hatte Barker die Kajütentreppe hinaufgeschossen.

Mr. Bates fand Sylvia in der Wohnkajüte, wo sie sich auf dem Sofa zusammengerollt hatte und las.

»Na, Miß, jetzt geht's bald weiter, geradewegs zu Papa!« begann er.

Sylvia antwortete mit einer Gegenfrage, die mit seiner Bemerkung nicht das mindeste zu tun hatte.

»Mr. Bates«, sagte sie und strich sich das Haar aus der Stirn, »was ist ein Coracle?«

»Ein was?« fragte Mr. Bates.

»Ein Coracle. C-o-r-a-c-l-e«, buchstabierte sie langsam. »Ich möchte so gern wissen, was das ist.«

Der verblüffte Bates schüttelte den Kopf. »Nie davon gehört, Miß«, sagte er und beugte sich über das Buch. »Wie heißt denn die Stelle?«

»›Die alten Briten‹«, las Sylvia mit ernster Miene vor, »›waren im Grunde doch rechte Barbaren. Sie bemalten ihre Leiber mit Waid‹ – das ist so ein blauer Farbstoff, wissen Sie, Mr. Bates –, ›und wir dürfen wohl annehmen, daß sie in ihren leichten Coracles, deren schmale Holzrahmen mit Fellen bespannt waren, einen recht wilden und rohen Anblick geboten haben.‹«

»Ha!« sagte Mr. Bates, als er diesen bemerkenswerten Satz gehört hatte. »Das klingt aber sehr geheimnisvoll, wirklich. Ein Coricle, ein Cor...« Plötzlich kam ihm eine

Erleuchtung. »Sie meinen ein Curricle, Miß! Das ist ein offener Wagen. In so was fahren die jungen Stutzer im Hyde Park spazieren, ich hab's selbst gesehen.«

Sylvia biß sofort auf den neuen Ausdruck an.

»Was sind junge Stutzer?« erkundigte sie sich.

»Oh, feine Herrschaften! Vornehme Gecken!« erwiderte Bates, der sich zu seinem Entsetzen abermals in die Enge getrieben sah. »Wissen Sie, reiche junge Leute, die in Saus und Braus leben.«

»Ich verstehe schon«, sagte Sylvia und winkte gnädig ab. »Edelleute und Prinzen und solche Leute. Gut. Aber was ist nun ein Coracle?«

»Ja«, erwiderte der gedemütigte Bates, »ich denke mir, es ist ein Wagen, Miß. So eine Art Phaeton, wie man es nennt.«

Von dieser Antwort wenig befriedigt, wandte sich Sylvia wieder ihrem Buch zu. Es war ein abgegriffenes Bändchen mit dem Titel »Englische Geschichte für Kinder«. Nachdem sie eine Weile mit gerunzelter Stirn weitergelesen hatte, brach sie in helles Lachen aus.

»Du lieber Himmel, Mr. Bates!« rief sie und schwenkte triumphierend das Geschichtsbuch. »Was sind wir doch für Dummköpfe! Ein Wagen! Nein, so was Albernes! Ein Boot ist es!«

»Tatsächlich!« Mr. Bates bewunderte die Intelligenz seiner kleinen Gefährtin. »Wer hätte das gedacht? Warum haben die es dann nicht gleich ein Boot genannt, und fertig?«

Er wollte gerade in Sylvias Gelächter einstimmen, als sein Blick auf James Barker fiel, der mit einer Muskete in der Hand im Türrahmen stand. »Hallo! Was ist denn los? Was hast du hier zu suchen?«

»Entschuldigen Sie die Störung, Mr. Bates«, sagte der Sträfling grinsend, »aber Sie müssen schon mitkommen.«

Bates begriff sofort, daß etwas Schreckliches geschehen war, verlor jedoch seine Geistesgegenwart nicht. Blitzschnell riß er ein Kissen vom Sofa und schleuderte es dem Sträfling mitten ins Gesicht. Das weiche Polster traf den Mann mit einer solchen Wucht, daß er sekundenlang geblendet war. Die Muskete ging los, aber zum Glück wurde niemand getroffen. Ehe der überraschte Barker sein Gleichgewicht wiedergewinnen konnte, hatte Bates ihn aus der Kajüte geworfen und mit dem Ruf »Meuterei!« die Tür von innen verriegelt.

Auf den Lärm hin eilte Mrs. Vickers herbei, und die arme kleine Studentin der englischen Geschichte flüchtete sich in ihre Arme. »Großer Gott, Mr. Bates, was ist geschehen?«

In seiner Wut vergaß sich Bates so weit, daß er laut fluchte.

»Eine Meuterei, Madam«, sagte er. »Gehen Sie in Ihre Kabine zurück und verriegeln Sie die Tür. Diese verdammten Schurken haben uns überrumpelt.«

Julia Vickers fühlte, wie ihr Herzschlag stockte. Sollte sie denn diesem schrecklichen Leben niemals entrinnen?

»Gehen Sie in Ihre Kabine, Madam«, wiederholte Bates, »und rühren Sie sich nicht vom Fleck, bis ich Sie rufe. Vielleicht ist es nicht so schlimm, wie es aussieht. Gott sei Dank, daß ich meine Pistolen bei mir habe! Und Mr. Frere hat ja den Schuß bestimmt gehört. – Meuterei! Alle Mann an Deck!« brüllte er aus Leibeskräften.

Aber die einzige Antwort von oben war ein höhnisches Lachen, das ihm den Angstschweiß auf die Stirn trieb. Hastig schob der erschrockene Lotse die Frau und das Kind in die Schlafkabine, entsicherte seine Pistole, riß ein Bajonett aus dem Waffengestell, das an dem durch die Kabine führenden Mast befestigt war, stieß die Tür mit dem Fuß auf und stürmte zur Kajütentreppe. Barker war an Deck gelaufen, und eine Sekunde lang glaubte Bates, daß der Weg frei sei. Aber schon drängten ihn Lesly und Russen mit den Läufen der geladenen Musketen zurück. Er wollte Russen mit dem Bajonett niederstrecken, verfehlte ihn jedoch und sah sich, da er die Aussichtslosigkeit seines Angriffs erkannte, zum Rückzug gezwungen.

Inzwischen hatten sich Grimes und der andere Soldat von ihren Fesseln befreit. Durch den Schuß ermutigt, den sie als Zeichen nahmen, daß noch nicht alles verloren sei, gelang es ihnen, die Vorderluke aufzubrechen. Porter, der nicht gerade der Mutigste war und obendrein durch die jahrelange Unterdrückung das selbständige Handeln verlernt hatte, leistete nur schwachen Widerstand. Jones, der Wachposten, entwand ihm den Hebebaum und rannte nach achtern, um dem Lotsen zu helfen. Als er das Mittelschiff erreichte, schoß ihn Cheshire, ein kaltblütiger Bursche, über den Haufen. Grimes stolperte über die Leiche, und Cheshire – wäre noch ein geladenes Gewehr zur Hand gewesen, so hätte er gefeuert – schlug ihm erbarmungslos mit dem Kolben über den Schädel. Dann hob er den unglückseligen Jones auf und schleuderte ihn über Bord. »Porter, du Tölpel«, brüllte er, keuchend vor Anstrengung, »komm her und hilf mir bei dem anderen!« Der verängstigte Porter wollte gerade gehorchen, als ein zweiter Zwischenfall die Aufmerksamkeit der Schurken ablenkte, so daß der arme Grimes für diesmal mit dem Leben davonkam.

Rasend vor Wut über den unerwarteten Widerstand des Lotsen, warf sich Rex mit voller Wucht auf das Deckfenster und drückte es ein. Gleichzeitig schoß Barker, der seine Muskete inzwischen neu geladen hatte, in die Kajüte hinunter. Die Kugel durchschlug die Tür der Schlafkabine und bohrte sich unmittelbar neben Sylvias blondem Lockenkopf in die splitternde Schiffswand. Die Kleine war dem Tod nur um Haaresbreite entgangen, und Mrs. Vickers, vor Angst wie von Sinnen, stieß jenen Schrei aus, der durch das offene Heckfenster über das Wasser gellte und die Soldaten im Boot aufhorchen ließ.

Rex, der vor unnützem Blutvergießen zurückschreckte – in dieser Beziehung konnte er seine Herkunft nicht verleugnen –, hielt den Schrei für einen Schmerzensschrei und glaubte, Barkers Kugel habe Sylvia tödlich getroffen.

»Du hast das Kind umgebracht, du Lump!« rief er.

»Na wennschon«, versetzte Barker mit finsterer Miene. »Früher oder später muß es ja doch sterben.«

Rex steckte den Kopf durch das Deckfenster und forderte Bates auf, sich zu ergeben. Aber Bates zog seine zweite Pistole.

»Wollt ihr einen Mord begehen?« rief er, und sein Blick verriet wilde Entschlossenheit.

»Nein, nein«, rief einer der Männer, dem nichts daran lag, an den Tod des armen Jones zu erinnern. »Was sollen wir die Dinge noch schlimmer machen, als sie ohnehin schon sind? Sag ihm, er soll raufkommen, wir tun ihm nichts.«

»Kommen Sie rauf, Mr. Bates«, sagte Rex. »Ich gebe Ihnen mein Wort, daß Ihnen nichts passiert.«

»Werdet ihr die Frau und das Kind an Land bringen?« fragte Bates, die Augen fest auf die finsteren Gesichter über sich gerichtet.

»Ja.«

»Ohne daß ihnen ein Leid geschieht?« Ungeachtet der Musketenläufe, bemühte sich der Lotse zu retten, was zu retten war.

»Ja, ja, schon in Ordnung!« erwiderte Russen. »Wir wollen nur unsere Freiheit, weiter nichts.«

Bates, der noch immer auf die Rückkehr des Bootes hoffte, versuchte Zeit zu gewinnen.

»Dann schließt das Deckfenster«, rief er mit einem Anflug von Autorität in der Stimme, »bis ich die Dame gefragt habe.«

Das aber lehnte John Rex ab.

»Sie können auch von dort aus fragen, wo Sie stehen«, sagte er.

Aber Mr. Bates brauchte gar keine Fragen zu stellen. Die Tür der Schlafkabine öffnete sich, und Mrs. Vickers, mit Sylvia an der Hand, trat zitternd heraus.

»Nehmen Sie an, Mr. Bates«, sagte sie. »Es muß sein. Eine Weigerung würde uns ja doch nichts nützen. Wir sind ihnen auf Gnade und Barmherzigkeit ausgeliefert. Gott helfe uns!«

»Amen!« sagte Bates kam hörbar, dann lauter: »Wir sind einverstanden.«

»Legen Sie Ihre Pistolen auf den Tisch und kommen Sie rauf«, befahl Rex, dessen Musketenlauf jeder Bewegung des Lotsen folgte. »Niemand wird Ihnen ein Haar krümmen.«

KAPITEL 10
John Rex' Rache

Leichenblaß vor Angst, doch von jenem erstaunlichen Mut beseelt, den wir bereits erwähnten, näherte sich Mrs. Vickers rasch dem geöffneten Deckfenster und schickte sich an, hinaufzusteigen. Sylvia, deren romantischer Traum jäh an der furchtbaren Wirklichkeit zerschellt war, klammerte sich mit der einen Hand an ihre Mutter, während sie mit der anderen die »Englische Geschichte« fest an die Brust preßte. In ihrer alles beherrschenden Angst hatte sie vergessen, das Buch wegzulegen.

»Nehmen Sie einen Schal um, Madam«, sagte Bates, »und holen Sie einen Hut für die Kleine.«

Mrs. Vickers warf einen Blick zurück, schauderte und schüttelte den Kopf. Die Männer fluchten ungeduldig über die Verzögerung, und die drei beeilten sich, so schnell wie möglich an Deck zu kommen.

»Wer soll jetzt das Kommando über die Brigg führen?« fragte der unerschrockene Bates, als sie oben waren.

»Ich«, erwiderte John Rex. »Mit diesen tapferen Burschen segle ich um die ganze Welt.«

Seine hochtrabenden Worte verfehlten ihre Wirkung nicht. Sie entsprachen der Stimmung der Sträflinge, die nun sogar ein schwaches Hurra anstimmten. Sylvia runzelte die Stirn, als sie die Hochrufe der Sträflinge hörte. Bei aller Angst war das im Gefängnis aufgewachsene Kind über dieses Verhalten nicht weniger erstaunt, als es eine vornehme Dame wäre, wenn ihr Diener plötzlich Gedichte rezitierte. Bates jedoch, nüchtern und praktisch wie immer, sah die Angelegenheit in einem völlig anderen Licht. Der kühne Plan, den Rex so verwegen verkündet hatte, erschien ihm ganz einfach absurd. Der Stutzer und eine Besatzung von neun Sträflingen wollten mit einer Brigg um die Welt segeln! Geradezu lächerlich! Keiner der Männer verstand sich auf nautische Berechnungen. In Gedanken sah der erfahrene Lotse bereits, wie die *Osprey* hilflos auf den Wellenbergen der Südsee trieb, wie sie im Packeis der Antarktis zerschellte. Er konnte sich ungefähr vorstellen, was mit den irregeleiteten zehn Burschen geschehen würde. Selbst wenn sie wohlbehalten einen Hafen erreichten, hatten sie nicht die geringste Aussicht, endgültig zu entkommen, denn was sollten sie zu ihrer Rechtfertigung anführen?

Aus diesen Überlegungen heraus unternahm der ehrliche Bates einen letzten Versuch, die Meuterer in ihre frühere Knechtschaft zurückzulocken.

»Ihr Narren!« rief er. »Wißt ihr überhaupt, was ihr da auf euch nehmt? Die Flucht wird euch nie gelingen. Gebt die Brigg wieder heraus, und ich schwöre bei allem, was mir heilig ist, daß ich kein Wort sagen und euch samt und sonders ein gutes Führungszeugnis ausstellen werde.«

Lesly und ein anderer brachen in wildes Gelächter über diesen Vorschlag aus. Rex aber, der zuvor alle Möglichkeiten sorgsam erwogen hatte, blieb ernst, da er die Beweggründe des Lotsen begriff.

»Es hat keinen Zweck, darüber zu reden«, antwortete er und schüttelte seinen noch immer schönen Kopf. »Die Brigg ist in unserer Gewalt, und wir denken nicht daran, sie wieder herauszugeben. Ich kann sie steuern, auch wenn ich kein Seemann bin. Geben Sie sich keine Mühe, Mr. Bates. Wir fordern unsere Freiheit.«

»Und wir? Was soll aus uns werden?« fragte Bates.

»Sie bleiben hier.«

Bates wurde kreidebleich. »Was? Hier?«

»Ja. Kein sehr verlockender Ort, nicht wahr? Und doch habe ich mehrere Jahre hier gelebt«, sagte Rex grinsend.

Bates schwieg. Die zwingende Logik dieses Grinsens verschlug ihm die Sprache.

»Los, ein bißchen lebhaft!« rief der Stutzer, dessen Niedergeschlagenheit schon wieder verflogen war. »Laßt das Beiboot zu Wasser. Gehen Sie in Ihre Kabine, Mrs. Vickers, und holen Sie sich alles, was Sie brauchen. Ich bin leider gezwungen, Sie hier auszusetzen, aber ich habe nicht die Absicht, Sie Ihrer Habseligkeiten zu berauben.«

Bates lauschte den Worten des ritterlichen Sträflings mit widerwilliger Bewunderung. So gewählt hätte er sich nie ausdrücken können, nicht einmal um den Preis seines Lebens.

»Vorwärts, mein kleines Fräulein«, fuhr Rex fort, »lauf mit deiner Mama hinunter und hab keine Angst.«

Diese Beleidigung trieb Sylvia das Blut in die Wangen.

»Angst!« fauchte sie. »Wenn nicht nur Frauen an Bord gewesen wären, hättet ihr die Brigg niemals bekommen. Angst! Laß mich vorbei, Gefangener!«

Die Männer brüllten vor Lachen, die arme Mrs. Vickers aber blieb wie erstarrt stehen, erschrocken über die Kühnheit des Kindes. Ihrer aller Leben lag in der Hand dieses verwegenen Sträflings, und ihn so zu verhöhnen schien blanker Wahnsinn. Doch gerade in der Kühnheit der Rede lag die Rettung. Rex, dessen Höflichkeit bloße Prahlerei war, fühlte sich durch Sylvias abfällige Bemerkung über seinen Mut getroffen, und der bittere Ton, in dem sie das Wort »Gefangener« aussprach (die allgemein übliche Bezeichnung für Sträfling), reizte ihn so, daß er sich vor Zorn auf die Lippen biß. Wäre es nach ihm gegangen, er hätte das kleine dreiste Ding zu Boden geschlagen; aber das rauhe Gelächter seiner Gefährten brachte ihn zur Besinnung. Auch unter Sträflingen gibt es so etwas wie eine »öffentliche Meinung«, und Rex wagte nicht, seine Wut an einem hilflosen Kind auszulassen. Wie Männer in solchen Fällen zu tun pflegen, heuchelte er Belustigung, um seinen Zorn zu verbergen. Er schenkte der kleinen Spötterin sein freundlichstes Lächeln, damit sie sähe, daß ihr Spott an ihm abgeprallt war.

»Ihre Tochter hat den Mut ihres Vaters, Madam«, sagte er zu Mrs. Vickers und verneigte sich.

Bates sperrte vor Staunen Mund und Nase auf. Seine Ohren reichten nicht aus, die höflichen Komplimente des Sträflings aufzunehmen. Fast glaubte er, ein böser Traum halte ihn zum Narren. Er spürte, daß John Rex in diesem Augenblick ein bedeutenderer Mann war als John Bates.

Mrs. Vickers hatte ihre Kabine noch nicht erreicht, als das Boot mit Frere und den beiden Soldaten in den Feuerbereich der Musketen kam. Lesly gab befehlsgemäß einen Warnschuß ab und befahl ihnen beizudrehen. Aber Frere, wild vor Wut, weil sich das Blatt plötzlich gewendet hatte, war entschlossen, sich seine Autorität nicht kampflos entreißen zu lassen. Ungeachtet der Aufforderung, steuerte er geradewegs auf das Schiff zu. In der Dunkelheit waren die Gestalten an Deck kaum noch zu erkennen. Der empörte Leutnant konnte nur ahnen, was dort oben vorging.

Plötzlich klang eine Stimme durch die Nacht. »Zurück! Zurück!« schrie sie und verstummte dann jäh, wie in der Kehle erstickt.

Die Stimme gehörte Mr. Bates. Er hatte beobachtet, daß Rex und Fair einen großen Klumpen Roheisen, der zum Ballast der Brigg gehörte, heranschleppten und auf der Reling absetzten. Ihre Absicht war nur zu offenkundig; und der redliche Bates bellte wie ein treuer Wachhund, um seinen Herrn zu warnen. Aber der blutdürstige Cheshire packte ihn bei der Kehle, und Frere legte das Boot ahnungslos längsseits, gerade unter der Nase des rachsüchtigen Rex.

Das schwere Stück Eisen fiel auf das Boot und zerschmetterte eine der Heckplanken.

»Schurken!« brüllte Frere. »Wollt ihr uns absaufen lassen?«

»Ja«, rief Rex lachend, »und noch ein Dutzend von eurer Sorte dazu! Habt ihr keine Augen im Kopf? Die Brigg ist in unserer Hand, jetzt sind wir die Herren!«

Frere unterdrückte einen Wutschrei und befahl dem einen Soldaten, am Schiff festzumachen; aber das Boot, durch die Erschütterung abgetrieben, war schon um mehr als Armeslänge von der Brigg entfernt. Über sich sah der Leutnant Cheshires wildes Gesicht und hörte das Klicken des Musketenschlosses. Die beiden Soldaten, von dem langen Rudern erschöpft, versuchten gar nicht erst, das Abtreiben des Bootes zu verhindern, und fast ehe sich die über dem Eisenklumpen hochaufschäumenden Wellen wieder geglättet hatten, war das Deck der *Osprey* in der Dunkelheit verschwunden.

Frere ließ seine Faust in ohnmächtiger Wut auf die Ruderbank niedersausen. »Diese Schufte!« preßte er zwischen den Zähnen hervor. »Sie haben uns überrumpelt! Was werden sie wohl als nächstes tun?«

Auf diese Frage bekam er unverzüglich Antwort. Aus dem dunklen Rumpf der Brigg brach ein Blitz hervor, es knallte, und eine Kugel schlug zischend neben ihnen ins Wasser. Zwischen der schwarzen undeutlichen Masse der Brigg und der glitzernden Wasserfläche wurde ein weißer Fleck sichtbar, der sich langsam nach unten senkte.

»Kommt längsseits!« rief eine Stimme. »Sonst geht es euch schlecht!«

»Sie wollen uns ermorden«, sagte Frere. »Rudert zu!«

Aber die beiden Soldaten wechselten einen Blick, drehten dann bei und hielten auf das Schiff zu.

»Es hat keinen Sinn, Mr. Frere«, sagte der Mann, der ihm zunächst saß, »wir können nichts gegen sie ausrichten, und ich glaube auch nicht, daß sie uns was tun.«

»Ihr Hunde, steckt ihr mit denen unter einer Decke?« schrie Frere, dunkelrot vor Empörung. »Wollt ihr auch meutern?«

»Immer mit der Ruhe, Sir«, knurrte der eine Soldat. »Das ist wohl nicht der richtige Augenblick, uns anzuschreien. Was heißt hier meutern? Ich meine, daß jetzt keiner mehr ist als der andere.«

Diese Worte aus dem Munde eines Mannes, der noch vor wenigen Minuten sein Leben aufs Spiel gesetzt hätte, um den Befehlen seines Offiziers zu gehorchen, ließen Maurice Frere die Hoffnungslosigkeit seiner Lage klarer erkennen, als es eine einstündige Erörterung vermocht hätte. Seine Autorität – geboren aus zufälligen Umständen, gestützt durch zufällige Hilfe – war mit einem Schlage dahin. Der Musketenschuß hatte ihn zu einem gemeinen Soldaten degradiert. Er war jetzt nicht mehr als irgendein anderer, ja er war sogar weniger, denn die Macht lag in den Händen jener, die sich die Waffen angeeignet hatten. Mit einem Seufzer ergab er sich in sein Schicksal, und als er auf seine Drillichuniform blickte, schien ihm, daß alle wirksame Kraft daraus entwichen sei.

Als sie die Brigg erreichten, sahen sie, daß man das Beiboot heruntergelassen und längsseits gelegt hatte. Es befanden sich elf Personen darin: Bates, der eine kleine klaffende Stirnwunde hatte und an den Händen gefesselt war; der noch immer bewußtlose Grimes; Russen und Fair an den Rudern; Lyon, Riley, Cheshire und Lesley mit Musketen; und John Rex, der mit Bates' Pistolen im Gürtel und einer geladenen Muskete über den Knien im Heck saß. Der weiße Fleck, den die Männer in Freres Boot gesehen hatten, war ein großer weißer Schal, der Mrs. Vickers und Sylvia einhüllte. Beim Anblick dieses weißen Bündels stieß Frere einen Seufzer der Erleichterung aus. Er hatte befürchtet, dem Kind könnte etwas zugestoßen sein. Rex dirigierte Freres Boot neben das andere, dann stiegen Cheshire und Lesley über. Lesly gab Rex seine Muskete und band Frere die Hände auf den Rücken, wie er es zuvor mit Bates getan hatte. Frere versuchte, gegen diese unwürdige Behandlung zu protestieren, aber Cheshire brachte sein Gewehr in Anschlag und drohte, er werde ihm beim nächsten Wort das Lebenslicht ausblasen. Frere sah das feindselige Funkeln in John Rex' Augen, er erinnerte sich, wie leicht ein einziges Krümmen des Fingers die alte Rechnung begleichen würde, und zog es vor zu schweigen.

»Wollen Sie sich gütigst zu uns herüberbemühen, Sir«, sagte Rex mit höflicher Ironie. »Es tut mir leid, daß ich gezwungen bin, Sie fesseln zu lassen, aber meine eigene Sicherheit liegt mir nicht weniger am Herzen als Ihre Bequemlichkeit.«

Mit finsterer Miene stieg Frere unbeholfen in das Beiboot über und fiel hin. Da er gebunden war, konnte er nicht ohne Hilfe aufstehen, und Russen zerrte ihn unter lautem

Gelächter rücksichtslos hoch. In seiner augenblicklichen Gemütsverfassung schmerzte ihn dieses gemeine Lachen mehr als die Fesseln.

Ungeachtet ihres eigenen Kummers fand Mrs. Vickers mit dem raschen Instinkt einer Frau Worte des Trostes.

»Diese Schufte!« flüsterte sie, als Frere neben sie gestoßen wurde. »Sie so unwürdig zu behandeln!«

Sylvia sagte nichts. Sie schien sogar ein wenig von dem Leutnant abzurücken. Vielleicht hatte sie sich in ihrer kindlichen Phantasie ausgemalt, er werde, von Kopf bis Fuß bewaffnet, in einer glänzenden Rüstung herbeieilen, um sie zu retten, oder zumindest als starker Held auftreten, dessen persönliche Tapferkeit alle Schwierigkeiten im Nu beseitigte. Falls sie derartige Vorstellungen gehegt hatte, mußte die Wirklichkeit sie unsanft eines Besseren belehrt haben. Der rot angelaufene, unbeholfene und gefesselte Frere hatte nichts, aber auch gar nichts Heldenhaftes an sich.

»Na, Jungens«, wandte sich Rex nun an die beiden Soldaten – wie es schien, war Freres Autorität auf ihn übergegangen –, »ihr habt die Wahl: Ihr könnt am Höllentor bleiben oder mit uns fahren.«

Die Soldaten zögerten mit der Antwort. Der Anschluß an die Meuterer bedeutete die Gewißheit harter Arbeit und obendrein die Gefahr, am Ende der Reise gehängt zu werden. Blieben sie dagegen bei den Gefangenen, so waren sie unweigerlich dem Hungertod an einer verlassenen Küste preisgegeben. Wie so oft in solchen Fällen, war es auch hier eine Kleinigkeit, die den Ausschlag gab. Der verwundete Grimes, der langsam aus seiner Betäubung erwachte, hatte den Sinn des Satzes einigermaßen erfaßt und hielt es, geistig verwirrt, wie er war, für unbedingt notwendig, seine Meinung zu äußern.

»Fahrt nur mit ihm, ihr Gesindel«, sagte er zu den beiden Soldaten, »und laßt uns anständige Menschen allein! Oh, dafür werdet ihr angeschnallt werden!«

Der Ausdruck »angeschnallt werden« weckte die Erinnerung an eines der schlimmsten militärischen Züchtigungsmittel, die neunschwänzige Katze, und rief in den beiden Soldaten, die ohnehin geneigt waren, das schwer auf ihnen lastende Joch abzuschütteln, eine Reihe schrecklicher Bilder wach. Das Leben eines Soldaten in einer Strafkolonie war damals sehr hart. Oft wurden ihm die Rationen gekürzt, er war zwangsläufig jeder sinnvollen Erholung beraubt, während die strengen Strafen für geringfügige Vergehen nicht lange auf sich warten ließen. Die Kompanien, die in die Strafkolonien geschickt würden, rekrutierten sich nicht aus dem besten Menschenmaterial, und die beiden Soldaten waren keineswegs die ersten, die ihr Heil in der Flucht suchten.

»Na, macht schon«, rief Rex, »ich kann euretwegen nicht die ganze Nacht hier warten. Der Wind frischt auf, und wir müssen weiter zur Sandbank. Also, was ist?«

»Wir fahren mit euch!« rief der Soldat, der als Vormann in Freres Boot gerudert hatte, und spuckte mit abgewandtem Gesicht ins Wasser. Die Sträflinge begrüßten diesen Entschluß mit lautem Jubel, und jeder wollte den beiden die Hand schütteln.

Von Lyons und Rileys Musketen geschützt, verließ Rex das Beiboot, nachdem er zuvor die Fesseln der beiden Gefangenen gelöst und ihnen befohlen hatte, sich auf die Plätze von Russen und Fair zu setzen. Das andere Boot war nun mit den sieben Meuterern bemannt; Rex übernahm das Steuer, Fair, Russen und die beiden Soldaten ruderten, während die übrigen vier im Boot standen und ihre Musketen auf das Beiboot richteten.

Die lange Knechtschaft hatte in den Sträflingen eine solche Furcht vor ihren Aufsehern erzeugt, daß sie sogar diesen hilflosen, von vier Musketen bedrohten Menschen nicht über den Weg trauten. »Haltet Abstand!« schrie Cheshire, als sich Frere und Bates gehorsam in die Riemen legten, um das Beiboot zur Küste zu rudern. So wurde die kleine Gruppe Verzweifelter an Land gebracht.

Es war tiefe Nacht, als sie das Ufer erreichten; aber der Mond, der noch nicht aufgegangen war, kündigte sich bereits durch einen matten Schimmer am wolkenlosen Himmel an, und die Wellen, die sanft über den Strand rollten, glänzten mit der Leuchtkraft ihrer eigenen Bewegung. Frere und Bates sprangen ans Ufer und halfen Mrs. Vickers, Sylvia und dem verwundeten Grimes aus dem Boot. Nachdem sie alle, stets im Feuerbereich der Musketen, an Land gegangen waren, mußten Bates und Frere auf Rex' Befehl das Beiboot so weit wie möglich aufs Wasser hinausstoßen, wo es, von Riley mit dem Bootshaken eingefangen, ins Schlepptau genommen wurde.

»Und jetzt, Jungens«, rief Cheshire mit wilder Freude, »ein dreifaches Hoch auf das alte England und die Freiheit!«

Lautes Freudengeschrei erhob sich, das von den finsteren Hügeln, die Zeugen so vieler Trübsal gewesen waren, als vielfaches Echo widerhallte. Den fünf unglücklichen Menschen klang diese ausgelassene Heiterkeit wie das Geläut einer Totenglocke. »Großer Gott!« rief Bates und lief den abfahrenden Booten nach, bis er knietief im Wasser stand. »Wollt ihr uns hier verhungern lassen?«

Die einzige Antwort war das immer leiser werdende Knirschen der Riemen und das Klatschen der Ruder.

KAPITEL 11
Am Höllentor ausgesetzt

Auch ohne bei Einzelheiten zu verweilen, kann man sich gewiß vorstellen, welche seelischen Qualen die fünf Menschen in dieser schrecklichen Nacht durchlitten. Von ihnen allen erkannte vielleicht gerade diejenige am klarsten die bevorstehenden Leiden, die körperlich am wenigsten geeignet war, sie zu ertragen. Mochte Mrs. Vickers auch dumm und oberflächlich sein, so erfaßte sie doch instinktiv – mit jenem sechsten Sinn, der ihrem Geschlecht eigen ist –, was für Gefahren ihnen drohten. Sie war Frau und Mutter und besaß daher eine doppelte Leidensfähigkeit. Ihre weibliche Einbildungskraft malte sich alle Schrecken des Hungertodes aus, und nachdem sich die Ärmste ihre eigenen Qualen vergegenwärtigt hatte, zwang die Mutterliebe sie, die gleichen Martern noch einmal für ihr Kind zu erleben. Obgleich Bates sich erbot, ihr seine warme Tuchjacke zu leihen, und Frere mehrfach fragte, ob er nicht irgendwie helfen könne, lehnte die unglückliche Frau jeden Beistand ab, zog sich mit ihrem Töchterchen hinter einen Felsen am Ufer zurück und überließ sich, ihr Kind in den Armen, ihren peinigenden Gedanken. Sylvia, die sich inzwischen von dem ersten Schrecken erholt hatte, schmiegte sich an die Mutter und schlief bald ein. Für ihre kleine Seele hatte dieses geheimnisvolle nächtliche Abenteuer, in dem Boote und Musketen eine wichtige Rolle spielten, etwas unsagbar Romantisches. Bates, Frere und ihre Mutter waren ja bei ihr, wie sollte sie sich da fürchten? Außerdem würde Papa – das Höchste Wesen der Kolonie – natürlich auf der Stelle zurückkommen und die frechen Gefangenen, die sich erdreistet hatten, seine Frau und sein Kind zu beleidigen, aufs strengste bestrafen. Während Sylvia allmählich in Schlaf sank, ertappte sie sich mit einiger Entrüstung dabei, daß sie die Meuterer bemitleidete, weil sie sich selbst in so furchtbare Schwierigkeiten gebracht hatten. Wie würden sie ausgepeitscht werden, wenn Papa zurückkehrte! Und im übrigen war es doch recht nett, zur Abwechslung einmal unter freiem Himmel zu schlafen.

Der redliche Bates brachte ein paar Zwiebäcke zum Vorschein und schlug mit der ihm eigenen Großherzigkeit vor, daß nur die beiden Frauen davon essen sollten. Aber damit war Mrs. Vickers nicht einverstanden. »Wir müssen alles gerecht teilen«, sagte sie mit der gleichen Entschlossenheit, die ihr Mann, wie sie wohl wußte, in einer solchen Lage bewiesen hätte. Frere staunte über ihre Seelenstärke. Wäre er mit mehr Scharfsinn begabt gewesen, so hätte er sich nicht darüber gewundert; denn wenn ein Mensch, der lange mit einem anderen zusammen gelebt hat, in irgendeine bedrohliche Situation gerät, so macht sich der Einfluß des edleren Gemüts bemerkbar.

Frere, der ein Feuerzeug in der Tasche hatte, trug trockene Blätter und Reisig zusammen und entzündete ein Feuer. Grimes schlief ein, während die beiden anderen am Feuer saßen und die Rettungsmöglichkeiten erörterten. Keiner von ihnen wagte den Verdacht auszusprechen, daß man sie endgültig im Stich gelassen habe. Sie kamen zu dem Schluß, daß die Sträflinge, falls die Brigg nicht im Laufe der Nacht fortsegelte – das Licht des nunmehr aufgegangenen Mondes zeigte ihnen, daß sie noch vor Anker lag –, zurückkehren und ihnen Lebensmittel bringen würden. Diese Vermutung erwies sich als richtig, denn ungefähr eine Stunde nach Sonnenaufgang sahen sie das Boot.

Inzwischen überlegten die Meuterer, ob es nicht angebracht wäre, unverzüglich in See zu stechen. Barker, der zur Besatzung des Lotsenbootes gehört hatte und die Gefahren der Sandbank kannte, erklärte jedoch, es sei unmöglich, die Brigg vor Tagesanbruch durch das Höllentor zu steuern. So vertäute man denn die Boote achtern und stellte eine Doppelwache auf, damit der hilflose Bates nicht etwa das Schiff zurückeroberte. Im Laufe des Abends war die mit dem Aufstand verbundene Erregung abgeklungen, und nun, da sie sich der Größe der vor ihnen liegenden Aufgabe immer deutlicher bewußt wurden, ergriff ein Gefühl des Mitleids mit den unglücklichen Geschöpfen auf dem Festland von ihnen Besitz. Es war nicht ausgeschlossen, daß man ihnen die *Osprey* wieder abnahm, und in diesem Fall hatten sie fünf Menschen umsonst in den Tod geschickt. Wenn auch die meisten von ihnen vor einem Mord nicht zurückschreckten, so gab es doch keinen, dem es nicht widerstrebt hätte, das unschuldige Kind des Kommandanten kaltblütig und bedenkenlos dem Hungertode preiszugeben. Als John Rex die allgemeine Stimmung erkannte, beeilte er sich, für Gnade zu plädieren, ehe ihm jemand das Verdienst streitig machen konnte. Er beherrschte seine Raufbolde nicht so sehr dadurch, daß er ihnen seinen Willen aufzwang, als daß er sie auf dem bereits von ihnen gewählten Weg weiterführte.

»Ich schlage vor«, sagte er, »daß wir die Vorräte teilen. Dann kann uns keiner was vorwerfen.«

»Ja«, sagte Porter, eingedenk eines ähnlichen Vorfalles, »vielleicht erwischt man uns, und dann können sie wenigstens aussagen, was wir für sie getan haben. Wir dürfen es nicht so machen wie die auf der *Cypress*, die alle verhungern ließen.«

»Da hast du recht«, pflichtete ihm Barker bei. »Damals, als Fergusson in Hobart Town hingerichtet wurde, hörte ich den alten Troke sagen, der Bursche hätte mit heiler Haut davonkommen können, wenn er sich nicht geweigert hätte, die Lebensmittel an Land zu schaffen.

Eigennutz und Mitleid bewogen die Meuterer, Gnade zu üben, und so wurden die Lebensmittelvorräte im Morgengrauen an Deck gebracht und geteilt. Die Soldaten, die ihr Gewissen zur Großmut trieb, stimmten dafür, den an der Küste Ausgesetzten die Hälfte des Proviants zu überlassen; aber dagegen erhob Barker Einspruch. »Wenn die auf der *Ladybird* merken, daß sie nicht kommen, kehren sie bestimmt um und suchen nach ihnen«, sagte er. »Und wir sind vielleicht noch über jeden Krümel froh, denn wer weiß, wann wir Land sichten.«

Man erkannte diesen Einwand an und handelte demgemäß. In der Tonne waren noch etwa fünfzig Pfund Pökelfleisch; ein Drittel davon wurde zusammen mit einem halben Sack Mehl, einem Beutel, der ein Gemisch aus Tee und Zucker enthielt, einem eisernen Kessel und einer Kanne ins Boot geschafft. Außerdem hatte Rex, der seine Männer vor Ausschreitungen bewahren wollte, eins der beiden Fäßchen Rum aus dem Vorratsraum holen lassen. Cheshire war damit nicht einverstanden, und als er über die Ziege stolperte, die man von Philip Island mitgenommen hatte, packte er das Tier bei den Beinen und warf es mit den Worten, das Vieh solle Rex nur auch noch wegschaffen, ins Meer. Rex zog das arme Tier ins Boot und fuhr mit der bunt zusammengewürfelten Fracht ab. Die Ziege, die vor Kälte zitterte, stieß ein kläglich Meckern aus, und die Männer lachten. Ein Fremder hätte meinen können, eine fröhliche Schar Fischer oder Küstenbewohner kehre mit ihren Einkäufen vom Markt heim.

Als sie im seichten Wasser waren, rief Rex zur Küste hinüber, Bates möge kommen und die Ladung abholen, und während drei Männer wie am Vorabend mit ihren Musketen im Boot standen, bereit, jeden Angriff abzuwehren, wurden die Vorräte, die Ziege und alles übrige an Land getragen.

»So«, sagte Rex, »jetzt könnt ihr nicht behaupten, wir hätten euch schlecht behandelt, denn wir haben die Vorräte mit euch geteilt.«

Angesichts dieser kaum noch erhofften Hilfe lebte der Mut der fünf Menschen wieder auf, und Dankbarkeit erfüllte ihre Herzen. Nach der schrecklichen Angst, die sie während der Nacht ausgestanden hatten, konnten sie nicht umhin, für diese Männer, die sich ihrer annahmen, freundliche Gefühle zu hegen.

»Leute«, rief Bates tief gerührt, »das habe ich nicht erwartet. Ihr seid gute Kerle, denn ich weiß, daß die Vorräte an Bord knapp sind.«

»Ja«, bestätigte Frere, »ihr seid gute Kerle.«

John Rex brach in wildes Gelächter aus, und die Erinnerung an frühere Leiden ließ ihn seine vornehmen Allüren vergessen.

»Halt's Maul, du Tyrann!« brüllte er. »Wir tun's nicht um deinetwillen. Du kannst dich bei der Dame und dem Kind bedanken.«

Julia Vickers beeilte sich, den Gebieter über das Schicksal ihrer Tochter versöhnlich zu stimmen.

»Wir sind Ihnen zu großem Dank verpflichtet«, erklärte sie mit jener würdevollen Gelassenheit, die auch ihrem Mann eigen war. »Sollte ich jemals heimkehren, so werde ich dafür sorgen, daß Ihre Güte bekannt wird.«

Der Betrüger und Fälscher zog seine Ledermütze und verneigte sich tief. Seit fünf Jahren hatte keine Dame mehr mit ihm gesprochen. Für einen kurzen Augenblick war er wieder Mr. Lionel Crofton, der ritterliche Gentleman früherer Tage. Nun, da die Freiheit vor ihm lag und das Glück winkte, fühlte er, wie seine Selbstachtung zurückkehrte. Er blickte der Dame ohne Scheu ins Gesicht.

»Ich bin fest überzeugt, Madam«, sagte er, »daß Sie wohlbehalten heimkehren werden. Darf ich hoffen, daß Ihre guten Wünsche mich und meine Gefährten begleiten?«

Als Bates diese Worte hörte, konnte er vor Erstaunen und Begeisterung nicht mehr an sich halten. »Was für ein Bursche das ist!« rief er. »John Rex, John Rex, Sie sind nicht zum Sträfling geboren, Mann!«

Rex lächelte. »Leben Sie wohl, Mr. Bates, Gott schütze Sie!«

»Leben Sie wohl«, erwiderte Bates und zog den Hut. »Ich ... ich ... verdammt noch mal ... ich hoffe, ihr kommt gut durch. Schließlich liebt jeder Mensch seine Freiheit.«

»Lebt wohl, Gefangene!« rief Sylvia und schwenkte ihr Taschentuch. »Hoffentlich erwischen sie euch nicht!«

Abschiedsrufe und wehende Taschentücher grüßten das davonfahrende Boot.

In der Erregung, die der scheinbare Edelmut des Sträflings John Rex ausgelöst hatte, dachte keiner der Verbannten mehr an den Ernst ihrer eigenen Lage. Seltsamerweise wurden sie in erster Linie von einem Gefühl der Angst um das Schicksal der Meuterer beherrscht. Aber in dem Maße, wie sich das Boot von ihnen entfernte, kehrte das Bewußtsein der ihnen drohenden Gefahr Schritt für Schritt zurück. Und als das Boot schließlich im Schatten der Brigg verschwand, fuhren sie alle wie aus einem Traum hoch und wandten sich mit wachen Sinnen ihren eigenen Problemen zu.

Unter Mr. Freres Leitung hielten sie Kriegsrat und beschlossen, alle Vorräte gemeinsam zu verwalten. Das Pökelfleisch, das Mehl und der Tee wurden in einiger Entfernung vom Strand in einer Felsenhöhle verstaut, und Mr. Bates, zum Proviantmeister ernannt, sollte gerecht und unparteiisch die festgesetzten Rationen verteilen. Die Ziege wurde angebunden, und zwar mit einer Angelschnur, die lang genug war, ihr das Weiden zu gestatten. Man einigte sich darauf, den Rum nur im Krankheitsfalle oder in äußerster Not anzurühren, und rollte das Fäßchen in den hintersten Winkel der Höhle. An Trinkwasser war kein Mangel, denn einige hundert Schritt von der Stelle entfernt, an der sie gelandet waren, plätscherte ein Felsenquell.

Sie rechneten sich aus, daß die Vorräte bei größter Sparsamkeit etwa vier Wochen reichen würden.

Als sie ihre persönlichen Habseligkeiten musterten, ergab sich, daß sie insgesamt drei Taschenmesser besaßen, einen Knäuel Bindfaden, zwei Pfeifen und eine Stange Tabak, mehrere Angelschnüre mit Haken und ein großes Klappmesser, das Frere auf seinen Ausflug mitgenommen hatte, um die Fische auszunehmen, die er zu fangen hoffte. Zu ihrer Enttäuschung fand sich nichts, was einem Beil auch nur annähernd ähnelte. An zusätzlicher Kleidung verfügte Mrs. Vickers über einen Schal und Bates über eine Tuchjacke; Frere und Grimes dagegen hatten nur die Sachen, die sie am Leibe trugen. Man kam überein, daß jeder sein Eigentum behalten sollte; nur die Angelschnüre wurden zum gemeinsamen Besitz erklärt.

Nachdem das alles geregelt war, wurde der Kessel mit Quellwasser gefüllt und auf drei grünen Ästen über dem Feuer aufgehängt. Bis auf Grimes, der erklärte, er könne nichts zu sich nehmen, bekam jeder einen Becher dünnen Tee und einen Zwieback. Nach diesem Frühstück buk Bates einen Fladen in der Asche, und dann beriet man von neuem, diesmal wegen der künftigen Wohnverhältnisse.

Es war klar, daß sie nicht unter freiem Himmel schlafen konnten. Man war im Hochsommer, und wenn man auch keinen Regen zu befürchten brauchte, so war doch die drückende Mittagshitze unerträglich. Überdies mußten Mrs. Vickers und das Kind auf jeden Fall einen eigenen Schlafplatz haben. Unweit des Strandes führte eine sandige Anhöhe zu der Klippe hinauf, und die östliche Seite dieser Anhöhe war mit jungen Bäumen bestanden. Frere schlug vor, die Bäume zu fällen und eine Hütte zu bauen. Wie sich bald herausstellte, waren die Taschenmesser recht ungeeignete Werkzeuge, doch wußten sich die Männer zu helfen, indem sie die Stämmchen einkerbten und dann umbrachen. Binnen zwei Stunden hatten sie so viel Holz zusammengetragen, daß sie den Raum zwischen der Felsenhöhle, die ihre Lebensmittelvorräte barg, und einem zweiten, hammerförmigen Felsen, der sich in ungefähr zehn Schritt Entfernung erhob, überdachen konnten. Diese Hütte war für Mrs. Vickers und Sylvia bestimmt, während Frere und Bates vor dem Eingang der Vorratskammer schlafen wollten, um gleichzeitig die Frauen und die Lebensmittel zu bewachen. Grimes sollte sich an der Feuerstelle der letzten Nacht eine eigene Hütte errichten.

Begeistert von diesem Plan, kehrten sie mittags zum Essen zurück, fanden aber die arme Mrs. Vickers in heller Aufregung. Grimes, den die beiden Männer seiner Kopfverletzung wegen nicht mitgenommen hatten, lief am Strand hin und her, führte unverständliche Reden und hob drohend die Faust gegen einen unsichtbaren Feind. Sie gingen zu ihm und stellten fest, daß der Schlag anscheinend sein Gehirn verletzt hatte, denn er redete irre. Frere bemühte sich, ihn zu beruhigen, doch ohne Erfolg. Auf Bates' Rat tauchten sie den Ärmsten schließlich ins Wasser. Das kalte Bad hatte eine beruhigende Wirkung, und als sie ihn dann im Schatten eines nahen Felsens niederlegten, schlief er erschöpft ein.

Nun verteilte Bates den Fladen, der zusammen mit einem Stückchen Fleisch die Mittagsmahlzeit bildete. Mrs. Vickers berichtete, sie habe lebhafte Geschäftigkeit auf der Brigg beobachtet, und meinte, die Gefangenen hätten wahrscheinlich allen überflüssigen Ballast über Bord geworfen, um das Schiff leichter zu machen. Bates bestätigte diese Vermutung und fügte hinzu, die Meuterer hätten einen Warpanker heraufgeholt und wollten die Brigg offensichtlich durch Warpen aus dem Hafen hinausmanövrieren. Bevor das Mittagessen beendet war, kam eine leichte Brise auf. Die *Osprey* hißte den Union Jack verkehrt herum, feuerte einen Musketenschuß ab – vielleicht als Abschiedsgruß, vielleicht als Zeichen des Triumphs – und verschwand mit geblähten Segeln hinter dem westlichen Arm des Hafens.

Mrs. Vickers nahm Sylvia bei der Hand und flüchtete sich zu ihrer künftigen Wohnstätte, wo sie sich an die rauhe Wand lehnte und bitterlich weinte. Bates und Frere heuchelten Heiterkeit; aber sie fühlten beide, daß nur die Nähe der Brigg sie bisher davor bewahrt hatte, sich ihrer Einsamkeit völlig bewußt zu werden.

Doch die Arbeit wartete; es blieb ihnen keine Zeit, sich ihrem Kummer zu überlassen. Bates ging mit gutem Beispiel voran, und die beiden Männer arbeiteten so angestrengt, daß sie bis zum Einbruch der Dunkelheit genügend Reisig geschlagen hatten, um Mrs. Vickers' Hütte fertigzustellen. Allerdings wurden sie des öfteren von Grimes gestört, der sie mit unklaren Beschuldigungen überhäufte, sie des Verrats zieh und behauptete, sie hätten ihn den Meuterern ausgeliefert. Hinzu kam, daß Bates' Stirnwunde heftig schmerzte, auch klagte er über ein Schwindelgefühl, das nicht nachlassen wollte. Immer wieder tauchte er den Kopf in das Wasser der Quelle, auf diese Weise gelang es ihm, sich auf den Beinen zu halten, bis die Arbeit beendet war.

Dann aber ließ er sich zu Boden fallen und erklärte, er könne nicht mehr aufstehen.

Frere behandelte ihn mit dem gleichen Mittel, das bei Grimes so gute Erfolge gezeigt hatte; doch das Salzwasser entzündete die Wunde, und Bates' Zustand verschlimmerte sich. Mrs. Vickers empfahl, die Wunde mit etwas Wasser und Alkohol auszuwaschen, und so wurde das Fäßchen hervorgeholt und angezapft.

Zum Abendbrot gab es Tee und Fladen, und das hell lodernde Feuer ließ ihnen ihre Lage weniger verzweifelt erscheinen. Mrs. Vickers hatte die Kanne neben sich auf einen flachen Stein gestellt und kredenzte den Tee mit einer mühsam erzwungenen Würde, die lächerlich gewirkt hätte, wäre sie nicht herzzerreißend gewesen. Sie hatte ihr Haar glattgestrichen und den weißen Schal kokett um die Schultern gelegt, ja, sie vertraute sogar Mr. Frere an, es tue ihr leid, daß sie nicht mehr Kleider mitgenommen habe. Sylvia lachte und plauderte; um nichts in der Welt hätte sie eingestanden, daß sie hungrig war. Nach der Mahlzeit holte sie im Kessel Wasser aus der Quelle und wusch Bates' Wunde. Man beschloß, am Morgen nach einem Platz Ausschau zu halten, wo man die Angelschnüre auswerfen konnte, und einigte sich, daß täglich einer von ihnen angeln gehen sollte.

Inzwischen gab der Zustand des unglücklichen Grimes zu ernsten Besorgnissen Anlaß. Hatte er anfangs nur irre geredet, so ging er jetzt zu Tätlichkeiten über, und Frere mußte ihn bewachen. Nach vielem Gefasel und Gestöhn schlief der arme Kerl endlich ein, und als Frere dann noch Bates zu seinem Schlafplatz vor dem Felsen gebracht und ihn auf einen Haufen grüner Reiser gebettet hatte, durfte er hoffen, daß auch ihm nun ein paar Stunden der Ruhe vergönnt seien. Von den Aufregungen und der harten Arbeit des Tages ermüdet, schlief er sofort ein, wurde aber gegen Morgen von einem seltsamen Lärm geweckt. Grimes, dessen Fieber in der Nacht offenbar gestiegen war, hatte den Wall aus Reisig durchbrochen und sich mit der Wildheit des Wahnsinns auf Bates gestürzt. Unter wütendem Knurren versuchte er, den unglücklichen Lotsen zu erwürgen. Die beiden rangen erbittert miteinander. Bates war durch die Krankheit, die eine Folge seiner Verletzung war, so geschwächt, daß er den verzweifelten Angreifer nicht überwältigen konnte, doch es gelang ihm, mit schwacher Stimme nach Frere zu rufen und gleichzeitig das Klappmesser zu ergreifen, von dem wir bereits gesprochen haben. Frere sprang auf und eilte dem Lotsen zu Hilfe. Aber er kam zu spät. Bevor er dem Rasenden in den Arm fallen konnte, hatte Grimes das Messer an sich gerissen und es Bates zweimal in die Brust gestoßen.

»Ich sterbe«, röchelte Bates.

Der Anblick des Blutes und das Stöhnen seines Opfers riefen Grimes in die Wirklichkeit zurück. Bestürzt betrachtete er die blutige Waffe, dann schleuderte er sie weit von sich, rannte zum Ufer und warf sich kopfüber ins Meer.

Sprachlos vor Entsetzen über dieses schreckliche Geschehen, blickte Frere ihm nach. Er sah, wie aus der ruhigen Wasserfläche, die in der hellen Morgensonne funkelte, zwei Arme mit krampfhaft ausgestreckten Händen auftauchten; ein schwarzer Fleck, der Kopf, wurde zwischen den steifen Armen sichtbar, dann verschwand das Ganze mit einem grauenvollen Schrei, und das helle Wasser funkelte so ruhig wie zuvor. Frere, der vor Schreck wie erstarrt war, wollte sich eben wieder dem Verwundeten zuwenden, als er auf halbem Wege zwischen dem glitzernden Wasser und der Stelle im Sand, wo das Messer lag, einen Gegenstand entdeckte, der den plötzlichen Wutausbruch des Wahnsinnigen zur Genüge erklärte. In der Asche des Feuers vom Vorabend lag das umgestürzte Rumfäßchen und daneben ein Lappen, den Grimes als Verband um den Kopf getragen hatte. Offenbar war der Ärmste im Fieberwahn umhergewandert, hatte dabei das Faß gefunden und eine beträchtliche Menge Rum getrunken, die seinen Geist vollends verwirrte.

Frere eilte zu Bates zurück, richtete ihn auf und versuchte das Blut zu stillen, das aus seiner Brust quoll. Anscheinend hatte sich der Lotse bei dem Überfall auf den linken Ellbogen gestützt, denn Grimes hatte ihn zweimal in die rechte Brust gestochen. Bates war blaß und ohne Bewußtsein; Frere fürchtete, daß er tödlich getroffen sei. Er riß sich sein Halstuch ab und wollte die Wunde verbinden, mußte aber feststellen, daß der schmale Seidenfetzen dazu nicht ausreichte. Mrs. Vickers war auf den Lärm hin herbeigeeilt; sie bezwang ihr Entsetzen und riß hastig einen Streifen Stoff aus ihrem Kleid, der einen genügend breiten Verband ergab. Frere sah nach, ob das Fäßchen vielleicht noch ein paar Tropfen Rum enthielt, mit denen er die Lippen des Sterbenden benetzen könnte; aber es war leer. Grimes hatte sich satt getrunken und dann das unverschlossene Faß umgestürzt, so daß der gierige Sand die Flüssigkeit bis zum letzten Tropfen aufgesaugt hatte. Sylvia holte Wasser aus der Quelle, und als Mrs. Vickers die Schläfen des Verwundeten anfeuchtete, kam er wieder zu sich. Nun melkte Mrs. Vickers die Ziege – in ihrem ganzen Leben hatte sie so etwas noch nicht getan – und flößte Bates die Milch ein, die er gierig trank, aber sofort wieder ausbrach. Offenbar hatte er eine innere Verletzung davongetragen.

An diesem Morgen blieb das Frühstück fast unberührt. Nur Frere, der weniger empfindsam war als die anderen, aß ein Stück Fladen und etwas Pökelfleisch. Er vermochte sich eines freudigen Gefühls nicht zu erwehren, als ihm einfiel, daß die Rationen nun, da Grimes tot war, größer werden würden und daß sie, falls auch Bates sterben sollte, noch weiter heraufgesetzt werden konnten. Natürlich behielt er diese Gedanken für sich. Er bettete den Kopf des Verwundeten in seinen Schoß und verscheuchte die Fliegen von Bates' Gesicht. Trotz allem hoffte er, der Lotse werde nicht sterben; denn sonst mußte er, Maurice Frere, ganz allein für die Frau und das Kind sorgen. Vielleicht gingen Mrs. Vickers' Gedanken ähnliche Wege. Was Sylvia betraf, so machte sie aus ihrer Angst kein Hehl.

»Nicht sterben, Mr. Bates – o bitte, nicht sterben!« flehte sie kläglich. Sie stand dicht neben ihm, wagte indessen nicht, ihn zu berühren. »Lassen Sie Mama und mich nicht allein an diesem furchtbaren Ort zurück!«

Der arme Bates war keiner Antwort fähig, aber Frere runzelte die Stirn, und Mrs. Vickers' vorwurfsvolles »Sylvia!« klang, als seien sie noch in dem alten Haus auf Sarah Island.

Am Nachmittag ging Frere fort, um Brennholz zu holen, und als er zurückkehrte, war der Lotse seinem Ende nahe. Mrs. Vickers berichtete, er habe sich seit einer Stunde nicht mehr gerührt, ja kaum noch geatmet. Die Frau des Majors, die schon an so manchem Sterbebett gestanden hatte, war ruhig und gefaßt. Die arme kleine Sylvia dagegen hockte verschüchtert auf einem Stein und zitterte vor Angst. Sie hatte die unklare Vorstellung, daß der Tod etwas Gewaltsames sei. Als die Sonne sank, kam Bates noch einmal zu sich; aber die beiden Erwachsenen wußten, daß dies nur das letzte Aufflackern der verlöschenden Kerze war. »Er stirbt!« flüsterte Frere, als fürchte er, die halbentschlummerte Seele zu wecken. Mrs. Vickers, die leise vor sich hin weinte, hob den Kopf des wackeren Bates und feuchtete die ausgedörrten Lippen mit ihrem in Wasser getauchten Taschentuch an. Ein Zittern lief durch den einst so kräftigen Körper, und der Sterbende schlug die Augen auf. Zuerst schien er nicht zu wissen, wo er war, doch als er von einem zum anderen schaute, kehrte die Erinnerung zurück, und es bestand kein Zweifel, daß er alle erkannte. Sein Blick ruhte auf dem bleichen Gesicht der erschrockenen Sylvia, dann wandte er sich Frere zu. Der stumme Appell der beredten Augen war unmißverständlich.

»Nein, ich lasse sie nicht im Stich«, sagte Frere.

Bates lächelte. Als er sah, daß Mrs. Vickers' weißer Schal von seinem Blut besudelt war, versuchte er mit letzter Kraft, den Kopf zu heben. Es schickte sich nicht, daß der Schal einer Dame von dem Blut eines einfachen Menschen befleckt wurde. Mrs. Vickers begriff mit raschem Instinkt, was ihn bedrückte, und zog seinen Kopf sanft an ihre Brust. Im Angesicht des Todes war sie, die vornehme Dame, nur noch Frau. Eine Sekunde lang war alles still, und sie glaubten schon, er sei tot; aber plötzlich öffnete er die Augen, und sein Blick suchte das Meer.

»Laßt mich noch einmal das Meer sehen«, flüsterte er, und als sie ihn aufrichteten, beugte er sich lauschend vor.

»Gott schütze den Ort!« sagte er. »Es ist ruhig hier, aber ich höre die Brecher draußen an der Sandbank!«

Dann fiel sein Kopf auf die Brust, und er war tot.

Als Frere den Leichnam aus Mrs. Vickers' Armen genommen hatte, lief Sylvia zu ihrer Mutter.

»O Mama, Mama!« schluchzte sie. »Warum hat Gott ihn sterben lassen? Wir brauchen ihn doch so nötig!«

Bevor es dunkel wurde, trug Frere den Toten zu einer nahe gelegenen Felsengruppe, breitete die Tuchjacke über Bates' Gesicht und beschwerte sie mit Steinen damit der Wind sie nicht forttrüge. Im Wirbel der sich überstürzenden Ereignisse war er sich kaum bewußt geworden, daß seit dem Vorabend zwei von den fünf Ausgesetzten dieser Wildnis bereits entronnen waren. Als er zu dieser Erkenntnis gelangte, drängte sich ihm unwillkürlich die Frage auf, wer wohl der nächste sein würde.

Mrs. Vickers zog sich nach den Anstrengungen und Aufregungen des Tages frühzeitig zurück. Sylvia weigerte sich, mit Frere zu sprechen, und folgte ihrer Mutter. Diese unerklärliche und so offen bekundete Abneigung des Kindes kränkte Maurice mehr, als er sich eingestand. Er zürnte ihr, weil sie ihn nicht liebte, und doch gab er sich keine Mühe, sie versöhnlich zu stimmen. Bei dem Gedanken, daß sie in ihm nun ihren einzigen Beschützer sehen mußte, konnte er sich einer gewissen Befriedigung nicht erwehren. Wenn Sylvia ein paar Jahre älter gewesen wäre, so hätte der junge Mann vermutlich geglaubt, er sei in sie verliebt.

Der folgende Tag verging recht trübselig. Es war heiß und drückend, und über den Bergen hing ein Dunstschleier. Frere verbrachte den Vormittag damit, ein Grab für den armen Bates auszuheben. Praktisch und nüchtern denkend, wie er war, zog er dem Toten einige Kleidungsstücke aus, die er selbst gut gebrauchen konnte, versteckte sie jedoch einstweilen unter einem großen Stein, damit Mrs. Vickers nicht sähe, was er getan hatte. Gegen Mittag war das Grab fertig; er legte die Leiche hinein und umgab den Hügel mit so vielen Steinen wie nur irgend möglich. Am Nachmittag erklomm er mit seiner Angelschnur die Spitze eines Felsens, den er sich tags zuvor ausgesucht hatte, fing aber keinen einzigen Fisch. Als er auf dem Heimweg an dem Grab vorüberkam, bemerkte er, daß Mrs. Vickers es mit einem rohen Holzkreuz aus zwei übereinandergebundenen Stecken geschmückt hatte.

Nach dem Abendbrot – es gab wie üblich Pökelfleisch und Fladen – steckte er sich seine Pfeife an und versuchte mit Sylvia zu plaudern.

»Warum können wir eigentlich nicht Freunde sein?« erkundigte er sich.

»Ich mag Sie nicht leiden«, antwortete Sylvia. »Ich fürchte mich vor Ihnen.«

»Warum?«

»Sie sind nicht freundlich. Ich meine nicht etwa, daß Sie grausame Dinge tun, aber Sie sind... Oh, ich wünschte, Papa wäre hier!«

»Vom Wünschen allein kommt er bestimmt nicht«, versetzte Frere, während er den Tabak vorsichtig mit dem Zeigefinger in den Pfeifenkopf drückte.

»Da, schon wieder! Genau das meinte ich. Ist das vielleicht freundlich? ›Vom Wünschen allein kommt er bestimmt nicht!‹ Oh, wenn er doch nur käme!«

»Ich wollte nicht unfreundlich sein«, erwiderte Frere. »Was für ein sonderbares Kind du doch bist!«

»Die Gelehrten haben festgestellt, daß es Menschen gibt, die sich nicht riechen können«, sagte Sylvia. »Ich habe das in einem von Papas Büchern gelesen, und ich glaube, daran liegt es bei uns. Ich kann Sie nicht riechen, und das läßt sich leider nicht ändern!«

»Unsinn!« knurrte Frere. »Komm her, ich werde dir eine Geschichte erzählen.«

Mrs. Vickers hatte sich in ihre Hütte zurückgezogen, und die beiden saßen allein am Feuer, neben dem der Kessel und der am Nachmittag gebackene Fladen standen. Zögernd rückte die Kleine näher. Er nahm sie und setzte sie auf sein Knie. Der Mond war noch nicht aufgegangen, und die Schatten, die das flackernde Feuer warf, wirkten wie mißgestaltete Ungeheuer. Plötzlich kam Maurice Frere auf den gemeinen Einfall, das wehrlose Kind zu erschrecken.

»Es war einmal ein Schloß in einem finsteren Wald«, begann er, »und in diesem Schloß lebte ein Menschenfresser, der hatte große Glotzaugen.«

»Seien Sie still!« rief Sylvia und schlug wild um sich. »Sie wollen mir nur angst machen!«

»Und die Lieblingsspeise des Menschenfressers waren kleine Mädchen. Als nun eines Tages ein kleines Mädchen durch den Wald ging, hörte es den Menschenfresser auf sich zukommen: bum, bum, bum, bum!«

»Mr. Frere, lassen Sie mich los!«

»Das kleine Mädchen erschrak heftig und rannte und rannte und rannte, bis es plötzlich sah....«

Sylvia stieß einen gellenden Schrei aus.

»Oh! Oh! Was ist das?« rief sie und klammerte sich an ihren Peiniger.

Auf der anderen Seite des Feuers stand eine dunkle Gestalt – ein Mann. Er taumelte vorwärts, fiel auf die Knie, streckte bittend die Hände aus, und ein einziges Wort entrang sich heiser seiner Kehle: »Essen!«

Es war Rufus Dawes.

Der Klang einer menschlichen Stimme brach den Schreckensbann, der über dem Kind lag, und als nun der Feuerschein auf die zerrissenen gelben Sträflingskleider fiel, erriet Sylvia sogleich die Zusammenhänge.

Nicht so Maurice Frere. Er sah nur eine neue Gefahr vor sich, einen hungrigen Mund mehr, der nach den spärlichen Vorräten gierte, und so riß er ein Scheit aus dem Feuer, um den Sträfling damit in Schach zu halten. Rufus Dawes aber, der mit hungrigen Wolfsaugen umherspähte, erblickte den Fladen neben dem eisernen Kessel und streckte die Hand danach aus. Frere schwang drohend das brennende Scheit.

»Zurück!« brüllte er. »Wir haben kein Essen übrig!«

Mit einem wütenden Aufschrei zückte der Sträfling den Eisenkeil und drang verzweifelt auf diesen neuen Feind ein. Doch schon war Sylvia blitzschnell an Frere vorbeigeschlüpft, hatte den Fladen aufgehoben und ihn mit den Worten: »Hier, armer Gefangener, iß!« in die Hände des Halbverhungerten gelegt. Dann wandte sie sich um und warf Frere einen Blick zu, in dem sich so viel Abscheu malte, so viel staunende Empörung, daß der junge Mann rot wurde und das Scheit fallen ließ.

Rufus Dawes schien durch das plötzliche Auftauchen des goldhaarigen Mädchens wie verwandelt. Der Fladen entglitt ihm, und sein verstörter Blick folgte dem davoneilenden Kind, solange es sich im Lichtkreis des Feuers befand. Als Sylvia in der Dunkelheit verschwunden war, barg der Unglückliche das Gesicht in den schwarzen, schwieligen Händen und brach in Tränen aus.

KAPITEL 12
»Mr.« Dawes

Maurice Freres barsche Stimme schreckte ihn auf. »Was willst du hier?« fuhr er ihn an.

Rufus Dawes hob den Kopf, betrachtete den Mann und erkannte ihn.

»Sie sind es?« fragte er langsam.

»Was denn, du kennst mich?« Frere trat einen Schritt zurück.

Der Sträfling gab keine Antwort. Sein wilder Hunger verdrängte jede andere Empfindung. Gierig griff er nach dem Fladen und begann schweigend zu essen.

»Mann, hörst du nicht?« sagte Frere ungeduldig. »Wer bist du?«

»Ein entsprungener Gefangener. Morgen früh können Sie mich ausliefern. Ich habe alles versucht, aber jetzt bin ich am Ende.«

Diese Worte versetzten Frere in Bestürzung. Der Mann wußte nichts von der Auflösung der Strafkolonie!

»Ich kann dich nicht ausliefern. Bis auf mich, eine Frau und ein Kind ist niemand mehr in der Siedlung.«

Rufus Dawes vergaß weiterzuessen und starrte ihn entgeistert an.

»Die Gefangenen sind auf dem Schoner fortgebracht worden«, fuhr Frere fort. »Wenn du frei bleiben willst, habe ich keine Möglichkeit, dich daran zu hindern. Ich bin ebenso hilflos wie du.«

»Aber wie kommt es, daß Sie hier sind?«

Frere lachte bitter. Es entsprach weder seiner Gewohnheit noch seiner Neigung, einem Sträfling Rede und Antwort zu stehen. In diesem Fall blieb ihm jedoch keine Wahl. »Die Gefangenen haben gemeutert und die Brigg gekapert.«

»Was für eine Brigg?«

»Die *Osprey*.«

Da fiel es Rufus Dawes wie Schuppen von den Augen, und er erkannte, welche Chance er sich hatte entgehen lassen.

»Wer hat sie gekapert?«

»John Rex, dieser verdammte Schurke«, erwiderte Frere in jäh aufflammendem Zorn. »Gott gebe, daß sie untergeht oder verbrennt oder...«

»Sind sie wirklich fort?« rief der unglückliche Mann und raufte sich die Haare, eine Gebärde, die von ohnmächtiger Wut zeugte.

»Ja, seit zwei Tagen. Und uns haben sie hier dem Hungertode preisgegeben.«

Rufus Dawes stimmte ein so gellendes Gelächter an, daß es den anderen kalt überlief.

»Dann werden wir gemeinsam sterben, Maurice Frere«, sagte er, »denn solange Sie noch etwas zu beißen haben, werde ich es mit Ihnen teilen. Wenn ich schon auf die Freiheit verzichten muß, will ich wenigstens meine Rache haben.«

Der ausgehungerte Wilde, der vor dem Feuer hockte und sich, das Kinn auf die zerschundenen Knie gestützt, hin und her wiegte, bot einen so unheimlichen Anblick, daß Maurice Frere aufs neue erschauerte. Er kam sich vor wie jener Jäger in Afrika, der bei seiner Rückkehr ins Lager einen Löwen am Feuer liegen fand.

»Schurke!« schrie er. »Warum willst du dich gerade an mir rächen?«

Der Sträfling blickte auf.

»Hüten Sie Ihre Zunge!« knurrte er. »Ich dulde keine Beleidigungen. Schurke! Wenn ich ein Schurke bin — wer hat mich dazu getrieben? Ich bin als freier Mensch geboren worden — ich war ein freier Mensch wie Sie auch. Warum hat man mich mit wilden Tieren zusammengesperrt und zu einem Sklavendasein verurteilt, das schlimmer ist als der Tod? Antworten Sie, Maurice Frere, so antworten Sie doch!«

»Ich habe die Gesetze nicht gemacht«, erwiderte Frere. »Warum greifst du also mich an!«

»Weil Sie sind, was ich einst war. Sie sind *frei*. Sie können tun, was Ihnen beliebt. Sie können lieben, Sie können arbeiten, Sie können denken. Ich kann nur hassen!« Wie über sich selbst erstaunt, hielt er inne; dann lachte er leise auf und fuhr fort: »Schöne Worte aus dem Munde eines Sträflings, was? Aber lassen Sie nur, es kommt nicht mehr darauf an, Mr. Frere. Jetzt sind wir gleich, und ich werde keine Stunde eher sterben als Sie, obgleich Sie ein ›freier Mann‹ sind und ich ein Sträfling!«

Frere kam allmählich zu der Überzeugung, daß er es mit einem zweiten Verrückten zu tun habe. »Sterben! Wer denkt denn gleich an Sterben!« sagte er so sanft, wie es ihm nur irgend möglich war. »Das wird sich schon alles finden.«

»So spricht ein *Freier*. Wir Sträflinge sind euch Gentlemen überlegen. Ihr habt Furcht vor dem Tode; wir beten darum. Es ist das Beste, was uns geschehen kann — sterben! Einmal sollte ich gehängt werden. Ich wollte, sie hätten es getan. Mein Gott, ich wollte wirklich, sie hätten es getan!«

Aus diesem furchtbaren Wunsch sprach eine so abgrundtiefe Verzweiflung, daß Maurice Frere erschrak.

»Leg dich erst mal hin und schlaf dich aus, mein Junge«, sagte er. »Du bist ja völlig erschöpft. Morgen sprechen wir weiter.«

»Warten Sie!« rief Rufus Dawes gebieterisch. »Wer ist bei Ihnen?«

»Die Frau und die Tochter des Kommandanten«, erwiderte Frere, der nicht wagte, eine so ungestüm gestellte Frage unbeantwortet zu lassen.

»Sonst niemand?«

»Nein.«

»Arme Seelen!« murmelte der Sträfling. »Ich bedauere sie.«

Mit diesen Worten streckte er sich wie ein Hund neben dem Feuer aus und schlief sofort ein.

Maurice Frere blickte ratlos auf die hagere Gestalt. Er hatte keine Ahnung, was er mit dem neuen Mitglied ihrer kleinen Gemeinschaft anfangen sollte. Noch nie war ihm ein so sonderbarer Kauz über den Weg gelaufen. Er wurde einfach nicht klug aus diesem grimmigen, abgerissenen, verzweifelten Burschen, der abwechselnd weinte und drohte, der eben noch im widerwärtigsten Baß der Sträflingstonleiter knurrte und gleich darauf mit erstaunlicher Beredsamkeit den Himmel anrief. Eine Sekunde lang spielte er mit dem Gedanken, sich auf den Schlafenden zu stürzen und ihn zu fesseln, aber ein zweiter Blick auf den sehnigen, wenn auch geschwächten Körper bewog ihn, dem übereilten, von der Furcht diktierten Impuls nicht zu folgen. Dann trieb ihn eine schreckliche Eingebung, die wiederum seiner Feigheit entsprang, nach dem Klappmesser zu tasten, mit dem schon einmal ein Mord begangen worden war. Die Vorräte waren so spärlich, und immerhin galt das Leben der Frau und des Kindes mehr als das eines unbekannten Banditen. Doch lassen wir ihm Gerechtigkeit widerfahren: Er verwarf diesen Gedanken, kaum daß er in ihm aufgetaucht war. Man muß abwarten und sehen, wie er sich morgen früh anläßt, sagte sich Frere. Er blieb vor dem Reisigzaun stehen, hinter dem Mutter und Tochter eng umschlungen lagen, und teilte ihnen flüsternd mit, daß er Wache halten werde und daß der entsprungene Sträfling eingeschlafen sei. Als es tagte, stellte er fest, daß seine Befürchtungen unbegründet gewesen waren. Der Sträfling lag noch genauso da, wie Frere ihn verlassen hatte, und seine Augen waren geschlossen. Wenn er sich am Vorabend zu wilden Drohungen hatte hinreißen lassen, so war das vermutlich der durch die unerwartete Rettung ausgelösten Erregung zuzuschreiben; im Augenblick schien er keiner Gewalttat fähig. Frere ging auf ihn zu und rüttelte ihn an der Schulter.

»Nicht anfassen!« rief der arme Bursche, fuhr mit einem Ruck hoch und hob den Arm zum Schlag. »Hände weg!«

»Schon gut«, sagte Frere. »Es tut dir ja niemand was. Wach auf!«

Rufus Dawes starrte ihn verständnislos an, dann erinnerte er sich, was geschehen war, und erhob sich mühsam.

»Ich dachte schon, sie hätten mich geschnappt!« sagte er. »Aber es ist ja anders gekommen, ich weiß. Na schön, Mr. Frere, dann wollen wir also frühstücken. Ich habe Hunger.«

»Du mußt warten«, entgegnete Frere. »Denkst du vielleicht, du bist allein hier?«

Rufus Dawes, der vor Schwäche taumelte, fuhr sich mit dem zerrissenen Jackenärmel über die Augen. »Keine Ahnung. Ich weiß nur, daß ich Hunger habe.«

Frere blieb unvermittelt stehen. Jetzt oder nie war der Zeitpunkt gekommen, ihre künftigen Beziehungen festzulegen. Er hatte die ganze Nacht wachgelegen, das Klappmesser griffbereit neben sich, und in diesen Stunden war ihm klargeworden, wie er vorgehen mußte. Der Sträfling sollte ebensoviel haben wie die anderen auch, aber nicht mehr. Wenn er sich dagegen auflehnte, würde sich ja herausstellen, wer der Stärkere war.

»Hör zu«, sagte er. »Wir haben sehr wenig zu essen, und das wenige muß reichen, bis Hilfe kommt – falls überhaupt welche kommt. Ich bin für die arme Frau und das Kind verantwortlich, und ich werde dafür sorgen, daß ihnen kein Unrecht geschieht. Wir wollen den letzten Bissen mit dir teilen, aber bei Gott, du bekommst nicht mehr als wir.«

Der Sträfling streckte seine kraftlosen Arme aus und betrachtete sie mit dem unsteten Blick eines Betrunkenen.

»Ich bin jetzt schwach«, sagte er. »Sie sind mir überlegen.«

Plötzlich sank er erschöpft zu Boden. »Gib mir zu trinken«, stöhnte er und bewegte schwach die Hand.

Frere holte Wasser. Der Sträfling trank, streckte sich lächelnd aus und schlief sofort ein. Als Mrs. Vickers und Sylvia aus ihrer Hütte kamen, lag er noch immer in tiefem Schlaf. Die beiden Frauen erkannten Rufus Dawes auf den ersten Blick.

»Er war der Schlimmste von allen«, sagte Mrs. Vickers, wie sie es von ihrem Mann gehört hatte. »Oh, was sollen wir jetzt nur tun?«

»Er wird Ihnen kein Haar krümmen«, erwiderte Frere und musterte neugierig den berüchtigten Schurken. »Er ist so gut wie tot.«

Sylvia sah mit ihrem hellen Kinderblick zu ihm auf.

»Wir dürfen ihn nicht sterben lassen«, sagte sie. »Das wäre Mord.«

»Nein, nein«, entgegnete Frere hastig. »Niemand will, daß er stirbt. Aber was können wir tun?«

»Ich werde ihn pflegen!« rief Sylvia.

Zum erstenmal seit der Meuterei ließ Frere jenes grobe Gelächter hören, das für ihn charakteristisch war.

»Du ihn pflegen? Alle Wetter, das ist ein guter Witz!«

Die arme Kleine, schwach und reizbar, spürte die Verachtung in seiner Stimme und brach in heftiges Schluchzen aus. »Weshalb beleidigen Sie mich, Sie böser Mann! Der Ärmste ist krank, er wird ... er wird sterben, wie Mr. Bates. Oh, Mama, Mama, ich will weg von hier!«

Frere wandte sich mit einem Fluch ab. Er lief in das Wäldchen unterhalb der Klippe und setzte sich dort nieder. Sonderbare Gedanken bewegten ihn. Gedanken, die er nicht aussprechen konnte und die er sich nie zuvor eingestanden hatte. Die Abneigung, die das Kind gegen ihn hegte, machte ihn unglücklich, und doch fand er Freude daran, Sylvia zu quälen. Er war sich bewußt, daß er eine Gemeinheit begangen hatte, als er sie am Vorabend zu ängstigen suchte, und daß er den Abscheu, den sie ihm bezeigte, wohl verdiente. Andererseits hätte er keinen Augenblick gezögert, sein Leben aufs Spiel zu setzen, um sie vor dem Wilden zu schützen, der so unerwartet zu ihnen gestoßen war, und es erfüllte ihn mit rasender Wut, daß sie gerade diesen Menschen bedauerte. Wie ungerecht sie war, ihn so mißzuverstehen! Allerdings hätte er auch nicht fluchen und obendrein noch weglaufen dürfen. Das Bewußtsein, etwas Falsches getan zu haben, brachte ihn jedoch keineswegs zur Einsicht. Seine angeborene Halsstarrigkeit gestattete ihm nicht, sich in irgendeiner Beziehung schuldig zu bekennen – nicht einmal vor sich selber. Im Weitergehen kam er zu Bates' Grab mit dem Kreuz darauf. Ein neuer Beweis, wie schlecht er behandelt wurde. Zu ihm war sie nie so freundlich gewesen wie zu Bates. Und nun, da der Lotse tot war, hatte sie ihre kindliche Zuneigung auf einen Sträfling übertragen. »Oh«, sagte Frere laut vor sich hin, und angenehme Erinnerungen an viele rauhe Triumphe der Sinnenlust stellten sich ein, »wenn du eine Frau wärst, du kleine Hexe, dann würde ich dich schon zwingen, mich zu lieben!« Unwillkürlich mußte er über sich selbst lachen. Du Narr, du wirst noch romantisch, dachte er. Als er zurückkam, lag Dawes auf dem Reisig, und Sylvia saß neben ihm.

»Es geht ihm besser«, sagte Mrs. Vickers, ohne den Auftritt am Morgen auch nur zu erwähnen. »Setzen Sie sich und essen Sie etwas, Mr. Frere.«

»Geht's dir besser?« fragte Frere barsch.

Zu seiner Überraschung antwortete der Sträfling sehr höflich: »In ein, zwei Tagen bin ich wieder bei Kräften und kann Ihnen helfen, Sir.«

»Mir helfen? Wobei denn?«

»Wir müssen eine Hütte für die Damen bauen. Und dann bleiben wir bis ans Ende unserer Tage hier und gehen nie mehr zu den Schuppen zurück.«

»Er phantasiert«, erklärte Mrs. Vickers. »Der arme Kerl, anscheinend ist er aus guter Familie.«

Der Sträfling stimmte ein kleines deutsches Lied an und schlug mit der Hand den Takt dazu. Frere betrachtete ihn neugierig. »Ich möchte nur wissen, was dieser Mensch für eine Vergangenheit hat«, sagte er. »Bestimmt eine recht merkwürdige.«

Sylvia sah mit einem verzeihenden Lächeln zu ihm auf.

»Ich werde ihn fragen, wenn er wieder gesund ist«, sagte sie, »und wenn Sie nett zu mir sind, erzähle ich es Ihnen, Mr. Frere.«

Frere ging auf das Friedensangebot ein. »Ich bin manchmal ein Scheusal, nicht wahr, Sylvia? Aber ich meine es nicht so.«

»Ein Scheusal sind Sie«, gab Sylvia unumwunden zu. »Aber wir wollen uns trotzdem die Hände reichen und Freunde sein. Es hat doch keinen Sinn, daß wir vier miteinander streiten, nicht wahr?«

So wurde Rufus Dawes in die kleine Gemeinschaft aufgenommen.

Der Sträfling erholte sich rasch. Schon eine Woche nach jener Nacht, da er den Rauch von Freres Feuer gesehen hatte, war er völlig wiederhergestellt und hatte sich darüber hinaus unentbehrlich gemacht. Das anfängliche Mißtrauen seiner Gefährten war verflogen; er war kein Ausgestoßener mehr, den man mied, auf den man mit Fingern zeigte und hinter dessen Rücken man flüsterte. Der einst so Widerspenstige war wie umgewandelt; er drohte weder, noch beklagte er sich, und obwohl ihn mitunter eine tiefe Schwermut beschlich, wirkte er ausgeglichener als Frere, der oft verstimmt, mürrisch und anmaßend war. Rufus Dawes war nicht länger der gemarterte, halbvertierte Gefangene, der sich in die dunklen Fluten der Bucht gestürzt hatte, um dem verhaßten Leben zu entfliehen, und der in der Einsamkeit der tiefen Wälder abwechselnd geflucht und geweint hatte. Er war ein tätiges Mitglied der menschlichen Gesellschaft geworden – einer vierköpfigen Gesellschaft – und gewann allmählich seine Unabhängigkeit und sein

Selbstbewußtsein zurück. Dieser Wandel war dem Einfluß der kleinen Sylvia zuzuschreiben. Nachdem er sich von den Strapazen seiner Schreckenswanderung erholt hatte, erfuhr er zum erstenmal seit sechs Jahren die wohltuende Macht der Güte. Endlich hatte sein Leben einen Sinn. Er war für andere von Nutzen, und wäre er gestorben, so hätte man ihn betrauert. Dieses Wissen bedeutet uns wenig; dem unglücklichen Menschen aber bedeutete es alles. Zu seinem Erstaunen erkannte er, daß niemand ihn verachtete, daß er sich durch eine sonderbare Verknüpfung von Umständen in einer Situation befand, in der gerade seine Erfahrungen als Sträfling ihm Ansehen verliehen. Er war mit allen Schlichen und Kniffen des Gefangenenlebens vertraut. Er wußte, wie man sich mit einem Mindestmaß an Nahrungsmitteln am Leben erhielt. Er konnte ohne Axt Bäume fällen, ohne Backofen Brot backen, ohne Ziegel und Mörtel eine wetterfeste Hütte bauen. Aus dem Patienten wurde der Ratgeber und aus dem Ratgeber der Befehlende. Diese vier Menschen waren gezwungen, das Leben von Wilden zu führen, und er fand bald heraus, daß ihnen die Fertigkeiten der Wilden am meisten nützten. Macht war Recht, und Maurice Freres Autorität, die auf seiner Herkunft beruhte, unterlag bald Rufus Dawes' Autorität, die sich auf Wissen und Können gründete.

Sein Ansehen wuchs von Tag zu Tag, im gleichen Maße, wie die kärglichen Vorräte dahinschmolzen. Erhob sich die Frage, ob eine bestimmte Pflanze eßbar sei, so war es Rufus Dawes, der Auskunft gab. Galt es Fische zu fangen, so fing er sie. Als sich Mrs. Vickers über die mangelnde Wetterfestigkeit ihrer Reisighütte beklagte, flocht er aus Weidenruten ein neues Schutzdach und verschmierte die Wände mit Lehm, so daß sie auch den heftigsten Winden trotzten. Er schnitzte Becher aus Tannenzapfen und Teller aus Baumrinde. Er arbeitete für drei. Nichts schreckte ihn ab, nichts entmutigte ihn. Während Mrs. Vickers' Krankheit – eine Folge der Angst und der unzureichenden Ernährung – sammelte Rufus Dawes frische Blätter für ihr Lager, heiterte sie mit zuversichtlichen Worten auf und verzichtete freiwillig auf die Hälfte seiner Fleischration, damit sie bald wieder zu Kräften käme. Die arme Frau und das Kind nannten ihn »Mr.« Dawes.

Frere beobachtete das alles mit einem Unbehagen, das sich manchmal bis zum Haß steigerte. Und doch konnte er keinen Einspruch erheben, denn er wußte nur zu gut, daß er im Vergleich zu Dawes ein Nichtskönner war. Er fand sich sogar bereit, Befehle des entsprungenen Häftlings entgegenzunehmen – es ließ sich ja immerhin nicht leugnen, daß dieser entsprungene Häftling ihm in allem überlegen war. Sylvia sah in Dawes schon bald einen zweiten Bates. Überdies betrachtete sie ihn als ihr Eigentum. Sie hatte ein Recht auf ihn, denn sie hatte ihn gepflegt und beschützt. Wäre sie nicht gewesen, so hätte er zweifellos sterben müssen. Rufus Dawes aber empfand für sie eine tiefe Zuneigung, die fast an Leidenschaft grenzte. Sylvia war sein guter Engel, seine Beschützerin, sein Licht in dunkler Nacht. Sie hatte ihm zu essen gegeben, als er dem Hungertode nahe war, sie hatte an ihn geglaubt, als die anderen ihm mißtrauten. Er wäre mit Freuden für sie gestorben, und aus Liebe zu ihr sehnte er das Schiff herbei, das *sie* in die Freiheit zurückbringen und *ihn* wieder der Knechtschaft überantworten würde.

Aber die Tage schlichen träge dahin, und kein Schiff ließ sich blicken. Tag für Tag suchten sie eifrig den Horizont ab; Tag für Tag hofften sie, der Bugspriet der *Ladybird* werde endlich hinter dem vorspringenden Felsen auftauchen, der die Sicht auf den Hafen versperrte – doch vergeblich. Mrs. Vickers' Krankheit verschlimmerte sich, und die

Vorräte schmolzen zusammen. Dawes erwog bereits, seine und Freres Rationen um die Hälfte zu kürzen. Es war klar, daß sie elend verhungern mußten, falls nicht binnen wenigen Tagen Hilfe kam.

Frere schmiedete abenteuerliche Pläne, wie er Nahrungsmittel beschaffen könnte. Er wollte durch die Bucht zu der verlassenen Siedlung hinüberschwimmen und nachsehen, ob in der Eile des Aufbruchs nicht zufällig eine Kiste Zwieback zurückgelassen worden sei. Er wollte die Seemöwen in Fallen locken und in Liberty Point Schlingen für die Wildtauben auslegen. Aber seine Projekte erwiesen sich samt und sonders als undurchführbar, und die vier Menschen mußten mit bleichen Gesichtern zuschauen, wie der Mehlbeutel von Tag zu Tag kleiner wurde. Schließlich verfielen sie auf den Gedanken, sich aus eigener Kraft zu retten. Konnte man ein Floß zimmern? Ohne Nägel oder Taue war das unmöglich. Konnte man ein Boot bauen? Auch das war unmöglich. Konnte man ein großes Feuer entzünden, ein weithin sichtbares Notsignal? Gewiß; aber was half das, wenn sich kein Schiff diesem trostlosen Ort näherte? So blieb ihnen denn nichts anderes übrig, als auf den Schoner zu warten, der ja irgendwann einmal kommen mußte. Sie warteten, und sie wurden immer schwächer.

Eines Tages saß Sylvia in der Sonne und las in ihrer »Englischen Geschichte«, die sie an dem Abend der Meuterei, von Angst und Schrecken überwältigt, unbewußt mitgenommen hatte. »Mr. Frere«, sagte sie plötzlich, »was ist ein Alchimist?«

»Ein Goldmacher«, lautete Freres ziemlich ungenaue Definition.

»Kennen Sie einen?«

»Nein.«

»Und Sie, Mr. Dawes?«

»Ich kannte einmal einen Mann, der sich dafür hielt.«

»Was? Für einen Goldmacher?«

»Gewissermaßen ja.«

»Aber hat er auch wirklich Gold gemacht?« forschte Sylvia beharrlich weiter.

»Nein, eigentlich nicht. Aber er betete das Geld an, und insofern kann man ihn wohl als Alchimisten bezeichnen.«

»Was ist aus ihm geworden?«

»Ich weiß nicht«, antwortete Dawes mit so viel Zurückhaltung in der Stimme, daß die Kleine dem Gespräch instinktiv eine andere Wendung gab.

»Dann ist die Alchimie wohl eine sehr alte Kunst?«

»O ja.«

»Haben die alten Briten sie auch schon gekannt?«

»Nein, so alt ist sie nun wieder nicht.«

Plötzlich stieß Sylvia einen leisen Schrei aus. Die Erinnerung an den Abend, als sie den armen Bates aus dem Kapitel über die alten Briten vorlas, war wieder in ihr lebendig geworden, und obgleich sie die betreffende Stelle seither wohl hundertmal gelesen hatte, wurde sie sich ihrer Bedeutung erst jetzt voll bewußt. Rasch blätterte sie zurück und las laut den Satz vor, der ihre Aufmerksamkeit erregt hatte: »›Die alten Briten waren im Grunde noch rechte Barbaren. Sie bemalten ihre Leiber mit Waid, und wir dürfen wohl annehmen, daß sie in ihren leichten Coracles, deren schmale Holzrahmen mit Fellen bespannt waren, einen recht wilden und rohen Anblick geboten haben.‹ – Ein Coracle! Das ist ein Boot! Können wir nicht ein Coracle bauen, Mr. Dawes?«

KAPITEL 13
Eine Offenbarung

Sylvias Frage flößte den beiden verzweifelten Männern neue Hoffung ein. Mit seinem üblichen Ungestüm erklärte Maurice Frere, der Plan lasse sich leicht in die Tat umsetzen, und wie es für Menschen seines Schlages charakteristisch ist, wunderte er sich, daß er selbst nicht schon längst auf diesen Einfall gekommen war.

»Es ist die einfachste Sache von der Welt!« rief er. »Sylvia, du hast uns gerettet!«

Aber als sie sich etwas eingehender mit dem Projekt befaßten, stellte sich heraus, daß die Verwirklichung ihrer Hoffnungen noch in weiter Ferne lag. Zwar konnte die Anfertigung eines Bootes aus Fellen nicht allzu schwierig sein, doch wo sollte man die Felle hernehmen? Das armselige Fell ihrer einzigen Ziege reichte für diesen Zweck keineswegs aus. Sylvia, die schon auf baldige Rettung hoffte und vor Stolz strahlte, weil der Vorschlag von ihr ausgegangen war, beobachtete gespannt Rufus Dawes' Gesichtsausdruck; aber kein Freudenschimmer blitzte in seinen kummervollen Augen auf.

»Geht es denn nicht, Mr. Dawes?« fragte sie und wartete zitternd auf die Antwort.

Der Sträfling starrte mit gerunzelter Stirn vor sich hin.

»Na, was ist, Dawes?« rief Frere, den die jäh aufflammende Hoffnung für einen Augenblick alle Feindseligkeit vergessen ließ. »Ihnen fällt doch gewiß etwas ein.«

Rufus Dawes, der sich als den anerkannten Führer der kleinen Gemeinschaft angesprochen hörte, empfand ein angenehmes Gefühl der Genugtuung. »Ich weiß nicht recht«, sagte er. »Ich muß mir die Sache erst einmal durch den Kopf gehen lassen. Es sieht so einfach aus, und doch...«

Er hielt inne. Irgend etwas im Wasser hatte seine Aufmerksamkeit erregt. Es handelte sich um einen großen Klumpen blasigen Seetangs, den die zurückkehrende Flut langsam der Küste zutrieb. Diese schwimmende Masse, die zu jeder anderen Zeit unbeachtet geblieben wäre, wirkte auf Rufus Dawes wie eine Offenbarung.

»Ja«, fuhr er nach einer Weile in verändertem Ton fort, »ich glaube, es wird sich machen lassen. Ich sehe eine Lösung.«

Die anderen warteten in ehrfurchtsvollem Schweigen auf das Ergebnis seiner Überlegungen.

»Was meinen Sie«, wandte er sich an Frere, »wie breit ist wohl die Bucht?«

»Von hier bis nach Sarah Island?«

»Nein, bis zur Lotsenstation.«

»Ungefähr vier Meilen.«

Der Sträfling seufzte. »Zu weit, um hinüberzuschwimmen. Früher hätte ich es mit Leichtigkeit geschafft. Aber bei diesem Leben kommt man von Kräften. Also müssen wir's doch tun.«

»Was denn?« fragte Frere.

»Die Ziege töten.«

Sylvia schrie unwillkürlich auf. Sie hatte ihre stumme Gefährtin liebgewonnen. »Unsere Nanny töten? Oh, Mr. Dawes, warum das?«

»Ich will ein Boot für dich bauen«, erwiderte er. »Und dazu brauche ich Felle und Garn und Talg.«

Noch vor wenigen Wochen hätte Maurice Frere über eine derartige Antwort laut gelacht. Aber inzwischen hatte er begriffen, daß dieser entsprungene Sträfling alles andere als eine lächerliche Figur war, und obgleich er ihn seiner Überlegenheit wegen haßte, sah er sich gezwungen, seine Fähigkeiten anzuerkennen.

»Sie können doch von einer Ziege nicht mehr als ein Fell kriegen, Mann«, sagte er mit einem fragenden Unterton in der Stimme, als halte er es immerhin für möglich, daß ein Wunderwesen wie Dawes vermittels eines geheimen und nur ihm bekannten Verfahrens imstande sei, dem Tier auch ein zweites Fell abzuziehen.

»Ich werde noch ein paar Ziegen fangen.«

»Wo denn?«

»Bei der Lotsenstation.«

»Und wie wollen Sie dort hinkommen?«

»Auf einem Floß. Los, los, wir haben jetzt keine Zeit für Erklärungen! Fällen Sie so viele Bäumchen wie möglich, wir wollen sofort anfangen!«

Der Leutnant blickte den Sträfling verwundert an, fügte sich aber der Macht des Wissens und gehorchte. Die Sonne war noch nicht untergegangen, als der Kadaver der armen Nanny, in seltsam unregelmäßige Stücke zerteilt, bereits an einem Baum hing. Frere, der mit einer schweren Last junger Bäume zurückkehrte, fand Rufus Dawes in eine eigenartige Beschäftigung vertieft. Er hatte den Kopf der toten Ziege dicht unter dem Kiefer und ihre Beine in den Kniegelenken abgetrennt, hatte den Bauch des Tieres aufgeschlitzt, die Eingeweide herausgeholt und dann den Schlitz mit Garn zugenäht. Auf diese Weise war so etwas wie ein Sack entstanden, den er gerade mit Riedgras füllte. Frere bemerkte, daß Dawes das Fett des Tieres sorgfältig aufbewahrt und die Gedärme in einer Wasserlache eingeweicht hatte.

Der Sträfling lehnte es jedoch ab, irgendwelche Auskünfte zu geben.

»Das ist meine Sache«, sagte er. »Lassen Sie mich in Ruhe. Vielleicht klappt es gar nicht.«

Frere, von Sylvia mit Fragen bestürmt, tat so, als sei er in alle Einzelheiten des Plans eingeweiht, dürfe aber nicht darüber sprechen. Der Gedanke, daß ein Sträfling sich weigerte, ein Geheimnis mit ihm zu teilen, kränkte und erbitterte ihn maßlos.

Tags darauf schnitt Frere auf Dawes' Anweisung Binsen, die etwa eine Meile vom Lagerplatz entfernt wuchsen, und schleppte sie auf dem Rücken herbei. Zu dieser Arbeit brauchte er fast einen halben Tag. Die stark gekürzten Rationen wirkten sich allmählich auf seinen Gesundheitszustand aus. Der Sträfling dagegen, in langen, leidvollen Jahren an Entbehrungen gewöhnt, hatte nach und nach seine früheren Kräfte wiedererlangt.

»Was wollen Sie mit dem Zeug?« fragte Frere, als er die Bündel auf die Erde warf.

Sein Gebieter ließ sich zu einer Antwort herab. »Ein Floß bauen.«

»Wozu?«

Der andere zuckte die Achseln. »Sie sind etwas schwer von Begriff, Mr. Frere. Ich werde zur Lotsenstation schwimmen und ein paar Ziegen fangen. Um hinüberzukommen, genügt das ausgestopfte Ziegenfell, aber auf dem Rückweg brauche ich das Schilf als Floß für die Tiere.«

»Ziegen fangen? Wie denn, zum Teufel?« fragte Frere und wischte sich den Schweiß von der Stirn.

Der Sträfling winkte ihm näher zu treten, und Frere sah zu, wie sein Gefährte die Eingeweide der Ziege säuberte. Nachdem Rufus Dawes die äußere Haut des Darms abgezogen hatte, machte er sich daran, ihn zu wenden. Er tat dies, indem er zunächst das Darmende wie einen Jackenärmel nach außen umschlug und es dann in die Wasserlache tauchte. Das Wasser drang zwischen den umgestülpten Teil und die Darmwand, und durch den Druck schob sich die »Manschette« ein Stück höher. Nachdem Dawes diese Prozedur viele Male wiederholt hatte, war der Darm schließlich in seiner ganzen Länge von innen nach außen gekehrt. Nun wurde noch das innere Häutchen entfernt, und es blieb ein feiner, durchsichtiger Schlauch übrig, den Dawes fest abschnürte und zum Trocknen in die Sonne hängte.

»Das ist die Darmsaite für die Schlinge«, erklärte er. »Den Trick habe ich in der Kolonie gelernt. So, und jetzt kommen Sie mal mit.«

Frere folgte ihm und sah, daß zwischen zwei Steinen ein Feuer brannte und dicht daneben der Kessel halb in den Erdboden eingegraben war. Wie er bei näherer Besichtigung feststellte, war der Kessel mit glatten Kieseln gefüllt.

»Nehmen Sie die Steine heraus«, sagte Dawes.

Frere gehorchte. Der Boden des Kessels war mit einem glänzenden weißen Pulver bedeckt, das sich auch an den Seitenwänden abgesetzt hatte.

»Was ist das?« fragte er.

»Salz.«

»Wie haben Sie das gewonnen?«

»Ich habe den Kessel mit Meerwasser gefüllt und die Kieselsteine hineingeworfen, die ich zuvor im Feuer bis zur Rotglut erhitzt hatte. Wenn man den Dampf in einem Tuch auffängt und das Tuch dann auswringt, kann man sich übrigens beliebig viel Trinkwasser verschaffen. Aber daran leiden wir ja gottlob keinen Mangel.«

»Haben Sie das auch in der Kolonie gelernt?« fragte Frere erstaunt.

Rufus Dawes lachte. Seine Stimme klang bitter. »Glauben Sie, ich wäre zeit meines Lebens in einer Strafkolonie gewesen? Nein, das hier ist eine ganz einfache Sache; es handelt sich um einen Verdunstungsvorgang.«

Frere war der Bewunderung und des Neides voll. »Sie sind wirklich ein toller Bursche, Dawes! Wer sind Sie – ich meine, was waren Sie früher?«

Das Gesicht des anderen leuchtete triumphierend auf, und für einen Augenblick schien es, als sei er drauf und dran, eine überraschende Enthüllung zu machen. Aber das Leuchten erlosch, und er wies die Frage mit einer schmerzlichen Gebärde zurück.

»Ich bin ein Sträfling«, erwiderte er. »Was ich früher war, tut nichts zur Sache. Vielleicht ein Matrose, vielleicht ein Bootsbauer, ein Verschwender, ein Vagabund – kommt es denn darauf an? Das ändert doch nichts an meinem Schicksal.«

»Wenn wir mit heilen Knochen zurückkommen«, sagte Frere, »dann werde ich um Gnade für Sie bitten. Sie haben es verdient.«

Dawes lachte rauh auf.

»Nicht so hastig«, gab er zurück. »Warten wir ab, bis es soweit ist.«

»Sie glauben mir nicht?«

»Ich lege keinen Wert auf Ihre Fürsprache«, entgegnete Dawes, und seine Stimme klang so schroff wie nur je. »Gehen wir an die Arbeit. Bringen Sie die Binsen her und binden Sie sie mit einer Angelschnur zusammen.«

In diesem Augenblick tauchte Sylvia auf. »Guten Tag, Mr. Dawes. Tüchtig bei der Arbeit? Oh! Was ist denn hier in dem Kessel?«

Die Stimme des Kindes wirkte wie ein Zauber auf Rufus Dawes. Er lächelte freundlich. »Salz, Miß. Damit will ich Ziegen fangen.«

»Ziegen fangen? Wie denn? Wollen Sie ihnen etwa Salz auf den Schwanz streuen?« rief sie und lachte ausgelassen.

»Ziegen lecken gern Salz, und ich will drüben auf der Lotsenstation Fallen mit Salzködern aufstellen. Wenn sie auf das Salz zulaufen, geraten sie in die Schlinge, verstehst du?«

»Aber wie kommen Sie denn nach drüben?«

»Das wirst du morgen sehen.«

KAPITEL 14
Ein erfolgreicher Tag

Am nächsten Morgen stand Rufus Dawes in aller Frühe auf. Er wickelte die Darmsaite um einen Stock und schaffte die zerbrechlichen Binsen zu dem kleinen Felsen, der eine Art Mole bildete. Dann nahm er eine Angelschnur und einen derben Stock und machte sich daran, einen Grundriß in den Sand zu zeichnen, die rohen Umrisse eines flachen Bootes, das acht Fuß in der Länge und drei Fuß in der Breite maß. In regelmäßigen Abständen markierte er Punkte – vier auf jeder Seite –, in die er Weidenruten steckte. Als er damit fertig war, weckte er Frere und zeigte ihm den Grundriß.

»Wir brauchen acht Fichtenstämmchen«, sagte er. »Sie können sie abbrennen, wenn es mit dem Fällen nicht klappt. Und dann treiben Sie die Stämme in die Löcher, in denen jetzt die Weidenruten stecken. Wenn das erledigt ist, sammeln Sie so viele Weidenruten wie nur irgend möglich. Ich werde erst spät in der Nacht zurück sein. Und nun helfen Sie mir bei den Binsen.«

Frere folgte ihm zur Mole. Dawes entkleidete sich, legte seine Kleider auf die ausgestopfte Ziegenhaut, streckte sich auf den Schilfbündeln aus und stieß das Floß, mit den Händen paddelnd, vom Ufer ab. Die Kleider sanken nicht unter und blieben trocken, aber die Binsen gaben unter dem Gewicht des Körpers nach, bis nur noch der Kopf des Sträflings aus dem Wasser ragte. So erreichte er die Mitte der Strömung und trieb mit der abebbenden Flut der Hafenmündung zu.

Frere, der ihn mit widerwilliger Bewunderung beobachtet hatte, ging zurück, um das Frühstück zu bereiten. Sie mußten sich jetzt mit halben Rationen begnügen; Dawes hatte verboten, von der geschlachteten Ziege zu essen, ehe der Erfolg seiner Expedition feststand. Frere fragte sich, welchem glücklichen Zufall sie die Begegnung mit diesem Sträfling verdankten. Ein Pfarrer würde hier von einer »besonderen Vorsehung« sprechen, dachte er. Ohne ihn hätten wir niemals so lange durchgehalten. Wenn er es mit seinem »Boot« schafft, werden wir vermutlich mit dem Leben davonkommen. Er ist ein gerissener Hund. Ich möchte nur wissen, wer er in Wirklichkeit ist. Frere, der über eine langjährige Erfahrung als Sträflingsaufseher verfügte, konnte sich leicht vorstellen, wie gefährlich ein solcher Mensch in einer Strafkolonie sein mußte. Mit einem so wendigen Burschen gab es gewiß Schwierigkeiten über Schwierigkeiten. Sie werden ihm scharf auf die Finger sehen müssen, wenn sie ihn jemals wieder einfangen, dachte er. Na, jedenfalls kann ich ihnen so mancherlei über seine Erfindungsgabe erzählen. Plötzlich erinnerte er sich der Unterhaltung vom Vortag. Ich habe versprochen, für ihn um Gnade zu bitten.

Er wollte nichts davon hören. Zu stolz, von mir eine Gefälligkeit anzunehmen. Wie verdammt dreist diese Kerle doch gleich werden, wenn sie ein bißchen mehr Freiheit haben! Warte nur, bis wir zurück sind! Ich will dich lehren, wo dein Platz ist. Immerhin geht es ihm ja auch um seine eigene Freiheit, nicht nur um meine – will sagen: unsere. Dann kam ihm ein Gedanke in den Sinn, der in jeder Hinsicht seiner würdig war: Angenommen, wir fahren mit dem Boot weg und lassen ihn hier zurück! Diese Vorstellung dünkte ihn so spaßig in ihrer Bosheit, daß er unwillkürlich auflachte.

»Was haben Sie denn, Mr. Frere?«

»Ach, du bist es, Sylvia? Haha! Ich dachte gerade an etwas – an etwas sehr Lustiges.«

»So?« erwiderte Sylvia. »Nun, das freut mich. Wo ist Mr. Dawes?«

Frere ärgerte sich über den Eifer, mit dem sie sich nach Dawes erkundigte. »Du denkst auch immer nur an diesen Kerl. Den ganzen Tag geht das so: Dawes, Dawes, Dawes! Er ist fort.«

»Schade«, sagte sie bekümmert. »Mama wollte ihn sprechen.«

»Weshalb?« knurrte Frere.

»Mama ist krank, Mr. Frere.«

»Dawes ist kein Arzt. Was fehlt ihr denn?«

»Ich weiß nicht, aber es geht ihr heute viel schlechter als gestern.«

Beunruhigt folgte ihr Frere zu der kleinen Höhle, in der die Frau des Kommandanten krank darniederlag.

Die Höhle war hoch, aber eng. Sie hatte die Form eines Dreiecks und war ursprünglich auf zwei Seiten offen gewesen. Der einfallsreiche Rufus Dawes hatte die Öffnungen mit Weidenruten und Lehm verkleidet und als Pforte eine Art Flechtzaun angebracht. Frere stieß die Tür auf und trat ein. Das Lager der armen Frau bestand aus Binsen, die auf junges Reisig geschichtet waren. Sie stöhnte leise vor sich hin. Von Anfang an hatte sie stark unter den Entbehrungen gelitten, denen sie ausgesetzt war, und die seelische Angst trug dazu bei, ihre körperliche Schwäche zu vermehren. Der Erschöpfungszustand, dessen erste Anzeichen schon bald nach Dawes' Ankunft aufgetreten waren, hatte sich inzwischen so sehr verschlimmert, daß sie nicht mehr aufstehen konnte.

»Kopf hoch, Madam!« sagte Maurice mit gespielter Herzlichkeit. »In ein, zwei Tagen sieht alles schon anders aus.«

»Ach, Sie sind es, Mr. Frere? Ich hatte nach Mr. Dawes geschickt.«

»Er ist im Augenblick nicht da. Ich bin gerade dabei, ein Boot zu bauen. Hat Sylvia Ihnen das nicht erzählt?«

»Sie hat mir erzählt, daß er eins baut.«

»Nun ja, ich' ... wir bauen es gemeinsam. Heute abend ist er wieder zurück. Kann ich etwas für Sie tun?«

»Nein, danke. Ich wollte ihn nur fragen, wie er vorankommt. Wenn wir nicht bald aufbrechen, ist es für mich vielleicht zu spät. Ich danke Ihnen, daß Sie sich zu mir bemüht haben, Mr. Frere. Ist es nicht – hihi! – schrecklich, daß man seinen Besuch in dieser Umgebung empfangen muß?«

»Lassen Sie's gut sein«, tröstete Frere, »in ein paar Tagen sind Sie in Hobart Town. Wir werden unterwegs bestimmt auf ein Schiff treffen. Sie dürfen den Mut nicht verlieren. Wollen Sie einen Becher Tee oder etwas zu essen?«

»Nein, danke. Ich fühle mich zu schwach. Ich bin müde.«

Sylvia brach in Tränen aus.

»Nicht weinen, Liebchen, ich werde ja bald wieder gesund. Oh, ich wünschte, Mr. Dawes wäre schon zurück.«

Maurice Frere ging entrüstet hinaus. Offensichtlich war dieser »Mr.« Dawes alles, und er war nichts. Aber sie sollten sich wundern. Den ganzen Tag über, während er schwer arbeitete, um die Anordnungen des Sträflings auszuführen, schmiedete er zahllose Pläne, wie er den Spieß umdrehen könnte. Er würde Dawes der Gewalttätigkeit anklagen. Er würde fordern, daß man den Kerl als »Ausreißer« zurückschickte. Er würde darauf bestehen, daß die Gerechtigkeit ihren Lauf nähme, daß man Dawes wie alle, die bei einem Fluchtversuch aus einer Strafkolonie erwischt wurden, zum Tode verurteilte. Allerdings – wenn sie tatsächlich wohlbehalten zurückkehrten, würden der erstaunliche Mut und die Umsicht des Gefangenen sehr zu seinen Gunsten sprechen. Es war auch damit zu rechnen, daß Mrs. Vickers und Sylvia seine Fürsorge und seine Geschicklichkeit bezeugten und für ihn eintraten. Wie er, Maurice Frere, selbst gesagt hatte, verdiente der Sträfling Gnade. Der niederträchtige, gemeine Mann, von gekränkter Eitelkeit und grenzenloser Eifersucht gepeinigt, überlegte fieberhaft, wie er den Erfolg der Flucht sich selbst zuschreiben und wie er dem Gefangenen, der sich erkühnt hatte, ihn auszustechen, die letzte Hoffnung auf Freiheit rauben könnte.

Inzwischen war Rufus Dawes mit der Strömung an der Ostseite des Hafens entlanggetrieben, bis auf dem anderen Ufer die Lotsenstation in Sicht kam. Es war gegen sieben Uhr, als er sein Floß in einer sandigen Bucht an Land zog. Er aß ein wenig von dem Stück Fladen, das er in seinen Kleidern verwahrt hatte, ließ sich nach diesem kargen Mahl von der Sonne trocknen, packte dann die Reste seines Frühstücks sorgfältig ein und schob das Floß wieder ins Wasser. Die Lotsenstation lag schräg gegenüber. Er hatte für seinen zweiten Start absichtlich gerade diesen Ausgangspunkt gewählt; denn hätte er versucht, den Hafen im rechten Winkel zu überqueren, so wäre er von der starken Strömung ins offene Meer hinausgetrieben worden. Schwach, wie er war, verlor er mitunter fast den Halt. Das ungefüge Schilfbündel bot der Strömung eine zu breite Angriffsfläche, drehte sich daher dauernd um sich selbst und war mehrmals nahe daran, abzusacken. Aber trotz allem erreichte er schließlich atemlos und erschöpft das andere Ufer, eine halbe Meile unterhalb der Stelle, die er ins Auge gefaßt hatte. Er trug sein Floß aus den Fluten und begann seine Wanderung über den Hügel zur Lotsenstation.

Gegen Mittag traf er dort ein und machte sich sofort an die Arbeit. Die Ziegen, mit deren Fellen er das Coracle zu überziehen gedachte, waren zahlreich und recht zahm, und das ermutigte ihn, keine Mühe zu scheuen. Er untersuchte sorgfältig die Tierfährten und stellte fest, daß sie alle an einem Punkt zusammenliefen – an einem Pfad, der zur Tränke führte. In mühevoller Arbeit schnitt er Sträucher ab, mit denen er, bis auf diesen einen Pfad, alle Zugänge zur Wasserstelle tarnte. Am Ufer und in unregelmäßigen Abständen auf den verschiedenen Fährten streute er das Salz aus, das er durch sein primitives Destillierverfahren gewonnen hatte. Zwischen den Salzhäufchen und den Stellen, an denen die Tiere seiner Meinung nach zum Vorschein kommen würden, legte er seine Schlingen aus. Zu diesem Zweck brach er mehrere biegsame Äste von jungen Bäumen ab und befreite sie von Blättern und kleinen Zweigen. Dann grub er mit seinem Messer und dem Ende des kunstlosen Paddels, das er sich für die Fahrt über die Bucht geschnitzt hatte, eine Reihe von etwa ein Fuß tiefen Löchern in den Boden. Am dickeren Ende der Äste befestigte er mit einem Stück Angelschnur eine kleine Querlatte, die wie der Griff, den ein Knabe an der Schnur seines Brummkreisels befestigt, lose hin und her schwang. Nachdem er die so präparierten Astenden in die Löcher gesteckt hatte, schüttete er ringsum Erde auf und trat sie fest. Die Zweige, durch Querhölzer gleichsam verankert, standen kerzengerade und ließen sich auch mit aller Gewalt nicht herausreißen. An ihren dünnen Enden, die er mit Kerben versah, befestigte er die mitgebrachten Schlingen, indem er sie mehrmals um das Holz wickelte. Dann wurden die Äste nach unten gebogen und die mit den Darmsaiten umwickelten Enden in der gleichen Weise wie die dickeren Enden im Erdboden verankert. Das war der schwierigste Teil des Unternehmens, denn alles hing davon ab, daß die Stecken richtig gespannt wurden: Sie durften nicht etwa auf Grund ihrer Elastizität von selbst wieder hochschnellen, und sie mußten bei einem leichten Ziehen an der Darmsaite sofort nachgeben. Nach manchem Fehlschlag fand Rufus Dawes schließlich eine Methode, die beide Bedingungen erfüllte, und nun konnte er seine Schlingen unter Zweigen verbergen, den zerwühlten Sand mit einem Ast glätten und sich zurückziehen, um auf den Erfolg seiner Bemühungen zu warten.

Etwa zwei Stunden später kamen die Ziegen zur Tränke. Es waren ihrer fünf und zwei Lämmer, die gemächlich auf dem schmalen Pfad zum Wasser trotteten. Der Beobachter erkannte bald, daß es der vielen Vorsichtsmaßnahmen eigentlich gar nicht bedurft hätte. Der Leitbock lief geradewegs in die Schlinge, die sich ihm um den Hals legte und ihn zu Boden riß, als der Stecken hochschnellte. Das Tier ließ ein drolliges Meckern hören und schlug wild um sich. Obgleich ihrer aller Leben von dem Gelingen des Planes abhing, mußte Rufus Dawes unwillkürlich über dieses Gezappel lachen. Die anderen Ziegen hatten bei dem plötzlichen Sturz ihres Anführers Reißaus genommen, und drei von ihnen gerieten in einiger Entfernung ebenfalls in Schlingen. Drei Fallen waren noch unberührt; trotzdem hielt Rufus Dawes den Augenblick für gekommen, seine Beute sicherzustellen. Mit dem Messer in der Hand, lief er auf den Leitbock zu, doch ehe er ihn erreichte, gab die noch kaum getrocknete Darmsaite nach, und der alte Bursche suchte mit verdrießlichem Kopfschütteln das Weite. Die drei anderen aber entkamen nicht und wurden getötet. Den Verlust der einen Schlinge konnte Rufus Dawes verschmerzen, denn noch warteten ja drei Fallen auf ihre Opfer. Bevor die Sonne unterging, hatte er insgesamt vier Ziegen gefangen. Vorsichtig entfernte er die Darmsaiten, die ihm so gute Dienste geleistet hatten, schleppte die Kadaver zum Ufer und packte sie auf sein Floß. Wie er jedoch feststellen mußte, war Wasser durch die Nahtstellen in das ausgestopfte Ziegenfell gedrungen und hatte das Riedgras so durchnäßt, daß das Floß nicht länger tragfähig war.

Die nächsten zwei Stunden vergingen damit, daß sich Rufus Dawes trockenes, zur Füllung geeignetes Material suchte und das Fell neu ausstopfte. Der leichte, flockige Seetang, den die Flut wie Heubündel angeschwemmt hatte, bildete einen guten Ersatz für das Gras. Schließlich band er die Schilfbündel zu beiden Seiten des Ziegenbalgs fest, so daß eine Art Kanu entstand, auf dem die Tierkadaver sicher schwammen.

Er hatte seit dem Morgen nichts mehr gegessen und war durch die gewaltigen Anstrengungen am Ende seiner Kräfte. Doch die erregende Aufgabe, die er sich gestellt hatte, hielt ihn aufrecht, und in seiner heftigen Ungeduld wies er jeden Gedanken an eine Ruhepause weit von sich. Er schleppte seinen ermatteten Körper über den Strand und versuchte, die Müdigkeit durch verdoppelte Anstrengung zu vertreiben. Es war Flutzeit, und er wußte, daß er die gegenüberliegende Küste unbedingt erreichen mußte, solange die Strömung günstig war. Von der Lotsenstation aus konnte er die Bucht keinesfalls bei Ebbe überqueren. Wenn er nicht gleich aufbrach, mußte er noch einen zweiten Tag hier zubringen, und er konnte es sich nicht leisten, auch nur eine Stunde zu verlieren. Er schnitt einen langen Schößling ab, mit dessen Hilfe er das schwimmende Bündel zu einer Stelle lenkte, wo das Wasser unmittelbar am Ufer sehr tief war. Es war eine klare Nacht, und der Mond, der groß und niedrig am Himmel stand, warf einen zitternden Silberstreifen über die See. Das andere Ufer war in einen violetten Dunst getaucht, der auch die kleine Bucht verhüllte, von der aus er am Morgen die Überfahrt angetreten hatte. Das hinter einem Felsvorsprung verborgene Feuer seiner Leidensgefährten warf einen roten Schein in die Luft. Dumpf und drohend klang das Rauschen der Brandung, die sich an den Klippen vor der Sandbank brach: mit trügerischer Melodie plätscherte die steigende Flut über den Strand. Er faßte in das kalte Wasser und zuckte unwillkürlich zurück. Schon hatte er beschlossen, zu warten, bis die Strahlen der Morgensonne die schöne, aber heimtückische See erleuchteten, als der Gedanke an das hilflose Kind, das gewiß am Ufer stand und sehnsüchtig nach ihm Ausschau hielt, seinem ermatteten Körper neue Kraft verlieh. Den Blick auf den Feuerschein gerichtet, der über den dunklen Bäumen schwebte und von Sylvias Nähe kündete, schob er das Floß auf das Meer hinaus.

Die Binsen trugen ihn, aber die starke Strömung drohte ihn in die Tiefe zu ziehen, und sekundenlang fürchtete er, sich nicht länger festklammern zu können. Doch seine im steten Feuer der Sträflingsarbeit gestählten Muskeln waren auch dieser letzten Anspannung gewachsen, und halb erstickt, mit keuchender Brust und klammen Fingern hielt er sich im Gleichgewicht, bis das Floß aus den Strudeln der Küstenlinie in die ruhige, gleichmäßige Strömung der silbrig glänzenden Fahrtrinne gelangt war, die zur Siedlung führte. Nach einer kurzen Ruhepause nahm er noch einmal alle Kraft zusammen und drängte sein seltsames Kanu dem Ufer zu. Paddelnd und stoßend trieb er es nach und nach in Richtung des Feuerscheins, und endlich, gerade als seine erstarrten Gliedmaßen seinem Willen den Gehorsam verweigerten und er sich nicht mehr gegen die vorwärtsschließende Flut stemmen konnte, fühlte er festen Boden unter den Füßen. Er öffnete die Augen, die er in der Verzweiflung dieses letzten Ringens geschlossen hatte, und erkannte, wo er gelandet war: unterhalb des zerklüfteten Vorgebirges, welches das Feuer verbarg. Anscheinend waren die Wellen es müde geworden, ihn zu verfolgen, und hatten ihn mit verächtlichem Mitleid an die Küste, das Ziel seiner Hoffnung, geworfen. Er blickte zurück, und ein Schauder überlief ihn, als er sich plötzlich bewußt wurde, welcher schrecklichen Gefahr er entronnen war. Doch das Entsetzen wich sogleich einem Gefühl freudigen Triumphs. Warum hatte er so lange gezögert, wenn das Entkommen so leicht war? Er schleppte die Ziegenkadaver an Land und ging dann um das kleine Vorgebirge herum auf das Feuer zu. Die Erinnerung an den Abend, als er sich ihm zum erstenmal genähert hatte, überfiel ihn mit Macht und steigerte seine Freude. Wer war er damals gewesen – wer war er jetzt! Er ging über den Strand und sah im bleichen Mondlicht die Stämmchen, die er Frere zu schlagen befohlen hatte. Sein Offizier arbeitete für ihn! Nur er – Rufus Dawes – kannte das Geheimnis der Flucht! Er, der gezeichnete, entehrte

»Gefangene«, war allein in der Lage, diese drei Menschen in die Zivilisation zurückzuführen. Wenn er sich weigerte, ihnen zu helfen, mußten sie für immer in diesem Gefängnis bleiben, in dem er so lange gelitten hatte. Das Blatt hatte sich gewendet – jetzt war er der Kerkermeister!

Rufus Dawes erreichte das Feuer, ohne daß der einsame Wächter seine Schritte hörte, und wärmte sich schweigend die Hände über der Glut. Er empfand Verachtung für den Mann, der zu Hause geblieben war; im umgekehrten Fall hätte Frere das gleiche für ihn gefühlt.

Frere fuhr hoch und rief: »Sie sind es? Ist es geglückt?«

Rufus Dawes nickte.

»Was! Haben Sie wirklich Ziegen gefangen?«

»Vier Stück. Sie liegen unten bei den Felsen. Morgen zum Frühstück können Sie Fleisch essen!«

Beim Klang seiner Stimme kam Sylvia aus der Hütte und lief auf ihn zu. »Oh, Mr. Dawes! Ich bin ja so froh! Mama und ich, wir waren schon ganz verzweifelt.«

Fröhlich lachend hob Dawes sie hoch und schwang sie in die Luft.

»Sag mir, was du für mich tun wirst, wenn ich dich und Mama heil und gesund nach Hause zurückbringe«, rief er, während er die Kleine mit triefend nassen Armen über seinem Kopf hielt.

»Wir begnadigen Sie«, sagte Sylvia, »und Papa nimmt Sie in seine Dienste!«

Bei dieser Anwort brach Frere in schallendes Gelächter aus. Dawes aber spürte Würgen in der Kehle; er stellte das Kind auf die Füße und entfernte sich schweigend. Ja, das war alles, was er erhoffen konnte. Alle seine Pläne, all sein Mut, alle Gefahren, die er auf sich genommen hatte, würden ihm nichts anderes einbringen als die Gönnerschaft eines einflußreichen Mannes wie Major Vickers. Sein Herz, das vor Liebe, vor Selbstverleugnung, vor Hoffnung auf eine hellere Zukunft brannte, sollte durch diesen schmeichelnden Balsam beruhigt werden. Er hatte ein Wunder an Geschicklichkeit und Wagemut vollbracht, und zur Belohnung durfte er den Menschen dienen, die er gerettet hatte. Aber was konnte ein Sträfling auch mehr erwarten?

Sylvia fühlte, wie tief sie ihn unbewußt verletzt hatte, und eilte ihm nach.

»Und vergessen Sie nicht, daß ich Sie immer lieben werde, Mr. Dawes«, sagte sie.

Doch der Sträfling, dessen Erregung bereits abgeklungen war, bedeutete ihr stumm, ihn allein zu lassen, und sie sah, daß er sich müde im Schatten eines Felsens ausstreckte.

KAPITEL 15
Das Coracle

Am Morgen war Rufus Dawes als erster auf den Beinen. Er hatte bereits eine der Ziegen abgebalgt, als sich Frere einfand. Ohne den Zwischenfall vom Vorabend auch nur zu erwähnen, wies Dawes ihn an, sich ebenfalls einen Kadaver vorzunehmen.

»Schneiden Sie das Fell vom Steiß bis zu den Sprunggelenken und von der Brust bis zum Knie auf«, sagte er. »Zum Bespannen brauche ich viereckige Häute.«

In harter Arbeit gelang es ihnen, bis zur Frühstückszeit die vier Ziegen abzubalgen und die Eingeweide zur weiteren Verwendung zu säubern. Sie brieten sich ein Stück Fleisch, das sie mit Heißhunger verzehrten, und dann ging Dawes zu Mrs. Vickers, die sich noch immer nicht besser fühlte. Bei dieser Gelegenheit schien er sich mit Sylvia versöhnt zu haben, denn sie kamen Hand in Hand aus der Hütte. Frere, der das Fleisch in lange Streifen schnitt und zum Trocknen in die Sonne legte, sah die beiden, und das Feuer seines unvernünftigen Neides und seiner Eifersucht loderte von neuem hell auf. Aber er sagte nichts, denn noch hatte ihm sein Feind nicht gezeigt, wie das Boot zu bauen war. Im Laufe des Vormittags wurde er jedoch in das Geheimnis eingeweiht, und wie sich herausstellte, war die Sache sehr einfach.

Rufus Dawes nahm zwei der geradesten und am spitzesten zulaufenden Fichtenstämmchen, die Frere tags zuvor geschlagen hatte, und band sie – mit den dicken Enden nach außen – fest zusammen. So erhielt er eine etwa zwölf Fuß lange Stange, die er oben und unten in etwa zwei Fuß Abstand von der Schnittfläche einkerbte, so daß er die äußeren Enden aufwärtsbiegen konnte. Mit Streifen von Ziegenfell wurden die gebogenen Teile in ihrer Stellung festgehalten. Man sah nun bereits den rohen Umriß eines Teils des Bootes: Vordersteven, Kiel und Heck waren aus einem Stück. Nachdem er diese Konstruktion der Länge nach zwischen die acht Pfähle gelegt hatte, brachte er von Pfahl zu Pfahl, also quer zum Kiel, vier Stangen an, die ebenfalls an zwei Stellen eingekerbt waren und die Kniestücke bildeten. Nun wurden die hochgebogenen Teile des Kiels, die den Vordersteven und das Heck darstellten, durch vier gebogene Bäumchen miteinander verbunden. Zwei von ihnen wurden oben als Schandeckel, zwei unten als Bodenreling angebracht. An jedem Schnittpunkt band Dawes die Stangen fest mit Angelschnüren zusammen. Als das Gestell fertig war, zog er die Pfähle heraus, und auf dem Boden lag das Gerippe eines acht Fuß langen und drei Fuß breiten Bootes.

Frere, dessen Hände zerschunden und mit Blasen bedeckt waren, hätte gern eine Pause gemacht; aber davon wollte der Sträfling nichts hören.

»Wir müssen weitermachen«, sagte er ohne Rücksicht auf seine eigene Müdigkeit. »Die Häute werden sonst trocken.«

»Ohne mich«, erwiderte Frere mürrisch. »Ich kann nicht mehr stehen. Offenbar haben Sie Muskeln aus Eisen. Ich nicht.«

»Mich hat man auch zur Arbeit getrieben, wenn ich nicht mehr stehen konnte, Maurice Frere. Es ist erstaunlich, wie belebend ein Hieb mit der Katze wirkt. Nichts hilft besser gegen Muskelschmerzen als Arbeit – das hat man mir oft genug gesagt.«

»Also gut, was soll ich jetzt tun?«

»Das Boot muß bezogen werden. Sie können das Fett auslassen und die Felle zusammennähen. Immer zwei und zwei, und die Naht hier oben am Hals, verstanden? Dort drüben liegen Darmsaiten.«

»Sprechen Sie nicht mit mir, als ob ich ein Hund wäre!« rief Frere empört. »Seien Sie gefälligst ein bißchen höflicher.«

Aber Dawes, der schon wieder emsig an den überstehenden Holzteilen feilte und schnitt, gab keine Antwort. Vielleicht hielt er es für unter seiner Würde, sich mit dem ermüdeten Leutnant in einen Streit einzulassen. Etwa eine Stunde vor Sonnenuntergang lagen die Häute bereit, und Rufus Dawes spannte sie – mit der behaarten Seite nach innen – über das Bootsskelett, dessen Rippen er inzwischen mit Reisig durchflochten hatte. In den Rand dieses Überzugs bohrte er in regelmäßigen Abständen Löcher, zog Schnüre aus gedrehter Haut ein und verknotete sie an der Reling des Bootes. Nun mußte er noch eine letzte Vorsichtsmaßnahme treffen. Er tauchte die Kanne in den geschmolzenen Talg und übergoß die Nahtstellen der Häute reichlich mit Fett. Das umgedrehte Boot sah aus wie eine riesige, mit roter stinkender Haut überzogene Nußschale oder wie der skalpierte Schädel eines Titanen.

»So!« rief Rufus Dawes triumphierend. »Jetzt lassen wir das Boot noch zwölf Stunden in der Sonne liegen, damit die Felle sich straffen, und dann wird es wie eine Ente schwimmen.«

Der folgende Tag ging mit den restlichen Vorbereitungen hin. Das getrocknete Ziegenfleisch wurde zu einem möglichst kleinen Bündel verschnürt, das Rumfaß mit Trinkwasser gefüllt, und aus den Eingeweiden der Ziegen fertigte Rufus Dawes Wasserschläuche an, die er ebenfalls mit Trinkwasser füllte und mit Holzstöpseln fest verschloß. Dann schnitt er Baumrinde in zylindrische Stücke, die er an der Seite zusammennähte und mit einem Boden aus demselben Material versah. Die Nähte dichtete er mit Gummi und Harz ab. Auf diese Weise entstanden vier Eimer. Ein Ziegenfell war übriggeblieben, und Rufus Dawes beschloß, es als Segel zu verwenden.

»Die Strömungen sind stark«, sagte er, »und wir werden mit unseren armseligen Rudern nicht viel ausrichten können. Wenn starker Wind aufkommt, wird das Segel vielleicht unsere Rettung sein.«

Es erwies sich als unmöglich, einen Mast in das gebrechliche Bootsgerippe einzuspuren, aber diese Schwierigkeit ließ sich durch einen einfachen Kunstgriff beheben. Der Mast wurde mit Fellstreifen zwischen zwei an die Duchten gebundenen Stangen befestigt und durch Wanten aus gedrehten Angelschnüren gesichert, die im Bug und im Heck vertäut waren. Den Boden des kleinen Bootes legten sie mit Baumrinde aus, um sicherer treten zu können.

Spät am Nachmittag des vierten Tages waren sie mit ihren Vorbereitungen fertig und kamen überein, die Fahrt am nächsten Morgen zu wagen.

»Wir fahren an der Küste entlang zur Sandbank«, sagte Rufus Dawes, »und dort warten wir bis zum Stillstand der Flut. Mehr können wir einstweilen nicht tun.«

Sylvia, die auf einem nahe gelegenen Felsen saß, rief sie an. Der Genuß des frischen Ziegenfleisches hatte ihr wieder zu Kräften verholfen, und mit der Hoffnung auf baldige Rettung war auch ihr kindlicher Übermut neu erwacht. Die quecksilbrige kleine Dame hatte sich mit einem Kranz aus Seetang geschmückt und hielt einen langen Zweig in der Hand, der in einem Blätterbüschel endete. Das war ihr Zepter, und sie selbst stellte eine der Heldinnen ihrer Bücher dar.

»Ich bin die Königin der Insel«, verkündete sie fröhlich. »Und ihr seid meine gehorsamen Untertanen. Bitte, Sir Eglamour, ist das Boot fertig?«

»Zu Befehl, Majestät«, erwiderte Dawes.

»Dann wollen wir es besichtigen. Los, gehen Sie voran. Sie brauchen sich nicht vor mir auf die Erde zu werfen wie Freitag vor Robinson Crusoe, das wäre gar zu unbequem für Sie. Spielen Sie denn nicht mit, Mr. Frere?«

»O doch«, versicherte Frere, denn sie verzog den Mund zu einem so reizenden Schmollen, daß er ihrer Bitte nicht widerstehen konnte. »Natürlich spiele ich mit. Was soll ich denn tun?«

»Sie müssen an meiner anderen Seite gehen und ehrfurchtsvoll zu mir aufsehen. Natürlich ist das alles nur Spiel«, fügte sie mit Rücksicht auf Freres Eigendünkel rasch hinzu. »So, und jetzt schreitet die Königin, von ihren Nymphen geleitet, zur Meeresküste! Da gibt es gar nichts zu lachen, Mr. Frere! Selbstverständlich sehen Nymphen ganz anders aus als Sie, aber das läßt sich nun mal nicht ändern.«

Mit komisch übertriebener Feierlichkeit geleiteten sie ihre Herrscherin zu dem Coracle.

»Das ist also das Boot!« sagte die Königin, und es gelang ihr bei aller Würde nicht, ihre Überraschung zu verbergen. »Sie sind ein wunderbarer Mann, Mr. Dawes!«

Rufus Dawes lächelte traurig. »Es war ganz einfach.«

»Einfach nennen Sie das?« rief Frere, dessen Laune sich unter dem Einfluß von Sylvias Frohsinn ein wenig gebessert hatte. »Alle Wetter, da bin ich anderer Meinung! Das war eine Sache, die es in sich hatte. Alles, was recht ist – eine ganz gehörige Schufterei war das.«

»Ja, eine ganz gehörige Schufterei!« echote Sylvia. »Der gute Mr. Dawes hat schwer geschuftet!« Und während sie mit ihrem Zepter Linien und Buchstaben in den Sand zeichnete, stimmte sie einen kindlichen Triumphgesang an:

> »Der gute Mr. Dawes!
> Der gute Mr. Dawes!
> Dies ist das Werk des guten Mr. Dawes!«

Maurice konnte ein Hohngelächter nicht unterdrücken.

> »Margery Daw – machte es so,
> verkaufte ihr Bett und schlief auf Stroh!«

spottete er.

»Der gute Mr. Dawes!« wiederholte Sylvia. »Der gute Mr. Dawes! Weshalb soll ich das nicht sagen? Sie sind unausstehlich, Sir. Mit Ihnen spiele ich nicht mehr.«

Damit drehte sie sich um und lief weg.

»Die arme Kleine«, sagte Rufus Dawes. »Sie sollten nicht so grob zu ihr sein.«

Nun, da das Boot fertig war, hatte Frere sein Selbstvertrauen wiedergewonnen. Er fühlte sich der Zivilisation um ein gutes Stück nähergerückt, und es schien an der Zeit, seine Autoritätsansprüche, zu denen ihn seine gesellschaftliche Stellung berechtigte, von neuem geltend zu machen.

»Wenn man ihre Loblieder hört, möchte man meinen, daß noch nie jemand ein Boot gebaut hat«, sagte er. »Für einen der Dreidecker meines alten Onkels hätte sie sich nicht mehr begeistern können als für diesen Waschzuber. Bei Gott!« fuhr er mit heiserem Lachen fort, »ich müßte eigentlich etwas vom Schiffsbau verstehen; denn wenn der alte Schurke nicht so plötzlich gestorben wäre, säße ich jetzt an seiner Stelle.«

Bei dem Wort »gestorben« wandte sich Rufus Dawes ab und tat, als zöge er die Schnüre am Bootsrand fester. Hätte der andere sein jäh erblaßtes Gesicht sehen können, so wäre er höchst erstaunt gewesen.

»Ja«, murmelte Frere vor sich hin, »da habe ich eine hübsche Summe verloren.«

»Wie meinen Sie das?« fragte der Sträfling, ohne sich umzuwenden.

»Wie ich das meine? Nun mein Lieber, ich hätte eine Viertelmillion erben sollen, aber der alte Knicker starb, bevor er sein Testament ändern konnte, und das ganze Geld fiel an einen mißratenen Sohn, einen Tunichtgut, der sich seit Jahren nicht mehr um den Alten gekümmert hatte. So geht's nun mal in der Welt zu.«

Rufus Dawes, der ihm noch immer den Rücken zukehrte, rang keuchend nach Luft. Gleich darauf hatte er sich wieder in der Gewalt und sagte mit schroffer Stimme: »Ein Glückspilz, dieser Sohn!«

»Glückspilz!« rief Frere mit einem Fluch. »Wahrlich ein Glückspilz! Er ist beim Brand der *Hydaspes* umgekommen und hat nie etwas von seinem Glück erfahren. Das Geld ist an seine Mutter gefallen, ich habe keinen Schilling davon zu sehen bekommen.«

Er entfernte sich, anscheinend ärgerlich, daß seine Redseligkeit den Sieg über seine Würde davongetragen hatte. Während er auf das Feuer zuschritt, erging er sich zweifellos in Betrachtungen über den Unterschied zwischen Maurice Frere, dem Besitzer einer Viertelmillion, der in der vornehmsten Gesellschaft verkehrte, im eigenen Wagen spazierenfuhr, als Mäzen von Preisboxern auftrat und sich eine Menge Kampfhähne hielt, und Maurice Frere, dem armen Leutnant, der an der trostlosen Küste von Macquarie Harbour ausgesetzt worden war und einem entsprungenen Sträfling beim Bau eines Bootes half.

Auch Rufus Dawes war in Träumereien versunken. Er lehnte am Schandeckel des vielgepriesenen Bootes und schaute auf das Meer hinaus, das golden im Licht der untergehenden Sonne erstrahlte. Aber er nahm von dem Anblick, der sich ihm bot, nicht das geringste wahr. Die unvermutete Nachricht von seinem Reichtum hatte ihn wie ein Schlag getroffen; er war nicht mehr Herr über seine Gedanken, und jene Szenen, die zu vergessen er sich vergeblich bemüht hatte, tauchten erneut vor seinem inneren Auge auf. Er blickte weit in die Ferne – über den glitzernden Hafen und die weite See hinweg – und sah das alte Haus in Hampstead mit dem düsteren Garten, an den er sich so gut erinnerte. Ja mehr noch, er sah sich der gegenwärtigen Gefahr entronnen und von der bitteren Knechtschaft befreit, in der er so lange geschmachtet hatte. Er sah sich – mit irgendeiner einleuchtenden Erklärung für seine Abwesenheit – in die Heimat zurückkehren, um von dem Reichtum Besitz zu ergreifen, der ihm gehörte, sah sich als reichen, freien und geachteten Mann in der Welt leben, aus der er so lange verbannt gewesen war. Er sah das liebliche, blasse Gesicht seiner Mutter, die Verheißung eines glücklichen Familienlebens. Er sah sich – mit Tränen der Freude und überströmender Liebe empfangen – wie einen vom Tode Auferstandenen heimkehren. Eine strahlende Zukunft lag vor ihm, und er verlor sich in die Betrachtung seines Glückes.

So vertieft war er, daß er den leichten Schritt des Kindes im Sand nicht hörte. Mrs. Vickers, durch Sylvia von den erfolgreichen Anstrengungen des Sträflings unterrichtet, hatte ihre Schwäche so weit überwunden, daß sie an Maurice Freres Arm zum Strand hinunterhumpelte, um das Boot in Augenschein zu nehmen. Sylvia war den beiden vorausgeeilt.

»Mama will sich das Boot ansehen, Mr. Dawes!« rief sie.

Dawes rührte sich nicht. Die Kleine wiederholte ihre Worte, aber auch diesmal kam keine Antwort.

»Mr. Dawes!« rief sie noch einmal lauter und zog ihn dabei am Ärmel.

Bei der Berührung zuckte er zusammen, und nun sah er das hübsche, schmale Gesicht, das zu ihm aufschaute. Ohne recht zu wissen, was er tat, noch ganz von dem Phantasiebild besessen, das ihm Freiheit, Wohlstand und Ansehen vorgaukelte, schloß er die Kleine in die Arme und küßte sie – nicht anders, als wäre sie seine eigene Tochter gewesen. Sylvia sagte nichts. Frere aber, den seine Phantasie ganz andere Wege geführt hatte, war über die Unverschämtheit des Mannes empört. Der Leutnant, der Mrs. Vickers am Arm führte, betrachtete sich schon wieder als Vorgesetzten und wurde angesichts der scheinbaren Vermessenheit des Sträflings so wütend, als wäre er noch in seinem kleinen Königreich auf Maria Island.

»Du unverschämter Schurke!« brüllte er. »Was unterstehst du dich! Vergiß nicht, wer du bist!«

Diese Worte riefen Rufus Dawes in die Wirklichkeit zurück. Er war ein Sträfling. Wie durfte er es wagen, die Tochter seines Herrn zu liebkosen? Und doch wollte es ihm scheinen, als sei dies ein zu hartes, zu grausames Urteil nach allem, was er getan hatte und noch zu tun beabsichtigte. Er sah, wie die beiden das Boot betrachteten, das er gebaut hatte. Er bemerkte den rosigen Hoffnungsschimmer auf den Wangen der kranken Frau und die vollerblühte Autorität, die aus Maurice Freres hartem Blick sprach, und er begriff sogleich, welche Folgen seine mutige Tat für ihn haben würde. Er hatte sich erneut der Knechtschaft überantwortet. Solange sie vergeblich auf Rettung hofften, war er nützlich und sogar mächtig gewesen. Nun, da er den Weg in die Freiheit gewiesen hatte, war er abermals zum Lasttier herabgesunken. In der Einöde war er »Mr.« Dawes, der Retter; in der zivilisierten Welt würde er wieder Rufus Dawes, der Schurke, der Gefangene, der Entsprungene sein. Still und stumm hörte er zu, wie Frere die Vorzüge des kleinen Bootes erläuterte. Da er aus den wenigen, recht frostig klingenden Dankesworten, die Mrs. Vickers äußerte, heraushörte, daß auch sie seine unangebrachte Kühnheit, ihr Kind zu küssen, mißbilligte, wandte er sich unvermittelt ab und schritt auf den Busch zu.

»Ein komischer Kauz«, sagte Frere, während Mrs. Vickers dem sich rasch Entfernenden nachsah. »Immer schlecht gelaunt.«

»Der arme Kerl! Er war sehr freundlich zu uns«, murmelte Mrs. Vickers. Doch auch sie spürte irgendeine Veränderung und erkannte, daß aus unerklärlichen Gründen ihr blindes Vertrauen zu dem Sträfling, der ihnen das Leben gerettet hatte, einer gönnerhaften Freundlichkeit gewichen war, die mit Achtung oder Zuneigung nicht das mindeste zu tun hatte.

»Kommen Sie, wir wollen essen«, sagte Frere. »Hoffentlich ist das unsere letzte Mahlzeit hier. Er wird schon wiederkommen, wenn seine schlechte Laune verflogen ist.«

Aber er kam nicht wieder, und nach einigen erstaunten Bemerkungen über sein plötzliches Verschwinden dachten Mrs. Vickers und ihre Tochter kaum noch daran, daß er fort war. Ihre Hoffnungen und Befürchtungen kreisten unablässig um den morgigen Tag. Mit überraschender Leichtgläubigkeit betrachteten sie das furchtbare Wagnis, das ihnen bevorstand, als bereits geglückt. Der Besitz des Bootes erschien ihnen so wunderbar, daß sie die Gefahren der Seereise gar nicht in Betracht zogen. Was Maurice Frere betraf, so freute er sich, daß der Sträfling aus dem Wege war. Er wünschte sogar, Dawes möge nie mehr zurückkehren.

KAPITEL 16
Die Schriftzeichen im Sand

Von Kummer und Wut überwältigt, warf sich Rufus Dawes zu Boden, sobald ihn die undankbaren Geschöpfe, für die er sich aufgeopfert hatte, nicht mehr sehen konnten. Zum erstenmal seit sechs Jahren hatte er in dem Glück, Gutes zu tun, in den Freuden der Selbstverleugnung geschwelgt. Zum erstenmal seit sechs Jahren hatte er den Wall selbstischer Menschenfeindlichkeit durchbrochen, den er um sich errichtet hatte. Und dies war die Belohnung! Er hatte sein Temperament gezügelt, um die anderen nicht zu verletzen. Er hatte die bittere Erinnerung an die Zeit der entwürdigenden Knechtschaft verbannt, damit nicht etwa ein Schatten davon auf das blonde Kind fiele, dessen Schicksal so seltsam mit dem seinen verknüpft war. Er hatte die Qualen, die er litt, verschwiegen, um den Menschen, die mit ihm zu fühlen schienen, durch seine Klagen keinen Schmerz zu bereiten. Er hatte keine Vergeltung geübt, obgleich sie ihm höchste Wonne gewesen wäre. Nachdem er all die Jahre auf eine Gelegenheit gewartet hatte, sich an seinen Peinigern zu rächen, hatte er jetzt, da ein unerwarteter Zufall ihm die Vernichtungswaffe reichte, nicht zugegriffen. Er hatte sein Leben aufs Spiel gesetzt, seine Haßgefühle verdrängt, sich gewissermaßen von Grund auf gewandelt – und die Belohnung dafür waren kalte Blicke und barsche Worte, kaum daß seine Geschicklichkeit den Weg in die Freiheit gebahnt hatte. Diese Erkenntnis, die ihm kam, während ihn noch der Jubel über seinen unerwarteten Reichtum durchschauerte, ließ ihn vor Wut über sein hartes Geschick mit den Zähnen knirschen. Gebunden durch die reinsten und heiligsten Bande, die Liebe eines Sohnes zu seiner Mutter, hatte er sich lieber zum gesellschaftlichen Tod verurteilt, als seine Freiheit und sein Leben durch Enthüllungen zu erkaufen, die das sanfte Geschöpf, das er liebte, der Schande preisgegeben hätten. Eine Reihe seltsamer Zufälle waren ihm zu Hilfe gekommen, so daß seine falschen Angaben durch nichts und niemand widerlegt werden konnten. Sein Vetter hatte ihn nicht erkannt. Das Schiff, auf dem er sich angeblich befunden hatte, war mit Mann und Maus gesunken. Seine Identität war gänzlich ausgelöscht worden – nichts verband mehr den Sträfling Rufus Dawes mit Richard Devine, dem verschwundenen Erben des toten Reeders.

Oh, wenn er das nur gewußt hätte! Wenn er in dem düsteren Gefängnis, von tausendfältiger Furcht gequält, von dem erdrückenden Gewicht der Indizien niedergezwungen, doch nur geahnt hätte, daß der Tod zwischen Sir Richard und seine Rache getreten war! Das Opfer, das er gebracht hatte, wäre ihm dann erspart geblieben. Er war als namenloser Matrose vor Gericht gestellt und verurteilt worden, er hatte keine Entlastungszeugen beigebracht, jede Aussage über sein früheres Leben verweigert. Erst jetzt wurde ihm alles klar: Er hätte bei seiner Erklärung, er wisse nichts von dem Mord, bleiben können, er hätte den Namen des Mörders in seiner Brust verschließen und trotzdem frei sein können. Richter sind gerecht, aber die öffentliche Meinung ist mächtig, und es war durchaus denkbar, daß der Millionär Richard Devine dem Schicksal entgangen wäre, das den Matrosen Rufus Dawes ereilt hatte. Damals im Gefängnis, als ihn der Gedanke an seine Mutter, die Angst und die Verzweiflung an den Rand des Wahnsinns brachten, hatte er immer wieder erwogen, was ihn wohl zu retten vermöge; aber nie war es ihm in den Sinn gekommen, daß er den Vater, der ihn verstoßen hatte, inzwischen beerbt haben könnte. Die Kenntnis des wahren Sachverhalts hätte sein Leben in völlig andere Bahnen gelenkt. Nun, da er alles wußte, war es zu spät.

Er lag im Sande, das Gesicht an die Erde gepreßt; er wanderte ziellos zwischen den verkrüppelten Bäumen umher, die sich im bleichen Licht des nebelverhangenen Mondes gespenstisch emporreckten; er saß – wie er vor langer Zeit im Gefängnis gesessen hatte –, den Kopf in die Hände gestützt, den Oberkörper hin und her wiegend, und die ganze Zeit grübelte er über das unlösbare Problem seines bitteren Lebens nach. Das Erbe, das ihm zugefallen war, nutzte ihm wenig. Ein entsprungener Sträfling, dessen Hände von niedriger Arbeit schwielig geworden waren, dessen Rücken Striemen und Narben aufwies, konnte niemals in den Salons der großen Welt verkehren. Und wenn er Ansprüche auf seinen alten Namen und seine Rechte geltend machte – was dann? Er war ein überführter Verbrecher, sein Name und seine Rechte waren ihm durch richterliches Urteil genommen worden. Sollte er zu Maurice Frere gehen und ihm sagen, daß er sein totgeglaubter Vetter sei? Frere würde ihn auslachen. Sollte er seine Herkunft und seine Unschuld laut verkünden? Er würde nur erreichen, daß seine Mitgefangenen höhnisch grinsten und der Aufseher ihn noch schwerer schuften ließ. Sollte er die Wahrheit seiner phantastischen Geschichte so lange beteuern, bis man ihm endlich glaubte? Was würde dabei herauskommen? Wenn man in England – vielleicht erst nach Jahren – von dem Kettensträfling aus Macquarie Harbour hörte, der als Mörder galt und dessen Strafregister von Meutereien und Strafen berichtete, wenn man erfuhr, daß dieser Mann behauptete, er sei der rechtmäßige Erbe eines großen Vermögens und habe das Recht, ehrenwerte Engländer aus Rang und Stellung zu verdrängen, mit welchen Gefühlen würde man diese Kunde aufnehmen? Gewiß nicht mit dem Wunsch, den Schurken von seinen Fesseln zu befreien und ihn auf den Ehrenplatz seines toten Vaters zu setzen. Nein, eine solche Nachricht konnte man nur als ein großes Unglück betrachten, durch das ein untadeliger Ruf beschmutzt, ein angesehener und unbefleckter Name besudelt wurde. Und angenommen, daß es ihm trotz allem gelang, zu seiner Mutter zurückzukehren, die sich inzwischen vielleicht längst mit seinem Tode abgefunden hatte, dann würde er bestenfalls Schande über sie bringen, eine kaum minder entehrende Schande als jene andere, die sie gefürchtet hatte.

Aber es war ja unmöglich, daß ihm die Rückkehr gelang. Er hatte nicht den Mut, das grausige Labyrinth, in das er geraten war, noch einmal zu durchschreiten. Sollte er etwa seine narbenbedeckten Schultern vorzeigen, als Beweis dafür, daß er ein Gentleman und ein Unschuldiger war? Sollte er von den unvorstellbaren Niederträchtigkeiten in Macquarie Harbour berichten, als Beweis dafür, daß er berechtigt war, die Gastfreundschaft der Reichen zu genießen und als geachteter Gast an ihrer Tafel zu sitzen? Sollte er die gemeinen Ausdrücke der Männer im Käfig des Gefangenenschiffes und die Zoten der Sträflinge in den Arbeitskommandos wiederholen, als Beweis dafür, daß er der rechte Gefährte für edelgesinnte Frauen und unschuldige Kinder war? Und selbst wenn es ihm gelang, den Namen des wirklichen Verbrechers geheimzuhalten und sich von dem Verdacht, der auf ihm ruhte, reinzuwaschen, so konnten ihn doch alle Schätze der Welt nicht von dem Wissen um das Böse befreien und ihn in den früheren seligen Stand der Unschuld zurückversetzen. Alle Schätze der Welt konnten ihm weder die Selbstachtung wiedergeben, die man aus ihm herausgepeitscht hattte, noch die Erinnerung an die entwürdigende Knechtschaft aus seinem Gehirn verbannen.

Viele Stunden lang marterte ihn diese Qual. Zuweilen schrie er laut auf, als leide er körperliche Schmerzen, zuweilen lag er wie betäubt da, und es waren wirklich körperliche Schmerzen, die ihn peinigten. Es war hoffnungslos, an Freiheit und Ehre zu denken. Er mußte weiterhin schweigen, weiterhin dieses Leben führen, das ihm vom Schicksal auferlegt worden war. Er würde in die Knechtschaft zurückkehren und die Strafe auf sich nehmen, die das Gesetz über den entsprungenen Sträfling verhängte. Vielleicht entging er der strengsten Strafe, zum Lohn für seine Bemühungen, das Kind zu retten. Er konnte sich glücklich schätzen, wenn man ihm aus diesem Grunde mildernde Umstände zubilligte. Glücklich! Und wenn er nun gar nicht zurückging, sondern in die Wildnis hinauswanderte und dort stürbe? Lieber den Tod als ein Schicksal wie das seine. Aber mußte er denn sterben? Er hatte Ziegen gefangen, er verstand sich aufs Angeln, auf den Bau einer Hütte. Vielleicht war in der verlassenen Siedlung ein wenig Getreide zurückgeblieben, das er aussäen konnte, so daß für Brot gesorgt war. Er hatte ein Boot gebaut, er hatte einen Backofen errichtet, er hatte einen Zaun um die Hütte gezogen. Wie sollte es ihm da nicht gelingen, allein zu leben, wild und frei? Allein! Lag nicht dort unten am Strand das Boot, das er, er allein, gebaut hatte? Warum nahm er es nicht, fuhr davon und überließ die Elenden, die ihm mit Undank lohnten, ihrem Schicksal?

Dieser Gedanke durchzuckte ihn so jäh, als hätte ihm jemand die Worte ins Ohr geflüstert. Nur zwanzig Schritte trennten ihn von dem Besitz des Bootes. Wenn er eine halbe Stunde mit der Strömung trieb, holte ihn niemand mehr ein. Hatte er erst die Sandbank hinter sich gebracht, dann konnte er nach Westen fahren, in der Hoffnung, einem Walfangschiff zu begegnen. Zweifellos würde er schon bald eins sichten, und bis dahin war er mit Proviant und Trinkwasser versehen. Den Seeleuten wollte er irgend etwas von einem Schiffbruch erzählen und ... Aber halt, er hatte ja vergessen, daß die Lumpen, die er am Leibe trug, ihn verraten würden! Mit einem Schrei der Verzweiflung fuhr er aus seiner liegenden Stellung hoch. Als er die Hände ausstreckte, um sich beim Aufstehen zu stützen, berührten seine Finger etwas Weiches. Er hatte dicht neben ein paar Steinen gelegen, die vor einem niedrigen Strauch übereinandergeschichtet waren. Der Gegenstand, den er berührt hatte, war teilweise unter diesem Steinhügel verborgen. Er griff zu und zog das Hemd des armen Bates hervor. Mit zitternden Händen räumte er die Steine weg und förderte auch die übrigen Kleidungsstücke zutage. Der Himmel hatte ihm gerade die Verkleidung gesandt, die er brauchte.

Die Nacht war über seinen Grübeleien hingegangen, und die ersten schwachen Lichtstreifen zeigten sich am Morgenhimmel. Blaß und verstört sprang er auf und lief zum Boot. Er wagte nicht, sich über sein Vorhaben Rechenschaft abzulegen, doch im Laufen hörte er wieder die innere Stimme, die ihn ermutigte: Dein Leben ist wichtiger als das ihre. Sie werden zwar sterben, aber sie sind undankbare Geschöpfe und verdienen den Tod. Du wirst zu dem liebenden Herzen heimkehren, das dich betrauert. Es gibt Taten, mit denen du der Menschheit mehr nützen kannst als mit der Rettung dieser Elenden, die dich verachten. Außerdem brauchen sie vielleicht gar nicht zu sterben. Man wird bestimmt nach ihnen suchen. Bedenke, was du zu gewärtigen hast − ein entsprungener Sträfling!

Wenige Schritte vor dem Boot blieb er unvermittelt stehen und starrte auf den Sand, regungslos, wie versteinert vor Entsetzen, als sehe er dort das Menetekel, das Belsazar seinen Untergang weissagte. Es waren die Buchstaben, die Sylvia am Vorabend gemalt hatte. Sie glitzerten in dem schrägfallenden Licht der roten Sonne, die plötzlich aus dem Meer aufgestiegen war, und es schien ihm, als hätten sich die Zeichen zu seinen Füßen von selbst geformt: DER GUTE MR. DAWES!

Der gute Mr. Dawes! Was für ein schrecklicher Vorwurf lag in diesen schlichten Worten! Was für ein Abgrund von Feigheit, Gemeinheit und Grausamkeit öffnete sich beim Anblick dieser vierzehn Buchstaben! Er hörte die Stimme des Kindes, das ihn gepflegt hatte, Sylvias Stimme, die ihm zurief, sie zu retten. Er sah sie in diesem Augenblick zwischen sich und dem Boot stehen, so wie sie am Abend seiner Rückkehr in die verlassene Siedlung vor ihm gestanden und ihm den Fladen gereicht hatte.

Er taumelte zur Höhle, packte den schlafenden Frere beim Arm und rüttelte ihn heftig. »Aufstehen! Aufstehen!« rief er. »Wir wollen diesen Ort verlassen!«

Frere fuhr hoch und starrte verwundert, noch halb im Schlaf auf das bleiche Gesicht und die blutunterlaufenen Augen des armen Dawes.

»Was ist denn mit Ihnen los, Mann?« fragte er. »Sie sehen ja aus, als wären Sie einem Geist begegnet.«

Beim Klang seiner Stimme stieß Rufus Dawes einen tiefen Seufzer aus und fuhr sich mit der Hand über die Augen.

»Wach auf, Sylvia!« schrie Frere. »Höchste Zeit aufzustehen. Es geht los!«

Das Opfer war vollbracht. Der Sträfling wandte sich ab, zwei große glitzernde Tränen rollten über sein zerfurchtes Gesicht und fielen in den Sand.

KAPITEL 17
Auf hoher See

Eine Stunde nach Sonnenaufgang trieb das zerbrechliche Boot, das die letzte Hoffnung dieser vier Menschen war, mit der Strömung auf die Mündung des Hafens zu. Gleich zu Beginn der Fahrt wäre es beinahe gesunken, da es überladen war, und sie hatten eine beträchtliche Menge getrocknetes Fleisch zurücklassen müssen. Man kann sich gewiß vorstellen, mit wie großem Bedauern das geschah; denn jeder Bissen schien eine Lebensstunde zu bedeuten. Aber es blieb ihnen keine Wahl. Sie mußten, wie Frere sagte, alles auf eine Karte setzen und um jeden Preis versuchen fortzukommen.

Gegen Abend erreichten sie das Höllentor und warteten dort einige Stunden, denn Dawes wollte die Weiterfahrt nicht vor dem Stillstand der Flut wagen. Erst gegen zehn Uhr brachen sie auf, um die Sandbank zu passieren. Die Nacht war mild, die See ruhig. Anscheinend hatte die Vorsehung Mitleid mit ihnen, denn trotz der Unsicherheit des kleinen Bootes, trotz der heftigen Brecher gelang die gefürchtete Durchfahrt. Nur einmal, gerade als sie in die Brandung einfuhren, schlug eine mächtige Sturzwelle hoch über ihnen zusammen und schien das schwache Coracle, das lediglich aus Häuten und Flechtwerk bestand, verschlingen zu wollen; doch Rufus Dawes drehte das Boot geschickt bei, während Frere mit seinem Hut eifrig schöpfte, und so gelang es ihnen, das tiefere Wasser zu erreichen. Allerdings wurden sie dabei von einem schweren Mißgeschick betroffen. Zwei ihrer Rindeneimer, die sie – ein unverzeihliches Versehen –

nicht festgebunden hatten, gingen über Bord und mit ihnen nahezu ein Fünftel des spärlichen Trinkwasservorrats.

Angesichts der größeren Gefahr dünkte sie dieser Zwischenfall unwichtig; und als sie, durchnäßt und durchfroren, in die offene See hinausgelangten, waren sie alle der Meinung, daß ihnen das Glück in wunderbarer Weise hold gewesen sei.

Mit ihren behelfsmäßigen Rudern konnten sie das Boot nur langsam vorwärts bewegen. Gegen Morgen kam eine leichte Nordwestbrise auf, sie setzten das Segel aus Ziegenfell und trieben an der Küste entlang. Es war beschlossen worden, daß die beiden Männer abwechselnd Wache halten sollten. Wieder trug Freres Autorität den Sieg davon: Er zwang Rufus Dawes, die erste Wache zu übernehmen.

»Ich bin müde«, erklärte er. »Ich muß ein Weilchen schlafen.«

Rufus Dawes, der zwei Nächte lang nicht geschlafen und die schwerste Arbeit getan hatte, erwiderte nichts. Er hatte in den letzten Tagen so unsagbar viel gelitten, daß seine Sinne gegen jeden Schmerz abgestumpft waren.

Frere schlief bis spät in den Nachmittag hinein. Als er erwachte, schaukelte das Boot noch immer auf den Wellen, und Sylvia und ihre Mutter waren seekrank. Er nahm das mit einiger Verwunderung zur Kenntnis; denn er hatte immer geglaubt, die Seekrankheit sei ein Leiden, das ausschließlich der Zivilisation angehörte. Während er schwermütig die hohen grünen Wellen betrachtete, die unaufhörlich zwischen ihm und dem Horizont wogten, überdachte er noch einmal all die seltsamen und erstaunlichen Ereignisse. Aus der Geschichte seines Lebens war gleichsam ein Blatt herausgerissen worden. Ihm war, als hätte er sein ganzes Leben damit verbracht, schwermütig die See und die Küste anzustarren. Und dabei hatte er am Morgen, bevor sie die Siedlung verließen, die Kerben an dem Stock gezählt, den er als Kalender bei sich trug, und verblüfft festgestellt, daß es nur zweiundzwanzig an der Zahl waren. Er nahm sein Messer und schnitt zwei Kerben in den Schandeckel des Bootes. Alles in allem waren es also vierundzwanzig Tage. Die Meuterei hatte am 13. Januar stattgefunden; folglich schrieb man jetzt den 6. Februar. Die *Ladybird* müßte doch längst wieder hier sein, dachte er. Wie hätte er wissen sollen, daß die *Ladybird,* von einem Unwetter überrascht, in Port Davey Schutz gesucht und siebzehn Tage lang festgelegen hatte.

Abends flaute der Wind ab, und sie mußten wieder zu den Rudern greifen. Sie ruderten die ganze Nacht, kamen aber nur langsam voran, so daß Rufus Dawes vorschlug, die Küste anzusteuern und dort zu warten, bis die Brise auffrischte. Aber als sie sich einer langen Reihe steil aus dem Meer aufragender Basaltfelsen näherten, erkannten sie, daß sich die Wogen mit wütendem Getöse an einem sechs bis sieben Meilen langen hufeisenförmigen Riff brachen. Es blieb ihnen nichts anders übrig, als weiter an der Küste entlangzurudern.

Zwei Tage fuhren sie so, ohne ein Schiff zu sichten, und am dritten Tag erhob sich ein starker Südost, der sie um dreißig Meilen zurückwarf. Das Boot bekam ein Leck und mußte unablässig ausgeschöpft werden. Zu allem Unglück wurde auch das Rumfäßchen leck, das den größten Teil ihres Trinkwasservorrats enthielt. Es war bereits halb leer, als sie es abdichteten, indem sie die schadhafte Stelle ausschnitten und das Loch mit einem Leinenlappen verstopften.

»Ein Glück, daß wir nicht in den Tropen sind«, sagte Frere.

Die arme Mrs. Vickers, die auf dem Boden des Bootes lag, in ihren nassen Schal gehüllt und von dem scharfen Wind bis ins Mark durchfroren, brachte es nicht über sich, darauf etwas zu erwidern. Im stillen dachte sie, die Tropenhitze könne gewiß nicht schlimmer sein als diese kalte, unfreundliche See.

Die vier armen Geschöpfe waren jetzt der Verzweiflung nahe. Mrs. Vickers schien am Ende ihrer Kräfte, und es war klar, daß sie, wenn nicht bald Hilfe kam, den Unbilden der Witterung erliegen würde. Der kleinen Sylvia ging es etwas besser. Rufus Dawes hatte sie in sein wollenes Hemd gewickelt, und ohne Freres Wissen teilte er seine tägliche Fleischration mit ihr. Nachts lag sie in seinen Armen, und tagsüber schmiegte sie sich schutzsuchend eng an ihn. Solange sie in seiner Nähe war, fühlte sie sich geborgen. Die beiden sprachen wenig miteinander, aber wenn Rufus Dawes fühlte, wie ihre Hand die seine drückte, wie ihr Kopf an seiner Schulter ruhte, dann vergaß er fast die Kälte und den nagenden Hunger.

So vergingen weitere zwei Tage, und noch immer war kein Segel am Horizont zu sehen. Am zehnten Tag nach ihrem Aufbruch aus Macquarie Harbour hatten sie nichts mehr zu essen. Das Salzwasser hatte das Ziegenfleisch verdorben und das Brot so durchtränkt, daß es nur noch ein widerlicher Kleister war. Die See ging nach wie vor hoch, und der Wind, der nach Norden umgesprungen war, hatte an Heftigkeit zugenommen. Die lange, niedrige Küstenlinie, die sich zu ihrer Linken erstreckte, wurde zuweilen von einem bläulichen Nebel verschleiert. Das Wasser war lehmgelb, und der Himmel drohte mit Regen. Das armselige Boot, dem sie ihr Leben anvertraut hatten, war an vier Stellen leck. Einer der wilden Stürme, die häufig an dieser felsigen Küste wüteten, mußte es unweigerlich vernichten. Zu Tode erschöpft, von Hunger und Kälte gepeinigt, waren die beiden Männer nahe daran, auf ein rasches Ende zu hoffen. Zu allem Unglück wurde Sylvia von Fieber befallen. Sie war abwechselnd heiß und kalt, sie phantasierte und stöhnte. Rufus Dawes, der sie in den Armen hielt, war Zeuge ihrer Leiden, und das Bewußtsein, nicht helfen zu können, erfüllte sein Herz mit rasender Verzweiflung. Wenn sie nun starb?

So vergingen der Tag und die Nacht, und der elfte Morgen fand das Boot noch immer im Kampf mit den Wellen des einsamen Meeres. Die vier Unglücklichen atmeten kaum noch.

Plötzlich stieß Dawes einen Schrei aus, packte die Segelleine und drehte bei. »Ein Schiff! Ein Schiff!« rief er. »Sehen Sie es denn nicht?«

Vergeblich suchten Freres hungrige Augen die weite Wasserfläche ab.

»Weit und breit nichts zu sehen, du Narr!« sagte er. »Rede keinen Unsinn.«

Das Boot folgte nun nicht mehr der Küstenlinie, sondern schoß mit Kurs nach Süden stracks hinaus in die riesige Südsee. Frere versuchte, dem Sträfling die Leine zu entreißen, um das Boot auf den alten Kurs zu bringen.

»Bist du wahnsinnig, ins offene Meer hinauszufahren?« brüllte er gereizt und erschrocken.

Der andere hob drohend die Hand. »Sitzen bleiben!« fuhr er ihn an und starrte über das graue Wasser. »Ich sage Ihnen, ich sehe ein Schiff!«

Eingeschüchtert durch das seltsame Leuchten, das in den Augen seines Gefährten glomm, ließ sich Frere finster auf seinen Platz zurückfallen. »Mach, was du willst, du verrückter Kerl!« knurrte er. »Geschieht mir ganz recht, warum habe ich mich auch so einem Teufelskahn anvertraut!«

Aber kam es denn jetzt noch darauf an? Schließlich war es doch einerlei, ob man mitten auf dem Ozean oder in Küstennähe ertrank.

Stunde um Stunde verging, und kein Schiff war zu sehen. Gegen Abend frischte der Wind auf, und das Boot, das sich mühsam durch die langen braunen Wellen kämpfte, schwankte hin und her, wie trunken von dem Wasser, das es geschluckt hatte, denn durch einen Riß vorn am Bug sprudelte das Wasser wie Wein aus einem Schlauch. Die Küste war verschwunden, und der riesige Ozean – weit, stürmisch und drohend – tobte und zischte rings um sie her. Es schien unmöglich, daß sie den Morgen noch erlebten. Aber Rufus Dawes, die Augen unverwandt auf das gerichtet, was nur er allein sah, drückte das Kind fest an sich und steuerte das taumelnde Boot durch die schwarze Wüste der Nacht und der See. Für Frere, der mürrisch im Bug saß, hatte dieses grimmige, unbewegte Gesicht mit den im Winde flatternden Haaren und dem starren Blick etwas Übernatürliches und Furchtgebietendes. Er bildete sich ein, die Entbehrungen und die Angst hätten den unglücklichen Sträfling um den Verstand gebracht.

Während er mit Schaudern an sein eigenes Schicksal dachte, fiel er in einen kurzen Schlaf – so schien es ihm wenigstens –, aus dem ihn eine Stimme weckte. Erschrocken, mit schlotternden Knien, fuhr er hoch. Der neue Tag war angebrochen; zur Linken kündigte sich der Morgen durch einen langen blassen Streifen mattgelben Lichts an. Zwischen diesem gelblichen Streifen und dem Bug des Bootes leuchtete für einen kurzen Augenblick ein weißer Fleck auf.

»Ein Schiff! Ein Schiff!« rief Rufus Dawes mit flackernden Augen, und in seiner Stimme war ein seltsames Beben. »Hab ich's Ihnen nicht gleich gesagt?«

Völlig verwirrt und vor Erregung zitternd, hielt Frere abermals Ausschau, und wieder leuchtete der weiße Fleck auf. Fast glaubte er sich schon gerettet, doch dann überkam ihn eine noch tiefere Verzweiflung als zuvor. Bei dieser Entfernung war es unmöglich, daß die auf dem Schiff das Boot sichteten.

»Sie werden uns niemals sehen!« schrie er. »Dawes, Dawes! Hörst du? Sie werden uns niemals sehen!«

Rufus Dawes zuckte zusammen, als käme er jäh zur Besinnung. Er legte die schlafende Sylvia neben ihre Mutter, band die Segelleine an der Stange fest, die als Schandeckel diente, ergriff das Stück Borke, auf dem er gesessen hatte, und kroch zum Bug des Bootes.

»*Das* werden sie sehen! Reißen Sie noch mehr Borke heraus! So! Schichten Sie das alles im Bug auf. Hauen Sie hier ein Stück Holz ab! Und jetzt diesen trockenen Weidenast! Kümmern Sie sich nicht um das Boot, Mann, wir brauchen es nicht mehr. Reißen Sie hier vorn einen Fellstreifen ab und sehen Sie nach, ob das Holz darunter noch trocken ist. Schnell! Nicht so langsam!«

»Was soll das?« rief Frere entsetzt, als der Sträfling alles trockene Holz herausriß, das er finden konnte, und es auf der Borke im Bug aufstapelte.

»Ich will Feuer machen, verstehen Sie?«

Frere begriff. »Ich habe noch drei Streichhölzer«, sagte er und durchwühlte mit zitternden Fingern seine Tasche. »Vielleicht sind sie trocken; ich hatte sie in ein Blatt des Buches eingewickelt.«

Das Wort »Buch« brachte Rufus Dawes auf einen Gedanken. Er griff nach Sylvias »Englischer Geschichte«, die ihnen schon so gute Dienste geleistet hatte, fetzte aus der

Mitte des Bandes die trockenen Blätter heraus und schob sie behutsam zwischen die Holzstücke. »Jetzt, vorsichtig!«

Das Streichholz wurde angerissen und flammte auf. Das Papier kräuselte sich, fing Feuer, und Frere blies, bis auch die Borke zu brennen begann. Er häufte alles Brennbare auf das Feuer, die Felle schrumpften zusammen, und eine hohe schwarze Rauchsäule stieg über der See auf.

»Sylvia!« rief Rufus Dawes. »Sylvia, mein Liebling! Du bist gerettet!«

Sie schlug die blauen Augen auf und blickte ihn an, aber nichts verriet, daß sie ihn erkannte. Ihrer Sinne nicht mächtig, hatte sie in der Stunde der Rettung ihren Beschützer vergessen. Von diesem letzten grausamen Schicksalsschlag überwältigt, ließ sich Rufus Dawes im Heck des Bootes nieder, wortlos, mit dem Kind in den Armen. Frere, der das Feuer schürte, dachte im stillen, dies sei die Chance, auf die er so gehofft hatte. Die Mutter lag im Sterben, das Kind war ohne Bewußtsein – wer also konnte die Geschicklichkeit des verhaßten Sträflings bezeugen? Niemand außer Mr. Maurice Frere, und er, der Kommandant einer Strafkolonie, war verpflichtet, einen entsprungenen Sträfling seiner gerechten Strafe zuzuführen.

Das Schiff änderte den Kurs und hielt auf das merkwürdige Feuer inmitten des Ozeans zu. Das Boot, dessen Bug wie eine Kienfackel brannte, konnte die nächste Stunde unmöglich überdauern. Der Sträfling mit dem Kind im Arm rührte sich nicht. Mrs. Vickers war besinnungslos, sie ahnte nicht, daß Hilfe nahte.

Das Schiff – eine Brigg unter amerikanischer Flagge – war bis auf Rufweite herangekommen. Frere glaubte bereits, die Gestalten an Deck zu erkennen. Er kroch nach achtern zu Dawes und riß ihn mit einem rohen Fußtritt aus seiner Versunkenheit.

»Los, gib mir das Kind und geh nach vorn!« befahl er.

Rufus Dawes hob den Kopf, und als er das Schiff sah, erinnerte er sich seiner Pflicht. Mit einem unsagbar bitteren Lächeln legte er die Last, die er so zärtlich getragen hatte, in die Arme des Leutnants, dann wandte er sich dem lodernden Bug zu.

Die Brigg war jetzt dicht vor ihnen. Ihre Segel, die hoch und düster aufragten, beschatteten die See. Die nassen Decks glänzten in der Morgensonne. Bärtige Gesichter beugten sich neugierig über die Reling und blickten staunend auf die vier Menschen, die hilflos in einem brennenden Boot auf dem stürmischen Ozean trieben.

Frere hielt Sylvia in den Armen, und so erwartete er das Schiff.

Drittes Buch
Port Arthur
1838

KAPITEL 1
Ein Arbeiter im Weinberg des Herrn

»Die Gesellschaft von Hobart Town, mein hochverehrter Lord, setzt sich in diesem Jahr des Heils 1838 aus recht merkwürdigen Elementen zusammen.« So stand es in dem geistsprühenden Brief zu lesen, den Reverend Meekin zur Post trug und mit dem er – seit sieben Tagen als neuernannter Kaplan in Vandiemensland ansässig – seinen Gönner in England zu erheitern gedachte. Während er zierlich den Sommerweg zwischen dem blauen Fluß und dem purpurfarbenen Gebirge entlangtrippelte, ließ er seinen milden Blick bald auf diesem und bald auf jenem seiner Mitmenschen ruhen und fand den Satz, den er soeben zu Papier gebracht hatte, zu seiner Genugtuung vollauf bestätigt. Die schmucken Offiziere der Garnison, die Mr. Meekin anrempelten, die gutgekleideten Damen, die er mit einem süßlichen Lächeln grüßte, die bedingt entlassenen Sträflinge, denen er auswich, weil ihren Lumpen ein übler Geruch entströmte, die Gruppen graugekleideter Sträflinge, die mit ratternden Schubkarren unvermittelt um die Ecken bogen, so daß er mit knapper Not einem Zusammenstoß entging – alles das bestärkte ihn in der Überzeugung, daß die Gesellschaft, in der er sich bewegte, aus recht merkwürdigen Elementen zusammengesetzt war. Hier kam, die Nase hochmütig in die Luft gereckt, ein frisch importierter Regierungsbeamter des Weges, der seine Würde für einen Augenblick ablegte, um dem Herrn Kaplan, dem Günstling des Gouverneurs Sir John Franklin, ein müdes Lächeln zu schenken; dort stolzierte ein reicher ehemaliger Gefangener einher, der sich am Rumhandel gesundgestoßen hatte und für die Vornehmen und ihre Günstlingswirtschaft tiefe Verachtung empfand. Diese bunt zusammengewürfelte Bevölkerung, die sich an dem sonnigen Dezembernachmittag in den Straßen drängte, war in der Tat ein befremdlicher Anblick für einen gepflegten Geistlichen, der London erst vor kurzem verlassen hatte. Zum erstenmal in seinem bisher so glatt und bequem verlaufenen Leben fehlte jene soziale Schutzwehr, mit der sich die zivilisierte Gesellschaft Londons gegen die Schwächen und Laster der menschlichen Natur abschirmte.

In einem Anzug aus bestem schwarzem Tuch, der nach der neuesten Mode für Kleriker zugeschnitten war, mit geckenhaften Stiefeln und lavendelblauen Handschuhen, in einen weißen Seidenmantel gehüllt – ein Beweis, daß der Träger gegen Sonne und Hitze nicht unempfindlich war –, so trippelte Reverend Meekin mit zierlichen Schritten zum Postamt und gab seinen Brief auf. Als er sich umwandte, stand er vor zwei Damen.

»Mr. Meekin!«

Mr. Meekin lüftete seinen eleganten Hut, der für einen Augenblick wie eine freundliche Amsel über seiner intellektuellen Stirn schwebte.

»Mrs. Jellicoe! Mrs. Protherick! Welch ein unerwartetes Vergnügen, meine verehrten Damen! Und wohin des Weges an diesem lieblichen Nachmittag, wenn man fragen darf? Bei diesem Wetter daheim zu bleiben wäre ja auch wahrhaftig eine Sünde. Ach, dieses gesegnete Klima! Und doch, meine verehrte Mrs. Jellicoe, keine Rose ohne Dornen«, fügte er mit einem Seufzer hinzu.

»Sie sind gewiß recht ungern in die Kolonie gekommen«, sagte Mrs. Jellicoe mitfühlend.

Meekin lächelte, wie nur je ein vornehmer Märtyrer gelächelt haben mag. »Im Dienste des Herrn, meine sehr verehrten Damen – im Dienste des Herrn. Ich bin nur ein armer Arbeiter im Weinberg des Herrn, der die Hitze und die Last des Tages zu tragen hat.«

Wie er so dastand mit seiner tadellosen Krawatte, dem seidenen Mäntelchen, den modischen Stiefeln und dem selbstzufriedenen Lächeln, war er einem armen Arbeiter, der die Hitze und die Last des Tages zu tragen hat, so unähnlich, daß sich die brave Mrs. Jellicoe, die Frau des strenggläubigen Magazinleiters der Strafanstalt, einen schrecklichen Augenblick lang ketzerischer Gedanken nicht erwehren konnte.

»Ich hätte es vorgezogen, in England zu bleiben«, fuhr Mr. Meekin fort, während er mit dem einen lavendelblau behandschuhten Finger glättend über den anderen strich und mit einem Heben seiner schönen Augenbrauen jedes Lob seiner Selbstverleugnung sanft abwehrte, »aber ich hielt es für meine Pflicht, das Angebot, das mir durch die Güte Seiner Lordschaft zuteil wurde, nicht abzulehnen. Hier ist ein weites Feld, meine Damen – ein Feld für den christlichen Hirten. Die Lämmer unserer Kirche, die verirrten und ausgestoßenen Lämmer unserer Kirche, rufen nach mir, meine Damen.«

Mrs. Jellicoe schüttelte freundlich lächelnd den Kopf, daß die Bänder ihres Kapotthütchens flatterten.

»Sie kennen unsere Sträflinge nicht«, sagte sie. (Nach dem Ton ihrer munteren Stimme zu urteilen, hätte es auch »unser Vieh« heißen können.) »Schreckliche Geschöpfe sind das! Und als Dienstboten – du lieber Himmel, ich muß jede Woche wechseln. Wenn Sie erst länger hier sind, werden Sie sie noch kennenlernen, Mr. Meekin.«

»Manchmal sind sie geradezu unerträglich«, bestätigte Mrs. Protherick, die Witwe eines Kommandanten der Sträflingsbaracken, und die Entrüstung trieb ihr das Blut in die bleichen Wangen. »Ich bin im allgemeinen das geduldigste Geschöpf auf Gottes Erdboden, aber ich muß schon sagen, diese dummen und lasterhaften Kreaturen, die man bekommt, können selbst einen Heiligen zur Weißglut bringen.«

»Jedem von uns ist sein Kreuz auferlegt, meine sehr verehrten Damen, jedem einzelnen von uns«, entgegnete Mr. Meekin salbungsvoll. »Der Himmel schenke uns Kraft, es zu tragen. Guten Morgen!«

»Mir scheint, wir haben den gleichen Weg«, sagte Mrs. Jellicoe. »Wollen wir nicht zusammen gehen?«

»Das ist mir eine Ehre. Ich will gerade Major Vickers meine Aufwartung machen.«

»Und ich wohne nur einen Steinwurf von seinem Hause entfernt«, bemerkte Mrs. Protherick. »Ist sie nicht ein entzückendes kleines Geschöpf?«

»Wer?« fragte Mr. Meekin im Weitergehen.

»Sylvia. Kennen Sie sie nicht? Oh, so ein liebes kleines Ding!«

»Ich habe Major Vickers bisher nur im Regierungsgebäude getroffen«, erklärte Meekin. »Ich hatte noch nicht das Vergnügen, seine Tochter kennenzulernen.«

»Eine traurige Geschichte«, sagte Mrs. Jellicoe. »Man könnte sie fast romantisch nennen, wenn sie nicht so traurig wäre. Ich meine die Sache mit seiner Frau, der armen Mrs. Vickers.«

»Was ist mit ihr?« fragte Meekin, während er leutselig einen Passanten grüßte. »Ist sie leidend?«

»Sie ist tot, die Ärmste.« Die muntere Mrs. Jellicoe stieß einen tiefen Seufzer aus. »Sie wollen doch nicht etwa behaupten, Sie hätten die Geschichte noch nicht gehört, Mr. Meekin?«

»Meine hochgeschätzten Damen, ich bin erst seit einer Woche in Hobart Town, ich habe wirklich keine Ahnung.«

»Es hängt mit der Meuterei zusammen. Sie wissen doch, die Meuterei in Macquarie Harbour. Die Gefangenen brachten das Schiff in ihre Gewalt, und Mrs. Vickers und Sylvia wurden irgendwo an der Küste ausgesetzt, zusammen mit Hauptmann Frere. Die armen Wesen mußten Entsetzliches durchmachen und wären fast gestorben. Schließlich baute Hauptmann Frere ein Boot, und sie wurden von einem Schiff aufgefischt. Die arme Mrs. Vickers lebte nur noch wenige Stunden, und die kleine Sylvia – zwölf Jahre war sie damals erst alt – war ganz wirr im Kopf. Man dachte schon, sie würde nie wieder gesund werden.«

»Wie furchtbar! Und ist sie wieder gesund geworden?«

»O ja, sie ist jetzt wohl und munter. Aber sie hat das Gedächtnis verloren.«

»Das Gedächtnis verloren?«

»Ja«, warf Mrs. Protherick ein, die darauf brannte, ihr Teil zu der Geschichte beizusteuern. »Sie kann sich an nichts erinnern, was in den drei oder vier Wochen, die sie ausgesetzt waren, geschehen ist. Zumindest nicht genau.«

»Es ist eine große Gnade!« fiel Mrs. Jellicoe ihr ins Wort, fest entschlossen, sich den Vorrang nicht ablaufen zu lassen. »Denn wer möchte ihr wohl wünschen, daß sie sich an all die Schrecken erinnert? Nach Hauptmann Freres Bericht muß es ja grauenhaft gewesen sein!«

»Was Sie nicht sagen«, murmelte Mr. Meekin und betupfte sich die Nase mit einem zarten Batisttuch.

»Ein ›Ausreißer‹ – so nennen wir hier einen entsprungenen Gefangenen – war durch Zufall in der Siedlung zurückgelassen worden. Er fand sie in der Wildnis und zwang sie, ihre Vorräte mit ihm zu teilen, der Schurke! Hauptmann Frere mußte ihn ständig bewachen, sonst hätte er sie womöglich ermordet. Noch im Boot versuchte er, sie ins Meer zu werfen und dann allein zu entkommen. Er soll ja einer der schlimmsten Verbrecher in Macquarie Harbour gewesen sein. Sie müssen sich das mal von Hauptmann Frere erzählen lassen.«

»Wo ist er jetzt?« fragte Mr. Meekin interessiert.

»Hauptmann Frere?«

»Nein, der Gefangene.«

»Oh, das kann ich nicht genau sagen – in Port Arthur wahrscheinlich. Ich weiß nur, daß er wegen des Fluchtversuches vor Gericht gestellt wurde, und wenn man ihn nicht gehängt hat, so verdankt er das einzig und allein Hauptmann Frere!«

»Du lieber Himmel! Das ist allerdings eine seltsame Geschichte«, sagte Mr. Meekin. »Und von alledem weiß die junge Dame nichts mehr?«

»Nur das, was man ihr später erzählt hat, das arme Ding. Übrigens ist sie mit Hauptmann Frere verlobt.«

»Tatsächlich? Mit dem Manne also, der ihr das Leben rettete. Wie entzückend! Direkt romantisch!«

»Nicht wahr? Das sagt jeder. Dabei ist Hauptmann Frere viel älter als sie.«

»Aber ihre mädchenhafte Liebe klammert sich an den heldenhaften Beschützer«, sagte der poetisch angehauchte Meekin. »Bemerkenswert und schön. Ganz wie der – äh! – der Efeu und die Eiche, meine Damen. Ja, es gibt eben doch noch Lichtblicke in dieser sündigen Welt. So, ich glaube, ich bin angelangt.«

Ein adrett gekleideter Diener – ein ehemaliger Häftling, der seinerzeit ein berüchtigter Taschendieb gewesen war – führte den Geistlichen in den behaglich eingerichteten Salon, dessen hochgezogene Rouleaus den Blick auf einen sonnenhellen, mit Schatten gesprenkelten Garten freigaben, und erklärte, er werde Miß Vickers sogleich rufen. Der Major war nicht daheim; anscheinend hielten ihn seine Pflichten als Kommandant der Sträflingsbaracken von Hause fern. Aber Miß Vickers war im Garten und daher leicht zu erreichen. Reverend Meekin wischte sich den Schweiß von der Stirn, zupfte seine blütenweißen Manschetten zurecht und lehnte sich, sehr angetan von der eleganten Umgebung und der wohltuenden Kühle des Raumes, auf dem weichen Sofa zurück. Er betrachtete die schönen Diwane, die prächtigen Blumen, das geöffnete Klavier, und da er keinen besseren Vergleich zur Hand hatte, verglich er den luxuriösen Raum mit dem Zimmer im Hause eines westindischen Pflanzers – drinnen Kühle und Luxus, draußen gleißender Sonnenschein, Hitze und Barbarei. Dieser Vergleich entzückte ihn so sehr – er neigte dazu, seine eigenen Gedanken zu bewundern –, daß er im Geiste bereits einen Bericht an den Bischof entwarf, eine elegant formulierte Schilderung dieser Oase in der Einöde seines Weinbergs. Während er noch damit beschäftigt war, hörte er Stimmen im Garten; es schien ihm, daß jemand ganz in der Nähe laut schluchzte und weinte. Er trat geräuschlos auf die große Veranda hinaus und sah einen alten Mann und ein junges Mädchen auf dem Rasen stehen. Das Schluchzen kam von dem alten Mann.

»Bei meiner Seele, Miß, es ist die reine Wahrheit. Ich bin erst heute morgen rausgekommen. Oh, es ist grausam, mir so etwas anzutun.«

Er war ein weißhaariger alter Mann in grauer Sträflingskleidung. Seine dickgeäderte Hand stützte sich auf den Sockel einer mit Rosen gefüllten Tonschale.

»Aber es ist deine eigene Schuld, Danny. Wir haben dich alle vor ihr gewarnt«, antwortete das junge Mädchen mit sanfter Stimme.

»Freilich, Miß, das haben Sie. Aber konnte ich denn ahnen, daß sie mich auch beim zweitenmal so behandeln würde?«

»Wie lange hast du diesmal gesessen, Danny?«

»Sechs Monate, Miß. Sie hat gesagt, ich wäre ein Trunkenbold und hätte sie geschlagen. Ich sie geschlagen – Gott helfe mir!« Er streckte seine zitternden Hände aus. »Und natürlich hat man ihr geglaubt. Als ich zurückkam, hatten die Jungs meine kleine Hütte zerstört, und sie war weg, sie hatte sich – entschuldigen Sie, Miß – mit einem

Kapitän eingelassen, und die beiden zechten im ›Georg dem Vierten‹. Oh, daß sie mir altem Mann so etwas antut!« Er brach von neuem in Tränen aus.

Das Mädchen seufzte. »Im Augenblick kann ich dir nicht helfen, Danny. Vielleicht läßt dich aber der Herr Major wieder im Garten arbeiten, wie früher. Ich werde mit ihm sprechen.«

Als Danny seine tränenfeuchten Augen hob, um ihr zu danken, erblickte er Mr. Meekin und grüßte ehrerbietig. Miß Vickers drehte sich um, und Mr. Meekin verneigte sich mit einer gemurmelten Bitte um Entschuldigung. Er stellte fest, daß die junge Dame etwa siebzehn Jahre alt war, daß sie große, sanfte Augen und üppiges, blondes Haar hatte und daß die Hand, die das Büchlein hielt, in dem sie gelesen hatte, weiß und schmal war.

»Miß Vickers, wenn ich nicht irre. Mein Name ist Meekin, Reverend Arthur Meekin.«

»Guten Tag, Mr. Meekin«, sagte Sylvia. Sie reichte ihm die schmale Hand und blickte ihm unbefangen in die Augen. »Papa wird gleich hier sein.«

»Seine Tochter entschädigt mich überreichlich für seine Abwesenheit, meine verehrte Miß Vickers.«

»Oh, sagen Sie das bitte nicht, Mr. Meekin, ich liebe keine Schmeicheleien. Jedenfalls nicht solche«, fügte sie mit einer köstlichen Offenheit hinzu, die ihrer Heiterkeit und Schönheit zu entspringen schien. »An sich hören junge Mädchen natürlich ganz gern Schmeicheleien, nicht wahr?«

Dieser überraschende Angriff hatte Mr. Meekin so verwirrt, daß er sich nur tief verneigen und der selbstbewußten jungen Dame zulächeln konnte.

»Geh in die Küche, Danny, und laß dir etwas Tabak geben. Sag, ich hätte dich geschickt. Wollen Sie nicht näher treten, Mr. Meekin?«

»Das ist ein recht sonderbarer alter Herr, Miß Vickers. Vermutlich ein treuer Diener?«

»Ein ehemaliger Sträfling, unser früherer Koch«, erwiderte Sylvia. »Es ist aber schon viele Jahre her, daß er bei uns war. Der arme Kerl hat in letzter Zeit furchtbares Pech gehabt.«

»Pech?« fragte Mr. Meekin neugierig, während Sylvia ihren Hut abnahm.

»Ja, er war auf der Reede, wie man das hier nennt. Zwangsarbeit, wissen Sie? Er hat eine freie Frau geheiratet, die viel jünger ist als er. Sie verleitet ihn zum Trinken, und dann zeigt sie ihn wegen Widersetzlichkeit an.«

»Wegen Widersetzlichkeit! Verzeihen Sie, meine liebe Miß Vickers, habe ich recht verstanden?«

»Ja, Widersetzlichkeit. Er ist ihr nämlich als Diener zugewiesen«, erklärte Sylvia, als sei ein solches Verfahren die alltäglichste Sache von der Welt. »Und wenn er sich schlecht benimmt, schickt sie ihn einfach auf die Reede zurück.«

Reverend Meekin riß seine sanften Augen weit auf. »Aber das sind ja erschreckende Zustände! Ich komme langsam dahinter, meine liebe Miß Vickers, daß ich mich tatsächlich bei den Antipoden befinde.«

»Ich glaube, die Gesellschaft ist hier anders als in England. Jeder, der neu herüberkommt, sagt das«, erwiderte Sylvia.

»Ich bitte Sie – eine Frau, die ihren Mann einsperren läßt!«

»Wenn sie will, kann sie ihn auch auspeitschen lassen. Danny ist sogar schon ausgepeitscht worden. Allerdings ist seine Frau ein ganz niederträchtiges Weib. Es war sehr dumm von ihm, daß er sie geheiratet hat, aber so ein verliebter alter Mann nimmt ja keine Vernunft an.«

Reverend Meekins christliche Stirn war dunkelrot angelaufen, und sein schickliches Blut prickelte bis in die Fingerspitzen. Wie schrecklich, aus dem Munde einer jungen Dame eine so freimütige Rede zu hören! Wenn Mr. Meekin vor dem Altar die Zehn Gebote verlas, war er stets darauf bedacht, eine bestimmte anstößige Stelle abzuschwächen, die in ihrer kompromißlosen Offenheit die empfindlichen Ohren seiner weiblichen Schäflein beleidigt hätte. Er beeilte sich, von dem heiklen Thema wegzukommen, erstaunt über die seltsame Macht, die man »freien« Ehefrauen in Hobart Town einräumte.

»Sie haben gerade gelesen?« fragte er.

»Ja. ›Paul et Virginie‹. Ich habe es früher schon in englischer Übersetzung gelesen.«

»Ach, dann lesen Sie also Französisch, meine Verehrteste?«

»Leider nicht sehr gut. Ein paar Monate hatte ich einen Lehrer, aber dann mußte Papa ihn in den Kerker zurückschicken. Er hatte nämlich eine silberne Kanne aus dem Eßzimmer gestohlen.«

»Ein Sprachlehrer? Gestohlen?«

»Er war ein Gefangener, müssen Sie bedenken. Ein kluger Mann. Er schrieb für das ›London Magazine‹. Ich habe seine Artikel gelesen, und einige waren weit über dem Durchschnitt.«

»Und weshalb wurde er deportiert?« erkundigte sich Mr. Meekin, dem langsam klar wurde, daß sein Weinberg größer war, als er ursprünglich angenommen hatte.

»Soviel ich weiß, hat er seine Nichte vergiftet. An Einzelheiten kann ich mich allerdings nicht mehr erinnern. Er war ein gebildeter Mann, aber ein furchtbarer Trinker.«

Mr. Meekin staunte immer mehr über dieses seltsame Land, in dem schöne junge Damen so wenig Aufhebens von Vergiften und Auspeitschen machten, in dem Ehefrauen ihre Männer ins Gefängnis werfen ließen und Mörder französischen Sprachunterricht erteilten. Schweigend betupfte er seine Stirn mit dem Batisttuch, dessen zarter Parfümgeruch die Luft erfüllte.

»Sie sind wohl noch nicht lange hier, Mr. Meekin?« sagte Sylvia nach einer Pause.

»Nein, eine Woche erst. Und ich muß gestehen, daß mich so manches befremdet. Ein wundervolles Klima, aber, wie ich vorhin schon zu Mrs. Jellicoe sagte, keine Rose ohne Dornen, meine liebe Miß Vickers, keine Rose ohne Dornen.«

»Da England uns all seine Verbrecher herschickt, dürfen Sie sich nicht wundern, wenn Sie hier Dornen finden«, versetzte Sylvia. »Die Kolonie trifft keine Schuld.«

»O nein, gewiß nicht«, stimmte Meekin hastig zu. »Aber es sind doch entsetzliche Zustände.«

»Nun, dann solltet ihr Männer eben für Abhilfe sorgen. Ich weiß nicht, wie es in den Strafsiedlungen aussieht, aber in der Stadt wird jedenfalls nicht viel für die moralische Besserung der Gefangenen getan.«

»Die Leute hören allwöchentlich zweimal die schöne Liturgie unserer Heiligen Kirche, meine verehrte Miß Vickers«, wandte Reverend Meekin ein, und es klang, als hätte er in salbungsvollem Ton gesagt: Wenn das nicht hilft, was soll dann helfen?

»O gewiß«, sagte Sylvia. »Aber das ist doch nur sonntags. Nun, wir wollen nicht weiter darüber sprechen, Mr. Meekin«, fügte sie hinzu und strich sich eine goldblonde Locke aus der Stirn. »Papa sagt immer, ich soll über diese Dinge nicht reden, weil das alles genau in den Dienstvorschriften festgelegt ist, in den Verfügungen, wie er es nennt.«

»Eine treffliche Bemerkung Ihres Herrn Vaters«, sagte Meekin und atmete erleichtert auf, als in diesem Augenblick Vickers und Frere eintraten.

Vickers' Haar war weiß geworden, aber Frere sah mit seinen dreißig Jahren kaum älter aus als manche Männer mit zweiundzwanzig.

»Meine liebe Sylvia«, rief Vickers, »wir haben eine interessante Neuigkeit für...« Er stutzte, als er des aufgeregten Meekin ansichtig wurde.

»Du kennst Mr. Meekin, Papa?« sagte Sylvia. »Das ist Hauptmann Frere, Mr. Meekin.«

»Ich hatte bereits das Vergnügen«, erwiderte Vickers. »Sehr erfreut, Sir. Bitte, behalten Sie doch Platz.«

Mr. Meekin sah, wie Sylvia die beiden Herren mit der größten Selbstverständlichkeit küßte. Seltsamerweise hatte er den Eindruck, daß der Kuß, den sie ihrem Vater gab, herzlicher war als der, mit dem sie ihren Verlobten begrüßte.

»Ganz schön warm heute, Mr. Meekin«, sagte Frere. »Sylvia, mein Liebling, ich hoffe, du bist bei der Hitze nicht draußen gewesen. Also doch. Liebes Kind, ich habe dich so oft gebeten...«

»Unsinn, es ist doch gar nicht heiß«, antwortete Sylvia gereizt. »Ich bin ja nicht aus Butter, also werde ich auch nicht gleich schmelzen. Du brauchst das Rouleau wirklich nicht herunterzulassen.« Dann, als bereue sie ihre ungehaltene Antwort, setzte sie in freundlichem Ton hinzu: »Du bist immer so besorgt um mich, Maurice«, und reichte ihm die Hand.

»Es ist sehr schwül, Hauptmann Frere«, sagte Meekin. »Für einen Fremden geradezu lähmend.«

»Wie wär's mit einem Glas Wein«, schlug Frere vor, als sei er der Hausherr. »An einem so heißen Tag braucht man eine kleine Aufmunterung.«

»Ja, natürlich«, wiederholte Vickers, »trinken wir ein Glas Wein. Sylvia, laß Sherry bringen. Ich hoffe nur, meine Tochter hat Sie nicht gleich mit ihren seltsamen Theorien überfallen, Mr. Meekin?«

»O nein, keineswegs«, versicherte Meekin, der deutlich fühlte, daß diese reizende junge Dame als ein Geschöpf betrachtet wurde, das man nicht mit gewöhnlichem Maß messen konnte. »Wir haben uns prächtig verstanden, verehrter Herr Major – ganz prächtig.«

»Das ist recht«, sagte Vickers. »Mein Töchterchen ist nämlich sehr freimütig, und Fremde mißverstehen sie manchmal. Nicht wahr, mein Püppchen?«

Das Püppchen warf den Kopf in den Nacken. »Ich weiß nicht, was man dabei mißverstehen kann«, sagte sie ein wenig schnippisch. »Aber du wolltest mir etwas Interessantes erzählen, als du hereinkamst. Was ist es denn, Papa?«

»Ach ja«, sagte Vickers mit ernstem Gesicht. »Eine höchst interessante Mitteilung. Sie haben diese Schurken gefangen.«

»Was? Du willst doch nicht sagen – nein, Papa!« rief Sylvia und schaute ihn beunruhigt an.

Wenn man in diesem kleinen Familienkreise von Schurken sprach, so waren damit ganz bestimmte Schurken gemeint – die Meuterer der *Osprey*.

»Ja, vorhin sind vier von ihnen hier eingetroffen. Rex, Barker, Shiers und Lesly. Sie befinden sich an Bord der *Lady Jane*. Die erstaunlichste Geschichte, die ich je gehört habe. Die Burschen sind bis nach China gekommen, wo sie sich als schiffbrüchige Matrosen ausgaben. Die Kaufleute in Kanton sammelten Geld für sie und schickten sie nach London zurück. Aber dort erkannte sie der alte Pine, denn er war ja als Arzt auf dem Schiff gewesen, das sie seinerzeit nach Hobart Town gebracht hatte.«

Sylvia setzte sich auf den ersten besten Stuhl. Die Erregung hatte ihr das Blut in die Wangen getrieben.

»Und wo sind die anderen?«

»Zwei wurden in England hingerichtet. Die übrigen sechs hat man noch nicht erwischt. Die vier sollen hier abgeurteilt werden.«

»Worum handelt es sich eigentlich, Sir?« fragte Reverend Meekin, der wie ein fastender Heiliger mit der Sherryflasche liebäugelte.

»Um die Sträflinge, die vor fünf Jahren eine Brigg kaperten«, erklärte Vickers. »Die Banditen haben meine arme Frau und meine Tochter an der Küste ausgesetzt und dem Hungertode preisgegeben. Wenn Frere nicht gewesen wäre – Gott segne ihn! –, hätte ich Sylvia nie wiedergesehen. Den Lotsen und einen Soldaten haben die Meuterer erschossen, und ... aber das ist eine lange Geschichte.«

»Ich habe schon davon gehört«, sagte Meekin und nippte an dem Sherry, den ein zweiter Diener – ebenfalls ein ehemaliger Sträfling – vor ihn hingestellt hatte. »Und auch von Ihrem tapferen Verhalten, Hauptmann Frere.«

»Oh, nicht der Rede wert«, sagte Frere und wurde rot. »Wir haben es damals alle gleich schwer gehabt. Na, Liebling, auch ein Glas Wein?«

»Nein, danke«, sagte Sylvia, »ich mag nicht.«

Sie starrte auf den Streifen Sonne zwischen den Verandafliesen und dem Rouleau, als könnte das helle Licht ihr helfen, sich an etwas zu erinnern.

»Was hast du denn?« fragte ihr Verlobter und beugte sich über sie.

»Ich versuche gerade, mich zu erinnern, aber ich kann nicht, Maurice. Es geht alles durcheinander. Ich sehe nur noch eine große Küste und das weite Meer und zwei Männer, von denen der eine – das warst du – mich auf den Armen trug.«

»Du meine Güte«, murmelte Mr. Meekin.

»Sie war ja damals noch sehr klein«, sagte Vickers hastig, als wollte er es nicht wahrhaben, daß Sylvias Krankheit die Ursache ihrer Vergeßlichkeit gewesen war.

»O nein! Ich war zwölf Jahre alt«, widersprach Sylvia, »da ist man doch kein kleines Kind mehr. Aber ich glaube, das Fieber hat mich dumm gemacht.«

Frere sah sie beunruhigt an.

»Du darfst nicht soviel grübeln«, sagte er.

»Maurice«, fragte sie plötzlich, »was ist eigentlich aus dem anderen Mann geworden?«

»Aus welchem anderen Mann?«

»Nun, aus dem, der bei uns war. Der andere, du weißt schon.«

»Ach, du meinst den armen Bates?«

»Nein, nicht Bates. Ich meine den Gefangenen. Wie hieß er doch gleich?«

»Ach, der ... der Gefangene«, antwortete Frere, als hätte auch er den Namen vergessen. »Du weißt doch, Liebling, er wurde nach Port Arthur geschickt.«

Ein Schauer überlief das Mädchen. »Oh! Und ist er immer noch dort?«

»Ich glaube ja«, sagte Frere mit finsterer Miene.

»Übrigens«, warf Vickers ein, »werden wir den Kerl wohl herholen müssen, damit er die vier Schurken identifiziert.«

»Können wir beide das nicht tun?« fragte Frere, unangenehm berührt.

»Ich fürchte, nein. Nach fünf Jahren könnte ich die Identität eines Menschen nicht mit gutem Gewissen beschwören.«

»Aber ich!« rief Frere. »Ich brauche einen Menschen nur einmal zu sehen, dann erkenne ich ihn immer und überall.«

»Es ist schon besser, wir lassen ein paar Gefangene kommen, die damals in Macquarie Harbour waren«, sagte Vickers in einem Ton, der jeden Widerspruch ausschloß. »Die Schurken sollen mir nicht entwischen.«

»Sind das schon alte Männer in Port Arthur?« erkundigte sich Meekin.

»Alte Sträflinge«, entgegnete Vickers. »In Port Arthur sitzen die ›schweren Fälle‹. Sozusagen der Abschaum des Abschaums, genau wie früher in Macquarie Harbour. Das wird eine schöne Aufregung geben, wenn der Schoner am Montag dort eintrifft!«

»Aufregung? Meinen Sie? Wie reizend! Warum eigentlich?« fragte Meekin.

»Der Schoner soll die Zeugen abholen, Sir. Die meisten Gefangenen sind Lebenslängliche, müssen Sie wissen, und da ist die Fahrt nach Hobart Town natürlich so eine Art Ausflug für sie.«

Mr. Meekin knabberte einen Keks. »Dürfen sie denn den Ort niemals verlassen, wenn sie lebenslänglich verurteilt sind? Wie trostlos!«

»Niemals, nur wenn sie sterben«, erwiderte Frere lachend. »Dann werden sie auf der Insel begraben. Oh, es ist hübsch dort! Sie sollten einmal mitkommen und sich das ansehen, Mr. Meekin. Höchst malerisch, auf mein Wort.«

»Mein lieber Maurice«, sagte Sylvia, während sie, gleichsam als Protest gegen die Wendung, die das Gespräch nahm, aufstand und zum Klavier ging, »wie kannst du nur so sprechen?«

»Ich würde es mir in der Tat gern einmal ansehen«, meinte Meekin, der noch immer an seinem Keks knabberte. »Sir John erwähnte nämlich, daß dort eine Kaplanstelle frei sei, und wie ich höre, soll das Klima ganz erträglich sein.«

Der Diener, der mit einem amtlichen Schreiben für den Major hereingekommen war, starrte den eleganten Reverend ganz entgeistert an, und der ungehobelte Maurice lachte laut auf.

»Oh, ein famoses Klima!« sagte er. »Und nichts zu tun. Gerade der richtige Ort für Sie. Wir haben eine regelrechte kleine Kolonie dort. Alle Skandalgeschichten von Vandiemensland werden in Port Arthur ausgeheckt.«

Dieses muntere Geschwätz über Skandalgeschichten und klimatische Verhältnisse mußte recht merkwürdig anmuten, wenn man an den Inselfriedhof und all die Gefangenen auf Lebenszeit dachte. Vielleicht hegte Sylvia solche Gedanken, denn sie schlug ein paar Akkorde an, und die kleine Gesellschaft, dem Gebot der Höflichkeit folgend, lauschte eine Zeitlang schweigend ihrem Spiel. Da sich das Gespräch nicht wieder beleben wollte, fühlte Mr. Meekin, daß es Zeit war, aufzubrechen.

»Auf Wiedersehen, Miß Vickers«, sagte er mit seinem süßlichsten Lächeln und erhob sich. »Ich danke Ihnen für Ihr wundervolles Klavierspiel. Sie haben mich übrigens mit meinem Lieblingslied beglückt. Die gute Lady Jane hörte es immer so gern und der Bischof auch. Verzeihen Sie, falls ich taktlos war, mein lieber Hauptmann Frere, aber dieser merkwürdige Vorfall – die Gefangennahme der Piraten – mag mir als Entschuldigung dienen, daß ich dieses heikle Thema berührt habe. Wie reizend anzuschauen! Sie, Herr Hauptmann, und Ihre entzückende junge Braut! Die Gerettete und der Retter, ist es nicht so, verehrter Herr Major? Nur die Tapferen – Sie kennen den Spruch gewiß – nur die Tapferen sind schöner Frauen würdig! Nun denn – auf Wiedersehen!«

Wer Sylvia lobte, der hatte bei Vickers gewonnenes Spiel.

»Es ist zwar noch eine Weile hin«, sagte der Major, »aber falls Sie nichts Besseres vorhaben, Mr. Meekin, würden wir uns freuen, Sie zum Weihnachtsbraten bei uns zu sehen. Wir feiern den Tag für gewöhnlich in einem kleinen geselligen Kreis.«

»Sehr erfreut«, versicherte Meekin, »wirklich sehr erfreut. Es ist so herzerfrischend, in dieser schönen Kolonie Menschen zu begegnen, die den gleichen Geschmack haben wie unsereiner. Verwandte Seelen finden stets zueinander, nicht wahr, meine verehrte Miß Vickers? Ja, so ist es in der Tat. Noch einmal – auf Wiedersehen.«

Die Tür hatte sich kaum hinter ihm geschlossen, als Sylvia in schallendes Gelächter ausbrach.

»Nein, ist der komisch!« rief sie. »So ein drolliger alter Knabe mit seinen Handschuhen und seinem Regenschirm, seinen Haaren und seinem Parfüm! Wenn ich mir vorstelle, daß diese Modepuppe mir den Weg ins Himmelreich zeigen soll! Da ist mir der alte Mr. Bowes doch lieber, Papa, obgleich er blind wie ein Maulwurf ist und du dich immer über ihn ärgerst, weil er nie seine Trümpfe herausrückt, wie du es nennst.«

»Meine liebe Sylvia«, mahnte Vickers ernst, »vergiß bitte nicht, daß Mr. Meekin Geistlicher ist.«

»Das weiß ich«, erwiderte Sylvia, »aber deshalb kann er doch wohl wie ein Mensch sprechen, oder nicht? Warum schickt man uns solche Leute? Ich bin sicher, daß sie in England viel besser aufgehoben wären. Oh, da fällt mir gerade ein, Papa, der arme alte Danny ist heute zurückgekommen. Ich habe ihm erlaubt, in die Küche zu gehen. Er darf doch, ja?«

»Du wirst bald das ganze Haus voller Vagabunden haben, du kleine Schmeichelkatze«, sagte Vickers und küßte sie. »Na, dann werde ich ihn wohl behalten müssen. Was hat er denn diesmal ausgefressen?«

»Seine Frau hat ihn einsperren lassen, weil er betrunken war«, erklärte Sylvia. »Du meine Güte, wenn ich nur wüßte, warum Männer so erpicht aufs Heiraten sind.«

»Frag doch Maurice!« meinte ihr Vater lächelnd.

Sylvia warf den Kopf in den Nacken. »Was weiß denn der davon? Maurice, du bist ein großer Bär, und wenn du mir nicht das Leben gerettet hättest, würde ich dich kein bißchen lieben. Na, komm schon, du darfst mich küssen.« (Ihre Stimme wurde sanfter.) »Die Sträflingsgeschichte hat mich wieder einmal daran erinnert, wie undankbar ich wäre, wenn ich dich nicht liebte, mein Schatz.«

Maurice Frere war unvermittelt dunkelrot geworden. Er kam der zärtlichen Aufforderung nach und trat dann ans Fenster.

Ein Mann in grauer Kleidung arbeitete im Garten und pfiff dabei vor sich hin.
»Eigentlich sind sie gar nicht so schlecht dran«, murmelte Frere.
»Was erzählst du da?« fragte Sylvia.
»Daß ich dich gar nicht verdiene«, rief Frere mit jäher Heftigkeit. »Ich ... ich ...«
»Du darfst nur an mein Glück denken, Hauptmann Brummbär«, sagte das Mädchen. »Du hast mir das Leben gerettet, und ich müßte ein sehr böses Geschöpf sein, wenn ich dich nicht lieb hätte! Nein, keinen Kuß mehr«, fügte sie hinzu und hob abwehrend die Hand. »Komm, Papa, wir gehen ein bißchen im Garten spazieren, es hat sich abgekühlt. Maurice kann inzwischen über seine Unwürdigkeit nachdenken.«

Maurice blickte den beiden mit ratloser Miene nach. Immer zieht sie ihren Vater mir vor, dachte er. Ich möchte nur wissen, ob sie mich wirklich liebt oder ob es nur Dankbarkeit ist. Diese Frage hatte er sich in den fünf Jahren, die er nun schon um ihre Liebe warb, wieder und wieder gestellt, ohne jemals eine befriedigende Antwort darauf zu finden.

KAPITEL 2
Sarah Purfoys Forderung

Der Abend nahm den gleichen Verlauf wie schon hundert andere vor ihm. Nachdem Hauptmann Frere in der Kaserne noch eine Pfeife geraucht hatte, ging er nach Hause. Seit er, in Anerkennung seiner Verdienste um die Opfer der Meuterei auf der *Osprey*, zum Stellvertretenden Polizeirichter ernannt worden war, bewohnte er ein Holzhaus in der New Town Road. Hauptmann Maurice Frere hatte es im Leben zu etwas gebracht. Durch seine Versetzung nach Hobart Town war seine gesellschaftliche Stellung gesichert, und auch bei den ehrenvollen Beförderungen, die im Jahre 1834 den Offizieren der Garnison zuteil wurden, hatte man ihn nicht übergangen. Er war Kommandant in Bridgewater gewesen und nach seiner Ernennung zum Hauptmann Stellvertretender Polizeirichter in Bothwell geworden. Die *Osprey*-Affäre hatte großes Aufsehen erregt, und man war stillschweigend übereingekommen, dem tapferen Beschützer von Major Vickers' Kind sobald wie möglich einen guten Posten zuzuschanzen.

Auch Major Vickers war zu Ansehen und Wohlstand gelangt. Von jeher ein umsichtiger Mann, hatte er von seinen Ersparnissen zu günstigen Bedingungen Land gekauft. Einen Teil davon bewirtschaftete er selbst, und zwar mit geringem Kostenaufwand, da man ihm Sträflinge als Arbeitskräfte zuwies. Wie es allgemein üblich war, züchtete er Rinder und Schafe. Sein Offizierspatent hatte er verkauft und war nun ein verhältnismäßig wohlhabender Mann. Er besaß ein schönes Gut; das Haus, in dem er wohnte, war sein Eigentum. Der Gouverneur und die Regierungsbehörden schätzten ihn sehr, und in seiner Eigenschaft als Kommandant der Sträflingsbaracken spielte er in der örtlichen Verwaltung eine aktive Rolle, so daß er ständig im Lichte der Öffentlichkeit stand. Major Vickers, Kolonist wider Willen, war durch den Zwang der Verhältnisse zu einem der führenden Männer in Vandiemensland geworden. Seine Tochter galt als eine sehr gute Partie, und viele Fähnriche und Leutnante, die ihr hartes Los, in ländlichen Standorten leben zu müssen, verfluchten, viele Söhne von Siedlern, die auf den Farmen ihrer Väter in den Gebirgstälern wohnten, und viele schmucke Schreiber und Sekretäre in der Zivilverwaltung beneideten Maurice Frere um sein Glück. Manche meinten sogar, die Tochter von »Verfügungen-Vickers« sei viel zu schade für den ungehobelten, rotgesichtigen Frere, der so häufig in schlechter Gesellschaft gesehen wurde und für seine anmaßende, fast schon brutal zu nennende Art berüchtigt war. Es ließ sich jedoch nicht bestreiten, daß Hauptmann Frere ein tüchtiger Offizier war. Man erzählte sich, er kenne infolge seiner Neigung zu niedrigem Umgang die Schliche der Sträflinge besser als sonst jemand auf der Insel. Ja, es hieß sogar, er mische sich in Verkleidung unter die bedingt freigelassenen Sträflinge und die Dienstboten, um ihre Zeichen und Geheimnisse kennenzulernen. Als er noch in Bridgewater war, hatte er sich ein Vergnügen daraus gemacht, die Sträflinge in den Arbeitskommandos in ihrem eigenen häßlichen Jargon anzubrüllen und einen »Neuen« durch die genaue Kenntnis seiner Vergangenheit zu verblüffen. Die Sträflingsbevölkerung haßte den Hauptmann, duckte sich aber vor ihm, denn mit seiner Brutalität und seiner Heftigkeit paarte sich ein wilder Übermut, der mitunter bewirkte, daß er es mit den gesetzlichen Vorschriften nicht allzu genau nahm. Allerdings konnte man, wie die Sträflinge sagten, dem Hauptmann nicht über den Weg trauen; denn nachdem er – ein zweiter Sir Oracle – in einem Wirtshaus, dessen muntere Wirtin seine Gunst genoß, mit ihnen getrunken und gescherzt hatte, verschwand er durch einen Nebenausgang, sobald die Konstabler durch die Hintertür hereinstürmten, und zeigte sich am nächsten Morgen beim Verhör der Festgenommenen so unbarmherzig, als hätte er nie im Leben eine Schankstube betreten. Seine Vorgesetzten nannten das Eifer, seine Untergebenen Verrat. Er selbst lachte darüber. »Nur so wird man mit diesen Banditen fertig«, pflegte er zu sagen.

Je näher der Zeitpunkt der Hochzeit rückte, um so weniger hörte man von diesen Heldentaten; er erlegte sich weitgehende Zurückhaltung auf und war bemüht, durch untadlige Führung einige bemerkenswerte Skandale in seinem Privatleben vergessen zu machen, auf deren Geheimhaltung er einst wenig Wert gelegt hatte. Als Kommandant auf Maria Island und auch in den ersten beiden Jahren nach seiner Rückkehr von der unglückseligen Expedition hatte er sich ohne jede Scheu vor der öffentlichen Meinung einem lockeren Lebenswandel ergeben; erst später, als seine Zuneigung zu dem reinen jungen Mädchen, das in ihm den Retter aus höchster Todesgefahr erblickte, festere Formen annahm, beschloß er, ein für allemal einen Strich unter seine dunklen kolonialen Abenteuer zu ziehen. Er spürte keine Reue, er war nicht einmal angewidert. Er kam lediglich zu der Erkenntnis, daß ein Mann, der sich mit Heiratsabsichten trug, gewissen Ausschweifungen des Junggesellenlebens ein für allemal entsagen müsse. Er hatte sich ausgetobt wie alle jungen Leute; vielleicht war er ebenso töricht gewesen wie die meisten jungen Leute, aber die Geister der Vergangenheit störten seinen Seelenfrieden nicht. Für ihn gab es keine derartigen Schemen, dazu war er eine viel zu nüchterne Natur. Wenn er zu Sylvia aufschaute, die in ihrer Reinheit und Vortrefflichkeit so hoch über ihm stand, verlor er all die gemeinen Kreaturen aus den Augen, im Umgang mit denen er sich einst erniedrigt hatte. Die Sünden, die er vor seiner Wandlung durch die Liebe dieses strahlenden jungen Geschöpfes begangen hatte, betrachtete er als einem früheren Leben zugehörig, und was ihre Folgen betraf, so lehnte er jede Verantwortung ab. In diesem Augenblick war ihm allerdings eine der Folgen sehr nahe. Sein Sträflingsdiener, der ihn, seinen Anweisungen gemäß, erwartet hatte, überreichte ihm einen Brief, dessen Adresse offensichtlich von einer Frauenhand geschrieben war.

»Wer hat das gebracht?« fragte Frere und riß den Brief auf.

»Der Stallknecht, Sir. Er sagte, ein Herr im ›Georg dem Vierten‹ wünsche Sie zu sprechen.«

Frere lächelte anerkennend über die Klugheit, die eine solche Botschaft diktiert hatte; dann runzelte er ärgerlich die Stirn über den Inhalt des Briefes.

»Ich muß gleich noch mal weg«, sagte er zu dem Mann. »Du brauchst nicht auf mich zu warten.«

Er vertauschte seine Dienstmütze mit einem weichen Hut, traf seine Wahl unter den Spazierstöcken, die in einer Ecke standen, und machte sich auf den Weg. Was mag sie nur von mir wollen? fragte er sich zornig, als er die mondhelle Straße entlangschritt. Aber in seinem Zorn schwang eine Art gereizter Resignation mit, die verriet, daß »sie« ein Recht hatte, von ihm zu fordern, was immer sie wollte.

Das Gasthaus »Georg der Vierte« war ein langgestrecktes, niedriges Gebäude in der Elizabeth Street. Seine Fassade war dunkelrot angestrichen; die Butzenscheiben und die roten Vorhänge täuschten prahlerisch Gemütlichkeit vor und erweckten den trügerischen Anschein altenglischen Frohsinns. Als Frere näher kam, löste sich eine Gruppe von Männern vor der Tür gleichsam in nichts auf; denn es war bereits elf Uhr vorbei, und jeder, der nach acht auf den Straßen angetroffen wurde, mußte gewärtigen, daß man ihn zwang, seinen Passierschein vorzuzeigen oder seine Anwesenheit zu begründen. Die Konstabler waren in der Ausübung ihres Dienstes ziemlich rücksichtslos, und der breitschultrige Frere in dem blauen Sergeanzug, den er im Sommer trug, konnte leicht für einen Konstabler gehalten werden.

Mit einer Selbstverständlichkeit, als wisse er in dem Haus gut Bescheid, stieß er die Seitentür auf, schritt durch den schmalen Flur und gelangte zu einer Glastür. Auf sein Klopfen erschien eine blasse, pockennarbige irische Dienstmagd, die dienstbeflissen knickste, als sie den Besucher erkannte, und ihm die Treppe hinaufleuchtete. Das Zimmer, in das sie ihn führte, war sehr groß, mit schönen Möbeln ausgestattet und hatte drei Fenster, die auf die Straße hinausgingen. Der Teppich war weich, die Kerzen brannten hell, und auf einem Tisch zwischen den Fenstern funkelte einladend ein Silbertablett mit Speisen. Als Frere eintrat, sprang ein kleiner Terrier mit wütendem Gekläff auf ihn zu: Offensichtlich zählte der Hauptmann nicht zu den ständigen Besuchern. Das Rascheln eines Seidenkleides verriet die Nähe einer Frau. Frere ging um eine Ottomane herum, die, einem Vorgebirge gleich, ins Zimmer hineinragte, und stand Sarah Purfoy gegenüber.

»Ich danke dir, daß du gekommen bist«, sagte sie. »Bitte, nimm Platz.«

Das war die ganze Begrüßung. Frere folgte gehorsam dem Wink der rundlichen, mit glitzernden Ringen überladenen Hand und setzte sich.

Die elf Jahre seit unserer letzten Begegnung mit dieser Frau waren recht glimpflich mit ihr verfahren. Ihre Füße waren noch ebenso schmal, ihre Hände noch ebenso weiß wie einst. Das glattgescheitelte Haar war voll und glänzend, und die Augen hatten nichts von ihrem gefährlichen Glanz eingebüßt. Freilich, ihre Gestalt war plumper geworden, und der weiße Arm, der durch den dünnen Musselin ihrer Bluse schimmerte, wies eine Rundung auf, die ein anspruchsvoller Bildhauer zweifellos gemildert hätte. Am auffälligsten aber hatte sich ihr Gesicht verändert. Die Wangen besaßen nicht mehr die zarte Reinheit, die ihnen vordem zu eigen gewesen war; sie hatten sich gerundet, und hier und dort – als sei das schwere Blut schmerzhaft gestaut – zeigten sich mattrote

Äderchen, die ersten Anzeichen des Verblühens bei schönen Frauen. Mit der Körperfülle, zu der die meisten Frauen ihres Schlages in mittleren Jahren neigen, hatte sich auch jene unbeschreibliche Vulgarität im Ausdruck und im Benehmen eingestellt, die ein sicheres Zeichen moralischer Haltlosigkeit ist.

Maurice Frere sprach als erster. Es lag ihm viel daran, seinen Besuch so rasch wie möglich zu beenden.

»Was willst du von mir?« fragte er.

Sarah Purfoy lachte. Ein gezwungenes Lachen, dessen unnatürlicher Klang Frere überrascht aufblicken ließ. »Ich möchte dich um eine Gefälligkeit bitten – um eine sehr große Gefälligkeit. Das heißt, falls es dir keine besondere Mühe macht.«

»Was meinst du damit?« fragte Frere barsch und schob verdrießlich die Lippen vor. »Gefälligkeit! Wie nennst du denn das hier?« Er schlug mit der Faust auf das Sofa, auf dem er saß. »War das etwa keine Gefälligkeit? Und das schöne Haus mit allem Zubehör, ist das vielleicht nichts? Was willst du denn noch?«

Zu seinem größten Erstaunen brach die Frau in Tränen aus. Eine Weile betrachtete er sie schweigend, als sei er nicht gewillt, sich durch einen so einfältigen Trick erweichen zu lassen. Schließlich aber konnte er nicht umhin, sich zu äußern.

»Hast du wieder getrunken?« fragte er. »Oder was ist sonst mit dir los? Sag schon, was du willst, damit wir's hinter uns haben. Ich möchte nur wissen, was in mich gefahren ist, daß ich überhaupt hergekommen bin.«

Sarah richtete sich auf und wischte mit einer ungestümen Bewegung ihre Tränen ab. »Ich bin krank, siehst du das nicht, du Narr!« rief sie. »Die Nachricht hat mich erschüttert. Und wenn ich getrunken habe – was kümmert das dich?«

»Gar nichts kümmert es mich«, erwiderte Frere. »Das ist einzig und allein deine Sache. Wenn dir's gefällt, dich mit Schnaps vollaufen zu lassen, bitte schön, ich habe nichts dagegen.«

»Jedenfalls brauchst du ihn nicht zu bezahlen!« versetzte sie mit einer Schlagfertigkeit, die verriet, daß sie sich nicht zum erstenmal zankten.

»Los, erzähl schon«, drängte Frere ungeduldig. »Ich kann nicht die ganze Nacht hier sitzen.«

Sie stand plötzlich auf und trat vor ihn hin. »Maurice, du hast mich doch früher einmal sehr gern gehabt.«

»Früher«, sagte er.

»Es ist noch gar nicht so lange her.«

»Zum Teufel!« sagte er und schob ihre Hand zurück. »Hör endlich auf damit, immer wieder die alte Leier! Es war jedenfalls, bevor du anfingst, zu trinken und zu fluchen. Und bevor du mir in deiner Leidenschaft wie eine Verrückte nachliefst.«

»Nun, mein Lieber«, erwiderte sie, und ihre großen, strahlenden Augen straften den sanften Ton ihrer Stimme Lügen, »das habe ich doch wohl schwer genug gebüßt, meinst du nicht? Hast du mich nicht auf die Straße geworfen? Hast du mich nicht wie einen Hund ausgepeitscht? Hast du mich nicht sogar einsperren lassen, he? Es ist schwer, gegen dich zu kämpfen, Maurice.«

Er lächelte. Das Kompliment, das sie seiner Hartnäckigkeit zollte, schien ihm zu schmeicheln – vielleicht hatte die gerissene Frau es darauf angelegt. »Wärm doch nicht immer wieder die alten Geschichten auf, Sarah. Was vorbei ist, ist vorbei. Schließlich bist du ja nicht schlecht dabei gefahren.« Er sah sich in dem gut eingerichteten Zimmer um. »Also, was willst du?«

»Heute morgen ist ein Transport eingetroffen.«

»Na und?«

»Du weißt genau, wer an Bord war, Maurice!«

Maurice lachte rauh auf und schlug die Hände zusammen. »Das also ist es! Ich Dummkopf, darauf hätte ich auch gleich kommen können! Du willst ihn sehen, stimmt's?«

Sie trat noch dichter an ihn heran und ergriff seine Hand.

»Ich will ihm das Leben retten«, sagte sie ernst.

»Das schlag dir nur aus dem Kopf, meine Liebe. Ihm das Leben retten! Unmöglich!«

»Für dich ist es nicht unmöglich, Maurice.«

»Ich soll John Rex retten?« rief Frere. »Ich glaube, du bist wahnsinnig!«

»Er ist der einzige Mensch, der mich liebt, Maurice, – der einzige, der wirklich an mir hängt. Er hat nichts Böses getan. Er wollte nur frei sein. Ist das nicht begreiflich? Du kannst ihn retten, wenn du willst. Ich bitte nur um sein Leben. Was bedeutet das schon für dich? Ein armseliger Gefangener – wer hätte denn etwas von seinem Tod? Laß ihn leben, Maurice!«

Maurice lachte. »Was habe ich damit zu tun?«

»Du bist der Hauptzeuge gegen ihn. Wenn du aussagst, daß er euch gut behandelt hat – und du weißt genau, daß er euch gut behandelt hat, denn ein anderer hätte euch kaltblütig verhungern lassen –, dann werden sie ihn nicht hängen.«

»So, meinst du? Ich glaube, sie werden es trotzdem tun.«

»Ach, Maurice, hab doch Erbarmen!«

Sie beugte sich vor und umklammerte seine Hand noch fester, aber er befreite sich mit einem Ruck.

»Du bist mir die Rechte! Ausgerechnet ich soll deinem Liebhaber helfen – einem Mann, der mich an jener verfluchten Küste aussetzte und sich den Teufel drum scherte, was aus mir wurde«, sagte er, überwältigt von der bitteren Erinnerung an diese Demütigung, die nun fünf Jahre zurücklag. »Ihn retten! Verdammt noch mal, ich nicht!«

»Ach, Maurice, tu es doch!« In ihrer Stimme war ein unterdrücktes Schluchzen. »Was macht es dir schon aus? Du liebst mich ja ohnehin nicht mehr. Du hast mich geschlagen und hinausgeworfen, obgleich ich dich nie betrogen habe. Und er war doch immerhin mein Mann – lange, lange bevor ich dich kennenlernte. Er hat dir nie etwas getan, er wird dir auch in Zukunft nichts tun. Er wird dich segnen, wenn du ihn rettest.«

Frere machte eine ungeduldige Kopfbewegung. »Mich segnen!« rief er. »Ich pfeife auf seinen Segen. Baumeln wird er. Wen kümmert das schon?«

Doch Sarah ließ nicht locker. Mit tränenüberströmtem Gesicht, die weißen Arme flehend emporgehoben, lag sie vor ihm auf den Knien, klammerte sich an seinen Rock und beschwor ihn immer wieder mit schluchzender Stimme, ihr zu helfen. In ihrer wilden, leidenschaftlichen Schönheit und ihrer stürmischen Verzweiflung erinnerte sie an eine verlassene Ariadne, an eine bittende Medea, an alles eher als an das, was sie wirklich war: eine liederliche, ihrer Sinne kaum noch mächtige Frau, die um Gnade für ihren Mann, einen Sträfling, bettelte.

Maurice stieß sie mit einem Fluch von sich.

»Steh auf!« brüllte er. »Laß mich mit diesem Unsinn zufrieden. Wenn's auf das ankommt, was ich für ihn tue, ist er schon jetzt so gut wie tot!«

Nun aber drängte ihr aufgestauter Zorn mit Macht zum Ausbruch. Sie sprang auf, warf ungestüm die Haarsträhnen zurück, die sich bei ihrem wilden Flehen gelöst hatten, und überhäufte ihn mit einer Flut von Schimpfworten. »Du! Wer bist du, daß du es wagst, so mit mir zu reden? Sein kleiner Finger ist mehr wert als dein ganzer Körper. Er ist ein Mann, ein tapferer Mann, kein Feigling wie du. Ja, ein Feigling bist du! Ein Feigling, ein Feigling! Nur wenn du mit wehrlosen Männern und schwachen Frauen zu tun hast, dann bist du tapfer! Du hast mich grün und blau geschlagen, du Schwein! Aber wann hättest du dich je an einen Mann herangewagt, der nicht gefesselt oder gebunden war? Oh, ich kenne dich! Ich habe mit eigenen Augen gesehen, wie du einen Mann auf der Folterbank windelweich geschlagen und obendrein verhöhnt hast, bis ich wünschte, der arme Kerl würde sich losreißen und dich ermorden, wie du es verdientest. Aber eines Tages, Maurice Frere, eines Tages wird man dich ermorden – darauf gebe ich dir mein Wort. Menschen sind Wesen aus Fleisch und Blut, und Fleisch und Blut läßt sich nicht ungestraft quälen!«

»Jetzt ist es aber genug!« sagte Frere, der blaß geworden war. »Reg dich nicht so auf!«

»Ich kenne dich, du brutaler Feigling. Ich bin nicht umsonst deine Geliebte gewesen – Gott verzeihe mir! Ich kenne dich in- und auswendig, deine Dummheit, deine Eitelkeit, alles! Ich habe gesehen, wie die Männer, die dein Brot aßen und deinen Wein tranken, über dich lachten. Ich habe gehört, was deine Freunde sagten, welche Vergleiche sie zogen. Deine Hunde haben mehr Verstand als du und zweimal soviel Herz. Und solche Menschen schickt man uns als Herren und Gebieter! Gerechter Himmel! So ein Tier wie du hat Gewalt über Leben und Tod! Hängen soll er, ja? Nun gut, aber ich werde mit ihm hängen, und Gott wird mir den Mord verzeihen, weil du es bist, den ich umgebracht habe.«

Frere war vor diesem schrecklichen Wutausbruch zurückgewichen; doch bei dem Aufschrei, der die letzten Worte begleitete, trat er auf sie zu, als wollte er sie packen. Mit dem Mute der Verzweiflung warf sie sich ihm entgegen. »Schlag mich doch! Du wagst es ja nicht! Ich fordere dich heraus! Hol sie her, die elenden Geschöpfe, die in diesem verfluchten Hause den Weg zur Hölle gehen, laß sie zusehen, wie du mich schlägst. Ruf sie doch! Du kennst sie ja alle. Und sie kennen Hauptmann Maurice Frere!«

»Sarah!«

»Erinnerst du dich an Lucy Barnes – die arme kleine Lucy, die für einen halben Schilling Kattun gestohlen hatte? Sie ist jetzt unten. Ob du sie wohl wiedererkennen würdest? Sie ist nicht mehr das unbekümmerte Kind, das zur ›Besserung‹ hierhergeschickt wurde, damals, als ein gewisser Leutnant Frere ein neues Hausmädchen aus der Fabrik brauchte! Ruf sie doch! Hörst du nicht – rufen sollst du! Jeden beliebigen dieser armen Teufel, die du auspeitschen und in Ketten legen läßt, kannst du nach Lucy Barnes fragen, er wird dir alles über sie erzählen. Ja, über sie und die vielen, vielen anderen, diese unglücklichen Geschöpfe, die jedem betrunkenen Lumpen, der eine gestohlene Pfundnote zückt, zu Willen sein müssen. O guter Gott im Himmel, warum richtest du diesen Menschen nicht?«

Frere zitterte. Er war oft Zeuge ihrer Zornesausbrüche gewesen, aber noch nie hatte er sie so leidenschaftlich gesehen. Ihre Raserei erschreckte ihn. »Um Gottes willen, Sarah, sei still! Was willst du von mir? Was hast du vor?«

»Ich werde zu dem Mädchen gehen, zu deiner Braut, und werde ihr alles erzählen, was ich von dir weiß. Ich habe sie auf der Straße getroffen, ich habe gesehen, wie sie den Blick abwandte, als ich an ihr vorüberging, wie sie ihre Musselinröcke raffte, als ich sie mit meinem Seidenkleid streifte – ich, die ich sie einst gepflegt habe, die ich bei ihr saß, wenn sie ihr Abendgebet sprach: ›O Jesus, erbarme dich meiner!‹ Ich weiß, wie sie über mich und meinesgleichen denkt. Sie ist gut und tugendhaft und kalt. Sie würde vor dir zurückschrecken, wenn sie wüßte, was ich weiß. Zurückschrecken! Hassen würde sie dich! Und ich werde ihr alles erzählen, bei Gott, das werde ich! Du möchtest als Ehrenmann gelten, nicht wahr? Als Mustergatte! Warte nur, bis ich ihr meine Geschichte erzähle – bis ich ihr ein paar dieser armen Frauen schicke, damit auch sie ihre Geschichte erzählen. Du tötest meine Liebe; ich werde deine zerstören!«

Frere packte sie bei den Handgelenken und zwang sie mit aller Kraft in die Knie.

»Sprich ihren Namen nicht aus«, stieß er mit heiserer Stimme hervor, »sonst geschieht ein Unglück! Ich weiß, wozu du fähig bist. Ich müßte ein Narr sein, wenn ich mir darüber nicht klar wäre. Sei still! Männer haben Frauen wie dich ermordet, und jetzt begreife ich auch, was sie dazu getrieben hat.«

Einige Minuten herrschte Schweigen. Dann ließ Frere ihre Hände los und trat einen Schritt zurück.

»Ich werde tun, was du verlangst. Unter einer Bedingung.«

»Und die wäre?«

»Daß du die Stadt verläßt.«

»Wohin soll ich gehen?«

»Irgendwohin – je weiter, desto besser. Ich bezahle dir die Überfahrt nach Sydney; ob du dort bleibst oder weiterreist, kannst du selbst entscheiden.«

Sie war ruhiger geworden, als sie ihn so sprechen hörte. »Aber das Haus, Maurice?«

»Hast du Schulden?«

»Nein.«

»Dann gib es auf. Das ist deine Angelegenheit, nicht meine. Wenn ich dir helfen soll, mußt du gehen.«

»Und er – darf ich ihn noch einmal sehen?«

»Nein.«

»Maurice!«

»Du kannst ihn auf der Anklagebank sehen, wenn du willst«, sagte Frere. Sein höhnisches Gelächter verstummte, als sie ihm einen flammenden Blick zuwarf. »Na, na, ich wollte dich nicht beleidigen.«

»Mich beleidigen! Sprich weiter.«

»Hör zu«, sagte er verbissen. »Wenn du verschwindest, wenn du mir versprichst, mich und die Meinen nie wieder zu behelligen, weder mit Worten noch mit Taten, dann werde ich tun, was du verlangst.«

»Was wirst du tun?« fragte sie, unfähig, ein Lächeln über den errungenen Sieg zu unterdrücken.

»Ich werde nicht alles sagen, was ich über diesen Mann weiß. Ich werde sagen, er hätte sich anständig benommen. Ich werde mein möglichstes tun, ihm das Leben zu retten.«

»Du kannst es, wenn du nur willst.«

»Ich will es versuchen. Bei meiner Ehre, das will ich.«

»Nun, ich muß dir wohl glauben«, sagte sie zweifelnd. Dann fragte sie mit kläglich bittender Stimme, die in eigenartigem Gegensatz zu ihrer früheren Heftigkeit stand: »Täuschst du mich auch nicht, Maurice?«

»Nein. Warum sollte ich? Du hältst dein Versprechen, und ich halte meins. Abgemacht?«

»Ja.«

Frere sah ihr einige Sekunden lang fest in die Augen, dann wandte er sich zum Gehen. Er war schon an der Tür, als sie ihn zurückrief. Sie kannte ihn genau, sie fühlte, daß er sein Wort halten würde, und so vermochte sie eine letzte spöttische Bemerkung nicht zu unterdrücken.

»Unsere Abmachung sieht nichts vor, was mich hindern könnte, ihm zur Flucht zu verhelfen!« sagte sie lächelnd.

»Flucht! Der wird uns nicht wieder entkommen, darauf gebe ich dir Brief und Siegel. Wenn er erst einmal in Doppeleisen in Port Arthur ist, kann nichts mehr passieren.« Das Lächeln auf ihrem Gesicht schien ansteckend zu sein, denn Maurices mürrische Züge hellten sich auf.

»Gute Nacht, Sarah«, sagte er.

Sie reichte ihm die Hand, als wäre nichts geschehen. »Gute Nacht, Hauptmann Frere. Abgemacht also?«

»Abgemacht.«

»Du hast einen langen Heimweg. Willst du ein Glas Brandy?«

»Das könnte nichts schaden«, meinte er, ging zum Tisch und schenkte sich ein. »Auf dein Wohl und eine gute Reise!«

Sarah Purfoy warf ihm einen prüfenden Blick zu und brach in helles Lachen aus.

»Die Menschen sind doch komische Geschöpfe«, sagte sie. »Wer würde wohl auf den Gedanken kommen, daß wir beide uns eben noch Beleidigungen an den Kopf geworfen haben? Ich glaube, ich bin ein richtiger Teufel, wenn ich in Wut gerate, was, Maurice?«

Frere ging zur Tür.

»Vergiß nicht, was du versprochen hast«, sagte er mit einem drohenden Unterton in der Stimme. »Du mußt das nächste Schiff nehmen, das Hobart Town verläßt.«

»Sei unbesorgt, ich halte mein Wort.«

Draußen auf der kühlen Straße, angesichts der ruhig funkelnden Sterne und des schlummernden Meeres, das einen Frieden ausströmte, an dem er nicht teilhatte, bemühte er sich, die nervöse Furcht abzuschütteln, die ihn gepackt hielt. Die Unterredung hatte ihn erschreckt, denn sie hatte Erinnerungen in ihm wachgerufen. Es war hart, daß gerade jetzt, da er eine neue Seite im Buch des Lebens aufgeschlagen hatte, dieser alte Makel das unbeschriebene Blatt zu beflecken drohte. Es war grausam, daß er gerade jetzt, da er die Vergangenheit glücklich vergessen hatte, so roh an sie erinnert wurde.

KAPITEL 3
Die Geschichte zweier Raubvögel

Zweifellos wird sich der Leser nach der Lektüre der vorangegangenen Seiten fragen: In welchem Verhältnis stehen John Rex und Sarah Purfoy zueinander?

Im Jahre 1825 lebte in St. Heliers auf der Insel Jersey ein Uhrmacher namens Urban Purfoy. Er war ein strebsamer Mann und hatte etwas Geld gespart, das ausreichte, seiner Enkelin eine für die damalige Zeit überdurchschnittliche Schulbildung angedeihen zu lassen. Die sechzehnjährige Sarah Purfoy mit ihren großen braunen Augen war ein frühreifes Ding, oberflächlich und eigenwillig. Von ihren Geschlechtsgenossinnen hatte sie eine schlechte Meinung, während sie die jungen und hübschen Angehörigen des starken Geschlechts rückhaltlos bewunderte. Die Nachbarn meinten, sie sei viel zu hochmütig für ihren Stand. Ihr Großvater sagte, sie sei eine Schönheit, das Ebenbild ihrer armen verstorbenen Mutter. Sarah selbst schätzte ihre körperlichen Reize ziemlich gering ein, um so höher aber ihre geistigen Fähigkeiten. Sie sprühte vor Lebenslust, war von starker Leidenschaftlichkeit, und die Religion bedeutete ihr so gut wie nichts. Auch hielt sie nicht viel von moralischem Mut, denn sie wußte mit diesem Begriff nichts anzufangen; persönliche Tapferkeit dagegen erregte ihre höchste Bewunderung. Sie verabscheute das eintönige Leben, das sie führen mußte; ein Widerwille, der sich in ihrer Auflehnung gegen alle gesellschaftlichen Sitten und Gebräuche äußerte. So liebte sie es zum Beispiel, ihre Umgebung durch auffallende Kleidung zu verblüffen, und freute sich diebisch, wenn man daraus falsche Schlüsse zog. Sie gehörte zu jenen Mädchen, von denen die Frauen gern sagen: »Ein Jammer, daß sie keine Mutter mehr hat«; und die Männer: »Ein Jammer, daß sie keinen Mann bekommt«; und die sich selbst fragen: »Wann werde ich einen Liebhaber bekommen?«

An Liebhabern herrschte unter den Offizieren in Fort Royal und Fort Henry kein Mangel. Aber die weibliche Bevölkerung der Insel war zahlreich und überdies recht willfährig, und bei der großen Auswahl blieb Sarah unbeachtet. Obgleich sie für Soldaten schwärmte, war ihr erster Liebhaber ein Zivilist. Als sie eines Tages am Strand spazierenging, begegnete sie einem jungen Mann. Er war groß, sehr ansehnlich und außerdem gut gekleidet. Lemoine – so hieß er – war der Sohn eines ziemlich wohlhabenden Bewohners der Insel, wohnte in London und weilte in St. Heliers, um sich zu erholen und seine Freunde wiederzusehen. Sarah war von seiner Erscheinung sehr beeindruckt und blickte ihm nach. Da er von ihr nicht minder beeindruckt war, blickte auch er sich um. Er folgte ihr und sprach sie an – irgendeine Bemerkung über den Wind oder das Wetter, und sie fand, er habe eine bezaubernde Stimme. So entspann sich eine Unterhaltung – über die Landschaft, über einsame Spaziergänge und das langweilige Leben in St. Heliers. Er fragte, ob sie oft hier spazierenginge. »Hin und wieder«, antwortete sie. – »Vielleicht auch morgen?« – »Das wäre möglich.« Daraufhin lüftete Mr. Lemoine den Hut und ging, mit sich und der Welt zufrieden, zu Tisch.

Sie trafen sich am nächsten und auch am übernächsten Tag. Lemoine entstammte keiner vornehmen Familie, aber er hatte lange unter vornehmen Leuten gelebt und ihnen mancherlei abgesehen. Er erklärte, Tugend sei im Grunde nur ein leeres Wort, und mächtige, reiche Menschen würden stets höher geachtet als ehrliche, arme Leute. Das leuchtete Sarah ein. Ihr Großvater war ehrlich und arm, und doch achtete ihn niemand, wenigstens nicht in dem Maße, wie sie es gewünscht hätte. Lemoine war nicht nur sehr redegewandt, er sah auch gut aus und hatte Geld – jedenfalls zeigte er ihr eines Tages eine Handvoll Banknoten. Er erzählte ihr von London und den vornehmen Damen dort und ließ durchblicken, daß sie durchaus nicht immer tugendhaft seien, eine Bemerkung, die er mit einem gewissen Stolz und einem schwermütigen Lächeln von sich gab, als wollte er sagen, er sei unglücklicherweise nicht ganz schuldlos an ihrem leichtfertigen Lebenswandel. Sarah war keineswegs erstaunt über seine Eröffnungen. Wäre sie eine große Dame gewesen, so hätte sie nicht anders gehandelt. Sie begann mit dem verführerischen jungen Mann zu kokettieren und deutete ihm an, daß sie zu viel Weltkenntnis besitze, um der Tugend einen nicht vorhandenen Wert beizumessen. Er hielt ihre Gerissenheit für Unschuld und meinte, eine Eroberung gemacht zu haben. Überdies war das Mädchen hübsch; modisch gekleidet, würde sie sogar eine Augenweide sein. Ein einziges Hindernis stand ihrer Liebe im Wege: Der schneidige Lebemann war arm. Er hatte in London über seine Verhältnisse gelebt, und sein Vater war nicht gewillt, den Monatswechsel zu erhöhen.

Sarah mochte Lemoine lieber als alle anderen jungen Männer, die sie kannte, doch jeder Handel beruht nun einmal auf Gegenseitigkeit. Das Mädchen wollte unbedingt nach London. Ihr Liebhaber seufzte und fluchte – aber vergeblich. Solange er sich weigerte, sie nach London mitzunehmen, konnte Diana nicht keuscher sein als sie. Je tugendhafter sie wurde, desto heftiger begehrte er sie. Sein Wunsch, sie zu besitzen, wuchs mit ihrem Widerstand, und schließlich lieh er sich zweihundert Pfund von dem Prokuristen seines Vaters (die Lemoines waren Kaufleute von Beruf) und gab ihrem Drängen nach. Mit Liebe hatte das nichts zu tun, weder bei ihm noch bei ihr. Die Haupttriebfeder des ganzen Unternehmens war Eitelkeit: Lemoine wollte keine Niederlage erleiden; Sarah verkaufte sich für die Überfahrt nach England und die Einführung in die »große Welt«.

Wir brauchen diese Epoche ihres Lebens nicht eingehend zu beschreiben. Nur soviel sei gesagt: Sie fand schon bald heraus, daß Lasterhaftigkeit keineswegs immer zum Glück führt und selbst in dieser Welt nicht so belohnt wird, wie es der aufgewandten Mühe entspricht. Übersättigt und enttäuscht, bekam Sarah dieses Leben sehr bald satt und sehnte sich danach, ihren aufreibenden Zerstreuungen zu entrinnen. Zu diesem Zeitpunkt verliebte sie sich wirklich.

Der Gegenstand ihrer Zuneigung war ein gewisser Mr. Lionel Crofton, ein schlanker, gutgewachsener Mann von einschmeichelndem Wesen. Seine Gesichtszüge waren zu stark ausgeprägt, so daß man eigentlich nur die Augen schön nennen konnte; sie waren pechschwarz wie seine Haare. Er hatte breite Schultern und einen sehnigen Körper, kleine Hände und kleine Füße und einen runden, wohlgeformten Kopf, der allerdings über den merkwürdig kleinen und dicht anliegenden Ohren ein wenig auslud. Die siebzehnjährige Sarah verliebte sich heftig in diesen Mann, der kaum vier Jahre älter war als sie. Das muß uns um so befremdlicher erscheinen, als er ihr zwar zugetan war, aber keine ihrer Launen duldete und ein ungezügeltes Temperament besaß, das sich in wilden Flüchen und sogar in Schlägen entlud. Er schien keinem Beruf nachzugehen und war trotz seines ansprechenden Äußeren noch weniger ein Gentleman als Lemoine. Doch Sarah empfand für ihn eine jener sonderbaren Sympathien, welche die Romantik im Leben solcher Frauen ausmachen, und war ihm blindlings ergeben. Ihre Liebe rührte ihn, und da er zudem ihre Intelligenz und ihre Bedenkenlosigkeit richtig einschätzte, gestand er ihr, wer er in Wirklichkeit war. Er war ein Betrüger, ein Fälscher, ein Dieb und hieß John Rex. Als Sarah das hörte, durchschauerte sie ein wildes Gefühl der Freude. Er berichtete ihr von seinen Taten, seinen Tricks, seinen Schurkenstreichen und erzählte, wie er sich seinen Verfolgern entzogen hatte. Als sie erkannte, daß dieser junge Mann seit Jahren die Welt der Reichen ausplünderte und betrog, jene Welt, die ihr so übel mitgespielt hatte, fühlte sie sich ihm noch enger verbunden.

»Ich freue mich, daß wir uns gefunden haben«, sagte sie. »Zwei Köpfe sind besser als einer. Wir arbeiten zusammen.«

John Rex, in Freundeskreisen als Stutzer-Jack bekannt, war angeblich der Sohn eines Mannes, der lange Jahre Kammerdiener bei Lord Bellasis gewesen war und sich mit einer hübschen Geldsumme und einer Frau aus den Diensten jenes verschwenderischen Edelmannes zurückgezogen hatte. John Rex genoß einen guten Schulunterricht, und die Beziehungen seiner Mutter zu dem früheren Brotgeber seines Vaters verschafften dem Sechzehnjährigen eine Stellung in einem altrenommierten Bankhaus. Der alte Rex erzählte gern und weitschweifig von »Gentlemen« und »vornehmer Gesellschaft«. Mrs. Rex liebte ihren Sohn sehr und weckte in ihm den Wunsch, in aristokratischen Kreisen zu glänzen. Er war ein kluger Bursche und hatte keinerlei sittliche Grundsätze. Er log, ohne zu erröten, und stahl mit Bedacht, sooft er meinte, es ungestraft tun zu können. Er war vorsichtig, berechnend, erfinderisch, eingebildet und von Grund auf verdorben. Er besaß eine rasche Auffassungsgabe, viel Phantasie und Wendigkeit, aber um seine Moral war es schlecht bestellt. Für seine Kollegen in der Bank hegte er tiefe Verachtung, weil sie nichts von der »Vornehmheit« hatten, die seine Mutter so sehr bewunderte. Am liebsten wäre er in die Armee eingetreten, denn er war kräftig gebaut und prahlte gern mit seiner Muskelkraft. Das ewige Hocken an einem Schreibpult war ihm unerträglich. Aber der alte Rex riet ihm, erst einmal abzuwarten, was dabei herausspringe. Er folgte diesem Rat und begnügte sich einstweilen damit, die Nächte in schlechter Gesellschaft zu verbringen und einen Scheck über zwanzig Pfund mit dem Namen eines Kunden der Bank zu unterschreiben. Die Fälschung war ziemlich plump und wurde bereits nach vierundzwanzig Stunden erkannt. Da Urkundenfälschungen durch Angestellte, auch wenn sie rasch aufgedeckt werden, dem Ruf eines Bankhauses keineswegs förderlich sind, entschloß sich die altrenommierte Firma, den Fall nicht vor Gericht zu bringen; aber Mr. John Rex wurde fristlos entlassen. Der ehemalige Kammerdiener, der seinen – nur gesetzlich anerkannten – Sohn ohnehin nicht liebte, wollte ihm im ersten Zorn die Tür weisen, ließ sich jedoch auf Bitten seiner Frau dazu bewegen, den vielversprechenden Jungen bei einem Tuchhändler in der City Road in die Lehre zu geben.

Die neue Tätigkeit sagte John Rex so wenig zu, daß er sich vornahm, sie möglichst bald aufzugeben. Er wohnte zu Hause und konnte seinen Wochenlohn von etwa dreißig Schilling als Taschengeld verbrauchen. Obwohl er eine erstaunliche Geschicklichkeit beim Billardspiel entfaltete und nicht selten Summen gewann, die für einen Menschen in seiner Stellung recht ansehnlich waren, überstiegen seine Ausgaben doch seine Einkünfte. Als ihm niemand mehr etwas borgen wollte, geriet er von neuem in Schwierigkeiten. Er hatte jedoch aus der Tatsache, daß er dem Gefängnis nur mit knapper Not entgangen war, eine Lehre gezogen und trug sich bereits mit dem Gedanken, seiner nachsichtigen Mutter alles zu beichten und in Zukunft sparsamer zu sein, als ihm einer jener »Glücksfälle« zu Hilfe kam, die so viele Menschen zugrunde richten. Der Geschäftsführer starb, und die Inhaber der Firma Baffaty & Co. ernannten den jungen Rex mit den guten Manieren zu seinem einstweiligen Vertreter. Geschäftsführer haben günstige Gelegenheiten, die anderen Angestellten versagt blieben, und am Abend des dritten Tages ging Mr. Rex mit einem Bündel Klöppelspitzen nach Hause. Leider hatte er aber mehr Schulden, als der Erlös aus diesem kleinen Diebstahl betrug, und so war er gezwungen, weiterzustehlen. Diesmal wurde er erwischt. Ein Kollege kam hinzu, als er gerade einen Ballen Seidenstoff versteckte, den er später mitnehmen wollte, und schlug ihm zu seinem nicht geringen Erstaunen vor, halbpart zu machen. Rex heuchelte tugendhafte Entrüstung, sah aber bald ein, daß er damit nichts erreichen konnte. Der andere war zu schlau, um sich durch solche Unschuldsbeteuerungen hinters Licht führen zu lassen. »Ich habe doch alles gesehen«, sagte er, »und wenn du nicht mit mir teilst, gehe ich zu dem alten Baffaty.« Dieses Argument ließ sich nicht widerlegen, und sie teilten. Von nun an waren sie gute Freunde, und der Partner von eigenen Gnaden half Rex nicht nur beim Wegschaffen der Diebesbeute, sondern machte ihn auch mit einem Hehler bekannt, einem Manne, der allen Regeln herkömmlicher Romantik zum Trotz kein Jude, sondern ein strenggläubiger Christ war. Er handelte mit alten Kleidern, hatte einen Laden in der City Road und außerdem, wie es hieß, überall in London Zweiggeschäfte.

Mr. Blicks, der die gestohlenen Waren zu einem Drittel ihres Wertes kaufte, war anscheinend höchst beeindruckt von Mr. Rex' äußerer Erscheinung. »Sie sehen ja aus wie ein ganz großer Gauner«, sagte er. Diese Bemerkung aus dem Munde eines so erfahrenen Mannes war ein schmeichelhaftes Kompliment. Durch ihren Erfolg ermutigt, stahlen Rex und sein Gefährte noch mehr wertvolle Stoffe. John Rex bezahlte seine Schulden und fühlte sich allmählich wieder als »Gentleman«. Gerade als er diesen angenehmen Zustand erreicht hatte, entdeckte Mr. Baffaty den Raub. Da er von der Wechselgeschichte nichts wußte, fiel sein Verdacht nicht auf Rex – der war doch ein so manierlicher junger Mann –, sondern auf den Helfershelfer, einen ungebildeten, schieläugigen Burschen. Er ließ ihn kommen und nahm ihn ins Gebet. Rex' Komplice leugnete standhaft, und der alte Baffaty, der eine gutmütige Seele war und den Verlust von fünfzig Pfund verschmerzen konnte, gab ihm bis zum folgenden Morgen Bedenkzeit. Falls er bis dahin keine Auskunft über den Verbleib der Waren bekäme, sagte er, würden eben die Überredungskünste eines Konstablers nachhelfen müssen. Mit Tränen in den Augen eilte der Verkäufer zu Rex und teilte ihm mit, daß alles verloren sei. Er wollte nicht gestehen, weil es ihm widerstrebte, seinen Freund Rex zu verraten; aber wenn er nicht gestand, würde man ihn festnehmen. An Flucht war nicht zu denken, denn keiner von ihnen hatte Geld. In diesem Dilemma erinnerte sich John Rex an Blicks' Kompliment, und er brannte darauf, es durch Taten zu bestätigen. Wenn er schon den Rückzug antreten mußte, dann wollte er zuvor das Feindesland verwüsten. Sein Auszug sollte dem der Kinder Israel gleichen – er würde die Ägypter verderben. Einem Geschäftsführer stand mittags eine halbe Stunde Tischzeit zu. John Rex nutzte diese halbe Stunde, er nahm eine Mietdroschke und fuhr zu Blicks. Der ehrenwerte Mann empfing ihn herzlich, denn er spürte, daß Rex irgend etwas Großes vorhatte. John Rex erläuterte rasch seinen Aktionsplan. Die Tür des Warenhauses hatte ein Schloß, das sich von innen ohne

Schlüssel öffnen ließ. Er wollte abends heimlich zurückbleiben und warten, bis ein verabredetes Zeichen ertönte. Wenn dann ein leichter Wagen oder auch eine Droschke in der Gasse hinter dem Hause bereitstand, konnten drei Männer binnen weniger Stunden eine Menge kostbarer Stoffe verladen. Hatte Blicks drei geeignete Männer an der Hand? Blicks' eines Auge funkelte. Das lasse sich einrichten, sagte er, um halb zwölf würden sie zur Stelle sein. Sonst noch etwas? Ja. Mr. John Rex, der diese so günstige Gelegenheit »ausbaldowert« hatte, war nicht gesonnen, das umsonst zu tun. Die Beute war mindestens fünftausend Pfund wert, keinen Schilling weniger. Er verlangte hundert Pfund in bar, sobald der Wagen bei Blicks einträfe. Blicks lehnte zunächst rundweg ab. Darüber könne man später sprechen, er habe nicht die Absicht, die Katze im Sack zu kaufen. Aber Rex ließ nicht locker; es war seine einzige Chance, und schließlich versprach ihm Blicks achtzig Pfund. In jener Nacht fand der ruhmreiche Einbruch statt, der in die Annalen von Bow Street als »der große Seidendiebstahl« eingegangen ist. Zwei Tage später lasen John Rex und sein Helfershelfer, während sie gemütlich in Birmingham speisten, in einer Londoner Zeitung einen – ziemlich ungenauen – Bericht über das Unternehmen.

    John Rex, der nun den öden Weg bürgerlicher Achtbarkeit ein für allemal verlassen hatte, sagte seinem Elternhause Valet und schickte sich an, die Wünsche seiner Mutter zu verwirklichen. Er war auf seine Weise ein »Gentleman« geworden. Solange die achtzig Pfund reichten, lebte er in Saus und Braus, und als sie aufgebraucht waren, hatte er in seinem neuen Beruf festen Fuß gefaßt. Es war ein recht einträglicher Beruf – der eines Betrügers. Zu seinen natürlichen Gaben – gutes Aussehen, Gewandtheit und Geistesgegenwart – gesellten sich eine nicht unerhebliche Geschicklichkeit im Billardspiel, einige Kenntnisse in der Taschenspielerkunst und das nützliche Bewußtsein, daß er lediglich die Wahl zwischen ausbeuten und ausgebeutet werden hatte. John Rex war kein gewöhnlicher Betrüger; seine Anlagen wie auch seine erworbenen Fähigkeiten bewahrten ihn davor, die üblichen Fehler zu begehen. Er hatte erkannt, daß man, um die Menschen mit Erfolg zu betrügen, Scharfsinn entwickeln muß, und zwar keinen durchschnittlichen, sondern einen unübertrefflichen Scharfsinn. Wer sich damit begnügt, klüger zu sein als die *meisten*, der wird irgendwann unfehlbar überlistet werden – und wenn ein Betrüger auch nur einmal überlistet wird, dann ist er erledigt. Aus dem Studium der Kriminalgeschichte gewann John Rex eine weitere Erkenntnis: Bei allen Raubzügen, bei allen Täuschungsmanövern und Betrügereien stand im Hintergrund ein gewisser Bursche, der sich die Dummheit seiner Verbündeten zunutze machte. Dies brachte ihn auf einen Gedanken. Wie, wenn er sich zur Ausplünderung der Menschheit nicht nur seiner eigenen, sondern auch fremder Fähigkeiten bediente? Das Verbrechen kennt eine Unzahl von Rangunterschieden. Er selbst beabsichtigte, die höchste Stufe zu erreichen; aber brauchte er deswegen die guten Burschen zu verachten, die es nicht soweit bringen konnten? Seine Spezialität war Betrügen, Billard spielen, Karten spielen, Geld leihen, Waren absetzen, und er riskierte nie mehr als zwei oder drei großangelegte Coups im Jahr. Aber andere brachen in Häuser ein, stahlen Armbänder, Uhren, Diamanten und verdienten in einer Nacht soviel wie er in sechs Monaten – nur daß ihre Tätigkeit gefahrvoller war. Nun erhob sich die Frage: Warum gefahrvoller? Weil diese Burschen bloße Klötze waren, auf ihre plumpe Art zwar verwegen und klug, aber dem Gesetz mit seinen Argusaugen und Bärentatzen nicht gewachsen. Sie waren für die gröberen Arbeiten gut zu gebrauchen; sie öffneten Schlösser, sprengten Türen und »killten« Konstabler, doch in den feineren Künsten des Planes, in der Strategie des Angriffs und Rückzugs versagten sie kläglich. Gut. Diese Burschen sollten ihm als Handlanger dienen; er selbst würde der Kopf sein. Er würde die Raubzüge planen, und sie sollten sie ausführen.

John Rex betätigte sich auf vielen Gebieten, war stets darauf bedacht, einem in die Klemme geratenen »Mitarbeiter« zu helfen, führte seine Unternehmungen auf eine nüchterne, geschäftsmäßige Art durch und stieg in wenigen Jahren zum Haupt einer Verbrecherbande auf. Er verkehrte mit leichtsinnigen Schreibern und arglosen Verschwendern des bürgerlichen Mittelstandes, denen er Informationen über schlechtbewachte Häuser und ungesicherte Läden entlockte, und hatte er eine günstige Gelegenheit »ausbaldowert«, so überließ er den gefährlicheren Teil der Arbeit Blicks' bereitwilligen Schurken. In verschiedenen Verkleidungen und unter wechselndem Namen fand er Einlaß in die oberen Kreise jener lockeren Gesellschaft, wo aus reißenden Wölfen zahme Vögel werden. Reiche Verschwender, die mit Vorliebe Männer um sich sahen, luden ihn in ihre Häuser ein, und Mr. Anthony Croftonsbury, Hauptmann James Craven und Mr. Lionel Crofton waren Namen, an die sich mancher ruinierte Lebemann erinnerte – gelegentlich mit Vergnügen, häufiger jedoch mit Verdruß. Rex besaß eine Eigenschaft, die in seinem Beruf von unschätzbarem Wert war: Er war vorsichtig und selbstbeherrscht. Hatte er einen Erfolg errungen, zum Beispiel Blicks eine Provision abgejagt, einen einfältigen Tropf wie Lemoine beim Kartenspiel gerupft oder veranlaßt, daß ein Sortiment Edelsteine »zur Ansicht an seine Frau in Gloucestershire« geschickt wurde, so pflegte er für eine Weile zu verschwinden. Er liebte ein behagliches Leben und schwelgte in dem Gefühl der Sicherheit und Achtbarkeit.

So hatte er bereits drei Jahre gelebt, als er Sarah Purfoy begegnete, und so beabsichtigte er, noch viele Jahre zu leben. Mit dieser Frau als Gehilfin konnte er, wie er meinte, dem Gesetz trotzen. Sie war der Lockvogel, der ihm half, seine Gimpel zu fangen; sie war die gutgekleidete Dame, die in London Waren bestellte, sie anzahlte, die Sendung an ihren Gatten in Canterbury adressieren ließ und auf Nimmerwiedersehen verschwand. Wo eine weniger schöne oder weniger kluge Frau vermutlich gescheitert wäre, da hatte sie Erfolg. Ihr Mann sah sich auf dem besten Wege zum Reichtum und glaubte, er werde seine einträgliche Tätigkeit bei genügender Umsicht so lange fortsetzen können, bis er von sich aus den Entschluß faßte, sie aufzugeben. Aber ach – ein jeder von uns hat seine schwache Stelle! Eines Tages tat er etwas sehr Törichtes, und das Gesetz, dem er bislang so erfolgreich getrotzt hatte, fing ihn auf die denkbar einfachste Weise.

John Rex und Sarah Purfoy hatten sich als Mr. und Mrs. Skinner in einer ruhigen Wohnung in der Gegend von Bloomsbury eingemietet. Ihre Wirtin, eine ehrbare alte Dame, hatte einen Sohn, der bei der Polizei war. Verschwiegenheit zählte nicht zu seinen Vorzügen, und so erzählte er seiner Mutter eines Tages beim Essen, daß am nächsten Abend eine Bande von Falschmünzern in der Old Street Road ausgehoben werden sollte. Die arme Mutter träumte in der Nacht die schrecklichsten Dinge, und am Morgen ging sie zu Mrs. Skinner ins Wohnzimmer und vertraute ihr unter dem Siegel tiefster Verschwiegenheit an, in welche entsetzliche Gefahr ihr Sohn sich begeben müsse. John Rex war mit Lord Bellasis zu einem Taubenschießen geritten, und als er um neun Uhr abends zurückkehrte, erzählte ihm Sarah, was sie erfahren hatte.

Am Bankplatz Nummer vier in der Old Street Road wohnte ein gewisser Green, der seit geraumer Zeit das einträgliche, aber gefährliche Gewerbe eines Falschmünzers betrieb. Dieser Mann war einer der verwegensten in der Armee von Banditen, deren Schatzkämmerer und Münzmeister Blicks war, und seine Freiheit war kostbar. Während John Rex sein Essen in ungewöhnlicher Erregung verzehrte, ließ er sich die Sache durch den Kopf gehen und kam zu dem Schluß, er müsse Green vor der Gefahr warnen. Nicht, daß er sich persönlich viel aus Green machte, aber es war eine unkluge Politik, einen Kameraden in der Not im Stich zu lassen. Überdies war zu befürchten, daß Green, wenn man ihn faßte, allzuviel ausplauderte. Aber wie sollte er ihn warnen? Auf dem Umweg über Blicks? Dann kam die Hilfe vielleicht zu spät. Nein, er mußte selbst zu Green gehen. Er ging hin – und wurde geschnappt.

Als Sarah von dem Unglück hörte, setzte sie Himmel und Hölle in Bewegung, um ihm zu helfen. Sie nahm all ihr Geld und all ihren Schmuck, bezahlte die Miete, besuchte Rex im Gefängnis und beschaffte ihm einen Verteidiger. Blicks war zuversichtlich, aber da Green, der um ein Haar gehängt worden wäre, Rex als seinen Komplicen bezeichnete und der Stadtrichter nicht gesonnen war, Milde walten zu lassen, lautete das Urteil auf sieben Jahre Deportation.

Sarah Purfoy gelobte, sie werde ihm folgen. Sie war schon drauf und dran, die Überfahrt als Passagier oder als Auswanderer anzutreten, als sie Mrs. Vickers' Zeitungsanzeige las und sich sogleich um die Stellung als Zofe bewarb. Zufällig wurde auch Rex auf der *Malabar* verschifft, und Sarah, die dies entdeckte, ehe das Schiff eine Woche auf See war, faßte den kühnen Plan, ihren Geliebten zu befreien, indem sie die Sträflinge zu einer Meuterei aufwiegelte. Wir kennen das Ergebnis und die Geschichte der nachfolgenden Flucht des Schurken aus Macquarie Harbour.

KAPITEL 4
Der berüchtigte Dawes

Die Meuterer der *Osprey* galten seit langem als tot, und die Einzelheiten ihres tollkühnen Handstreichs waren allmählich in Vergessenheit geraten. Die Nachricht, daß man ihrer nun auf eine so sonderbare Art habhaft geworden war, gab zu allen möglichen Gerüchten Anlaß. Es hieß, sie seien Könige über wilde Inselvölker gewesen, Anführer zügelloser, grausamer Piraten, ehrbare Familienväter auf Java, Kaufleute in Singapur, Betrüger in Hongkong. Ihre Abenteuer waren in einem Londoner Theater über die Bühne gegangen, und der beliebteste Romanschriftsteller jener Zeit war dabei, ihre erstaunlichen Schicksale zu schildern.

Von John Rex, dem Rädelsführer, erzählte man sich, er sei mit einer Adelsfamilie verwandt, die in einer Sonderbotschaft an Sir John Franklin um Gnade für ihn gebeten habe. Dennoch bestand alle Aussicht, daß er gehängt wurde; denn selbst die freimütigsten Bewunderer seiner Geschicklichkeit und seines Mutes mußten zugeben, daß ein solches Verbrechen nach dem Gesetz nur mit dem Tode gesühnt werden konnte. Die Krone wollte nichts unversucht lassen, ihn für schuldig zu erklären, und in dem bereits überfüllten Gefängnis wurde es noch enger, als man zur Identifizierung der Meuterer ein halbes Dutzend Lebenslänglicher aus Port Arthur herbeischaffe. Unter ihnen war auch der »berüchtigte Dawes«.

Diese Meldung gab der Erinnerung und der Gerüchtemacherei neue Nahrung. Man entsann sich, daß der berüchtigte Dawes jener entsprungene Sträfling war, den Hauptmann Frere zurückgebracht hatte und der seine Begnadigung zu einem Leben in Fesseln der Tatsache verdankte, daß er Hauptmann Frere beim Bau jenes wundervollen Bootes geholfen hatte, das den Ausgesetzten die Rückkehr ermöglichte. Man entsann sich ferner, wie finster und mürrisch er während der Gerichtsverhandlung vor fünf Jahren gewesen war, wie er gelacht hatte, als ihm die Umwandlung des Todesurteils mitgeteilt wurde. Die »Hobart Town Gazette« veröffentlichte eine kurze Lebensbeschreibung dieses schrecklichen Schurken, in der zu lesen stand, er sei an einer Meuterei auf dem Sträflingsschiff beteiligt gewesen, zweimal aus Macquarie Harbour entflohen, wiederholt wegen Gewalttätigkeit und Ungehorsam ausgepeitscht worden und nun nach zwei weiteren erfolglosen Fluchtversuchen als Kettensträfling in Port Arthur gefangen. Die Zeitung hatte überdies entdeckt, daß der Verbrecher ursprünglich wegen Straßenraubs deportiert worden war, und zog daraus sehr geschickt die Schlußfolgerung, man solle derartige Bestien lieber gleich hängen, anstatt sie weiter herumlaufen und Schurkereien fortsetzen zu lassen. »Hat dieser Schurke der menschlichen Gesellschaft in den letzten elf Jahren irgendwie genützt?« fragte das Blatt pathetisch. Und alle mußten zugeben, daß er keineswegs von Nutzen gewesen war.

Auch Miß Sylvia Vickers stand plötzlich im Mittelpunkt des öffentlichen Interesses. Ihre romatische Rettung durch den heldenhaften Frere, dem in Kürze die traditionelle Belohnung für seinen Opfermut zuteil werden sollte, machte sie fast ebenso berühmt wie den Banditen Dawes oder seinen Verbündeten, das Ungeheuer John Rex.

Man erzählte, daß sie und ihr Verlobter bei der bevorstehenden Verhandlung als Zeugen auftreten sollten, denn sie seien ja die beiden einzigen, die Näheres über die Meuterei berichten könnten. Man munkelte ferner, daß ihr Verlobter natürlich alles daransetzte, ihr diese Vernehmung zu ersparen, da sie — auch dies ein Punkt von romantischem Interesse — durch die schreckliche Leidenszeit und die anschließende Krankheit stark mitgenommen sei und sich, was jene Ereignisse betreffe, in einem bedauerlichen Zustand geistiger Verwirrung befinde. Diese Gerüchte bewirkten, daß der Gerichtssaal am Verhandlungstag überfüllt war; und als die wunderbare Geschichte von der zwiefachen Errettung in allen Einzelheiten geschildert wurde, steigerte sich die Erregung immer mehr. Der Anblick der vier mit schweren Ketten gefesselten Gefangenen löste eine Sensation aus, wie man sie in dieser Stadt der Kettensträflinge nie für möglich gehalten hätte. Wetten wurden abgeschlossen, welche Methode zur Verteidigung die Angeklagten zu wählen beabsichtigten. Zunächst glaubte man, sie würden auf die Barmherzigkeit der Krone spekulieren und versuchen, durch ihre so überaus phantastische Geschichte das Mitleid der Öffentlichkeit zu erregen; aber das Auftreten des Hauptangeklagten John Rex rechtfertigte diese Vermutung nicht. Ruhig, gelassen und herausfordernd, schien er bereit, entweder sein Schicksal hinzunehmen oder den Richtern mit einem Einwand entgegenzutreten, der seinen Freispruch von dem Hauptanklagepunkt gewährleistete. Nur als er hörte, daß die Anklage ihm vorwarf, er habe die Brigg *Osprey* »in verbrecherischer Weise geraubt«, verzog er den Mund zu einem Lächeln.

Mr. Meekin, der unter den Zuhörern saß und in religiösen Vorurteilen schwelgte, war über dieses Lächeln empört. »Ein wildes Tier, meine liebe Miß Vickers«, sagte er, als er eine Pause im Verhör der Sträflinge, die den Gefangenen identifizieren sollten, benutzte, um Sylvia und ihren Vater in dem kleinen Warteraum aufzusuchen. »Er hat etwas ausgesprochen Tigerhaftes in seinem Blick.«

»Der arme Kerl!« sagte Sylvia, und ein Schauder überlief sie.

»Arm? Aber liebe Miß Vickers, wollen Sie ihn etwa bedauern?«

»Ja«, antwortete Sylvia, die ihre Hände ineinanderkrampfte, als leide sie Schmerzen. »Ich bedaure sie alle, diese armen Geschöpfe.«

»Ein reizendes Zartgefühl!« sagte Meekin mit einem raschen Blick auf Vickers. »So spricht das Herz einer echten Frau, mein verehrter Herr Major.«

Der Major trommelte ungeduldig mit den Fingern auf den Tisch. Dieses Geschwätz war völlig fehl am Platze; es regte die ohnehin nervöse Sylvia nur noch mehr auf.

»Komm einmal her, Liebchen«, sagte er, »und schau durch die Tür. Von hier kannst du die vier Burschen sehen, und wenn du keinen von ihnen wiedererkennst, dann hat es meiner Meinung nach wenig Sinn, daß man dich in den Zeugenstand ruft. Das heißt, wenn es nötig ist, mußt du natürlich gehen.«

Die erhöhte Anklagebank stand gerade gegenüber der Tür des Raumes, in dem sie saßen, und die vier gefesselten Männer, jeder mit einem bewaffneten Gefängniswärter hinter sich, waren über den Köpfen der Menge sichtbar. Das Mädchen hatte nie zuvor einem Prozeß beigewohnt, in dem es um Leben oder Tod eines Menschen ging; die Stille im Saal und das altehrwürdige Verhandlungszeremoniell beunruhigten sie, wie alle, die dergleichen zum erstenmal erleben, davon beunruhigt werden. Es herrschte eine bedrückende, quälende Atmosphäre. Die Ketten der Gefangenen klirrten unheilverkündend. Der Richter, die Aufseher, Gefängniswärter und Konstabler, die sich hier zur Bestrafung der vier Männer versammelt hatten, schienen eine grausame Übermacht zu bilden. Die vertrauten Gesichter, die Sylvia bei einem flüchtigen Blick in die Runde erkannte, hatten etwas bösartig Verzerrtes. Selbst die Miene ihres Verlobten, der sich gespannt zum Zeugenstand vorbeugte, war wild und blutdürstig. Ihr Blick folgte hastig dem ausgestreckten Zeigefinger des Vaters und suchte die Angeklagten. Zwei von ihnen lümmelten sich auf der Bank und starrten finster und unaufmerksam ins Leere; einer kaute nervös an einem Strohhalm oder an einem Zweig, während er die Anklagebank mit ruhelosen Händen betastete; der vierte blickte mit gerunzelter Stirn am Richtertisch vorbei zur Zeugenbank hinüber, die sie nicht sehen konnte. Alle vier Gesichter waren ihr fremd.

»Nein, Papa«, sagte sie mit einem Seufzer der Erleichterung, »ich erkenne sie nicht wieder.«

Sie hatte der Tür schon den Rücken gekehrt, als sie beim Klang einer Stimme, die aus dem Zeugenstand kam, plötzlich erbleichte und sich rasch umwandte. Auch die Zuhörer waren anscheinend beeindruckt, denn ein Flüstern ging durch die Reihen, und ein Gerichtsbeamter rief: »Ruhe im Saal!«

Der berüchtigte Verbrecher Rufus Dawes, der Bandit aus Port Arthur, die Bestie, die nach Aussage der »Hobart Town Gazette« nicht wert war zu leben, hatte soeben den Zeugenstand betreten. Er war ein Mann in den Dreißigern, in der Blüte seiner Jahre, mit einem kräftigen Körper, dessen prachtvolle Muskeln selbst die schlechtsitzende gelbe Jacke nicht ganz verbergen konnte. Er hielt sich sehr gerade, hatte sonnengebräunte, sehnige Hände und wilde schwarze Augen, die er hungrig im Gerichtssaal umherschweifen ließ. Nicht einmal das Gewicht der doppelten Ketten, die von dem Lederriemen um seine kräftigen Lenden herabhingen, vermochte die stolze Haltung des vollendet ausgebildeten Körpers zu beeinträchtigen. Nicht einmal die finsteren Gesichter, die ihn anstarrten, vermochten ihn zu bewegen, ein wenig Respekt in die Geringschätzung zu mischen, mit der er seinen Namen nannte: »Rufus Dawes, Gefangener der Krone.«

»Komm, mein Liebling«, sagte Vickers, erschrocken über das bleiche Gesicht und den erwartungsvollen Blick seiner Tochter. »Gleich, gleich«, erwiderte sie ungeduldig, während sie der Stimme des unsichtbaren Sprechers lauschte. »Rufus Dawes! Oh, diesen Namen habe ich schon einmal gehört!«

»Sie sind Gefangener der Krone in der Strafkolonie Port Arthur?«

»Ja.«

»Auf Lebenszeit?«

»Auf Lebenszeit.«

Sylvia wandte sich ihrem Vater zu, und in ihren Augen stand eine atemlose Frage. »Oh, Papa, wer ist der Mann, der jetzt spricht? Ich kenne den Namen! Ich kenne die Stimme!«

»Das ist der Mann, der mit euch im Boot war, mein Liebes«, antwortete Vickers ernst. »Der Gefangene.«

Das erwartungsvolle Leuchten in Sylvias Augen erlosch, und an seine Stelle traten Enttäuschung und Kummer.

»Ich dachte, es wäre ein guter Mensch«, flüsterte sie und hielt sich am Türpfosten fest. »Seine Stimme klingt so gütig.« Zitternd vor Erregung, verbarg sie das Gesicht in den Händen.

»Nun, nun«, sagte Vickers beschwichtigend, »du brauchst dich nicht zu fürchten, Kleines. Er kann dir jetzt nichts mehr tun.«

»Nein, haha!« bestätigte Meekin, der sich als mutiger Beschützer aufspielte. »Vor dem Schurken sind Sie ein für allemal sicher.«

Inzwischen ging das Verhör weiter.

»Kennen Sie die Gefangenen auf der Anklagebank?«

»Ja.«

»Wie heißen sie?«

»John Rex, Henry Shiers, James Lesly und ... und ... über den vierten bin ich mir nicht sicher.«

»Über den vierten sind Sie sich nicht sicher. Können Sie die Identität der drei anderen beschwören?«

»Ja.«

»Sie erinnern sich genau?«

»Ich war drei Jahre lang mit ihnen zusammen in Macquarie Harbour.«

Als Sylvia diese Erklärung hörte, stieß sie einen leisen Schrei aus und klammerte sich an ihren Vater. »Oh, Papa, führ mich fort! Gleich werde ich mich an etwas Furchtbares erinnern!«

Da im Gerichtssaal tiefes Schweigen herrschte, war der Aufschrei des armen Mädchens deutlich zu hören, und alle Köpfe wandten sich neugierig zur Tür zu. So kam es, daß niemand die Veränderung bemerkte, die mit Rufus Dawes vor sich ging. Sein Gesicht wurde dunkelrot, große Schweißtropfen traten ihm auf die Stirn, und seine schwarzen Augen starrten so angestrengt in die Richtung des kleinen Zimmers, als wollten sie die neidische Wand durchbohren, die ihm den Anblick jener Frau vorenthielt.

Maurice Frere war aufgesprungen und bahnte sich einen Weg durch die Menge.

»Was ist hier los?« fuhr er Vickers an. »Weshalb haben Sie sie überhaupt hergebracht? Ich habe Ihnen doch gesagt, daß ihre Anwesenheit nicht erforderlich ist.«

»Ich hielt es für meine Pflicht, Sir«, wies Vickers ihn würdevoll zurecht.

»Was hat sie so erschreckt? Was hat sie gehört? Was hat sie gesehen?« fragte Frere mit seltsam bleichem Gesicht. »Sylvia!«

Beim Klang seiner Stimme öffnete sie die Augen. »Bring mich nach Hause, Papa. Ich bin krank. Oh, was für Gedanken!«

»Was meint sie nur?« rief Frere und blickte beunruhigt von einem zum anderen.

»Sie ängstigt sich vor diesem Schurken Dawes«, erklärte Meekin. »Ein plötzlicher Strom von Erinnerungen. Das arme Kind! Beruhigen Sie sich doch, Miß Vickers, ich bitte Sie. Er ist ja gefesselt.«

»Du hast Angst vor ihm?«

»Ja, Maurice, ich habe Angst«, sagte Sylvia mit schwacher Stimme. »Ich brauche doch nicht länger hierzubleiben, nicht wahr?«

»Nein«, erwiderte Frere, und sein Gesicht hellte sich auf. »Entschuldigen Sie meinen Jähzorn, Herr Major. Bringen Sie sie nach Hause. Es ist zuviel für sie.« Er wischte sich den Schweiß von der Stirn und ging in den Saal zurück, schweratmend, wie jemand, der gerade einer großen Gefahr entronnen ist.

Rufus Dawes, der noch immer in der gleichen Haltung dastand, zuckte zusammen, als Freres Gestalt im Türrahmen sichtbar wurde.

»Wer ist die Frau?« fragte er gedämpft, mit heiserer Stimme, den Konstabler hinter sich.

»Miß Vickers«, sagte der Mann barsch.

»Miß Vickers?« wiederholte der Sträfling, während er den Mann mit einem Ausdruck schmerzlicher Verwirrung unverwandt anstarrte. »Man hat mir doch gesagt, sie ist tot!«

Der Konstabler rümpfte über diese unsinnige Bemerkung verächtlich die Nase, als wollte er sagen: Was fragst du mich, du Esel, wenn du es besser weißt! Doch dann fühlte er wohl, daß der starre Blick des anderen auf Antwort drang, und so fügte er hinzu: »Kein Wunder, daß du sie für tot gehalten hast. Wie ich höre, hast du ja dein möglichstes getan, sie umzubringen.«

Plötzlich hob der Sträfling in zorniger Verzweiflung beide Arme, als wollte er sich trotz der geladenen Musketen auf den Mann stürzen. Ebenso plötzlich aber kam er zur Besinnung, wandte sich rasch dem Saal zu und rief: »Euer Gnaden! Hohes Gericht! Ich bitte ums Wort.«

Die jähe Unterbrechung der Stille und sein nunmehr völlig veränderter Tonfall bewirkten, daß die Gesichter, die bisher gespannt auf die Tür geblickt hatten, durch die Mr. Frere eingetreten war, mit einem Ruck herumfuhren. Im ersten Moment glaubten viele, der berüchtigte Dawes sei inzwischen abgeführt worden; denn dort, wo sie eben noch den hochaufgerichteten, trotzigen Schurken gesehen hatten, stand jetzt ein bleicher, nervöser Mensch, der sich zitternd, in fast demütig flehender Haltung vorbeugte, die eine Hand um das Geländer gekrampft, als fürchte er zu fallen, die andere Hand nach der Richterbank ausgestreckt.

»Euer Gnaden, ich bin das Opfer eines furchtbaren Irrtums. Ich möchte eine Erklärung abgeben. Ich habe den Sachverhalt schon früher, gleich nach meiner Ankunft in Port Arthur, schriftlich geschildert; aber die Briefe wurden vom Kommandanten nicht befördert. Ich weiß, das ist Vorschrift, und es steht mir nicht zu, mich darüber zu beschweren. Euer Gnaden, man hat mich zu Unrecht nach Port Arthur geschickt. *Ich* habe das Boot gebaut, Euer Gnaden. *Ich* habe die Frau und die Tochter des Majors gerettet. *Ich*, ich allein habe das alles getan, und ich bin durch den Meineid eines Schurken, der mich haßt, um meine Freiheit betrogen worden. Bisher glaubte ich, daß niemand die Wahrheit kennt; denn mir wurde gesagt, sie sei tot.«

Seine rasch hervorgesprudelten Worte überraschten das Gericht so sehr, daß niemand ihn unterbrach.

»Ich wurde als ›Ausreißer‹ zum Tode verurteilt, Sir, und dann zu lebenslänglicher Haft begnadigt, weil ich beim Bau des Bootes geholfen hatte. *Geholfen!* Ganz allein habe ich es gebaut! Sie wird es Ihnen bestätigen. Ich habe sie gepflegt! Ich habe sie auf meinen Armen getragen! Ich habe gehungert um ihretwillen! Sie hatte mich gern, Sir. Wirklich. Sie nannte mich den ›guten Mr. Dawes‹.«

Irgend jemand im Saal lachte laut auf, wurde aber sogleich zum Schweigen gebracht. Der Richter beugte sich vor und fragte: »Meint er Miß Vickers?« Inzwischen hatte Rufus Dawes einen Blick in den Saal geworfen und Maurice Frere entdeckt, der ihn mit vor Schreck geweiteten Augen anstarrte. »Ich sehe Sie, Hauptmann Frere, Sie Feigling und Lügner! Holen Sie ihn in den Zeugenstand, meine Herren, und lassen Sie ihn seine Geschichte erzählen. Sie wird ihn Lügen strafen, ganz gewiß! Oh, und ich glaubte, sie sei tot!«

Der Protokollführer beeilte sich, den Richter zu informieren. »Miß Vickers war lange Zeit schwerkrank, Sir. Vorhin ist sie im Gerichtssaal ohnmächtig geworden. Ihre einzige Erinnerung an den Sträfling, der mit ihr im Boot war, ist ein Gefühl der Angst und des Abscheus. Schon allein sein Anblick hat sie in größte Erregung versetzt. Der Sträfling ist als Erzlügner und Ränkeschmied bekannt, und Hauptmann Frere hat seine Behauptungen längst widerlegt.«

Der Richter, ein Mann, der von Natur zur Menschlichkeit neigte, aber durch seine Erfahrung gezwungen war, jedes Wort eines Gefangenen mit Vorsicht aufzunehmen, sagte alles, was er sagen konnte, und die Tragödie der letzten fünf Jahre wurde mit dem folgenden Dialog abgetan:

Richter: »Dies ist nicht der Ort, eine Anklage gegen Hauptmann Frere vorzubringen, und ebensowenig können wir hier das Unrecht erörtern, das Ihnen angeblich widerfahren ist. Wenn Ihnen Unrecht geschehen ist, werden die Regierungsbehörden Ihre Beschwerde entgegennehmen und Ihnen Genugtuung verschaffen.«

Rufus Dawes: »Ich habe mich bereits beschwert, Euer Gnaden. Ich habe einen Brief nach dem anderen an die Regierung geschrieben, aber sie sind niemals weitergeleitet worden. Dann hörte ich, daß sie tot sei, und danach schickten sie mich in die Kohlengruben, und dort erfährt man nichts mehr.«

Richter: »Ich bin für diese Angelegenheit nicht zuständig. Mr. Mangles, haben Sie noch Fragen an den Zeugen?«

Da Mr. Mangles keine Fragen mehr hatte, rief man Matthew Gabbett auf, und Rufus Dawes, der vergeblich um Gehör bat, wurde abgeführt, während von allen Seiten Bemerkungen und Vermutungen durch den Saal schwirrten.

Die Verhandlung verlief ohne weiteren Zwischenfall. Sylvia wurde nicht aufgerufen; dagegen trat Hauptmann Frere in den Zeugenstand und sprach zum Erstaunen vieler seiner Feinde sehr großmütig zugunsten von John Rex.

»Er hätte uns dem Hungertod preisgeben können«, sagte Frere. »Er hätte uns sogar ermorden können, wir waren ihm wehrlos ausgeliefert. Die Lebensmittel an Bord waren knapp, und daß er sie in dieser Situation mit uns teilte, ist meiner Meinung nach ein Beweis für sein menschliches Mitgefühl.«

Diese Aussage war für die Gefangenen sehr günstig, denn der Hauptmann galt als unversöhnlicher Feind aller aufsässigen Sträflinge, so daß man annehmen mußte, nur sein strenger Sinn für Gerechtigkeit und Wahrheit habe ihn bewogen, in solchen Worten zu sprechen. Überdies verteidigte sich Rex höchst geschickt. Was die Flucht betraf, so bekannte er sich schuldig, aber er bat, man möge seine Mäßigung als mildernden Umstand werten. Sein einziges Ziel sei die Freiheit gewesen, und er habe in der Folgezeit fast drei Jahre lang als ehrlicher Mann gelebt, wie er beweisen könne. Man klage ihn an, die Brigg *Osprey* durch ein Piratenstück an sich gebracht zu haben, er müsse jedoch mit Nachdruck darauf hinweisen, daß die Brigg von Sträflingen in Macquarie Harbour erbaut und niemals in einer Schiffsliste geführt worden sei, so daß man nicht von einem »Piratenstück« im eigentlichen Sinne des Wortes sprechen könne. Das Gericht erkannte diesen Einwand an, es berücksichtigte ferner Hauptmann Freres günstige Zeugenaussage sowie die Tatsache, daß seit der Meuterei fünf Jahre vergangen und die beiden Hauptschuldigen, Cheshire und Barker, in England hingerichtet worden waren, und verurteilte Rex und seine drei Spießgesellen zu lebenslänglicher Deportation in eine Strafsiedlung der Kolonie.

KAPITEL 5
Maurice Freres guter Engel

Zufrieden mit dem Ergebnis seiner Bemühungen, beschloß Frere, zu Vickers zu gehen und das Mädchen zu trösten, um dessentwillen er sich bereit gefunden hatte, Rex vor dem Galgen zu retten. Auf der Straße begegnete er einem Mann, der ihn grüßte und um eine kurze Unterredung bat. Der Mann mochte in den Fünfzigern sein; er hatte ein rotes Gesicht, das von reichlichem Branntweingenuß zeugte, und sowohl sein Gang wie auch seine Sprechweise verrieten den Seemann.

»Na, Blunt, was gibt's denn?« fragte Frere ungeduldig, mit der Miene eines Menschen, der auf eine schlechte Nachricht gefaßt ist.

»Ich wollte Ihnen bloß sagen, daß alles in bester Ordnung ist, Sir. Heute morgen ist sie wieder an Bord gekommen.«

»Wieder an Bord gekommen?« rief Frere. »Ich hatte ja keine Ahnung, daß sie an Land gegangen war. Wo ist sie denn gewesen?«

Er sprach in einem selbstsicheren, gebieterischen Ton, und Blunt, nicht länger der grobe Tyrann von einst, schien vor ihm zu zittern. Die Verhandlung gegen die Meuterer der *Malabar* hatte Phineas Blunt das Genick gebrochen. Welche Entschuldigungen er auch vorbringen mochte, die Tatsache, daß Pine ihn, dessen Platz in jener Stunde an

Deck gewesen wäre, betrunken in seiner Kabine gefunden hatte, ließ sich nicht vertuschen, und die Behörden konnten oder wollten einen so empörenden Verstoß gegen die Disziplin nicht mit Stillschweigen übergehen. Auf diese Weise ging Kapitän Blunt – er selbst erzählte die Geschichte natürlich ganz anders – der Ehre verlustig, die Gefangenen der Krone nach Neusüdwales oder Vandiemensland, Seiner Majestät Kolonien, zu bringen, und mußte sich einer Walfangexpedition in die Südsee anschließen. Sarah Purfoy hatte ihn jedoch so verhängnisvoll beeinflußt, daß der Schaden nicht wiedergutzumachen war. Der sinnliche, schwerfällige Mann stand ganz im Banne dieser listenreichen, verderbten Frau, und es war, als hätte sie seine Seele vergiftet. Blunt sank mit der Zeit immer tiefer. Er ergab sich dem Trunk, und es war allgemein bekannt, daß er einen »Pik« auf die Regierung hatte. Hauptmann Frere, der ihn gelegentlich mit heiklen Aufgaben betraute und gewissermaßen sein Gönner geworden war, hatte ihm das Kommando auf einem zwischen Hobart Town und Sydney verkehrenden Handelsschoner verschafft. Als Blunt diesen Posten antrat – sehr zum Mißvergnügen des in Hobart Town ansässigen Schiffseigentümers –, hatte er sich verpflichtet, ein Jahr lang keinen Tropfen Alkohol zu trinken, und seither fühlte er sich infolgedessen hundeelend. Dennoch war er ein treuer Gefolgsmann, denn er hoffte, durch Freres Fürsprache einen »Regierungsposten« zu erlangen – zu jener Zeit der Traum aller Schiffskapitäne in den Kolonien.

»Ja, Sir, sie ging an Land, um einen Freund zu besuchen«, sagte Blunt, den Blick zuerst auf den Himmel, dann auf die Erde gerichtet.

»Was für einen Freund?«

»Den ... den Gefangenen, Sir.«

»Und hat sie ihn gesehen?«

»Ja. Ich dachte mir, Sie würden auf jeden Fall Bescheid wissen wollen, Sir«, sagte Blunt.

»Natürlich. Ganz richtig«, erwiderte Frere. »Am besten fahren Sie gleich los. Es hat keinen Sinn, noch länger zu warten.«

»Wie Sie wünschen, Sir. Ich kann morgen früh segeln – oder heute abend, wenn Ihnen das lieber ist.«

»Heute abend«, entschied Frere und wandte sich zum Gehen. »So bald wie möglich.«

»Noch etwas, Sir«, sagte der andere zögernd. »Ich habe mich da in Sydney um eine Stellung beworben ... Wenn Sie vielleicht ein Wort für mich einlegen könnten ...«

»Worum handelt es sich?«

»Um das Kommando auf einem der Regierungsschiffe, Sir.«

»Na schön«, sagte Frere, »bleiben Sie weiterhin nüchtern, dann will ich sehen, was ich für Sie tun kann. Und passen Sie auf, daß die Frau den Mund hält.«

Die beiden Männer wechselten einen Blick, und Blunt grinste sklavisch. »Ich werde mein möglichstes tun.«

»Das möchte ich Ihnen auch geraten haben«, versetzte sein Gönner und entfernte sich grußlos.

Frere traf Vickers im Garten und bat ihn sogleich, mit seiner Tochter nicht mehr über die »Sache« zu reden. »Sie haben ja gesehen, wie schlecht es ihr heute ging, Vickers. Um Himmels willen, geben Sie acht, daß sie nicht wieder krank wird.«

»Mein lieber Frere«, antwortete der arme Vickers, »von mir hört sie bestimmt nichts darüber. Sie hat sich noch immer nicht von dem Schock erholt und ist sehr nervös und abgespannt. Gehen Sie zu ihr.«

Frere ging ins Haus und versuchte, die erregte Sylvia zu trösten. Das unglückliche Mädchen dauerte ihn aufrichtig.

»Jetzt ist ja alles gut, Liebling«, sagte er. »Denk nicht mehr daran. Bemüh dich, es zu vergessen.«

»Ich weiß, ich habe mich sehr töricht benommen, Maurice; aber ich konnte nicht anders. Die Stimme dieses ... dieses Mannes hat mich an irgend etwas oder an irgend jemand erinnert, mit dem ich einmal großes Mitleid gehabt haben muß. Ich kann nicht richtig erklären, was ich meine, aber ich hatte plötzlich das Gefühl, daß ich nahe daran sei, mich an ein großes Unrecht zu erinnern oder irgendeine schreckliche Enthüllung zu hören, die mich gerade den Menschen, die ich am meisten lieben müßte, für immer entfremden würde. Verstehst du, was ich meine?«

»Ich glaube, ja«, erwiderte Frere mit abgewandtem Gesicht. »Aber das ist doch alles Unsinn, das weißt du doch selbst.«

»Natürlich«, antwortete sie mit einem Anflug ihrer alten kindlichen Manier, Einwände einfach beiseite zu schieben, »jeder weiß, daß das alles Unsinn ist. Aber trotzdem kann man sich gegen solche Gedanken nicht wehren. Mir ist, als gäbe es zwei Sylvias, als hätte ich früher einmal irgendwo ein zweites Leben – ein Traumleben – geführt.«

»Du romantisches kleines Mädchen«, sagte Frere. »Wie könntest du ein Traumleben geführt haben?«

»In Wirklichkeit natürlich nicht. Aber in Gedanken, weißt du? Manchmal träume ich so merkwürdige Sachen. Ich falle in tiefe Abgründe und in Katarakte, oder ich werde in große Felsenhöhlen gestoßen. Gräßliche Träume!«

»Zuwenig Bewegung und Mangel an frischer Luft«, behauptete Frere. »Du solltest nicht soviel lesen, sondern lieber mal einen langen Spaziergang machen.«

»Und diese Träume«, fuhr Sylvia unbeirrt fort, »haben alle etwas Gemeinsames, nämlich, daß du in ihnen vorkommst.«

»Na, das ist doch gut so«, meinte er.

»Ja, aber nicht freundlich und gütig, wie du in Wirklichkeit bist, Hauptmann Brummbär, sondern düster und drohend und böse, so daß ich mich vor dir fürchte.«

»Es ist doch nur ein Traum, Liebling.«

»Ja, das schon. Nur ...«

Sie drehte an einem Knopf seines Rockes.

»Nur?«

»Nur heute im Gerichtssaal sahst du ganz genauso aus, Maurice. Und ich glaube, deswegen habe ich mich auch so albern benommen.«

»Mein kleiner Schatz! Na, na! Nicht weinen!«

Aber schon wurde die schlanke Gestalt in seinen Armen von einem heftigen Schluchzen geschüttelt. »Oh, Maurice, ich bin ein böses Mädchen. Ich kenne mich selbst nicht mehr. Manchmal denke ich, daß ich dich nicht so liebe, wie ich müßte – denn du hast mir doch das Leben gerettet und mich während meiner Krankheit gepflegt.«

»Mach dir darüber keine Gedanken«, murmelte Maurice heiser, als würge ihn etwas in der Kehle.

Allmählich wurde sie ruhiger. Nach einer Weile hob sie den Kopf und fragte: »Sag, Maurice, hast du schon damals, ich meine in den Tagen, von denen du mir erzählt hast, als du mich auf deinen Armen trugst und mir zu essen gabst und meinetwegen hungertest – hast du damals schon daran gedacht, daß wir eines Tages heiraten würden?«

»Ich weiß nicht«, erwiderte Maurice. »Warum?«

»Ich glaube doch, daß du daran gedacht hast, weil – es ist nicht Eitelkeit von mir, Liebster – weil du sonst nicht so gütig und freundlich und aufopfernd gewesen wärst.«

»Unsinn, Schatz«, sagte er mit abgewandtem Blick.

»Doch, das warst du. Und ich bin manchmal sehr launisch. Papa hat mich eben verzogen. Aber du bist trotzdem immer so lieb zu mir, und wenn du mürrisch bist, dann hängt das sicher auch damit zusammen, daß du mich so sehr liebst, nicht wahr?«

»Ich hoffe«, sagte Maurice, und seine Augen schimmerten seltsam feucht.

»Siehst du, und deshalb mache ich mir solche Vorwürfe, daß ich dich nicht so liebe, wie ich eigentlich sollte. Ich wünsche mir immer, daß du die Dinge liebst, die ich liebe, die Bücher, die Musik und die Malerei und die... nun, eben die Welt, die ich liebe, und dabei vergesse ich, daß du ein Mann bist und ich nur ein Mädchen. Und ich vergesse, wie edel du dich benommen hast, Maurice, und wie selbstlos du dein Leben für mich eingesetzt hast. Oh, was ist denn, Liebster?«

Er hatte sie losgelassen, war ans Fenster getreten und blickte über den terrassenförmig angelegten Garten auf die Bucht, die zu seinen Füßen im sanften Abendlicht schlummerte. Der Schoner, der die Zeugen aus Port Arthur gebracht hatte, lag draußen vor Anker, und die gelbe Flagge am Mast flatterte leicht in der kühlen Abendbrise. Der Anblick der Flagge schien Frere zu verstimmen, denn er wandte sich mit einem ärgerlichen Knurren vom Fenster ab.

»Maurice!« rief sie. »Habe ich dich gekränkt?«

»Nein, nein, es ist nichts«, sagte er und machte ein Gesicht wie jemand, den man bei einer Schwäche ertappt hat. »Ich... ich mag nur nicht hören, daß du so sprichst – daß du mich nicht richtig liebst.«

»Bitte, verzeih mir, Liebster! Ich wollte dich nicht verletzen. Zu dumm, daß ich mich immer falsch ausdrücke. Wie sollte ich dich nicht lieben – nach allem, was du für mich getan hast?«

Einer plötzlichen verzweifelten Eingebung folgend, fragte er: »Und wenn ich das alles nicht für dich getan hätte, würdest du mich dann auch noch lieben?«

Sylvia hatte bisher zärtlich zu ihm aufgeblickt, ängstlich besorgt, daß sie ihm weh getan haben könnte; nun aber schlug sie die Augen nieder. »Was für eine Frage! Ich weiß nicht. Vermutlich ja. Aber es hat doch keinen Sinn, darüber Vermutungen anzustellen, Maurice. Ich weiß ja, daß du es getan hast, also was willst du mehr? Wie kann ich sagen, was ich getan hätte, wenn alles anders gewesen wäre? Vielleicht hättest du mich dann gar nicht geliebt.«

Falls sein selbstsüchtiges Herz für einen kurzen Augenblick ein Gefühl der Reue verspürt hatte, so genügte ihr Zögern, es zu vertreiben. »Du hast recht«, sagte er und legte den Arm um sie.

Sie sah zu ihm auf, und plötzlich brach sie in fröhliches Gelächter aus. »Wir sind doch zwei rechte Kindsköpfe. Als ob wir mit unserem ›hätte‹ und ›wäre‹ die Vergangenheit ändern könnten! Wir haben die Zukunft vor uns, Maurice – die Zukunft, in der ich deine kleine Frau sein werde, und wir wollen leben wie die Leute im Märchen – glücklich und zufrieden bis an unser Ende.«

Die Versuchung zum Bösen war schon oft über Maurice Frere gekommen, und er war ihr in seinem Egoismus erlegen, auch wenn sie in weit weniger bezaubernder Gestalt auftrat als in der dieses schönen, unschuldigen Kindes, das ihn mit seinen ernsten Augen lockte. Wie große Hoffnungen hatte er auf ihre Liebe gesetzt; wie viele gute Vorsätze hatte ihm der Gedanke an die Reinheit und Güte, die sie ihm schenken würde, eingegeben! Sie hatte recht, wenn sie sagte, daß die Vergangenheit unwiederbringlich vorüber war; doch die Zukunft – in der sie ihn ihr Leben lang lieben würde – lag vor ihnen. Mit der Heuchelei der Selbstsucht, die sogar sich selbst betrügt, zog er sie an sein Herz und kam sich dabei sehr tugendhaft vor. »Gott segne dich, Liebling! Du bist mein guter Engel.«

Das Mädchen seufzte. »Wie gern will ich dein guter Engel sein, Maurice, wenn du mich nicht daran hinderst.«

KAPITEL 6
Mr. Meekin spendet Trost

Rex, dem Mr. Meekin tags darauf die Ehre eines Besuches erwies, vertraute dem Geistlichen an, er sei »nächst Gottes Fügung durch die gütige Fürsprache Hauptmann Freres dem Tode entronnen«.

»Ich hoffe, Sie werden das als einen Fingerzeig Gottes betrachten, mein Sohn«, sagte Mr. Meekin. »Möge Ihr Sinnen und Trachten darauf gerichtet sein, den Rest Ihres Lebens, der Ihnen durch die Gnade der Vorsehung geschenkt wurde, der Sühne Ihrer früheren Vergehen zu widmen.«

»Wahrlich, das will ich tun, Sir«, erwiderte John Rex, der genau wußte, wie er mit Mr. Meekin umzugehen hatte. »Es ist sehr freundlich von Ihnen, daß Sie sich herablassen, mit einem solchen Elenden wie mir zu sprechen.«

»Keineswegs«, sagte Meekin leutselig. »Das ist meine Pflicht. Ich bin ein Diener des Evangeliums.«

»Ach, Sir, ich wünschte, ich hätte in meiner Jugend die Lehren des Evangeliums beherzigt! Dann wäre mir das alles erspart geblieben.«

»Zweifellos, Sie Ärmster. Aber die Gnade des Herrn ist unendlich, ja unendlich, und sie wird uns allen zuteil – Ihnen sowohl wie mir.« (Dies mit einer Miene, als wolle er sagen: Na, wie gefällt dir das?) »Denken Sie an den reuigen Dieb, Rex – an den reuigen Dieb.«

»Gewiß, Sir.«

»Und lesen Sie fleißig in der Bibel, Rex, und beten Sie um Kraft, Ihre Strafe zu ertragen.«

»Das werde ich tun, Mr. Meekin. Ich brauche sie dringend, Sir, nicht nur seelische Kraft, Sir, sondern auch körperliche, denn die Regierung verpflegt uns höchst unzureichend.«

»Ich werde mit den Behörden sprechen, vielleicht kann ich einige Verbesserungen für Sie erwirken«, sagte Meekin in gönnerhaftem Ton. »Inzwischen lassen Sie sich noch einmal alle Einzelheiten Ihrer Abenteuer, von denen Sie sprachen, durch den Kopf gehen damit ich das nächste Mal Ihren Bericht mitnehmen kann. Eine so erstaunliche Geschichte darf nicht verlorengehen.«

»Herzlichen Dank, Sir. Das will ich gern tun, Sir. Ach, Mr. Meekin, damals, als ich noch das Leben eines Gentlemans führte, hätte ich nie gedacht, daß ich eines Tages so tief sinken würde. Aber es ist nur gerecht, Sir.«

Der durchtriebene Schurke hatte zuvor mit frommem Augenaufschlag und beredter Zunge seine Vergangenheit geschildert.

»Das geheimnisvolle Walten der Vorsehung ist immer gerecht«, entgegnete Meekin, der es liebte, von dem Allmächtigen mit wohlerzogener Unbestimmtheit zu sprechen. »Es freut mich, Rex, daß Sie Ihre Irrtümer klar erkennen. Guten Morgen.«

»Guten Morgen, Sir, der Himmel möge Sie segnen!« sagte Rex scheinheilig, mit einem listigen Seitenblick auf seine grinsenden Zellengenossen. Mr. Meekin trippelte mit zierlichen Schritten davon, felsenfest überzeugt, daß er höchst erfolgreich im Weinberg des Herrn gearbeitet hatte und daß der Sträfling Rex wirklich ein vornehmer Mann war. Ich werde seine Erzählung dem Bischof schicken, beschloß er im stillen. Sie wird ihn belustigen. Hier könnte man überhaupt viele merkwürdige Geschichten sammeln, wenn man nur an die Burschen herankäme.

Während er noch diesem Gedanken nachhing, fiel sein Blick auf den berüchtigten Dawes, dem man gestattet hatte, sich bis zur Abfahrt des Schoners, der ihn nach Port Arthur zurückbringen sollte, die Zeit mit Steineklopfen zu vertreiben. Die Gefängnisbaracke, der Mr. Meekins Besuch gegolten hatte, war ein langgestreckter, niedriger Schuppen mit einem Wellblechdach, der auf beiden Seiten durch die Steinmauern des Gefängnisses begrenzt wurde. An der einen Seite lagen die Zellen, die andere stieß an die Außenmauer. Unter einem Schutzdach, das von der Außenmauer vorsprang, saßen vierzig mit schweren Ketten gefesselte Sträflinge. Auf dem freien Platz in der Mitte schritten zwei Konstabler mit geladenen Karabinern auf und ab; ein dritter hielt Wache in einer Art Schilderhäuschen, das an der Hauptmauer stand. Jede halbe Stunde ging ein vierter Konstabler die Reihen der Sträflinge entlang und prüfte die Ketten. Das treffliche System der Einzelhaft, das im allgemeinen binnen eines Jahres zum Wahnsinn führt, war damals in Hobart Town noch unbekannt, und so hatten die vierzig gefesselten Männer das Vergnügen, einander täglich sechs Stunden lang zu sehen.

Die übrigen Insassen des Gefängnisses mußten tagsüber auf der Reede oder anderwärts arbeiten. Diese vierzig aber hielt man für zu gefährlich, um sie ohne Ketten herumlaufen zu lassen. Sie saßen in zwei langen Reihen, jeweils drei Fuß von ihren Nachbarn entfernt, und jeder hatte zwischen den ausgestreckten Beinen einen Haufen Steine, die er gemächlich zerkleinerte. Der Anblick dieser Doppelreihe elender Spechte, die auf dem unheilvoll hohlen Buchenstamm der Zuchthausdisziplin herumhämmerten, entbehrte nicht einer gewissen Komik. Es schien so lächerlich sinnlos, daß vierzig muskulöse Männer ausschließlich dazu in Ketten gelegt und bewacht wurden, um eine Wagenladung Quarzsteine zu zerkleinern. Im übrigen bedachten die Männer einander mit wütenden Blicken, die wie Pfeile durch die Luft schwirrten, und als der Pfarrer vorüberging, begrüßte ihn ein Gemurmel von lästerlichen Flüchen. Es war üblich, jeden Hammerschlag mit einem Stöhnen zu begleiten, und dieser vorgebliche Seufzer der Ermüdung ließ sich unauffällig in einen Fluch umwandeln. Ein phantasiebegabter Besucher, der die Reihe der ungleichmäßig auf und nieder gehenden Hämmer betrachtete, hätte den Schuppen vielleicht mit dem Innern eines riesigen Klaviers verglichen, dessen Tasten wechselweise von einer unsichtbaren Hand bewegt wurden.

Rufus Dawes saß als letzter in der Reihe, mit dem Rücken zu den Zellen, mit dem Gesicht zur Gefängnismauer. Dieser Platz, der dem Wachposten im Schilderhaus am nächsten lag, wurde stets dem allergefährlichsten Burschen zugewiesen. Einige seiner Gefährten beneideten ihn um diese traurige Auszeichnung.

»Na, Dawes«, sagte Meekin, nachdem er den Abstand zwischen sich und dem Gefangenen so vorsichtig abgeschätzt hatte, wie man etwa die Kette eines bissigen Hundes auf ihre Länge abschätzt, »geht's Ihnen gut, Dawes?«

Dawes warf ihm zwischen zwei Hammerschlägen einen finsteren Blick zu und brummte etwas wie »danke, sehr gut« vor sich hin.

»Ich fürchte, Dawes«, fuhr Mr. Meekin in vorwurfsvollem Ton fort, »Sie haben sich mit Ihrer Unbeherrschtheit vor Gericht einen schlechten Dienst erwiesen. Wie ich hörte, ist die Öffentlichkeit sehr empört über Sie.«

Dawes legte sich sorgfältig einen ziemlich großen Kupfervitriolstein in einer Mulde aus kleineren Steinen zurecht und gab keine Antwort.

»Ich fürchte, es fehlt Ihnen an Geduld, Dawes. Mir scheint, Sie bereuen Ihr Vergehen gegen das Gesetz nicht.«

Die einzige Antwort, deren ihn der gefesselte Mann würdigte — wenn man es überhaupt eine Antwort nennen konnte —, war ein so wütender Hammerschlag, daß der Stein in viele Teilchen zersplitterte und der Geistliche erschrocken zurückwich.

»Sie sind ein hartgesottener Bursche! Merken Sie nicht, daß ich mit Ihnen spreche?«

»Doch«, sagte Dawes und langte nach dem nächsten Stein.

»Dann hören Sie gefälligst respektvoll zu«, rief Meekin, rosig überhaucht von heiligem Zorn. »Zum Steineklopfen haben Sie den ganzen Tag Zeit.«

»Ja, den ganzen Tag«, erwiderte Rufus Dawes verbissen. »Morgen übrigens auch noch. Puh!« Und wieder schlug der Hammer zu.

»Ich kam, um Sie zu trösten. Mann — um Sie zu trösten«, sagte Meekin, entrüstet über die Verachtung, mit der seine wohlgemeinten Worte aufgenommen wurden. »Ich wollte Ihnen raten und helfen.«

Beim Klang dieser überheblichen und empörten Stimme schien das letzte Restchen Humor zu erwachen, das die Ketten und die Erniedrigung im Gehirn des Sträflings noch nicht erstickt hatten; denn ein mattes Lächeln huschte über seine Züge.

»Verzeihung, Sir«, murmelte er. »Bitte, sprechen Sie weiter.«

»Ja, wie gesagt, mein Lieber«, fuhr der Geistliche fort, »Sie haben sich durch Ihre unbesonnene Anklage gegen Hauptmann Frere sehr geschadet, zumal Sie auch noch Miß Vickers in die Sache hineinzogen.«

Der Gefangene runzelte die Stirn, als koste es ihn Mühe, eine heftige Antwort zu unterdrücken.

»Wird denn keine Untersuchung stattfinden, Mr. Meekin?« fragte er schließlich. »Was ich ausgesagt habe, ist die Wahrheit — Gott ist mein Zeuge, die reine Wahrheit.«

»Keine Gotteslästerung, mein Sohn!« sagte Meekin feierlich. »Keine Gotteslästerung! Fügen Sie der Sünde der Lüge nicht noch die größere Sünde hinzu, den Namen Gottes unnützlich zu führen. Denn der Herr, Dawes, denken Sie daran, der Herr wird den nicht ungestraft lassen, der seinen Namen mißbraucht. Nein, es wird keine Untersuchung stattfinden.«

»Wie denn, Miß Vickers soll nicht befragt werden?« rief der Bedauernswerte erschrocken. »Man hat mir doch gesagt, daß man sie befragen wird. Bestimmt wird man es tun.«

»Ich bin vielleicht nicht befugt, Sie über die Absichten der Behörden zu informieren«, sagte Meekin selbstgefällig, ohne die wilde Verzweiflung und die Wut, die in der Stimme des kräftigen Mannes zitterten, auch nur zu bemerken, »aber ich kann Ihnen verraten, daß Miß Vickers in Ihrer Angelegenheit nicht befragt werden wird. Am Vierundzwanzigsten kehren Sie nach Port Arthur zurück, und dort bleiben Sie auch.«

Ein Stöhnen entrang sich Rufus Dawes' Brust. Ein so qualvolles Stöhnen, daß es selbst dem gemütlichen Meekin durch Mark und Bein ging.

»Es ist das Gesetz, mein Lieber, das ist nun mal nicht zu ändern«, sagte er. »Sie hätten eben nicht gegen das Gesetz verstoßen dürfen.«

»Zum Teufel mit dem Gesetz!« schrie Dawes. »Es ist ein verfluchtes Gesetz. Es ist – oh, verzeihen Sie!« Mit einem Lachen, das in seiner bitteren Hoffnungslosigkeit, jemals Gehör oder wohlwollendes Verständnis zu finden, schauriger klang als jeder leidenschaftliche Zornesausbruch, wandte er sich wieder seiner Arbeit zu.

»Beruhigen Sie sich«, sagte Meekin, der sich recht unbehaglich fühlte und daher seine Zuflucht zu den in London gelernten Gemeinplätzen nahm. »Sie dürfen sich nicht beklagen. Sie haben gegen das Gesetz verstoßen und müssen nun dafür leiden. Die zivilisierte Gesellschaft hat gewisse Verbote erlassen, und wer sie übertritt, der muß die Strafe auf sich nehmen, welche die zivilisierte Gesellschaft über ihn verhängt. Es fehlt Ihnen nicht an Verstand, Dawes – deshalb ist es ja auch schade um Sie –, und Sie können nicht leugnen, daß Sie zu Recht bestraft worden sind.«

Rufus Dawes schien es zu verschmähen, mit Worten zu antworten; er begnügte sich damit, im Hof umherzublicken, als wollte er grimmig fragen, ob die zivilisierte Gesellschaft auch wirklich im Sinne der Gerechtigkeit handle, wenn ihre Zivilisation Stätten wie diese Gefängnisbaracke schuf und sie mit Geschöpfen wie diesen vierzig menschlichen Tieren vollstopfte, die dazu verdammt waren, ihre besten Mannesjahre mit Steineklopfen zu verbringen.

»Nicht wahr, Dawes, das können Sie doch nicht leugnen?« wiederholte der gemütliche Pfarrer.

»Es steht mir nicht zu, mit Ihnen zu streiten, Sir«, antwortete Dawes in dem gleichgültigen Ton, den er in seiner langen Leidenszeit angenommen hatte und der sich so geschickt zwischen Geringschätzung und Hochachtung hielt, daß der unerfahrene Meekin nicht wußte, ob er nun einen Menschen bekehrt hatte oder das Opfer einer Unverschämtheit geworden war. »Aber ich bin ein lebenslänglicher Gefangener und sehe die Sache mit anderen Augen an als Sie.«

Von dieser Seite schien Mr. Meekin das Problem noch nie betrachtet zu haben, denn eine jähe Röte stieg in sein mildes Gesicht. Die Tatsache, daß jemand ein Gefangener auf Lebenszeit war, machte allerdings etwas aus. Zum Glück erinnerte ihn der Klang der Mittagsglocke, daß es Zeit war, dieses Gespräch abzubrechen und die Gefangenen ohne weitere Tröstungen der üblichen Musterung zu überlassen.

Die Eisenketten klirrten und rasselten, als sich die vierzig erhoben und neben ihren

Steinhaufen Aufstellung nahmen. Der dritte Konstabler trat an jeden einzelnen heran, beklopfte der Form halber die Beinketten und zog mit raschem Griff die Hosenbeine hoch, die der Knöchelringe wegen an den Seiten geschlitzt waren (wie die *calzoneros* der Mexikaner), um sich zu vergewissern, daß niemand seit der letzten Kontrolle an den Fußfesseln herumhantiert hatte. Nach dieser Prüfung hatte jeder Sträfling zu salutieren und dann mit gespreizten Beinen an seinen Platz in der Doppelreihe zurückzutreten. Obgleich Mr. Meekin kaum je einen Rennplatz besuchte, mußte er unwillkürlich an einen Beschlagschmied denken, der vor dem Start die Hufe der Pferde beklopft.

Gerechter Himmel, dachte er mit einem Anflug echten Mitgefühls, das ist aber wirklich eine menschenunwürdige Behandlung. Kein Wunder, daß die unglücklichen Kreaturen stöhnen. Du meine Güte, es ist ja gleich ein Uhr, und um zwei habe ich mich bei Major Vickers zum Essen angesagt. Wie doch die Zeit rast!

KAPITEL 7
Rufus Dawes' Idyll

Während Mr. Meekin sein Mittagsmahl verdaute und angeregt mit Sylvia plauderte, brütete Rufus Dawes über einem tollkühnen Plan. Die Nachricht, daß man ihm die erhoffte Untersuchung verweigern wollte, hatte jene quälenden Fesseln der Selbstbeherrschung, die er aus eigenem Willen trug, drückender denn je werden lassen. In den fünf Jahren trostloser Einsamkeit hatte er gewartet und gehofft, daß ihn ein glücklicher Zufall nach Hobart Town bringen und ihm Gelegenheit geben sollte, Maurice Freres heimtückischen Verrat aufzudecken. Wie durch ein Wunder hatte sich ihm die Möglichkeit geboten, offen zu sprechen, und dann mußte er feststellen, daß man ihn nicht sprechen ließ. Alle seine Hoffnungen waren zuschanden geworden. Die Gelassenheit, mit der er sich gewappnet hatte, um sein Schicksal ertragen zu können, war in bittersten Zorn und wildeste Wut umgeschlagen. An Stelle eines Feindes hatte er jetzt zwanzig. Alle – der Richter, die Geschworenen, die Kerkermeister und der Pfarrer – hatten sich gegen ihn verbündet, wollten ihn vernichten, ihm sein Recht streitig machen. Die ganze Welt war sein Widersacher: Ehrlichkeit und Wahrheit waren in keinem lebenden Geschöpf zu finden – außer in einem.

Eine einzige helle Erinnerung hatte wie ein Stern über seinem eintönigen und elenden Sträflingsleben in Port Arthur geleuchtet. Ein einziger reiner und erhebender Gedanke hatte ihn in der Tiefe seiner Erniedrigung, auf dem Gipfel seiner Verzweiflung getröstet – der Gedanke an das Kind, das er gerettet hatte und das ihn liebte. Als er erleben mußte, daß die Seeleute, die ihn aus dem brennenden Boot gerettet hatten, Freres frechen Lügen Glauben schenkten und von ihm, dem finsteren Schurken, abrückten, da war es der Gedanke an das leidende Kind gewesen, der ihm die Kraft zu schweigen gegeben hatte. Als die arme Mrs. Vickers ohne ein Wort, ohne ein Zeichen starb und damit der Hauptzeuge für seine heldenhaften Taten auf immer verstummte, da hatte der Gedanke, daß ja das Kind noch lebte, seinen selbstsüchtigen Kummer erstickt. Als Frere den »entsprungenen Sträfling« an die Behörden auslieferte und listig die Geschichte des Bootsbaus so darstellte, daß aller Ruhm ihm allein zufiel, da hatte der Gedanke, Sylvia werde eines Tages diesen falschen Behauptungen widersprechen, Rufus Dawes den Mut verliehen, Stillschweigen zu bewahren. So stark war sein Glaube an ihre Dankbarkeit, daß er es ablehnte, um die Gnade zu bitten, die sie, wie er fest glaubte, für ihn fordern würde. So tief verachtete er den Feigling und Prahlhans, der seine kurzlebige Autorität dazu benutzte, in hinterhältiger Weise falsches Zeugnis wider ihn abzulegen, daß er es verschmähte, den wahren Sachverhalt herauszuschreien, als er das Urteil hörte – lebenslängliche Verbannung. Nein, er zog es vor, die Stunde der vollkommenen Rache und der unumschränkten Rechtfertigung abzuwarten, die nach der Genesung des Kindes zweifellos schlagen mußte. Doch Tag um Tag verstrich in Port Arthur, ohne daß ein Wort des Mitleids oder der Rechtfertigung laut wurde, und schließlich sagte er sich, von Verzweiflung überwältigt, daß etwas Ungewöhnliches geschehen sein müsse. Dann kamen »Neue«, die ihm erzählten, die Tochter des Kommandanten ringe noch immer mit dem Tode. Später hörte er, sie und ihr Vater hätten die Kolonie verlassen. Damit war alle Hoffnung, daß ihre Aussage ihm zu seinem Recht verhelfen werde, zunichte geworden. Diese Nachricht traf ihn wie ein schrecklicher Schlag, und zunächst war er versucht, sich in wilden Anklagen zu ergehen und sie der Selbstsucht zu bezichtigen. Aber die tiefe Liebe, die nach wie vor unter der rauhen Schale des Trotzes in ihm lebendig war, fand auch jetzt noch Entschuldigungen für sie. Sylvia war krank, sie war in der Obhut von Freunden, die sie liebten und ihn mißachteten; vielleicht hatte man ihre Bitten und Erklärungen als kindisches Geschwätz abgetan. Sie hätte ihn gewiß längst befreit, wenn es ihr möglich gewesen wäre. Dann verfaßte er Eingaben, drängte darauf, den Kommandanten zu sprechen, lag den Gefängniswärtern und Aufsehern mit der Geschichte seines erlittenen Unrechts in den Ohren und überschwemmte die Regierung mit Briefen, die samt und sonders Beschuldigungen gegen Maurice Frere enthielten und daher niemals ihren Bestimmungsort erreichten. Die Behörden, die ihm anfangs seine seltsamen Erlebnisse zugute gehalten hatten, wurden allmählich der ewigen Wiederholung dessen überdrüssig, was sie als boshafte Lügen ansahen, und erlegten ihm schwerere und anstrengendere Arbeiten auf. Seine Schwermut nannte man Tücke, seine ungeduldigen Wutausbrüche Wildheit, seine schweigende Geduld gefährliche List. Wie in Macquarie Harbour galt er auch in Port Arthur als Gezeichneter. Da er an der Möglichkeit verzweifelte, die so heiß ersehnte Freiheit mit gesetzlichen Mitteln wiederzugewinnen, und vor dem entsetzlichen Gedanken, sein Leben lang Ketten zu tragen, zurückschreckte, versuchte er zweimal zu fliehen. Aber an ein Entkommen war hier noch weniger zu denken als am Höllentor. Die Halbinsel Port Arthur war streng bewacht: Rings um das Gefängnis zog sich eine Kette von Wachtürmen, in jeder Bucht war eine bewaffnete Bootsbesatzung stationiert, und die schmale Landenge zwischen der Halbinsel und dem Festland war von einem Kordon Soldaten mit scharfen Wachhunden besetzt. Natürlich fing man ihn wieder ein, peitschte ihn aus und legte ihn in noch schwerere Ketten. Beim zweitenmal schickten sie ihn in die Kohlengruben, wo die Gefangenen ständig unter Tage lebten, halbnackt arbeiteten und ihre Aufseher in Loren durch die Schächte ziehen mußten, wenn sich diese hohen Herrschaften einmal dazu herabließen, sie zu besuchen. An dem Tage, als er dort hingebracht wurde, erfuhr er von Sylvias Tod, und damit war seine letzte Hoffnung dahin.

Von nun an weihte er sich einer neuen Religion: der Totenverehrung. Für die Lebenden hatte er nur Haß und böse Worte; für die Tote empfand er Liebe, hegte er zärtliche Gedanken. Hatten ihn einst die Phantome seiner entschwundenen Jugendzeit besucht, so sah er jetzt nur noch eine Vision – die Gestalt des Kindes, das ihn geliebt hatte. Anstatt die Bilder seines alten häuslichen Kreises heraufzubeschwören, die Bilder jener Menschen, die ihn in früheren Jahren der Achtung und Liebe für wert gehalten hatten, lebte er jetzt nur einem Ideal, einer Verkörperung des Glücks, dem einzigen Wesen ohne Sünde und ohne Makel unter all den Ungeheuern des Abgrunds, in den er gestürzt war. Um die Gestalt des unschuldigen Kindes, das an seiner Brust gelegen und ihm mit seinen jungen roten Lippen zugelächelt hatte, gruppierte er Bilder des Glücks und der Liebe. Da er alle Hoffnung, seinen Namen und seine gesellschaftliche Stellung jemals wiederzuerlangen, aus seinen Gedanken verbannt hatte, malte er sich irgendeinen stillen Winkel am Ende der Welt aus — ein hinter Bäumen verstecktes Häuschen in einer deutschen Kleinstadt oder eine einsame Hütte an der englischen Küste —, wo er und sein Traumkind zusammen leben würden, verbunden in einer reinen und daher glücklicheren Liebe, als es die zwischen Mann und Frau ist. Er schmiedete Pläne, wie er ihr das mannigfaltige Wissen, das er in seinem ruhelosen Wanderleben erworben hatte, vermitteln, wie er ihr seinen wirklichen Namen anvertrauen wollte und ihr vielleicht auf Grund dieses Namens zu Reichtum und Ehre verhelfen könnte. Aber nein — sie wird gewiß nicht nach Reichtum und Ehre fragen, dachte er bei sich; sie wird ein ruhiges Leben vorziehen, ein anspruchsloses, bescheidenes Leben, das der Wohltätigkeit und der Liebe gewidmet ist. In seinen Visionen sah er sie an einem lustig brennenden Kaminfeuer sitzen und lesen, durch die sommerlichen Wälder wandern oder am Ufer der im Sonnenglast schlummernden See verweilen. In seinen Träumen fühlte er ihre weichen Arme um seinen Nacken, ihre unschuldigen Küsse auf seinen Lippen, hörte ihr helles Lachen, sah sie mit golden schimmernden, im Winde wehenden Locken auf sich zulaufen. Er wußte ja, daß sie tot war, daß er sie, die Abgeschiedene, nicht beleidigen könnte, wenn er ihr Schicksal mit dem eines Elenden verknüpfte, der so viel Böses gesehen hatte wie er, und so schwelgte er in der Vorstellung, sie weile noch unter den Lebenden, erging sich in phantastischen Plänen gemeinsamen künftigen Glücks. In der stickigen Luft der dunklen Grube, im grellen Licht des Mittags, wenn er seine vollbeladene Lore schob — immer war sie an seiner Seite; ihre ruhigen Augen blickten ihn liebevoll an, so wie sie ihn vor langer Zeit im Boot angeblickt hatte. Sie schien nicht zu altern, sie schien ihn niemals verlassen zu wollen. Nur wenn sein Elend so unerträglich wurde, daß er sich in Flüchen und Gotteslästerungen Luft machen mußte, oder wenn er sich einmal an den widerlichen Späßen seiner Mitgefangenen beteiligte, dann verschwand ihre kleine Gestalt. In seinen Träumen hatte er eine Welt des Trostes um sich errichtet, und in dieser Traumwelt fand er einen Ausgleich für die Qualen des Lebens. Gleichgültigkeit gegen seine Leiden ergriff von im Besitz; doch unter der Gleichgültigkeit schwelte der Haß auf den Menschen, der diese Leiden über ihn gebracht hatte, lauerte der feste Wille, den Menschen, der sich als Held aufspielte, bei der ersten sich bietenden Gelegenheit zu entlarven. In diesem Sinne hatte er die Enthüllung machen wollen, die er vor Gericht gemacht hatte; aber die Nachricht, Sylvia sei noch am Leben, war so überwältigend, daß seine wohlvorbereitete Rede in einem leidenschaftlichen Strom von Anklagen und Beschimpfungen ertrank, in Beschuldigungen, die niemand überzeugten und Frere gerade das Argument lieferten, das er brauchte. Das Gericht kam zu dem Schluß, der Gefangene Dawes sei ein bösartiger und verschlagener Schurke, der nur darauf ausgehe, sich wenigstens für kurze Zeit der wohlverdienten Strafe zu entziehen. Gegen diese Ungerechtigkeit war er entschlossen aufzubegehren. Es war schändlich, so meinte er, daß man sich weigerte, diejenige anzuhören, die zu seinen Gunsten sprechen wollte; es war geradezu ungeheuerlich, daß man ihn in die Hölle zurückschickte, ohne sie auch nur ein Wort zu seiner Entlassung sagen zu lassen. Aber er würde diesen schurkischen Plan durchkreuzen. Er hatte einen Fluchtplan ersonnen. Ja, er würde seine Fesseln zerbrechen, sich ihr zu Füßen werfen und sie bitten, die Wahrheit aufzudecken und ihn zu rechtfertigen. Er glaubte so fest an sie, er liebte sie so sehr – denn die Liebe, die er ihrem Traumbild entgegengebracht hatte, leuchtete nun heller denn je zuvor –, daß er überzeugt war, sie habe die Macht, ihn zu retten, wie er sie einst gerettet hatte. Wenn sie wüßte, daß ich lebe, würde sie zu mir kommen, dachte er. Sicherlich haben sie ihr erzählt, daß ich tot bin.

Mit diesen Grübeleien verging die Nacht, und in der Einsamkeit seiner Zelle – seine Bösartigkeit hatte ihm den kläglichen Luxus der Einzelhaft gebracht – weinte er bei dem Gedanken an den grausamen Betrug, den man zweifellos an ihr verübt hatte. Man hat ihr erzählt, daß ich tot bin, damit sie mich vergessen soll. Aber wie kann sie mich denn vergessen? Ich habe in diesen schrecklichen Jahren so oft an sie gedacht, daß auch sie manchmal an mich gedacht haben muß. Fünf Jahre! Dann ist sie jetzt also erwachsen. Mein kleines Kind – eine Frau! Doch sie ist sicher noch ein halbes Kind, so süß und zart. Wie wird sie sich grämen, wenn sie von meinen Leiden hört! Oh, mein Liebling, mein kleiner Liebling, du bist nicht tot! Er blickte sich rasch um, als fürchte er, selbst hier noch beobachtet zu werden, zog dann ein Päckchen aus der Brusttasche, betastete es liebevoll mit seinen harten, schwieligen Fingern, hob es an die Lippen und küßte es wie ein geweihtes Amulett, das ihm die Tore der Freiheit öffnen würde.

KAPITEL 8
Flucht

Einige Tage später – am 23. Dezember – wurde Maurice Frere durch eine beunruhigende Meldung alarmiert. Der berüchtigte Dawes war aus dem Gefängnis entflohen! Hauptmann Frere hatte das Gefängnis am Nachmittag inspiziert und dabei den Eindruck gehabt, daß die Hämmer noch nie so munter geklopft und die Ketten noch nie so lustig gerasselt hätten. »Die räudigen Hunde denken an Weihnachten!« sagte er zu dem Wachhabenden. »Sie spekulieren auf ihren Weihnachtspudding, die verfressenen Schufte!« Der Sträfling der ihm zunächst hockte, lachte verständnisinnig, wie eben Sträflinge und Schuljungen über die Späße ihrer Vorgesetzten lachen. Alles schien eitel Zufriedenheit. Übrigens konnte es sich Frere bei dieser Gelegenheit nicht versagen, Rufus Dawes zu hänseln – ein höchst witziger Einfall. »Du hast Pech, mein Lieber«, höhnte er, »der Schoner segelt morgen früh, und du wirst Weihnachten unten in der Grube feiern.« Er nahm mit Genugtuung zur Kenntnis, daß Rufus Dawes nur schweigend die Hand an die Mütze legte und weiter seine Steine klopfte. Doppelketten und harte Arbeit waren das sicherste Mittel, den Widerstand eines Menschen zu brechen. Es ist daher kaum verwunderlich, daß Frere nicht wußte, wie ihm geschah, als er gegen Abend desselben Tages die erstaunliche Nachricht erhielt, Rufus Dawes habe sich von seinen Fesseln befreit, sei am hellichten Tage über die Gefängnismauer geklettert, durch die Macquarie Street gelaufen und vermutlich in die Berge geflüchtet.

»Wie war das möglich, Jenkins?« brüllte er, kaum daß er den Hof erreicht hatte.

»Der Teufel soll mich holen, wenn ich das weiß, Euer Gnaden«, antwortete Jenkins. »Er war über die Mauer, ehe man bis drei zählen konnte. Scott hat geschossen und ihn verfehlt, und dann hörte ich die Muskete des Wachpostens, aber der hat auch nicht getroffen.«

»Nicht getroffen!« wütete Maurice Frere. »Tüchtige Burschen seid ihr mir alle miteinander! Ich glaube, ihr trefft nicht mal auf zwanzig Schritt einen Heuschober, was? Dabei war der verfluchte Kerl keine drei Fuß von euren Karabinern entfernt!«

Der unglückliche Scott, der wie ein Bild des Jammers neben den leeren Fesseln stand, stammelte irgend etwas von der Sonne, die ihn geblendet hätte. »Ich weiß selber nicht, wie mir das passieren konnte, Sir. Ich hätte ihn eigentlich treffen müssen, ganz bestimmt. Ich möchte sogar sagen, ich habe ihn gestreift, als er die Mauer hochkletterte.«

Ein Ortsunkundiger hätte meinen können, es sei von einem Taubenschießen die Rede.

»Erzählen Sie mir den genauen Hergang«, befahl Frere mit einem ärgerlichen Fluch.

»Ich machte gerade die Runde, Euer Gnaden, als ich Scott schreien hörte, und wie ich mich umdrehe, sehe ich Dawes' Ketten auf dem Boden liegen, und er selbst klettert drüben auf den Steinhaufen. Die beiden Männer rechts von mir sprangen auf, und weil ich dachte, es wäre ein abgekartetes Spiel, habe ich sie mit meinem Karabiner in Schach gehalten, genau nach der Dienstvorschrift, Sir, und ich brüllte, es würde knallen, wenn einer sich rührt. Dann hörte ich Scotts Schuß, und die Männer schrien. Und als ich mich umsah, war er weg.«

»Hat sich sonst jemand gemuckst?«

»Nein Sir. Zuerst war ich ganz durcheinander und dachte schon, sie stecken alle unter einer Decke. Aber dann kamen Parton und Haines angerannt und Mr. Short auch, und wir haben gleich die Eisen untersucht.«

»Alles in Ordnung?«

»Ja, Euer Gnaden. Die Leute schworen alle, sie hätten nichts gewußt. Als Dawes zum Essen ging, waren seine Ketten noch heil.«

Frere bückte sich und hob die Fesseln auf. »Zum Teufel! Wenn Sie Ihre Pflicht so vernachlässigen, dann sind Sie die längste Zeit hiergewesen. Sehen Sie sich das mal an, Freundchen!«

Die beiden Knöchelringe waren zerbrochen. Der eine war offenbar durchgefeilt, der andere gewaltsam gesprengt worden.

»Ich weiß wirklich nicht, wo er die Feile hergehabt hat«, sagte der Aufseher Short.

»Natürlich! Wie sollte es auch anders sein? Ihr habt von nichts eine Ahnung, bis das Unglück da ist. Ich glaube, ich muß euch mal ein, zwei Monate schleifen, damit ihr munter werdet. Was heißt das – ich weiß wirklich nicht? Wenn *so was* hier rumliegt? Ich wundere mich nur, daß nicht gleich alle Zellentüren sperrangelweit aufstehen und die Herren Sträflinge beim Gouverneur speisen!«

So was war ein Steingutscherben, den Freres scharfe Augen neben den zerbrochenen Knöchelringen erspäht hatten.

»Damit würde ich das stärkste Eisen durchfeilen und er und jeder andere auch, das ist sonnenklar. Sie hätten mit mir auf Sarah Island sein sollen, Mr. Short. Sie mit Ihrem ›ich weiß wirklich nicht‹!«

»Es war ein unglücklicher Zufall, Hauptmann Frere«, verteidigte sich Short. »Daran läßt sich nun nichts mehr ändern.«

»Ein Zufall!« brüllte Frere. »Verschonen Sie mich mit Ihren Zufällen! In Dreiteufelsnamen, Mann, wie konnten Sie bloß den Burschen über die Mauer entkommen lassen?«

»Er ist auf den Steinhaufen geklettert«, erklärte Scott. »Und dann muß er wohl auf das Schuppendach gesprungen sein. Ich schoß hinter ihm her, aber da hatte er sich auch schon über die Mauer geschwungen.«

Frere schätzte die Entfernung ab und bewunderte unwillkürlich die sportliche Leistung, die er aus eigener Erfahrung zu werten wußte.

»Donnerwetter, ein mächtiger Sprung!« sagte er. Dann erinnerte er sich des gräßlichen Unrechts, das er dem entflohenen Sträfling angetan hatte, und instinktive Furcht ließ ihn hinzufügen: »Ein tollkühner Bursche wie der schreckt bestimmt nicht vor einem Mord zurück, wenn er sich in die Enge getrieben sieht. Welchen Weg hat er eingeschlagen?«

»Durch die Macquarie Street und dann hinauf ins Gebirge. Es waren nur wenige Leute auf der Straße. Mr. Mays vom Star Hotel versuchte ihn aufzuhalten, aber er bekam einen solchen Stoß, daß er hinfiel. Er sagte, der Bursche rannte wie ein Reh.«

»Wenn wir ihn bis heute abend nicht kriegen, müssen wir eine Belohnung aussetzen«, sagte Frere und wandte sich zum Gehen. »Stellen Sie Doppelwachen aus, so etwas steckt nämlich leicht an.« Damit eilte er in die Kaserne zurück.

Von rechts nach links, von Ost nach West, durch die ganze Gefängnisstadt flog das Alarmsignal, und die berittene Patrouille auf der Landstraße nach New Norfolk preschte in rasender Eile vorwärts, um dem Flüchtenden auf die Spur zu kommen. Aber es wurde Nacht, und er war noch immer nicht eingefangen. Die Konstabler, die todmüde und enttäuscht zurückkehrten, erklärten, er halte sich vermutlich in irgendeiner Schlucht des Purpurberges versteckt, der hinter der Stadt aufragte, und nur der Hunger werde ihn zwingen, sich zu ergeben.

Inzwischen lief die übliche Botschaft durch die Insel, und die Einrichtungen des Gouverneurs Arthur – genannt »Der Reformer« – bewährten sich so vortrefflich, daß jede Signalstation an der Küste bis zum Mittag des nächsten Tages wußte: Nr. 8942 usw. usw., Gefangener auf Lebenszeit, war ausgebrochen. Aber wenn auch die »Hobart Town Gazette« diese Meldung unter der Überschrift »Dreiste Flucht« in die Welt hinausposaunte, so ließ es die meisten Leser doch ziemlich kühl, daß der Regierungsschoner *Mary Jane* ohne Rufus Dawes nach Port Arthur abgesegelt war.

Es gab freilich auch Menschen, welche diese Tatsache keineswegs kühl ließ. Major Vickers beispielsweise war empört, daß seine vielgerühmten Sicherungsmaßnahmen so leicht zu überwinden sein sollten. Seiner Empörung entsprach der Kummer der Herren Jenkins, Scott und Co., die man einstweilen vom Dienst suspendiert und mit endgültiger Entlassung bedroht hatte. Mr. Meekin lebte in ständiger Furcht, seit sich ein so gefährliches Ungeheuer in Reichweite seiner eigenen frommen Person frei herumtrieb. Und Sylvia war von einer nervösen Erregung befallen worden, die ihr um so mehr schadete, als sie sie gewaltsam bezwang. Und Hauptmann Frere war der grausamsten Angst ausgeliefert. Zehn Minuten nachdem er die Kaserne erreicht hatte, sprengte er schon wieder im Galopp davon und durchstreifte, solange es noch hell war, das Gelände längs der nach Norden führenden Straße. Im Morgengrauen des nächsten Tages stieg er ins Gebirge hinauf und suchte mit einem Spürhund die Schluchten und Abgründe der Wildnis so sorgfältig ab, wie es die Beschaffenheit des Bodens irgend erlaubte. Er hatte sich erboten, die Belohnung zu verdoppeln, und nahm selbst eine Anzahl verdächtiger Personen ins Verhör. Es war bekannt, daß er das Gefängnis wenige Stunden vor der Flucht des Sträflings inspiziert hatte, und man schrieb daher seine Bemühungen nicht nur seinem Diensteifer, sondern auch seinem Ärger zu. »Unser verehrter Freund fühlt, daß sein Ruf auf dem Spiel steht«, sagte der künftige Kaplan von Port Arthur beim Weihnachtsschmaus zu Sylvia. »Er ist so stolz darauf, alle Listen und Schliche dieser unglücklichen Männer zu kennen, und der Gedanke, daß einer ihn überlistet hat, ist ihm unerträglich.«

Allen Nachforschungen zum Trotz blieb Dawes verschwunden. Der dicke Wirt vom Star Hotel war der letzte, der ihn gesehen hatte. Der glutheiße Sommernachmittag schien die flüchtende gelbe Gestalt so spurlos verschluckt zu haben, als wäre sie geradewegs in die dunkelste Nacht hineingelaufen, die je über der Erde hing.

KAPITEL 9
John Rex' Brief in die Heimat

Der »kleine gesellige Kreis«, den Major Vickers seinerzeit Mr. Meekin gegenüber erwähnt hatte, war nun doch größer geworden, als ursprünglich geplant war. Hatte dem Major ein gemütliches Festmahl vorgeschwebt, bei dem nur der Verlobte seiner Tochter und der neue Geistliche anwesend sein sollten, so stand er nun vor der Aufgabe, zusätzlich die Damen Protherick und Jellicoe sowie Mr. McNab aus der Garnison und Mr. Pounce aus der Zivilverwaltung zu unterhalten. Sein ruhiges Weihnachtsessen hatte sich zu einer Abendgesellschaft ausgewachsen.

Das Gespräch drehte sich um das übliche Thema – die Flucht des Sträflings.

»Gibt's etwas Neues von diesem Dawes?« erkundigte sich Mr. Pounce.

»Bis jetzt noch nicht«, antwortete Frere mürrisch. »Aber lange kann's nicht mehr dauern. Ich habe ein Dutzend Männer ins Gebirge geschickt.«

»Vermutlich ist es für einen Gefangenen nicht leicht, seinen Verfolgern zu entkommen«, sagte Meekin.

»Oh, er braucht nicht unbedingt eingefangen zu werden, wenn Sie das meinen«, entgegnete Frere. »Der Hunger wird ihn schon aus seinem Versteck treiben. Die Zeit der Buschklepper ist ein für allemal vorbei, heutzutage besteht wenig Aussicht, daß einer sein Leben im Busch fristen kann.«

»Ganz recht«, sagte Mr. Pounce zwischen zwei Löffeln Suppe. »Man möchte meinen, die Vorsehung hätte diese Insel zur Strafkolonie bestimmt. Trotz des herrlichen Klimas ist die einheimische Vegetation so kümmerlich, daß kein Mensch davon leben kann.«

»Alles schön und gut«, sagte McNab zu Sylvia, »aber ob die Vorsehung an eine Strafkolonie gedacht hat, als sie Vandiemensland schuf, erscheint mir fraglich.«

»Mir auch«, stimmte Sylvia zu.

»Ich weiß nicht«, warf Mrs. Protherick ein. »Mein Seliger hat immer gesagt, daß anscheinend eine allmächtige Hand die Sträflingssiedlungen längs der Küste angeordnet hätte, das Land sei so herrlich unfruchtbar.«

»Ja, Port Arthur könnte nicht besser gelegen sein, wenn es eigens zu diesem Zweck erschaffen worden wäre«, bestätigte Frere. »An der ganzen Küste von Tenby bis St. Helen's wächst auch nicht so viel, daß einer davon satt werden könnte. An der Westküste ist es noch schlimmer. Wenn ich an früher denke, Sir, ich erinnere mich...«

»Was ich noch sagen wollte«, fiel ihm Meekin ins Wort, »ich habe Ihnen etwas Interessantes mitgebracht. Rex' Beichte.«

»Rex' Beichte?«

»Ja, einen Bericht über seine Abenteuer, nachdem er Macquarie Harbour verlassen hatte. Ich will ihn dem Bischof schicken.«

»Oh, das würde ich gern lesen«, sagte Sylvia errötend. »Sie wissen ja, die Geschichte dieser unglücklichen Männer ist für mich von persönlichem Interesse.«

»Ein verbotenes Thema, Liebling.«

»Nein, Papa, keineswegs. Die Sache regt mich jetzt längst nicht mehr so auf wie früher. Sie müssen es mich lesen lassen, Mr. Meekin.«

»Wahrscheinlich ist alles von A bis Z erlogen«, sagte Frere mit finsterem Gesicht. »Dieser Schurke wäre nicht einmal fähig, die Wahrheit zu sprechen, wenn sein Leben davon abhinge.«

»Sie beurteilen ihn falsch, Hauptmann Frere«, versicherte Meekin. »Nicht alle Gefangenen sind so verstockte Sünder wie Rufus Dawes. Rex zeigt aufrichtige Reue; er hat übrigens auch einen ergreifenden Brief an seinen Vater in London geschrieben.«

Vickers fuhr auf. »Einen Brief! Sie wissen doch, daß nach den Verfügungen Seiner – nein, ich meine Ihrer Majestät keine unzensierten Briefe an Freunde oder Angehörige der Gefangenen geschickt werden dürfen.«

»Dessen bin ich mir bewußt, Herr Major, und aus diesem Grunde habe ich Ihnen den Brief mitgebracht, damit Sie ihn selbst lesen können. Mir scheint jedenfalls, daß er den Geist wahrer Frömmigkeit atmet.«

»Zeigen Sie den Brief doch mal her«, sagte Frere.

»Hier ist er.« Meekin brachte ein Päckchen zum Vorschein. »Mit gütiger Erlaubnis der Damen werde ich ihn nach Tisch vorlesen. Er ist höchst interessant.«

Die Damen Protherick und Jellicoe wechselten einen erstaunten Blick. Man stelle sich vor – der Brief eines Sträflings sollte interessant sein! Nun ja, Mr. Meekin war eben noch nicht lange im Lande.

Frere drehte das Päckchen hin und her. Es war adressiert an

John Rex sen., p. Adr. Mr. Blicks
38, Bishopsgate Street, London

»Warum schreibt er nicht direkt an seinen Vater?« fragte er. »Wer ist dieser Blicks?«

»Soviel ich weiß, ein hochachtbarer Kaufmann, in dessen Kontor der unglückliche Rex als junger Mensch gearbeitet hat. Wie Sie wohl auch schon festgestellt haben, fehlt es ihm keineswegs an Bildung.«

»Gebildete Gefangene sind immer die schlimmsten«, sagte Vickers. »James, schenk noch mal ein! Im allgemeinen bringen wir ja hier keinen Toast aus, aber da heute Weihnachten ist – Ihre Majestät die Königin!«

»Hurra! Hurra! Hurra!« rief Maurice. »Ihre Majestät die Königin!«

Nachdem man Ihre Majestät mit geziemender Begeisterung hatte leben lassen, bat

Vickers seine Gäste, auf Seine Exzellenz Sir John Franklin zu trinken, was ebenfalls mit der angemessenen Ehrerbietung geschah.

»Und jetzt erlaube ich mir, Ihnen ein frohes Weihnachtsfest und ein glückliches neues Jahr zu wünschen, Sir«, sagte Frere, der den Brief noch immer in der Hand hielt. »Gott segne uns alle!«

»Amen!« sagte Meekin salbungsvoll. »Hoffen wir, daß Er uns erhört. Und jetzt, meine Damen, der Brief. Die Beichte werde ich anschließend vorlesen.« Er öffnete das Päckchen mit der selbstzufriedenen Miene eines Arbeiters im Weinberg des Herrn, der seine erste Ernte einbringt, und begann:

»Mein lieber Vater!

Noch nie in meinem ereignisreichen, so vielen Zufällen und Veränderungen unterworfenen Leben habe ich vor einer so herzzerreißend schmerzlichen Aufgabe gestanden wie jetzt, da ich mich anschicke, aus diesem traurigen Ort an Dich zu schreiben – aus meinem meerumgürteten Gefängnis, an dessen Strand ich als ein Denkmal der Zerstörung stehe, von den widrigen Schicksalsstürmen in die Hölle düsterster Verzweiflung und in den Strudel bitterster Elends getrieben...«

»Höchst poetisch!« bemerkte Frere.

»Gleich einem riesigen Baum des Waldes habe ich manchen Wintersturm und manches Gewitter überstanden, doch ach, jetzt bin ich nur noch ein kahler Stamm, von dem alle grünen Blätter und zarten Zweige abgefallen sind. Obgleich ich mich mit raschen Schritten der Lebensmitte nähere, bekleide ich keinen beneidenswerten und geachteten Posten. Nein – statt dessen werde ich bald das Abzeichen und das Brandmal der Schande tragen, die entehrende Sträflingskleidung in P. A., das heißt Port Arthur, ›Heimat der Schurken‹...«

»Der arme Kerl!« sagte Sylvia.

»Ergreifend, nicht wahr?« pflichtete Meekin bei und fuhr fort: »Von Kummer und Seelenqual zerrissen, lebe ich hier unter den Ausgestoßenen der Gesellschaft. Meine gegenwärtige Lage und meine Gemütsverfassung findest du nirgends besser geschildert als im 102. Psalm, vom 4. bis zum 12. Vers, und ich bitte Dich, lieber Vater, diesen Text aufmerksam zu lesen, ehe Du Dich wieder meinem Brief zuwendest...«

»Hallo!« rief Frere und zog sein Notizbuch hervor. »Wie war das? Lesen Sie doch die Zahlen noch einmal!«

Mr. Meekin tat, wie ihm geheißen.

»Bitte weiter«, sagte Frere grinsend. »Ich werde Ihnen diesen Brief gleich auslegen.«

»Oh, mein lieber Vater, ich flehe Dich an, gib das Lesen weltlicher Bücher auf. Wende Deinen Geist heiligen Dingen zu und befleißige Dich, der Gnade teilhaftig zu werden. Psalm 73, 2. Selbst in meiner trostlosen Lage bin ich nicht ohne Hoffnung, Psalm 35, 18: ›Ich will dir danken in der großen Gemeinde, und unter viel Volks will ich dich rühmen‹...«

»Dieser gotteslästerliche Hund!« empörte sich Vickers. »Sie glauben das doch nicht etwa alles, Mr. Meekin?«

»Warten Sie noch einen Augenblick, Sir, bis ich fertig bin«, sagte der Geistliche mit sanftem Tadel.

»Selbst hier im Gefängnis von Vandiemensland sind wir von Intrigen umgeben. Leider muß ich feststellen, daß eine zügellose Presse beständig Gift und Galle verspritzt, obgleich die Behörden und die Vorgesetzten von allen einsichtigen Gefangenen hochgeschätzt werden. Ich freue mich jedoch, Dir mitteilen zu können, daß die üblen Verleumder allgemeinem Haß und Abscheu ausgesetzt sind. Mit all ihren Bemühungen werden sie nicht das geringste erreichen. Trotzdem lieber Vater, möchte ich Dir empfehlen: Lies die Zeitungen der Kolonien nicht, denn sie strotzen von Gemeinheiten und Schmähreden...«

»Das geht auf Sie Frere«, sagte Vickers mit einem Lächeln. »Erinnern Sie sich noch, was man über Ihre Anwesenheit bei den Pferderennen schrieb?«

»Natürlich«, erwiderte Frere. »Ein gerissener Schurke! Lesen Sie weiter, Mr. Meekin.«

»Schenke auch den Feinden der Regierung keinen Glauben, den Menschen, die von unmenschlichen Grausamkeiten berichten. Port Arthur ist heute nicht mehr der Schreckensort, als den ihn rachsüchtige Schreiberlinge hinstellen möchten. Gewiß, mitunter werden schwere Prügelstrafen und andere Züchtigungen über die Sträflinge verhängt, aber wirklich nur in Ausnahmefällen. Soweit ich das aus eigener Anschauung zu beurteilen vermag, stehen auf die leichten Vergehen nur unbedeutende Strafen. Von der Peitsche wird lediglich Gebrauch gemacht, wenn einer sie verdient hat...«

»Was bei ihm zweifellos der Fall ist«, warf Frere ein und knackte eine Walnuß.

»Die Bibelstellen, die unser Kaplan so oft zitiert, sind mir ein großer Trost, und ich habe nach dem unbesonnenen Versuch, die Freiheit wiederzuerlangen, allen Grund, für die mir erwiesene Gnade dankbar zu sein. Der Tod – der schreckliche Tod des Leibes und der Seele – wäre mein gerechtes Los gewesen; aber durch die Barmherzigkeit des Allmächtigen ist dieser Kelch an mir vorübergegangen. Gott der Herr hat mich verschont, auf daß ich Buße tue. Der Kaplan, ein sehr frommer Herr, sagt, Diebstahl macht sich niemals bezahlt. ›Sammelt euch aber Schätze im Himmel, da sie weder Motten noch Rost fressen.‹ Ehrlich währt am längsten, davon bin ich nun überzeugt. Nicht einmal für tausend Pfund würde ich meine Missetaten wiederholen – Psalm 38, 14. Wenn ich an die glücklichen Tage zurückdenke, die ich einst mit dem guten Blicks in dem alten Haus in Blue Anchor Yard verlebte, wenn ich ferner meinen Leichtsinn bedenke, der mich in Sünde verfallen und mich wertvolle Stoffe und Uhren, Manschettenknöpfe, Ringe und Juwelen stehlen ließ, dann zittere ich vor Reue und nehme zum Gebet meine Zuflucht – Psalm 5. Oh, wie sündig bin ich! Dennoch, so gelobe ich, will ich mit Gottes Hilfe versuchen, auf den rechten Weg zurückzukehren, und nach Christi Willen und Wort werde ich wohl dann Gnade erlangen – Psalm 100, 74. Wenn ich noch am Leben bin, so verdanke ich das einzig und allein Hauptmann Frere, der die Güte hatte, zu bezeugen, daß ich keine Grausamkeiten beging, als wir, das heißt Shiers, Barker und andere, die Osprey kaperten. Bete für Hauptmann Frere, lieber Vater. Er ist ein guter Mensch, und obwohl sein Dienst gewiß quälend für seine Gefühle ist, so darf er sich doch als Offizier und Staatsbeamter nicht den Luxus persönlicher Barmherzigkeit oder Rache erlauben...«

»Der Teufel soll den Schurken holen!« rief Frere, der dunkelrot geworden war.

»Grüße Sarah und den kleinen William von mir, desgleichen alle Freunde, die sich meiner noch erinnern. Mein Schicksal möge ihnen zur Warnung dienen und sie von einem schlechten Lebenswandel abhalten. Ein gutes Gewissen ist mehr wert als Gold, und das Elend, das auf einen Rückfall ins Verbrechen folgt, wird durch keine noch so große Geldsumme aufgewogen. Ob ich Dich jemals wiedersehen werde, lieber Vater, ist mehr als ungewiß; denn mein Urteil lautet auf lebenslängliche Verbannung, falls die Regierung nicht ihre Pläne ändert und mir Gelegenheit gibt, meine Freiheit durch harte Arbeit zu erringen.

Gottes Gnade sei mit Dir, mein lieber Vater, mögest Du im Blute des Lammes reingewaschen werden. Dies ist das aufrichtige Gebet Deines unglücklichen Sohnes

John Rex

P. S. Wenn eure Sünde gleich blutrot ist, soll sie doch schneeweiß werden.«

»Ist das alles?« fragte Frere.

»Ja, Sir. Ein sehr ergreifender Brief.«

»Das kann man wohl sagen«, meinte Frere. »Geben Sie ihn mal einen Augenblick her, Mr. Meekin.«

Er nahm die Blätter und vertiefte sich mit nachdenklich gerunzelter Stirn in John Rex' ruchlosen, scheinheiligen Erguß, wobei er hin und wieder einen Blick auf die Zahlen in seinem Notizbuch warf.

»Hab ich mir's doch gedacht!« sagte er schließlich. »Mit den Bibeltexten mußte es ja irgendeine Bewandtnis haben. Ein alter Trick, aber ganz raffiniert gemacht.«

»Was meinen Sie denn nur?« fragte Meekin und sah ihn verständnislos an.

»Moment!« rief Frere, sichtlich stolz auf seinen Scharfsinn. »Dieses kostbare Dokument enthält eine für Mr. Blicks sehr erfreuliche Nachricht. Bei diesem ehrenwerten Herrn handelt es sich zweifellos um einen Hehler. Probieren Sie's mal selbst, Mr. Meekin. Hier ist der Brief und hier ein Bleistift, und nun suchen Sie die erste Bibelstelle, die er erwähnt. Das ist der 102. Psalm, vom 4. bis 12. Vers, nicht wahr? Sehr gut. Das sind neun Verse, stimmt's? So, dann unterstreichen Sie also neun aufeinanderfolgende Worte, und zwar vom zweiten Wort des nächsten Bibelzitats ab, wo es heißt: In meiner trostlosen Lage und so weiter. Haben Sie das?«

»Ja«, sagte Meekin erstaunt, während sich die anderen neugierig über den Tisch beugten.

»Gut. Anschließend zitiert er den 18. Vers des 35. Psalms, ja? Zählen Sie jetzt achtzehn Wörter ab, unterstreichen Sie die folgenden fünf, dann wieder achtzehn abzählen und fünf unterstreichen. Sind Sie fertig?«

»Einen Augenblick. Sechzehn, siebzehn, achtzehn. ›Die Behörden und die Vorgesetzten‹.«

»So, und nun machen Sie immer so weiter, bis Sie auf das Wort Bibelstellen stoßen. Darf ich Sie bitten, mir noch mal einzuschenken, Vickers?«

»Ah«, sagte Meekin nach einer Weile. »Hier steht's ja: ›Die Bibelstellen, die unser Kaplan so oft zitiert...‹ Aber ich finde wirklich, Mr. Frere...«

»Gedulden Sie sich noch ein wenig«, meinte Frere lachend. »Wie lautet das nächste Zitat? Aha, keine Textstelle angeben, also werden wir wohl die Wörter zählen müssen. Wie viele sind es?«

»›Sammelt euch aber Schätze im Himmel, da sie weder Motten noch Rost fressen‹«, las Meekin, nicht ohne Entrüstung. »Dreizehn Wörter.«

»Zählen Sie dreizehn Wörter ab und unterstreichen Sie das dreizehnte. Für diesen Trick mit den Bibelstellen muß sich der Kerl einen Dümmeren suchen.«

»›Tausend‹«, sagte Meekin. »Ach so, da steht noch das Pfundzeichen. Also ›tausend Pfund‹.«

»Als nächsten Text haben wir den 38. Psalm – nicht wahr? –, und zwar den 14. Vers. Machen Sie's wie vorhin, zählen Sie jeweils vierzehn Wörter ab und unterstreichen Sie die acht folgenden. Was kommt dann?«

»Der 5. Psalm.«

»Jedes fünfte Wort also. Weiter, mein Lieber, nur weiter. ›Zurückzukehren ... und ... dann‹, jawohl. Und damit wären wir beim 100. Psalm. Welcher Vers? 74. Zählen Sie vierundsiebzig Wörter ab und unterstreichen Sie.«

Mr. Meekin zählte, es entstand eine längere Pause. Niemand bezweifelte mehr, daß dieser Brief tatsächlich interessant war.

»So, das wär's wohl! Und nun lesen Sie Ihre unterstrichenen Wörter vor, Meekin, dann werden wir gleich sehen, ob ich recht hatte.«

Mr. Meekins Gesicht färbte sich in immer tieferem Rot, während er las: »In meiner trostlosen Lage bin ich nicht ohne Hoffnung ... im Gefängnis von Vandiemensland sind ... die Behörden und die Vorgesetzten ... allgemeinem Haß und Abscheu ausgesetzt ... lies die Zeitungen der Kolonien ... die von unmenschlichen Grausamkeiten berichten ... schwere Prügelstrafen und andere Züchtigungen ... stehen auf die leichten Vergehen ... tausend Pfund ... in dem alten Haus in Blue Anchor Yard ... wertvolle Stoffe und Uhren, Manschettenknöpfe, Ringe und Juwelen ... ich ... will ... versuchen ... zurückzukehren ... und ... dann ... Rache.«

»Na, meine Herrschaften«, sagte Maurice und blickte grinsend in die Runde, »was halten Sie davon?«

»Höchst bemerkenswert!« sagte Mr. Pounce.

»Wie haben Sie das nur herausgefunden, Frere?«

»Oh, das war nicht weiter schwierig«, antwortete Frere in einem Ton, der das Gegenteil besagte. »Solche Sachen sind meine Spezialität, und im Vergleich zu anderen Briefen, die ich gesehen habe, ist dieser hier recht plump gemacht. Aber er atmet den Geist wahrer Frömmigkeit, nicht wahr, Meekin?«

Mr. Meekin geriet in Wut. »Ich finde, sie sind reichlich taktlos, Hauptmann Frere. Ohne Frage, ein trefflicher Scherz, aber ich muß gestehen, daß ich mit diesen Dingen nicht gern Scherz treibe. Wirklich, ich begreife nicht, wie man sich so herzlos über den Brief des armen Burschen an seinen alten Vater amüsieren kann. Das Schreiben wurde mir, einem Geistlichen, in meiner Eigenschaft als christlicher Seelenhirt anvertraut.«

»Das ist ja gerade. Die Burschen führen die Pfarrer an der Nase herum – verzeihen Sie – und machen die ›christlichen Seelenhirten‹ zu ihren ahnungslosen Helfershelfern. Der Hund wird sich schön ins Fäustchen gelacht haben, als er Ihnen den Brief gab!«

»Hauptmann Frere«, sagte Mr. Meekin, der vor Empörung und Wut wie ein Chamäleon die Farbe wechselte, »ich bin überzeugt, daß Ihre Auslegung falsch ist. Wie hätte der arme Kerl jemals ein so geniales Geheimschriftstück abfassen können?«

»Wenn Sie meinen, wie er den Schwindel zuwege gebracht hat«, erwiderte Frere, der unwillkürlich in den Gefängnisjargon verfiel, »dann will ich es Ihnen gern erklären. Ich nehme an, er hatte eine Bibel zur Hand, als er seinen Brief schrieb?«

»Selbstverständlich habe ich ihm die Benutzung der Heiligen Schrift gestattet, Hauptmann Frere. Ich hätte es mit dem Charakter meines Amtes für unvereinbar gehalten, sie ihm zu verweigern.«

»Natürlich. Das ist genau der Punkt, wo ihr Pfarrer uns immer wieder in die Quere kommt. Sie sollten lieber etwas weniger an ihr ›heiliges Amt‹ denken und dafür die Augen ein bißchen weiter aufsperren...«

»Maurice! Mein lieber Maurice!«

Frere machte den unbeholfenen Versuch einzulenken.

»Ich bitte um Entschuldigung, Meekin«, sagte er, »aber Sie müssen verstehen, ich kenne diese Burschen eben zu gut. Ich habe lange genug mit ihnen zusammen gelebt, ich war mit ihnen auf einem Schiff, ich habe mit ihnen getrunken und mich mit ihnen unterhalten, ich kenne alle ihre Schliche. Die Bibel ist das einzige Buch, an das sie herankommen, und Bibeltexte sind so ziemlich das einzige, was man ihnen je beigebracht hat. Welches Buch also sollen sie, die nichts als Gemeinheiten, Fluchtpläne und Verschwörungen im Kopf haben, für ihre teuflischen Zwecke gebrauchen, wenn nicht das eine, das ihnen der Herr Kaplan so bereitwillig überläßt?«

Maurice Freres Miene drückte Ekel, aber auch eine gewisse Selbstgefälligkeit aus.

»Du meine Güte, das ist ja schauderhaft«, sagte Meekin der zwar sehr von sich eingenommen, im übrigen jedoch nicht uneinsichtig war. »Wirklich schauderhaft.«

»Aber leider wahr«, ergänzte Mr. Pounce. »Dürfte ich um eine Olive bitten? Danke sehr.«

»Meiner Seel!« rief der redliche McNab. »Mir scheint, das ganze System ist dem Werk der Besserung alles andere als förderlich.«

»Mr. McNab, würden Sie mir bitte den Portwein reichen?« bat der nicht minder redliche Vickers, der durch die Ketten seiner Dienstvorschrift an Händen und Füßen gebunden war. Und so wurde das Gespräch über die Strafmethoden, das in gefährliche Bahnen abzugleiten drohte, klug und weise im Keim erstickt. Sylvia aber, vielleicht von ihrer Neugier, vielleicht auch von dem Wunsche getrieben, den Ärger des Pfarrers zu besänftigen, nahm beim Verlassen des Zimmers die »Beichte« an sich, die ungeöffnet neben Meekins Weinglas lag.

»Bitte, Mr. Meekin, bedienen Sie sich«, sagte Vickers, als sich die Tür hinter den Damen geschlossen hatte. »Die Sache mit diesem merkwürdigen Brief tut mir außerordentlich leid, aber auf Frere können Sie sich verlassen, das versichere ich Ihnen. Er kennt sich mit den Sträflingen besser aus als sonst jemand auf der Insel.«

»Offenbar haben Sie sich eingehend mit diesen verbrecherischen Elementen beschäftigt, Hauptmann Frere.«

»Allerdings, Verehrtester, ich kenne ihre sämtlichen Kniffe und Schliche. Ich will Ihnen meinen Grundsatz sagen. Ich glaube, er stammt von einem Franzosen, aber das tut nichts zur Sache — entzweie und herrsche. Man muß alle diese Hunde gegeneinander aufhetzen.«

»Oh!« stieß Meekin hervor.

»Es ist der einzige Weg. Sehen Sie, mein Lieber, wenn die Gefangenen ebenso fest zusammenstünden wie wir, könnten wir die Insel nicht eine Woche halten. Nur deshalb, weil keiner wagt, seinem Nachbarn zu trauen, scheitert jede Meuterei.«

»So wird es wohl sein«, sagte der arme Meekin.

»Es ist so, und das dürfen Sie mir glauben, Sir, wenn ich hier freie Hand hätte, dann würde ich dafür sorgen, daß kein Gefangener auch nur ein Wort zu seinem rechten Nachbarn sagen könnte, ohne daß sein linker Nachbar es mir sogleich wiedererzählte. Ich würde die Spitzel befördern und die Kerle zu ihren eigenen Aufsehern machen. Haha!«

»Ein solches Verfahren dürfte wohl manche Vorteile, aber zweifellos auch sehr viele Nachteile haben, Hauptmann Frere. Es würde die schlimmsten Leidenschaften unserer sündigen Natur wecken und eine endlose Kette von Lügen und Gewalttaten nach sich ziehen. Ganz bestimmt.«

»Warten Sie's ab«, rief Frere. »Vielleicht habe ich irgendwann mal Gelegenheit, es auszuprobieren. Sträflinge! – Du lieber Himmel, es gibt nur eine Methode, mit ihnen fertig zu werden: Man schenkt ihnen Tabak, wenn sie sich anständig benehmen, und peitscht sie aus, wenn sie es nicht tun.«

»Schrecklich!« sagte der Geistliche mit Schaudern. »Sie sprechen von diesen Menschen, als ob sie wilde Tiere wären.«

»Sind sie ja auch«, erwiderte Maurice Frere gleichmütig.

KAPITEL 10
Die Abenteuer der Meuterer

Am Ende des langgestreckten, üppig blühenden Gartens stand unmittelbar an der niedrigen Mauer, die den schmalen Weg begrenzte, eine schlichte Bank. Die Zweige der vor vielen Jahren gepflanzten englischen Bäume hingen tief herab, zwischen den raschelnden Blättern sah man das silbrige Blinken des Flusses. Sylvia saß mit dem Gesicht zur Bucht, mit dem Rücken zum Haus. Sie öffnete das Päckchen, das sie Mr. Meekin entführt hatte, und begann zu lesen. Die Blätter waren mit festen, großen Schriftzügen bedeckt, und die Überschrift lautete:

»Eine Schilderung der Leiden und Abenteuer einiger der zehn Sträflinge, welche die Brigg *Osprey* in Macquarie Harbour, Vandiemensland, erbeuteten; aufgezeichnet von einem der besagten Sträflinge im Gefängnis zu Hobart Town, wo er gegenwärtig die Strafe für sein Vergehen verbüßt.«

Nachdem Sylvia diesen bombastischen Satz gelesen hatte, hielt sie einen Augenblick inne. Die Geschichte der Meuterei, die das wichtigste Ereignis ihrer Kindheit gewesen war, lag vor ihr, und sie hatte das Gefühl, der Bericht – sofern er wahrheitsgetreu war – werde ihr etwas Seltsames und Schreckliches offenbaren, was seit vielen Jahren als Schatten auf ihrer Erinnerung lastete. Sie brannte darauf, weiterzulesen, und doch zögerte sie, die halbentfalteten Blätter vor sich auszubreiten, so wie sie als kleines Kind gezögert hatte, die Tür irgendeines dunklen Zimmers, in das einzutreten sie sich sehnte und zugleich fürchtete, mehr als einen Spalt breit zu öffnen. Aber schon in der nächsten Minute hatte sie ihre Zaghaftigkeit überwunden.

»Als aus dem Hauptquartier der Befehl eintraf, die Strafkolonie Marcquarie Harbour aufzulösen, schifften sich der Kommandant (Major Vickers vom ...ten Regiment) und die Mehrzahl der Gefangenen auf einem Kolonialschiff ein und segelten nach Hobart Town. Eine Brigg, die in Macquarie Harbour gebaut worden war, sollte wenige Tage später unter dem Kommando von Hauptmann Maurice Frere in See stechen. An Bord der Brigg befanden sich Mr. Bates, der als Lotse in der Siedlung tätig gewesen war, vier Soldaten und als Besatzung zehn Gefangene. Die Frau und die Tochter des Kommandanten waren ebenfalls an Bord.«

Wie sonderbar das klingt, dachte das Mädchen.

»Am 12. Januar 1834 setzten wir Segel und gingen am Nachmittag außerhalb des Höllentors vor Anker. Da aber eine aus Nordwest aufkommende Brise das Passieren der Sandbank unmöglich machte, steuerte Mr. Bates das Schiff in die Wellingtonbucht zurück, und dort blieben wir den ganzen nächsten Tag. Nachmittags nahm Hauptmann Frere das eine Boot und fuhr mit zwei Soldaten zum Fischen. Es waren also nur noch Mr. Bates und die beiden anderen Soldaten an Bord, und William Cheshire schlug vor, die Brigg zu kapern. Ich war zunächst dagegen, weil ich nicht wollte, daß es zu Blutvergießen käme; doch Cheshire und die anderen, die genau wußten, daß ich mich auf die Navigation verstand – denn ich war in glücklicheren Tagen zur See gefahren –, bedrohten mich mit dem Tode, falls ich mich weigerte mitzumachen. So stimmten wir auf dem Vorderdeck ein Lied an, und als einer der Soldaten nach vorn kam, um zuzuhören, wurde er überwältigt. Dann nahmen Lyon und Riley den Wachposten gefangen. Ich, der ich dem Vorhaben ursprünglich wenig Sympathie entgegengebracht und mich nur gezwungenermaßen beteiligt hatte, fühlte nun, da die Freiheit winkte, mein Herz höher schlagen und war bereit, alles für dieses Ziel zu opfern. Tollkühne Hoffnung beseelte mich, und ich war wie von Sinnen. So übernahm ich von jenem Augenblick an das Kommando über meine unglücklichen Gefährten, und es ist meine ehrliche Überzeugung, daß ich – so schwer ich mich auch sonst gegen das Gesetz vergangen haben mag – Gewalttaten verhinderte, an die das wilde Leben diese Männer nur allzusehr gewöhnt hatte.«

Armer Kerl, dachte Sylvia, der die lügnerischen Behauptungen des Schurken Rex durchaus einleuchtend erschienen. Ich glaube, ihn trifft wirklich keine Schuld.

»Mr. Bates war unten in der Kajüte. Als Cheshire ihn aufforderte, sich zu ergeben, versuchte er, sich heldenmütig zu verteidigen. Daraufhin schoß Barker durch das Deckfenster; ich aber, um das Leben von Frau und Kind des Kommandanten besorgt, schlug ihm die Muskete aus der Hand, so daß die Kugel nur den Rahmen eines der Heckfenster traf. Inzwischen erzwangen sich die Soldaten, die wir auf dem Vordeck gefesselt hatten, den Weg durch die Luke und kamen an Deck. Cheshire schoß auf den ersten und schlug den anderen mit dem Kolben zu Boden. Der Mann mit der Schußwunde verlor das Gleichgewicht, und da die Brigg mit der steigenden Flut schlingerte, fiel er über Bord. Dies war – dank Gottes Gnade – das einzige Opfer der Meuterei.

Mr. Bates sah ein, daß wir das Deck beherrschten, und so ergab er sich auf unser Versprechen hin, wir würden die Frau und das Kind des Kommandanten wohlbehalten an Land bringen. Ich wies ihn an, alles mitzunehmen, was er benötigte, und gab Befehl, das Beiboot zu Wasser zu lassen. Während es aus den Davits schwenkte, kam Hauptmann Frere in dem anderen Boot längsseits und versuchte tapfer, an Bord zu gelangen; aber das Boot wurde abgetrieben. Ich war jetzt entschlossen, meine Freiheit zu erringen – auch die anderen hatten den festen Willen, die Sache durchzustehen –, und so rief ich den Männern im Boot zu, wir würden das Feuer eröffnen, wenn sie sich nicht ergäben. Hauptmann Frere weigerte sich und wollte abermals versuchen, an Bord zu gelangen; aber die beiden Soldaten schlugen sich auf unsere Seite und vereitelten seine Absicht. Inzwischen war das Beiboot mit den Gefangenen zu Wasser gelassen worden.

Wir brachten Hauptmann Frere hinüber, bestiegen selber das zweite Boot und zwangen Hauptman Frere und Mr. Bates, an Land zu rudern. Dann nahmen wir das Beiboot ins Schlepptau und kehrten zur Brigg zurück, wo wir Wachen aufstellten, aus Furcht, das Schiff könnte uns wieder entrissen werden.

Bei Tagesanbruch versammelten wir uns an Deck und berieten über eine Teilung der Vorräte. Cheshire wollte die an Land Ausgesetzten dem Hungertod preisgeben; aber Lesly, Shiers und ich traten für eine gerechte Teilung ein. Nach einer langen und heftigen Auseinandersetzung siegte schließlich die Menschlichkeit: Die Lebensmittel wurden im Boot verstaut und an Land gebracht. Als wir dort alles ausgeladen hatten, richtete Mr. Bates die folgenden Worte an uns: ›Leute, nie hätte ich zu hoffen gewagt, daß ihr uns soviel Güte bezeigen würdet, denn ich weiß, daß die Vorräte an Bord knapp sind. Wenn ich bedenke, eine wie weite Reise ihr ohne erfahrenen Steuermann und in einem ungenügend ausgerüsteten Schiff unternehmen wollt, so scheint mir eure Lage höchst gefährlich. Möge Gott sich gnädig erweisen und euch vor den mannigfachen Gefahren schützen, die ihr aller Voraussicht nach auf dem stürmischen Meer zu bestehen habt.‹ Auch Mrs. Vickers gab ihrer Freude Ausdruck, daß ich so gütig zu ihr gewesen sei. Sie wünschte mir viel Glück und versprach, sich für mich zu verwenden, sobald sie nach Hobart Town zurückkehren werde. Als wir abfuhren, brachen sie alle in Hochrufe aus und wünschten uns eine gute Fahrt, weil wir so menschlich gewesen waren, die Vorräte mit ihnen zu teilen.

Nach dem Frühstück machten wir uns daran, die leichtere Fracht aus dem Laderaum über Bord zu werfen, was uns bis zum Mittag beschäftigte. Nach dem Essen warfen wir einen kleinen Warpanker an einer etwa hundert Faden langen Leine aus, dann lichteten wir den Anker, da inzwischen die Flut zum Stillstand gekommen war, und verholten das Schiff, bis wir zwei Inseln erreichten, die Cap und Bonnet heißen. Nun mußten alle Mann an Deck, um beizudrehen, und nachdem wir den Anker gelichtet hatten, setzten wir das Boot aus, das die Brigg ins Schlepptau nahm. Auf diese Weise passierten wir die Sandbank ohne jeden Zwischenfall. Kaum war das geschafft, als eine leichte Brise aus Südwest aufkam. Wir feuerten einen Musketenschuß ab, der den Zurückbleibenden mitteilen sollte, daß wir in Sicherheit waren, setzten Segel und fuhren ins offene Meer hinaus.«

Als Sylvia so weit gelesen hatte, hielt sie inne, von schmerzlichen Gedanken gepeinigt. Sie erinnerte sich noch an den Schuß und an die Tränen, die ihre Mutter vergossen hatte. Alles Weitere aber war in Dunkel gehüllt. Verschwommene Bilder glitten wie Schatten durch ihren Sinn, doch wenn sie nach ihnen griff, lösten sie sich in Nichts auf. Die Lektüre dieser merkwürdigen Geschichte erregte sie aufs heftigste. Obgleich der Bericht von heuchlerischer Großsprecherei und scheinheiliger Frömmigkeit strotzte, ließ sich unschwer erkennen, daß der Erzähler nicht versucht hatte, seine Geschichte durch erfundene Gefahren wirkungsvoller zu gestalten, wenn er auch vielleicht einige Tatsachen verdreht hatte, um sich selbst in ein günstiges Licht zu setzen und den Männern zu schmeicheln, denen er jetzt auf Gnade und Ungnade ausgeliefert war. Das tollkühne Unternehmen, das vor fünf Jahren geplant und ausgeführt worden war, wurde hier mit jener grimmigen Sachlichkeit geschildert, die (weil sie von vornherein den Stempel der Wahrheit trägt und die Phantasie des Lesers zwingt, die nicht erwähnten grausigen Einzelheiten von sich aus hinzuzufügen) geeigneter ist, Mitgefühl zu wecken, als eine ausführliche Schilderung. Gerade die Nüchternheit des Berichtes gab den schaurigsten Vermutungen Raum, und Sylvia fühlte ihr Herz schneller schlagen, als ihre romantische Einbildungskraft sich beeilte, das von dem Sträfling skizzierte schreckliche Bild zu vervollständigen. Sie sah alles vor sich – das blaue Meer, die sengende Sonne, das langsam entschwindende Schiff, die unglückliche kleine Gruppe an der Küste; sie hörte... Oh, was raschelte da in den Büschen hinter ihr? Ein Vogel! Wie nervös sie war!

»Wir hatten nun – wie wir glaubten – unsere Ketten für immer abgeschüttelt, und so beratschlagten wir in bester Stimmung über den einzuschlagenden Kurs. Es war meine Absicht, auf irgendeiner Südseeinsel an Land zu gehen, nicht ohne zuvor die Brigg zu versenken. Wir wollten uns den Eingeborenen gegenüber als schiffbrüchige Seeleute ausgeben und ansonsten darauf vertrauen, daß Gottes Gnade irgendein Schiff mit Heimatkurs zu unserer Rettung schickte. Ich ernannte James Lesly, der ein erfahrener Matrose war, zum Steuermann und bereitete mit den wenigen Meßinstrumenten, die wir besaßen, unsere Weiterfahrt von Birches Rock vor. Als erstes bohrten wir die beiden Boote an und gaben sie dem Wind und den Wellen preis. Darauf schied ich die Landratten von den Seeleuten, und um acht Uhr abends nahmen wir Kurs auf Ostsüdost und stellten unsere erste Wache aus. Etwa eine Stunde später kam ein heftiger Sturm aus Südwest auf. Einige Landratten, darunter auch ich, wurden seekrank, und Lesly hatte große Mühe, den Kurs zu halten, denn bei dem stürmischen Wetter hätten eigentlich zwei Männer am Steuerruder sein müssen. Gegen Morgen schleppte ich mich an Deck. Der Wind hatte sich inzwischen gelegt, aber beim Loten des Pumpenschachts stellte ich fest, daß viel Wasser im Laderaum war. Lesly rief alle Mann an die Pumpen, doch war die Steuerbordpumpe die einzige, die funktionierte. Von diesem Augenblick an gab es nur noch zwei wichtige Dinge an Bord: die Pumpe und das Steuerruder. Der Sturm tobte zwei Tage und eine Nacht. Die Brigg lief unter dichtgerefften Toppsegeln; wir wagten nämlich nicht, die Segel einzuziehen, weil wir fürchteten, daß ein etwaiger Verfolger uns einholen könnte. Die Schrecken der Gefangenschaft waren in uns noch allzu lebendig.

Am 16. Januar, gegen Mittag, schleppte ich mich abermals an Deck und änderte nach einer Meridianbeobachtung den Kurs der Brigg auf Südost, denn ich wollte sie aus der üblichen Schiffahrtsroute heraushalten und südlich an Neuseeland vorbeisteuern. Mir war der Gedanke gekommen, daß wir vielleicht, falls unsere Lebensmittelvorräte nicht schon vorher erschöpft waren, die südamerikanische Küste erreichen und bei Christenmenschen Zuflucht suchen könnten. Gleich darauf war ich gezwungen, mich in meine Koje zurückzuziehen, und ich schwebte eine Woche lang zwischen Leben und Tod. Manchmal bereute ich meinen Entschluß, denn Fair erklärte mir immer wieder, die Männer seien mit unserem Kurs unzufrieden und ich müsse auf jeden Fall etwas unternehmen. Am Einundzwanzigsten kam es zu einer Meuterei. Der Anführer war Lyon, der behauptete, wir steuerten auf den Stillen Ozean zu und müßten unweigerlich Schiffbruch erleiden. Obgleich dieser Nörgler keine Ahnung von der Seefahrt hatte, verlangte er, wir sollten nach Süden fahren, da wir uns nördlich der Freundschaftsinseln befänden. Wenn wir dort die Küste anliefen, so sagte er, könnten wir die Eingeborenen um Schutz bitten. Vergebens wandte Lesly ein, daß ein südlicher Kurs uns in die Eisfelder bringen würde. Barker, der früher auf einem Walfänger gefahren war, redete den Meuterern ein, in jenen Breitengraden sei es viel zu heiß, als daß es dort Packeis geben könnte. Nach vielem Lärm und Geschrei stürzte Lyon zum Steuerruder. Russen zog sogleich eine der Pistolen, die er Mr. Bates abgenommen hatte, und schoß ihn nieder. Daraufhin kehrten die anderen auf ihre Posten zurück. Diese Schreckenstat war, wie ich glaube, für die Sicherheit der Brigg notwendig; wäre sie an Bord eines mit freien Männern bemannten Schiffes geschehen, so hätte man sie gewiß als eine zwar harte, aber unvermeidliche Maßnahme begrüßt.

Die Tumulte an Deck hatten mich bewogen, meine Koje zu verlassen. Ich hielt eine kurze Ansprache und versicherte den Leuten, ich sei durchaus in der Lage, das durchzuführen, was ich versprochen hätte zu tun. Es gelang mir, sie zu überzeugen, obgleich ich innerlich sehr verzagt war und mich nach Land sehnte. Auf Lesly und Barker gestützt, berechnete ich unsere Position und änderte den Kurs auf Nordost. Die Brigg lief elf Knoten in der Stunde unter gerefften Toppsegeln und mit unablässig arbeitenden Pumpen. So segelten wir, bis uns am 31. Januar eine mächtige Bö faßte, die beinahe unser Verderb geworden wäre.

Lesly beging einen groben Fehler, denn als sich das Schiff wieder aufrichtete – der Sturm hatte es auf die Seite geworfen und den Besanmast weggerissen –, befahl er, das Vormarssegel einzuziehen, die Bramsegel zu streichen, das große untere Hauptsegel einzurollen und das Großsegel zu reffen, so daß die Brigg nunmehr unter gerefftem Großsegel und Focksegel vor dem Winde lief. Dadurch drang so viel Wasser in das Schiff ein, daß ich alle Hoffnung verlor, jemals Land zu erreichen, und zu dem Allmächtigen betete, er möge uns rasche Hilfe schicken. Neun Tage und neun Nächte tobte der Sturm, und die Männer waren am Ende ihrer Kräfte. Einer der beiden Soldaten, der den weggerissenen Besanmast mit einer langen Stange aus dem Wasser fischen sollte, wurde über Bord gespült und ertrank. Unsere Vorräte gingen zur Neige. Als der Sturm am neunten Tage abflaute, schafften wir die restlichen Lebensmittel schleunigst in die Barkasse. Die See ging hoch, und wir mußten, um die Barkasse hinunterlassen zu können, die Vorder- und Hauptrahen durch ein Spill befestigen, mit Ersatztauen auf der Luvseite. Schließlich bekamen wir sie flott. Die anderen hatten inzwischen die Luken der Brigg zugenagelt. Wir zogen nun die Kleider von Hauptmann Frere und dem Lotsen an und verließen bei Sonnenuntergang die Brigg, die schon fast bis zur Rüstenpanzerung unter Wasser lag.

Während der Nacht frischte der Wind auf. Unsere Barkasse, die man eher ein großes Beiboot nennen könnte, denn sie war mit Mast, Bugspriet und Großbaum ausgerüstet, begann heftig zu schaukeln und wurde von zwei aufeinanderfolgenden Sturzwellen überspült. Wir setzten uns zu viert auf die Heckplanken, mit dem Rücken zur See, um zu verhindern, daß das Wasser von achtern ins Boot eindrang. Schon allein diese Anstrengung hätte ausgereicht, die kräftigsten Männer zu erschöpfen. Der Tag entschädigte uns jedoch ein wenig für die schreckliche Nacht. Die Küste war nicht mehr als zehn Meilen entfernt; wir näherten uns ihr so weit, wie wir es ohne Gefahr tun konnten, gingen an den Wind und trieben an der Küste entlang, in der Hoffnung, irgendeinen Hafen zu finden. Um halb drei Uhr sichteten wir eine Bucht, die einen sehr merkwürdigen Anblick bot: Sie wurde von zwei großen Felsen flankiert, die an Pyramiden erinnerten. Shiers, Russen und Fair gingen an Land, um Trinkwasser zu suchen, das wir dringend brauchten. Schon nach kurzer Zeit kehrten sie zurück und berichteten, sie seien auf eine Indianerhütte gestoßen, in der sie mehrere irdene Gefäße gefunden hätten. Um uns vor einem überraschenden Angriff zu schützen, hielten wir uns die ganze Nacht von der Küste fern und fuhren erst im Morgengrauen in die Bucht ein. Bei dieser Gelegenheit töteten wir einen Seehund. Zum erstenmal seit vier Jahren aß ich wieder frisches Fleisch. Ein seltsames Gefühl, es unter solchen Umständen zu verzehren. Wir kochten die Flossen, das Herz und die Leber zum Frühstück und fütterten auch die Katze, die ich von der Brigg mitgenommen hatte, weil es mir widerstrebte, das unschuldige Tier dem sicheren Tod preiszugeben. Nach dem Frühstück stachen wir erneut in See. Wir waren kaum eine halbe Stunde unterwegs, als eine frische Brise aufkam, die uns mit sieben Knoten Stundengeschwindigkeit vorwärts trieb; wir fuhren von Bucht zu Bucht und hielten Ausschau nach lebenden Wesen. Endlich, bei Sonnenuntergang, hörten wir von der Küste her das Brüllen eines Ochsen. James Barker, dieser wilde, rohe Bursche, den ich nie zarterer Empfindungen für fähig gehalten hätte, brach in Tränen aus.

Nach etwa zwei Stunden sahen wir große Feuer am Strand und warfen in neunzehn Faden Tiefe Anker. Wir lagen die ganze Nacht wach. Am Morgen ruderten wir an die Küste heran und machten das Boot in einem Seetanggestrüpp fest. Sobald die Einwohner uns erblickten, kamen sie zum Strand gelaufen. Ich schenkte den Indianern Nadeln und Garn, und als ich das Wort ›Valdivia‹ aussprach, deutete eine Frau sogleich auf eine Landzunge im Süden, hob drei Finger und rief: ›Leaghos!‹, was ich als drei Meilen deutete. Und so war es auch, wie sich später herausstellte.

Gegen drei Uhr nachmittags fuhren wir um besagte Landzunge herum und entdeckten an der Leeseite einen Flaggstock und eine mit zwölf Kanonen bestückte Batterie. Nun gab ich jedem Mann seinen Anteil an den sechs Pfund und zehn Schilling, die ich in Hauptmann Freres Kajüte gefunden hatte, und sorgte auch für eine gerechtere Verteilung der Kleidungsstücke. Ich hatte ferner zwei Uhren eingesteckt, von denen ich die eine Lesly schenkte, während ich die andere für mich behielt. Inzwischen waren wir übereingekommen, uns als die überlebende Besatzung der Brigg *Julia* auszugeben, die auf der Fahrt nach China in der Südsee Schiffbruch erlitten hätte. Wir landeten in der Nähe der Batterie und wurden von den Spaniern mit größter Höflichkeit empfangen und freundlich bewirtet, obwohl wir von dem, was sie sagten, kein Wort verstanden. Anderntags kamen wir überein, daß Lesly, Barker, Shiers und Russen gegen Bezahlung ein Kanu ausleihen und in die neun Meilen flußaufwärts gelegene Stadt fahren sollten. Am Morgen des 6. März brachen sie auf. Am 9. März traf ein Boot ein, dessen Kommandant, ein Leutnant, Befehl hatte, auch uns übrige in die Stadt zu bringen. Wir bestiegen also unsere Barkasse und machten uns, einigermaßen beunruhigt durch das militärische Geleit, auf den Weg zur Stadt, die wir gegen Abend erreichten. Ich befürchtete, die Spanier hätten irgendwelche Mitteilungen über uns erhalten, und so war es auch tatsächlich – der überlebende Soldat hatte uns verraten. Dieser Bursche war somit zweifach zum Verräter geworden – an seinem Offizier und an seinen Kameraden.

Wir wurden unverzüglich ins Gefängnis geschafft, wo wir unsere vier Gefährten wiederfanden. Einige von uns stimmten dafür, auch weiterhin an der Geschichte von dem Schiffbruch festzuhalten; aber ich wußte, daß unsere Berichte, wenn man uns einzeln verhörte, notwendigerweise höchst widerspruchsvoll sein würden, und so erklärte ich ihnen, ein offenes Geständnis sei unsere einzige Chance, mit dem Leben davonzukommen. Am 14. März wurden wir vor den Intendente, den Gouverneur, gebracht, der uns mitteilte, daß wir frei wären, falls wir versprächen, innerhalb der

Stadtgrenzen zu bleiben. Bei diesen Worten wurde mir leichter ums Herz, und ich sprach im Namen meiner Kameraden nur die eine Bitte aus, der Gouverneur möge uns nicht an die britische Regierung ausliefern. ›Dann soll man uns schon lieber hier draußen auf dem Platz erschießen‹, sagte ich. Der Gouverneur hatte Tränen in den Augen, als er darauf erwiderte: ›Seid unbesorgt, ihr unglücklichen Männer, ich werde euch das nicht antun. Solange ihr keinen Fluchtversuch unternehmt, bin ich euer Freund. Sollte morgen ein Schiff kommen und eure Auslieferung verlangen, so werdet ihr sehen, daß ich zu meinem Wort stehe. Dagegen erwarte ich, daß ihr euch vor der Trunksucht hütet, die hierzulande ein weitverbreitetes Laster ist, und daß ihr, wenn möglich, der Regierung die Kosten eures Gefängnisaufenthaltes erstattet.‹

Tags darauf fanden wir alle beim Stapellauf eines Dreihunderttonnenschiffes Beschäftigung, und meine Leute zeigten sich so arbeitswillig, daß der Reeder sagte, dreißig seiner Landsleute könnten nicht so viel schaffen wie wir. Diese Bemerkung freute den Gouverneur, der dem Stapellauf beiwohnte. Übrigens hatte sich auch die gesamte Bevölkerung eingefunden, und eine Musikkapelle spielte, denn das Schiff hatte nahezu drei Jahre auf Stapel gelegen. Nach dem Stapellauf halfen die Seeleute unter uns, es auszurüsten, wofür sie außer freier Beköstigung an Bord fünfzehn Dollar im Monat bekamen. Ich selbst fand sehr bald Arbeit auf der Werft des Reeders, lebte von meinem ehrlich verdienten Lohn und vergaß über der ungewohnten Freude an der Freiheit fast die traurige Wendung, die mein Schicksal genommen hatte. Man denke – ich, der ich einst mit Edelleuten und Gelehrten verkehrt hatte, war jetzt dankbar, daß ich am Tage auf der Werft eines Schiffbauers arbeiten und des Nachts auf einem Haufen Felle schlafen durfte! Aber das sind persönliche Dinge, auf die ich nicht näher eingehen will.

Auf derselben Werft wie ich arbeitete auch der Soldat, der uns verraten hatte, und als er eines Tages aus großer Höhe herunterfiel und wenige Stunden danach unter Qualen verstarb, konnte ich nicht umhin, darin ein Gottesurteil zu erblicken. So verging die Zeit, und wir lebten verhältnismäßig glücklich, bis der Gouverneur zum Bedauern aller Bewohner von Valdivia seinen Abschied nahm und der neue Gouverneur am 21. März 1836 auf der *Achilles,* einer mit einundzwanzig Kanonen bestückten Brigg eintraf. Eine der ersten Amtshandlungen dieses Herrn war der Verkauf unseres Bootes, das an der Hinterfront des Regierungsgebäudes vertäut war. Dieses Vorgehen ließ mich nichts Gutes ahnen; ich befürchtete, daß der neue Gouverneur uns wieder der Knechtschaft ausliefern werde, und so beschloß ich, die Flucht zu ergreifen. Nachdem ich Barker, Lesly, Riley, Shiers und Russen in meinen Plan eingeweiht hatte, fragte ich den Gouverneur, ob er sich nicht ein schönes Boot bauen lassen wollte, und erbot mich, die Eisenbeschläge selbst auszuführen. Der Gouverneur stimmte zu, und nach vierzehn Tagen hatten wir ein Boot mit vier Ruderbänken gebaut, das durchaus imstande war, Wind und Wellen zu trotzen. Wir statteten es mit Segeln aus und kauften Proviant – alles im Namen des Gouverneurs –, und am 4. Juli, einem Sonnabend, ruderten wir nach Sonnenuntergang heimlich flußabwärts. Ob nun dem Gouverneur der Streich, den wir ihm gespielt hatten, so peinlich war, daß er beschloß, uns nicht zu verfolgen, oder ob – was mich wahrscheinlicher dünkte – unsere Abwesenheit erst am Montagmorgen, als wir schon weit weg waren, entdeckt wurde, kann ich nicht mit Bestimmtheit sagen; aber jedenfalls erreichten wir ungehindert die See und steuerten nach genauer Peilung die Freundschaftsinseln an, wie wir zuvor vereinbart hatten.

Doch nun schien es, als habe sich das Glück, das uns bislang hold gewesen war, von uns abgewandt; denn nachdem unser Boot vier Tage lang bei schwülem Wetter wie eine Schnecke dahingekrochen war, trat völlige Windstille ein, und wir kamen achtundvierzig Stunden nicht vom Fleck. Drei Tag lagen wir mitten auf dem Ozean, den sengenden Sonnenstrahlen ausgesetzt, ohne Trinkwasser und Proviant. Am vierten Tag, gerade als wir beschlossen hatten zu losen, wer von uns freiwillig in den Tod gehen sollte, damit sich die anderen am Leben erhalten könnten, wurden wir von einem Opiumklipper aufgefischt, der nach Kanton zurückfuhr. Der Kapitän, ein Amerikaner, behandelte uns sehr freundlich. Bei unserer Ankunft in Kanton veranstalteten die britischen Kaufleute der Stadt eine Sammlung und versprachen uns freie Überfahrt nach England. Unglücklicherweise plauderte jedoch Russen in der Trunkenheit Dinge aus, die Verdacht erregten. Überdies hatte ich dem britischen Konsul die Geschichte von unserem angeblichen Schiffbruch erzählt und mich dabei unter dem Namen Wilson eingeführt, ohne zu bedenken, daß auf dem Sextanten, der im Boot geblieben war, Kapitän Bates' Name eingraviert war. Alle diese Umstände weckten Zweifel in dem Konsul, so daß er Anweisung gab, uns bei unserer Ankunft in London vor das Polizeigericht zu stellen. Da man uns nichts nachweisen konnte, wären wir vermutlich freigesprochen worden, hätte nicht ein gewisser Doktor Pine im Gerichtssaal gesessen. Er, der als Schiffsarzt an Bord des Transportschiffes *Malabar* gewesen war, erkannte mich wieder und beschwor meine Identität. Wir wurden in Untersuchungshaft genommen, und die Beweislücke schloß sich, als Mr. Capon, der Kerkermeister aus Hobart Town, der durch einen seltsamen Zufall damals in London weilte, vor Gericht erschien und uns alle identifizierte. Unsere Geschichte kam ans Tageslicht, und Russen, gegen den Barker und Lesly als Kronzeugen auftraten, wurde des Mordes an Lyon für schuldig befunden und hingerichtet. Wir anderen wurden an Bord der *Leviathan* gebracht und blieben dort, bis man uns auf die *Lady Jane* überführte, die mit einem Sträflingstransport nach Vandiemensland segelte. In der Kolonie, die der Schauplatz unseres Vergehens gewesen war, sollten wir uns wegen des seeräuberischen Überfalls auf die Brigg *Osprey* vor Gericht verantworten. Am 15. Dezember 1838 trafen wir in Hobart Town ein.«

Sylvia, die den erstaunlichen Bericht in atemloser Spannung gelesen hatte, ließ die Hand in den Schoß sinken und starrte nachdenklich vor sich hin. Die Geschichte dieses verzweifelten Kampfes um die Freiheit war für sie voll unbestimmten Grauens. Sie hatte sich nie zuvor klargemacht, unter was für Menschen sie lebte. Freilich, die finsteren Geschöpfe, die in Ketten in den Arbeitskolonnen schufteten oder in den Booten ruderten, diese Männer, deren Gesichter durch den brutalen Zwang alle gleich leer, gleich ausdruckslos geworden waren, hatten vermutlich mit John Rex und seinen Gefährten nicht viel gemein. In ihrer Phantasie malte sie sich die Fahrt auf der lecken Brigg aus, die harte Arbeit in Südamerika, die nächtliche Flucht, das verzweifelte Rudern, den quälenden Hunger, das Warten auf den Tod und die Verzweiflung, als die erneute Gefangennahme alle Hoffnungen zunichte machte. Sicherlich hatten die Männer in der Strafkolonie Entsetzliches ausgestanden, wenn sie so schreckliche Gefahren auf sich nahmen, um ihr zu entrinnen. Und John Rex, der, ganz auf sich angewiesen, von Krankheit gepeinigt, eine Meuterei unterdrückte und ein Schiff über ein sturmgepeitschtes Meer steuerte — sicherlich besaß er Fähigkeiten, die nutzbringender angewendet werden konnten als im

Steinbruch. Hatte Maurice Frere wirklich recht? Ließen sich diese mit übermenschlichen Kräften der Ausdauer und der Geduld ausgestatteten Sträflinge tatsächlich nur durch unmenschliche grausame Strafen, mit Peitsche und Ketten unterjochen und zähmen? So überlegte Sylvia in der rasch zunehmenden Dunkelheit, und sie schauderte, als sie daran dachte, welcher Gewalttaten solche Männer fähig sein mußten, wenn sich ihnen je eine Gelegenheit bieten sollte, mit ihren Peinigern abzurechnen. Vielleicht verbarg sich auch hinter der Maske sklavischer Unterwürfigkeit und düsterer Furcht, die das Alltagsgesicht der Gefangenschaft war, ein Mut der Verzweiflung, so mächtig wie der, welcher diesen zehn armen Männern die Kraft verliehen hatte, den Stillen Ozean zu überqueren. Maurice hatte ihr erzählt, daß die Sträflinge ihre geheimen Zeichen, ihre Geheimsprache hatten. Sie war soeben Zeuge gewesen, mit welcher Geschicklichkeit dieser Rex, der noch immer an Flucht dachte, trotz scharfer Bewachung eine Botschaft an seine Freunde hinausgeschmuggelt hatte. Wie, wenn nun die Insel ein einziger Vulkan war, in dem Empörung und Mord schwelten, wenn die gesamte Sträflingsbevölkerung eine einzige verschworene Gemeinschaft war, zusammengeschweißt durch die grausige Freimaurerei des Verbrechens und des Leids. Ein schrecklicher Gedanke – und keineswegs unmöglich. Was für seltsame Wege mußte die Zivilisation gegangen sein, wenn sie gezwungen war, die Ungeheuer, die sie erzeugt und gezüchtet hatte, in diesen lieblichen Winkel der Erde zu verbannen! Sylvia blickte sich um, und ihr war, als sei alle Schönheit der Landschaft ausgelöscht. Das Laubwerk, dessen anmutige Umrisse die hereinbrechende Dämmerung verwischte, wirkte unheimlich und furchterregend. Der Fluß wälzte sich träge dahin, als sei sein Wasser von Blut und Tränen schwer. Im Schatten der Bäume schienen Grauen und Gefahr zu lauern. Selbst das Flüstern des Windes trug Seufzer und Drohungen und Rachegemurmel an ihr Ohr. Von einem schrecklichen Gefühl der Einsamkeit bedrückt, griff Sylvia rasch nach den Blättern und wollte sich dem Hause zuwenden, als ihr – wie durch die Macht ihrer Furcht aus dem Erdboden gestampft – eine zerlumpte Gestalt den Weg vertrat.

Ihr erregtes Gemüt sah in dieser Erscheinung die Verkörperung all der unbekannten Gefahren, vor denen sie sich gefürchtet hatte. Sie erkannte die gelbe Sträflingskleidung, bemerkte die gierigen Hände, die sich nach ihr ausstreckten, und wie ein Blitz durchzuckte sie die Erinnerung an das, was die Gefangenenstadt seit drei Tagen in Atem hielt. Der Bandit aus Port Arthur, der entflohene Meuterer und Mörder stand vor ihr, ohne Ketten, durch nichts gehindert, an ihr Rache zu üben.

»Sylvia! Endlich! Ich bin geflohen, um Sie zu bitten... Was denn? Kennen Sie mich nicht mehr?«

Die Hände auf die Brust gepreßt, sprachlos vor Entsetzen war sie vor ihm zurückgewichen.

»Ich bin Rufus Dawes«, sagte er und blickte sie erwartungsvoll an. Aber kein dankbares Lächeln des Wiedererkennens zeigte sich auf ihrem Gesicht. »Rufus Dawes«, wiederholte er.

Der Major und seine Gäste hatten inzwischen auf der geräumigen Veranda Platz genommen. Sie lauschten gerade irgendeiner ebenso milden wie langweiligen Erzählung des Geistlichen, als ein Schrei an ihr Ohr drang.

»Was ist das?« rief Vickers.

Frere sprang auf und erspähte im Garten zwei Gestalten, die miteinander zu ringen schienen. Ein Blick genügte. Mit einem Satz landete er in den Blumenbeeten und rannte auf den entsprungenen Sträfling zu.

Rufus Dawes sah ihn kommen, aber da er sich im Schutze des Mädchens, das ihm soviel verdankte, sicher wähnte, trat er dicht an Sylvia heran, ließ ihre Hand los, die er ehrfürchtig ergriffen hatte, und klammerte sich an ihrem Kleid fest.

»Hilfe, Maurice! Hilfe!« schrie Sylvia abermals.

Auf Rufus Dawes' Gesicht malten sich Entsetzen und Bestürzung. Drei Tage lang hatte es der Unglückliche fertiggebracht, Leben und Freiheit zu bewahren, um zu dem einzigen Wesen zu gelangen, das, wie er meinte, Liebe für ihn empfand. Nach einer beispiellosen Flucht aus dem strengbewachten Gefängnis hatte er sich allen Gefahren zum Trotz an den Ort geschleppt, wo das Idol seiner Träume lebte, um aus ihrem Munde Worte der Gerechtigkeit und der Dankbarkeit zu hören. Und nun weigerte sie sich, ihn anzuhören, sie schreckte vor ihm zurück wie vor einem Fluchbeladenen, ja, sein Name genügte, damit sie seinen Todfeind zu Hilfe rief. Ein solches Ausmaß von Undankbarkeit war nicht zu fassen. Auch sie – das Kind, das er gepflegt und ernährt, um dessentwillen er auf seine schwerverdiente Freiheit, auf den lockenden Reichtum verzichtet hatte, das Kind, von dem er geträumt und dessen Bild er verehrt hatte – auch sie war gegen ihn! Dann gab es keine Gerechtigkeit mehr, keinen Himmel, keinen Gott! Er ließ ihr Kleid los, blieb aber stehen, ohne der näher kommenden Schritte zu achten, sprachlos, am ganzen Leibe zitternd. Im nächsten Augenblick stürzten sich Frere und McNab auf ihn und rissen ihn zu Boden. Obgleich er von dem langen Fasten geschwächt war, schüttelte er sie mühelos ab, und nicht einmal die aus dem Hause herbeieilende Dienerschaft hätte ihn daran hindern können, über die Mauer zu entkommen. Doch er schien unfähig zu fliehen. Seine Brust hob und senkte sich krampfhaft, dicke Schweißtropfen bedeckten das bleiche Gesicht, und die Augen schienen in Tränen zu schwimmen. Ein Zucken lief über seine verkrampften Züge, als wollte er das Mädchen verfluchen, das an der Schulter des Vaters weinte. Aber kein Wort kam über seine Lippen. Er griff nur in seine Brusttasche und zog etwas heraus, was er mit einer Gebärde des Grauens und des Abscheus von sich schleuderte. Dann entrang sich ihm ein tiefer Seufzer, und er streckte die Hände aus, um sich fesseln zu lassen.

So jammervoll war dieser schweigende Kummer, daß die Umstehenden sich unwillkürlich abwandten, als man den Sträfling wegführte. Sie wollten nicht den Eindruck erwecken, daß sie über ihn triumphierten.

KAPITEL 11
Ein Andenken an Macquarie Harbour

»Du mußt alles versuchen, damit er nicht noch härter bestraft wird«, sagte Sylvia tags darauf zu Frere. »Ich wollte ja den Ärmsten gar nicht verraten, es war nur die Aufregung über diese Sträflingsgeschichte.«

»Was liest du auch solchen Unsinn«, erwiderte Frere. »Das hat doch wirklich keinen Sinn. Bestimmt ist jedes Wort eine Lüge.«

»Es muß wahr sein. Ich bin fest davon überzeugt. O Maurice, was sind das für furchtbare Menschen. Ich habe immer gedacht, daß ich über die Sträflinge Bescheid wüßte, aber daß solche Männer darunter sind...«

»Gott sei Dank, daß du so wenig von ihnen weißt!« sagte Maurice. »Die Dienstboten hier im Hause sind natürlich mit so ausgekochten Burschen wie Rex und Genossen nicht zu vergleichen.«

»Ach, Maurice, wie ich diese Stadt hasse. Es ist vielleicht nicht richtig von mir, schon wegen Papa, aber ich wünschte, ich brauchte die gelbe Sträflingskleidung und die Ketten nicht länger zu sehen. Ich weiß gar nicht, was mit mir los ist.«

»Komm mit nach Sydney«, schlug Frere vor. »Da sind nicht so viele Sträflinge. Wir wollten ja ohnehin nach Sydney fahren.«

»Ja, auf unserer Hochzeitsreise«, sagte Sylvia kurz. »Aber noch sind wir nicht verheiratet.«

»Dem läßt sich leicht abhelfen«, meinte Maurice.

»Unsinn, mein Lieber. Hör jetzt zu, ich muß mit dir über diesen armen Dawes sprechen. Ich glaube nicht, daß er etwas Böses im Schilde führte. Wahrscheinlich wollte er nur um etwas zu essen bitten, und ich habe das in meiner Aufregung nicht verstanden. Man wird ihn doch nicht hängen, Maurice?«

»Nein«, sagte Maurice. »Ich habe mich heute morgen mit deinem Vater beraten. Für ein Todesurteil müßte der Bursche wieder vor Gericht gestellt werden, und dazu wäre deine Zeugenaussage nötig. Um das zu verhindern, sind wir zu dem Schluß gekommen, daß Port Arthur und schwere Ketten es auch tun. Wir haben ihm also noch einmal ›lebenslänglich‹ gegeben. Das ist nun schon das dritte Mal.«

»Was hat er gesagt?«

»Nichts. Ich habe ihn gleich auf den Schoner bringen lassen, und wahrscheinlich schwimmt er längst auf hoher See.«

»Maurice, ich habe so ein merkwürdiges Gefühl, wenn ich an diesen Mann denke.«

»Wieso?« fragte Maurice.

»Irgendwie fürchte ich mich vor ihm, als wüßte ich etwas über ihn. Und doch weiß ich nicht, was.«

»Sehr klar ist das gerade nicht«, meinte Frere und zwang sich zu einem Lachen. »Aber nun wollen wir nicht mehr davon reden. Bald kehren wir ja Port Arthur und allen seinen Insassen den Rücken.«

»Maurice«, sagte sie zärtlich, »ich liebe dich. Du wirst mich doch immer vor diesem Menschen schützen, nicht wahr?«

Maurice küßte sie. »Du hast den Schrecken noch nicht überwunden, Sylvia. Ich sehe schon, ich werde mich sehr um meine kleine Frau kümmern müssen.«

»Natürlich«, antwortete Sylvia.

Und dann küßten sie sich – genauer gesagt, Maurice küßte Sylvia, und sie duldete es.

Plötzlich entdeckte sie etwas auf dem Boden.

»Was ist das, Maurice? Dort am Brunnen.« Sie standen nahe der Stelle, wo Dawes am Vorabend gefesselt worden war. Ein Bächlein, das durch den Garten floß, speiste hier einen Brunnen – eine von Sträflingen errichtete Felsengruppe, auf der ein Meergott sein Horn blies. Unter der Brunnenschale lag ein Päckchen. Frere hob es auf. Die Hülle aus schmutzigem gelbem Stoff war mit großen, ungeschickten Stichen zusammengenäht.

»Sieht wie ein Nadelkissen aus«, sagte er.

»Zeig doch mal her. Oh, wie seltsam! Auch wieder gelber Stoff. Es gehört bestimmt einem Gefangenen. Maurice, es gehört dem Mann, der gestern abend hier war!«

»Ja«, murmelte Maurice, während er das Päckchen hin und her drehte, »das kann sein.«

»Mir war so, als hätte er irgend etwas weggeworfen. Vielleicht das hier?« sagte sie und schaute ihm neugierig über die Schulter. Mit finsterer Miene riß Frere das geheimnisvolle Päckchen auf. Die gelbe Hülle enthielt einen sorgsam gefalteten Streifen graues Tuch – die Uniform der Sträflinge, die sich gut geführt hatten –, und darin war ein Stückchen Stoff verborgen, das etwa drei Zoll im Geviert maß, schmutziger, ausgeblichener Wollstoff, der einmal blau war.

»Nanu!« rief Frere. »Was ist denn das?«

»Ein Stück von einem Kleid«, sagte Sylvia.

Es war Rufus Dawes' Talisman, ein Fetzen von dem Röckchen, das sie in Macquarie Harbour getragen und das der unglückliche Sträfling fünf harte Jahre lang wie eine geweihte Reliquie aufbewahrt hatte.

Frere warf das Päckchen ins Wasser, und die Strömung trug es davon. »Warum hast du das getan?« stieß Sylvia hervor, und plötzlich empfand sie ein Bedauern, das sie sich nicht erklären konnte.

Der Stoffetzen schwamm noch, von einem Schilfhalm festgehalten, auf der Wasserfläche, als die beiden aufblickten und den Schoner, der Rufus Dawes in die Knechtschaft zurücktrug, hinter den Bäumen vorübergleiten und verschwinden sahen. Dann suchten ihre Augen wieder das seltsame Andenken des Banditen aus Port Arthur, aber auch das war inzwischen verschwunden.

KAPITEL 12
In Port Arthur

Über die steinerne Mole von Port Arthur hallte das gewohnte Klirren und Hämmern, als der Schoner anlegte, der den wiedereingefangenen Sträfling Rufus Dawes zurückbrachte. Hoch über der Esplanade stand grimmig und drohend die Kaserne; unterhalb der Kaserne sah man die lange Reihe der Gefängnisbaracken mit den Werkstätten und Lohgruben; zur Linken erhob sich das Haus des Kommandanten, das mit den Schießscharten in der Terrasse und dem Wachposten davor einen gebieterischen Eindruck machte. Auf der Mole, die den dunkelroten Felsen der »Toteninsel« gegenüberlag, verrichteten Kettensträflinge, ständig von den Musketen der Aufseher bedroht, die ihnen zugewiesenen Arbeiten.

Für Rufus Dawes war dieser Anblick nicht neu. Oft genug hatte er die Schönheit der aufgehenden Sonne, des funkelnden Wassers und der bewaldeten Hügel gesehen. Er kannte das alles, von der abstoßend sauberen Mole zu seinen Füßen bis zu der blütenumrankten Signalstation, die ihre schlanken Arme in den wolkenlosen Himmel reckte. Das leuchtende Blau des Meeres, die weichen Schatten der Hügel, das besänftigende Rauschen der Wellen, die lüstern an der weißen Brust der schimmernden Küste hochzüngelten – das alles vermochte ihn nicht zu bezaubern. Er saß mit gesenktem Kopf da, die Hände um die Knie geschlungen, ohne den Blick zu heben, bis man ihn hochscheuchte.

»Hallo, Dawes!« rief der Aufseher Troke und ließ seine Kolonne geketteter Gelbjacken haltmachen. »Na, da wären wir ja wieder! Sehr erfreut, Dawes! Ist ja schon fast eine Ewigkeit her, seit wir das Vergnügen hatten!« Über diesen Scherz lachten die Sträflinge, und ihre Ketten klirrten noch lauter als sonst. Sie hatten allzuoft erfahren, was es bedeutete, nicht über Mr. Trokes Späße zu lachen. »Nur heruntersparziert, Dawes, damit ich dich deinen alten Freunden vorstellen kann. Sie freuen sich bestimmt, dich wiederzusehen, was, Jungens? Weiß der Himmel, Dawes, wir dachten schon, du wärest verlorengegangen! Wir dachten, du hättest mit uns nichts mehr im Sinn. In Hobart Town haben sie wohl nicht scharf genug aufgepaßt, was? Na, hier kümmern wir uns schon um dich, Dawes. Du reißt kein zweites Mal aus.«

»Seien Sie vorsichtig, Mr. Troke«, sagte eine warnende Stimme. »Sie fangen schon wieder an! Lassen Sie den Mann doch in Ruhe!«

Auf Grund eines aus Hobart Town übermittelten Befehls waren die Wärter dabei, den gefährlichen Gefangenen an den letzten Mann der Kolonne zu fesseln, indem sie ein Stück Kette, das gegebenenfalls wieder entfernt werden konnte, an den Beinfesseln der beiden festnieteten. Bisher hatte Dawes durch kein Zeichen verraten, daß er sich seiner Umgebung bewußt war. Doch beim Klang der freundlichen Stimme schaute er auf und sah einen großen, hageren Mann, der einen schäbigen pfeffer-und-salz-farbenen Rock und eine schwarze Halsbinde trug. Der Mann war ihm fremd.

»Oh, Verzeihung, Mr. North«, sagte Troke, und der Tyrann verwandelte sich auf der Stelle in einen Kriecher, »ich habe Hochwürden wirklich nicht gesehen.«

Ein Pfaffe! dachte Dawes enttäuscht und senkte die Augen.

»Das weiß ich«, entgegnete Mr. North kühl, »denn sonst wären Sie bestimmt eitel Butter und Honig gewesen. Bemühen Sie sich nicht, mir was vorzulügen, das ist ganz unnötig.«

Dawes sah wieder auf. Das war aber ein merkwürdiger Pfarrer!

»Wie heißen Sie, Mann?« fragte Mr. North unvermittelt, als ihre Blicke sich trafen.

Rufus Dawes wollte sich eigentlich in finsteres Schweigen hüllen, doch der scharfe Befehlston weckte automatisch seine zweite, die Sträflingsnatur, so daß er fast wider Willen antwortete: »Rufus Dawes.«

»Oh«, sagte Mr. North und betrachtete ihn mit einer erwartungsvollen Neugier, in die sich ein gewisses Mitleid mischte. »Das ist also der Mann? Ich dachte, er sollte in die Kohlengruben geschickt werden.«

»Allerdings«, erwiderte Troke, »aber der nächste Transport geht erst in vierzehn Tagen ab, und bis dahin arbeitet er bei mir in der Kolonne.«

»Oh!« sagte Mr. North wiederum. »Leihen Sie mir mal Ihr Messer, Troke.«

Und nun zog dieser merkwürdige Pfarrer vor aller Augen eine Rolle Kautabak aus seiner abgewetzten Rocktasche und schnitt sich mit Mr. Trokes Messer einen »Priem« ab. Rufus Dawes fühlte, was er seit drei Tagen nicht mehr gefühlt hatte – Interesse. Er starrte den Pfarrer mit unverhohlenem Erstaunen an.

Vielleicht deutete Mr. North diesen starren Blick falsch, denn er hielt Dawes den restlichen Tabak hin.

Eine Bewegung ging durch die Kolonne. Die Männer beugten sich vor, denn jeder wollte wenigstens genießerisch zuschauen, wie einer von ihnen Tabak kaute. Troke grinste, und seine stumme Heiterkeit verhieß nichts Gutes für den bevorzugten Sträfling.

»Hier«, sagte Mr. North und hielt Rufus Dawes das leckere Stück Tabak hin, auf das so viele Augen gerichtet waren. Der Sträfling nahm den Tabak, betrachtete ihn gierig, schleuderte ihn aber gleich darauf zum Erstaunen aller mit einem Fluch von sich.

»Ich will Ihren Tabak nicht«, sagte er. »Behalten Sie ihn.«

Den Kehlen der Sträflinge entrang sich ein Aufschrei ehrfürchtigen Erstaunens, und aus Mr. Trokes Augen sprühte die Wut eines beleidigten Pförtners.

»Du undankbarer Hund!« brüllte er und schwang seinen Stock.

Mr. North hob die Hand. »Das genügt, Troke«, sagte er. »Ich kenne Ihre Achtung vor dem geistlichen Stand. Führen Sie die Männer ab.«

»Marsch!« befahl Troke und fluchte halblaut vor sich hin. Ein Zerren an der soeben festgenieteten Kette riß Dawes vorwärts. Er war es nicht mehr gewohnt, Teil einer Kolonne zu sein, und der plötzliche Ruck ließ ihn fast das Gleichgewicht verlieren. Er hielt sich an seinem Nebenmann fest, und als er hochsah, blickte er in zwei schwarze Augen, in denen Wiedererkennen aufblitzte. Sein Nachbar war John Rex. Mr. North, der die beiden Männer beobachtete, war überrascht, wie sehr sie einander ähnelten. Alles stimmte überein – die Größe, die Augen, die Farbe des Haares und der Haut. Vielleicht waren sie trotz ihrer verschiedenen Namen miteinander verwandt. Sie könnten Brüder sein, dachte North. Arme Teufel! Ich habe noch nie erlebt, daß ein Gefangener Tabak verschmäht. Er hielt Ausschau nach dem weggeworfenen Stück. Doch vergeblich. John Rex, von keinem törichten Stolz gequält, hatte es aufgehoben und in den Mund gesteckt.

So wurde Rufus Dawes in sein früheres Leben zurückgestoßen, und der Haß, den die Jahre der Qual erzeugt hatten, war während seiner Abwesenheit ins Ungemessene gewachsen. Er fühlte sich wie betäubt durch das jähe Erwachen, als hätte die Lichtflut, die so plötzlich in seine schlummernde Seele geströmt war, auch seine seit langem nur an das wohltuend trügerische Zwielicht gewöhnten Augen geblendet. Anfangs war er unfähig, sein Unglück in allen Einzelheiten zu begreifen. Er wußte nur, daß sein Traumkind am Leben war und vor ihm zurückschauderte, daß das einzige Wesen, das er liebte und dem er vertraute, ihn verraten hatte, daß alle Hoffnung auf Recht und Gnade, alle Schönheit der Erde und alle Herrlichkeit des Himmels für immer dahin waren und daß er trotzdem weiterleben mußte. Er verrichtete seine Arbeit, ohne auf Trokes höhnische Bemerkungen zu achten, ohne seine Ketten als Qual zu empfinden, ohne sich um das Stöhnen und das Gelächter ringsum zu kümmern. Seine starken Muskeln bewahrten ihn vor der Peitsche; denn trotz aller Bemühungen des liebenswerten Troke brach er nicht zusammen. Er beklagte sich nicht, er lachte nicht, er weinte nicht. Rex versuchte, sich mit ihm zu unterhalten, hatte aber keinen Erfolg. Seine spannenden Erzählungen von dem Londoner Amüsierbetrieb entlockten Rufus Dawes nur melancholische Seufzer. Der Bursche hat ein Geheimnis, das ihn bedrückt, dachte Rex und spähte nach irgendeinem der Zeichen aus, durch die sich die Seele verrät.

Aber es gelang Rex nicht, hinter das Geheimnis zu kommen. Auf sämtliche Fragen nach Rufus Dawes' Vorleben – so geschickt er sie auch stellen mochte – blieb der andere stumm. Vergeblich ließ Rex alle seine Künste spielen, vergeblich bot er alles auf, was er an Charme und Beredsamkeit besaß – und das war nicht wenig –, um den schweigsamen Mann zu beeindrucken und sein Vertrauen zu gewinnen. Rufus Dawes begegnete diesen Annäherungsversuchen mit einer zynischen Gleichgültigkeit, die nichts preisgab, und hüllte sich im übrigen in finsteres Schweigen. Diese Teilnahmslosigkeit erbitterte John Rex so sehr, daß er Dawes allen möglichen Quälereien aussetzte, mit deren Hilfe auch Gabbett, Vetch und andere führende Geister der Kolonie ihre stilleren Kameraden unterjochten. Doch damit hatte er kein Glück. »Ich bin schon länger als du in dieser Hölle«, sagte Rufus Dawes, »und kenne all diese teuflischen Tricks besser als du. Ich kann dir nur raten, dich ruhig zu verhalten.« Da Rex die Warnung in den Wind schlug, sprang Dawes ihm eines Tages an die Kehle, und wenn er ihn nicht erwürgte, so nur, weil Troke den aufs äußerste gereizten Mann mit einem wohlgezielten Schlag seines Holzknüppels niederstreckte. Rex, der einen gesunden Respekt vor persönlicher Tapferkeit hatte, war anständig genug, sich Troke gegenüber als den eigentlich Schuldigen zu bezeichnen. Aber nicht einmal diese beispielhafte Selbstverleugnung konnte den hartnäckigen Dawes rühren. Er lachte nur. Schließlich hatte Rex eine Erleuchtung: Sein Kumpel trug sich mit Fluchtgedanken. Er selbst hegte die gleichen Absichten, ebenso Gabbett und Vetch. Aber da sie einander mißtrauten, sprach keiner über seine Pläne. Es wäre zu gefährlich gewesen. Er könnte ein guter Kamerad für die Flucht sein, ging es Rex durch den Sinn, und er beschloß, sich mit diesem gefährlichen und schweigsamen Gefährten zu verbünden.

Eine der wenigen Fragen, die Dawes in jener Zeit stellte, war: »Wer ist dieser North?«

»Ein Kaplan«, gab Rex zur Antwort. »Er ist nur für kurze Zeit hier. Wir kriegen einen neuen, und North geht nach Sydney. Er ist beim Bischof nicht gut angeschrieben.«

»Woher weißt du das?«

»Ich habe doch Augen im Kopf«, sagte Rex mit seinem charakteristischen Lächeln. »Er trägt einen grauen Anzug und raucht und wirft nicht mit Bibelsprüchen um sich. Der Bischof geht immer schwarzgekleidet, der haßt das Rauchen und zitiert die Bibel wie eine Konkordanz. North bleibt nur einen Monat hier, er soll den Platz für den Esel Meekin anwärmen. Ergo hat der Bischof mit North nichts im Sinn.«

Jemmy Vetch, der Rex zunächst stand, verlagerte seinen Anteil an der Last des Baumstammes auf Gabbetts Schultern, um seiner rückhaltlosen Bewunderung für Mr. Rex' Sarkasmus Ausdruck zu geben.

»Das ist ein ganz Schlauer, der Stutzer, was?« sagte er.

»Willst du etwa den Frommen markieren?« fuhr Rex fort. »Bei North verfängt so was nicht. Warte ab, bis der Klugscheißer Meekin kommt. Diesen würdigen Nachfolger der Apostel kannst du um den kleinen Finger wickeln!«

»Ruhe da!« rief der Aufseher. »Soll ich euch melden?«

So vergingen die Tage, und Rufus Dawes sehnte sich beinahe nach den Kohlengruben. Der Transport vom Lager in die Gruben oder von dort ins Lager bedeutete für diese unglücklichen Männer eine »Erholungsreise«. So wie glücklichere Menschen heutzutage zwecks »Luftveränderung« nach Queenscliff oder an die Meeresküste fahren, so fuhr man in Port Arthur auf eine Außenstation.

KAPITEL 13
Der Butler des Kommandanten

Rufus Dawes war seit vierzehn Tagen wieder im Lager, als die Kolonne einen »Neuen« bekam. Es handelte sich um einen jungen Mann namens Kirkland, etwa zwanzig Jahre alt, mager, blond und zart. Er gehörte zu den sogenannten »gebildeten« Gefangenen, war Bankangestellter gewesen und wegen Unterschlagung deportiert worden, obgleich manche Leute stark an seiner Schuld zweifelten. Der Kommandant, Hauptmann Burgess, hatte ihn als Butler in seine Dienste genommen, und es hieß allgemein, Kirkland könne von Glück sagen. Das konnte er auch tatsächlich, und alles wäre in bester Ordnung gewesen, hätte sich nicht ein dummer Zwischenfall ereignet. Hauptmann Burgess, ein Junggeselle der alten Schule, hatte eine Schwäche für gotteslästerliche Flüche und neigte dazu, die Sträflinge mit den heftigsten und ungezügeltsten Schimpfworten zu belegen. Nun war aber Kirkland der Sprößling einer Methodistenfamilie und als solcher von einer in dieser Gegend höchst unangebrachten Frömmigkeit. Burgess' Ausdrucksweise machte ihn schaudern, und eines Tages vergaß er sich so weit, daß er sich die Ohren zuhielt.

»Du Hurensohn!« schrie Burgess ihn an. »Du verfluchter Hurensohn, ist das deine gottverdammte Dankbarkeit? Ich werde dir deine Mucken verdammt schnell austreiben!« Und er schickte ihn auf der Stelle wegen »Insubordination« zur Zwangsarbeit in die Kolonne.

Hier wurde er mit Argwohn empfangen, denn man liebte keine Gefangenen mit weißen Händen. Troke, vielleicht in der Absicht, ein Experiment anzustellen, teilte ihn Gabbett als Nebenmann zu. Der Tag verlief in der üblichen Weise, und Kirkland schöpfte allmählich neue Hoffnung. Gewiß, die Arbeit war schwer und die Kameraden grob; aber trotz seiner zerschundenen Hände und des schmerzenden Rückens war es doch nicht so schrecklich, wie er gedacht hatte. Als die Glocke erklang und die Kolonne sich auflöste, bemerkte Rufus Dawes, der schweigend seiner Einzelzelle zustrebte, daß der neue Sträfling gegen alle Gewohnheit nicht gesondert untergebracht, sondern mit den andern zum Schlafsaal geführt wurde.

»Soll ich etwa da hinein?« rief der ehemalige Bankangestellte und starrte entsetzt in die widerlichen Fratzen, die ihm entgegengrinsten.

»Bei Gott, das sollst du«, antwortete Torke. »Der Alte sagt, eine Nacht da drin wird dir die Flausen schon austreiben. Na los, vorwärts!«

»Aber, Mr. Troke...«

»Halt 's Maul!« befahl Troke ungeduldig und versetzte dem Burschen einen Hieb mit dem Riemen. »Denkst du vielleicht, ich will die ganze Nacht hier herumstehen? Los, los, rein mit dir!«

So ging der zweiundzwanzigjährige Kirkland, der Sohn frommer Methodisten, in den Schlafsaal. Rufus Dawes seufzte. Die Erinnerungen an den Schlafsaal zählten zu seinen finstersten. Doch auch er konnte sich dem grausigen Einfluß seiner Umgebung nicht entziehen: Als er in seiner Zelle eingesperrt war, schämte er sich jenes Seufzers und versuchte ihn zu vergessen. Ist der Junge etwa mehr als irgendein anderer? dachte der Unglückliche, während er sein eigenes Elend fest an sich drückte.

Im Morgengrauen des nächsten Tages wurde Mr. North – zu dessen vom Bischof mißbilligten Gewohnheiten auch die gehörte, unangemeldet im Gefängnis aufzutauchen – durch lautes Geschrei zur Tür des Schlafsaals gelockt.

»Was ist hier los?« fragte er.

»Ein Gefangener ist widerspenstig, Hochwürden«, erklärte der Wärter. »Will unbedingt raus.«

»Mr. North! Mr. North!« schrie eine Stimme. »Um Gottes willen, holen Sie mich hier heraus!«

Leichenblaß, die blauen Augen vor Entsetzen weit aufgerissen, klammerte sich Kirkland an die Gitterstäbe. Er blutete, und sein wollenes Hemd war zerfetzt. »Oh, Mr. North! Mr. North! Oh, Mr. North! Oh! Um Gottes Barmherzigkeit willen, Mr. North!«

»Sie, Kirkland?« rief North, der von der Rache des Kommandanten noch nichts wußte. »Wie kommen Sie denn hierher?«

Aber Kirkland konnte nur immer wieder: »Oh, Mr. North! Um Gottes Barmherzigkeit willen, Mr. North!« schreien und mit seinen weißen, blutüberströmten Händen an den Gitterstäben rütteln.

»Lassen Sie ihn raus, Wärter!« sagte North.

»Nicht ohne Befehl des Kommandanten, Sir.«

»Ich befehle es Ihnen!« brüllte North empört.

»Tut mir leid, Hochwürden. Aber Hochwürden wissen, daß ich das nicht darf.«

»Mr. North!« kreischte Kirkland. »Wollen Sie denn, daß ich hier körperlich und seelisch zugrunde gehe? Mr. North! Oh, ihr Diener Christi – Wölfe im Schafspelz seid ihr! Gott wird euch dafür strafen! Mr. North, so hören Sie doch!«

»Lassen Sie ihn sofort raus!« rief North abermals und stampfte mit dem Fuß auf.

»Nichts zu machen, Sir«, erwiderte der Mann. »Ich kann nicht. Und wenn er im Sterben läge – ich kann nicht.«

North eilte zum Kommandanten. Kaum hatte er den Rücken gekehrt, als Hailes, der Wärter, die Tür aufschloß und in den Schlafsaal stürzte.

»Da hast du!« rief er und schlug Kirkland mit dem Schlüsselbund so hart auf den Kopf, daß er bewußtlos zu Boden fiel. »Nichts als Ärger hat man mit euch verdammten Aristokraten! Jetzt wirst du wohl ruhig sein!«

Der Kommandant, der sich unsanft aus dem Schlaf gerissen sah, erklärte, Kirkland solle nur bleiben, wo er sei, und im übrigen wäre er dem Kaplan sehr verbunden, wenn er ihn nicht wieder mitten in der Nacht wecken wollte, nur weil so ein verdammter Hurensohn mal ein bißchen heule.

»Aber Herr Kommandant«, wandte North ein, der sehr an sich halten mußte, um nicht in diesem Gespräch mit seinem Vorgesetzten die Grenzen der Höflichkeit zu überschreiten. »Sie wissen doch, wie es in der Schlafbaracke zugeht. Können Sie sich nicht denken, was der unglückliche Junge durchgemacht hat?«

»Geschieht ihm ganz recht«, erwiderte Burgess. »Der Henker soll ihn holen, den unverschämten Kerl! Mr. North, es tut mir leid, daß Sie sich die Mühe gemacht haben hierherzukommen, aber würden Sie jetzt bitte so freundlich sein und mich weiterschlafen lassen?«

North ging niedergeschlagen zum Gefängnis zurück, wo er den pflichttreuen Hailes auf seinem Posten vorfand. Alles war still.

»Was macht Kirkland?« fragte er.

»Hat sich in Schlaf geheult, Hochwürden«, antwortete Hailes mit väterlicher Anteilnahme. »Der arme Bursche! Ein hartes Los für so junge Herren, Sir.«

Als Rufus Dawes am Morgen seinen Platz in der Arbeitskolonne einnahm, fiel ihm Kirklands verändertes Aussehen auf. Das Gesicht des Jungen war gelbgrün und zeigte einen Ausdruck fassungslosen Entsetzens.

»Kopf hoch, Mann!« sagte Dawes aus einer mitleidigen Regung heraus. »Es bringt nichts ein, Trübsal zu blasen.«

»Was tun sie, wenn einer zu türmen versucht?« flüsterte Kirkland.

»Sie erschießen ihn«, erwiderte Dawes, einigermaßen erstaunt über eine so dumme Frage.

»Gott sei Dank!« sagte Kirkland.

»Na, Heulsuse, was ist denn mit dir los?« fragte einer der Männer.

Kirkland fuhr zusammen, und sein bleiches Gesicht färbte sich dunkelrot.

»Oh«, stöhnte er, »daß so einer wie ich noch weiterleben muß!«

»Ruhe!« brüllte Troke. »Nummer vierundvierzig, wenn du nicht gleich den Mund hältst, kannst du dich auf etwas gefaßt machen. Vorwärts, marsch!«

Den ganzen Nachmittag über mußte die Kolonne schwere Baumstämme zum Ufer schleppen. Rufus Dawes beobachtete, daß Kirkland schon lange vor Arbeitsschluß völlig erschöpft war. »Die bringen dich ja noch um, Kleiner«, sagte er nicht unfreundlich. »Was hast du bloß angestellt, daß du so in die Klemme geraten bist?«

»Warst du schon mal da drin, wo ich letzte Nacht war?« fragte Kirkland.

Rufus Dawes nickte.

»Weiß der Kommandant, wie es dort zugeht?«

»Sicher. Aber dem ist das doch egal.«

»Egal! Mann, glaubst du an einen Gott?«

»Nein«, antwortete Dawes, »jedenfalls nicht hier. Halt dich senkrecht, mein Junge. Wenn du fällst, trampeln wir anderen auf dich drauf, und dann bist du erledigt.«

Er hatte diese Worte kaum ausgesprochen, als sich der Junge vor den heranrollenden Baumstamm warf. Eine Sekunde später wäre die Kolonne vermutlich über seinen zerschmetterten Körper hinweggestampft, hätte nicht Gabbett mit eiserner Hand zugegriffen und so den Selbstmord verhindert.

»Halt dich an mir fest, Heulsuse«, sagte der Riese. »Ich bin kräftig genug, ich kann für zwei schleppen.«

Irgend etwas im Ton oder im Gebaren des Sprechers erfüllte Kirkland mit Abscheu, denn er stieß die dargebotene Hand zurück, riß die Eisenketten mit beiden Händen hoch und rannte laut schreiend zum Wasser hinunter.

»Halt, du Narr!« brüllte Troke und hob den Karabiner. Aber Kirkland lief weiter, geradewegs auf den Fluß zu. In diesem Augenblick trat Mr. North hinter einem Steinhaufen hervor.

Kirkland wollte auf die Mole springen, rutschte jedoch aus und fiel dem Kaplan in die Arme.

»Na warte, du elender Wurm, das sollst du mir büßen«, schrie Troke. »An den Tag wirst du dein Leben lang denken.«

»Oh, Mr. North«, ächzte Kirkland, »warum haben Sie mich festgehalten? Lieber tot als noch so eine Nacht.«

»Dafür setzt's was, mein Junge«, sagte Gabbett, als der Ausreißer zurückgebracht wurde. »Dein verdammtes Fell wird ganz schön brennen, paß nur auf.«

Kirkland antwortete nicht. Er atmete keuchend und blickte sich nach Mr. North um, aber Mr. North war bereits weitergegangen. Am Nachmittag sollte der neue Kaplan eintreffen, und man erwartete von seinem Vorgänger, daß er bei dem Empfang zugegen war.

Abends meldete Troke den Vorfall, und Burgess, der den neuen Kaplan zum Essen erwartete, entschied sofort über den Fall. »Fluchtversuch, was? Da müssen wir scharf durchgreifen. Fünfzig Peitschenhiebe, Troke. Sagen Sie Doktor Macklewain Bescheid – oder nein, ich spreche nachher selbst mit ihm. Ich werde diesen jungen Teufel schon zahm kriegen, verdammt noch mal.«

»Jawohl, Sir«, sagte Troke. »Guten Abend, Sir«

»Und noch was, Troke. Suchen Sie einen großen, kräftigen Kerl aus, verstanden? Nicht so einen Schlappschwanz wie beim letzten Mal, denn der hätte eigentlich selber angeschnallt werden müssen. Keine Fliege wäre von seinen Schlägen krepiert.«

»Die Burschen sind nicht zu bewegen, einen Kameraden zu verprügeln, Euer Gnaden«, sagte Troke. »Sie wollen einfach nicht.«

»Oh, sie werden schon wollen«, meinte Burgess. »Sonst können sie nämlich was erleben. Ich wünsche nicht, daß meine Leute sich damit abplagen, diese Schurken auszupeitschen. Wenn sich der Betreffende weigert, seine Pflicht zu tun, dann schnallen Sie ihn an und verpassen Sie ihm fünfundzwanzig. Ich komme morgen früh runter, wenn ich kann.«

»Jawohl, Euer Gnaden«, sagte Troke.

Kirkland wurde an diesem Abend in eine Einzelzelle gesperrt, und damit er auch ja recht gut schliefe, machte ihm Troke die beruhigende Mitteilung, daß er am Morgen »fünfzig« übergezogen bekäme. »Dawes wird die Sache besorgen«, fügte er hinzu. »Er ist einer der Kräftigsten, die ich habe. Der schont dich bestimmt nicht, darauf kannst du Gift nehmen.«

KAPITEL 14
Das Leiden des Mr. North

»Sie werden bald feststellen, daß dies ein schrecklicher Ort ist, Mr. Meekin«, sagte North zu seinem Nachfolger, als sie zum Hause des Kommandanten hinübergingen. »Ich bin hier ganz schwermütig geworden.«

»Und ich dachte, es wäre ein kleines Paradies«, erwiderte Meekin. »Die Landschaft soll doch sehr reizvoll sein, wie mir Hauptmann Frere versicherte.«

»Ist sie auch«, sagte North mit einem Seitenblick auf seinen Begleiter. »Aber die Gefangenen sind ganz und gar nicht reizvoll.«

»Die armen, verlassenen Geschöpfe«, seufzte Meekin. »Das kann ich mir vorstellen. Ach, wie lieblich – das Ufer dort drüben im Mondlicht!«

»Verlassen, ja, das sind sie. Von Gott und den Menschen verlassen – beinahe.«

»Mr. North, der Herr verläßt nicht einmal die unwürdigsten Seiner Diener. Ich habe noch nie erlebt, daß Er die Rechtschaffenen im Stich läßt oder den Kindern der Gerechten ihres Leibes Nahrung und Notdurft entzieht. Noch im Tal des Todesschattens ist Er bei uns. Sein Stecken und Stab ... nun, Sie wissen ja, Mr. North. Wirklich, das Haus des Kommandanten ist entzückend gelegen!«

Mr. North seufzte wieder. »Sie sind noch nicht lange in der Kolonie, Mr. Meekin. Ich bezweifle – verzeihen Sie meine Offenheit – ich bezweifle, ob Sie unser Strafsystem schon richtig kennen.«

»Ein bewundernswertes System! Höchst bewundernswert«, sagte Meekin. »Wenn ich auch in Hobart Town manches gesehen und gehört habe, was ich nicht so recht billigen konnte – das viele Fluchen zum Beispiel –, so bin ich doch im großen ganzen von dem System begeistert. Es ist so vollkommen.«

North verzog den Mund. »Ja, das ist es«, bestätigte er. »Fast möchte ich sagen, allzu vollkommen. Aber da ich praktisch der einzige bin, der diese Ansicht vertritt, sollten wir das Thema vielleicht lieber fallenlassen.«

»Wie Sie wünschen«, sagte Meekin in ernstem Ton. Der Bischof hatte ihm erzählt, Mr. North sei ein ziemlich verkommenes Subjekt, er rauche Pfeife, und man habe ihn sogar dabei ertappt, daß er Bier aus einem Zinnkrug trank. Auch vertrete er die Meinung, es sei unwesentlich, ob ein Pfarrer weiße Halsbinden trage oder nicht.

Das Essen beim Kommandanten war ein voller Erfolg. Burgess wollte sich anscheinend bei dem Günstling des Bischofs in ein gutes Licht setzen, denn er enthielt sich aller Flüche und war äußerst höflich.

»Sie werden unsere Sitten vermutlich ein bißchen rauh finden, Mr. Meekin«, sagte er. »Aber Sie werden auch feststellen, daß wir samt und sonders zur Stelle sind, wenn man uns braucht. Diese Insel ist ein' kleines Königreich für sich.«

»Wie das von Béranger?« fragte Meekin lächelnd.

Hauptmann Burgess hatte zwar noch nie etwas von Béranger gehört, aber er lächelte, als wüßte er alle seine Gedichte auswendig.

»Oder wie Sancho Pansas Insel«, warf North ein. »Erinnern Sie sich, wie dort Recht gesprochen wurde?«

»Im Augenblick nicht, Sir«, entgegnete Burgess mit Würde. Nicht zum erstenmal hegte er den Verdacht, daß Reverend North ihn aufziehen wollte. »Bitte, bedienen Sie sich doch. Ein Glas Wein?«

»Nein, danke«, erwiderte North und füllte sein Glas mit Wasser. »Ich habe Kopfschmerzen.«

Er sprach und bewegte sich mit einemmal so gezwungen, daß Meekin und Burgess unwillkürlich verstummten. Beide zerbrachen sich den Kopf, weshalb Mr. North in sichtlicher Verwirrung mit den Fingern auf der Tischplatte trommelte und überallhin nur nicht auf die Weinflasche starrte. Meekin, der sich nicht so leicht aus der Fassung bringen ließ, brach schließlich das Schweigen.

»Haben Sie oft Besuch, Hauptmann Burgess?« fragte er.

»Sehr selten. Manchmal kommen ein paar Leute mit einer Empfehlung des Gouverneurs, und die führe ich dann herum. Aber für gewöhnlich sind wir auf uns selbst angewiesen.«

»Ich frage nämlich«, fuhr Meekin fort, »weil Freunde von mir die Absicht haben herzukommen.«

»Oh, wer ist es denn?«

»Kennen Sie Hauptmann Frere?«

»Frere? Und ob ich den kenne!« entgegnete Burgess, und sein Lachen klang genauso wie das Lachen Maurice Freres. »Ich war mit ihm zusammen auf Maria Island. Sie sind also mit ihm befreundet?«

»Ich hatte das Vergnügen, ihn auf einer Gesellschaft kennenzulernen. Er hat unlängst geheiratet.«

»Tatsächlich?« rief Burgess. »Den Teufel auch! Richtig, ich habe so etwas läuten hören.«

»Miß Vickers, eine reizende junge Dame. Sie fahren nach Sydney, wo Hauptmann Frere dienstlich zu tun hat, und bei dieser Gelegenheit wollen sie einen Abstecher nach Port Arthur machen.«

»Ein seltsamer Einfall für eine Hochzeitsreise«, bemerkte North.

»Hauptmann Frere interessiert sich brennend für alles, was mit dem Strafvollzug zusammenhängt«, fuhr Mr. Meekin fort, ohne den Einwurf zu beachten. »Und außerdem möchte er seiner jungen Frau gern Port Arthur zeigen.«

»Ja, das muß man unbedingt gesehen haben, bevor man die Kolonie verläßt«, bestätigte Burgess. »Es lohnt sich wirklich.«

»Das meint Hauptmann Frere auch. Übrigens eine romantische Geschichte mit den beiden, Hauptmann Burgess. Sie wissen doch, er hat ihr das Leben gerettet.«

»Ach ja, damals bei dieser merkwürdigen Meuterei«, sagte Burgess. »Wir haben die Kerle jetzt hier.«

»Ich war bei dem Prozeß in Hobart Town zugegen«, berichtete Meekin. »Ja, mehr noch, der Rädelsführer, ein gewisser John Rex, übergab mir seine Beichte. Ich habe sie gleich an den Bischof geschickt.«

»Ein toller Schurke!« ließ sich North vernehmen. »Ein ganz gefährlicher, ausgekochter, kaltblütiger Bursche.«

»Da bin ich anderer Meinung«, sagte Meekin nicht ohne Schärfe. »Anscheinend haben sich alle gegen den armen Kerl verschworen. Hauptmann Frere wollte mir sogar weismachen, seine Briefe enthielten verschlüsselte Nachrichten. Aber das kann ich einfach nicht glauben. Ich bin überzeugt, daß er seine Missetaten aufrichtig bereut. Ein irregeleiteter Mensch, aber bestimmt kein Heuchler, wenn mich meine Menschenkenntnis nicht sehr trügt.«

»Hoffen wir das Beste«, sagte North. »Ich würde ihm nicht trauen.«

»Oh, der ist hier gut aufgehoben«, versicherte Burgess heiter. »Wenn er aufsässig wird, bringen wir ihn schon mit der Katze zur Vernunft.«

»Strenge ist gewiß vonnöten«, meinte Meekin, »obwohl ich gestehen muß, daß ich dieses Auspeitschen ziemlich abstoßend finde. Es ist eine bestialische Strafe.«

»Es ist eine Strafe für Bestien«, versetzte Burgess und lachte, denn er hielt diese Bemerkung für ein höchst geistreiches Wortspiel.

In diesem Augenblick erregte Mr. North durch sein seltsames Benehmen ihre Aufmerksamkeit.

Er war aufgesprungen, hatte ohne ein Wort der Entschuldigung das Fenster aufgerissen und schien nach Luft zu ringen.

»Hallo, North, was ist denn?« rief Burgess.

»Nichts«, sagte North, der sich mühsam beherrschte. »Ein Krampf. Ich habe gelegentlich solche Anfälle.«

»Trinken Sie einen Kognak.«

»Nein, nein, es ist gleich vorüber. Nein, sage ich. Na, schön, wenn Sie unbedingt darauf bestehen...« Damit griff er nach dem Wasserglas, füllte es zur Hälfte mit Brandy und stürzte das scharfe Getränk in einem Zuge hinunter.

Reverend Meekin starrte seinen Amtsbruder entsetzt an. Reverend Meekin war nicht gewohnt, mit solchen Geistlichen zu verkehren, die schwarze Halsbinden trugen, Pfeife rauchten, Tabak kauten und Alkohol unverdünnt aus Wassergläsern tranken.

»Ah!« sagte North und blickte wild um sich. »Jetzt ist mir besser.«

»Gehen wir auf die Veranda«, schlug Burgess vor. »Da ist es kühler als im Haus.«

Sie begaben sich also nach draußen und blickten auf die Lichter des Gefängnisses hinunter. In der Ferne rauschte die Brandung. Die kühle Luft schien Mr. North gutzutun, und die Unterhaltung wurde wieder lebhafter.

Nach einer Weile tauchte aus der Dunkelheit eine untersetzte Gestalt auf, die eine Zigarre rauchte. Wie sich herausstellte, war es Doktor Macklewain, der aus dienstlichen Gründen – auf Woody Island war ein Konstabler verunglückt – an dem Essen nicht hatte teilnehmen können.

»Na, was macht Forrest?« fragte Burgess. »Darf ich bekannt machen: Mr. Meekin – Doktor Macklewain.«

»Tot«, sagte der Doktor. »Sehr erfreut, Mr. Meekin.«

»Verdammt, wieder einer von meinen besten Leuten«, brummte Burgess. »Wie wär's mit einem Glas Wein, Doktor?«

Aber Macklewain war müde und wollte nach Hause.

»Ich muß ebenfalls an meine Nachtruhe denken«, bemerkte Meekin. »So angenehm die Reise auch war, sie hat mich doch ein bißchen angestrengt.«

»Ich komme mit, Doktor, wir haben den gleichen Weg«, sagte North.

»Wollen Sie denn nicht wenigstens noch einen Schluck Brandy trinken?« fragte Burgess. »Wirklich nicht? Dann lasse ich Sie also morgen früh abholen, Mr. Meekin. Gute Nacht, meine Herren. Macklewain, ich möchte Sie noch einen Augenblick sprechen.«

Vom Hause des Kommandanten führte ein steiler Pfad in die Ebene hinunter, wo die Behausungen des Doktors und des Kaplans lagen.

Die beiden Geistlichen hatten noch nicht die Hälfte des Weges zurückgelegt, als Macklewain sie einholte.

»Morgen früh wird einer ausgepeitscht«, knurrte er. »Da heißt es wieder bei Tagesanbruch aufstehen.«

»Wer ist es denn diesmal?«

»Der junge Bursche, den er als Butler hatte.«

»Kirkland?« fragte North erschrocken. »Was denn, Sie wollen doch nicht sagen, daß er Kirkland auspeitschen läßt?«

»Insubordination«, erwiderte Macklewain. »Fünfzig Hiebe.«

»Das muß auf jeden Fall verhindert werden«, rief North in höchster Erregung. »Das hält er nicht aus. Glauben Sie mir, Macklewain, das wäre sein Tod.«

»Vielleicht haben Sie die Güte, das meinem Urteil zu überlassen«, entgegnete Macklewain und warf sich in Positur, um wenigstens ein bißchen größer zu erscheinen.

»Mein Verehrtester«, sagte North begütigend, denn er wußte, daß er es jetzt mit dem Arzt nicht verderben durfte. »Sie haben ihn in letzter Zeit nicht gesehen. Er hat heute morgen versucht, sich zu ertränken.«

Mr. Meekin äußerte seine Besorgnis; aber Mr. Macklewain beruhigte ihn.

»Sehen Sie«, erklärte der Doktor, »wenn etwas auf jeden Fall verhindert werden muß, dann dieser Unfug. Der Kerl gibt ja den anderen ein schönes Beispiel. Ich wundere mich nur, daß Burgess ihm nicht hundert verabfolgen läßt.«

»Man hat ihn in den großen Schlafsaal gesperrt«, sagte North. »Und Sie wissen ja wohl, was sich da tut. Ich kann Ihnen versichern, daß mich der Anblick dieses gequälten und erniedrigten Jungen tief erschüttert hat.«

»Na, morgen kommt er ja ohnehin für eine Woche oder so ins Hospital«, sagte Macklewain. »Dann hat er eine Weile Ruhe.«

»Wenn Burgess ihn auspeitschen läßt, gehe ich zum Gouverneur«, rief North empört. »Die Zustände in diesen Schlafsälen sind himmelschreiend.«

»Warum beschwert sich der Bursche nicht, wenn er Grund dazu hat? Ohne Beweise können wir nichts unternehmen.«

»Beschweren! Wäre er dann seines Lebens noch sicher? Außerdem gehört er nicht zu denen, die sich beklagen. Er würde sich eher das Leben nehmen, als daß er ein Wort über die Sache verlauten ließe.«

»Das ist doch alles Unsinn«, widersprach Macklewain. »Sollen wir etwa auf einen bloßen Verdacht hin den ganzen Schlafsaal auspeitschen lassen? Ich kann es nicht ändern. Wie man sich bettet, so liegt man.«

»Ich gehe sofort zurück und rede mit Burgess«, sagte North. »Mr. Meekin, hier ist der Eingang, und die erste Tür rechts führt in Ihr Zimmer. Ich bin gleich wieder da.«

»Bitte, lassen Sie sich Zeit«, antwortete Meekin höflich. »Wenn es sich um einen Gnadengang handelt, muß alles andere zurückstehen. Meinen Handkoffer finde ich wohl in meinem Zimmer?«

»Ja, ja. Rufen Sie den Diener, wenn Sie etwas brauchen. Er schläft hinten in der Kammer.«

Und North eilte von dannen.

»Ein recht impulsiver Herr«, sagte Meekin zu Macklewain, während die Schritte in der Ferne verhallten.

Macklewain schüttelte bedenklich den Kopf. »Irgend etwas ist mit ihm nicht in Ordnung, ich weiß nur nicht, was. Er hat mitunter so sonderbare Anfälle. Ich fürchte fast, es ist Magenkrebs.«

»Magenkrebs! Du lieber Himmel, das wäre ja furchtbar!« sagte Meekin. »Ach, Doktor, wir haben alle unser Kreuz zu tragen, nicht wahr? Wie herrlich das Gras duftet! Es scheint wirklich ein reizender Ort zu sein, ich denke, daß ich mich hier sehr wohl fühlen werde. Gute Nacht.«

»Gute Nacht, Sir. Ich hoffe, Sie werden keine Bequemlichkeit vermissen.«

»Und hoffen wir, daß der arme Mr. North Erfolg hat bei seinem Liebesdienst«, sagte Meekin, die Hand auf der Klinke. »Noch einmal, gute Nacht.«

Hauptmann Burgess wollte gerade die Verandatür schließen, als North durch den Garten gelaufen kam.

»Hauptmann Burgess, soeben höre ich von Macklewain, daß Sie den armen Kirkland auspeitschen lassen wollen.«

»Ja, haben Sie was dagegen?«

»Ich möchte Sie bitten, es nicht zu tun, Sir. Kirkland ist schon hart genug gestraft. Der arme Junge hat heute einen Selbstmordversuch unternommen.«

»Gerade deshalb wird er ja ausgepeitscht. Ich will meinen Gefangenen die Selbstmordgedanken schon austreiben.«

»Aber er hält es nicht durch, Sir. Er ist zu schwach.«

»Das ist Macklewains Sache.«

»Hauptmann Burgess«, beharrte North, »ich versichere Ihnen, daß er keine Strafe verdient. Ich habe ihn gesehen, er ist in einer erbärmlichen Gemütsverfassung.«

»Hören Sie, Mr. North, ich frage Sie nicht, was Sie mit den Seelen der Gefangenen anstellen, also kümmern Sie sich gefälligst nicht darum, was ich mit ihren Leibern tue.«

»Hauptmann Burgess, Sie haben kein Recht, über mein geistliches Amt zu spotten.«

»Dann mischen Sie sich auch nicht in meine Angelegenheiten ein, Sir.«

»Sie bestehen also darauf, Kirkland auspeitschen zu lassen?«

»Ich habe bereits meine Befehle erteilt.«

»Ich sage Ihnen, Hauptmann Burgess«, rief North, und sein bleiches Gesicht rötete sich, »das Blut dieses Jungen wird über Ihr Haupt kommen. Ich bin ein Diener Gottes, Sir, ich verbiete Ihnen, dieses Verbrechen zu begehen.«

»Zum Teufel mit Ihrer Unverschämtheit, Sir!« brüllte Burgess. »Sie sind ein entlassener Regierungsbeamter, weiter nichts! Sie haben hier keinerlei Amtsgewalt, und bei Gott, Sir, wenn Sie sich noch einmal in meine Befugnisse einmischen, dann lege ich Sie bis zur Abfahrt Ihres Schiffes in Ketten.«

Das war natürlich nur eine leere Drohung des Kommandanten. North wußte genau, daß Burgess es niemals wagen würde, sich an ihm zu vergreifen, und dennoch traf ihn die Beleidigung wie ein Peitschenhieb. Er sprang einen Schritt vor, als wollte er den anderen bei der Gurgel packen, besann sich aber gerade noch rechtzeitig und blieb mit geballten Fäusten und funkelnden Augen stehen. Die beiden Männer starrten einander an, bis Burgess dem Blick des Kaplans nicht länger standzuhalten vermochte.

»Elender Gotteslästerer!« zischte North. »Ich sage Ihnen, Sie werden den Jungen nicht auspeitschen lassen!«

Bleich vor Wut, läutete Burgess seinem Diener.

»Führe Mr. North hinaus«, befahl er. »Und dann geh in die Kaserne und bestelle Troke, daß Kirkland morgen *hundert* Peitschenhiebe bekommt. Sie sollen sehen, wer hier der Herr ist, mein werter Freund.«

»Ich werde das der Regierung melden«, rief North entsetzt. »Das ist glatter Mord.«

»Die Regierung kann mich ... und Sie mich auch!« brüllte Burgess. »Hinaus!«

Und Gottes Stellvertreter in Port Arthur knallte die Tür hinter sich zu.

North ging in großer Erregung nach Hause. »Sie dürfen den Jungen nicht auspeitschen!« murmelte er vor sich hin. »Notfalls werde ich ihn mit meinem eigenen Leibe schützen. Ich werde es der Regierung melden, ich werde selbst zu Sir John Franklin gehen. Oh, ich will dafür sorgen, daß Licht in diese Schreckenshölle gebracht wird.«

Er erreichte sein Häuschen und zündete in dem kleinen Wohnzimmer die Lampe an. Alles war still. Nur aus dem Nebenraum drang Meekins leises Schnarchen.

North griff nach einem Buch und versuchte zu lesen, aber die Buchstaben tanzten vor seinen Augen. Ich hätte den Brandy nicht trinken sollen, ich Narr, dachte er. Dann ging er ruhelos im Zimmer umher, warf sich aufs Sofa, fuhr wieder hoch, las, betete. »O Gott, gib mir Kraft! Hilf mir! Steh mir bei! Ich kämpfe, aber ich bin schwach. O Herr, erbarme dich meiner!«

Leichenblaß, mit blutleeren Lippen und verzerrtem Gesicht, wand er sich in Qualen auf dem Sofa, er stöhnte, er murmelte Gebete, und es hatte den Anschein, als krümme er sich unter den Schmerzen einer schrecklichen Krankheit. Nun öffnete er abermals das Buch und zwang sich zum Lesen; aber sein Blick wanderte immer wieder zur Anrichte hinüber. Dort war es verborgen, was ihn mit Macht lockte. Schließlich erhob er sich, ging in die Küche und holte ein Tütchen roten Pfeffer. Er tat einen Teelöffel voll in ein Glas Wasser, rührte um und trank. Das half für eine Weile.

»Ich *muß* morgen bei klarem Verstand sein«, flüsterte er. »Das Leben des Jungen hängt davon ab. Und außerdem darf Meekin nichts merken. Ich will mich hinlegen.«

Er ging in sein Schlafzimmer; aber auch im Bett wälzte er sich nur unruhig von einer Seite auf die andere. Vergeblich sprach er Bibelverse und Bruchstücke von Gedichten vor sich hin, vergeblich zählte er bis tausend oder stellte sich Schafe vor, die über eine Hürde springen. Der Schlaf wollte nicht kommen. Es war, als hätte er die Krise erreicht, auf die seine Krankheit seit Tagen unaufhaltsam zusteuerte. »Ich *muß* einen Teelöffel voll nehmen, um das Verlangen zu beschwichtigen«, sagte er.

Zweimal blieb er auf dem kurzen Weg ins Wohnzimmer stehen, und zweimal wurde er von einer Macht vorwärts getrieben, die stärker war als sein Wille. Endlich erreichte er die Anrichte, öffnete sie und holte hervor, was er suchte: eine Flasche Branntwein.

Sobald er die Flasche in der Hand hielt, dachte er nicht mehr an Mäßigung. Er setzte sie an die Lippen und trank gierig. Beschämt über sein Tun, stellte er die Flasche weg und kehrte ins Schlafzimmer zurück. Aber noch immer fand er keine Ruhe.

Er schmeckte den scharfen Branntwein auf seinen Lippen und gierte nach mehr. Er sah die Flasche in der Dunkelheit – eine gemeine, schreckliche Vision. Er sah die bernsteingelbe Flüssigkeit funkeln. Er hörte sie beim Einschenken gluckern. Er roch den würzigen Duft des Alkohols. Er stellte sich vor, wie die Flasche in der Anrichte stand, wie er sie ergriff und das Feuer löschte, das in ihm brannte. Er weinte, er betete, er kämpfte mit seinem Verlangen wie mit dem Wahnsinn. Immer wieder sagte er sich, daß ein Menschenleben von seiner Standhaftigkeit abhinge, daß es eines gebildeten Mannes, eines vernunftbegabten Wesens unwürdig sei, dieser verhängnisvollen Sucht nachzugeben, daß es erniedrigend, ekelhaft und bestialisch sei, vor allem jetzt zu diesem Zeitpunkt, daß dieses Laster eines jeden Menschen unwürdig, für einen Diener Gottes aber doppelt sündhaft sei. Vergebens. Während er sich noch Vorhaltungen machte, stand er schon vor der Anrichte und setzte die Flasche an die Lippen – in einer Haltung, die lächerlich und schauerlich zugleich war.

Er hatte kein Krebsleiden. Seine Krankheit war weitaus furchtbarer. Reverend James North – Gentleman, Gelehrter und christlicher Priester – war, was man landläufig einen notorischen Säufer nennt.

KAPITEL 15
Hundert Peitschenhiebe

Die helle Morgensonne beleuchtete ein seltsames Schauspiel.

In einem Hof des Gefängnisses standen Troke, Burgess, Macklewain, Kirkland und Rufus Dawes vor drei Holzpfosten, die man in Form eines Dreiecks zusammengefügt hatte. Das etwa sieben Fuß hohe Gestell sah aus wie jene Vorrichtung, an der die Zigeuner ihre Kochkessel aufhängen.

An der Grundlinie des Dreiecks wurden mit Riemen Kirklands Füße festgebunden, an der Spitze die Handgelenke, so daß der Körper zur vollen Länge gestreckt war. Sein bloßer Rücken glänzte im Sonnenlicht. Während dieser Vorbereitungen gab er keinen Laut von sich – nur als Troke ihm mit rohem Griff das Hemd vom Leibe zerrte, durchlief ihn ein Zittern.

»Nun tu deine Pflicht, Gefangener«, sagte Troke zu Dawes.

Rufus Dawes blickte von den drei finsteren Gesichtern auf Kirklands weißen Rücken, und sein Gesicht färbte sich dunkelrot. Noch nie in seinem Gefangenendasein hatte man ihm befohlen, einen Kameraden zu züchtigen. Er selbst war freilich schon oft geschlagen worden.

»Wollen Sie wirklich, daß ich ihn auspeitsche, Sir?« wandte er sich an den Kommandanten.

Burgess starrte ihn verblüfft an.

»Nimm die Katze, Kerl! Was fällt dir denn ein?«

Rufus Dawes griff nach der schweren Peitsche und zog die geknoteten Schnüre durch die Finger.

»Los, Dawes!« flüsterte Kirkland, ohne den Kopf zu wenden. »Ob du es nun bist oder ein anderer.«

»Was sagt er?« fragte Burgess.

»Was sie alle sagen, Sir. Er soll nicht so kräftig zuschlagen«, log Troke.

»Von wegen nicht kräftig zuschlagen! Da werden wir schon aufpassen. Vorwärts, Mann, und sieh zu, daß du ihn richtig triffst, sonst lasse ich dich anschnallen und dir fünfzig verabfolgen, so wahr ich lebe.«

»Los, Dawes!« flüsterte Kirkland wieder. »Ich bin bereit.«

Rufus Dawes hob die Katze, schwang sie über den Kopf und ließ die geknoteten Lederschnüre auf Kirklands Rücken niedersausen.

»Eins!« zählte Troke.

Auf dem weißen Rücken zeichneten sich karmesinrote Striemen ab. Kirkland unterdrückte einen Schrei. Ihm war, als sei er zerschnitten worden.

»He, du Schurke!« brüllte Burgess. »Mach die Schnüre auseinander! Was fällt dir ein, so schlapp zuzuschlagen?«

Rufus Dawes entwirrte mit gekrümmten Fingern die verschlungenen Schnüre und schlug abermals zu. Diesmal hatte er besser getroffen: Das Blut perlte auf der Haut. Der Junge blieb stumm; aber Macklewain sah, daß seine Hände die Pfähle fester umklammerten und daß die Muskeln der nackten Arme bebten.

»Zwei!«

»So ist's recht«, rief Burgess.

Der dritte Schlag hörte sich an, als klatsche er auf ein Stück rohes Fleisch, und die karmesinroten Striemen färbten sich purpurn.

»Mein Gott!« stöhnte Kirkland leise und biß sich auf die Lippen.

Das Auspeitschen ging schweigend weiter. Erst beim zehnten Schlag schrie Kirkland auf, gellend wie ein verwundetes Pferd. »Oh! Hauptmann Burgess! Dawes! Mr. Troke! O mein Gott! Oh, oh! Gnade! O Doktor! Mr. North! Ooooh!«

»Zehn!« schrie Troke, und so zählte er ungerührt weiter.

Nach den ersten zwanzig Hieben war der Rücken des Jungen zu einem Höcker angeschwollen; er glich einem reifen Pfirsich, den ein mutwilliges Kind mit einer Nadel zerstochen hat. Dawes wandte sich von seinem blutigen Werk ab und ließ die Schnüre der Katze zweimal durch die Finger gleiten. Sie waren steif und ein wenig klebrig geworden.

»Weiter!« befahl Burgess und nickte Dawes zu. Und Troke begann von vorn zu zählen: »Eins!«

Die Strahlen der Morgensonne weckten Mr. North. Er öffnete mühsam die blutunterlaufenen Augen, rieb sich mit zitternden Händen die Stirn, und plötzlich fiel ihm ein, was er vorhatte. Er kroch aus dem Bett, und als er schwankend vor dem Nachttisch stand, sah er die leere Branntweinflasche. Nun erinnerte er sich, was geschehen war. Mit zitternden Händen goß er sich Wasser über den schmerzenden Kopf und strich seine Kleider glatt. Der maßlose Alkoholgenuß hatte die üblichen Nachwirkungen. Ihm brummte der Schädel, die Hände waren heiß und trocken, die Zunge klebte am Gaumen. Ein Schauder überlief ihn, als er im Spiegel sein blasses Gesicht und die rotumränderten Augen betrachtete. Hastig überzeugte er sich, ob die Tür verschlossen war. Trotz seiner trunkenen Gier war er besonnen genug gewesen, den Schlüsselbund umzudrehen. Also hatte ihn niemand in diesem Zustand gesehen.

Er schlich ins Wohnzimmer und stellte fest, daß es halb sieben war. Das Auspeitschen war auf halb sechs angesetzt worden. Wenn ihm nicht irgendein glücklicher Zufall geholfen hatte, war es bereits zu spät. Zitternd vor Reue und Angst, eilte er an dem Zimmer vorbei, in dem Meekin noch sanft schlummerte, und rannte zum Gefängnis. Als er den Hof betrat, rief Troke gerade: »Zehn!« Kirkland hatte den fünfzigsten Hieb bekommen.

»Halt!« schrie North. »Hauptmann Burgess, ich ersuche Sie, aufzuhören!«

»Sie kommen ziemlich spät, Mr. North«, erwiderte Burgess. »Wir sind gleich fertig.«

»Eins!« zählte Troke. Und North stand dabei, biß sich auf die Nägel und knirschte mit den Zähnen, während die nächsten sechs Schläge niedersausten.

Kirkland hatte aufgehört zu schreien, er stöhnte nur noch. Sein Rücken glich einem blutgetränkten Schwamm, und das geschwollene Fleisch zuckte zwischen den einzelnen Schlägen wie das Fleisch eines soeben abgestochenen Ochsen. Da bemerkte Macklewain, daß der Kopf des Jungen auf die Schulter fiel.

»Abschnallen!« rief er. »Sofort abschnallen!«

Troke löste schleunigst die Riemen.

»Gießt ihm einen Eimer Wasser über den Kopf!« befahl Burgess. »Er verstellt sich bloß!«

Der kalte Guß brachte Kirkland zur Besinnung. Er öffnete die Augen.

»Ich hab's ja gesagt«, triumphierte Burgess. »Schnallt ihn wieder an!«

»Nein!« schrie North. »Nicht, wenn ihr Christen seid!«

Da fand er einen Verbündeten in dem Manne, von dem er es am wenigsten erwartet hätte. Rufus Dawes warf die bluttriefende Peitsche auf die Erde und sagte: »Ich schlage nicht mehr.«

»Was?« brüllte Burgess, rasend vor Wut über diese grobe Unverschämtheit.

»Ich schlage nicht mehr. Suchen Sie sich einen anderen für Ihr blutiges Handwerk. Ich will nicht mehr.«

»Schnallt ihn an!« tobte Burgess. »Schnallt ihn an! Konstabler, holen Sie einen neuen Mann mit einer neuen Katze. Ich werde dich lehren! Du kriegst die fünfzig, die dieser Schurke noch guthat, und weitere fünfzig als Zugabe, und er soll zusehen, inzwischen kühlt sich sein Rücken ab.«

Dawes streifte North mit einem raschen Blick, zog schweigend sein Hemd aus und legte sich auf das Gestell. Sein Rücken war nicht weiß und glatt, wie es Kirklands Rücken gewesen war, sondern hart und voller Narben von früheren Prügelstrafen. Troke erschien mit Gabbett, der über das ganze Gesicht grinste. Gabbett schlug gern und rühmte sich oft, daß er einen Menschen auch auf einem Platz von Handtellergröße zu Tode prügeln könne. Er gebrauchte die linke Hand ebenso geschickt wie die rechte, und wenn er einen »besonderen Liebling« erwischte, ließ er die Katze kreuzweise auf ihn niedersausen.

Rufus Dawes stemmte die Füße fest auf den Boden, umklammerte die Pfosten und atmete tief ein.

Macklewain legte Kirkland auf die an der Erde ausgebreiteten Kleider der beiden Gefangenen und kehrte ihm dann den Rücken, um sich den zweiten Teil dieser Morgenbelustigung anzusehen. Er brummte etwas in seinen Bart, denn es war längst Frühstückszeit, und er wußte, daß der Kommandant, wenn er erst einmal beim Prügeln war, nicht so schnell damit aufhörte.

Rufus Dawes nahm die ersten fünfundzwanzig Schläge ohne einen Laut hin; dann schlug Gabbett kreuzweise zu. So ging es bis zum fünfzigsten Hieb. North bewunderte unwillkürlich die Zähigkeit des Mannes. Wenn ich diesen verdammten Branntwein nicht getrunken hätte, dachte er, von bitteren Selbstvorwürfen gepeinigt, dann hätte ich das alles vielleicht verhindern können. Nach dem hundertsten Schlag hielt der Riese inne und wartete auf den Befehl, den Sträfling abzuschnallen; aber Burgess war fest entschlossen, Dawes »kleinzukriegen«.

»Ich werde dich schon zum Reden bringen, du Hund, und wenn ich dir das Herz aus dem Leibe reiße!« schrie er. »Weiter, Gefangener.«

Auch während der nächsten zwanzig Schläge blieb Dawes stumm. Dann entrang sich seiner keuchenden Brust ein grausiger Schrei. Doch es war kein Schrei um Gnade wie bei Kirkland. Als hätte der gepeinigte Mann unvermittelt die Sprache wiedergefunden, machte er seiner kochenden Wut in einer Flut von Verwünschungen Luft. Er erging sich in wilden Flüchen auf Burgess, Troke und North. Er nannte alle Soldaten Tyrannen, alle Priester elende Heuchler. Er lästerte seinen Gott und seinen Heiland. Unter furchtbaren und obszönen Schmähungen beschwor er die Erde, sich aufzutun und seine Peiniger zu verschlingen, den Himmel, sich zu öffnen und Feuer auf sie herabzuregnen, die Hölle, ihren Rachen aufzusperren und sie zu verschlingen. Man hätte meinen können, daß jeder Hieb mit der Katze einen neuen Ausbruch bestialischer Wut aus ihm herauspeitschte. Er schien alle Menschlichkeit von sich geworfen zu haben. Er schäumte, er raste, er zerrte an seinen Fesseln, bis die starken Pfosten erbebten; er wand sich auf dem Foltergestell und versuchte in ohnmächtiger Wut, Burgess anzuspucken, der seinen Qualen spottete. North stand in der Mauerecke, geduckt, von Grauen gelähmt, und hielt sich die Ohren zu. Es schien ihm, daß ringsum alle Leidenschaften der Hölle entfesselt seien. Gern wäre er geflohen, aber ein schrecklicher Zauber hielt ihn gebannt.

Inmitten dieses Aufruhrs – die Katze zischte lauter denn je, Burgess lachte aus vollem Halse, und die gellenden Schreie des unglücklichen Dawes durchschnitten die Luft – sah North, daß Kirkland ihn mit einem matten Lächeln anblickte. War es wirklich ein Lächeln? North war mit einem Satz bei ihm und stieß einen so lauten Entsetzensschrei aus, daß alle sich umdrehten.

»Hallo!« rief Troke und rannte zu dem Kleiderhaufen. »Der Junge kratzt uns ab!«

Kirkland war bereits tot.

»Abschnallen!« befahl Burgess, der über den unglücklichen Zwischenfall entsetzt war, und Gabbett gehorchte widerwillig. Sogleich traten zwei Konstabler neben Rufus Dawes, denn es kam zuweilen vor, daß soeben gefolterte Sträflinge tobsüchtig wurden. Dieser Mann verstummte jedoch mit dem letzten Hieb. Nur als er sein Hemd unter dem Körper des Jungen hervorzog, murmelte er: »Tot!«, und in seiner Stimme schien ein leiser Neid mitzuschwingen. Dann warf er das Hemd über seine blutenden Schultern und ging – trotzig bis zuletzt.

»Der hat Mut, was?« sagte der eine Konstabler zum anderen, und sie schoben ihn nicht allzu unsanft in eine leere Zelle, wo er auf den Pfleger vom Hospital warten sollte.

Niemand sprach, bis Kirklands Leiche fortgeschafft war. Burgess wurde ziemlich blaß, als er North' drohendes Gesicht sah.

»Es ist nicht meine Schuld, Mr. North«, sagte er. »Ich konnte ja nicht ahnen, daß der Bursche ein schwaches Herz hatte.«

North kehrte ihm voll Abscheu den Rücken. Macklewain und Burgess machten sich auf den Heimweg.

»Seltsam, daß er so mir nichts, dir nichts gestorben ist«, sagte der Kommandant.

»Vielleicht hatte er ein inneres Leiden«, mutmaßte der Arzt.

»Ein Herzleiden zum Beispiel«, meinte Burgess.

»Ich werde eine Obduktion vornehmen und die Todesursache feststellen.«

»Kommen Sie mit, Macklewain, lassen Sie uns einen Schluck trinken. Mir ist irgendwie komisch im Magen«, sagte Burgess.

Die beiden Herren komplimentierten einander ins Haus.

Mr. North aber, der das Geschehen für eine Folge seiner Pflichtvergessenheit hielt und von den bittersten Gewissensqualen gepeinigt wurde, wandte sich dem Gefängnis zu. Langsam und gesenkten Hauptes wie einer, der einen schweren Gang geht, begab er sich zu dem überlebenden Gefangenen, der völlig erschöpft auf dem Boden kauerte. »Rufus Dawes!«

Bei dem leisen Anruf blickte Rufus Dawes auf, und als er sah, wer vor ihm stand, hob er abwehrend die Hand. »Sprechen Sie mich nicht an«, sagte er mit einem Fluch, bei dem es North kalt überlief. »Ich habe Ihnen gesagt, was ich von Ihnen halte. Sie sind ein Heuchler, der untätig zusieht, wie ein Mensch zerfleischt wird, und der ihm dann fromme Sprüche vorwinselt.«

North stand mit hängenden Armen und gesenktem Kopf in der Mitte der Zelle.

»Ja«, sagte er mit leiser Stimme, »Sie müssen mich für einen Heuchler halten. Bin ich ein Diener Christi? Nein, ein versoffenes Stück Vieh. Ich bin nicht gekommen, um Ihnen fromme Sprüche vorzuwinseln. Ich bin gekommen, weil ich – Sie um Verzeihung bitten will. Ich hätte Sie vor der Strafe, ich hätte den armen Jungen vor dem Tode bewahren können. Gott ist mein Zeuge, daß ich ihn retten wollte! Aber ich habe ein Laster, ich bin ein Trinker. Ich erlag der Versuchung, und so – kam ich zu spät. Ich stehe vor Ihnen, ein Sünder vor dem anderen, und ich bitte Sie um Vergebung.« Und North warf sich dem Sträfling zu Füßen, ergriff seine blutbespritzten Hände und rief: »Vergib mir, Bruder!« Rufus Dawes war viel zu überrascht, um ein Wort hervorzubringen. Er richtete seine schwarzen Augen auf den vor ihm knienden Mann, und ein Strahl göttlichen Mitleids durchzuckte seine düstere Seele. Die Not, die sich ihm hier offenbarte, erschien ihm noch tiefer als seine eigene, und in seinem verstockten Herzen regte sich menschliches Mitgefühl mit diesem irrenden Bruder.

»Dann lebt also doch noch ein Mensch in dieser Hölle«, sagte er. Die beiden unglücklichen Männer wechselten einen Händedruck; dann erhob sich North und verließ rasch, mit abgewandtem Gesicht, die Zelle. Rufus Dawes betrachtete seine Hand, die der sonderbare Besucher umklammert hatte, und er sah darauf etwas Glitzerndes – eine Träne. Bei diesem Anblick brach er zusammen, und als die Wärter kamen, um den ungebärdigen Sträfling zu holen, fanden sie ihn in einer Ecke knien und wie ein Kind schluchzen.

KAPITEL 16
Einer, der wider den Stachel löckt

Am folgenden Morgen begab sich Reverend North an Bord des Schoners, um nach Hobart Town zu fahren. Die Ereignisse des Vortages hatten eine breite Kluft zwischen dem unbequemen Kaplan und dem Kommandanten aufgerissen. Burgess wußte, daß North die Absicht hatte, Kirklands Tod zu melden, und daß er nicht verfehlen würde, mit denjenigen Leuten in Hobart Town zu sprechen, die seine Geschichte bereitwilligst weitererzählen würden. »Verdammt unangenehm, die ganze Sache«, brummte der Kommandant. »Wenn der Kerl nicht gestorben wäre, hätte kein Hahn danach gekräht.« Eine unheilvolle Wahrheit. Was North betraf, so tröstete er sich mit dem Gedanken, daß die Nachricht von dem gewaltsamen Tode des Sträflings Empörung auslösen und eine gerichtliche Untersuchung zur Folge haben werde. Die Wahrheit muß ja ans Licht kommen, sowie sie der Sache nachgehen, dachte er. Ahnungsloser North! Seit vier Jahren stand er im Dienste der Regierung, und noch immer war er nicht dahintergekommen, wie die Behörden in solchen Fällen »der Sache nachgingen«. Kirklands zerfleischter Leib würde schon längst den Würmern zum Fraß gefallen sein, ehe die Tinte auf dem letzten Beratungsprotokoll getrocknet war.

Burgess, der den Vorfall lediglich aus eigensüchtigen Motiven bedauerte, entschloß sich, dem Pfarrer zuvorzukommen und als erster an die Behörde zu appellieren. Das Schiff, mit dem sein Feind reiste, sollte auch den offiziellen Bericht des Kommandanten an den Gouverneur mitnehmen.

Am Abend von Kirklands Todestag war Meekin an dem Schuppen vorübergekommen, in dem die Leiche lag. Troke schleppte Eimer mit dunkelrotgefärbtem Wasser hinaus, und drinnen schien eifrig gescheuert zu werden.

»Was ist denn hier los?« fragte der Geistliche.

»Der Doktor hat den Gefangenen seziert, den wir heute morgen ausgepeitscht haben, Sir«, erwiderte Troke. »Wir sind gerade beim Saubermachen.«

Meekin wandte sich angeekelt ab und ging weiter. Er hatte gehört, Kirkland sei – was niemand gewußt habe – herzkrank gewesen und unglücklicherweise gestorben, ehe man ihm die volle Strafe verabfolgen konnte. Seine Pflicht als Geistlicher war es, Kirklands Seele zu trösten; mit dem widerlich verstümmelten Leichnam hatte er nichts zu tun. So lenkte er denn seine Schritte zum Pier und hoffte, die frische Brise werde das Ekelgefühl vertreiben. Auf dem Pier sah er North im Gespräch mit Pater Flaherty, dem katholischen Kaplan. Meekin, für den auf Grund seiner Erziehung ein katholischer Priester das war, was für einen Schäfer ein Wolf ist, begnügte sich mit einem kühlen Gruß. Die beiden unterhielten sich anscheinend über den Vorfall am Morgen, denn als Meekin näher kam, zuckte Pater Flaherty gerade mit den runden Schultern und sagte: »Er gehörte nicht zu meinen Schutzbefohlenen, Mr. North, und die Regierung duldet nicht, daß ich mich in Angelegenheiten einmische, die protestantische Gefangene betreffen.« Der Ärmste war also Protestant, dachte Meekin. Nun, dann ist seine unsterbliche Seele wenigstens nicht durch den Irrglauben an die verdammenswerten Ketzereien der katholischen Kirche gefährdet. Er war ängstlich darauf bedacht, einen großen Bogen um den gutmütigen Denis Flaherty, den Sohn eines Butterhändlers aus Kildrum, zu machen, als fürchte er, der Ire werde ihm unversehens den Weg vertreten und ihn mit jesuitischen Spitzfindigkeiten und geschmeidiger Beredsamkeit gewaltsam zu seinem Irrglauben bekehren – man wußte ja, was bei diesen geistigen Gladiatoren des katholischen Glaubens Brauch war. North dagegen trennte sich ungern von Flaherty. Er hatte manche unterhaltsame Stunde mit ihm verbracht und wußte, daß der Pater zwar pedantisch und sehr gewissenhaft, aber keineswegs ohne Humor war. Für Flaherty war Gott weder in seinem Bauch noch in seinem Brevier verkörpert; er suchte ihn bald an diesem, bald an jenem Ort, je nach der Tageszeit und den zur Kasteiung des Fleisches vorgeschriebenen Fasten. Ein Mann, der in eine Pfarrgemeinde gehört, wo alles seinen gewohnten Gang geht oder wo die Menschen zu gut leben, um große Sünden zu begehen, der aber gänzlich ungeeignet ist, den Satan in den Strafkolonien der britischen Regierung zu bekämpfen. Dieses halb traurige, halb satirische Urteil fällte North über Pater Flaherty, während sich der schnellsegelnde Schoner von dem zu unbestimmter Schönheit verblassenden Port Arthur entfernte. »Gott helfe diesen armen Schurken, denn Pfarrer oder Priester vermögen es nicht«, murmelte er vor sich hin.

Er hatte recht. Im Gegensatz zu North, dem Trinker, dem von Gewissensqualen Gemarterten, waren Meekin und der andere nicht in der Lage, Gutes zu bewirken. Sie waren nicht nur unzulängliche und selbstzufriedene Menschen, sie wußten auch nichts von jener schrecklichen Leidensfähigkeit, die tief in der Seele eines jeden Missetäters schlummert. Sie mochten dem Felsen mit der schärfsten Spitzhacke aus der Werkstatt des verbürgten Evangeliums zu Leibe gehen, mit Werkzeugen, deren Gebrauch die Heiligen aller Zeiten empfohlen hatten, und doch konnten sie ihm nicht das Wasser der Reue und der Gewissensnot entlocken. Es fehlte ihnen der zerbrechliche Stab, der allein die erlösende Macht hatte: Sie besaßen kein Mitgefühl, kein Wissen, keine Erfahrung. Wer die Herzen der Menschen anrühren will, der muß zuvor sein eigenes Herz ausbrennen lassen. Von jeher sind die Missionare der Menschheit große Sünder gewesen, ehe sie das göttliche Recht erwarben, zu heilen und zu segnen. Aus ihrer Schwäche erwuchs ihnen ihre Stärke, und aus ihrer eigenen Seelenqual kam ihnen das Wissen, das sie zu Lehrern und Helfern ihrer Mitmenschen werden ließ. Die Qual im Garten von Gethsemane und am Kreuz gab dem Heiland der Welt die Kraft, Sein Königreich in den Herzen der Menschen aufzurichten. Die göttliche Krone ist eine Dornenkrone.

Unmittelbar nach seiner Ankunft begab sich North zu Major Vickers. »Ich habe eine Beschwerde vorzubringen, Sir. Ich möchte bei Ihnen in aller Form Anzeige erstatten. In Port Arthur wurde ein Gefangener zu Tode geprügelt. Ich war Zeuge der Tat.«

Vickers runzelte die Stirn. »Eine schwere Beschuldigung, Mr. North. Ich muß sie selbstverständlich mit gebührender Aufmerksamkeit zur Kenntnis nehmen, da sie von Ihnen kommt; aber ich hoffe, Sie haben sich die Sache gut überlegt. Hauptmann Burgess gilt meines Wissens als sehr human.«

North schüttelte den Kopf. Er wollte Burgess nicht anklagen. Die Tatsachen sollten für sich sprechen.

»Ich verlange nur eine Untersuchung des Falles«, sagte er.

»Ja, mein Verehrtester, ich weiß. Sie können natürlich nicht anders handeln, wenn Sie meinen, daß irgendein Unrecht geschehen ist. Aber haben Sie sich auch überlegt, welche Unkosten und Verzögerungen dadurch entstehen, wieviel Aufregung und Unzufriedenheit die Sache nach sich ziehen wird?«

»Keine Aufregung, keine Unkosten und keine Unzufriedenheit sollten uns abhalten, für Menschlichkeit und Gerechtigkeit einzutreten«, rief North.

»Gewiß nicht. Aber was heißt hier Gerechtigkeit? Sind Sie sicher, daß Sie Beweise erbringen können? Es liegt mir fern, Hauptmann Burgess zu verdächtigen, den ich als ehrenwerten Mann und diensteifrigen Offizier kenne und schätze; aber nehmen wir einmal an, Ihre Anklage bestünde tatsächlich zu Recht — können Sie sie auch beweisen?«

»Ja. Vorausgesetzt, daß die Zeugen die Wahrheit sagen.«

»Wer sind die Zeugen?«

»Ich selbst, Doktor Macklewain, der Konstabler und zwei Gefangene, von denen einer ebenfalls ausgepeitscht wurde. Ich denke, der wird bestimmt die Wahrheit sagen. Zu den anderen habe ich nicht viel Vertrauen.«

»Nun gut, dann bleiben also nur ein Gefangener und Doktor Macklewain; denn der Konstabler wird — falls etwas faul an der Sache war — wohl kaum seinen Vorgesetzten beschuldigen. Übrigens ist der Doktor nicht Ihrer Meinung.«

»Nein?« rief North, aufs höchste erstaunt.

»Nein. Sie sehen also, mein Lieber, man darf solche Dinge nie übereilen. Mir scheint — verzeihen Sie meine Offenheit —, daß Ihr gutes Herz Sie irregeleitet hat. Ich habe soeben von Hauptmann Burgess einen ausführlichen Bericht über den Vorfall erhalten. Er schreibt, daß der Gefangene wegen grober Unverschämtheit und Insubordination zu hundert Peitschenhieben verurteilt wurde und daß der Doktor bei der Vollstreckung der Strafe zugegen war. Er schreibt ferner, daß er nach sechsundfünfzig Hieben den Delinquenten losbinden ließ, daß der Mann wenig später tot aufgefunden wurde und daß der Arzt bei der Obduktion ein Herzleiden festgestellt hat.«

North fuhr auf. »Eine Obduktion? Davon weiß ich nichts.«

»Überzeugen Sie sich selbst«, sagte Vickers. »Hier ist das ärztliche Gutachten nebst der Aussage des Konstablers und einem Brief des Kommandanten.«

Der arme North nahm die Papiere und las sie langsam durch. Wie es schien, hatte alles seine Richtigkeit. Todesursache: Aneurysma des Anfangsteiles der Aorta. Der Arzt gab offen zu, daß er nicht mehr als fünfundzwanzig Peitschenhiebe gestattet hätte, wenn ihm das schwere Herzleiden des Verstorbenen bekannt gewesen wäre.

»Ich halte Macklewain für einen ehrlichen Menschen«, sagte North unsicher. »Er gibt sich gewiß nicht dazu her, falsche Bescheinigungen auszustellen. Andererseits – wenn ich die Umstände des Falles bedenke, die schrecklichen Lebensbedingungen der Gefangenen, die furchtbaren Erlebnisse dieses Jungen...«

»Auf diese Fragen kann ich nicht eingehen, Mr. North. Mein Amt ist es, das Gesetz nach bestem Wissen und Gewissen zu handhaben, aber nicht, an ihm zu zweifeln.«

North senkte den Kopf bei dieser Zurechtweisung. Irgendwie fühlte er, daß er sie verdient hatte. »Ich habe nichts mehr hinzuzufügen, Sir. Vermutlich werde ich in dieser Sache ebensowenig erreichen wie früher bei anderen Vorfällen. Ich sehe ein, daß alles gegen mich spricht. Trotzdem bin ich verpflichtet, meine Bemühungen fortzusetzen, soweit ich kann, und das werde ich tun.«

Vickers verbeugte sich steif und wünschte ihm einen guten Morgen. So entgegenkommend Vorgesetzte im Privatleben auch sein mögen, im Dienst haben sie eine natürliche Abneigung gegen Unzufriedene, die darauf bestehen, Untersuchungen bis zum Äußersten zu treiben.

North war sehr niedergeschlagen, als er den Major verließ. Im Flur begegnete er einer schönen jungen Dame. Es war Sylvia, die ihren Vater besuchen wollte. Er lüftete den Hut und blickte ihr nach. Das mußte die Tochter des Mannes sein, von dem er kam – die Frau dieses Hauptmanns Frere, über den er soviel gehört hatte. North war ein Mensch, dessen krankhaft erregtes Gehirn ihm oft seltsame Bilder vorgaukelte, und auch jetzt schien ihm, daß in den klaren blauen Augen, die ihn flüchtig gestreift hatten, eine Ahnung künftigen Leides liege und daß er unbegreiflicherweise daran beteiligt sei. Er starrte der schlanken Gestalt nach, und als die zierliche junge Frau mit den schmucken Stiefelchen, der modisch enggeschnürten Taille und den eleganten Handschuhen längst seinen Blicken entschwunden war, sah er im Geist noch immer jene blauen Augen und die Flut goldenen Haares.

KAPITEL 17
Hauptmann Frere und Frau

Sylvia war Maurice Freres Frau geworden. Die Hochzeit hatte in der Strafkolonie einiges Aufsehen erregt, denn wenn sich auch Maurice Frere, wie es bei Männern seines Schlages oft der Fall ist, insgeheim schämte, in aller Öffentlichkeit in den Stand der Ehe zu treten, so konnte er doch – angesichts der Tatsache, wie überaus günstig diese »reiche« Heirat für ihn war – nicht gut eine Trauung in aller Stille fordern. Die Hochzeit wurde also mit allem gebührenden Pomp, mit Ball und Galadiner gefeiert, und da sich die Neuvermählten nicht, wie es in England Sitte ist, schamhaft auf den Kontinent oder nach Schottland zurückziehen konnten, fuhren die beiden durch den goldenen Nachmittag zur nächstgelegenen Farm des Majors, wo sie vierzehn Tage verbringen wollten, ehe sie sich nach Sydney einschifften.

Major Vickers war dem Mann, den er für den Retter seines Kindes hielt, aufrichtig zugetan, aber er wünschte nicht, daß Frere von Sylvias Geld lebte. Er hatte daher seiner Tochter und ihren zu erwartenden Kindern die Summe von zehntausend Pfund ausgesetzt und seinem Schwiegersohn erklärt, er erwarte von ihm, daß er seinen Lebensunterhalt aus eigenem verdiene. Nach vielem Hin und Her hatte sich das junge Paar darauf geeinigt, daß Maurice die Uniform ausziehen und einen Posten in der Zivilverwaltung in Sydney übernehmen sollte. Dieser Vorschlag war von Frere ausgegangen. Er fragte nicht viel nach dem Militärdienst und hatte obendrein beträchtliche Schulden. Wenn er sein Offizierspatent verkaufte, konnte er sämtliche Schulden bezahlen und sich um irgendeinen gutbezahlten Posten bei der Kolonialregierung bewerben, den ihm sein Ruf als Experte in Sträflingsfragen und die Fürsprache seines Schwiegervaters ohne weiteres verschaffen würden.

Vickers hätte seine Tochter gern bei sich behalten, aber schließlich stimmte er ihrem Vorhaben selbstlos zu, besonders da er Frere recht geben mußte, der behauptete, es werde Sylvia guttun, in Sydney mit netten Menschen zu verkehren.

»Du kannst uns doch besuchen, sobald wir unser Heim eingerichtet haben, Papa«, sagte sie mit dem Stolz einer Neuvermählten. »Und wir werden dich natürlich auch besuchen. Hobart Town ist ja sehr hübsch, aber ich möchte endlich etwas von der Welt sehen.«

»Dann wäre London genau das Richtige für dich, Schatz«, sagte Maurice. »Hab ich nicht recht, Sir?«

»Oh, London!« rief Sylvia und klatschte in die Hände. »Westminster Abbey und der Tower und St. James' Palace und Hyde Park und Fleetstreet! ›Sir‹, sagte Doktor Johnson, ›machen wir einen Spaziergang durch die Fleetstreet!‹ So stand es in Crokers Buch, erinnerst du dich noch, Maurice? Nein, natürlich nicht, denn du hast dir ja nur die Bilder angesehen und dann Pierce Egans Bericht über den Boxkampf zwischen Bob Gaynor und Ned Neal, oder wie der Bursche heißt, gelesen.«

»Kleine Mädchen soll man sehen, aber nicht hören«, sagte Maurice lachend. »Laß lieber die Finger von meinen Büchern.«

»Aber warum denn?« fragte sie mit einer Heiterkeit, die ein wenig gezwungen wirkte. »Eheleute dürfen keine Geheimnisse voreinander haben, mein Lieber. Du sollst ja auch meine Bücher kennenlernen. Ich werde dir Shelley vorlesen.«

»Tu's nicht, Liebling«, sagte Maurice ohne Umschweife, »den verstehe ich doch nicht.«

Diese kleine Szene spielte sich beim Abendessen in Freres Häuschen in der New Town Road ab. Major Vickers war eingeladen worden, weil die jungen Leute ihre Zukunftspläne mit ihm besprechen wollten.

»Ich mag nicht nach Port Arthur fahren«, sagte Sylvia später am Abend. »Wir können doch bestimmt auf diese Reise verzichten, Maurice.«

»Ich möchte mir den Ort aber mal ansehn«, entgegnete Frere. »Du weißt, daß ich Wert darauf lege, mich mit allen Phasen des Strafsystems vertraut zu machen.«

»Wahrscheinlich wird ohnehin ein Bericht über den Tod eines Gefangenen angefordert werden«, sagte Vickers. »Der Kaplan — ein Schwätzer, aber er meint's gut — hat eine Eingabe gemacht. Du könntest die Sache bei der Gelegenheit gleich erledigen, Maurice.«

»Gut, dann spare ich wenigstens die Reisekosten«, sagte Frere.

»Aber es ist dort so traurig«, wandte Sylvia ein.

»Der reizvollste Ort auf der ganzen Insel, Liebling. Ich war schon mal ein paar Tage in Port Arthur und fand es entzückend.«

Vickers dachte im stillen, es sei erstaunlich, wie jeder der beiden Partner etwas von der Ausdrucksweise des anderen angenommen hatte. Sylvia wählte ihre Worte jetzt weniger sorgfältig, und bei Frere war es umgekehrt.

Der Major fragte sich unwillkürlich, welche der beiden Methoden wohl schließlich den Sieg davontragen würde.

»Aber die Hunde, die Haifische und alles andere. Oh, Maurice, ich hoffte, wir wären endlich mit den Sträflingen fertig.«

»Fertig? Im Gegenteil, an denen will ich ja gerade meinen Lebensunterhalt verdienen«, antwortete Maurice mit größter Unbefangenheit.

Sylvia seufzte.

»Spiel uns etwas vor, Liebling«, bat ihr Vater.

Sie setzte sich ans Klavier und trällerte und schmetterte mit ihrer reinen jungen Stimme, bis die ganze Port-Arthur-Frage auf den Wogen der Melodie fortschwamm.

An diesem Abend sprachen sie nicht mehr darüber; aber als Sylvia später einen neuen Vorstoß unternahm, mußte sie erkennen, daß ihr Mann unnachgiebig war. Er wollte fahren, und er würde fahren. Hatte er sich erst einmal überzeugt, daß es vorteilhaft für ihn war, eine bestimmte Sache zu tun, so trieb ihn sein angeborener Starrsinn, sich allen Widerständen zum Trotz durchzusetzen. Sylvia bekam wegen dieser Reise einen Weinkrampf; aber dann gab sie nach und beeilte sich, die erste Meinungsverschiedenheit in ihrer jungen Ehe beizulegen. Ihre Befürchtungen und Zweifel schmolzen im hellen Sonnenschein der Liebe und Ehe wie Nebel dahin — denn Maurice liebte sie anfangs wirklich, und die Liebe verhüllte nicht nur seine schlechten Eigenschaften, sie schenkte ihm auch wie allen Liebenden jene selbstlose Sanftmut, die das einzige Kennzeichen, die einzige Gewißheit einer sich über das Animalische erhebenden Liebe ist. Aus dem jungen Mädchen mit der leidenschaftlichen Phantasie, das von einem so ehrlichen und edlen Streben beseelt war, auf dessen kindlichem Gemüt aber noch immer die dunklen Schatten der seelischen Krankheit lasteten, hatte die Ehe eine Frau gemacht, die ihr ganzes Vertrauen und ihren Stolz auf den Mann setzte, dem sie sich freiwillig geschenkt hatte. Doch mit der Zeit wurde gerade dieses Gefühl zu einer neuen und eigenartigen Quelle der Angst. Sie hatte sich in ihre Stellung als Ehefrau gefunden, sie hatte alle Zweifel an ihrer Fähigkeit, den Mann zu lieben, dem sie gehörte, beiseite geschoben, aber nun wurde sie immer öfter von dem furchtbaren Gedanken gepeinigt, daß ihre Liebe zu Maurice durch seine Schuld beeinträchtigt werden könnte. Schon mehrmals hatte sie sich widerwillig eingestehen müssen, daß ihr Mann unglaublich egoistisch war. Er verlangte zwar keine großen Opfer von ihr — in diesem Falle hätte sie seine Wünsche vermutlich mit jener Freude erfüllt, die Frauen ihrer Art in einer solchen Selbstdemütigung finden —, aber hin und wieder verletzte er sie durch die Rücksichtslosigkeit, die nun einmal ein

Teil seines Charakters war. Er hatte sie gern, ja für ihren Geschmack liebte er sie fast zu leidenschaftlich, aber er war nicht gewohnt, sich anzupassen, am wenigsten in jenen scheinbaren Kleinigkeiten, denen wahre Selbstlosigkeit stets Achtung zollt. Wollte sie lesen, wenn er spazierenzugehen wünschte, so nahm er ihr mit einem Scherz das Buch aus der Hand, in der selbstverständlichen Voraussetzung, daß ein Spaziergang mit ihm die erfreulichste Sache von der Welt sei. Wollte sie spazierengehen, wenn er zu ruhen wünschte, so erklärte er lachend, seine Faulheit sei ein hinreichender Grund, daß auch sie zu Hause bleibe. Er gab sich nicht die mindeste Mühe, seine Teilnahmslosigkeit zu verbergen, wenn sie aus einem ihrer Lieblingsbücher vorlas. Wurde er müde, so ging er ohne ein Wort der Entschuldigung schlafen, auch wenn sie gerade sang oder Klavier spielte. Sprach sie über Dinge, die ihn nicht interessierten, so redete er einfach von etwas anderem. Er beleidigte sie gewiß nicht absichtlich; er fand es eben selbstverständlich, zu gähnen, wenn er sich langweilte, zu schlafen, wenn er müde war, und nur solche Themen anzuschneiden, die ihn interessierten. Hätte ihn jemand einen Egoisten genannt, er wäre höchst erstaunt gewesen. Und so machte denn Sylvia eines Tages die Entdeckung, daß sie zwei Leben führte – ein körperliches und ein geistiges – und daß ihr Mann an ihrer geistigen Existenz nicht teilhatte. Wie kann ich denn auch erwarten, daß Maurice Sinn für meine albernen Einfälle hat, sagte sie sich. Und trotz des beunruhigenden Gedankens, diese Einfälle seien vielleicht gar nicht so töricht, sondern vielmehr der beste und hellste Teil ihres Ichs, gelang es ihr, das Unbehagen zu überwinden. Ein Mann geht eben andere Wege als eine Frau, tröstete sie sich; er hat seine Arbeit und seine Sorgen, von denen eine Frau nichts versteht. Ich muß ihn aufmuntern, ich darf ihm mit meinen Torheiten nicht lästig fallen.

Was Maurice betraf, so war er mitunter ziemlich ratlos. Er konnte seine Frau nicht verstehen. Ihre Natur war ihm ein Rätsel, ihre Seele kam ihm wie ein Puzzlespiel vor, das sich nicht in die rechtwinklige Korrektheit des Alltags fügen wollte. Er kannte sie seit ihrer Kindheit, er liebte sie seit ihrer Kindheit, und um sie zu erringen, hatte er ein gemeines und grausames Verbrechen begangen. Aber nun, da er sie erobert hatte, war er ihrem Geheimnis nicht näher als zuvor. Er bildete sich ein, sie sei ganz sein eigen. Ihr goldblondes Haar war nur für seine liebkosenden Finger da, ihr Mund nur für seine Küsse, ihre Augen blickten ihn allein liebevoll an. Und doch geschah es zuzeiten, daß ihre Lippen kalt blieben bei seinen Küssen und ihre Augen Verachtung für seine ungezügelte Leidenschaft bezeigten. Er ertappte sie dabei, daß sie sich in Grübeleien verlor, während er mit ihr sprach, genau wie sie ihn beim Schlafen ertappte, wenn sie ihm vorlas. (Sie fuhr dann allerdings erschrocken hoch und schämte sich ihrer Geistesabwesenheit, was bei ihm nie der Fall war.) Maurice war nicht der Mensch, der lange über solche Dinge nachdachte; er brütete eine Weile bei einer Pfeife Tabak vor sich hin, kratzte sich den Kopf, und wenn das alles nichts half, gab er es auf. Wie sollte er auch das Rätsel ihrer Seele lösen, wenn ihm sogar ihr Körper Rätsel aufgab? Er vermochte es nicht zu fassen, daß aus dem Kind, das er hatte aufwachsen sehen, eine junge Frau geworden war, deren kleine Geheimnisse sich ihm jetzt zum erstenmal offenbarten. So stellte er zum Beispiel fest, daß sie ein Muttermal am Halse hatte. Gewiß, er hatte es auch an dem Kind Sylvia bemerkt; aber damals war es ohne Bedeutung gewesen, heute dagegen eine wunderbare Entdeckung. Täglich staunte er von neuem über den Schatz, den er erobert hatte. Er bewunderte ihr weibliches Geschick, sich geschmackvoll zu kleiden und herauszuputzen. Ihm schien, daß ihre eleganten Kleider den Duft der Heiligkeit ausströmten.

Mit einem Wort: Sarah Purfoys Gönner war in seinem Leben nicht vielen tugendhaften Frauen begegnet, und so hatte er erst jetzt entdeckt, was für ein Leckerbissen die Sittsamkeit war.

KAPITEL 18
Im Hospital

Das Hospital von Port Arthur war kein angenehmer Aufenthaltsort, aber dem gefolterten, entkräfteten Rufus Dawes erschien es wie ein Paradies. Mochten ihn seine Wärter auch grob und verächtlich behandeln – er durfte sich wenigstens als Mensch fühlen, er war frei von der erzwungenen Gemeinschaft mit Männern, die er verabscheute und die ihn täglich, wie er mit unaussprechlicher Seelenqual spürte, tiefer in ihren Schmutz herabzogen. In all den Jahren der Knechtschaft hatte er sich, geschützt durch die Erinnerung an sein Opfer und seine Liebe, ein Restchen Selbstachtung bewahrt; doch er wußte, daß er selbst das nicht mehr lange bewahren konnte. Allmählich war er dahin gelangt, sich als einen aus dem Reich der Liebe und Barmherzigkeit Ausgestoßenen zu betrachten, als einen vom Schicksal Gemarterten, der in seinem tiefen Abgrund dem Auge des Himmels verborgen war. Seit jenem schrecklichen Abend im Garten in Hobart Town hatte er seiner Wut und seiner Verzweiflung die Zügel schießen lassen. »Sie hat mich vergessen, oder sie verachtet mich, ich habe keinen Namen in der Welt; was tut es, wenn ich wie einer von diesen werde?« Aus diesem Gefühl heraus hatte er Hauptmann Burgess gehorcht und zur Peitsche gegriffen. Wie der unglückselige Kirkland gesagt hatte: »Ob du es nun bist oder ein anderer.« Und in der Tat, wer war er denn, daß er an Ehre oder Menschlichkeit denken durfte? Dennoch hatte er seine Fähigkeit, Böses zu tun, überschätzt. Er war schamrot geworden, als er Kirkland schlug; und als er die Katze fortwarf und seinen eigenen Rücken zur Züchtigung entblößte, da durchströmte ihn eine ungestüme Freude bei dem Gedanken, daß er nun seine Gemeinheit mit seinem Blut sühnen würde. Selbst als er sich, von den gräßlichen Qualen zu Tode erschöpft, in seiner Zelle auf die Knie warf, bereute er nur die ohnmächtigen Flüche, die ihm die Folter entlockt hatte. Am liebsten hätte er sich die Zunge abgebissen wegen seiner lästerlichen Reden – nicht weil sie lästerlich waren, sondern weil sie seine Qual offenbart hatten und damit seinen Peinigern den erhofften Triumph verschafften. North hatte ihn in der tiefsten Tiefe seiner Erniedrigung gefunden, und wenn der Sträfling seinen Tröster zurückstieß, dann nicht so sehr, weil North gesehen hatte, wie er ausgepeitscht wurde, als weil er ihn hatte schreien hören. Das Selbstvertrauen und die Willenskraft, die Rufus Dawes bislang während der freiwillig auferlegten Prüfung gestützt hatten, verließen ihn gerade in dem Augenblick, da er sie am nötigsten brauchte. Der Mann, der unerschütterlich dem Galgen, der Einöde und dem Meer getrotzt hatte, unterlag der körperlichen Marter der Peitsche und bekannte laut seine geschändete Menschenwürde. Er war schon früher ausgepeitscht worden und hatte insgeheim über die Demütigung geweint; das ganze schreckliche Ausmaß dieser Demütigung aber begriff er zum erstenmal jetzt, als er erkannte, daß die Qual des gepeinigten Leibes die Seele zwingen kann, ihre letzte armselige Zuflucht, die vorgebliche Gleichgültigkeit, zu verlassen und sich geschlagen zu geben.

Vor einigen Monaten hatte ein Kettensträfling, der die »Milde und Barmherzigkeit« des Kommandanten nicht länger zu ertragen vermochte, seinen Nebenmann während der Arbeit getötet, ihn auf dem Rücken ins Lager geschleppt und sich selbst gestellt. Der Mörder ging freudig in den Tod und dankte Gott, daß er endlich dem Elend entfliehen konnte – wenn auch auf einem Wege, um den ihn niemand außer seinen Kameraden beneiden würde. Damals war Dawes über diese Bluttat entsetzt gewesen. Er und auch andere hatten den Feigling verurteilt, der sich auf diese Weise um die Verantwortung für sein Leben drücken wollte, das ihm nach dem Gefallen der Menschen und des Teufels auferlegt worden war. Jetzt verstand er, wie und warum es zu diesem Verbrechen gekommen war, und er fühlte nur noch Mitleid. Schlaflos lag er auf der Pritsche, sein Rücken brannte unter dem kampferdurchtränkten Verband, und in der atmenden Stille des Hospitals, den Blick auf die flackernde Kerze gerichtet, schwor er in seinem Herzen einen furchtbaren Eid, daß er eher sterben als seinen Feinden noch einmal zu so gräßlicher Belustigung dienen werde. Der Sturm seiner Leidenschaft hatte nun auch die letzten Reste von Ehrgefühl und Selbstachtung fortgeblasen, und in dieser Gemütsverfassung besann sich Rufus Dawes auf jenen sonderbaren Menschen, der ihn eines Händedrucks gewürdigt und ihn Bruder genannt hatte. Dieser unerwartete Freundschaftsbeweis eines Menschen, den er für ebenso hartherzig gehalten hatte wie alle übrigen, hatte ihm Tränen entlockt, deren er sich nicht zu schämen brauchte. In einem Augenblick, da er seine eigene Schwäche als bittere Schande empfand, war er durch das Schwächebekenntnis eines anderen wundersam angerührt worden. Inzwischen hatte er sich in diesen vierzehn Tagen der Abgeschiedenheit so weit beruhigt, daß sich seine Gedanken, wenn auch nur zögernd und tastend, der Religion zuwandten. Einst hatte er von Märtyrern gelesen, denen allein ihr Gottvertrauen die Kraft gab, unvorstellbare Qualen zu erdulden. In seiner stürmischen Jugend hatte er über Gebete und Priester gespottet, in späteren Jahren war mit dem wilden Haß auch die Verachtung für einen Glauben in ihm gewachsen, der den Menschen gebot, einander zu lieben. »Gott ist die Liebe, meine Brüder«, verkündete der Kaplan an den Sonntagen; in der Woche aber knallte die Peitsche des Aufsehers, pfiff und zischte die Katze. Was nützt eine Frömmigkeit, die bloßes Lippenbekenntnis blieb? Es war nicht schwer für den »religiösen Berater«, einem Gefangenen zu sagen, er dürfe nicht den bösen Leidenschaften stattgeben, sondern müsse seine Strafe in Demut ertragen. Es war gewiß richtig, daß er ihm riet, »sein Vertrauen auf Gott zu setzen«. Aber wie hatte doch jener hartgesottene Gefangene gesagt, der wegen Trunkenheit in einem Bordell verurteilt worden war? »Gott ist schrecklich weit weg von Port Arthur.«

Rufus Dawes hatte gelächelt, wenn er sah, daß die Priester einer Lüge, eines geringfügigen Diebstahls wegen Männer zur Reue ermahnten, die wußten, was *er* wußte, und die gesehen hatten, was *er* gesehen hatte. Er war der Meinung gewesen, alle Priester seien Betrüger oder Narren, jede Religion sei Lug und Trug. Nun aber, da er erkannte, daß seine eigene Kraft der rauhen Prüfung körperlichen Schmerzes nicht standgehalten hatte, nun kam ihm der Gedanke, diese Religion, über die so viel gesprochen wurde, sei vielleicht doch keine bloße Sammlung von Legenden und Vorschriften, sondern etwas Lebendiges und Tröstendes. An Leib und Seele gebrochen, in seinem Glauben an den eigenen Willen erschüttert, sehnte er sich nach einer Stütze und wandte sich – wie wir es alle in einer solchen Lage tun – dem Unbekannten zu. Wäre irgendein christlicher

Priester, ja nur ein gottesfürchtiger Mann, ganz gleich welchen Glaubensbekenntnisses, zugegen gewesen, der ihm Worte des Trostes und der Gnade gespendet, ihm das Gewand düsterer Verzweiflung, in das er sich gehüllt, vom Leibe gerissen, ihm ein Bekenntnis seiner Unwürdigkeit, seines Starrsinns und seines Vorurteils entlockt und seine umdüsterte Seele mit dem Versprechen der Unsterblichkeit und Gerechtigkeit erhellt hätte, so wäre er vielleicht seinem Schicksal entgangen. Aber wo war dieser Mann? North führte einen erbitterten Kampf gegen die Bürokratie der Sträflingsverwaltung; er wollte Kirkland rächen, wurde jedoch das Opfer kaltschnäuziger Federfuchser, die ihn von Pontius zu Pilatus schickten, ihn hier kurz abfertigten und dort zur Tür hinauskomplimentierten. Rufus Dawes verlangte nach dem Kaplan; er wartete einen langen Vormittag, er schämte sich seiner Bitte, und dann sah er, wie sich die Tür seiner Zelle öffnete, wie man respektvoll den Seelenarzt hineinführte – Meekin.

KAPITEL 19
Die Tröstungen der Religion

»Nun, mein Sohn«, begann Meekin mit sanfter Stimme. »Sie wollten mich sprechen?«

»Ich habe nach dem Kaplan verlangt«, sagte Rufus Dawes, dessen Zorn auf sich selbst immer heftiger wurde.

»Der Kaplan bin ich«, erwiderte Meekin würdevoll, und das hieß soviel wie: Hier steht kein North, der trinkt und eine schwarze Halsbinde trägt, sondern ein ehrenwerter Kaplan, der sich der Freundschaft eines Bischofs erfreut!

»Ich dachte, Mr. North...«

»Mr. North hat uns verlassen, mein Lieber«, sagte Meekin trocken. »Aber ich werde mir anhören, was Sie zu sagen haben. Bleiben Sie in der Nähe, Konstabler, warten Sie vor der Tür.«

Rufus Dawes drehte sich auf der Holzpritsche um, so daß er den kaum geheilten Rücken an die Wand lehnen konnte. Er lächelte bitter.

»Keine Bange, Sir, ich tue Ihnen nichts«, sagte er. »Ich wollte mich nur ein bißchen unterhalten.«

Meekin antwortete mit einer Frage.

»Lesen Sie die Bibel, Dawes?« erkundigte er sich. »Mir scheint, es wäre Ihnen dienlicher, die Bibel zu lesen, als sich zu unterhalten. Sie müssen sich im Gebet demütigen, Dawes.«

»Ich habe sie gelesen«, sagte Dawes, noch immer in dieser halb sitzenden, halb liegenden Stellung.

»Aber haben die Lehren der Heiligen Schrift Ihre Seele angerührt? Sind Sie sich der unendlichen Gnade Gottes bewußt geworden, der selbst mit den größten Sündern Erbarmen hat?«

Der Sträfling machte eine ungeduldige Kopfbewegung. Wieder dieses Geschwätz, das in seiner Verlogenheit ebenso ekelhaft wie fruchtlos war. Er bat um Brot, und wie üblich reichte man ihm einen Stein. »Glauben Sie, daß es einen Gott gibt, Mr. Meekin?«

»Verworfener Sünder! Wollen Sie einen Geistlichen beleidigen?«

»Ich frage nur, weil ich manchmal denke, wenn es einen Gott gibt, muß ihn doch vieles, was hier geschieht, sehr erzürnen«, sagte Dawes halb zu sich selbst.

»Ich dulde keine aufrührerischen Bemerkungen, Gefangener«, rief Meekin empört. »Hüten Sie sich, Ihren Verbrechen noch das der Gotteslästerung hinzuzufügen. Ich fürchte, in Ihrer augenblicklichen Gemütsverfassung ist jedes Gespräch mit Ihnen sinnlos. Ich werde in Ihrer Bibel einige Verse anstreichen, die mir für Ihre Lage passend erscheinen, und ich möchte Sie bitten, diese Ihrem Gedächtnis einzuprägen. Hailes, schließen Sie bitte auf.«

Mit einer leichten Verbeugung entfernte sich der »Tröster«.

Rufus Dawes blieb zurück, mutloser denn je. North war also fort. Der einzige Mensch, in dessen Brust ein Herz zu schlagen schien, war fort. Der einzige Mensch, der es gewagt hatte, seine schwielige, blutbefleckte Hand zu ergreifen und ihn Bruder zu nennen, war fort.

Er wandte den Kopf. Durch das weitgeöffnete, gitterlose Fenster – die Natur hatte dafür gesorgt, daß man in Port Arthur keine Gitter brauchte – sah er die liebliche Bucht, die spiegelglatt in der Nachmittagssonne glänzte, den langgestreckten Kai, auf dem Gruppen von Kettensträflingen bei der Arbeit hockten, er hörte das sanfte Murmeln der Wellen und das leise Rauschen der Bäume, das nie endende Klirren der Ketten und das ewige Pochen der Hämmer.

Sollte er für immer in dieser weißgetünchten Gruft begraben sein, verstoßen vom Angesicht des Himmels und der Menschheit?

Hailes' Erscheinen riß ihn aus seinen Träumereien.

»Hier ist ein Buch für dich«, sagte der Wächter grinsend. »Der Pfarrer schickt es.«

Rufus Dawes nahm die Bibel, legte sie auf seine Knie und schlug die Seiten auf, zwischen denen Lesezeichen steckten. Die drei oder vier schmalen Papierstreifen wiesen auf etwa zwanzig angestrichene Textstellen hin.

»Der Pfarrer sagt, er kommt morgen wieder und hört dich ab. Und du sollst das Buch sauberhalten.«

Das Buch sauberhalten! Ihn abhören! Wofür hielt ihn denn Meekin? Für einen Sonntagsschüler? Die Unfähigkeit des Kaplans, seine Nöte zu verstehen, war so überwältigend, daß Dawes fast aufgelacht hätte. Er wandte sich den Bibeltexten zu. Der würdige Meekin hatte in seiner grenzenlosen Dummheit die schärfsten Anklagen der alten Propheten ausgewählt. Die heftigsten Verwünschungen, mit denen der Psalmist seine Feinde überhäufte, die wütendsten Reden Jesaias gegen das abtrünnige Israel, die schrecklichsten Donnerworte der Apostel und Evangelisten gegen Götzendienerei und Unglauben hatte er zusammengestellt und Dawes zur Besänftigung gereicht. Aus dem Zusammenhang gerissen und somit aller Poesie und allen Lokalkolorits beraubt, wurden diese massiven Drohungen von Meekins unwissender Hand auf den leidenden Sünder geschleudert.

Der unglückliche Gefangene, der Trost und Frieden suchte, blätterte in der Bibel und fand nichts als die »Qualen der Hölle«, das »ewige Feuer«, den »brodelnden Schwefelpfuhl« und den »bodenlosen Abgrund«, aus dem in alle Ewigkeit der »Rauch seiner Pein« aufsteigen würde. Der ehrbare Pharisäer, der ihn hätte lehren sollen, daß die Menschheit durch Liebe erlöst werden wird, zeigte ihm nicht das Bild des barmherzigen Heilands, dessen Hände Trost spendeten, dessen Augen vor unauslöschlichem Mitleid überflossen, der am Kreuze starb, damit der Gedanke an eine so wunderbare Menschlichkeit den Sündern Hoffnung und Zuversicht gebe. Nein, er predigte nur das grausame Gesetz, dessen barbarische Macht mit dem sanften Nazarener auf Golgatha gestorben war.

Unversehens aller Hoffnungen beraubt, zutiefst entmutigt, ließ Rufus Dawes das Buch fallen. »Gibt es für mich denn nichts als Qual in dieser Welt und im Jenseits?« stöhnte er, und ein Schauder überlief ihn. Plötzlich suchten seine Augen seine rechte Hand und blieben auf ihr ruhen, als wäre es nicht seine eigene oder als ginge irgendeine geheime Kraft von ihr aus, die sie von seiner Linken unterschied. »*Er* hätte das gewiß nicht getan. *Er* hätte nie diese wilden Anklagen auf mich geschleudert, diese schrecklichen Drohungen, die von Hölle und Tod sprechen. *Er* nannte mich Bruder!« Von seltsamen, heftigen Gefühlen überwältigt, von Mitleid mit sich selbst, von Sehnsucht nach dem Menschen, der seine Freundschaft gesucht hatte, streichelte er die Hand, auf die North' Tränen gefallen waren, und wiegte sich ächzend hin und her.

Am nächsten Morgen fand Meekin seinen Zögling finsterer und abweisender denn je.

»Nun, haben Sie die Texte auswendig gelernt, mein Sohn?« fragte er in munterem Ton, fest entschlossen, sich nicht über sein widerspenstiges, schwer zu lenkendes Schäflein zu ärgern.

Rufus Dawes wies mit dem Fuß auf die Bibel, die noch immer auf der Erde lag. »Nein!«

»Nein? Und warum nicht?«

»Weil ich solche Worte nicht lernen will. Ich möchte sie lieber vergessen.«

»Vergessen? Mein Sohn, ich...«

Von jähem Zorn gepackt, sprang Rufus Dawes auf. Mit einer Gebärde, die trotz seiner erniedrigenden Ketten nicht der Würde ermangelte, deutete er auf die Tür und schrie: »Was wissen Sie denn von den Gefühlen eines Menschen wie ich? Verschwinden Sie mitsamt Ihrem Buch! Nicht an Sie habe ich gedacht, als ich nach einem Priester verlangte. Hinaus mit Ihnen!«

Meekin lebte zwar in dem Glauben, daß ihm ein Heiligenschein gebührte, aber in diesem Augenblick ließ ihn seine vornehme Gelassenheit im Stich. Mit einemmal waren alle zufälligen Unterschiede ausgelöscht. Mann stand gegen Mann, und die drohende Haltung des Sklaven und Sünders zwang den Priester und Herrn, den Rückzug anzutreten. Der geschmeidige Meekin hob seine Bibel auf und verschwand.

»Dieser Dawes ist äußerst unverschämt«, sagte der beleidigte Kaplan zu Hauptmann Burgess. »Heute war er ausgesprochen frech zu mir.«

»So?« sagte Burgess. »Wird wohl zu lange gefaulenzt haben. Morgen schicke ich ihn wieder zur Arbeit.«

»Es wäre gut, wenn man ihm etwas Beschäftigung gäbe«, bestätigte Meekin.

KAPITEL 20
Eine »natürliche Besserungsanstalt«

Unter »Beschäftigung« verstand man in Port Arthur vor allem den Ackerbau, den Schiffsbau und die Lohgerberei. Dawes, der Kettensträfling, mußte mit den anderen Mitgliedern seiner Kolonne Baumstämme aus dem Wald zur Küste schleppen oder auf der Werft das Nutzholz zurichten. Das war keine leichte Arbeit. Ein kluger Kopf hat einmal ausgerechnet, daß beim Transport eines Baumstammes auf jeder Sträflingsschulter ein Durchschnittsgewicht von einhundertfünfundzwanzig Pfund lastete. Die Mitglieder der Kolonne trugen gelbe Sträflingskleidung, die – zur Ermutigung der anderen – an mehreren gut sichtbaren Stellen mit dem Wort »Verbrecher« bedruckt war.

Dies war das Leben, das Rufus Dawes führte: Im Sommer stand er morgens um halb sechs Uhr auf und arbeitete bis sechs Uhr abends. Von dieser Zeit gingen fünfundvierzig Minuten für das Frühstück und eine Stunde für das Mittagessen ab. Einmal in der Woche durfte er das Hemd wechseln, alle vierzehn Tage die Socken. Wenn er krank war, konnte er »seinen Fall dem Lagerarzt melden«. Wollte er einen Brief schreiben, so mußte er zuvor den Kommandanten um Erlaubnis bitten und ihm dann den Brief unverschlossen übergeben. Die Weiterbeförderung stand ganz im Ermessen des allmächtigen Offiziers. Wenn dem Gefangenen irgendein Befehl ungerecht erschien, hatte er laut Vorschrift unverzüglich zu gehorchen, durfte sich aber hinterher, »wenn er es für angebracht hielt«, beim Kommandanten beschweren. Brachte er eine solche Beschwerde vor, so mußte er »Haltung annehmen und sich einer höchst respektvollen Redeweise bedienen«, wenn er von oder mit einem Offizier oder Konstabler sprach. Er war nur dafür verantwortlich, daß seine Ketten unversehrt blieben; im übrigen hatte er sich willenlos seinen Aufsehern zu fügen. Die Aufseher, die jederzeit das Recht hatten, in die Zellen einzudringen und die Gefangenen zu durchsuchen, waren nur dem Kommandanten verantwortlich, und dieser nur dem Gouverneur mit anderen Worten, niemandem außer Gott und seinem eigenen Gewissen. Die Gerichtsbarkeit des Kommandanten erstreckte sich über die gesamte Halbinsel mit allen Inseln und Gewässern innerhalb der Dreimeilengrenze. Er hatte dem Hauptquartier lediglich von Zeit zu Zeit Bericht zu erstatten; davon abgesehen, war seine Macht unbegrenzt.

Ein Wort noch über die Lage und Beschaffenheit dieser Strafkolonie. Die Tasman-Halbinsel hat, wie wir bereits erwähnten, die Form eines Ohrrings mit doppelter Fassung. Der untere Ring ist größer und sozusagen mit einem Saum von Buchten verziert. Im Süden weist er eine tiefe Einbuchtung auf, Maingon-Bay genannt, die im Osten von den an Orgelpfeifen erinnernden Felsen des Kap Raoul und im Westen von dem gewaltigen Kap Pillar begrenzt wird. Von der Maingon-Bay bahnt sich ein Meeresarm in nördlicher Richtung seinen Weg durch die Felswände. Am westlichen Ufer dieses Meeresarms lag die Siedlung. Die ihr vorgelagerte kleine Insel diente als Friedhof und hieß die Toteninsel. Bevor der neu eintreffende Sträfling an der purpurfarbenen Schönheit dieses Sträflingsgolgatha vorüberfuhr, fiel sein Blick auf eine graue felsige Landzunge, die mit weißen Gebäuden bedeckt war und auf der reges Leben und Treiben herrschte: Point Puer, das Straflager für Jugendliche vom achten bis zum zwanzigsten Lebensjahr. Es war erstaunlich – wenigstens behaupteten das viele ehrenwerte Leute –, wie wenig Dankbarkeit diese jungen Sträflinge für die Wohltaten bezeigten, die ihnen die Regierung zuteil werden ließ. Von der Long Bay, der Langen Bucht, wie der Meeresarm genannt wurde, führte ein von Sträflingen angelegter Schienenstrang nordwärts durch den fast undurchdringlichen Busch zur Norfolk Bay, in deren Einfahrt Woody Island liegt. Auf dieser Insel, einer Signalstation, war eine bewaffnete Bootsbesatzung untergebracht. Zwischen Woody Island und One-Tree-Point – dem südlichsten Zipfel des oberen Ringes – wird das Meer nach Osten zu schmaler, bis es auf die Sandbank von Eaglehawk-Neck trifft. Eaglehawk-Neck, das Bindeglied zwischen den beiden Ringen, ist ein etwa vierhundert Yard breiter Sandstreifen. An seine Ostseite branden mit ungehemmter Kraft die blauen Wasser der Piratenbucht, mit anderen Worten der Südsee. Die Landenge ist der Ausläufer einer wild zerklüfteten Küste, in die das gierige Meer seltsame, ständig vom Gebrüll der gepeinigten Wogen widerhallende Höhlen gefressen hat. An einer Stelle dieser Wildnis hat das Meer die Felswand in einer Breite von zweihundert Fuß durchbrochen, und bei stürmischem Wetter sprüht der salzige Gischt durch einen senkrechten Schacht mehr als fünfhundert Fuß hoch. Dieser Ort wird des Teufels Luftloch genannt. Der obere Ring des Ohrrings heißt Forrestiers Halbinsel und ist durch eine zweite Landenge, die sogenannte East Bay Neck, mit dem Festland verbunden. Forrestiers Halbinsel ist von fast undurchdringlichem Dickicht überwuchert, das sich bis an den Rand einer steil abfallenden Basaltklippe erstreckt.

Eaglehawk-Neck war das Tor zum Gefängnis und wurde scharf bewacht. Auf dem schmalen Landstreifen stand ein Wachhaus, das Tag und Nacht besetzt war. Die Posten – auf dem Festland stationierte Soldaten – lösten einander ab. Die Landungsstege, die zu beiden Seiten ins Wasser hinausführten, wurden von Kettenhunden bewacht. Der Standortoffizier war verpflichtet, seine besondere Aufmerksamkeit der Fütterung und Pflege dieser nützlichen Tiere zuzuwenden und dem Kommandanten sofort Meldung zu erstatten, wenn eins von ihnen erkrankte. Auch darf nicht unerwähnt bleiben, daß es in der Bucht Haifische gab. Westlich von Eaglehawk-Neck und Woody Island lagen die gefürchteten Kohlengruben. Hier schufteten sechzig »Gezeichnete« unter strenger Bewachung. In unmittelbarer Nähe der Gruben befand sich die nördlichste jener sinnvoll angeordneten Signalstationen, die ein Entrinnen praktisch unmöglich machten. Der wilde und gebirgige Charakter der Halbinsel erleichterte den Bedienungsmannschaften dieser Signalanlagen ihre Arbeit beträchtlich. Auf dem Gipfel des Hügels, der den Wachturm der Siedlung überragte, stand ein riesiger Gummibaumstumpf, der die Signalanlage trug. Durch Signale, die quer über die Halbinsel, von Station zu Station liefen, wurde die Verbindung mit den beiden Flügeln des Gefängnisses – Eaglehawk-Neck und den Kohlengruben – hergestellt. Die Siedlung war mit Mount Arthur verbunden, Mount Arthur mit One-Tree Hill, One-Tree Hill mit Mount Communication und Mount Communication mit den Kohlengruben. In der anderen Richtung liefen die Signale von der Siedlung nach Signal Hill, von Signal Hill nach Woody Island, von Woody Island nach Eaglehawk. Entfloh ein Gefangener aus den Kohlengruben, so konnte der Wachposten in Eaglehawk-Neck benachrichtigt werden, und in weniger als zwanzig Minuten war die gesamte Insel von der Flucht in Kenntnis gesetzt. Dank diesen teils naturbedingten, teils künstlich geschaffenen Vorzügen galt Port Arthur als das sicherste Gefängnis der Welt. Oberst Arthur hatte der Londoner Regierung berichtet, daß die Insel, die seinen Namen trug, eine »natürliche Besserungsanstalt« sei. Der würdige Zuchtmeister glaubte vermutlich, der Allmächtige habe bei der Schöpfung in weiser Voraussicht an ihn gedacht und ihm die Durchführung der berühmten »Vorschriften für das Sträflingswesen« erleichtern wollen.

KAPITEL·21
Eine Inspektionsreise

Eines Nachmittags übermittelten die unermüdlichen Signalanlagen eine Nachricht, welche die Halbinsel aufhorchen ließ. Hauptmann Maurice Frere war mit Sonderbefehlen aus dem Hauptquartier eingetroffen, um den Fall Kirkland zu untersuchen, und es war anzunehmen, daß er anschließend die einzelnen Lager besichtigen wollte. Demgemäß erhielten die einzelnen Aufseher der »natürlichen Besserungsanstalt« Anweisung, ihre Zöglinge in gutem Zustand vorzuzeigen.

Burgess war hochbeglückt, daß man eine so gleichgestimmte Seele mit der Angelegenheit betraut hatte.

»Es ist eine bloße Formsache, mein Lieber«, erklärte Frere seinem ehemaligen Kameraden bei der Begrüßung. »Der Pfaffe hat viel Geschrei gemacht, aber wir werden ihm den Mund stopfen.«

»Ich freue mich, daß ich Gelegenheit habe, Ihnen und Ihrer Gattin Port Arthur zu zeigen«, versicherte Burgess. »Wenn ich auch fürchte, daß Ihre Gattin es hier etwas langweilig finden wird, so will ich mich doch bemühen, Ihren Aufenthalt möglichst angenehm zu gestalten.«

»Ich muß Ihnen gestehen, Hauptmann Burgess«, sagte Sylvia, »daß ich lieber gleich nach Sydney gefahren wäre. Aber mein Mann mußte diese Reise nun einmal unternehmen, und da habe ich ihn natürlich begleitet.«

»Sie werden sich vielleicht etwas einsam fühlen«, meinte Meekin, der ebenfalls zur Begrüßung erschienen war. »Die einzige Dame hier ist Mrs. Datchett, die Frau eines unserer Polizeirichter, und ich hoffe, ich werde das Vergnügen haben, Sie heute abend im Hause des Kommandanten mit ihr bekannt zu machen. Mr. McNab, den Sie ja kennen, ist in Eaglehawk-Neck leider unabkömmlich, sonst hätte er es sich bestimmt nicht nehmen lassen, Sie zu begrüßen.«

»Ich gebe heute abend eine kleine Gesellschaft«, sagte Burgess, »aber ich fürchte, der Erfolg wird meinen Hoffnungen nicht ganz entsprechen.«

»Heiraten Sie doch endlich, Sie eingefleischter alter Junggeselle!« rief Frere lachend. »Warum machen Sie's nicht wie ich?«

»Ach«, sagte Burgess mit einer Verbeugung vor Mrs. Frere, »das dürfte schwierig sein.«

Sylvia antwortete mit einem gezwungenen Lächeln auf das Kompliment, das ihr im Beisein von etwa zwanzig Gefangenen gezollt wurde. Die Leute schleppten die Koffer und Pakete den Hügel hinauf, und es entging Sylvia nicht, daß einige von ihnen über die plumpe Höflichkeit des Kommandanten grinsten.

»Ich mag Hauptmann Burgess nicht, Maurice«, sagte sie, als Frere und sie vor dem Essen allein waren. »Ich möchte fast annehmen, er hat diesen armen Kerl wirklich zu Tode prügeln lassen. Er sieht ganz so aus, als ob er zu einer derartigen Grausamkeit fähig wäre.«

»Unsinn!« erwiderte Maurice gereizt. »Er ist ein gutmütiger Bursche. Außerdem habe ich den Totenschein selbst gesehen. Du bildest dir das alles nur ein. Dein lächerliches Mitleid mit den Gefangenen ist mir einfach unverständlich.«

»Verdienen sie denn nicht zuweilen unser Mitleid?«

»Nein, ganz gewiß nichts – verlogene Schufte sind sie, weiter nichts. Aber du mußt sie ja immer bedauern, Sylvia. Ich billige das ganz und gar nicht, ich habe es dir schon öfter gesagt.«

Sylvia erwiderte nichts. Maurice fuhr sie oft an, und sie hatte gelernt, daß Schweigen in solchen Fällen die beste Antwort war. Nur bedeutete dieses Schweigen leider nicht, daß sie auch innerlich gleichgültig blieb, denn seine Vorwürfe waren ungerecht, und nichts verletzt das Feingefühl einer Frau so sehr wie eine Ungerechtigkeit.

Burgess hatte die »Spitzen der Gesellschaft« von Port Arthur zu einem kleinen Festmahl geladen. Pater Flaherty, Meekin, Doktor Macklewain und Mr. und Mrs. Datchett waren erschienen, und das Eßzimmer strahlte im Glanz der Gläser und Blumen.

»Einer von meinen Gefangenen war früher Gärtner«, sagte Burgess während des Essens zu Sylvia, »und ich lasse sein Talent nicht verkümmern.«

»Wir haben auch einen Kunstmaler hier«, berichtete Macklewain nicht ohne Stolz. »Das Gemälde dort drüben, *Der Gefangene von Chillon*, das ist von ihm. Eine beachtliche Leistung, nicht wahr?«

»Morgen zeige ich Ihnen mal meine Kuriositätensammlung«, sagte Burgess. »Ich habe schon allerhand zusammengetragen. Wirklich sehenswert. Diese Serviettenringe stammen übrigens auch von einem Gefangenen.«

Frere nahm den kunstvoll geschnitzten beinernen Ring in Augenschein. »Ah, eine saubere Arbeit.«

»Die Ringe hat Rex angefertigt«, bemerkte Meekin. »Er ist sehr geschickt in diesen Dingen. Für mich hat er ein Papiermesser gemacht, ein richtiges kleines Kunstwerk.«

»In den nächsten Tagen fahren wir nach Eaglehawk-Neck, Mrs. Frere«, sagte Burgess, »da können Sie das Luftloch besichtigen. Wird Sie interessieren.«

»Ist es weit?« fragte Sylvia.

»O nein, wir fahren ja mit dem Zug.«

»Mit dem Zug?«

»Ja. Schauen Sie mich nicht so erstaunt an. Oh, die Damen in Hobart Town ahnen ja nicht, was wir hier alles haben!«

»Wann erledigen wir diese Kirkland-Angelegenheit?« erkundigte sich Frere. »Können wir uns vielleicht gleich morgen früh eine halbe Stunde zusammensetzen und die Zeugen vernehmen?«

»Aber natürlich, mein Lieber«, antwortete Burgess. »Mir ist es jederzeit recht.«

»Wenn's nach mir ginge, würde ich Ihnen all diese Schereien gar nicht machen«, sagte Frere in entschuldigendem Ton – das Essen war gut gewesen –, »aber Sie wissen ja, man verlangt von mir einen ›genauen und in allen Einzelheiten wahrheitsgetreuen Bericht‹, wie es so schön heißt.«

»Selbstverständlich«, entgegnete Burgess mit einem verbindlichen Lächeln. »Das ist doch klar. Ich möchte übrigens Mrs. Frere gern Point Puer zeigen.«

»Wo die jugendlichen Strafgefangenen untergebracht sind?« fragte Sylvia.

»Ganz recht. Ungefähr dreihundert. Wir werden morgen hinfahren, Mrs. Frere, und Sie sollen sich davon überzeugen, wie gut sie behandelt werden.«

»Ich würde lieber nicht mitfahren«, wehrte Sylvia ab. »Ich ... ich fürchte, mein Interesse für diese Dinge ist nicht so groß, wie es eigentlich sein sollte. Mir ist das alles so schrecklich.«

»Unsinn!« brummte Frere. »Natürlich kommt sie mit, Burgess.«

Die beiden folgenden Tage waren der Besichtigung des Lagers gewidmet. Sylvia wurde durch das Hospital und die Werkstätten geführt, man zeigte ihr die Signalstation, und Maurice schloß sie zum Spaß in eine Dunkelzelle ein. Für Frere und Burgess schien das Gefängnis ein zahmes Tier zu sein, das sie nach Belieben streicheln konnten und dessen natürliche Wildheit durch ihre überlegene Intelligenz im Zaum gehalten wurde. Eine hübsche junge Frau im wahrsten Sinne des Wortes hinter Schloß und Riegel zu bringen – das war eine Widersinnigkeit, die ihnen gefiel. Maurice ging überall hinein, fragte die Gefangenen aus, scherzte mit den Aufsehern und verteilte sogar freigebig Tabak an die Kranken.

Von einer makabren Belustigung zur anderen geleitet, erreichten sie schließlich Point Puer, wo ein Imbiß für sie bereitstand.

Ausgerechnet an diesem Morgen hatte sich in Point Puer ein bedauerlicher Zwischenfall ereignet, und das ganze Lager befand sich in einem Zustand mühsam unterdrückter Erregung. Ein widerspenstiger kleiner Dieb von zwölf Jahren, Peter Brown mit Namen, hatte sich vor den Augen der Konstabler von dem hohen Felsen ins Meer gestürzt. Der Sprung in den Tod war in letzter Zeit keine Seltenheit gewesen, und Burgess hatte gehofft, daß wenigstens an diesem Tag nichts geschehen würde. Er ärgerte sich maßlos, und wenn er die Leiche wieder zum Leben hätte erwecken können, so wäre der arme kleine Peter Brown für seine Unverschämtheit gründlich ausgepeitscht worden.

»Tut mir entsetzlich leid, daß das gerade heute passieren mußte«, sagte er zu Frere, als sie in der Zelle vor der Leiche des Jungen standen.

»Da kann man nichts machen«, erwiderte Frere, während er mit finsterer Miene auf den Jungen blickte, dessen Gesicht ihn anzulächeln schien. »Ich kenne diese jungen Teufel. Sie tun es aus purem Trotz. Wie hat er sich denn geführt?«

»Schlecht natürlich. – Johnson, holen Sie mal das Buch.«

Johnson gehorchte, und die beiden Männer vertieften sich in das sauber geschriebene Sündenregister von Peter Brown.

Geradezu künstlerisch verschnörkelte Unterstreichungen mit roter Tinte hoben die über den Jungen verhängten Strafen hervor.

»20. November – Ungebührliches Benehmen: 12 Peitschenhiebe.
24. November – Zum Hospitalwärter frech gewesen: Rationskürzung.
4. Dezember – Mütze eines Mitgefangenen gestohlen: 12 Peitschenhiebe.
15. Dezember – Appell geschwänzt: 2 Tage Einzelhaft.
23. Dezember – Frech und aufsässig: 2 Tage Einzelhaft.
8. Januar – Frech und aufsässig: 12 Peitschenhiebe.
20. Januar – Frech und aufsässig: 12 Peitschenhiebe.
22. Februar – Frech und aufsässig: 12 Peitschenhiebe und eine Woche Einzelhaft.
6. März – Frech und aufsässig: 20 Peitschenhiebe.«

»Das war die letzte Eintragung?« fragte Frere.
»Jawohl, Sir«, antwortete Johnson.
»Und dann hat er ... hm ... es getan?«
»Ganz recht! Sir. So war es.«

Ganz recht! Das prächtige System ließ einen zwölfjährigen Knaben so lange hungern und leiden, bis er sich das Leben nahm. So war es.

Nach dem Imbiß wurden die Besucher herumgeführt. Alles war in höchstem Maße bewundernswert. Sie sahen ein langes Klassenzimmer, in dem Menschen wie Meekin den Kindern erzählten, daß Christi Liebe vor allem den Kleinen gehörte; und hinter dem Schulraum lagen die Zellen und der Hof, wo die Konstabler ihnen ihre »zwanzig Peitschenhiebe« verabfolgten. Sylvia schauderte, als sie in die Gesichter der Jungen blickte. Von dem derben neunzehnjährigen Bauerntölpel, der auf den Hopfenfeldern Kents aufgewachsen war, bis zu den dürren, durchtriebenen zehnjährigen Londoner Straßenjungen grinsten ihr alle Stufen und Schattierungen jugendlichen Lasters mit unverhohlener Bosheit und geheuchelter Frömmigkeit entgegen. »Lasset die Kindlein zu mir kommen und wehret ihnen nicht, denn ihrer ist das Himmelreich«, hat — jedenfalls dem Vernehmen nach — der Gründer unserer Religion gesagt. Hier aber schien es, als hätte eine große Anzahl ehrenwerter Gentlemen gemeinsam mit den im Parlament versammelten treuen Dienern Ihrer Majestät alles Menschenmögliche getan, um ein Reich der Hölle aufzurichten.

So wurde denn wieder einmal die übliche Farce gespielt: Die Kinder standen auf und setzten sich, sie sangen einen Choral, sie gaben Auskunft, wieviel zwei mal fünf ist, und leierten herunter, daß sie an »Gott, den Vater, den Allmächtigen, Schöpfer Himmels und der Erden« glaubten. Anschließend besichtigten die Gäste die Werkstätten, die Kirche und alles andere, außer dem Raum, in dem der Leichnam des zwölfjährigen Peter Brown auf der Holzbank lag und mit gebrochenen Augen zu dem Gefängnisdach emporstarrte, das zwischen ihm und dem Himmel war.

Gerade vor diesem Raum hatte Sylvia ein kleines Erlebnis. Meekin war schon früher zurückgeblieben, und Frere war mit Burgess, der dienstlich abberufen wurde, fortgegangen. Sylvia hatte auf dem Gipfel der Klippe eine Bank gefunden, von der man einen herrlichen Blick über das Meer hatte. Während sie dort saß, spürte sie plötzlich die Nähe eines Menschen. Sie wandte den Kopf und sah einen kleinen Jungen, der in der einen Hand seine Mütze, in der anderen einen Hammer hielt. Das schmächtige Kerlchen in der viel zu großen grauen Jacke, mit dem viel zu schweren Hammer in der welken kleinen Hand, hatte etwas unsagbar Rührendes an sich.

»Was willst du denn, mein Kleiner?« fragte Sylvia.

»Wir dachten, Sie hätten ihn vielleicht gesehen, Madam«, sagte der Junge, und seine weit aufgerissenen blauen Augen verrieten, daß er über die freundliche Anrede der fremden Frau erstaunt war.

»Ihn? Wen denn?«

»Cranky Brown, Madam«, erwiderte das Kind, »den, der es heute früh getan hat. Billy und ich kannten ihn gut, er war unser Arbeitskamerad, und wir wollten gern wissen, ob er glücklich aussieht.«

»Wovon sprichst du, Kind?« fragte Sylvia, und eine seltsame Angst durchzuckte sie. Von Mitleid mit dem Kleinen ergriffen, zog sie ihn an sich und küßte ihn.

Er blickte zu ihr auf, und freudige Überraschung verklärte sein Gesicht.

»Oh!« stieß er hervor.

Sylvia küßte ihn abermals.

»Hat dich denn noch nie jemand geküßt, mein Kleiner?« erkundigte sie sich.

»Doch, Mutter«, war die Antwort, »aber die ist ja zu Hause.« Plötzlich wurde sein Gesichtchen dunkelrot, und er fragte: »Darf ich Billy holen, Madam?«

Durch ihr Lächeln ermutigt, ging er gemessenen Schrittes um einen Vorsprung des Felsens herum und kam gleich darauf mit einer zweiten kleinen Gestalt zurück, die ebenfalls die graue Sträflingsuniform trug und einen Hammer in der Hand hielt.

»Das ist Billy, Madam«, sagte er. »Billy hat keine Mutter. Geben Sie ihm auch einen Kuß.«

Die Augen der jungen Frau füllten sich mit Tränen.

»Ihr armen Würmer!« rief sie. Ohne Rücksicht darauf, daß sie eine vornehme, in Seide und Spitzen gekleidete Dame war, kniete sie sich auf den staubigen Weg und schloß die beiden verlassenen Geschöpfe in ihre Arme.

»Was ist denn, Sylvia?« fragte Frere, der sie wenig später abholte. »Du hast ja geweint.«

»Ach, es ist nichts weiter, Maurice. Ich ... ich erzähle es dir nachher.«

Abends, als sie allein waren, berichtete sie ihm von ihrer Begegnung mit den Kindern. Er lachte.

»Verschlagene kleine Schwindler«, sagte er und führte, um seine Behauptung zu erhärten, so viele Beispiele für die frühreife Verkommenheit jugendlicher Übeltäter an, daß seine Frau sich wider Willen halb überzeugen ließ.

Inzwischen hatten Tommy und Billy nach Sylvias Weggang beschlossen, den unglückseligen Plan zu verwirklichen, den sie seit Wochen in ihren armen kleinen Köpfen mit sich herumtrugen.

»Jetzt kann ich es tun«, sagte Tommy. »Ich fühle mich stark genug.«

»Ob es wohl sehr weh tut, Tommy?« fragte Billy, der weniger mutig war.

»Nicht so weh wie Auspeitschen.«

»Ich habe Angst! O Tom, es ist so tief! Laß mich nicht allein, Tom!«

Der Ältere nahm sein Halstuch ab und band seine linke Hand an die rechte des Kleinen. »So, jetzt bist du sicher, daß ich dich nicht allein lasse.«

»Was hat die Dame gesagt, die uns geküßt hat, Tommy?«

»›Herr, habe Erbarmen mit diesen beiden Waisen‹«, wiederholte Tommy.

»Das wollen wir auch sagen, Tom.«

Und die beiden Kinder knieten am Rande der Klippe nieder, hoben die zusammengebundenen Hände, blickten zum Himmel empor und beteten: »Herr, habe Erbarmen mit uns beiden Waisen!«

Dann küßten sie einander und »taten es«.

Die Nachricht, von den immer tätigen Signalstationen übermittelt, erreichte den Kommandanten beim Abendessen, und in seiner Erregung platzte er damit heraus.

Sylvia schrie auf. »Das sind die beiden, die ich getroffen habe! O Maurice, die armen Kinder haben sich das Leben genommen!«

»Und ihre jungen Seelen zur ewigen Verdammnis verurteilt!« fügte Meekin mit frommem Augenaufschlag hinzu.

»Mr. Meekin! Wie können Sie so reden! Die armen kleinen Geschöpfe! Oh, es ist furchtbar. Maurice, ich will hier weg.« Sie wurde von einem Weinkrampf geschüttelt.

Burgess schämte sich.

»Da kann man nun leider nichts machen, Madam«, sagte er unbeholfen. »Meine Schuld ist es bestimmt nicht.«

»Sie ist so nervös«, sagte Frere, während er sie hinausführte. »Wollen Sie uns bitte entschuldigen. Komm, Schatz, du mußt dich gleich hinlegen.«

»Ich will nicht länger hierbleiben«, schluchzte sie. »Laß uns morgen abreisen, Maurice.«

»Das geht nicht«, antwortete Frere.

»Es muß gehen. Ich bestehe darauf. Maurice, wenn du mich liebst, dann bring mich fort von hier.«

»Also gut, ich will es versuchen«, sagte Maurice, den ihre Verzweiflung rührte. Er sprach mit Burgess. »Hören Sie, Burgess, diese Geschichte hat meine Frau so aufgeregt, daß sie unbedingt sofort abreisen will. Ich muß aber auf jeden Fall noch Eaglehawk-Neck besichtigen, wie Sie wissen. Wie machen wir das?«

»Wenn der Wind so bleibt«, erwiderte Burgess, »kann die Brigg zur Piratenbucht kommen und Sie dort abholen. Sie brauchen dann nur eine einzige Nacht in der Kaserne zu verbringen.«

»Ich glaube, das wird die beste Lösung sein«, meinte Frere. »Dann fahren wir also morgen. Wenn Sie mir jetzt noch Tinte und Feder geben könnten, wäre ich Ihnen sehr dankbar.«

»Ich hoffe, Sie waren mit Ihrem Besuch zufrieden«, sagte Burgess.

»Oh, sehr zufrieden«, versicherte Frere. »Allerdings muß die Aufsicht in Point Puer verschärft werden. Wir können unmöglich dulden, daß die jungen Schufte uns auf diese Weise durch die Finger schlüpfen.«

So wurde ein sauber geschriebener Bericht über den Vorfall angefertigt und dem Aktenstück beigeheftet, in dem die Namen William Tomkins und Thomas Grove verzeichnet waren. Macklewain stellte den Totenschein aus, und damit war die Angelegenheit erledigt. Was sollte man auch davon viel Aufhebens machen? In den Londoner Gefängnissen gab es noch viele solcher Tommys und Billys.

Für Sylvia war der Rest der Reise ein einziger Alpdruck. Das schreckliche Erlebnis hatte ihre Nerven zerrüttet, und sie sehnte sich danach, diesem Landstrich, an den sich so düstere Erinnerungen knüpften, möglichst rasch den Rücken zu kehren. Selbst Eaglehawk-Neck mit seinen von Hunden bewachten Landungsstegen und seiner »natürlichen Pflasterung« interessierte sie nicht, und McNabs Komplimente waren ermüdend.

Der Blick in den kochenden Abgrund des Luftlochs ließ sie erschauern, und sie zitterte vor Angst, als der »Zug« des Kommandanten den gefährlichen Schienenstrang entlangratterte, der über Höhen und Tiefen hinweg zur Long Bay führte.

Der »Zug« bestand aus einer Anzahl niedriger Wagen. Die steilen Abhänge hinauf wurden sie von Sträflingen geschoben und gestoßen; ging es bergab, so sprangen die Männer auf die Wagen und betätigten sich als Bremser. Sylvia empfand es als Demütigung, sich von Menschen ziehen zu lassen, und sie zuckte jedesmal zusammen, wenn die Peitsche knallte und die Sträflinge den Hieb mit tierischem Gebrüll beantworteten. Überdies entdeckte sie unter den Zugtieren ein Gesicht, das wie eine düstere Drohung ihre Jungmädchenzeit überschattet hatte und erst seit kurzem aus ihren Träumen verschwunden war. Dieses Gesicht, so wollte ihr scheinen, blickte sie mit einem Ausdruck unsagbaren Hasses und tiefster Verachtung an, und sie atmete erleichtert auf, als der Mann nach der Mittagspause mit vier anderen vortreten mußte, in Ketten geschlossen und ins Lager zurückgeschafft wurde. Frere hatte die fünf Männer sogleich wiedererkannt.

»Sieh dir das an, Schatz«, sagte er, »da sind ja unsere alten Freunde, Rex und Dawes und die anderen. Sie dürfen nicht bis zur Bucht mit, denn bei so tollkühnen Burschen weiß man nie, ob sie nicht was im Schilde führen.«

Mit einemmal war Sylvia alles klar: Das Gesicht war Dawes' Gesicht. Sie blickte ihm nach und sah, daß er plötzlich die Fäuste hob, eine drohende Bewegung, die sie erschreckte. Und doch durchzuckte sie gleichzeitig eine von Mitleid erfüllte Erinnerung. Sie starrte hinter der Gruppe her und überlegte angestrengt, wann und wodurch Rufus Dawes, jener Schurke, aus dessen Klauen ihr Mann sie errettet hatte, ihres Mitleids würdig gewesen war. Aber ihr umwölktes Gedächtnis weigerte sich, ihr das Bild zu enthüllen, und als die Wagen in eine Kurve einbogen und die Gruppe verschwand, erwachte sie mit einem Seufzer aus ihrer Grübelei.

»Maurice«, flüsterte sie, »wie kömmt es, daß der Anblick dieses Menschen mich jedesmal traurig stimmt?«

Das Gesicht ihres Mannes verdüsterte sich. Dann aber streichelte er sie und riet ihr, den Mann und den Ort und ihre Furcht zu vergessen.

»Es war falsch von mir, daß ich dir diese Reise zugemutet habe«, sagte er, als sie am nächsten Morgen auf dem Deck des nach Sydney segelnden Schiffes standen und die »natürliche Besserungsanstalt« in der Ferne verschwinden sahen. »Du bist dazu nicht kräftig genug.«

»Dawes«, sagte John Rex, »du liebst dieses Mädchen! Jetzt, wo du sie als Frau eines anderen gesehen und dich wie ein Lasttier abgeplagt hast, um den Kerl zu ziehen, während er sie in seinen Armen hielt – jetzt, wo du das gesehen hast und dich nicht dagegen wehren konntest, wirst du vielleicht doch mitmachen.«

Rufus Dawes erhob abwehrend die Hand.

»Überleg es dir gut. Anders kommst du doch nie weg. Los, sei ein Mann, mach mit!«

»Nein!«

»Es ist deine einzige Chance. Warum schlägst du sie aus? Willst du etwa dein ganzes Leben hier verbringen?«

»Mir braucht keiner zu helfen, weder du noch irgendein anderer. Ich will nicht, und damit basta.«

Rex zuckte die Achseln und wandte sich zum Gehen.

»Wenn du dir einbildest, daß bei dieser ›Untersuchung‹ für dich etwas herausspringt, dann irrst du dich gewaltig«, sagte er über die Schulter. »Frere hat die Sache längst abgeblasen.«

Er hatte recht. Es geschah nichts, außer daß Mr. North nach etwa sechs Monaten – er war damals in Paramatta – ein amtliches Schreiben erhielt (das bemerkenswerteste daran war der Aufwand an Siegellack, Stempeln und Papier), aus dem er erfuhr, daß laut Beschluß des Generalaufsehers der Strafkolonie »die Untersuchung betreffs des

Todes des am Rande namentlich vermerkten Gefangenen« endgültig eingestellt worden sei und daß irgendein Gentleman, dessen Unterschrift völlig unleserlich war, die Ehre habe, »sein gehorsamster Diener zu sein«.

KAPITEL 22
Der Plan nimmt Gestalt an

Die Hoffnungen, mit denen Maurice Frere nach Sydney gekommen war, erfüllten sich bald. Seine heldenhafte Rettungstat in Macquarie Harbour, seine Verbindung mit der Tochter eines so geachteten Kolonialoffiziers wie Major Vickers und sein Ruf als Kenner des Sträflingswesens machten ihn zu einem angesehenen Mann. Er erhielt einen frei gewordenen Posten in der Verwaltung und zeichnete sich von nun an durch noch größere Hartherzigkeit und Hinterlist aus. Die Sträflinge nannten ihn »den verfluchten Frere« und schickten ihm Racheschwüre nach, über die er in seiner unbekümmerten Art nur verächtlich lachte.

Mit welchen Methoden er seine »Schäflein« in Schach hielt, mag ein Vorfall zeigen, der für seinen Charakter und seinen Mut gleich aufschlußreich ist. Zweimal in der Woche pflegte er den Gefängnishof in Hyde Park Barracks zu inspizieren. Wie jeder, der mit Sträflingen zusammenkam, war er bewaffnet, und die beiden Pistolenläufe, die aus seinem Gürtel hervorlugten, zogen manchen sehnsuchtsvollen Blick auf sich. Wie leicht konnte irgendein Gefangener eine der Pistolen ergreifen und das verhaßte Gesicht des berüchtigten Zuchtmeisters zerschmettern! Doch Frere, tollkühn bis zur Unbesonnenheit, dachte nicht daran, seine Waffen sicher zu verstauen. Seelenruhig schlenderte er durch die Höfe, die Hände in den Taschen seines Jagdrockes, die tödlichen Läufe griffbereit für jeden, der mutig genug war, zuzupacken.

Eines Tages, als er über den Hof ging, sprang ein gewisser Kavanagh auf ihn zu – ein wiedereingefangener »Ausreißer«, der vor Gericht offen erklärt hatte, er werde Frere umbringen – und zog ihm blitzschnell eine Pistole aus dem Gürtel. Die Sträflinge hielten den Atem an, und der Diensthabende, der das Klicken des Schlosses hörte, drehte instinktiv den Kopf weg, um nicht von dem Feuerstrahl geblendet zu werden. Aber Kavanagh drückte nicht ab. Während er die Pistole hob, sah er auf und blickte in Freres gebieterische Augen, die ihn wie ein Magnet festhielten. Eine Anstrengung – und der Bann wäre gebrochen gewesen. Eine Bewegung des Fingers – und der Feind wäre tot zu Boden gefallen. Es gab eine Sekunde, da Kavanagh den Finger hätte krümmen können, aber er nutzte diese Sekunde nicht. Das furchtlose Auge lähmte ihn. Er spielte nervös mit der Pistole, während die anderen ihn sprachlos anstarrten. Frere stand da, gelassen, ohne die Hände aus den Taschen zu nehmen.

»Eine schöne Pistole, was, Jack?« sagte er schließlich.

Kavanagh, dessen bleiches Gesicht schweißüberströmt war, stimmte ein mißtönendes Gelächter an, in dem sich seine Erregung Luft machte, und schob die Waffe, gespannt wie sie war, in Freres Gürtel zurück.

Langsam zog Frere eine Hand aus der Tasche, nahm die Pistole und hob sie gegen seinen Angreifer.

»Das ist die einzige Chance, die du jemals haben wirst, Jack«, sagte er.

Kavanagh fiel auf die Knie. »Um Gottes willen, Erbarmen, Hauptmann Frere!«

Frere betrachtete den zitternden Schurken, lachte laut und verächtlich auf und entspannte die Pistole.

»Verschwinde, du Hund«, sagte er. »Wer mich unterkriegen will, muß ein gut Teil klüger sein als du. Hawkins, bringen Sie ihn morgen früh rauf und geben Sie ihm fünfundzwanzig.«

Damit entfernte er sich, und die armen Teufel im Hof ließen ihn hochleben. So groß ist die Bewunderung für die Macht.

Fast das erste, was dieser beflissene Offizier nach seiner Ankunft in Sydney tat, war, daß er sich nach Sarah Purfoy erkundigte. Zu seinem Erstaunen hörte er, daß sie die Inhaberin einer großen Exportfirma in der Pitt Street war, ein hübsches Häuschen besaß, das auf einer der in die Bucht ragenden Landzungen stand, und dem Vernehmen nach ein stattliches Bankkonto ihr eigen nannte. Vergeblich zerbrach er sich den Kopf, um dieses Rätsel zu lösen. Seine frühere Geliebte hatte Vandiemensland keineswegs als reiche Frau verlassen, wenn man ihren Versicherungen und dem äußeren Anschein Glauben schenken durfte. Wie war sie plötzlich zu diesem Wohlstand gelangt? Und vor allem, weshalb hatte sie ihr Geld gerade so angelegt? Er versuchte, sich bei ihrer Bank zu erkundigen, wurde jedoch kurz abgefertigt. Die Banken der Stadt Sydney waren in jenen Tagen in allerlei seltsame Geschäfte verwickelt.

Mrs. Purfoy hätte gute Vollmachten vorgelegt, erklärte der Direktor mit einem Lächeln.

»Aber woher hat sie das Geld?« fragte Frere. »Es ist immer verdächtig, wenn jemand so plötzlich reich wird. Die Frau war in Hobart Town für ihren Lebenswandel berüchtigt, und als sie abreiste, besaß sie keinen Penny.«

»Mein lieber Hauptmann Frere«, erwiderte der scharfsinnige Bankier, »es widerspricht den Gepflogenheiten unserer Bank, Nachforschungen über das Vorleben der Kunden anzustellen. Die Wechsel waren in Ordnung, darauf können Sie sich verlassen, sonst hätten wir sie bestimmt nicht eingelöst. Guten Morgen.«

Die Wechsel! Frere fand nur eine Erklärung: Sarah hatte den Ertrag aus Rex' Gaunerstreichen erhalten. Er dachte an den Brief, in dem von »tausend Pfund in dem alten Haus in Blue Anchor Yard« die Rede gewesen war. Vielleicht hatte Sarah das Geld von dem Hehler bekommen und es angelegt. Aber warum handelte sie ausgerechnet mit Öl und Talg? Er hatte dieser Frau nie recht über den Weg getraut, weil er einfach nicht klug aus ihr wurde, und jetzt war sie ihm verdächtiger denn je. Zweifellos war da irgend etwas im Gange, und Frere nahm sich vor, alle Vorteile seiner Stellung auszunutzen, um hinter das Geheimnis zu kommen und es ans Licht zu bringen. Der Mann, an den Rex damals geschrieben hatte, hieß Blicks. Es galt also herauszufinden, ob einer der Sträflinge, die Frere unterstanden, diesen Blicks kannte. Seine Ahnung hatte ihn nicht getrogen; er war auf der richtigen Fährte und erhielt schon bald die gewünschte Auskunft. Blicks war ein Londoner Hehler, der mindestens einem Dutzend der schwarzen Schafe in Sydney bekannt war. Er galt als enorm reich, hatte oft vor Gericht gestanden, war aber nie verurteilt worden. Diese Mitteilungen nützten Frere nicht viel, und eine Begegnung, die er einige Monate später hatte, gab ihm ein neues Rätsel auf. Er war noch nicht lange im Amt, als Blunt zu ihm kam. Der Kapitän hatte ihm seinerzeit Sarah Purfoy vom Halse geschafft, und nun verlangte er seinen Lohn.

»Da wäre nämlich mal wieder ein Schoner frei, Sir«, sagte Blunt, als er mit Frere allein war.

»Welcher denn?«

»Die *Franklin*.«

Die *Franklin* war ein 320-Tonnen-Schiff, das zwischen Norfolk und Sydney verkehrte, so wie die *Ladybird* in früheren Tagen zwischen Macquarie Harbour und Hobart Town.

»Ich fürchte, das ist ein bißchen viel verlangt, Blunt«, sagte Frere. »Sie wissen, es ist einer der besten Posten, und ob ich Ihnen den zuschanzen kann... Ich glaube nicht, daß mein Einfluß so weit reicht. Außerdem«, fügte er mit einem kritischen Blick auf den Seemann hinzu, »dürften Sie für so was doch wohl allmählich zu alt sein, meinen Sie nicht auch?«

Phineas Blunt breitete die Arme aus und öffnete den Mund, um seine gesunden weißen Zähne zu zeigen.

»Zwanzig Jahre mache ich noch gut und gern mit, Sir«, sagte er. »Mein Vater ist sogar noch mit fünfundsiebzig auf einem Kauffahrteischiff gefahren. Ich bin gesund und munter, Gott sei Dank; denn bis auf den Tropfen Rum hin und wieder habe ich keine nennenswerten Laster. Übrigens eilt die Sache nicht so. Ein, zwei Monate kann ich's noch aushalten, Sir. Ich wollte nur sozusagen Ihr Gedächtnis ein bißchen auffrischen.«

»Aha, Sie können's noch aushalten. Was machen Sie denn zur Zeit?«

Blunt rutschte unter Freres strengem Blick verlegen auf seinem Stuhl hin und her. »Ich habe da so eine Beschäftigung in Aussicht.«

»Freut mich. Und wo?«

»Auf einem Walfänger«, erwiderte Blunt noch verlegener.

»Sieh einer an! Na, damit kennen Sie sich ja aus. Und wer ist Ihr Arbeitgeber?«

Es lag kein Argwohn in seiner Stimme, und hätte Blunt der Frage ausweichen wollen, so wäre es ihm ohne weiteres möglich gewesen. Aber er antwortete wie jemand, der Anweisung hat, gerade auf diese Frage eine ganz präzise Auskunft zu geben. »Mrs. Purfoy.«

»Was!« rief Frere, der seinen Ohren nicht trauen wollte.

»Sie hat mehrere Schiffe, Herr Hauptmann, und eins davon soll ich fahren. Wir fangen Beshdellamare und halten natürlich auch Ausschau nach Walen.«

Frere starrte Blunt an, der seinerseits das Fenster anstarrte. Irgend etwas lag in der Luft, irgendein dunkler Plan – das spürte der Hauptmann instinktiv. Doch der gesunde Menschenverstand, der uns so oft irreführt, redete ihm ein, es sei ganz natürlich, daß Sarah Walfangschiffe in ihren Dienst stelle. Wenn sie ihr Geschäft wirklich um des Handels willen betrieb, war es gar nicht verwunderlich, daß sie ein paar Walfänger besaß. Es gab in Sydney viele Leute von ebenso dunkler Herkunft, die ein halbes Dutzend Schiffe ihr eigen nannten.

»So, so«, sagte er. »Und wann fangen Sie an?«

»Ich erwarte jeden Tag Bescheid«, antwortete Blunt sichtlich erleichtert. »Aber ich hab mir gedacht, ich würde trotzdem erst mal mit Ihnen reden, falls doch noch was schiefgeht.«

Frere hatte nach einem Federmesser gegriffen, das er immer wieder auf den Tisch fallen ließ. Eine Weile hörte man nur das scharfe Klicken, mit dem sich die Spitze in das Holz bohrte; dann fragte er: »Wo nimmt sie eigentlich das Geld her?«

»Weiß der Teufel!« sagte Blunt mit ungeheuchelter Einfalt. »Keine Ahnung. Angeblich hat sie's gespart. Na, das soll ihr ein anderer glauben.«

»Sie wissen also wirklich nichts darüber?« Frere wurde plötzlich heftig.

»Nein, gar nichts.«

Erregt, wie er war, verfiel Frere in den Sträflingsjargon. »Wenn da nämlich was stinkt, hat sie nichts zu lachen. Sie kennt mich. Sagen Sie ihr, daß ich ein wachsames Auge auf sie habe. Sie soll gefälligst an unsere Abmachung denken. Wenn sie mir irgendeinen Streich spielt, wird sie es bereuen.«

In seinem argwöhnischen Zorn stieß er das Federmesser so wild und unvorsichtig in die Tischplatte, daß die zuschnappende Klinge ihn in den Finger schnitt.

»Ich werd's ihr ausrichten«, sagte Blunt und wischte sich den Schweiß von der Stirn. »Aber ich bin sicher, daß sie nichts gegen Sie im Schilde führt. Wenn ich zurückkomme, spreche ich wieder bei Ihnen vor, Sir.«

Draußen im Flur holte er tief Atem. »Alle Wetter, das ist eine kitzlige Sache«, murmelte er und schüttelte sich, als er an Freres Wutausbruch dachte. »Es gibt nur eine Frau auf der Welt, für die ich das wagen würde.«

Von Mißtrauen geplagt, ließ Maurice Frere am Nachmittag sein Pferd satteln und ritt zur Bucht, um das Häuschen in Augenschein zu nehmen, das die Besitzerin des »Purfoy-Handelshauses« gekauft hatte. Es war ein niedriges weißes Gebäude, etwa vier Meilen von der Stadt entfernt, am äußersten Ende einer schmalen Landzunge gelegen, die in das tiefe Wasser des Hafens ragte.

Zwischen der Straße und dem Haus lag ein sorgfältig gepflegter Garten, in dem Frere einen mit Umgraben beschäftigten Mann sah.

»Wohnt hier Mrs. Purfoy?« rief er ihm zu und öffnete dabei einen Flügel der eisernen Gittertür.

Der Mann bejahte und starrte den Besucher mißtrauisch an.

»Ist sie zu Hause?«

»Nein.«

»Wissen Sie das genau?«

»Fragen Sie doch im Haus, wenn Sie mir nicht glauben«, antwortete der andere so unhöflich, wie nur ein freier Mann sprechen konnte.

Frere nahm sein Pferd am Zügel und ging den breiten und saubergeharkten Fahrweg entlang. Ein livrierter Diener, der auf sein Läuten öffnete, teilte ihm mit, Mrs. Purfoy sei in die Stadt gefahren, und schlug ihm dann die Tür vor der Nase zu.

Verblüfft und einigermaßen entrüstet über diese sichtbaren Zeichen der Unabhängigkeit, blieb Frere stehen, und einen Augenblick dachte er daran, den Eintritt zu erzwingen. Er schaute sich um und sah durch eine Lücke zwischen den Bäumen die Masten einer Brigg, die an der Spitze der Landzunge vor Anker lag. Man konnte das Haus also nicht nur vom Land her, sondern auch auf dem Wasserwege erreichen oder verlassen. Hatte sie diese Lage absichtlich gewählt, oder war es bloßer Zufall? Frere fühlte ein gewisses Unbehagen, aber er versuchte sich einzureden, daß alles in Ordnung sei.

Sarah hatte ihr Versprechen bisher gehalten. Sie hatte ein neues und achtbares Leben begonnen. Warum sollte er also an Böses denken, wo vielleicht gar nichts Böses war?

Blunt hatte offenbar die Wahrheit gesprochen. Es kam doch oft vor, daß Frauen wie Sarah Purfoy zu verhältnismäßigem Wohlstand gelangten und ein nach außen hin tugendhaftes Leben führten. Wahrscheinlich war irgendein reicher Kaufmann der eigentliche Besitzer von Haus und Garten, Luxusjacht und Firma. Nein, dachte Frere, ich brauche wohl keine Bedenken zu haben.

Der erfahrene Zuchtmeister hatte die Fähigkeiten des Sträflings John Rex unterschätzt.

Von dem Augenblick an, da John Rex seinen Urteilsspruch »lebenslängliche Verbannung« gehört hatte, war er zur Flucht entschlossen und richtete alle Kräfte seines scharfen, durch keine Skrupel gehemmten Verstandes auf dieses eine Ziel. Seine erste Sorge war, Geld in die Hand zu bekommen, und aus diesem Grunde verfaßte er den Brief an Blicks. Als er jedoch von Meekin erfuhr, was mit seinem Schreiben geschehen war, bequemte er sich zu der ihm weniger angenehmen Lösung, das Geld durch Sarah Purfoy beschaffen zu lassen.

Es war charakteristisch für diesen harten und undankbaren Mann, daß er die Frau, die ihm so treu und ergeben in die Verbannung gefolgt war und nur für seine Befreiung lebte, nie wirklich geliebt hatte. Ihre Schönheit war es, die ihn gefesselt hatte, als er in der Londoner Lebewelt unter dem Namen Lionel Crofton von sich reden machte. Ihre Klugheit und ihre innige Zuneigung – Eigenschaften, die er zu nutzen verstand, aber vergaß, sobald er seiner Geliebten überdrüssig wurde – kamen erst in zweiter Linie. Während der zwölf Jahre, die seit seiner Verhaftung im Hause des Falschmünzers Green verstrichen waren, hatte er kaum einen Gedanken an das Schicksal der Frau verschwendet. Er hatte in dieser Zeit so viel erlebt und erlitten, daß sein früheres Leben in grauer Ferne zu liegen schien. Als er bei seiner Rückkehr in die Sträflingskolonie hörte, daß Sarah Purfoy noch immer in Hobart Town war, freute er sich; denn er wußte, daß er in ihr eine Verbündete hatte, die alles tun würde, um ihm zu helfen – das hatte sie an Bord der *Malabar* bewiesen. Zugleich aber empfand er Unbehagen, denn es war klar, daß sie als Preis für ihre Hilfe seine Liebe fordern würde, und die war seit langem erkaltet. Trotzdem beschloß er, Verbindung mit ihr aufzunehmen. Falls sie lästig wurde, gab es gewiß eine Möglichkeit, sich ihrer zu entledigen.

Mit seiner geheuchelten Frömmigkeit hatte er genau das erreicht, was er wollte: Mr. Meekin vertraute ihm voll und ganz und ließ sich auch durch Freres Deutung des verschlüsselten Briefes nicht beirren. Diesem würdigen Herrn offenbarte John Rex eine seltsame und traurige Geschichte. Er sei, so erzählte er, der Sohn eines anglikanischen Pfarrers, dessen wahren Namen er aus Hochachtung vor dem geistlichen Stand für immer verschweigen müsse. Man habe ihn – natürlich zu Unrecht – der Urkundenfälschung bezichtigt und zur Deportation verurteilt. Sarah Purfoy sei seine Frau – seine auf Abwege geratene, in Sünde verlorene, aber trotz allem noch immer geliebte Frau. Sie, das unschuldige und vertrauensvolle Mädchen, habe sich bei Mrs. Vickers als Zofe verdingt, um ihrem Manne, eingedenk ihres am Altar gegebenen Versprechens, an seinen Verbannungsort zu folgen. Leider sei er, John Rex, von einem bösen Fieber befallen worden, und Maurice Frere, dieser lüsterne Schurke, habe sich seine Krankheit zunutze gemacht und die schutzlose Frau ins Verderben gestürzt. Rex erging sich in Andeutungen, wie der Verführer seine Macht über den kranken und hilflosen Ehemann gleichsam als Waffe gegen Sarahs Tugend benutzt habe, und der arme Meekin erschrak darüber so heftig, daß er es, wäre die Sache nicht »vor so langer Zeit passiert«, für nötig befunden hätte, mit einigem Mißfallen auf den leichtlebigen Schwiegersohn von Major Vickers zu blicken.

»Heute trage ich ihm nichts mehr nach, Sir«, sagte Rex. »Freilich, es gab eine Zeit, da hätte ich ihn umbringen können; aber als ich ihn dann in meiner Gewalt hatte, war ich nicht fähig, zuzuschlagen, wie Sie ja wissen. Nein, Sir, ich konnte keinen Mord begehen!«

»Sehr löblich«, warf Meekin ein, »in der Tat, sehr löblich.«

»Gott wird ihn nach Seinem Ermessen strafen. Er allein bestimmt die Stunde«, fuhr Rex fort. »Meine ganze Sorge gilt dieser armen Frau. Wie ich erfahren habe, ist sie nach Sydney gegangen und hat zu einem ehrbaren Lebenswandel zurückgefunden. Ach, Sir, das Herz blutet mir, wenn ich an sie denke.« Und Rex stieß einen Seufzer aus, der seinen schauspielerischen Fähigkeiten alle Ehre machte.

»Mein armer Sohn«, sagte Meekin. »Wissen Sie, wo sie wohnt?«

»Ja, Sir.«

»Dann schreiben Sie ihr doch.«

John Rex schien zu überlegen, mit sich selbst zu kämpfen und sich zu einem Entschluß durchzuringen.

»Nein, Mr. Meekin, ich werde nicht schreiben.«

»Und warum nicht?«

»Sie kennen die Bestimmungen, Sir. Der Kommandant liest alle Briefe, bevor sie abgehen. Kann ich denn meiner armen Sarah zumuten, daß fremde Augen lesen, was ich ihr schreibe?« Er beobachtete verstohlen den Geistlichen.

»N... nein, das können Sie nicht«, stimmte Meekin nach einigem Zögern zu.

»Sehen Sie, Sir«, sagte Rex und ließ traurig den Kopf hängen.

Tags darauf erschien Meekin abermals bei seinem bußfertigen Sünder. Errötend – denn er wußte, daß er im Begriff war, etwas Unrechtes zu tun – sagte er: »Wenn Sie mir versprechen, daß Sie nichts schreiben, was nicht auch der Kommandant lesen dürfte, dann werde ich den Brief an Ihre Frau weiterleiten.«

»Der Himmel möge Sie dafür segnen«, erwiderte Rex.

Er brauchte zwei Tage, um eine Epistel zu verfassen, die Sarah Purfoy über alle zu ergreifenden Maßnahmen aufklärte. Der Brief war ein Musterbeispiel an Klarheit und bündiger Kürze. John Rex hatte keine Einzelheit vergessen, die zum Verständnis notwendig war, nichts stehenlassen, was etwa verwirren konnte. Sein Plan, an dem er ein halbes Jahr lang gearbeitet hatte, war in der eindeutigsten Form dargelegt. Er übergab Meekin den unversiegelten Brief. Der Kaplan betrachtete das Schreiben mit einem Interesse, das nicht frei von Argwohn war.

»Habe ich Ihr Wort, daß nichts drinsteht, was nicht auch der Kommandant lesen dürfte?« fragte er.

John Rex fehlte es nicht an Kühnheit; aber als er die gefährliche Botschaft in der Hand des Geistlichen sah, zitterten ihm die Knie. Er verließ sich jedoch auf seine Menschenkenntnis und setzte alles auf eine Karte.

»Lesen Sie ihn, Sir«, sagte er und wandte sich vorwurfsvoll ab. »Sie sind ein Gentleman. Ihnen vertraue ich.«

»Nein, Rex«, entgegnete Meekin, der prompt in die Falle tappte. »Ich lese keine

Privatbriefe.« Er versiegelte den Brief, und John Rex hatte das Gefühl, daß eine Lunte von einem Pulverfaß entfernt worden sei.

Nach einem Monat erhielt Mr. Meekin einen schöngeschriebenen Brief von »Sarah Rex«, die ihm kurz mitteilte, sie habe von seiner Güte gehört und bitte ihn, den beiliegenden Brief ihrem Gatten zu übergeben; sollte das indessen gegen die Vorschriften verstoßen, so ersuche sie ihn, ihr das Schreiben ungelesen zurückzusenden. Natürlich bekam Rex seinen Brief. Tags darauf händigte er dem Geistlichen Sarahs überaus rührendes und frommes Machwerk aus und bat, er möge es lesen. Meekin erfüllte ihm den Wunsch, und alle Bedenken, die er vielleicht noch gehabt hatte, schwanden dahin. Er hatte keine Ahnung, daß John Rex mit dem frommen Brief noch einen anderen, ausschließlich für ihn bestimmten erhalten hatte, der dem Sträfling so wertvoll war, daß er ihn nach zweimaligem aufmerksamem Lesen zerkaute und verschluckte.

Der Fluchtplan war alles in allem sehr einfach. Sarah Purfoy sollte sich die Gelder beschaffen, die Blicks in Verwahrung hatte, und damit irgendein Geschäftsunternehmen aufziehen, das es ihr ermöglichen würde, ein Schiff an der Südküste von Vandiemensland kreuzen zu lassen, ohne Verdacht zu erregen. Für die Flucht erschienen Rex die Wintermonate, nach Möglichkeit Juni oder Juli, am besten geeignet. Das Schiff mußte unter dem Kommando einer vertrauenswürdigen Person stehen, die häufig an der Südostküste landen und auf ungewöhnliche Erscheinungen achten sollte. Wie Rex den Hunden und den Wachen entkommen würde, war seine Sache; dabei konnte ihm niemand helfen. »Du wirst das für einen tollkühnen Plan halten«, schrieb Rex, »aber er ist nur halb so wild, wie er aussieht. Ich habe ein Dutzend andere Pläne erwogen und wieder verworfen. Dies ist der einzige Weg. Überlege Dir jeden Schritt. Meine Flucht ist leicht zu bewerkstelligen, wenn Hilfe nahe ist. Alles hängt davon ab, daß es gelingt, einen zuverlässigen Mann als Schiffsführer zu finden. Ich werde anderthalb Jahre warten, damit Du genügend Zeit hast, Deine Vorbereitungen zu treffen.«

Die anderthalb Jahre waren nun nahezu vergangen, und der Zeitpunkt für den waghalsigen Versuch rückte immer näher. Getreu seiner grausamen Lebensphilosophie, hatte sich John Rex rechtzeitig nach Sündenböcken umgesehen, die für ihn den Buckel hinhalten und damit seine Rettung ermöglichen sollten.

Er hatte herausgefunden, daß acht von den zwanzig Mann seiner Kolonne Fluchtgedanken hegten. Diese acht waren Gabbett, Vetch, Bodenham, Cornelius, Greenhill, Sanders – auch der »Bettler« genannt –, Cox und Travers. Die führenden Köpfe waren Vetch und Gabbett, die den Stutzer mit größter Ehrerbietung ersuchten, sich ihnen anzuschließen. Argwöhnisch wie immer und überdies von dem befremdlichen Eifer des Riesen abgestoßen, lehnte John Rex zunächst ab; nach und nach aber zeigte er mehr Entgegenkommen und tat, als wolle er mitmachen. Seine Absicht war, die Männer in ihrem Vorhaben zu bestärken, damit er selbst in der Aufregung, die ihre Flucht hervorrufen mußte, um so leichter entwischen konnte. »Wenn die ganze Insel hinter diesen acht Tölpeln her ist, werde ich eine gute Chance haben, mich unbemerkt zu verdrücken«, schrieb er an Sarah. Dennoch wünschte er sich einen Gefährten für die Flucht, irgendeinen starken Mann, der, wenn es hart auf hart käme, die Verfolger in Schach halten und überhaupt in jeder Beziehung nützlich sein würde. Und diesen Kameraden glaubte er in Rufus Dawes gefunden zu haben.

Während er anfangs, wie wir gesehen haben, seinen Mitgefangenen lediglich aus eigennützigen Motiven zur Flucht drängte, empfand er im Laufe der Zeit so etwas wie Zuneigung für Dawes, gerade weil der seine Annäherungsversuche so hartnäckig zurückwies. John Rex, von jeher ein scharfer Beobachter der menschlichen Natur, kam bald dahinter, daß sich unter der rauhen Schale, mit der dieser Unglückliche seine Qualen umpanzert hatte, Treue, Zuverlässigkeit und ein unerschrockener Mut verbargen. Zudem war Rufus Dawes von einem Geheimnis umwittert, das Rex, der in den Herzen der Menschen zu lesen verstand, gar zu gern ergründet hätte. »Hast du denn keine Freunde, die du gern wiedersehen möchtest?« fragte er eines Abends, als sich Rufus Dawes unzugänglicher denn je zeigte.

»Nein«, erwiderte Dawes finster. »Meine Freunde sind für mich alle tot.«

»Was, alle?« fragte der andere. »Die meisten Leute haben doch wenigstens einen Menschen, nach dem sie sich sehnen.«

Rufus Dawes lachte – ein leises, schwermütiges Lachen. »Ich bin hier besser aufgehoben.«

»Dann bist du also mit diesem Hundeleben zufrieden?«

»Genug, genug«, sagte Dawes. »Mein Entschluß steht fest.«

»Reiß dich zusammen, Mann!« rief Rex. »Es kann nichts schiefgehen. Ich habe anderthalb Jahre darüber nachgedacht, die Sache muß einfach klappen.«

»Wer macht alles mit?« fragte Dawes, ohne aufzublicken.

John Rex nannte die acht Namen. Dawes hob den Kopf. »Ich gehe nicht mit. Ich bin bereits zweimal deshalb vor Gericht gestellt worden, das reicht mir. Und dir würde ich auch raten, die Finger davon zu lassen.«

»Warum denn?«

»Gabbett ist schon öfter ausgerissen«, sagte Rufus Dawes, und ihn schauderte bei der Erinnerung an den grausigen Fund in der sonnendurchglühten Bergschlucht am Höllentor. »Und er ist nie allein gegangen, aber jedesmal allein zurückgekommen.«

»Was willst du damit sagen?« fragte Rex, eigenartig berührt von dem Tonfall seines Gefährten.

»Was wurde aus den anderen?«

»Gestorben werden sie sein«, meinte der Stutzer mit einem gezwungenen Lachen.

»Ja, aber wie? Sie hatten alle nichts zu essen. Wie hat es Gabbett fertiggebracht, sich sechs Wochen lang am Leben zu erhalten?«

John Rex wurde um einen Schein blasser und gab keine Antwort. Er erinnerte sich der wilden Gerüchte, die damals im Lager umgelaufen waren. Aber er hatte ja gar nicht die Absicht, in Begleitung des Riesen zu fliehen, also brauchte er sich auch nicht zu fürchten.

»Dann komm mit mir«, sagte er kurz entschlossen. »Laß uns unser Glück gemeinsam versuchen.«

»Nein. Mein Entschluß steht fest. Ich bleibe.«

»Das heißt, du verzichtest darauf, deine Unschuld zu beweisen.«

»Wie kann ich sie denn beweisen?« rief Rufus Dawes ungeduldig. »Es gibt eben Verbrechen, die nie aufgeklärt werden, und dies gehört auch dazu.«

»Na gut«, sagte Rex und stand auf, als sei er es müde, zu streiten, »mach, was du willst. Du mußt es am besten wissen. Es ist auch wirklich nicht einfach, den Privatdetektiv zu spielen. Ich habe selbst mal so einen Fall übernommen, eine ganz geheimnisvolle Sache. Es handelte sich um den Sohn eines Schiffsreeders, dem ich vier Monate lang nachgejagt bin – und dann habe ich die Spur verloren.«

»Um den Sohn eines Schiffsreeders? Wie hieß er?«

John Rex schwieg einen Augenblick, erstaunt über das lebhafte Interesse, das sich in dieser Frage verriet. Hier bot sich eine neue Möglichkeit, an Dawes heranzukommen, und er zögerte nicht, sie zu nutzen. »Das ist eine merkwürdige Geschichte. Eine zu meiner Zeit sehr bekannte Persönlichkeit – Sir Richard Devine. Ein alter Geizhals mit einem ungeratenen Sohn.«

Rufus Dawes biß sich auf die Lippen, um seine Erregung nicht zu verraten. Dies war das zweite Mal, daß ihm jemand von seinem toten Vater sprach.

»Ja, mir ist so, als hätte ich irgendwas darüber gehört«, erwiderte er und wunderte sich, wie ruhig seine Stimme klang.

»Eine merkwürdige Geschichte«, wiederholte Rex, in seine Erinnerungen versunken. »Damals betätigte ich mich gelegentlich ein bißchen als Detektiv, und der Alte kam zu mir. Er wollte Auskünfte haben über seinen Sohn, der ins Ausland gegangen war. Ein leichtsinniger junger Hund, nach allem, was ich erfuhr.«

»Und du hast ihm die Auskünfte geben können?«

»Bis zu einem gewissen Grade ja. Ich jagte dem Burschen nach, von Paris nach Brüssel, von Brüssel nach Antwerpen und von Antwerpen zurück nach Paris. Dort verlor ich ihn dann aus den Augen. Ein kläglihes Ende für eine so lange und kostspielige Suche. Das einzige, was ich mitbrachte, war ein kleiner Koffer mit Briefen von seiner Mutter. Ich schickte sie dem Schiffsreeder zu, und anscheinend enthielten sie Mitteilungen, die ihn tödlich trafen, denn er starb unmittelbar danach.«

»Und der Sohn?«

»Ja, das ist das merkwürdigste an der ganzen Geschichte. Der Alte hatte ihm sein Vermögen hinterlassen – ein ganz hübsches Sümmchen, glaube ich –, aber er war schon auf dem Wege nach Indien und ging mit der *Hydaspes* unter. Frere war übrigens sein Vetter.«

»Ach!«

»Bei Gott, ich könnte rasen, wenn ich nur daran denke«, fuhr Rex fort, in dem durch diese Erinnerungen der draufgängerische Abenteurer wiedererwacht war. »Dieser jämmerliche Fehlschlag – und das bei den Mitteln, die mir zur Verfügung standen! Tag und Nacht habe ich diesen Richard Devine gesucht und nicht einmal seinen Schatten zu sehen bekommen. Der Alte hatte mir seinen Sohn genau beschrieben und mir außerdem ein Bild von ihm gegeben. Drei Monate lang habe ich diese auf Elfenbein gemalte Fratze mit mir herumgetragen und sie jede halbe Stunde zur Auffrischung meines Gedächtnisses studiert. Bei Gott, wäre mir der junge Herr irgendwann begegnet, ich hätte ihn überall wiedererkannt, sogar in Timbuktu, vorausgesetzt, daß er wenigstens einen Schimmer Ähnlichkeit mit seinem Porträt hatte.«

»Meinst du, daß du ihn heute noch wiedererkennen würdest?« fragte Rufus Dawes leise, mit abgewandtem Gesicht.

Vielleicht war es irgend etwas in seiner Haltung, was eine Erinnerung in Rex wachrief, vielleicht auch nur die mühsam unterdrückte Erregung, die in seiner Stimme mitschwang und einen so seltsamen Gegensatz zu dem verhältnismäßig belanglosen Gesprächsthema bildete – jedenfalls vollzog sich in John Rex' Hirn eine jener automatischen Synthesen, die einem später wie ein Wunder erscheinen. Der verschwenderische Sohn – die Ähnlichkeit mit dem Porträt – das Geheimnis in Dawes' Leben! Das waren die Glieder einer galvanischen Kette. Er schloß den Stromkreis, und ein heller Blitzstrahl enthüllte ihm alles.

Wärter Troke kam heran und legte Rex die Hand auf die Schulter.

»He, Dawes«, sagte er, »du sollst auf den Hof kommen.« Dann erkannte er seinen Irrtum und fügte grinsend hinzu: »Verdammt noch mal! Ihr beide seht euch so ähnlich, daß man nie weiß, wen man vor sich hat.«

Rufus Dawes entfernte sich in finsterem Schweigen. Der Schurke John Rex aber war blaß geworden, und eine seltsame Hoffnung ließ sein Herz höher schlagen.

Troke hat recht, dachte er, wir gleichen einander aufs Haar. *Ich werde ihn nicht länger zur Flucht drängen.*

KAPITEL 23
Spießrutenlaufen

Die *Pretty Mary* – der häßlichste und übelriechendste Kahn, der jemals südliche Gewässer befahren hatte – kreuzte seit fast drei Wochen vor Kap Surville. Kapitän Blunt wurde langsam ungeduldig. Er machte heftige Anstrengungen, das zu finden, was er angeblich suchte, nämlich Austernbänke; aber seinen Bemühungen war kein Erfolg beschieden. Vergeblich ließ er das Boot aussetzen und ruderte in jede Bucht, in jeden geschützten Winkel zwischen Riff Hippolyte und Schoutens Island. Vergeblich steuerte er die *Pretty Mary* so nahe wie möglich an die schroffen Klippen heran und ging ungezählte Male an Land, um die Küste zu erforschen. Vergeblich kletterte er – in seinem Eifer, Mrs. Purfoys Interessen zu dienen – auf die Felsen und verbrachte viele einsame Stunden mit dem Ausloten der Blackman's Bay. Nirgends entdeckte er auch nur eine einzige Auster.

»Drei oder vier Tage warte ich noch«, sagte er zu seinem Maat. »Wenn ich bis dahin nichts finde, fahren wir zurück. Es ist zu gefährlich, hier zu kreuzen.«

Zur gleichen Zeit, da Kapitän Blunt diesen Entschluß faßte, sah der Wachposten auf Signal Hill, daß die Arme des Signalmastes in der Siedlung drei Bewegungen machten.

Der Signalmast hatte drei schwenkbare Arme, die einer über dem anderen angebracht waren. Der obere bezeichnete die Einer; er gab mit sechs Bewegungen die Ziffern eins bis sechs an. Von dem mittleren las man die Zehner von zehn bis sechzig ab, von dem unteren die Hunderter von einhundert bis sechshundert.

Der untere und der obere Arm schnellten vor. Das bedeutete: Dreihundertsechs. An der Stange wurde ein Ball aufgezogen. Das bedeutete: Tausend.

1306, was soviel hieß wie: »Gefangene ausgebrochen.«

»Donnerwetter, Harry«, rief Jones, der Wachhabende, »da sind welche getürmt!«

Die Signalanlage trat wieder in Aktion: 1411.

»Mit Waffen!« übersetzte Jones die Zeichen. »Komm rauf, Harry, hier ist was los!«

Aber Harry antwortete nicht, und als der andere den Kopf wandte, sah er eine dunkle Gestalt im Türrahmen stehen. Diesmal hatte die vielgerühmte Signalanlage gründlich versagt. Die »Ausreißer« waren ebenso schnell da wie das Signal!

Der Wachhabende stürzte zu seinem Karabiner, aber den hielt der Eindringling bereits in der Hand.

»Gib dir keine Mühe, Jones! Wir sind neun Mann. Kümmere dich freundlichst um die Signale!«

Jones kannte die Stimme. Sie gehörte John Rex.

»Nun gib ihnen doch schon Antwort«, sagte Rex ungerührt. »Hauptmann Burgess hat's eilig.«

Und wirklich, die Arme der Signalstation in der Siedlung gestikulierten mit einer Leidenschaft, die geradezu komisch wirkte. Jones griff nach den Schnüren. Das aufgeschlagene Signalbuch vor sich, wollte er die Meldung eben bestätigen, als Rex ihn festhielt: »Moment«, sagte er. »Teile ihnen mit: Nicht gesehen! Signal nach Eaglehawk weitergeben!«

Jones sah ihn unschlüssig an. Er war selbst ein Sträfling und fürchtete die Peitschenhiebe, die eine falsche Meldung unweigerlich nach sich ziehen würde.

»Wenn sie herauskriegen, daß ich...« Weiter kam er nicht, denn Rex spannte den Karabiner, und in seinen schwarzen Augen lag ein so entschlossener Ausdruck, daß Jones – obwohl er durchaus kein Feigling war – ohne weiteres Zögern eifrig zu signalisieren begann. Von unten klang das Klirren von Eisen herauf, und eine Stimme rief: »Was ist los, Stutzer?«

»Alles in Ordnung. Macht euch die Ketten ab, dann sprechen wir weiter, Jungens. Ich streue dem alten Burgess Salz auf den Schwanz.«

Der derbe Scherz wurde mit brüllendem Gelächter aufgenommen. Jones warf einen raschen Blick aus dem Fenster und sah im schwindenden Tageslicht eine Gruppe von Männern, die mit Hilfe eines aus dem Wachhaus entwendeten Hammers ihre Fesseln aufbrachen, während zwei schon befreite Sträflinge das Wachfeuer mit ein paar Eimern Wasser löschten. Ein wenig abseits lag der an Händen und Füßen gebundene Posten.

»So«, sagte der Anführer der Bande, »und jetzt Signal an Woody Island.«

Jones gehorchte notgedrungen.

»Melde: Gefangener aus den Kohlengruben entsprungen! One-Tree-Point scharf bewachen! Nach Eaglehawk weitermelden! Los, schnell!«

Jones, der sofort begriff, daß durch dieses Manöver die Aufmerksamkeit von Eaglehawk-Neck abgelenkt werden sollte, führte den Befehl mit einem Grinsen aus.

»Du verstehst dein Handwerk, Stutzer-Jack«, sagte er.

John Rex beantwortete das Kompliment damit, daß er den Karabiner entspannte.

»Hände ausstrecken!« gebot er. »Heda, Jemmy Vetch!«

»Zur Stelle«, antwortete die Krähe von unten.

»Komm rauf und fessele unseren Freund Jones. Gabbett, hast du die Äxte?«

»Ist nur eine da«, brüllte Gabbett mit einem Fluch.

»Dann nimm die mit und allen Proviant, den du findest. Hast du ihn gefesselt? Gut, Jungens, verschwindet!«

Fünf Minuten nachdem der nichtsahnende Harry von zwei Gestalten gepackt worden war, die sich lautlos aus dem Schatten der Hütten auf ihn gestürzt hatten, rührte sich nichts mehr auf der Station Signal Hill.

Inzwischen schäumte Burgess vor Wut. Neun Männer hatten sich des Bootes in der Long Bay bemächtigt und einen Vorsprung von einer halben Stunde gewonnen, ehe

Alarm geschlagen wurde! So etwas war noch nie dagewesen! Wo hatte denn Troke seine Augen gehabt? Doch Troke, den man acht Stunden später entwaffnet, gefesselt und geknebelt im Busch fand, war sich keines Pflichtversäumnisses bewußt. Wie hätte er ahnen sollen, daß die neun Männer, die er zur Stewart's Bay führte, auf ein bestimmtes Zeichen von Stutzer-Jack über ihn herfallen und ihn, ehe er noch seine Pistole ziehen konnte, wie ein Huhn zusammenschnüren würden? Der gefährlichste Bursche der Kolonne, Rufus Dawes, hatte sich freiwillig zum Pfählerammen gemeldet, einer allgemein verhaßten Arbeit, und daraufhin war Troke ganz unbesorgt gewesen. Eine Verschwörung, bei der ausgerechnet Rufus Dawes nicht mitmachte – das gab es doch gar nicht!

Konstabler, beritten und zu Fuß, durchstreiften den Busch rings um die Siedlung, Burgess war auf Grund der Meldung aus Signal Hill überzeugt, daß die Eaglehawk-Landenge alarmiert worden sei. Er glaubte, man werde die Ausreißer binnen wenigen Stunden wieder einfangen, und zog sich, nachdem er befohlen hatte, die Verbindung aufrechtzuerhalten, zum Essen zurück. Sein Diener hatte gerade die Suppe aufgetragen, als man dem Kommandanten das meldete, was John Rex so klug bewerkstelligt hatte: Signal Hill antwortete nicht.

»Vielleicht können die Narren nicht richtig sehen«, mutmaßte Burgess. »Zündet das Leuchtfeuer an und sattelt mein Pferd.«

Das Feuer wurde entzündet. Mount Arthur, Mount Communication und die Kohlengruben reagierten sofort: Nach Westen zu war die Verbindung auf der ganzen Linie in Ordnung. Aus Signal Hill aber kam keine Antwort. Burgess stampfte vor Wut mit dem Fuß auf. »Meine Bootsbesatzung soll sich bereit halten. Und gebt den Kohlengruben Bescheid, sie sollen nach Woody Island signalisieren.« Er stand schon auf der Mole, als ihm ein atemloser Bote die Antwort brachte: »Bootsbesatzung befehlsgemäß nach One-Tree-Point gefahren! Desgleichen fünf Mann von Eaglehawk!« Burgess begriff sogleich, was gespielt wurde. Die Burschen hatten die Wache aus Eaglehawk weggelockt. »In die Riemen, Leute!« Und das Boot schoß durch die Dunkelheit auf die Long Bay zu. »Weit können sie noch nicht gekommen sein«, meinte der Kommandant.

Zwischen Eaglehawk und Signal Hill lauerten neue Gefahren auf die Ausreißer. Längs der zerklüfteten Küste von Port Bunche lagen vier Polizeistationen, einfache Hütten, die ebenfalls durch Signale miteinander Verbindung aufnehmen konnten. Von ihnen galt es, sich fernzuhalten; ein Umweg durch den Busch war also unvermeidlich. Das bedeutete zwar einen Zeitverlust, aber John Rex sah ein, daß der Versuch, an diesen vier Stationen vorbei Spießruten zu laufen, glatter Selbstmord sein würde. Ihre Rettung hing davon ab, daß sie Eaglehawk-Neck erreichten, solange die Wache an der südlichen Küste durch die Abwesenheit einiger Männer geschwächt war und bevor vom östlichen Arm der Halbinsel Alarm gegeben wurde. John Rex ließ seine Männer im Gänsemarsch gehen; kurz vor der Norfolk Bay bogen sie von der Straße ab und hielten geradewegs auf Eaglehawk-Neck zu. Die Nacht war mit einem heftigen Westwind hereingebrochen, Regen drohte. Es war stockdunkel, und die Flüchtlinge konnten sich nur nach dem stumpfen Tosen der Brandung richten, die gegen Descent Beach schlug. Ohne den aufkommenden Weststurm hätten sie nicht einmal diese Orientierungsmöglichkeit gehabt.

Jemmy, die Krähe, ging als Führer voran, er trug die Muskete, die sie Harry abgenommen hatten. Dann kam Gabbett mit der Axt, und ihm folgten die anderen sechs mit den in Signal Hill erbeuteten Lebensmitteln. John Rex, der den Karabiner und Trokes Pistole an sich genommen hatte, beschloß den Zug. Sie waren übereingekommen, daß im Falle eines Angriffs sich jeder allein durchschlagen sollte. Bei ihrem tollkühnen Unternehmen bedeutete Trennung Stärke. Zu ihrer Linken leuchteten hin und wieder die Lichter der Polizeistationen auf, und je weiter sie vordrangen, desto deutlicher hörten sie das heisere Rauschen des Meeres, hinter dem die Freiheit oder der Tod wartete.

Nach fast zweistündigem beschwerlichem Fußmarsch blieb Jemmy Vetch plötzlich stehen und winkte die anderen heran. Sie befanden sich auf einer sandigen Anhöhe. Linker Hand ragte etwas Schwarzes auf – die Hütte des Konstablers; rechts sahen sie verschwommen eine mattweiße Linie – das Meer; vor ihnen schwankte eine Reihe von Lampen im Wind, und zwischen je zwei Lampen lief und sprang ein dunkler Körper hin und her. Jemmy Vetch deutete mit seinem mageren Zeigefinger in diese Richtung.

»Die Hunde!« flüsterte er.

Instinktiv warfen sie sich zu Boden, aus Furcht, die beiden Posten, die im roten Feuerschein des Wachhauses deutlich zu sehen waren, könnten sie trotz der Entfernung bemerken.

»Was machen wir jetzt, Jungens?« fragte Gabbett.

In diesem Augenblick stieß einer der Kettenhunde ein langgezogenes tiefes Jaulen aus, und die ganze Meute stimmte mit schaurigem Geheul ein.

Sogar John Rex, der vielleicht der Tapferste von allen war, schauderte.

»Sie haben uns gewittert«, murmelte er. »Wir müssen weiter.«

Gabbett spuckte in die Hände und packte den Axtstiel fester.

»Du hast recht«, sagte er. »Und ehe die Nacht vorbei ist, gibt's von denen da ein paar weniger.«

Auf der gegenüberliegenden Küste huschten Lichter durch das Dunkel, und die Flüchtlinge hörten eilige stampfende Schritte.

»Wir müssen zur rechten Seite der Mole«, flüsterte Rex. »Wenn ich mich nicht täusche, liegt da ein Boot. Es ist unsere einzige Chance, denn am Wachhaus kommen wir auf keinen Fall durch. Seid ihr fertig? Dann los, alle zusammen!«

Bald hatte Gabbett die anderen um drei, vier Schritte hinter sich gelassen. Von den insgesamt elf Hunden waren zwei auf dem ins Wasser hinausführenden Laufsteg angekettet, und zwar einander gegenüber, so daß ihre Schnauzen sich fast berührten. Der Riese sprang zwischen sie und schlug der Bestie zu seiner Rechten mit einem wohlgezielten Axthieb den Schädel ein. Dabei geriet er unglücklicherweise in die Reichweite des anderen Hundes, der sich in seinen Schenkel verbiß.

»Feuer!« rief McNab von der anderen Seite der Lampen.

Der Riese schrie auf vor Wut und Schmerz und fiel zu Boden, den Hund unter sich begrabend. Es war jedoch der Hund, der ihn zu Fall gebracht hatte; die für ihn bestimmte Kugel traf Travers in den Kiefer. Der unglückliche Schurke brach zusammen und spuckte – wie Virgils Dares – »Blut, Zähne und Flüche«.

Gabbetts eiserne Fäuste umklammerten die Kehle des Hundes, bis das Tier von ihm abließ; dann ergriff er seine Axt und stürzte sich, zerbissen, wie er war, mit lautem Wutgebrüll auf den Soldaten, der ihm am nächsten stand. Aber Jemmmy Vetch kam ihm zuvor. Keuchend vor Haß, hob er die Büchse und schoß den Mann in die Brust.

Die anderen stürmten durch die nun unterbrochene Postenkette und rannten Hals über Kopf auf das Boot zu.

»Dummköpfe!« rief Rex, der sich hinter ihnen hielt. »Die Kugel habt ihr vergeudet! Seht nach links!«

Burgess war von seinen Leuten in höchster Eile auf dem Schienenwege nach Signal Hill befördert worden, hatte sich dort nur so lange aufgehalten, bis die überrumpelten Wachposten von ihren Fesseln befreit waren, und sich dann in dem Woody-Island-Boot von einer neuen Besatzung nach Eaglehawk-Neck rudern lassen. Die Verstärkung, die er heranführte, war nur noch knappe zehn Yards von der Mole entfernt.

Jemmy Vetch erkannte sogleich die Gefahr. Mit dem Mut der Verzweiflung sprang er ins Wasser und machte McNabs Boot los.

»Hierher, wenn euch euer Leben lieb ist!« schrie er.

Eine zweite Salve der Wache ließ das Wasser rings um die Flüchtlinge aufspritzen, aber die Kugeln verfehlten in der Dunkelheit ihr Ziel. Gabbett schwang sich über Bord und ergriff ein Ruder.

»Cox, Bodenham, Greenhill! Schnell, stoßt ab! Rasch, Tom, rein mit dir!«

Gerade als Hauptmann Burgess an Land sprang, wurde Cornelius über das Heck gezerrt, und das Boot schoß in das tiefe Wasser hinaus.

McNab lief zum Strand, um dem Kommandanten zu helfen.

»Tragt es über die Sandbank, Leute!« rief er. »Mit Schwung – hoch!« Zwölf starke Arme hoben das Woody-Island-Boot auf und schleppten es über die Landenge.

»Wir haben fünf Minuten Vorsprung«, stellte Vetch kaltblütig fest, als er den Kommandanten im Heck Platz nehmen sah. »Los, Jungens, legt euch in die Riemen! Wollen doch mal sehen, ob die uns einholen.«

Die Soldaten feuerten noch einmal aufs Geratewohl. In dem Feuerstrahl, der aus ihren Musketen schlug, sahen sie, daß sich die Verfolger etwa hundert Yards hinter den Flüchtlingen befanden, die bereits das tiefe Wasser der Piratenbucht erreicht hatten.

Erst jetzt bemerkten die Sträflinge, daß John Rex nicht bei ihnen war.

KAPITEL 24
Im Dunkel der Nacht

John Rex hatte den ersten Teil seines Plans verwirklicht.

Er hatte Burgess' Boot dicht vor der Mole erblickt und den Warnruf ausgestoßen, den Vetch hörte. Unmittelbar danach war er in der Dunkelheit verschwunden und lief nun auf eine bestimmte Stelle des Strandes zu, die in einiger Entfernung von Eaglehawk-Neck lag. Er hegte die verzweifelte Hoffnung, die Wachen würden nur auf das Boot mit den Flüchtlingen achten, so daß er, im Schutze der Nacht und von der allgemeinen Verwirrung begünstigt, zur Halbinsel hinüberschwimmen könnte. Das war eine Leistung, die er sich ohne weiteres zutraute. War er erst einmal drüben, so wußte er, was er zu tun hatte. Da der heftige Westwind die hereinkommende Flut gegen die Landenge warf, galt es, an einem möglichst weit südlich gelegenen Punkt ins Wasser zu gehen, wo ihn die Strömung nicht zurückwerfen, sondern hinaustragen würde. So eilte er denn über die sandigen Hänge am Eingang des Neck und wandte sich dann dem Meer zu. In wenigen langen Sätzen hatte er den harten Sandstrand erreicht. Plötzlich blieb er stehen und lauschte. Hinter sich hörte er Schritte. Jemand verfolgte ihn. Die Schritte kamen näher, und eine Stimme rief: »Ergib dich!«

Es war McNab, der Rex' Rückzug beobachtet hatte und ihm wagemutig gefolgt war. John Rex zog eine von Trokers Pistolen aus der Brusttasche und wartete.

»Ergib dich!« rief die Stimme abermals, und die Gestalt kam noch etwas näher.

In dem Augenblick, da Rex die Waffe hob, um abzudrücken, zuckte ein greller Blitz durch die Nacht, und er sah zu seiner Rechten zwei Boote auf dem gespenstisch fahlen Meer, von denen das hintere nur wenige Yards von ihm entfernt zu sein schien. Die Männer darin sahen wie Leichen aus. In der Ferne ragte Kap Surville auf, und unterhalb des Kaps schäumte die hungrige See. Das Bild war im Nu wieder verschwunden, vom Dunkel verschluckt, kaum daß er es wahrgenommen hatte. Aber der Schreck, der ihn durchfuhr, ließ ihn sein Ziel verfehlen. Mit einem Fluch schleuderte er die Pistole fort und wandte sich zur Flucht. McNab folgte ihm.

Der Pfad, den die Soldaten der Station ständig benutzten, war ausgetreten, und Rex hatte beim Laufen keine Schwierigkeiten. Wie die meisten Menschen, die viel im Dunkeln leben, hatte er eine katzenähnliche Fähigkeit erworben, Hindernissen rechtzeitig auszuweichen, eine Fähigkeit, die eher auf gesteigertes Tastvermögen als auf geschärfte Sehkraft zurückzuführen ist. Seine Füße paßten sich wie von selbst allen Unebenheiten des Bodens an, seine Hände griffen instinktiv nach den überhängenden Zweigen, sein Kopf duckte sich automatisch vor jedem querstehenden Ast, der ihm den Weg versperrte. Sein Verfolger war nicht so geschickt. Zweimal hörte John Rex ein Knacken und Straucheln, das auf einen Sturz hindeutete und ihm ein Grinsen entlockte, und einmal lachte er sogar laut auf –, als aus dem Bach, den er in einem Tal mühelos übersprungen hatte, ein lautes Aufklatschen an sein Ohr drang. Nun aber stieg der Weg an, und Rex verdoppelte seine Anstrengungen. Dank seiner überlegenen Muskelkraft hoffte er, den Verfolger abschütteln zu können. Er stürmte den Hügel hinauf, blieb stehen und lauschte. Hinter ihm knackten keine Zweige mehr, anscheinend war er allein.

Er stand auf dem Gipfel der Klippe. Die Lichter des Neck waren unsichtbar. Unter ihm lag die See. Aus der schwarzen Leere kamen scharfe, salzige Böen. Die Schaumkämme der Sturzwellen, die sich in der Tiefe brachen, wurden vom Wind weggeblasen und in die Nacht hinausgewirbelt – weiße Flecke, die sofort von der rasch zunehmenden Dunkelheit verschluckt wurden. Von der Nordseite der Bucht drang das heisere Brüllen der Brecher herüber, die an die schroffen Klippen von Forrestiers Halbinsel brandeten. Zu seinen Füßen tobte ein schreckliches Kreischen und Pfeifen, das hin und wieder von einem donnerähnlichen Getöse unterbrochen wurde. Wo war er? Erschöpft und atemlos warf er sich in das dichte Gestrüpp und lauschte. Plötzlich hörte er auf dem Weg, den er gekommen war, einen Laut, der ihn in tödlicher Furcht aufspringen ließ – das dumpfe Bellen eines Hundes!

John Rex griff in die Brusttasche, wo er die zweite Pistole verwahrt hatte, und stieß einen Schrei aus. Er hatte sie verloren. Hastig tastete er in der Dunkelheit den Boden nach irgendeinem Stock oder Stein ab, der ihm als Waffe dienen sollte. Vergeblich. Seine Finger trafen nur auf Dornengestrüpp und Riedgräser. Der Angstschweiß brach ihm aus allen Poren. Mit weit aufgerissenen Augen und gesträubtem Haar starrte er in die Finsternis, als könnte allein die Kraft seines Blickes sie zerstreuen. Wieder hörte er das dumpfe Gebell, es übertönte das Tosen von Wind und Wasser über und unter ihm, schien ganz nahe zu sein. Irgend jemand feuerte den Hund zum Suchen an; doch der Sturm trug die Worte so rasch davon, daß John Rex die Stimme nicht erkennen konnte. Vermutlich hatte man McNab ein paar Soldaten nachgeschickt. Dann war alles verloren. In seiner Angst schwor der Unglückliche, Buße zu tun, falls er dieser Gefahr entrinnen werde. Der Hund brach durch das Unterholz, bellte einmal kurz und schrill auf und verstummte dann.

Die Dunkelheit hatte mit dem Sturm zugenommen. Der Wind, der durch das Himmelsgewölbe raste, hatte zwischen den Blitzen und der See einen undurchdringlichen schwarzen Wolkenvorhang gezogen. Es schien, als könnte man diesen Vorhang mit Händen greifen und ihn noch enger zusammenziehen, so dicht war er. Die weißen tosenden Wasser waren unsichtbar, und nicht einmal die Blitze vermochten die rabenschwarze Nacht zu erhellen. Ein großer, warmer Regentropfen fiel auf Rex' ausgestreckte Hand, und hoch über ihm grollte zornig der Donner. Das Kreischen und Pfeifen, das er eben noch gehört hatte, war verstummt; aber ab und zu erzitterte der Boden, auf dem er stand, unter dumpfen, heftigen Stößen, als schlügen riesige Vögel mit ihren mächtigen Schwingen an die Klippe. Er blickte zum Meer hin und sah eine hohe Nebelgestalt, die sich weiß von der alles verhüllenden Finsternis abhob, ihm zunickte und sich vor ihm verneigte. Einen Augenblick lang sah er sie ganz deutlich, dann sank sie mit einem schrillen Schrei, aus dem Zorn und Verzweiflung zu klingen schienen, in sich zusammen und verschwand. Von einem unerklärlichen Grauen gepackt, wandte sich der gehetzte Mann um, und nun begegnete er der wirklichen Gefahr.

Knurrend und keuchend stürzte sich der Hund auf ihn. John Rex fiel hintenüber, aber seine Hände krallten sich krampfhaft in die Gurgel und den Bauch der Bestie, und unter Aufbietung aller Kräfte gelang es ihm, sie von sich zu schleudern. Das Tier heulte auf, dann verstummte es, und dort, wo es lag, wallte wieder die weiße dunstige Säule. Seltsamerweise nahmen McNab und der Soldat ihren Vorteil nicht wahr. Nur Mut – vielleicht konnte er ihnen doch noch entkommen! Er hatte Glück gehabt, daß er so leicht mit dem Hund fertig geworden war. Von neuer Hoffnung beseelt, rannte er weiter. Da – abermals stieg die Nebelgestalt vor ihm auf, ihr frostiger Atem hauchte ihm ins Gesicht, als mahne sie ihn raunend zur Umkehr. Die Angst, die ihm im Nacken saß, trieb ihn vorwärts. Noch wenige Schritte, dann mußte er den Gipfel der Klippe erreicht haben. Vor sich *spürte* er in der Dunkelheit das Brausen des Meeres. Plötzlich legte sich der Wind, die Säule verschwand, und dort, wo sie eben noch gewesen war, erhob sich ein so grauenhaftes Gekreisch, ein so zorniges Gelächter, daß John Rex entsetzt stehenblieb. Zu spät. Der Erdboden – so schien es ihm – gab unter seinen Füßen nach. Er fiel, suchte vergeblich an Felsen, Sträuchern und Gräsern Halt. Im gleichen Augenblick zerriß der Wolkenvorhang, und die grellen Blitze, die über dem Ozean spielten und zuckten, gaben John Rex eine Erklärung für die Schrecken der letzten Minuten, die noch furchtbarer war als die Schrecken selbst. Der Pfad, den er entlanggelaufen war, führte zu jenem ausgehöhlten Teil der Klippe, den man des Teufels Luftloch nannte.

Er klammerte sich an einen Baum, der seinen Fall auf halbem Wege aufgehalten hatte, und blickte umher. Vor ihm – aber schon über seinem Kopf – bildete der Fels einen riesigen Torbogen, durch den er in unermeßlicher Tiefe den tobenden, fahlen Ozean sah. Unter ihm gähnte ein Abgrund, mit schwarzen Felsblöcken gespickt, zwischen denen trübes, schlammiges Wasser gurgelte. Plötzlich schien sich der Boden dieses Abgrundes ihm entgegenzuheben; der schwarze Schlund spie tanzende, strudelnde Wassermassen aus, die immer höher stiegen und ihn zu verschlingen drohten. War es Einbildung, daß er auf ihrer Oberfläche den zerschmetterten Kadaver des Hundes erblickte?

Die Schlucht, in die John Rex gefallen war, hatte die Form eines gigantischen Trichters. Die Seitenwände bestanden aus zerklüftetem Felsgestein, und auf den Erdschollen, die hier und dort die Vorsprünge bedeckten, wuchsen ein paar verkrüppelte Bäume und Sträucher. In halber Höhe hatte auch diese spärliche Vegetation ein Ende; darunter wurde das Gestein unablässig von dem aufspritzenden Gischt übersprüht. Der Zufall – wäre Meekin in diese Situation geraten, so hätte er zweifellos von der »Vorsehung« gesprochen – hatte John Rex auf den untersten der mit Erde bedeckten Vorsprünge fallen lassen. Bei ruhigem Wetter wäre er hier außer Gefahr gewesen, aber die grellen Blitze enthüllten seinen vom Grauen geschärften Augen eine schwarze Felswand, die sich etwa zehn Fuß über seinem Kopf befand und triefend naß war. Das bedeutete also, daß die Stelle, auf der er stand, von der nächsten Springwelle überflutet werden würde.

Die tosende Wassersäule stieg mit grauenhafter Schnelligkeit. Rex fühlte, wie sie ihn ergriff und hochhob. Er umklammerte den Baum und verankerte seine Hände in den Jackenärmeln. Wenn er sich in dieser Stellung behaupten konnte, würde er vielleicht den Anprall der erstickenden Wassermassen überleben. Seine Füße wurden wie von der Hand eines Riesen roh gepackt und hochgerissen, Wasser gurgelte ihm in den Ohren, und es war, als sprängen seine Arme aus den Gelenken. Hätte der Druck noch einen Augenblick länger angehalten, so wäre John Rex in die Tiefe gestürzt. Aber die Wassersäule sank – mit einem wilden, heiseren Glucksen, als gebe ein Seeungeheuer seine Beute frei – und ließ ihn keuchend, blutend, halb erstickt, aber lebend zurück. Unmöglich konnte er einen weiteren Anprall überstehen, und in seiner Qual lockerte er schon den Griff der erstarrten Finger, entschlossen, sich in sein Schicksal zu fügen. Doch in diesem Augenblick entdeckte er an der Felswand zu seiner Rechten einen roten, flackernden Lichtschein, in dessen Mitte der riesenhafte Schatten eines Mannes gespenstisch hin und her schwankte. Er schaute nach oben und sah, daß ein brennender Ast, der an einem Seil befestigt war, behutsam in den Trichter hinabgelassen wurde. McNab benutzte die Pause zwischen zwei Springfluten, um die Seitenwände des Luftloches abzusuchen.

Eine verzweifelte Hoffnung regte sich in John Rex. Gleich würde das Licht ihn, der wie eine Napfschnecke an der Felswand klebte, den Blicken der Männer dort oben preisgeben. Es war unvermeidlich, daß sie ihn entdeckten; aber wenn sie das Seil schnell genug herabließen, konnte er es vielleicht packen und wenigstens sein Leben retten. Die Angst vor dem schrecklichen Tod, der unter ihm lauerte, war stärker als sein Entschluß, sich auf keinen Fall zu ergeben. Das qualvoll langsam absinkende Wasser war inzwischen in den Schlund des Abgrunds zurückgesaugt worden, und er wußte, daß schon der nächste schreckliche Pulsschlag des Meeres den todbringenden Gischt von neuem zu ihm emporschleudern würde. Zoll für Zoll schwebte die riesige Fackel herab, und er holte bereits Luft zu einem Schrei, der das Brausen des Windes und das Tosen des Meeres übertönen sollte, als ihm eine seltsame Erscheinung an der Vorderseite der Klippe auffiel. Etwa sechs Fuß von ihm entfernt, sickerte – im flackernden Lichtschein der Fackel wie geschmolzenes Gold glänzend – ein runder, glatter Wasserstrahl aus dem Felsen in das

Dunkel, einer Schlange gleich, die sich aus ihrem Loch windet. Über diesem Wasserstrahl trotzte ein dunkler Fleck dem Fackellicht, und John Rex fühlte sein Herz höher schlagen, denn er begriff, daß er sich in unmittelbarer Nähe eines jener gewundenen Gänge befand, die das Meer nicht selten in die Wände solcher Höhlen frißt. Irgendwann hatte eine natürliche Erschütterung den Berg über den Meeresspiegel gehoben und damit den Gang, der wahrscheinlich ins Innere der Klippe führte, dem Tageslicht geöffnet. Der Wasserstrahl versickerte allmählich; danach zu urteilen, drang die steigende Wassersäule also nicht sehr weit in dieses wunderbare Versteck ein.

Diese Erkenntnis ließ John Rex einen Entschluß fassen, der in einer weniger verzweifelten Lage Wahnsinn gewesen wäre. »Das Seil! Das Seil« rief er seinen Verfolgern zu. Die Worte, die von den Wänden des riesigen Trichters widerhallten, übertönten den Sturm und erreichten, von einem tausendfachen Echo vervielfältigt, die Ohren der beiden Männer.

»Er lebt!« rief McNab und spähte in den Abgrund. »Sieh nur, da ist er!«

Der Soldat schlang das Ende der aus Ochsenhaut gefertigten Leine um den Baum, an dem er sich festhielt, und ließ sie hin und her pendeln, damit die brennende Fackel den Vorsprung erreichte, auf dem der wagemutige Sträfling stand. Das Ächzen, das den ungestümen Ausbruch der Springflut ankündigte, drang aus der Tiefe zu ihnen herauf.

»Gott sei dem armen Burschen gnädig!« keuchte der fromme junge Soldat und rang nach Luft.

Die Sohle des Abgrunds bedeckte sich mit weißem Gischt, und das Ächzen schwoll rasch zu einem Brüllen an. John Rex beobachtete das flammende Pendel, das mit immer breiter ausladendem Schwung auf ihn zukam; dann blickte er ein letztes Mal zu dem schwarzen Himmel auf und murmelte ein Stoßgebet. Der brennende Ast, der durch die Bewegung mit fächerförmiger Flamme brannte, warf einen hellroten Schein auf seine angespannten Züge, die sich, als er das Seil ergriff, zu einem triumphierenden Grinsen verzerrten. »Nachlassen! Nachlassen!« schrie er, zog den brennenden Ast zu sich heran und versuchte, das Feuer auszutreten.

Der Soldat stemmte sich gegen den Baumstamm und umklammerte die Leine mit eisernem Griff. Er wagte nicht mehr, in den grausigen Abgrund zu blicken. »Festhalten, Euer Gnaden!« rief er McNab zu. »Die Flut kommt!«

Das Brüllen wurde zu einem dumpfen Geheul, das Geheul zu einem schrillen Kreischen, und mit einem wirbelnden Windstoß schoß die kochende, gischtsprühende See aus dem Abgrund hoch.

John Rex vermochte die Flamme nicht zu löschen. Er wand sich das Seil um den Arm, und eine Sekunde bevor das steigende Wasser die schwarze Öffnung des Ganges erreichte, stieß er sich in letzter Verzweiflung mit den Füßen von der Klippe ab und schwang sich über den Abgrund hinweg. Schon hielt er den Felsen umklammert und wollte vorwärtsstürzen, als ihn die schrecklichen Wassermassen trafen. McNab und der Soldat fühlten den jähen Ruck, mit dem sich das Seil spannte, und sahen das Licht über den Abgrund fliegen. Dann brach die wütende Springflut mit einem triumphierenden Aufschrei hervor, die Leine wurde schlaff, das Licht erlosch, und als die Wassersäule sank, war die Fackel nur noch ein nasses, verkohltes Stück Eichenholz. Unter schrecklichen Donnerschlägen prasselte der seit langem drohende Regen nieder, die Wolkenwand riß plötzlich auf, und sie erblickten tief unter sich das wogende Meer, hoch über ihren Köpfen die gezackten, glitzernden Felsen und zu ihren Füßen den schwarzen, gähnenden Abgrund des Luftlochs, in dem sich nichts mehr regte.

Schweigend zogen sie das nutzlos gewordene Seil hoch. Sie setzten einen zweiten Ast in Brand und ließen ihn hinunter; aber es war vergeblich. Sie sahen nichts.

»Gott schenke seiner armen Seele Frieden!« sagte McNab schaudernd. »Er hat sich der menschlichen Gerechtigkeit entzogen.«

KAPITEL 25
Die Flucht

Auf den Rat der Krähe hin hatte Gabbett beschlossen, das gekaperte Boot an der Südspitze von Kap Surville auf den Strand zu ziehen. Der Leser, der die topographische Beschreibung von Oberst Arthurs Besserungsanstalt kennt, wird zugeben, daß nur die verzweifelte Lage der Flüchtlinge ein so tollkühnes Unternehmen zu rechtfertigen vermochte. An den steilen Klippen schien jeder Landungsversuch von vornherein zum Scheitern verurteilt. Aber Vetch war in Eaglehawk-Neck beim Bau des Piers beschäftigt gewesen und wußte, daß es an der Südspitze des Vorgebirges ein Stückchen Strand gab, wo sie mit einigem Glück landen konnten. Mit einer Bestimmtheit, die der seines Herrn und Meisters John Rex kaum nachstand, erklärte er sogleich, daß dies die einzige Möglichkeit für sie sei, ergriff das Ruder, das ihnen als Steuer diente, und nahm, unbeirrt und zum äußersten entschlossen, Kurs auf den hohen Felsen, der das nördliche Horn der Piratenbucht bildete.

Bis auf das schwache Phosphoreszieren der schaumgekrönten Wellen war es so finster, daß Burgess minutenlang nicht wußte, ob er sich noch hinter den Flüchtlingen befand. Erst ein greller Blitz – derselbe, der McNab das Leben rettete, weil er Rex sein Ziel verfehlen ließ – zeigte dem Kommandanten das Boot. Es tanzte wie eine Nußschale auf dem Kamm einer gewaltigen Woge und mußte – so schien es – jeden Augenblick an der Felswand zerschellen, die in dem plötzlichen gleißenden Lichtschein unnatürlich hoch und fürchterlich nahe wirkte. Im nächsten Moment wurde das Boot der Verfolger von der heranstürmenden Welle hochgehoben, und Burgess sah, wie sich die tosende Wasserwüste spaltete, die der Tummelplatz riesiger Leviathane hätte sein können. Auf dem Grunde eines dieser Täler schwamm das Boot der Meuterer, das mit seinen ausgelegten Rudern wie ein sechsbeiniges Insekt auf einem Tintenteich aussah. Die große Klippe, deren Schrunden und Zacken so deutlich zu erkennen waren, als wäre sie nur zwei Schritte entfernt, schien dem zappelnden Insekt einen breiten, flachen Strohhalm entgegenzuhalten. Es war ein Streifen Sandstrand, über den sich in der nächsten Sekunde das rasende Wasser mitsamt dem sechsbeinigen winzigen Etwas ergoß. Ein gewaltiger Donnerschlag folgte dem Blitz; Burgess glaubte zu sehen, wie sich die riesige Klippe über den Ozean neigte, aber schon rollte die Welle weiter, sein Boot glitt in die Tiefe, und das gespenstische Bild verschwand in der tobenden Finsternis.

Burgess' Haare sträubten sich vor Entsetzen. Brüllend befahl er, das Boot beizudrehen, aber ebensogut hätte er einer Lawine Halt gebieten können. Der Wind riß ihm die Worte vom Munde und streute sie in die Lüfte. Eine heranbrausende Welle schlug ihm das Steuerruder aus der Hand. Trotz der verzweifelten Anstrengungen der Soldaten wurde das Boot wie ein Blatt den Wasserberg hinaufgewirbelt, und ein zweiter Blitz zeigte ihnen Gestalten, klein wie Puppen, die mit der Brandung kämpften, und ein Boot – eine

Nußschale –, das kieloben auf den zurückrollenden Wellen trieb. Eine Sekunde lang glaubten alle, sie müßten das Schicksal der unglücklichen Sträflinge teilen. Aber Burgess bekam sein Boot gerade noch rechtzeitig wieder in die Hand. Sie waren dem Tod nur um Haaresbreite entronnen, und das bewog ihn, den Befehl zur Umkehr zu geben. Während die Männer auf die willkommenen Lichter des Neck zuruderten, sahen sie neben dem Boot etwas Schwarzes, das auf einem dunklen Gegenstand schwamm und einen lauten Schrei ausstieß, als es an ihnen vorbei in die offene See hinaustrieb. Nun erkannten sie, daß es einer der Insassen des gekenterten Bootes war, der sich an ein Ruder klammerte.

»Es war der einzige Überlebende«, sagte Burgess zwei Stunden später, als er in Eaglehawk-Neck sein verstauchtes Handgelenk bandagierte, »und jetzt haben ihn schon die Fische gefressen.«

Er irrte sich. Das Schicksal hatte der Besatzung des Sträflingsbootes einen weniger gnädigen Tod zugedacht als den des Ertrinkens. Die Blitze und jenes scheinbare »Glück«, das in Wirklichkeit auf die Vernichtung der Schurken abzielte, ermöglichten es Jemmy Vetch, das Boot auf den Strand zu setzen, und die kleine Schar schleppte sich blutend und zerschunden zu dem höhergelegenen Teil der Küste hinauf. Nur Cox fehlte. Er hatte als Vormann gerudert, und da er, der ein wenig unbeholfen war, den anderen im Wege stand, packte ihn Vetch in seiner Angst, das Ufer nicht zu erreichen, von hinten beim Kragen und stieß ihn beiseite, um sein eigenes Fell zu retten. Cox griff nach dem ersten besten Gegenstand, erwischte ein Ruder und wurde im nächsten Augenblick mit dem kieloben treibenden Boot von der Gegenströmung fortgerissen. Die rasende Geschwindigkeit, mit der er an dem Boot des Kommandanten – seiner einzigen Hoffnung auf Rettung – vorbeischoß, machte jede Hilfe unmöglich, und ehe der Ärmste wußte, wie ihm geschah, war er auf dem besten Wege, dem Strang zu entgehen, den seine Kameraden ihm so oft im Scherz prophezeit hatten. Aber er war stark und kräftig und klammerte sich hartnäckig an sein Ruder, ja er schnallte sogar seinen Ledergürtel ab und band sich, so fest er nur konnte, an das rettende Stück Holz. So wurde er, der inzwischen vor Erschöpfung das Bewußtsein verloren hatte, bei Tagesanbruch ein paar Meilen vor Kap Surville von dem Steuermann der *Pretty Mary* erspäht. Blunt, der die wilde Hoffnung hegte, dieser Spielball der Wellen könne Sarah Purfoys toter Liebhaber sein, ließ ein Boot aussetzen und fischte ihn auf. Halb abgewürgt von dem Gürtel, mit Salzwasser vollgepumpt, erstarrt vor Kälte und mit zwei gebrochenen Rippen, hatte das Opfer von Vetchs mörderischer Eile doch noch so viel Kraft in sich, daß er Blunts Wiederbelebungsversuche um fast zwei Stunden überlebte. In dieser Zeit berichtete er, daß er Cox heiße und mit acht anderen aus Port Arthur geflüchtet sei. John Rex, ihren Anführer, hätten die Verfolger anscheinend erwischt, die übrigen aber seien samt und sonders ertrunken. Nachdem er Blunt diese Einzelheiten mitgeteilt hatte, äußerte er noch, er habe Stiche beim Atmen, wünschte Jemmy Vetch, die Kolonie und das Meer zum Teufel und starb unbußfertig, wie er gelebt hatte.

Blunt rauchte drei Pfeifen, dann änderte er den Kurs der *Pretty Mary* um zwei Strich nach Osten und steuerte die Küste an. Es war immerhin möglich, daß der Mann, den er suchte, noch nicht wiedereingefangen worden war und auf ihn wartete. Nun, da der Kapitän wußte, daß der geplante Fluchtversuch tatsächlich stattgefunden hatte, durfte er die Expedition keinesfalls abbrechen, solange noch ein Funken Hoffnung blieb.

»Ich will noch einmal Ausschau halten«, sagte er zu sich selbst.

Von einer schwachen Brise getrieben, kroch die *Pretty Mary* den ganzen Tag so dicht wie möglich an der Küste entlang, ohne daß Blunt etwas sichtete. Eine Landung auf Kap Surville wäre Wahnsinn gewesen, denn in der Station hätte man sofort Alarm geschlagen. So lag denn das Schiff bei Einbruch der Nacht vor der Piratenbucht. Blunt ging an Deck auf und ab und stöhnte über diese törichte Expedition, als eine seltsame Erscheinung auf dem südlichen Horn der Bucht ihn stutzen ließ. Im Innern des Berges schien ein Ofen mit hellem Feuerschein zu brennen! Blunt rieb sich die Augen, starrte von neuem hinüber und blickte dann auf den Mann am Steuerruder.

»Siehst du da drüben was, Jem?«

Jem – ein Mann aus Sydney, der nie zuvor diese Küstenstrecke befahren hatte – erwiderte kurz: »Leuchtturm.«

Blunt stampfte in die Kajüte und zog seine Seekarte zu Rate. An der betreffenden Stelle war kein Leuchtturm eingezeichnet, nur eine Markierung wie ein Anker und die Notiz: »Bemerkenswerte Höhle.« Sieh mal an, eine bemerkenswerte Höhle! dachte Blunt. Sieht eigentlich eher wie ein bemerkenswerter Kalkofen aus.

Er rief seinen Maat an Deck, William Staples, einen jungen Burschen, den Sarah Purfoys Gold zu einem ihr mit Leib und Seele ergebenen Diener gemacht hatte. Staples blickte eine Weile auf die bald heller, bald schwächer flackernde Glut und sagte schließlich mit vor Gier zitternder Stimme: »Es ist ein Feuer. Wir müssen beilegen und das Boot zu Wasser lassen. Mensch, Alter, ich wette, das ist der Vogel, der uns tausend Pfund einbringt!«

Die *Pretty Mary* zog die Segel ein, dann stiegen Blunt und Staples in das Beiboot über.

»Geht's wieder auf Austernfang, Sir?« rief einer der Matrosen mit breitem Grinsen, als Blunt ein Bündel ins Heck warf.

Staples kniff verschmitzt ein Auge zu. Die sorgfältig ausgewählte Besatzung wußte inzwischen ziemlich genau Bescheid. Blunt hatte Leute ausgesucht, auf die er sich verlassen konnte, und davon abgesehen hatte Rex eine Vorsichtsmaßnahme empfohlen, die einen Verrat fast unmöglich machte.

»Was ist denn da drin, Alter?« fragte Will Staples unterwegs und deutete auf das Bündel.

»Kleider«, erwiderte Blunt. »Wenn er es wirklich ist, können wir ihn doch nicht in seiner kanariengelben Jacke mitnehmen. Er zieht diese Klamotten an, wirft die Livree Ihrer Majestät ins Wasser und kommt als ›Schiffbrüchiger Seemann‹ an Bord.«

»Gute Idee. Wer hat das ausgeheckt? Bestimmt unsere Gnädige, was?«

»Ja.«

»Die versteht ihre Sache.«

Das Gelächter der beiden Männer schallte über das violette Wasser.

»Vorsichtig, Mann!« sagte Blunt, als sie sich der Küste näherten. »Drüben in Eaglehawk sind sie alle wach, und wenn die verfluchten Hunde erst loskläffen, haben wir im Nu ein Boot auf dem Hals. Ein Glück, daß wir gegen den Wind fahren.«

Staples zog die Ruder ein und lauschte. In der mondlosen Nacht war das Schiff nicht mehr zu erkennen. Sie näherten sich dem Vorgebirge von Südosten; Eaglehawk-Neck, die bewachte Landenge, wurde durch die vorgeschobene Klippe verdeckt. An der Südwestecke der Klippe, etwa in halber Höhe zwischen dem Gipfel und dem Meer, fiel aus einer Öffnung im Felsen ein rotflackernder Lichtschein, der das Wasser vor ihrem Boot matt erhellte. Das Feuer brannte unstet; bald schien es zu verlöschen, bald loderte es mit einem Ungestüm auf, als stünde das Innere des Berges in Flammen. Hin und wieder wurde eine schwarze Gestalt in diesem riesigen Ofenloch sichtbar, die sich niederbeugte und anscheinend dem Feuer neue Nahrung zuführte. Man konnte meinen, Vulkan habe die Tür seiner Schmiede versehentlich offengelassen und schmiede Waffen für einen Halbgott.

Blunt erbleichte. »Das ist kein sterbliches Wesen«, flüsterte er. »Wir wollen lieber umkehren.«

»Und was wird die Gnädige dazu sagen?« erwiderte der tollkühne Will Staples, der sich für Geld selbst in den feuerspeienden Mount Erebus gestürzt hätte. Dieser Appell an Blunts alles beherrschende Leidenschaft verfehlte seine Wirkung nicht. Das Boot schoß vorwärts.

KAPITEL 26
Das Werk des Meeres

Die Springflut hatte John Rex das Leben gerettet. Sie traf ihn in dem Augenblick, als er auf Händen und Knien vor dem Eingang der Höhle gelandet war. Die hochsteigende Woge breitete sich gleichzeitig seitwärts aus, und zwar mit einem solchen Druck, daß der Sträfling in den unterirdischen Gang hineingestoßen wurde. Der Gang war abschüssig, und John Rex überschlug sich mehrmals, bis er schließlich in einer Spalte zwischen zwei riesigen Felsen steckenblieb, während sich das Wasser über ihn hinweg in einen grausigen Abgrund ergoß. Glücklicherweise verhinderte gerade der wütende Ansturm der Wassermassen, daß die zurückflutende Welle ihn wieder hinausspülte – sonst hätte er sein so hart erkämpftes Leben schwerlich bewahren können. Er hörte, wie das Wasser mit furchtbarem Widerhall in die Tiefe stürzte; aber offensichtlich wirkten die beiden Felsen, zwischen denen er eingekeilt war, als Bollwerk, an dem sich die Hauptmasse des von außen eindringenden Stroms brach und mit stark verminderter Heftigkeit zurückfloß. Nach wenigen Sekunden war die Höhle leer.

Er wand sich mühsam aus der Felsspalte und versuchte, da er sich noch immer nicht in Sicherheit fühlte, die beiden zusammengewachsenen Steinblöcke zu erklimmen, die den unergründlichen Schlund unter ihm versperrten. Bei der ersten Bewegung, die er machte, schrie er laut auf. Sein linker Arm, mit dem er das Seil umklammert hatte, hing kraftlos herunter, gelähmt durch den Anprall gegen die rauhe Felswand. Verzweifelt ließ sich der Unglückliche auf den nassen, unebenen Boden der Höhle fallen; doch schon kündigte ein schreckliches Gurgeln die nächste Springwelle an. Er nahm alle Kraft zusammen und kletterte den Felsen hinauf. Vor Schmerz und Erschöpfung drohten ihm die Sinne zu schwinden, aber die Verzweiflung trieb ihn vorwärts. Er hörte das unheimliche Glucksen des Strudels, das immer lauter wurde. Die zunehmende Dunkelheit verriet ihm, daß die steigende Wasserflut den Eingang der Höhle erreicht hatte. Er fühlte das Prickeln des salzigen Gischts auf seinem Gesicht, und die zornige Flut beleckte seine Hand, die über den Rand der Felsspalte hing. Aber das war auch alles. Endlich außer Gefahr, dachte er mit einem Gefühl unsagbarer Erleichterung; und der erstaunliche Mut, die übermenschliche Kraft, die ihn so lange aufrechterhalten hatten, wichen einer tiefen Ohnmacht.

Als er erwachte, war die Höhle von dem sanften Licht der Morgendämmerung erfüllt. Hoch über seinem Kopf erblickte er ein Felsendach, auf dem bunte Kringel tanzten – der Widerschein der Sonnenstrahlen, die sich in einer Wasserpfütze brachen. Zu seiner Rechten lag der Eingang der Höhle, zu seiner Linken gähnte ein entsetzlicher Abgrund, aus dessen Tiefe das schwache Plätschern und Gurgeln der See drang. Er stand auf und reckte die steifen Glieder. Trotz seiner verletzten Schulter durfte er nicht länger zögern. Vielleicht hatte McNab gesehen, wohin er geflüchtet war; vielleicht gab es hier einen zweiten Eingang, durch den seine Verfolger eindringen konnten. Überdies war er durchnäßt und ausgehungert. Er hatte sein Leben dem Zugriff des Meeres entrissen; wollte er es bewahren, so mußte er Feuer und Nahrung haben. Zunächst prüfte er die Öffnung, durch die er in die Höhle gelangt war. Sie hatte die Form eines ungleichseitigen Dreiecks, dessen Basis durch die anstürmenden Wassermassen ausgehöhlt worden war. Bei Stürmen wie dem der vergangenen Nacht ging die See so hoch, daß die Springflut in den Gang hineingepreßt wurde. John Rex wagte nicht, bis zum Rande zu kriechen, denn er fürchtete, er werde auf dem nassen, schlüpfrigen Gestein ausrutschen und in das Luftloch stürzen. Wenn er den Hals vorstreckte, konnte er hundert Fuß unter sich das schäumende Wasser sehen, das in riesigen trüben Strudeln gurgelnd kochte und zuweilen hochzüngelte, als sehne es sich nach einem neuen Sturm, um den Mann zu erreichen, der seiner Wut mit knapper Not entronnen war. In dieser Richtung war der Abstieg unmöglich. Er kehrte in die Höhle zurück und machte sich daran, sie auf der anderen Seite zu erforschen.

Die beiden Felsen, an die er geschleudert worden war, stützten wie zwei Pfeiler das Dach der Höhle. Dahinter war Leere – grauer Schatten, matt erhellt von dem Meeresleuchten, das von der Sohle des Schlundes heraufdrang. In halber Höhe zerschnitt ein seltsam flackernder Lichtstrahl den grauen Schatten und enthüllte eine Wildnis wogender Meeresalgen. Selbst in dieser verzweifelten Situation hatte sich John Rex so viel Sinn für Poesie bewahrt, daß er das Naturwunder, auf das er gestoßen war, zu würdigen wußte. Der gewaltige Felsen, der von außen massiv wie ein Berg wirkte, war in Wirklichkeit ein Hohlkegel. Die unsichtbare Tätigkeit der See hatte das Innere der Klippe im Laufe von Jahrtausenden ausgewaschen und zerfressen. Im Vergleich zu dem Abgrund, in den Rex blickte, war das Luftloch nur eine unbedeutende Spalte. Mühsam stieg er den steilen Abhang hinunter, bis er zu einer vorspringenden Felsengalerie gelangte, deren feuchte, mit Seetang überwachsene Ränder unverkennbare Spuren häufiger Überschwemmungen zeigten. Außerhalb des Felsens mußte Ebbe sein. John Rex hielt sich an den rauhen, wurzelähnlichen Algen fest, die von den immer feuchten Wänden herabhingen, kroch um den Vorsprung der Galerie herum und kam aus dem Dunkel unvermittelt ins helle Tageslicht. In der Seitenwand des wabenartig durchlöcherten Felsens klaffte eine breite Öffnung. Über ihm wölbte sich der wolkenlose Himmel; eine frische Brise fächelte seine Wangen, und sechzig Fuß unter ihm kräuselte sich träge das Meer, das im hellen Schein der Morgensonne in Myriaden kleiner Wellen blinkte. Kein Anzeichen des nächtlichen Sturms störte die Harmonie des Bildes. Nichts deutete auf die Nähe des grimmigen Gefängnisses hin. Er sah nur einen türkisfarbenen Himmel, der auf ein saphirblaues Meer herablächelte.

Doch diese friedliche Ruhe der Natur war für den gehetzten Sträfling lediglich eine neue Quelle der Beunruhigung. Bei günstigem Wetter konnte man das Luftloch und seine nähere Umgebung gründlich absuchen, und sicherlich würden McNab und Burgess alles daransetzen, sich über das Schicksal des Flüchtlings Gewißheit zu verschaffen. Er machte schleunigst kehrt und beschloß, noch tiefer hinabzusteigen. Der Anblick des Sonnenlichts hatte ihm neuen Mut, neue Kraft gegeben, und sein Instinkt sagte ihm, daß die Klippe, die oben durchlöchert war wie eine Wabe, auch unten irgendeinen Abfluß haben mußte, durch den man bei Ebbe ins Freie gelangen konnte. Je tiefer er kam, desto dunkler wurde es, und zweimal war er drauf und dran, umzukehren, aus Furcht vor den Schlünden zu beiden Seiten. Auch schien ihm plötzlich, daß die mit Algen bewachsene Rinne nicht abwärts führte, sondern in das Innere des Berges hinein. Aber der quälende Hunger und das Wissen, daß die Flut in wenigen Stunden den unterirdischen Gang erneut überschwemmen und ihm den Rückzug abschneiden würde, ließen ihn verzweifelt vorwärts eilen. Endlich – er war etwa neunzig Fuß tief hinabgestiegen und hatte auf dem gewundenen Pfad die Galerie aus den Augen verloren – wies ihm ein Sonnenstrahl den Weg. Er schob zwei riesige Seetangbüschel beiseite, deren mit Wassertropfen benetzte Wedel wie ein Vorhang herabhingen, und stand mitten in der engen Felsspalte, durch die das Meer in das Luftloch eindrang.

Hoch, hoch über sich sah er das Bogentor der Klippe und dahinter ein paar Zacken der Trichteröffnung, in die er gefallen war. Vergeblich hielt er Ausschau nach dem seitlichen Gang, in dem er Zuflucht gefunden hatte. Von hier aus war nichts zu erkennen. Unter ihm zog sich eine lange Rinne durch das harte Felsgestein, so schmal, daß er sie fast hätte überspringen können. In dieser Rinne floß schwarzes Wasser, das aus dem Meer hereinströmte, auf einer Strecke von fünfzig Yards unter einem acht Fuß hohen Felsgewölbe dahinschoß und sich dann an den zerklüfteten Felsen brach, die auf der Sohle des Trichters in der Sonne glitzerten.

Ein Schauder überlief den wagemutigen Sträfling. Er begriff, daß der Ort, an dem er sich befand, bei Flut überschwemmt, daß die enge Höhle dann ein vierzig Fuß langes, unter Wasser liegendes Rohr aus hartem Gestein wurde, in das die Südsee ihre mächtigen Sturzwellen preßte.

Die schmale Felsplatte auf der Sohle der Klippe war flach wie ein Tisch. Hier und dort waren große, pfannenähnliche Löcher, mit klarem Wasser gefüllt. In den Felsritzen entdeckte John Rex kleine weiße Krabben, und auch Muscheln gab es in Hülle und Fülle. Sie waren zwar nicht sehr fleischig und schmeckten recht scharf, aber dem Halbverhungerten erschienen sie köstlich. Die Napfschnecken, die an der Oberfläche der zahlreichen Steine klebten, waren allzu salzig und daher ungenießbar; eine größere Schneckenart dagegen, deren daumendicker, saftiger Leib in länglichen, rasiermesserförmigen Muscheln stak, war weniger von Salz überkrustet, und bald hatte John Rex eine Mahlzeit beisammen. Nachdem er gegessen und sich eine Weile gesonnt hatte, ging er daran, die gewaltige Klippe zu untersuchen, bis zu deren Basis er auf so seltsame Weise vorgedrungen war. Der zerklüftete und durchlöcherte Fels hob seine riesige Brust dem Wind und den Wellen entgegen, sicher auf einem breiten Sockel ruhend, der sich wahrscheinlich unter Wasser ebenso tief erstreckte, wie der Pfeiler über Wasser aufragte. Mit seinem zottigen Algengewand, das ihm um die Knie schlotterte, wirkte er wie ein regloses, aber fühlendes Wesen – ein Seeungeheuer, ein Titan des Meeres, für alle Zeiten dazu verurteilt, den wütenden Stürmen der unbegrenzten und selten befahrenen See schweigend die Stirn zu bieten. Doch so starr und stumm der ehrwürdige Alte auch sein mochte, die Geheimnisse seiner Rache gab er trotzdem preis. Von der breiten, meerumschlungenen Plattform aus, die vor dem Sträfling gewiß noch keines Menschen Fuß betreten hatte, sah John Rex hoch oben, eingeklemmt in einer Höhlung der gigantischen, schrundigen Felsblöcke, einen Gegenstand, den sein Seemannsauge sogleich als Teil eines Mastkorbs erkannte. Dieses Überbleibsel menschlicher Arbeit, von Muscheln und einer so dicken Algenschicht überwuchert, daß man die Haltetaue kaum noch von dem Tang unterscheiden konnte, der sie umschlang, war ein sichtbarer Beweis für den Triumph der Natur über die Klugheit des Menschen. Der große Felsen, von der unbarmherzigen See durchlöchert, schutzlos den wütenden Stürmen ausgesetzt, einsam den Wellen trotzend, die von den Eisbergen des Südpols heranrollten und mit ungehemmter Kraft gegen seine eisenharte Stirn brandeten, führte seinen eigenen stummen Rachefeldzug. Mit eisernen Pranken hielt er die Beute fest, die er dem Rachen des allesverschlingenden Meeres entrissen hatte. Wer weiß, vielleicht hatte der taube, blinde Riese, als das dem Untergang geweihte Schiff zerbarst und mit Mann und Maus sank, den von der tobenden See hochgeschleuderten Mastkorb mit einem wilden, schrecklichen Freudenschrei an sich gerissen.

John Rex aber, der zu diesem Wahrzeichen einer längstvergessenen Tragödie aufblickte, empfand eine höchst alltägliche Freude. Dort oben ist Holz für mein Feuer! dachte er und stieg hinauf. Zunächst warf er die losen Scheite auf die Plattform der Galerie. Die Sonne hatte das Holz seit langem ausgetrocknet, von der Springflut war es selbst bei den heftigsten Stürmen nicht erreicht worden, es mußte also prächtig brennen. Genau das, was er brauchte! Seltsamer Zufall, der dieses Relikt eines untergegangenen Schiffes jahrelang auf einem einsamen Felsen aufbewahrt hatte, damit es eines Tages die Glieder eines entsprungenen Sträflings wärmte!

Nun zerkleinerte John Rex das restliche Holz mit dem eisenbeschlagenen Stiefelabsatz, zog sein Hemd aus und knotete es zu einem Beutel, in dem er einen Teil seines Vorrats zu der Galerie hinunterschaffte. Dann machte er den Weg noch einmal und wollte gerade ein drittes Mal gehen, als sein scharfes Ohr das Eintauchen von Rudern vernahm. Er hatte kaum den Vorhang aus Tangbüscheln erreicht, der den Eingang zur Höhle verdeckte, als das Eaglehawk-Boot um das Vorgebirge bog. Burgess saß im Heck und schien jemandem auf der Spitze der Klippe Zeichen zu geben. Rex grinste hinter seinem Vorhang, denn er erriet den Sinn dieses Manövers. McNab und seine Leute sollten oben suchen, während der Kommandant unten den Abgrund durchforschte. Das Boot hielt geradewegs auf die Rinne zu, und der unerschrockene John Rex zitterte bei dem Gedanken, die Höhle könnte seinen Verfolgern vielleicht bekannt sein. Doch das war unwahrscheinlich. Er blieb also, wo er war, und das Boot glitt, wenige Fuß von ihm entfernt, in den Schlund hinein. Er bemerkte, daß Burgess' sonst so rotes Gesicht blaß war und daß er um den linken Arm einen Verband trug. Also war es wohl zu einem Feuergefecht gekommen, und vermutlich hatte man seine Komplicen gefangengenommen! Vor Freude über seine Klugheit und Weitsicht lachte er in sich hinein. Das Boot hatte inzwischen das Felsgewölbe durchfahren und den Tümpel des Luftlochs erreicht, wo es von den starken Armen der Ruderer zum Stillstand gezwungen wurde. John Rex beobachtete, wie Burgess die Felsen und Strudel mit kritischen Blicken musterte und zu

McNab hinaufsignalisierte. Er atmete erleichtert auf, als das Boot dann wendete und den Rückzug antrat.

Der Sträfling hatte dieses gefährliche und schwierige Manöver so gespannt verfolgt, daß ihm eine Veränderung im Innern der Höhle entgangen war. Noch vor einer Stunde hatte ein langes Riff aus schwarzem Felsgestein freigelegen; nun aber bedeckte eine einzige schäumende Wasserfläche den steinigen Boden am Fuße der rohen Treppe, auf der er hinabgestiegen war. Die Flut kam, und die Wellen, die vermutlich durch einen tieferen, unter Wasser gelegenen Tunnel angesaugt wurden, strömten mit einer solchen Geschwindigkeit in das Gewölbe, daß die Öffnung der Höhle binnen kurzem unter Wasser stehen mußte. Die hereinschlagenden Wellen umspülten bereits die Füße des Sträflings, und als er einen letzten Blick auf das Boot warf, sah er eine mächtige grüne Woge steil auf den Eingang des Schlundes zuschießen und, fast das Tageslicht auslöschend, majestätisch durch das Felsengewölbe rollen. Wenn Burgess nicht wollte, daß sein Boot wie eine Nuß am Dach des Tunnels zerdrückt wurde, dann war es höchste Zeit, für ihn, das Weite zu suchen. Der Kommandant war sich der Gefahr auch durchaus bewußt; er gab die Suche nach der Leiche des entflohenen Gefangenen auf und beeilte sich, die offene See zu erreichen. Das Boot, das auf dem Rücken einer gewaltigen Welle tanzte, entging um Haaresbreite der Vernichtung. John Rex war inzwischen zu der Galerie hinaufgeklettert und sah mit größter Befriedigung den breiten Rücken des überlisteten Kerkermeisters hinter dem schützenden Vorgebirge verschwinden. Die Bemühungen seiner Verfolger waren erfolglos geblieben, und schon eine Stunde später würde der einzige Zugang zum Versteck des Sträflings drei Fuß tief unter der wütenden See verborgen sein.

Burgess und McNab waren von seinem Tode überzeugt und suchten gewiß nicht länger nach ihm. Soweit war alles gut. Nun stand ihm noch das letzte tollkühne Wagnis bevor – das Entkommen aus dieser wundervollen Höhle, die sein Zufluchtsort und sein Gefängnis zugleich war. John Rex schichtete das trockene Holz auf, und mit Hilfe eines Feuersteins und des Eisenringes, den er noch um den Knöchel trug, gelang es ihm nach vielen vergeblichen Anstrengungen, ein Feuer zu entfachen. Er wärmte seine erstarrten Glieder an der munter brennenden Flamme und überdachte dabei seine Lage. Im Augenblick war er geborgen, und der Felsen bot ihm genügend Nahrung, so daß er sich viele Tage am Leben erhalten konnte. Aber es war ja unmöglich, daß er sich tagelang hier versteckt hielt. Er hatte kein Trinkwasser, und wenn er auch dank der Regengüsse diesen Mangel bisher kaum gespürt hatte, so rief doch der Genuß der salzigen und scharfen Muscheln einen brennenden Durst hervor, den er nicht zu löschen vermochte. Innerhalb der nächsten achtundvierzig Stunden mußte er unbedingt zur Küste gelangen. Er erinnerte sich des kleinen Baches, in den er bei seiner nächtlichen Flucht fast hineingefallen wäre, und hoffte, daß er sich im Schutze der Dunkelheit um das Riff herumstehlen und unbeobachtet das Bächlein erreichen könne. War das geschafft, so galt es, seinen verwegenen Plan in die Tat umzusetzen. Er mußte an den Hunden und Wachen vorbei zur Halbinsel vordringen und dort auf das rettende Schiff warten. Er war sich im klaren, daß die Sache für ihn nicht zum besten stand. Hatte man Gabbett und die anderen erwischt – er hoffte es zuversichtlich –, dann wurde die Küste wahrscheinlich nicht allzu scharf bewacht; waren sie dagegen entkommen... Wie er Burgess kannte, würde er die Jagd nicht aufgeben, solange noch die geringste Aussicht bestand, die

Häftlinge einzufangen. Und selbst wenn alles seinen Wünschen gemäß verlief, mußte er sich doch irgendwie am Leben erhalten, bis Blunt ihn fand – immer vorausgesetzt, daß Blunt nicht etwa umgekehrt war, weil er das nutzlose und gefährliche Warten satt hatte.

Die Nacht brach herein, und das Feuer warf seltsame Schatten, die aus den Winkeln der riesigen Höhle auf ihn zuhuschten, während aus den schaurigen Abgründen eigentümliche, gräßliche Laute drangen. Ein Gefühl grenzenloser Verlassenheit beschlich den einsamen Mann. Sollte dieses wunderbare Versteck, das er entdeckt hatte, sein Grab werden? Sollte er – ein Ungeheuer unter seinen Mitmenschen – in dieser geheimnisvollen, schrecklichen Meereshöhle eines ungeheuerlichen Todes sterben? Er bemühte sich, die düsteren Gedanken dadurch zu verscheuchen, daß er Zukunftspläne schmiedete. Doch vergeblich. Umsonst versuchte er, sich in allen Einzelheiten auszumalen, was ihm bisher nur unklar vorschwebte – wie er den verschollenen Sohn des reichen Schiffsreeders um seinen Namen und sein Erbe prellen wollte. Von bösen Ahnungen dunklen Unheils erfüllt, gelang es ihm nicht, sein Vorhaben ruhig und besonnen zu erwägen. Während er überlegte, was er tun könnte, um die eifersüchtige Liebe jener Frau, die ihn retten sollte, zu täuschen und als der längst verlorengeglaubte Erbe von Sir Richard Devins Vermögen nach England zurückzukehren, bedrängten ihn immer wieder gespenstische und erschreckende Bilder von Tod und Grauen, körperlose Schemen, die in den einsamen Schlupfwinkeln dieser gräßlichen Höhle hausten. Er legte Holz nach, damit der helle Feuerschein die grausigen Gestalten vertriebe, die ihn von allen Seiten belauerten. Trotzdem wagte er nicht, sich umzuschauen, denn er fürchtete, irgendein mißgestaltes Seeungetüm, irgendein gieriger Polyp mit riesigen Fangarmen und qualligem, gefräßig aufgerissenem Maul könnte sich aus einer der tropfenden Höhlen schieben und ihn in der Dunkelheit ergreifen. Seine Phantasie – von jeher lebhaft und durch die aufregenden Geschehnisse der letzten Nacht ins Ungemessene gesteigert – ließ ihn in jedem Schatten, der gleich einer Fledermaus an der nassen Felswand nistete, eine kugelförmige Meerspinne sehen, die sich in der nächsten Sekunde mit ihrem ekelhaft klebrigen und kalten Leib auf ihn werfen, ihn mit ihren rauhbehaarten Armen umschlingen und sein erstarrtes Blut aussaugen würde. Jedes Aufklatschen im Wasser, jeder Seufzer der tausendstimmigen, schwermütigen See schien das Herantappen einer widerlichen, unförmigen Ausgeburt des Schlammes zu verkünden. Alle Sinneswahrnehmungen, die das Plätschern der hereinströmenden Wellen in ihm auslöste, nahmen körperliche Gestalt an und umringten ihn. Schleimige Geschöpfe, aus Schlamm und Salz erzeugt, krochen in den Lichtkreis des Feuers und glotzten ihn an. Rote Spritzer und Kleckse wurden lebendig und glommen mit eigenartigem Phosphorleuchten. Die bleifarbenen Verkrustungen an den Felswänden, eine Folge jahrhundertelanger Nässe, glitten herunter und wälzten sich als mit Schimmel bedeckte Lebewesen mühsam der Flamme entgegen. Die Glut des ungewohnten Feuers färbte die feuchten Wände der Höhle karmesinrot und schien zahllose durchsichtige, mit Pusteln übersäte Geschöpfe anzulocken. Von allen Seiten schoben sie sich auf ihn zu; blutleere, blasige Gestalten huschten geräuschlos hin und her; wunderliche Kröten krochen unter den Felsen hervor. All die schrecklichen, dem Menschenauge verborgenen Bewohner des Meeres schienen aus unbekannten Tiefen aufzusteigen und ihn zu bedrängen. Er floh vor ihnen bis an den Rand des Abgrunds, und das brennende Scheit in seiner Hand beleuchtete einen runden Hügel, der von im Wasser schwimmenden Algen überwuchert war und wie der Kopf eines Ertrunkenen aussah. Er flüchtete zur Wand der Galerie und prallte vor seinem eigenen Schatten zurück, der ihm mit erhobenen Armen, einem Geist der Rache gleich, drohend entgegentrat.

Ein Naturforscher, ein Geologe oder ein schiffbrüchiger Seemann hätte an der harmlosen Welt des australischen Ozeans nichts Schreckhaftes gefunden. Aber das schuldbeladene Gewissen des Sträflings ließ sich in dieser Stunde, da es mit der Natur und der Nacht allein war, nicht länger durch Spott und Hohn unterdrücken. Die bittere Verstandeskraft, die ihn so lange gestützt hatte, mußte der Phantasie weichen – dieser unbewußten Religion der Seele. War er jemals der Reue nahe gewesen, dann jetzt. Phantome seiner früheren Verbrechen drangen schnatternd auf ihn ein, und er schlug die Hände vor die Augen, fiel zitternd auf die Knie. Das brennende Scheit, das seiner Hand entglitt, schoß in die Tiefe und ging zischend aus. Als hätte das Geräusch ein dort unten verborgenes Gespenst geweckt, lief ein Raunen durch die Höhle: »John Rex!«

Schaudernd, mit vor Entsetzen gesträubten Haaren duckte sich der Sträfling an die Erde.

»John Rex!«

Es war eine *menschliche* Stimme! Ob sie einem Freund oder einem Feind gehörte, das war eine Überlegung, die er in seiner Angst nicht anzustellen vermochte.

»Hier! Hier!« schrie er und stürzte zu der Öffnung im Felsen.

Blunt und Staples hatten den Fuß der Klippe erreicht. Hier herrschte tiefe Dunkelheit; der geheimnisvolle Feuerschein, der sie bisher geleitet hatte, war verschwunden. Obgleich sich kein Lüftchen regte und der Ozean ruhig dalag, strömte das Wasser mit stiller, aber gefährlicher Kraft in den Kanal, der zum Luftloch führte. Blunt fühlte instinktiv, daß sie irgendeiner unbekannten Gefahr zutrieben, und hielt das Boot geschickt aus der Strömung nahe der Felsen heraus. Plötzlich leuchtete über ihnen ein Feuerschein auf, als schwinge jemand eine Fackel, und dann wirbelte ein brennendes Stück Holz in unregelmäßigen Kreisen durch die Dunkelheit. Nur ein Gejagter konnte sich an einem so unheimlichen Zufluchtsort aufhalten.

In seiner Angst und Verzweiflung beschloß Blunt, alles auf eine Karte zu setzen. Er legte die Hände trichterförmig an den Mund und brüllte: »John Rex!« In dem Guckloch des Berges flammte das Licht wieder auf, und über ihnen zeigte sich eine Gestalt mit einem brennenden Scheit in der Hand. Der grelle Schein erhellte ein von tödlicher Furcht und qualvoller Erwartung verzerrtes Gesicht, das kaum noch menschlich zu nennen war.

»Hier! Hier!«

»Der arme Teufel scheint ganz von Sinnen zu sein«, sagte Will Staples halblaut. Dann rief er: »Wir sind Freunde!«

Wenige Worte genügten, die Dinge klarzustellen. Die Ängste, die John Rex bedrückt hatten, verschwanden in der Nähe von Menschen, und der Schurke fand seine Kaltblütigkeit wieder.

Auf der Felsspalte kniend, verhandelte er mit den beiden Männern.

»Im Augenblick kann ich nichts unternehmen«, erklärte er. »Die Flut bedeckt den einzigen Ausgang der Höhle.«

»Können Sie nicht durchschwimmen?« fragte Will Staples.

»Nein, das ist ein Ding der Unmöglichkeit«, erwiderte Rex, den es bei dem großen Gedanken, sich in den schrecklichen Strudel zu stürzen, kalt überlief.

»Was soll dann werden? Diese Wand können Sie doch auch nicht hinabklettern.«

»Wir müssen bis zum Morgen warten«, sagte Rex gelassen. »Um sieben Uhr ist Ebbe. Schicken Sie gegen sechs Uhr ein Boot her, dann ist der Wasserstand wahrscheinlich schon so niedrig, daß ich durchkomme.«

»Und die Wachen?«

»Die werden uns nicht stören, mein Lieber. Sie haben genug damit zu tun, Eaglehawk-Neck zu bewachen und nach meinen Gefährten zu suchen. Hierher kommen sie bestimmt nicht. Ich bin nämlich tot.«

»Tot?«

»Ja, jedenfalls halten sie mich für tot, was ebensogut ist – für mich vielleicht sogar besser. Hauptsache, man sieht Ihr Schiff oder Ihr Boot nicht, dann kann Ihnen gar nichts passieren.«

»Das ist aber ein verdammtes Risiko«, sagte Blunt. »Bedenken Sie, wenn's schiefgeht, bedeutet das ›lebenslänglich‹ für uns.«

»Und den Tod für mich«, versetzte der andere mit finsterem Lachen. »Aber bei einiger Vorsicht ist es ganz ungefährlich. In der Hütte eines Terriers sucht niemand nach Ratten, und von hier bis Kap Pillar ist keine einzige Polizeistation am Strand. Sie müssen nur zusehen, daß Sie sich von Eaglehawk fernhalten. Kommen Sie über Descent Beach, dann geht bestimmt alles glatt.«

»Gut, ich will's versuchen«, sagte Blunt.

»Von mir aus können Sie auch bis morgen früh hierbleiben und mir in meiner Einsamkeit Gesellschaft leisten«, schlug Rex vor, der sich nun schon über seine Ängste lustig machen konnte.

Will Staples lachte.

»Sie sind ein kühner Bursche!« sagte er. »Wir kommen bei Tagesanbruch wieder.«

»Haben Sie Kleider mit, wie es verabredet war?«

»Ja.«

»Dann gute Nacht! Ich werde vorsichtshalber mein Feuer löschen, sonst sieht es noch einer, der mir nicht so freundlich gesinnt ist wie Sie.«

»Gute Nacht.«

»Nach der Gnädigen hat er nicht gefragt«, sagte Staples, als sie das Schiff erreichten.

»Mit keinem Wort, der undankbare Hund«, bestätigte Blunt. »So sind die Frauen«, fügte er, nicht ohne Erbitterung, hinzu. »Für einen Mann, der sich den Teufel um sie schert, gehen sie durch Feuer und Wasser. Aber für einen armen Kerl, der seinen Hals riskiert, um ihnen gefällig zu sein, haben sie nichts als Spott und Hohn übrig! Ich wollte, ich hätte mich nie auf diese Sache eingelassen.«

Alter schützt vor Torheit nicht, dachte Will Staples, während er in die Dunkelheit hinausblickte, zu der Stelle, wo das Feuer gebrannt hatte. Aber er hütete sich, seine Gedanken laut zu äußern.

Am nächsten Morgen um acht Uhr stach die *Pretty Mary* mit voller Takelung in See. Blunts Fischzug war beendet. Er hatte einen schiffbrüchigen Seemann gefangen, der bei Tagesanbruch an Bord gekommen war und nun in der Kajüte beim Frühstück saß. Die

Mitglieder der Besatzung hatten einander zugeblinzelt, als der hagere Matrose über die Bordwand kletterte: Merkwürdig, wie gut erhalten seine Kleider waren! Aber keiner von ihnen konnte es sich leisten, den Behauptungen des Kapitäns zu widersprechen.

»Wohin geht die Reise?« fragte John Rex, der genießerisch Staples' Pfeife schmauchte. »Ich füge mich ganz Ihren Anordnungen, mein werter Blunt.«

»Ich habe Befehl, im Walfanggebiet zu kreuzen, bis ich mein Schwesterschiff treffe«, antwortete Blunt mißmutig. »Sie gehen dann an Bord, und das Schiff bringt Sie nach Sydney. Ich bin für zwölf Monate mit Proviant versehen.«

»Recht so!« rief Rex und klopfte seinem Retter auf den Rücken. »Irgendwie werde ich schon in Sydney landen. Aber da die Philister mir auflauern, kann es nichts schaden, wenn ich in Jericho verweile, bis mein Bart lang genug ist. Was starren Sie mich denn so an, Mr. Staples?« Nun, da er sich bei seinen gekauften Freunden in Sicherheit wußte, waren seine Lebensgeister neu erwacht. »Sie staunen über meine Bibelfestigkeit, was? Ich versichere Ihnen, daß ich die allerbeste religiöse Unterweisung genossen habe. Ja, tatsächlich, daß ich hier sitzen und Ihren scheußlichen Tabak rauchen kann, das verdanke ich in erster Linie meinem würdigen Seelsorger!«

KAPITEL 27
Im Tal des Todesschattens

Erst als die Flüchtlinge festen Boden unter den Füßen hatten, wurden sie sich bewußt, daß einer von ihnen fehlte. Gabbett zählte die Männer, die auf dem Strand ihre durchnäßten Kleider auswrangen, und er vermißte den Vormann. »Wo ist Cox?«

»Der dumme Hund ist über Bord gefallen«, sagte Jemmy Vetch. »Ist ja auch weiter kein Wunder, wer so wenig Grips hat, dem sitzt der Kopf nicht fest auf den Schultern.«

Gabbett blickte finster drein. »Dann sind also schon drei von uns erledigt«, sagte er im Ton eines Mannes, der eine persönliche Beleidigung erfahren hat.

Nun stellten sie fest, was für Waffen ihnen im Fall eines Angriffs zur Verfügung standen. Sanders und Greenhilll besaßen Messer. Gabbett trug noch die Axt im Gürtel. Vetch hatte seine Muskete auf Eaglehawk verloren, und auch Bodenham und Cornelius waren unbewaffnet.

»So, und jetzt wollen wir uns mal die Lebensmittel ansehen«, meinte Vetch.

Es war nur ein kleiner Beutel, der ein Stück Pökelfleisch, zwei Brote und ein paar rohe Kartoffeln enthielt. Die Station Signal Hill hatte kein großes Vorratslager gehabt.

Die Krähe war ziemlich niedergeschlagen. »Nicht gerade viel, was, Gabbett?«

»Muß eben reichen«, erwiderte der Riese ungerührt.

Soweit war alles klar, und die sechs Männer schlugen ihr Lager im Schutze eines Felsens auf. Bodenham wollte ein Feuer anzünden, aber Vetch, der stillschweigend das Kommando übernommen hatte, verbot es und erkärte, das Feuer könnte sie verraten.

»Die sollen nur denken, wir sind ertrunken, dann werden sie uns nicht verfolgen«, sagte er.

Dicht zusammengedrängt, verbrachten die unglücklichen Schurken die Nacht ohne ein wärmendes Feuer.

Hell und klar brach der Morgen an, und die Männer, zum erstenmal seit zehn Jahren in Freiheit, begriffen, daß ihre schreckliche Wanderung begonnen hatte. »Wohin sollen wir gehen? Wovon sollen wir leben?« fragte Bodenham mit einem Blick auf den unfruchtbaren Busch, der sich bis an die unfruchtbare See erstreckte. »Gabbett, du hast doch schon zwei Fluchtversuche hinter dir – wovon hast du dich ernährt?«

»Wir brechen die Hütten der Schafhirten auf und leben von ihren Vorräten, bis wir irgendwo andere Kleider finden«, sagte Gabbett, ohne die eigentliche Frage zu beantworten. »Am besten gehen wir immer die Küste entlang.«

»Sachte, meine Herren, sachte«, rief der vorsichtige Vetch. »Wir müssen um die Sandhügel dort drüben herumschleichen und dann im Busch untertauchen. Wenn die in Eaglehawk ein gutes Glas haben, sind wir nämlich geliefert.«

»Es sieht ganz nahe aus«, bemerkte Bodenham. »Ich könnte das Wachhaus mit einem Stein treffen. Leb wohl, du verfluchter Ort!« fügte er in jäh aufflammender Wut hinzu und drohte rachsüchtig mit der Faust. »Ich will dich bis zum Tag des Jüngsten Gerichts nicht mehr wiedersehen.«

Vetch verteilte die Lebensmittelvorräte, und sie wanderten den ganzen Tag bis in die dunkle Nacht. Der Busch war dornig und dicht. Die Kleider hingen ihnen in Fetzen vom Leibe, ihre Hände und Füße bluteten. Schon jetzt waren sie völlig erschöpft. Da sie keine Verfolgung mehr zu befürchten brauchten, entzündeten sie ein Feuer und legten sich schlafen. Am zweiten Tag kamen sie zu einer sandigen Landzunge, die sich ins Meer hinausschob, und stellten fest, daß sie zu weit nach Osten abgekommen waren und der Küstenlinie nach East Bay Neck folgen mußten. Mühselig schleppten sie sich durch den Busch zurück. In dieser Nacht aßen sie ihre letzten Brotkrumen. Am Mittag des dritten Tages erreichten sie nach einer beschwerlichen Wanderung den großen Hügel, der heute Collins' Mount heißt, und erblickten zu ihren Füßen die Landenge von East Bay Neck, das obere Bindeglied des Ohrrings. Zu ihrer Rechten ragten ein paar Felsen auf, und in der blauen Ferne sahen sie Maria Island, die verhaßte Insel. »Wir müssen uns scharf östlich halten«, sagte Greenhill, »sonst stoßen wir auf die Siedler, und dann ist's aus.« Sie überquerten also die Landenge und schlugen sich durch den Busch längs der Küste. Mit knurrendem Magen legten sie sich im Schutze einiger niedriger Hügel zur Ruhe.

Am vierten Tag blieb Bodenham, der schlecht zu Fuß war, hinter den anderen zurück, und seine Rufe zwangen sie immer wieder, auf ihn zu warten. Gabbett riet ihm, sich zu sputen, sonst könnte er sich auf Schlimmeres als nur wunde Füße gefaßt machen. Glücklicherweise entdeckte Greenhill gegen Abend eine Hütte; da sie aber dem Bewohner nicht trauten, warteten sie, bis er morgens fortging, und schickten dann Vetch zum Proviantholen hinein. Vetch, der sich im stillen freute, daß sie auf seinen Rat hin keine Gewalt angewendet hatten, keuchte unter dem Gewicht eines halben Sack Mehls, als er zurückkam. »Nimm du das Mehl«, sagte er zu Gabbett, »und gib mir die Axt.« Gabbett maß ihn mit einem Blick, der Verachtung für den Schwächling auszudrücken schien, warf den Sack über die Schulter und gab die Axt seinem Gefährten Sanders. An diesem Tage schlichen sie vorsichtig zwischen der See und den Hügeln dahin und kampierten an einer kleinen Bucht. Nach langem Suchen fand Vetch eine Handvoll Beeren, von denen sie die eine Hälfte auf der Stelle verzehrten und die andere für »morgen« aufhoben. Tags darauf erreichten sie einen Meeresarm und zogen in nördlicher Richtung weiter. Maria Island verschwand aus ihrem Blickfeld, und damit war die Gefahr beseitigt, daß man sie durch einen Feldstecher erspähte. Am Abend trafen sie nacheinander in Gruppen zu zweit am Lagerplatz ein, und jeder fragte sich, von Hungerkrämpfen geschüttelt, ob seine Wangen ebenso hohl, seine Augen ebenso blutunterlaufen seien wie die seines Nachbarn.

Am siebenten Tag erklärte Bodenham, er habe solche Schmerzen in den Füßen, daß er sich nicht mehr weiterschleppen könne. Mit einem gierigen Blick auf die Beeren legte Greenhill ihm nahe, zurückzubleiben. Da sich der Ärmste sehr schwach fühlte, folgte er dem Rat seines Gefährten, wenn auch erst gegen Mittag des nächsten Tages. Doch kaum hatte Gabbett sein Fehlen bemerkt, als er kehrtmachte und nach einer guten Stunde mit dem unglücklichen Burschen zurückkam, den er mit Stockschlägen vor sich hertrieb, wie man ein Schaf zur Schlachtbank treibt. Greenhill murrte, weil sie nun wieder einen Esser mehr auf dem Halse hatten; aber der Riese brachte ihn mit einem wütenden Blick zum Schweigen. Jemmy Vetch, der sich erinnerte, daß Greenhill schon einmal mit Gabbett zusammen geflohen war, hatte ein unbehagliches Gefühl. Er sprach mit Sanders und deutete ihm seinen Verdacht an, aber Sanders lachte nur. Mit erschreckender Deutlichkeit wurde klar, daß zwischen den drei Männern ein Einvernehmen bestand.

Zum neunten Male ging die Sonne ihrer Freiheit auf. Sie beschien unfruchtbare, von grausamem Gestrüpp überwucherte Sandhügel und sechs ausgehungerte Schurken, die ihrem Schöpfer fluchten und doch Angst vor dem Tod hatten. Ringsum war nichts als Busch, der ihnen keine Nahrung, keinen Schatten, keinen Schutz gewährte. Über ihnen wölbte sich der unbarmherzige Himmel. In der Ferne rauschte das mitleidlose Meer. Irgend etwas Furchtbares lag in der Luft. Die graue Wildnis, überdacht von dem grauen Himmelszelt, das mit der grauen See verschmolz, war eine treffliche Bewahrerin gräßlicher Geheimnisse. Vetch meinte, bis zur Austernbucht könne es nicht mehr weit sein – die Meeresküste war trügerisch nahe –, und obwohl das ein Abweichen von ihrer geplanten Marschroute bedeutete, kamen sie überein, in östlicher Richtung weiterzuwandern. Nach fünf Meilen schienen sie dem Ziel nicht näher als zuvor. Völlig ermattet von den Strapazen und dem Hungertode nahe, ließen sie sich verzweifelt zu Boden fallen. Vetch glaubte, ein wölfisches Funkeln in Gabbetts Augen zu sehen, und rückte instinktiv von ihm ab. Auf einmal sagte Greenhill in das düstere Schweigen hinein: »Ich bin so schwach, daß ich Menschenfleisch essen könnte.«

Am zehnten Tag weigerte sich Bodenham weiterzugehen, und da auch die anderen kaum noch einer Bewegung fähig waren, blieben sie neben ihm sitzen. Greenhill betrachtete den erschöpft Daliegenden und sagte langsam: »Wäre nicht das erste Mal, Jungens. Es schmeckt wie Schweinefleisch.«

Vetch schrie auf, als sein entmenschter Gefährte einen Gedanken aussprach, den alle insgeheim hegten. »Das wäre Mord! Und vielleicht brächten wir es gar nicht hinunter.«

»O doch«, sagte Gabbett grinsend, »dafür verbürge ich mich. Aber ihr müßt alle mitmachen.«

Gabbett, Sanders und Greenhill gingen beiseite. Dann trat Sanders auf Vetch zu und sagte: »Er hat sich dazu hergegeben, Kameraden auszupeitschen. Er verdient es nicht besser.«

»Das hat Gabbett auch getan«, erwiderte Vetch schaudernd.

»Das schon, aber Bodenham kann nicht mehr laufen«, meinte Sanders. »Es wäre doch schade, ihn einfach zurückzulassen.«

Da sie kein Feuer hatten, errichteten sie einen Windschutz aus Reisern, hinter dem sie sich zum Schlafen niederlegten. Gegen drei Uhr morgens hörte Vetch im Halbschlaf einen furchtbaren Schrei. Er erwachte, in Schweiß gebadet.

Außer Gabbett und Greenhill wollte niemand in dieser Nacht etwas essen. Die beiden machten Feuer, warfen Fleischstücke in die glühende Asche und verschlangen sie gierig. Am Morgen wurde die Leiche geteilt.

Schweigend schleppten sie sich an diesem Tage vorwärts. Nach der Mittagsrast erbot sich Cornelius, den Kessel zu tragen; angeblich hatte ihm die Mahlzeit neue Kräfte verliehen. Eine halbe Stunde später war er verschwunden. Gabbett und Greenhill gingen auf die Suche und kehrten fluchend zurück. »Er wird wie ein Hund irgendwo im Busch verrecken«, sagte Greenhill. Jemmy Vetch, dessen Verstand nichts zu trüben vermochte, dachte im stillen, Cornelius werde einen solchen Tod dem, der ihn hier erwartet hatte, gewiß vorziehen.

Feucht und neblig dämmerte der zwölfte Morgen herauf. Vetch wußte genau, daß ihr Vorrat zur Neige ging, aber er bemühte sich, eine unbekümmerte Miene aufzusetzen, und erzählte Geschichten von Männern, die größeren Gefahren entronnen waren. Mit Entsetzen wurde ihm klar, daß er der Schwächste der Gruppe war – allerdings auch der Magerste, wie ihm gleich darauf als lächerlich schauriger Trost einfiel. Nachmittags gelangten sie zu einer kleinen Bucht, wo sie bis zum Dunkelwerden vergeblich eine Furt suchten. Am nächsten Tag schwammen Gabbett und Vetch hinüber, und auf Vetchs Vorschlag schnitt Gabbett einen langen Schößling ab, mit dessen Hilfe sie Greenhill und den Bettler durch das Wasser zogen. »Was würdet ihr wohl ohne mich anfangen?« sagte die Krähe mit einem scheußlichen Grinsen.

Sie konnten kein Feuer anzünden, denn Greenhill hatte den Zunder naß werden lassen. Der Riese wütete, weil er frieren mußte, und hob drohend die Axt. Vetch machte ihn bei dieser Gelegenheit heimlich darauf aufmerksam, daß Greenhill ein großer, breiter Mann sei.

Am vierzehnten Tag vermochten sie kaum noch zu kriechen, und alle Glieder taten ihnen weh. Greenhill, der am schwächsten war, sah Gabbett und den Bettler beiseite gehen, um sich zu beraten. Er kroch auf allen vieren zu der Krähe und wimmerte: »Um Gottes willen, Jemmy, laß nicht zu, daß sie mich umbringen!«

»Ich kann dir nicht helfen«, sagte Vetch und blickte sich ängstlich um. »Denk an den armen Tom Bodenham.«

»Der war wenigstens kein Mörder. Aber ich – wenn sie mich töten, fahre ich mit Toms Blut auf meiner Seele zur Hölle.« Er krümmte sich in grausiger Angst auf dem Boden. Gabbett kam zurück und befahl der Krähe, Brennholz herbeizuschaffen. Im Gehen sah Vetch, wie Greenhill die Knie des Riesen umklammerte. Sanders rief ihm nach: »Gleich hörst du's, Jem.«

Vetch hielt sich die Ohren zu, und doch vernahm er ein dumpfes Krachen und ein Stöhnen. Als er das Holz brachte, zog sich Gabbett gerade die Schuhe des Toten an, die besser waren als seine eigenen.

»Wir wollen hier ein, zwei Tage rasten«, sagte er. »Proviant haben wir jetzt genug.«

Zwei Tage verstrichen, dann setzten die drei Männer, die sich gegenseitig argwöhnisch belauerten, ihren Weg fort. Am folgenden Tag – dem sechzehnten ihrer schrecklichen Wanderung – stellten sie zu ihrem Entsetzen fest, daß die restlichen Leichenteile ungenießbar geworden waren. Sie blickten einander in die ausgemergelten Gesichter, und jeder fragte sich: Wer wird der nächste sein?

»Wir müssen alle zusammen sterben, bevor etwas anderes passiert«, sagte Sanders hastig.

Vetch spürte die Angst, die aus diesen Worten sprach, und als der gefürchtete Riese außer Hörweite war, beschwor er den Bettler: »Um Himmels willen, laß uns allein weitergehen, Alick. Du siehst ja, wozu dieser Gabbett fähig ist. Der würde lieber seinen eigenen Vater erschlagen als nur einen Tag fasten.«

Sie liefen auf den Busch zu, aber der Riese wandte sich um und eilte ihnen nach. Vetch sprang blitzschnell zur Seite, und Gabbetts Axt traf den Bettler vor die Stirn. »Hilfe, Jem, Hilfe!« schrie Sanders, der nicht tödlich getroffen war. Mit der Kraft der Verzweiflung entriß er dem Ungeheuer die Axt und warf sie Vetch zu. »Nimm sie an dich, Jemmy«, rief er keuchend, »es darf kein Mord mehr geschehen!«

So zogen sie weiter durch den furchtbaren Busch. Als es dunkelte, winkte Vetch den Riesen zu sich heran und raunte ihm mit einer seltsam fremdklingenden Stimme zu: »Er muß sterben.«

Gabbett lachte auf. »Entweder du oder er. Gib mir die Axt.«

»Nein«, entgegnete Vetch, und auf seinem boshaften, hageren Gesicht malte sich wilde Entschlossenheit. »Die behalte ich! Zurück! Du hältst ihn fest, und das andere erledige ich.«

Sanders sah sie auf sich zukommen und wußte sofort, daß sein letztes Stündlein geschlagen hatte. Er ergab sich in sein Schicksal und bat nur: »Laßt mir noch eine halbe Stunde zum Beten.«

Sie willigten ein, und der Unglückliche kniete nieder, mit gefalteten Händen, wie ein Kind. Sein breites, stumpfsinniges Gesicht zuckte vor Erregung, die wulstigen, aufgesprungenen Lippen bewegten sich in verzweifelter Qual. Er schüttelte angstvoll den Kopf und suchte vergeblich, Herr über seine gepeinigten Sinne zu werden. »Mir fallen die Worte nicht ein, Jem!«

»Pah!« knurrte der Krüppel und schwang die Axt. »Schließlich können wir nicht die ganze Nacht hungern.«

Vier Tage waren vergangen, und die beiden Überlebenden der Schreckenswanderung saßen sich stumm gegenüber und beobachteten einander. Der abgemagerte Riese blickte den Zwerg mit vor Haß und Hunger funkelnden Augen an. Der Zwerg hielt die todbringende Axt fest umklammert, er beglückwünschte sich zu seiner überlegenen Klugheit. Seit zwei Tagen hatte keiner der beiden gesprochen. Seit zwei Tagen hoffte jeder, der andere werde in Schlaf fallen – und nie mehr erwachen. Vetch durchschaute den teuflischen Plan des unmenschlichen Gabbett, der fünf seiner Mitgefangenen in die Falle gelockt hatte, um sein eigenes erbärmliches Leben zu fristen. Gabbett lauerte auf eine Gelegenheit, der Krähe die Waffe zu entwinden, damit das grausige Spiel ein für allemal ein Ende habe. Tagsüber, wenn sie weiterwanderten, bemühte sich jeder, unter irgendeinem Vorwand hinter dem anderen zurückzubleiben. Nachts stellten sie sich schlafend, aber sobald der eine vorsichtig den Kopf hob, begegnete er dem wachsamen Blick seines

Gefährten. Vetch fühlte seine Kräfte dahinschwinden; er war vor Müdigkeit keines klaren Gedankens mehr fähig. Er wußte nur, daß der Riese dem Wahnsinn nahe war, denn er knurrte, gestikulierte wild mit den Armen und hatte Schaum vor dem Mund. Würde es dem Scheusal gelingen, sich auf ihn zu stürzen und ihn, ungeachtet der blutbefleckten Axt, zu erwürgen? Oder würde Gabbett einschlafen und selbst das Opfer sein? Unglücklicher Vetch! Es ist das schreckliche Vorrecht des Wahnsinns, schlaflos zu sein.

Am fünften Tage nach Sanders' Tod schlich sich Vetch hinter einen Baum, schnallte seinen Gürtel ab und machte eine Schlinge. Er wollte sich erhängen; doch als er das eine Ende des Gürtels über den Ast warf, verließ ihn der Mut. Gabbett kam näher. Um ihm auszuweichen, kroch Vetch tiefer in den Busch hinein. Vergebens. Der unersättliche Riese, vom Hunger und vom Wahnsinn getrieben, war nicht abzuschütteln. Vetch versuchte zu rennen, aber die Beine sackten ihm weg. Die Axt, die schon soviel Blut getrunken hatte, wog schwer wie Blei. Sollte er sie wegwerfen? Nein – er wagte es nicht. Wieder wurde es Nacht. Er mußte schlafen, wenn er nicht wahnsinnig werden wollte. Seine Glieder waren wie gelähmt. Die Augen fielen ihm zu. Er schlief im Stehen ein. All dies Schreckliche konnte nur ein böser Traum sein. Er war in Port Arthur, oder nein, er lag auf seinem Strohsack in der Herberge, wo er als Junge geschlafen hatte. War das der Büttel, der kam, um ihn zu einem qualvollen Leben zu wecken? Es war noch nicht Zeit – gewiß noch nicht Zeit... Er schlief – und der Riese näherte sich ihm auf Zehenspitzen, grinsend vor wilder Freude, und packte die begehrte Axt.

An der Nordküste von Vandiemensland liegt St. Helen's Point. Dorthin ließ sich eines Tages ein Kapitän rudern, der auf der Suche nach Trinkwasser war. Als er und seine Leute in der kleinen Bucht an Land gingen, stießen sie auf einen unheimlichen, blutbesudelten Mann, dessen gelbe Lumpen den Sträfling verrieten. Er trug ein Bündel und eine Axt auf dem Rücken. Kaum hatte er die Seeleute erblickt, da winkte er sie heran, öffnete feierlich das Bündel und lud sie ein, von dem Inhalt zu essen. Entsetzt über den Anblick, der sich ihnen bot, ergriffen sie den Wahnsinnigen und fesselten ihn. In Hobart Town erkannte man ihn als den einzigen Überlebenden von neun Banditen, die aus Oberst Arthurs »natürlicher Besserungsanstalt« entsprungen waren.

Viertes Buch
Norfolk Island
1846

KAPITEL 1
Auszüge aus dem Tagebuch des Reverend James North

Bathurst, 11. Februar 1846

Ich blättere in meinem Tagebuch, in dem ich die gute Botschaft verzeichnen will, die ich vor kurzem erhielt, und bin betroffen, wie öde und leer mein Leben in den letzten sieben Jahren gewesen ist.

Kann es denn sein, daß ich, James North, die Leuchte des Priesterseminars, der Dichter, der Preisträger, weiß der Himmel was sonst noch alles, daß ich es zufrieden war, an diesem trostlosen Ort zu leben – wie ein Tier, für das es nichts gibt als seine Futterkrippe? Und doch ist es so gewesen. Meine Welt, jene Welt, von der ich einst soviel träumte, war – hier. Mein Ruhm, der bis an die Enden der Welt reichen sollte, ist bis zu den Nachbarfarmen gedrungen. Meine Freunde, die Schafzüchter, nennen mich einen »tüchtigen Prediger«. Das ist sehr gütig von ihnen.

Und trotzdem – nun, da ich diese meine Welt verlassen soll, muß ich bekennen, daß mein einsames Leben auch seine Reize hatte. Ich habe meine Bücher gehabt – und meine Gedanken, die freilich mitunter recht finstere Begleiter waren. Ich habe gegen meine vertraute Sünde gekämpft und bin nicht immer unterlegen. Ein melancholisches Eingeständnis, dieses »nicht immer«! Es zieht das »aber doch« nach sich wie ein verruchter Missetäter seinen Aufseher. Ich habe mir übrigens geschworen, mich in diesem Tagebuch nicht selber zu betrügen, und ich werde es auch nicht tun. Keine Ausflüchte, keine Beschönigung meiner Sünden. Dieses Tagebuch ist mein Beichtvater, dem ich mich ohne Vorbehalt offenbare.

Seltsam, welche Freude es mir bereitet, all die Qualen und geheimen Sehnsüchte, von denen ich nicht zu sprechen wage, hier schwarz auf weiß niederzuschreiben. Aus dem gleichen Grunde vertrauen wahrscheinlich Mörder ihre Schandtaten Hunden und Katzen an, sind Menschen, die etwas »auf dem Herzen« haben, leicht geneigt, laut zu denken, fühlte sich die Frau des Königs Midas bewogen, das Geheimnis seines Gebrechens dem Schilfrohr zuzuflüstern. Äußerlich bin ich ein Diener Gottes, fromm, ernst und sanftmütig. Und innerlich? Der gemeine, feige, schwache Sünder, als den dies Buch mich kennt ... In Stücke könnte ich dich reißen, Kobold! Und eines schönen Tages werde ich es auch tun. Einstweilen aber will ich dich hinter Schloß und Riegel halten, und du sollst meine Geheimnisse bewahren. Nein, vergib mir, alter Freund, der du mir so lange zur Seite gestanden hast, vergib mir! Du bist für mich die Frau und der Priester. Dir, deinen kalten blauen Seiten – was habe ich doch gleich in Paramatta für dich bezahlt, Schurke? –, will ich die Geschichten, Sehnsüchte und Gewissensqualen mitteilen, die ich keinem menschlichen Ohr anvertrauen würde, selbst wenn ich einen Menschen fände, der so verschwiegen wäre wie du. Man sagt, daß niemand es wagen dürfte, alle seine Gedanken und Taten niederzuschreiben, weil das Papier unter den Worten Blasen werfen würde. Nun, deine Blätter sind immer noch glatt, du dicker Schelm! Unsere Nachbarn aus Rom kennen die menschliche Natur. Ein Mensch *muß* beichten. Man liest von Schurken, die jahrelang ein Geheimnis in ihrer Brust bewahrten und es schließlich doch ausplauderten. Ich, der ich hier ohne Freunde, ohne Briefe und von allen abgesondert lebe, kann meine Seele nicht verschließen und mich von meinen eigenen Gedanken ernähren. Sie wollen heraus, und so raune ich sie dir zu.

> Wer bist du, schreckliche Macht,
> die du ungefragt in uns wohnst
> und uns mit Strenge beherrschst,
> als unser zweites, tyrannisches Ich!

Wer? Das Gewissen? Das ist ein Wort, um Kinder damit zu schrecken. Ein jeder von uns ist seines Gewissens Schmied. Mein Freund, der Kannibale mit den Haifischzähnen, den Staples in seinem Walfänger nach Sydney brachte, wäre sicherlich von heftigen Gewissensbissen geplagt worden, hätte er sich geweigert, an den Festmählern teilzunehmen, die schon seinen Vorfahren als heiliger Brauch galten. Ein göttlicher Funke? Ein Funke jener Gottheit, die der uns überlieferten Lehre zufolge einsam, von lieblicher Musik umschwebt, auf Wolken thront und die arme Menschheit der Verdammnis überläßt? Mit ihr will ich nichts zu tun haben – obgleich ich sie predige. Man muß die schlichte Denkweise des Volkes berücksichtigen. Das Priestertum ist auf »frommen Betrug« angewiesen. Auch der Heiland sprach in Gleichnissen. Der Verstand? Der Verstand, der erkennt, wie wenig unsere Taten unserem Wollen entsprechen? Der teuflische Verstand, diese Ausgeburt unseres Hirns, die uns verhöhnt, wenn wir straucheln? Vielleicht der Wahnsinn? Ja, der schon eher, denn es gibt wohl kaum Menschen, die nicht wenigstens eine Stunde am Tag wahnsinnig sind. Wenn es Wahnsinn ist, anders über die uns umgebenden Dinge zu urteilen als die Mehrzahl der Menschen, dann bin ich vermutlich wahnsinnig – oder zu weise. Aber meine Spekulationen grenzen an Haarspalterei. James North, erinnere dich deiner früheren Unbesonnenheit, deines Sturzes und deiner Erlösung, kehre in die Wirklichkeit zurück! Die Verhältnisse haben aus dir das gemacht, was du heute bist, und sie werden auch dein künftiges Schicksal ohne dein Zutun gestalten. Das ist eine bequeme Einrichtung! Nehmen wir einmal an – um noch ein wenig auf meinem Nachtmahr herumzureiten –, der Mensch sei wirklich ein Sklave des Zufalls (eine These, zu der ich mich ungern bekenne, obgleich sie mir einleuchtet), welche Umstände haben dann das plötzliche Erwachen jener Kräfte bewirkt, die James North zur Übernahme neuer Pflichten auserkoren?

Mein lieber North!

Zu meiner großen Freude kann ich Ihnen mitteilen, daß die Stelle des protestantischen Kaplans auf Norfolk Island zu Ihrer Verfügung steht, wenn Sie es wünschen. Mit dem bisherigen Kaplan hat es einige Anstände gegeben, und als man meinen Rat einholte, zögerte ich nicht, Sie für dieses Amt zu empfehlen. Die Bezahlung ist gering, aber Sie haben gewisse andere Vorteile, zum Beispiel ein eigenes Haus. Auf jeden Fall ist Norfolk

Island besser als Bathurst; man betrachtet es allgemein als einen Treffer in der Kirchenlotterie.

Die Zustände auf Norfolk Island werden übrigens Gegenstand einer Untersuchung sein. Der arme alte Pratt – Sie wissen ja, daß er den Posten auf dringendes Ersuchen der Regierung übernahm – scheint die Gefangenen mit geradezu lächerlicher Nachsicht behandelt zu haben; wie ich höre, geht auf der Insel alles drunter und drüber. Sir Eardley hält nach einem strengen Zuchtmeister Ausschau, der die Zügel wieder fest in die Hand nimmt.

Um es noch einmal zu sagen: Die Kaplanstelle ist frei, und ich habe sogleich an Sie gedacht.

Ich muß die Sache noch einmal in Ruhe überdenken.

19. Februar

Ich nehme an. Die Arbeit, die bei diesen unglücklichen Menschen auf mich wartet, kann mir vielleicht zur Läuterung dienen. Die Behörden werden mich doch noch anhören müssen – obgleich die Untersuchung in Port Arthur damals niedergeschlagen wurde. Inzwischen ist ein neuer Pharao aufgekommen, der nichts von Joseph weiß. Der lästige Pfarrer, der sich darüber beschwerte, daß man Menschen zu Tode peitschte, ist also vergessen, wie Menschen nun einmal vergessen werden. Viele Gespenster müssen die schaurige Einsamkeit dieses Küstengefängnisses bevölkern! Der arme Burgess ist den Weg allen Fleisches gegangen. Ob wohl sein Geist die Stätten seiner Gewalttaten heimsucht? Ich habe geschrieben: der »arme« Burgess.

Es ist merkwürdig, daß wir einen Menschen bedauern, sobald er das Zeitliche gesegnet hat. Alle Feindschaft ist ausgelöscht, wenn nichts als die *Erinnerung* an das uns zugefügte Unrecht bleibt. Die Tatsache, daß ein Mensch, der mir Unrecht getan hat, noch am Leben ist, wäre ein ausreichender Grund für mich, ihn zu hassen; und hätte *ich* ihm Unrecht getan, so wäre mein Haß um so größer. Hasse ich vielleicht deswegen manchmal mich selbst – meinen ärgsten Feind, dem ich unverzeihliches Unrecht zugefügt habe? Es gibt Vergehen gegen die eigene Natur, die nicht zu verzeihen sind. War es nicht Tacitus, der sagte, daß der Haß auf die nächsten Verwandten der hartnäckigste ist? Aber ich schweife schon wieder ab.

Nine Creeks, 27. Februar, halb zwölf Uhr nachts

Ich lege Wert auf genaue Orts- und Zeitangaben. Genauigkeit ist eine Tugend, also will ich mich in ihr üben: Gemeint ist die Farm, die neunzig Meilen von Bathurst entfernt liegt. Viehbestand schätzungsweise viertausend Rinder. Wohlleben ohne höheres Streben. Viel zu essen, zu trinken und zu lesen. Name der Gastgeberin: Carr. Sie ist etwa vierunddreißig Jahre alt, noch recht gut aussehend und eine kluge Frau – nicht im poetischen Sinne, sondern in der allerweltlichsten Bedeutung des Wortes. Ich möchte nicht mit ihr verheiratet sein. Frauen dürfen keinen so scharfen Verstand haben wie sie – das heißt, wenn sie Frauen sein wollen und keine sexuellen Ungeheuer. Mrs. Carr ist keine Dame, obwohl sie vielleicht einmal eine gewesen ist. Auch glaube ich nicht, daß sie eine gute Frau ist. Ich halte es sogar für möglich, daß sie in der Kolonie eine Strafe verbüßt hat. Es muß da irgendein Geheimnis geben; wie ich hörte, ist sie die Witwe eines Walfangkapitäns und hieß Mrs. Purfoy, bevor sie einen ihr zugewiesenen Diener heiratete, der vor fünf Jahren seine Freiheit wiedererlangte und sie alsbald verließ. Eine Bemerkung bei Tisch gab mir zu denken. Sie hatte gerade Zeitungen aus England erhalten, schien recht zerstreut und sagte – gewissermaßen als Entschuldigung – in grimmigem Ton: »Ich glaube, jetzt weiß ich, wo sich mein Mann aufhält.« Ich möchte nicht in Carrs Haut stecken, wenn sie ihm wirklich auf die Spur gekommen ist! Sie ist keine Frau, die eine Beleidigung ruhig hinnimmt. Aber was geht mich das alles an? Bei Tisch unterlag ich der Versuchung, mehr Wein zu trinken, als gut war. Hörst du mich, Beichtvater? Doch ich will und darf mich nicht fortreißen lassen. Du grinst, stumpfsinniger Geselle! Ich auch, aber morgen werde ich mich in Reue verzehren.

3. März

Ein Ort namens Jerrilang.
Mir brummt der Schädel, und das Herz tut mir weh. »Einer, der die Stütze des Verstandes hat fahrenlassen und allen Versuchungen preisgegeben ist.«

Sydney, 20. März

Bei Hauptmann Frere. Siebzehn Tage sind vergangen, seit ich dich zuletzt aufgeschlagen habe, geliebter und verabscheuter Gefährte. Ich hätte nicht übel Lust, dich nie wieder aufzuschlagen! Jede Seite, die ich lese, erinnert mich an Dinge, die ich nur zu gern vergessen möchte; aber nicht in dir zu lesen hieße alles vergessen, woran ich mich um meiner Sünden willen erinnern sollte.

Die letzte Woche hat einen neuen Menschen aus mir gemacht. Ich bin nicht länger mürrisch, verzweifelt und verbittert, sondern gut gelaunt und vom Glück begünstigt. Sonderbar, daß ich es dem Zufall verdanke, mit jener lichten Vision, die mich so lange umschwebt hat, eine Woche lang unter einem Dach wohnen zu dürfen. Eine Begegnung auf der Straße, ich werde vorgestellt, eingeladen – und schon ist die Sache perfekt.

Wahrlich, die Umstände, die unser Schicksal bestimmen, sind merkwürdig. Ich hatte gemeint, ich würde nie wieder dem hellen jungen Gesicht begegnen, das einen so eigentümlichen Reiz auf mich ausübte – und siehe da, jetzt lächelt es mir Tag für Tag zu.

Hauptmann Frere müßte ein glücklicher Mensch sein. Und doch stimmt da irgend etwas nicht. Die junge Frau, von Natur so liebenswert und so heiter, dürfte die Traurigkeit nicht kennen, die heute zweimal ihr Gesicht verdüsterte. Er scheint ein leidenschaftlicher und ungeschliffener Mensch zu sein, dieser unvergleichliche Sträflingszuchtmeister. Seine Zöglinge – die armen Teufel – hat er zweifellos fest an der Kandare. Reizende kleine Sylvia, mit deinem bezaubernden Verstand und deiner überirdischen Schönheit – du bist viel zu schade für ihn. Und doch war es eine Liebesheirat.

21. März

Ich halte täglich, seit ich hier bin, die Abendandacht – mein schwarzer Rock und die weiße Halsbinde prädestinieren mich dafür –, und ich fühle mich jedesmal schuldig. Was wohl die kleine Dame mit den andächtigen Augen sagen würde, wenn sie wüßte, daß ich ein elender Heuchler bin, daß ich etwas predige, was ich selber nicht in die Tat umsetze, daß ich andere ermahne, an jene Wunder zu glauben, an die ich selber nicht glaube? Ich bin ein Feigling, der nicht wagt, sich die Maske des Heiligen vom Gesicht zu reißen und als Freidenker dazustehen. Aber bin ich wirklich ein Feigling? Ich führe mir immer wieder vor Augen, daß es zum Ruhme Gottes ist, wenn ich schweige. Ein abtrünniger Priester würde nur Ärgernis erregen und damit mehr Unheil anrichten, als die Herrschaft der Vernunft Gutes bewirken könnte. Man stelle sich zum Beispiel diese vertrauensvolle Frau vor – sie würde entsetzlich leiden bei dem Gedanken an eine solche Sünde, obgleich ein anderer der Sünder wäre. »Wer aber ärgert dieser Geringsten einen, dem wäre besser, daß ein Mühlstein an seinen Hals gehänget würde und er ersäuft würde im Meer, da es am tiefsten ist.« Doch Wahrheit bleibt Wahrheit und muß ausgesprochen werden – meinst du nicht auch, du boshafter Mahner, der du mich erinnerst, wie oft ich sie verschwiegen habe? Gewiß gibt es unter den Schwarzröcken unseres würdigen Bischofs noch mehr Männer wie mich, die ihren Verstand nicht dazu bewegen können, an Dinge zu glauben, die den Erfahrungen der Menschheit und den Naturgesetzen zuwiderlaufen.

22. März

Dieser unromantische Hauptmann Frere hat einige romantische Erlebnisse gehabt, von denen er gern und ausführlich erzählt. Seinem Bericht zufolge, hatte er in jungen Jahren die besten Aussichten, das große Vermögen seines Onkels zu erben, der mit seinem Sohn im Streit lag. Nun stirbt der Onkel aber gerade an dem Tage, auf den die Testamentsänderung festgesetzt worden ist, der Sohn verschwindet, und wie es heißt, ist er ertrunken. Die Witwe weigert sich jedoch, den Gerüchten vom Tode ihres Sohnes Glauben zu schenken, und da sie zeit ihres Lebens den Nießbrauch an dem Vermögen hat, verteidigt sie es zäh und verbissen. Infolgedessen ist mein armer Gastgeber einzig und allein auf seinen Offizierssold angewiesen, und vor drei Jahren, als er sich schon Hoffnungen machte, der baldige Tod seiner Tante werde ihm, dem nächsten Verwandten, endlich Gelegenheit geben, einen Teil des Vermögens für sich zu beanspruchen, kehrt der verlorene Sohn plötzlich zurück, wird von seiner Mutter und den Vermögensverwaltern anerkannt und als rechtmäßiger Erbe eingesetzt! Die andere romantische Geschichte hängt mit Freres Heirat zusammen. Heute abend nach Tisch erzählte er mir, wie er seiner Frau, die damals noch ein Kind war, das Leben gerettet und sie vor den Brutalitäten eines entsprungenen Sträflings bewahrt hat – eines dieser Ungeheuer, die unser ungeheuerliches System züchtet. »Und bei der Gelegenheit verliebten wir uns ineinander«, sagte er und kippte selbstgefällig seinen Wein hinunter.

»Eine glückverheißende Gelegenheit«, bemerkte ich, was er mit einem Nicken quittierte. Ich glaube, er ist nicht gerade mit Verstand gesegnet.

Und nun will ich versuchen, das entzückende Haus und seine Bewohner zu schildern.

Ein langgestrecktes, niedriges weißes Haus, umgeben von einem blühenden Garten. Hohe Fenster, die auf eine Rasenfläche hinausgehen. Drunten das Meer – ein ständig wechselnder, immer herrlicher Anblick. Es ist Abend. Ich unterhalte mich mit Mrs. Frere über Sozialreformen, Gemäldegalerien, Sonnenuntergänge und neue Bücher. Draußen auf dem Kies knirschen Wagenräder. Der Hausherr kommt vom Dienst. Wir hören ihn rasch die Treppe heraufsteigen, sprechen aber weiter. (Vermutlich gab es einmal eine Zeit, da ihm die Hausfrau freudig entgegenlief.) Er tritt ein, küßt seine Frau kühl und reißt sogleich das Gespräch an sich. »Ist das wieder mal eine Hitze! Was sagen Sie dazu, Mr. North, noch immer kein Brief aus dem Hauptquartier! Sylvia, ich habe

Mrs. Golightly in der Stadt getroffen, sie hat sich sehr freundlich nach dir erkundigt. Demnächst findet im Regierungsgebäude ein Ball statt. Wir müssen hingehen.« Dann verläßt er das Zimmer, und man hört ihn irgendwo im Haus fluchen, weil das Wasser nicht heiß genug ist oder weil Dawkins – der Sträflingsdiener – seine Hosen nicht sorgfältig genug ausgebürstet hat. Wir setzen unsere Unterhaltung fort, aber schon ist er wieder da: hungrig, unbekümmert, geschniegelt und gebügelt. »Na, dann wollen wir mal! Kann nicht über Appetitlosigkeit klagen, haha! North, führen Sie meine Frau zu Tisch.« Dann, während des Essens: »Einen Sherry, North? Sylvia, die Suppe ist ja schon wieder versalzen. Warst du heute spazieren? Nein?« Seine Brauen ziehen sich zusammen, und ich ahne, was er denkt: Hat wieder mal so einen Schundroman gelesen. Doch er grinst nur und erfreut uns mit einer Beschreibung, wie die Polizei Kakadu-Bill, den berüchtigten Buschklepper, gefangen hat.

Nach dem Essen plaudern der Zuchtmeister und ich von Hunden und Pferden, Kampfhähnen, Sträflingen und bewegenden Ereignissen zu Wasser und zu Lande. Ich gebe Studentenstreiche aus früheren Tagen zum besten und bemühe mich, seine Berichte von sportlichen Leistungen mit gleichwertigen zu vergelten. Was für Heuchler wir doch sind! Denn die ganze Zeit warte ich nur darauf, daß wir wieder zu Mrs. Frere in den Salon gehen, damit ich in meiner Kritik an einem neuen Dichter, einem Mr. Tennyson, fortfahren kann. Frere liest Tennyson nicht, er liest überhaupt nicht. Haben wir uns dann in den Salon begeben, so plaudern wir – das heißt Mrs. Frere und ich – bis zum Abendessen. (Er nennt es *Supper*.) Sie ist eine reizende Gesellschafterin, und wenn ich beim Sprechen in Schwung komme – du mußt zugeben, daß ich ein guter Redner bin, alter Freund –, dann leuchtet ihr Gesicht auf, und sie zeigt sich so interessiert, wie ich es sonst nur selten an ihr beobachte. Ich fühle mich in ihrer Gegenwart ruhig und geborgen. Nach der Viehfarm und Bathurst ist die stille Vornehmheit dieses Hauses wie der Schatten eines großen Felsens in einer sonnendurchglühten Landschaft.

Mrs. Frere mag etwa fünfundzwanzig Jahre zählen. Sie ist ziemlich klein, kaum mittelgroß, von schlankem, mädchenhaftem Wuchs. Das Mädchenhafte ihrer Erscheinung wird durch das hellblonde Haar und die blauen Augen noch unterstrichen. Wenn man sie genau betrachtet, sieht man jedoch, daß ihre Gesichtszüge nicht mehr die zarte Rundung der frühen Jugend aufweisen. Sie hatte ein Kind, das aber gleich nach der Geburt gestorben ist. Ihre Wangen sind schmal, und in ihren Augen schimmert eine leise Trauer, die von körperlichen Leiden oder seelischem Kummer kündet. Die Durchsichtigkeit ihres Gesichts läßt die Augen noch größer und die Stirn noch breiter erscheinen, als sie in Wirklichkeit sind. Ihre Hände sind weiß und knochig. Einst müssen sie rundlich und hübsch gewesen sein. Ihre Lippen sind rot, wie von ständigem Fieber.

Hauptmann Frere scheint alle Lebenskraft seiner Frau an sich gerissen zu haben. (Wo habe ich doch gleich die Geschichte von Lucius Claudius Hermippus gelesen, der ein hohes Alter erreichte, weil er sich ständig mit jungen Mädchen umgab? Ich glaube, es war bei Burton, der Gott und die Welt zitiert.) In dem Maße, wie ihre Jugendfrische dahingeschwunden ist, hat sich seine Vitalität gesteigert. Obwohl er mindestens Vierzig ist, sieht er nicht älter als Dreißig aus. Ein rotes, frisches Gesicht, helle Augen, eine feste, volltönende Stimme. Er scheint über bedeutende Körperkräfte und ungewöhnlichen Mut zu verfügen, zu denen sich ein wahrhaft animalischer Appetit gesellt. Keine Sehne seines Körpers, die nicht straffgespannt ist wie eine Klaviersaite. Er ist groß, breit und derbknochig, mit einem roten Backenbart und rötlichem, schon leicht angegrautem Haar. Sein Auftreten ist laut, grob und gebieterisch; er spricht nur von Hunden, Pferden, Kampfhähnen und Sträflingen. Was für ein seltsames Paar.

30. März

Ein Brief aus Vandiemensland. »Stunk in der Speisekammer«, wie Frere in seiner üblichen Ausdrucksweise sagte. Dem Brief zufolge hat der Generalaufseher über das Sträflingswesen einen gewissen Mr. Pounce beauftragt, die Zustände auf Norfolk Island zu untersuchen. Ich soll ihn begleiten und werde diesbezügliche Anweisungen vom Generalaufseher erhalten. Hauptmann Frere, den ich davon in Kenntnis setzte, hat an Pounce geschrieben und ihn eingeladen, auf seiner Reise hier Station zu machen. Seither ist nur noch vom Sträflingswesen die Rede. Das ist Freres Lieblingsthema, und er langweilt mich entsetzlich mit seinen Erzählungen von den Listen und Schlichen der Sträflinge. Er ist für seine Kenntnisse auf diesem Gebiet berühmt. Ein verabscheuenswertes Wissen. Seine Dienstboten hassen ihn, aber sie gehorchen ihm aufs Wort. Ich habe beobachtet, daß Gewohnheitsverbrecher – wie alle wilden Tiere – sich vor dem Mann ducken, der sie einmal gebändigt hat. Ich würde mich nicht wundern, wenn die Regierung Frere zum »Zuchtmeister« bestellte. Ich hoffe es nicht, und wiederum hoffe ich es doch.

4. April

Nichts Berichtenswertes bis heute. Essen, trinken und schlafen. Trotz meiner siebenundvierzig Jahre fühle ich mich fast wie der James North, der den Schiffer besiegte und die Goldmedaille gewann. Was für ein Getränk Wasser doch ist! Die *fons Bandusiae splendidior vitreo* war besser als der Wein, der auf dem Massicus wuchs, Meister Horaz! Ich möchte bezweifeln, daß Ihr berühmtes Getränk, das unter dem Konsulat des Manlius abgefüllt wurde, es mit der Bandusia aufnehmen konnte.

Doch nun zu wichtigeren Dingen. Ich habe inzwischen zwei Tatsachen erfahren, die mich sehr überraschten. Erstens hat sich herausgestellt, daß der Sträfling, der Mrs. Frere nach dem Leben trachtete, kein anderer ist als der unglückliche Mensch, der in Port Arthur ausgepeitscht wurde, weil ich meinem verhängnisvollen Laster unterlag, und dessen Gesicht mich noch jetzt wie ein stummer Vorwurf verfolgt. Und zweitens ist Mrs. Carr eine alte Bekannte von Hauptmann Frere. Dies erfuhr ich durch einen seltsamen Zufall. Eines Abends, nachdem Mrs. Frere sich zurückgezogen hatte, unterhielten wir uns über kluge Frauen. Ich trug ihm meine Theorie vor, daß ein starkentwickelter Intellekt die Weiblichkeit der Frau gefährdet.

»Dem Verlangen des Mannes«, sagte ich, »sollte die Willenskraft der Frau entsprechen; der Vernunft die Intuition; der Verehrung die Ergebenheit; der Leidenschaft die Liebe. Die Frau sollte einen tieferen, aber schärfer klingenden Grundton anschlagen. Der Mann zeichnet sich durch Verstandeskraft aus, die Frau durch die Spontaneität des Fühlens. Eine Frau, die einen männlichen Intellekt besitzt, ist eine Anomalie.« Es war klar, daß er mir nicht ganz folgen konnte; aber was das Grundsätzliche betraf, stimmte er mir zu. »Ich kannte nur eine Frau«, sagte er, »die wirklich war, was man willensstark nennt. Sie war durch und durch verdorben.«

»Das eine bedingt nicht das andere«, erwiderte ich.

»Bei ihr traf es jedenfalls zu – ein sittlich verkommenes Geschöpf. Aber scharf wie eine Nadel, Sir, und so unerschütterlich wie ein Fels. Und hübsch obendrein.«

Ich sah ihm an, daß sich mit dieser Frau unangenehme Erinnerungen verbanden, und drängte ihn weiterzusprechen. »Sie wohnt hier irgendwo in der Nähe«, erzählte er. »Wie ich höre, hat sie ihren Sträflingsdiener geheiratet, einen Burschen namens Carr. Ich habe sie seit Jahren nicht gesehen und weiß nicht, wie sie jetzt ist, aber damals, zur Zeit unserer Bekanntschaft, war sie genauso, wie Sie es beschrieben haben.« (Am Rande sei bemerkt, daß ich gar nichts beschrieben hatte.) »Wir sind auf demselben Schiff nach Australien gekommen; sie war Zofe bei der Mutter meiner Frau.«

Ich war drauf und dran, ihm zu sagen, daß ich sie kenne; irgend etwas ließ mich jedoch schweigen. Im Leben von Männern wie Hauptmann Frere gibt es dunkle Punkte, die man besser nicht berührt. Anscheinend war meine Vermutung richtig, denn als seine Frau eintrat, wechselte er plötzlich das Thema. Ist es möglich, daß diese beiden – der berüchtigte Zuchtmeister und die Frau des Sträflingsdieners – in ihrer Jugend mehr als nur Freundschaft füreinander hegten? Durchaus denkbar. Er ist ganz der Mann für solche Liebschaften. (Wirklich reizend, wie ich über meinen Gastgeber herziehe!) Und die geschmeidige Frau mit den dunklen Augen wäre gerade das Geschöpf gewesen, ihn zu bestricken. Vielleicht ist irgend so eine Geschichte mit schuld an Mrs. Freres traurigen Augen. Weshalb zerbreche ich mir eigentlich darüber den Kopf? Mit derartigen Verdächtigungen beleidige ich sie und mache mir selbst das Herz schwer. Wenn ich ein Flagellant wäre, würde ich ein härenes Gewand anlegen und zur Geißel greifen. »Denn dergleichen läßt sich nur durch Beten und Fasten austreiben.«

7. April

Mr. Pounce ist eingetroffen. Ganz von der Wichtigkeit seiner Mission erfüllt, stolziert er einher mit der Miene eines Staatsministers am Vorabend der Verleihung des Hosenbandordens – voller Hoffnung, voller Zweifel, voller Furcht und sogar in seiner Unsicherheit noch voller Würde. Ich spreche so spöttisch von diesem gespreizten Beamten, als wäre ich ein albernes Schulmädchen, und doch bin ich mir – der Himmel ist mein Zeuge – durchaus bewußt, wie wichtig die Aufgabe ist, die vor ihm liegt. Das sind geistige Verrenkungen, durch die man sich abreagiert. Ich erinnere mich, daß ein Gefangener in Hobart Town, dessen Hinrichtung die Regierung zweimal verschoben hatte, hemmungslos brüllte und umhersprang, als er erfuhr, das Todesurteil sei nun endgültig bestätigt worden. Er erzählte mir, er wäre wahrscheinlich wahnsinnig geworden, wenn er nicht laut geschrien hätte.

10. April

Gestern abend fand ein Galadiner statt. Das Gespräch drehte sich um nichts anderes als um die Sträflinge. Nie zuvor sah ich Mrs. Frere so schweigsam, geistesabwesend und traurig. Wie sie mir nach dem Essen gestand, verabscheut sie schon allein das Wort »Sträfling«, weil es gewisse Assoziationen in ihr wachruft. »Ich habe mein Leben lang unter ihnen gelebt«, sagte sie, »aber das macht die Sache keineswegs besser. Wissen Sie, Mr. North, manchmal suchen mich furchtbare Bilder heim, die verschwommene Erinnerungen sein könnten. Nichts fürchte ich mehr, als wieder mit Gefangenen in Berührung zu kommen. Ich bin sicher, daß mir von ihnen irgendein Unheil droht.«

Natürlich versuchte ich ihr das auszureden, aber es half nichts. Sie ließ sich nicht davon abbringen und sah mich mit angstvollen Augen an. Auf ihrem Gesicht malte sich eine geradezu bestürzende Qual.

»Sie sind nervös«, sagte ich. »Sie brauchen Ruhe.«

»Ja, ich bin nervös«, erwiderte sie mit jener Offenheit, die ich schon des öfteren an ihr bemerkte. »Und ich habe böse Vorahnungen.«

Wir schwiegen eine Weile, dann richtete sie plötzlich ihre großen Augen auf mich und fragte mit ruhiger Stimme: »Mr. North, was für einen Tod werde ich sterben?« Ich zuckte unwillkürlich zusammen. Die Frage war ein Echo meiner eigenen Gedanken – ich neige törichterweise (?) dazu, Physiognomien zu deuten. Ja, was für einen Tod? Was für einen Tod wird ein Mensch sterben, der mit weit aufgerissenen Augen, halbgeöffneten Lippen und umwölkter Stirn dasitzt und sich an seinen rasch schwindenden Mut zu klammern sucht? Sicherlich keinen friedlichen Tod. Ich nahm Zuflucht zu meinem schwarzen Rock. »Aber liebe gnädige Frau, an solche Dinge dürfen Sie doch nicht denken. Sie wissen ja, der Tod ist nur ein Schlaf. Warum also einen Alpdruck befürchten?«

Sie seufzte, als erwache sie langsam aus einer Trance. Ihre Augen schwammen in Tränen, doch sie bezwang sich und gab dem Gespräch eine andere Wendung. Dann verließ sie mich, eilte zum Klavier und begann einen Walzer zu spielen. Diese unnatürliche Heiterkeit endete, wie ich glaube, mit einem Weinkrampf; denn gleich darauf hörte ich, wie Frere ihr empfahl, ihr Riechfläschchen zu nehmen. Er wäre imstande, der Pythia Riechsalz zu empfehlen, wenn sie ihn konsultierte.

26. April

Alles ist vorbereitet, morgen früh fahren wir. Mr. Pounce befindet sich in einem Zustand mühsam errungener Würde. Ich glaube, er wagt kaum, sich zu bewegen, aus Angst, seine eisige Amtsmiene könnte dadurch auftauen. Seit er herausgefunden hat, daß ich der »Kaplan« bin, ist er die Zurückhaltung selbst. Das schmerzt meine Eitelkeit, stärkt jedoch meine Geduld. Frage: Würden sich die meisten Menschen nicht lieber von Amtspersonen langweilen lassen als gänzlich unbemerkt bleiben? Was James North betrifft, so lehnt er es ab, darauf eine Antwort zu geben.

Ich habe mich von meinen Freunden verabschiedet. Wenn ich auf die schönen Stunden zurückblicke, die ich hier verbracht habe, überkommt mich ein Gefühl der Trauer. Es ist kaum anzunehmen, daß mir in meinem Leben noch viele so angenehme Stunden beschieden sein werden. Ich komme mir vor wie ein Landstreicher, dem man gestattet hat, sich ein Weilchen am Kamin aufzuwärmen, und den man dann auf die nassen und windigen Straßen hinausjagt, die ihm nun noch kälter als zuvor dünken. Was schrieb ich doch in ihr Poesiealbum?

> Wie ein armer Zecher, der, trunken vom Wein,
> heimwärts durch finstere Straßen zieht
> und im strömenden Regen den lichten Schein
> der Lampe im glücklichen Fenster sieht,
>
> kurze Zeit vor der hellen Scheibe verweilt,
> dem friedlichen Bild drinnen zugewendet,
> dann wieder ins nächtliche Dunkel enteilt,
> damit er die traute Schönheit nicht schändet...

Ja, so lauteten die Zeilen. Sie enthalten mehr Wahrheit, als sie ahnt. Dennoch – muß ich deshalb gleich sentimental werden? Ich weiß, was du denkst, mein Gefährte: Dieser North ist doch wirklich ein zimperlicher Narr!

So, das wäre überstanden. Jetzt auf nach Norfolk Island, auf zur Läuterung!

KAPITEL 2
Der verlorene Erbe

Sir Richard Devines verlorener Sohn war nach England zurückgekehrt und erhob Anspruch auf seinen Namen und sein Vermögen. Mit anderen Worten: John Rex hatte den Plan, sich sämtliche Rechte seines alten Sträflingskameraden anzueignen, erfolgreich durchgeführt.

Manchmal, wenn John Rex in seiner Junggesellenwohnung eine Zigarre rauchte oder von den Berechnungen für das nächste Pferderennen aufblickte, fragte er sich erstaunt, wie er einen so ungeheuerlichen und scheinbar so schwierigen Betrug mit solcher Leichtigkeit hatte bewerkstelligen können. Nach seiner Ankunft in Sydney hatte er, der gerade erst der Sklaverei entronnen war, ein anderes, kaum minder drückendes Joch auf sich nehmen müssen: das erzwungene Zusammenleben mit einer ungeliebten Frau. Der Tod eines ihrer Dienstboten gab Sarah Purfoy die willkommene Möglichkeit, den entsprungenen Sträfling in ihrem Hause unterzubringen. In Neusüdwales herrschten damals zwangsläufig so seltsame gesellschaftliche Zustände, daß es nichts Außergewöhnliches war, wenn Gefangene, die den freien Siedlern als Dienstboten zugewiesen wurden, ihre Arbeitgeberinnen heirateten. Niemand fand etwas dabei, daß Mrs. Purfoy, die Witwe eines Walfangkapitäns, ihrem Lagerverwalter die Hand zum Ehebund reichte, einem gewissen John Carr, der wegen Unterschlagung deportiert war und noch zwei Jahre seiner Strafe zu verbüßen hatte. Ja, als John Carr ein Jahr später auf freien Fuß gesetzt wurde und ein hübsches Weib und ein hübsches Vermögen sein eigen nannte, hätten ihm viele Leute mit tausend Freuden den Aufenthalt in Australien so angenehm wie nur möglich gestaltet. Aber John Rex war nicht gewillt, länger zu bleiben als unbedingt nötig; sein ganzes Sinnen und Trachten ging dahin, dem neuen Gefängnis zu entfliehen. Lange Zeit blieben seine Bemühungen erfolglos. Bei aller Liebe trug Sarah Purfoy keine Bedenken, ihm rundweg zu erklären, daß sie ihn gekauft habe und als ihr Eigentum betrachte. Er wußte genau, diese Frau, die um seinetwillen so viele Gefahren auf sich genommen hatte, würde bei seinem ersten Versuch, die Ehefesseln abzustreifen, nicht zögern, ihn den Behörden auszuliefern und zu erklären, daß sie den Namen und die Stellung des eben rechtzeitig verstorbenen John Carr auf den entsprungenen Sträfling John Rex übertragen habe. Anfangs hatte er sich sicher gefühlt, weil sie, seine Frau, nicht als Zeugin gegen ihn auftreten durfte; doch sie erinnerte ihn daran, daß ein Wort zu Blunt vollauf genügen würde.

»Ich weiß, daß du mich nicht mehr liebst, John«, sagte sie mit grimmiger Ruhe. »Aber dein Leben ist in meiner Hand, und wenn du mich verläßt, bringe ich dich an den Galgen.«

In seinem heimlichen Eifer, von ihr loszukommen, sann er auf immer neue Möglichkeiten für eine Flucht. Doch vergeblich. Er war an Händen und Füßen gefesselt. Sie verfügte über sein Geld, und die Summe war durch ihre klugen Manipulationen auf mehr als das Doppelte angewachsen. Sie hatte die Macht, und er konnte seinen Plan nicht eher verwirklichen, als bis der Tod oder irgendein glücklicher Zufall sie ihm vom Halse schaffte.

Wenn ich sie erst los bin, dachte er auf seinen einsamen Ritten über die Farm, deren Besitzer er nur dem Namen nach war, dann ist alles übrige leicht. Ich kehre nach England zurück und erzähle eine glaubwürdige Geschichte von einem Schiffbruch. Die liebe Mutter, von der ich so lange getrennt war, wird mich zweifellos mit offenen Armen aufnehmen, und dann erhält Richard Devine sein Eigentum zurück.

Aber es war eben nicht so einfach, von ihr loszukommen. Zweimal versuchte er, die Fesseln abzustreifen, und zweimal fing sie ihn wieder ein.

»Ich habe dich gekauft, John«, sagte sie lachend, »und ich behalte dich auch. Du kannst mit deinem Leben hier sehr zufrieden sein. Früher hast du dich mit weniger begnügt. Oder bin ich so häßlich und abstoßend geworden?«

»Ich habe Heimweh«, entgegnete John Carr. »Laß uns nach England zurückkehren, Sarah.«

Sie trommelte mit ihren kräftigen weißen Fingern auf der Tischplatte. »Nach England zurückkehren? O nein, mein Lieber, das könnte dir so passen. Dann hättest du wieder Oberwasser, nicht wahr? Du würdest mein Geld nehmen und mich sitzenlassen. Ich kenne dich, John. Nein, wir bleiben hier, wo ich dich jederzeit dem ersten besten Polizisten übergeben kann, wenn du nicht nett zu mir bist.«

»Teufelin!«

»Oh, damit triffst du mich nicht. Beschimpf mich nur, wenn es dir Spaß macht. Schlag mich, wenn du willst, aber verlaß mich nicht, denn das würdest du bitter bereuen.«

»Du bist eine sonderbare Frau!« rief er, von widerwilliger Bewunderung gepackt.

»Weil ich so einen Schurken liebe? Ich weiß nicht. Ich liebe dich ja gerade, weil du ein Schurke bist. Ein anständiger Mann würde eine Frau wie mich auf die Dauer langweilen.«

»Ich wollte, ich wäre in Port Arthur geblieben! Lieber dort schuften, als hier wie ein Hund leben!«

»Dann geh doch zurück. Du brauchst es nur zu sagen!«

So pflegten sie miteinander zu streiten. Sie sonnte sich dabei in dem Bewußtsein ihrer Macht über den Mann, der sie so lange beherrscht hatte, während er sich mit der Hoffnung tröstete, daß der Tag, der ihm Freiheit und Reichtum schenken würde, nicht mehr fern sei. Und wirklich, unversehens bot sich ihm eine Chance: Sarah wurde krank.

Der undankbare Schuft machte sich mit fünfhundert Pfund und zwei Pferden aus dem Staube, erreichte ungehindert Sydney und schiffte sich nach Rio ein.

Nun, da John Rex den Fesseln der Hörigkeit entronnen war, begann er mit äußerster Vorsicht das größte Spiel seines Lebens zu spielen. Er fuhr nach Europa und hielt sich wochenlang in allen möglichen Städten auf, in denen Richard Devine, wie er wußte, gelebt hatte. Er machte sich mit den Straßen vertraut, knüpfte Bekanntschaften mit älteren Einwohnern an, sammelte überall Informationen, die ihm helfen konnten, die Fäden des Netzes enger zu knüpfen. Die Auskünfte waren freilich recht mager; der Leichtfuß Richard Devine war zu arm und zu unbedeutend gewesen, um einen nachhaltigen Eindruck zu hinterlassen. Doch Rex wußte, daß eine Täuschung, wie er sie plante, oftmals durch seltsame Zufälle aufgedeckt wird. Da brauchte nur irgendein alter Freund oder Bekannter des verlorenen Erben aufzutauchen und sich nach ganz belanglosen Dingen zu erkundigen – schon würden diese Fragen sein lockeres Netz zerreißen, so leicht, wie Saladins Schwert das fließende Seidengewand teilte. Er durfte es nicht riskieren, auch nur die geringste Kleinigkeit außer acht zu lassen. Sorgfältig und geschickt trug er Steinchen um Steinchen der Geschichte zusammen, mit der er die arme Mutter täuschen und sich selbst in den Besitz eines der größten Privatvermögen in England bringen wollte.

Und dies war die Geschichte, die er sich zurechtlegte: Ein nach Rio segelndes Schiff hatte ihn von der brennenden *Hydaspes* gerettet. Sein Stolz – ein Charakterzug, für den er bekannt war – hatte ihn, der nichts von Sir Richards Tod ahnte, zu dem Entschluß getrieben, nicht eher in die Heimat zurückzukehren, als bis er ein mindestens ebenso großes Vermögen erworben hatte wie das Erbe, dessen er verlustig gegangen war. In Lateinamerika hatte er sich vergeblich bemüht, zu Wohlstand zu gelangen. Vierzehn Jahre lang hatte er sich als Rinderhirt, als Reisender, als Spekulant und als Soldat geplagt und war gescheitert. Nun kehrte er reumütig nach Hause zurück, ein gebrochener Mann, der für seine müden Knochen ein Fleckchen englischer Erde suchte. Diese Erzählung war glaubwürdig genug, und John Rex traute sich zu, auf alle Fragen Rede und Antwort zu stehen. Daß man dem Steuermann der gekaperten *Osprey*, dem Mann, der in Chile gelebt und auf den Ebenen von Carrum Rinderherden zusammengetrieben hatte, mangelhafte Kenntnis im Reiten und in der Navigation oder Nichtvertrautsein mit spanischen Sitten und Gebräuchen nachweisen konnte, war kaum zu befürchten. Überdies ging er in einer Art und Weise vor, die seine Menschenkenntnis verriet.

Das Testament, das Richard Devine zum Erben einsetzte, stammte aus dem Jahre 1807, aus einer Zeit also, da sich der Erblasser noch in den hoffnungsvollen Freuden der Vaterschaft wiegte. Es bestimmte, daß Lady Devine aus der Erbmasse, die zwei Vermögensverwaltern anvertraut wurde, eine jährliche Leibrente von dreitausend Pfund erhalten sollte, bis ihr ältester Sohn entweder das Zeitliche segnete oder sein fünfundzwanzigstes Lebensjahr erreichte. Sobald eines der beiden Ereignisse eintrat, hatte Lady Devine Anspruch auf hunderttausend Pfund. In Konsols angelegt, wog diese Summe nach Sir Richards klugen Berechnungen genau den Verlust der Leibrente auf. Das restliche Vermögen ging ungeteilt an den Sohn, falls er am Leben blieb, sonst an seine Kinder oder die nächsten Verwandten. Die beiden Vermögensverwalter waren Oberst Wotton Wade, Lady Devines Vater, und Mr. Silas Quaid von der Anwaltsfirma Purkiss und Quaid. Oberst Wade hatte vor seinem Tode im Einverständnis mit Quaid seinen Sohn, Mr. Francis Wade, zum Verwalter ernannt. Als Mr. Quaid starb, lehnte die Firma Purkiss und Quaid (an Quaids Stelle war sein Neffe, ein gerissener Bursche, getreten) jede weitere Verantwortung ab, und Francis Wade blieb auf Lady Devines Bitte Alleinverwalter. Sir Richards Schwester und ihr Mann, Anthony Frere, waren seit langem tot, und wie wir wissen, hatte sich ihr Sohn Maurice mit seinem Schicksal abgefunden und alle Hoffnung aufgegeben, seinen Onkel je zu beerben.

So hatte John Rex in der Rolle des zurückgekehrten Richard nur zwei Menschen von seiner Identität zu überzeugen: seinen angeblichen Onkel, Mr. Francis Wade, und seine angebliche Mutter, Lady Devine.

Wie sich herausstellte, war das ein Kinderspiel. Francis Wade war ein kränklicher Kunstliebhaber, der es verabscheute, sich geschäftlich zu betätigen. Sein Ehrgeiz ging vielmehr dahin, als Mann von Geschmack zu gelten. Er, dem ein kleines Vermögen seine Unabhängigkeit sicherte, hatte Northend seit seines Vaters Tode nicht mehr verlassen und nur für seine Sammlungen gelebt. Als er auf Drängen seiner Schwester die alleinige Verantwortung für das Besitztum übernahm, investierte er alles flüssige Kapital in dreiprozentigen Aktien und war es zufrieden, die Zinsen langsam anwachsen zu sehen. Lady Devine war durch die Ereignisse, die mit Sir Richards Tode zusammenhingen, so schwer getroffen worden, daß sie den Schock niemals verwand; sie klammerte sich an den Glauben, ihr Sohn lebe noch, und betrachtete sich lediglich als Wahrerin seiner Interessen. Die Geschwister lebten sehr zurückgezogen und gaben etwa ein Viertel ihres Einkommens für wohltätige Zwecke und den Ankauf von Antiquitäten aus. Beide begrüßten die Heimkehr des Wanderers mit unsäglicher Freude. Für Lady Devine bedeutete sie die Erfüllung einer jahrelang gehegten Hoffnung, die ihr zur zweiten Natur geworden war, und Francis Wade atmete erleichtert auf, weil er nun einer Verantwortung enthoben war, die er, der schlichte Mann, insgeheim stets gehaßt hatte, der Verantwortung nämlich, sich um das Geld eines anderen kümmern zu müssen.

»Ich denke nicht daran, die Anordnungen umzustoßen, die Sie getroffen haben, lieber Onkel«, sagte John Rex am ersten Abend. »Das wäre höchst undankbar von mir. Ich bin nicht sehr anspruchsvoll, meine Bedürfnisse sind leicht zu befriedigen. Ich werde gelegentlich Ihre Anwälte aufsuchen und alles Nötige veranlassen.«

»Geh bald zu ihnen, Richard, am besten gleich morgen. Du weißt, ich bin kein Geschäftsmann, aber ich hoffe, du wirst trotzdem mit mir zufrieden sein.«

Doch Richard schob den Besuch von einem Tag zum anderen auf. Mit Rechtsanwälten wollte er sowenig wie möglich zu tun haben. Er wußte genau, wie er vorzugehen hatte: Einstweilen sollte Lady Devine für seinen Lebensunterhalt aufkommen; seine Rechte gedachte er erst geltend zu machen, wenn sie starb. »Mein unstetes Leben hat mich jeder Geselligkeit entwöhnt, liebe Mutter«, sagte er. »Machen Sie nicht viel Aufhebens von meiner Rückkehr. Ein stilles Eckchen, wo ich in Ruhe meine Pfeife rauchen kann – mehr brauche ich nicht, um glücklich zu sein.« Lady Devine, von einem zärtlichen Mitleid erfüllt, dessen Ursache John Rex nicht recht zu begreifen vermochte, willigte ein, und so wurde denn »Mr. Richard« allgemein als Opfer der Umstände betrachtet, als ein Mensch, der sich seiner Unvollkommenheiten bewußt war und dem man deshalb vieles nachsehen mußte. Der verlorene und wiedergefundene Sohn bekam eine eigene Zimmerflucht, eigene Diener und ein eigenes Bankkonto. Er trank, rauchte und war guter Dinge.

Fünf oder sechs Monate lang glaubte er im Paradies zu sein. Allmählich aber wurde ihm dieses Leben unerträglich. Die Heuchelei ist eine sehr schwere Bürde, und Rex war gezwungen, sie ständig zu tragen. Lady Devine beanspruchte seine ganze Zeit. Sie hing an seinen Lippen; immer wieder mußte er ihr die Geschichte seiner Irrfahrten erzählen. Sie wurde nicht müde, ihn zu küssen und ihm mit Tränen der Rührung für das »Opfer« zu danken, das er ihr gebracht hatte.

»Wir wollten ja eigentlich nie mehr davon sprechen, Richard«, sagte die arme Frau eines Tages, »aber wenn ich mit meiner immerwährenden Liebe das Unrecht sühnen kann, das ich dir angetan habe...«

»Still, liebste Mutter«, erwiderte John Rex, der keine Ahnung hatte, was sie meinte, »kein Wort mehr davon.«

Lady Devine weinte noch eine Weile still vor sich hin, dann ging sie und ließ den Mann, der vorgab, ihr Sohn zu sein, bestürzt und ein wenig erschrocken zurück. Zweifellos gab es ein Geheimnis zwischen Lady Devine und ihrem Sohn, um das er nicht wußte. Da aber die Mutter nie wieder davon sprach, beruhigte sich Rex, und mit der Zeit vergaß er seine Befürchtungen.

Anfangs war er bei seinem Betrugsmanöver zaghaft und vorsichtig zu Werke gegangen. Dann aber machte sich der wohltuende Einfluß des Komforts, der allseitigen Achtung und der finanziellen Unabhängigkeit bemerkbar, und seine innere Sicherheit wuchs. Er kam sich vor wie zu Lebzeiten des Mr. Lionel Crofton. Es war ein neues und recht angenehmes Gefühl, von einer liebenden Frau umsorgt zu werden, die ihn küßte und ihn ihren Sohn nannte, und es war nicht minder erfreulich, daß er von den einfachen Landleuten mit Bewunderung, von der vornehmen Welt mit Neid betrachtet wurde und überall achtungsvoller Rücksichtnahme begegnete. Sie waren alle so gut zu ihm, daß er manchmal in Versuchung geriet, ein Geständnis abzulegen und sich denen auszuliefern, die er betrogen hatte. Aber er hielt sich dann stets vor Augen, wie unsinnig solche Gedanken seien. Mit einer Beichte würde er niemandem nützen, sich selbst dagegen unendlich schaden. Der wahre Richard Devine lag viele Klafter tief in dem gierigen Ozean der Sträflingszucht, von den Wellen unzähliger Strafen überspült. John Rex sonnte sich in dem Bewußtsein, daß er den Namen eines Mannes trug, der im Grunde nicht mehr unter den Lebenden weilte und von den Toten auferstehen mußte, wenn er je zurückkommen und ihn anklagen wollte. Allmählich wurde er kühner, und seine wahre Natur kam zum Vorschein. Er fuhr seine Diener an, mißhandelte Hunde und Pferde, gebrauchte oft gemeine Ausdrücke und war grob bis zur Taktlosigkeit. Sogar Lady Devine, die mit inniger Liebe an ihrem vermeintlichen Sohn hing und ihn für sein Opfer zu entschädigen suchte, fühlte sich von seinem brutalen Egoismus und seinen schlechten Manieren abgestoßen. Eine Zeitlang kämpfte die arme Frau verzweifelt dagegen an und bemühte sich, ihren Widerwillen zu überwinden. Sie hielt es für ein Verbrechen, in ihrem Herzen Abscheu vor ihrem unglücklichen Sohn aufkommen zu lassen; aber schließlich erlag sie diesem Gefühl.

Im ersten Jahr hatte sich Mr. Richard untadlig geführt; später jedoch, als sein Bekanntenkreis sich erweiterte und sein Selbstvertrauen wuchs, fiel er gelegentlich aus der Rolle. Eines Tages war er bei einem Jagdfreund zu Gast, der sich sehr geschmeichelt fühlte, einen so wohlhabenden und weitgereisten Mann bewirten zu dürfen. Mr. Richard trank weit mehr, als ihm gut war, und kam in einem Zustand widerlicher

Betrunkenheit nach Hause. Ich sage widerlich, weil manche Menschen im Rausch einen gewissen Humor entwickeln und dadurch nicht ganz so unangenehm wirken. Doch wenn John Rex betrunken war, zeigte sich sein wahrer Charakter – er wurde grob und grausam. Francis Wade war an diesem Abend ausgegangen, und Lady Devine hatte sich schon zur Ruhe begeben, als der Einspänner Mr. Richard heimbrachte. Der wohlerzogene Butler, der die Tür öffnete, wurde mit einem Stoß vor die Brust und dem Ruf: »Schnaps her!« begrüßt. Nachdem Mr. Richard dem Reitknecht fluchend befohlen hatte, sich zum Teufel zu scheren, stolperte er ins Speisezimmer, das nur matt erleuchtet war – wie es sich gehört, wenn der Herr außer Hause speist –, und schrie nach »mehr Kerzen«. Die Kerzen wurden gebracht, und Mr. Richard belustigte sich damit, das Wachs auf den Teppich tropfen zu lassen. »Wir woll'n illjuminieren!« rief er, kletterte mit seinen schmutzigen Stiefeln auf die kostbaren Sessel, zerkratzte die polierte Tischplatte und versuchte, die Wachskerzen in die silbernen Wandleuchter zu stecken, mit denen der kunstverständige Francis Wade den Raum ausgeschmückt hatte.

»Vorsicht, Sir, der Tisch«, mahnte der Diener.

»Ich pfeif auf den verdammten Tisch!« knurrte Rex. »Kaufen wir eben 'nen anderen. Was geht dich der Tisch an?«

»Ganz recht, Sir«, entgegnete der Diener.

»Ganz recht! Wieso ganz recht? Verstehst du was davon?«

»Nein, Sir.«

»Wenn ich jetzt ... hick! ... 'ne Reitpeitsche hätte, würde ich dich ... hick! ... tanzen lassen! Wo bleibt der Schnaps?«

»Hier, Mr. Richard.«

»Trink! Guter Schnaps! Hol die Leute rauf, sollen alle tanzen. Kannst du tanzen, Tomkins?«

»Nein, Mr. Richard.«

»Wirst du gleich lernen, Tomkins. Schön tanzen sollst du, Tomkins! Hallo, Mary! Susan! Janet! William! Raufkommen! Hallo!« Und er begann zu brüllen und zu fluchen.

»Wollen Sie nicht doch lieber schlafen gehen, Mr. Richard?« wagte Tomkins einzuwerfen.

»Nein!« schrie der ehemalige Sträfling. »Ich will nicht! Bin viel zu lange bei Tageslicht schlafen gegangen. Illjuminieren woll'n wir! Jetzt bin ich Herr im Haus! Jawohl, Richard D'vine – haha, Wein! – ist mein Name. Stimmt's, Tomkins? Sprich, du Schurke!«

»Ge ... gewiß, Mr. Richard.«

»Natürlich stimmt's, werd's euch schon zeigen! Ich bin kein Betrüger. Ich bin ein Gentleman! Ein Gentleman, der die Welt gesehen hat. Kenne mich aus, jawohl! Wartet nur ab, bis die Alte tot ist, dann könnt ihr was erleben!«

Unter lauten Flüchen erging er sich in schrecklichen Drohungen, was er alles tun würde, wenn er erst der unumschränkte Herrscher wäre. »Schnaps her!«

Mit einem Knall landete die Flasche im Kamin.

»Mach Licht im Sa – Salon! Wir woll'n ta – tanzen! Ich bin betrunken! Ist doch klar! Wenn ihr das durchgemacht hättet, was ich durchgemacht habe, würdet ihr euch auch besaufen. Wie 'n Verrückter seh ich aus« – dies zu seinem Spiegelbild –, »bin aber keiner, sonst wär ich nicht hier. Verflucht noch mal, du grinsender Idiot« – der Spiegel zersplitterte unter einem Fausthieb –, »grinse nicht so blöde! Musik! Wo steckt die Alte? Holt sie her, sie soll ta – tanzen!«

»Lady Devine schläft schon, Mr. Richard«, rief Tomkins bestürzt und versuchte, ihm den Weg zu vertreten.

»Dann hol ich sie eben aus dem Bett«, brüllte John Rex und steuerte auf die Tür zu.

Tomkins wollte ihn zurückhalten, aber der Betrunkene schleuderte ihn in eine Vitrine mit kostbarem Porzellan und torkelte die Treppe hinauf. Die anderen Diener stürzten ihm nach und packten ihn. Er fluchte und wehrte sich wie ein Rasender. Türen wurden aufgerissen, Lichter flammten auf, Dienstmädchen kamen gelaufen und fragten angstvoll, ob Feuer ausgebrochen sei. Das ganze Haus war in Aufruhr. Lady Devine erschien auf der Treppe und starrte entsetzt auf das Tohuwabohu. Bei ihrem Anblick stieß Rex so gotteslästerliche Verwünschungen aus, daß sie sich erschrocken zurückzog. Schließlich gelang es, den blutenden und tobenden Mann, dem die Kleider in Fetzen vom Leibe hingen, in sein Schlafzimmer zu schaffen. Der Reitknecht, dessen Gesicht bei der Schlägerei arg zugerichtet worden war, gab dem wie tot Daliegenden zum Abschied noch einen herzhaften Fußtritt.

Am nächsten Morgen weigerte sich Lady Devine, ihren Sohn zu empfangen, obgleich er sich schriftlich in aller Form bei ihr entschuldigte.

»Ich fürchte, ich war gestern abend ein bißchen angetrunken«, sagte er zu Tomkins.

»Allerdings, Sir«, erwiderte Tomkins.

»Das ist der Wein, Tomkins, schon ein Schluck ist Gift für mich. War ich sehr gewalttätig?«

»Sie waren ziemlich laut, Mr. Richard.«

»Hier ist ein Sovereign für Sie, Tomkins. Habe ich irgend etwas gesagt?«

»Sie haben viel geflucht, Mr. Richard. Das tun die meisten Herren, wenn sie ... hm ... ich meine, wenn sie auswärts gespeist haben.«

Wie dumm von mir, dachte John Rex beim Ankleiden. Wenn ich mich nicht zusammenreiße, werde ich noch alles verderben. Damit hatte er zweifellos recht. Er war auf dem besten Wege, alles zu verderben. Diesmal ließ sich der Schaden freilich noch gutmachen: Sein Geld besänftigte die Gemüter der Dienstboten, und seine Entschuldigungen bewogen Lady Devine, ihm nach einiger Zeit zu vergeben.

»Ich kann mich noch nicht so recht an die englischen Sitten gewöhnen, liebe Mutter«, erklärte Rex. »Manchmal fühle ich mich in Ihrem stillen Heim fehl am Platze. Ich würde gern auf Reisen gehen – falls Sie mir mit etwas Geld unter die Arme greifen könnten.«

Mit einem Gefühl der Erleichterung, das ihrem Gewissen arg zu schaffen machte, gab Lady Devine ihre Zustimmung. Wohlversehen mit Kreditbriefen, fuhr John Rex nach Paris.

Nun, da ihm die Welt der Vergnügungen und Ausschweifungen offenstand, begann er leichtsinnig zu werden. Als junger Mann hatte er dem Laster der Trunkenheit nicht gefrönt, dafür allerdings seine Mäßigkeit – wie all seine anderen guten Eigenschaften – zu lasterhaftem Tun ausgenützt. Erst später, in der Einsamkeit des Busches, war er dem Branntwein verfallen. Seine Absicht war, mit Hilfe des Geldes, über das er so reichlich verfügte, das Leben seiner Jugendjahre wiederaufzunehmen. Ach, er hatte vergessen, daß die Welt inzwischen nicht jünger geworden war. Es wäre zwar Mr. Lionel

Crofton vermutlich gelungen, einige der Narren und Spitzbuben aufzuspüren, mit denen er einst verkehrt hatte. Viele von ihnen lebten noch und waren zu Wohlstand und Ansehen gelangt. Mr. Lemoine zum Beispiel hatte eine standesgemäße Ehe geschlossen; er wohnte jetzt auf der Insel Jersey und trug sich sogar mit dem Gedanken, einen Neffen zu enterben, der Neigung zu einem liederlichen Lebenswandel zeigte.

Aber Mr. Lemoine legte bestimmt keinen Wert mehr darauf, mit Mr. Lionel Crofton, dem Spieler und Wüstling, zu verkehren, und es war nicht ratsam, sich ihm unter dem Namen Richard Devine zu nähern, denn irgendein unglücklicher Zufall konnte ihm den Betrug enthüllen.

So war denn der arme Lionel Crofton gezwungen, still in seinem Grab liegenzubleiben, und Mr. Richard Devine mußte darangehen, Mr. Lionels ehemalige Freunde von neuem zu gewinnen. Er vertraute darauf, daß der Vollbart und seine korpulenter gewordene Gestalt sein Geheimnis wahren würden. In Paris und London gab es genug Leute, die bereit waren, mit einem reichen Gentleman zu zechen. Man flüsterte sich Mr. Richard Devines Geschichte in manchem Boudoir und manchem Klubraum zu. Allerdings wurde die Geschichte nicht immer in der gleichen Weise erzählt. Daß Lady Devines totgeglaubter Sohn unvermutet und zur Bestürzung seiner Familie heimgekehrt war, wußte ganz London; aber die näheren Umstände seiner Heimkehr wurden immer wieder anders berichtet.

Das lag hauptsächlich daran, daß Mr. Francis Wade zwar ein wohlbekannter Mann war, jedoch nicht in jenen glänzenden Kreisen verkehrte, die sich seit kurzem seinem Neffen geöffnet hatten. In England gibt es viele Menschen, die ein ebenso großes Vermögen besitzen, wie es das des alten Schiffsreeders war, und die trotzdem in jener kleinen Welt, die angeblich alle bemerkenswerten Männer umfaßt, gänzlich unbekannt sind. Francis Wade war in seinen eigenen Kreisen hochangesehen. Künstler, Antiquitätenhändler, Buchhändler und Gelehrte kannten und schätzten ihn als Mäzen und als Mann von Geschmack. Seine Bankiers und seine Anwälte wußten, daß er wohlhabend und unabhängig war; aber da er sich weder um Politik kümmerte noch »in Gesellschaft ging«, da er weder wettete noch an der Börse spekulierte, hatten große Teile der Bevölkerung niemals seinen Namen gehört. Viele ehrbare Bankiers hätten seine Wechsel gewiß nicht diskontiert, ohne vorher Erkundigungen einzuziehen, und die meisten Klubmitglieder – abgesehen vielleicht von jenen alten Kannegießern, die Gott und die Welt kennen – hatten kaum eine Ahnung, wer er war.

Der geheimnisvolle Mr. Richard Devine – ein ungehobelter Mensch mit unbegrenzten Mitteln – erregte daher einiges Aufsehen, als er in dem finsteren Kreis männlicher und weiblicher Schurken erschien, aus denen sich die sogenannte Halbwelt zusammensetzt. Man erkundigte sich angelegentlich nach seinem Vorleben, und da niemand zufriedenstellende Auskünfte geben konnte, waren bald allerlei Lügen in Umlauf. Die allgemeine Ansicht war, daß seine Familie ihn, das schwarze Schaf, verstoßen habe, daß er aber nichtsdestoweniger ein steinreicher Mann sei.

Kurzum, Mr. Richard Devine galt als zahlungskräftig, und so verkehrte er bald in der »allerfeinsten« Gesellschaft. Es fehlte ihm nicht an trinkfesten Zechkumpanen, die ihm gern behilflich waren, sein Geld durchzubringen. Dieser Tätigkeit widmete er sich mit einer solchen Hingabe, daß Francis Wade, beunruhigt durch die häufigen Kontoabhebungen, seinen Neffen schließlich drängte, die geschäftlichen Angelegenheiten ein für allemal ins reine zu bringen. Aber Richard Devine weilte in Paris, in Hamburg in London oder sonstwo und zeigte nicht die geringste Neigung, sich mit Geschäften zu befassen. Mr. Francis Wade wurde immer besorgter. Ja sogar die Gesundheit des alten Herrn litt unter den Aufregungen, die Richards Verschwendungssucht ihm bereitete. »Ich bitte Dich, mein lieber Richard«, so schrieb er ihm, »daß Du mich endlich wissen läßt, was ich tun soll.«

»Ich bitte Sie, mein lieber Onkel, daß Sie tun, was Sie für richtig halten«, lautete die Antwort des Neffen.

»Ist es Dir recht, wenn Purkiss und Quaid sich mit der Angelegenheit befassen?« fragte der vielgeplagte Francis an.

»Ich hasse Rechtsanwälte«, schrieb Richard zurück. »Tun Sie, was Sie für richtig halten.«

Allmählich bereute es Mr. Wade, daß er die Dinge anfangs so leicht genommen hatte. Natürlich hegte er keinen Verdacht; aber er erinnerte sich, daß Dick schon immer ein Leichtfuß gewesen war. Das schöne Gleichmaß im Leben des Kunstliebhabers war gestört. Er wurde blaß und hohläugig, litt unter Verdauungsbeschwerden und brachte nicht einmal mehr seiner geliebten Porzellansammlung das ihr gebührende Interesse entgegen. Kurz gesagt: Er bezweifelte, ob er seiner Lebensaufgabe gewachsen sei. Lady Ellinor bemerkte die Veränderung, die sich in ihrem Bruder vollzog. Er war mürrisch, grämlich, reizbar. Sie befragte heimlich den Hausarzt, der die Achseln zuckte und ihr versicherte, es bestehe keine Gefahr. »Nur aufregen darf er sich nicht«, fügte er hinzu. »Halten Sie alle Aufregungen von ihm fern, dann kann er noch viele Jahre leben. Aber Sie wissen ja, sein Vater ist an einem Herzleiden gestorben.« Daraufhin schrieb Lady Ellinor einen langen Brief an Mr. Richard, der wieder einmal in Paris war. Sie teilte ihm mit, was der Doktor gesagt hatte, und bat ihn, unverzüglich nach Hause zu kommen. Mr. Richard antwortete, ein äußerst wichtiges Pferderennen nehme im Augenblick seine ganze Aufmerksamkeit in Anspruch, doch werde er am Vierzehnten dieses Monats in seiner Wohnung in Clarges Street eintreffen (er hatte schon vor längerer Zeit ein Haus in der Stadt erworben) und sich dann mit der Angelegenheit befassen. »Ich habe in letzter Zeit viel Geld verloren, liebe Mutter«, schrieb Mr. Richard, »und so würde ich eine endgültige Regelung sehr begrüßen.«

Mit anderen Worten: John Rex, der drei Jahre lang im ungestörten Besitz ergaunerter Gelder gelebt hatte, hielt nunmehr den Augenblick für gekommen, seinen großen Coup zu landen und das Gesamtvermögen, auf das er es abgesehen hatte, mit einem Schlage an sich zu bringen.

KAPITEL 3
Auszüge aus dem Tagebuch des Reverend James North

12. Mai

Heute auf Norfolk Island gelandet und meinen neuen Wohnsitz besichtigt, der rund elfhundert Meilen von Sydney entfernt liegt. Die Insel, ein einsamer Felsen im tropischen Ozean, scheint wie geschaffen zum Verbannungsort. Sie ist etwa sieben Meilen lang und vier Meilen breit. Die größte Sehenswürdigkeit auf Norfolk Island ist eine riesige Fichte, deren stattliches Haupt den sie umgebenden Wald hoch überragt. Die Insel ist von einer wilden Schönheit; ich mußte an die romantischen Inseln im Stillen Ozean denken, deren schwärmerische Beschreibung ich bei alten Geographen gefunden habe. Zitronen- und Guavenbäume gibt es in Hülle und Fülle; auch Orangen, Weintrauben, Feigen, Bananen, Pfirsiche, Granatäpfel und Ananas gedeihen hier. Das Klima ist zur Zeit heiß und schwül. Der Zugang nach Kingstown – ein stolzer Name für die Baracken und Hütten – ist recht schwierig. Ein langes, flaches Riff – ursprünglich wohl ein Teil der öden Felsen von Nepean und Philip, zweier Inseln im Osten und Westen der Siedlung – versperrt den Schiffen die Einfahrt in die Bucht. Die Boote, die uns an Land brachten, fuhren durch einen schmalen Spalt in dem Riff; unser Schiff liegt in einiger Entfernung von der Küste vor Anker. Die Brandung schlägt fast gegen die Mauern der breiten Straße, die zu den Baracken führt. Ich bin entsetzt über die hier herrschenden Zustände. Zucht und Ordnung scheinen unbekannte Begriffe zu sein. Auf unserem Weg zum Hause des Kommandanten kamen wir an einem niedrigen, verfallenen Gebäude vorbei. Einige Männer, die dort Mais mahlten, pfiffen und johlten, als sie uns erblickten, und riefen uns die unflätigsten Schimpfworte nach. Drei Aufseher waren in der Nähe, doch keiner versuchte, gegen dieses unziemliche Benehmen einzuschreiten.

14. Mai

Nur widerstrebend mache ich mich daran, meine heutigen Erlebnisse niederzuschreiben. Mir ist, als hätte ich eine Wanderung durch eine Kloake unternommen.

Als erstes muß ich von den Gefängnisbaracken sprechen, die auf einem etwa drei Morgen großen Gelände stehen und von einer hohen Mauer umgeben sind. Zwischen dieser Mauer und dem Meer verläuft die Straße. Die sogenannten Baracken sind dreistöckige Gebäude und beherbergen siebenhundertneunzig Männer (an dieser Stelle sei vermerkt, daß mehr als zweitausend Menschen auf der Insel leben). Insgesamt gibt es zweiundzwanzig Abteilungen. Jeder Raum reicht von der vorderen bis zur rückwärtigen Wand des Hauses, ist also eine achtzehn Fuß lange Röhre, durch die heiße oder kalte Luft strömt. Die Leute schlafen in Hängematten, die wie auf einem Schiff in zwei Reihen angebracht sind, eine dicht neben der anderen. In der Mitte ist ein schmaler Gang. Jede Abteilung hat einen »Vormann«, den die Gefangenen aus ihren Reihen wählen und der im allgemeinen einer der schlimmsten ist. Er soll für Ordnung sorgen, was er natürlich nicht tut, denn er, der jede Nacht von sechs Uhr abends bis Sonnenaufgang ohne Licht mit den anderen in dem Raum eingeschlossen ist, würde vermutlich aufs grausamste mißhandelt werden, wenn er sich verhaßt machte.

Die Fenster der Baracken wie auch des Hospitals gehen auf den Barackenplatz hinaus, auf dem immer Gefangene herumlungern. So stehen also die Gefangenen ständig mit den Kranken in Verbindung. Das Hospital ist ein niedriges Steingebäude, das zwanzig Patienten aufnehmen kann und dem Strand gegenüberliegt. Ich befühlte die Wand und stellte fest, daß sie feucht war. Ein Gefangener, der an eitrigen Geschwüren leidet, erzählte mir, die Feuchtigkeit sei in erster Linie darauf zurückzuführen, daß die Mauern unausgesetzt vom Gischt der Brandung besprüht werden. Auf der Insel gibt es zwei Gefängnisse, das alte und das neue. Das alte liegt am Meer, in der Nähe des Landungsplatzes. Vor der Tür steht der Galgen. Ich berührte ihn im Vorübergehen. Er ist der erste, der jeden Gefangenen begrüßt. Das neue Gefängnis ist eben erst fertig geworden; es hat die Form eines Fünfecks und enthält achtzehn strahlenförmig aufeinander zulaufende

Zellen. Diese Anlage hat ein überkluger Engländer ersonnen, der sich einbildet, daß ein Gefangener *nicht* wahnsinnig wird, wenn man ihm den Anblick seiner Leidensgefährten vorenthält. Im alten Gefängnis warten vierundzwanzig Männer, alle in schweren Ketten, auf ihr Urteil, das die Untersuchungskommission aus Hobart Town sprechen soll. Einige dieser armen Kerle haben ihre Straftaten kurz nach dem letzten Besuch der Kommission begangen, sind also bereits über elf Monate in Haft.

Um sechs Uhr nahmen wir am Appell teil. Ich sprach zu Beginn ein Gebet und stellte zu meiner Überraschung fest, daß sich nur wenige Gefangene eingefunden hatten; die meisten trieben sich pfeifend, singend und lachend auf dem Hof herum. Der Appell ist eine Farce. Die Gefangenen treten nicht etwa draußen an und werden nach dem Aufruf in ihre Abteilungen geführt, sie laufen vielmehr ohne jede Kontrolle in die Baracken und werfen sich in ihre Hängematten. Ob sie sich auskleiden oder nicht, ist ihre Sache. Dann verliest ein Sträflingsunteraufseher die Namen, und irgend jemand schreit »hier«! Wenn jeder Aufruf beantwortet wird, ist alles in bester Ordnung, und die Lichter werden gelöscht. Um acht Uhr erscheint noch einmal ein Aufseher mit den Gefangenen, die wegen guter Führung zwei Stunden länger aufbleiben dürfen, aber im übrigen sind die Burschen bis zum Morgen sich selbst überlassen. Da ich die Lebensgewohnheiten der Sträflinge kenne, dreht sich mir das Herz im Leibe um, wenn ich mich in Gedanken an die Stelle eines »Neuen« versetze, den man zum erstenmal von sechs Uhr abends bis Tagesanbruch in diese Lasterhöhle eingesperrt. Die Bestien, die dort hausen, sind schlimmer als wilde Tiere.

15. Mai

Hinter den Sträflingsbaracken liegt zwischen hohen Mauern der sogenannte Holzhof. Er ist auf zwei Seiten überdacht und dient den Gefangenen als Eßraum. Man hat dort Tische und Bänke aufgestellt, die für etwa sechshundert Mann Platz bieten; da aber stets siebenhundert hineingetrieben werden, sind die Schwächsten gezwungen, auf der blanken Erde zu sitzen. Was sich während der Mahlzeiten abspielt, ist kaum zu glauben; ich habe noch nie eine solche Unordnung gesehen. In der Küchenbaracke, die unmittelbar an den Hof grenzt, backen die Männer ihr Roggenbrot. Vor der Tür der Küche ist Holz aufgestapelt, und überall brennen offene Feuer, um die Gefangene herumsitzen, ihre Schweinefleischrationen braten, ihre Maismehlkuchen backen, schwatzen und sogar rauchen.

Der Holzhof ist für die Gefangenen eine Art Freistatt. Ich glaube, nicht einmal der kühnste Konstabler würde sich dort hineinwagen, um einen der siebenhundert Gefangenen herauszuholen. Er müßte nämlich damit rechnen, daß er nicht lebend wieder zum Vorschein käme.

16. Mai

Ein Unteraufseher namens Hankey hat mir erzählt, daß etwa vierzig von den ältesten und schlimmsten Gefangenen einen sogenannten »Ringverein« bilden, dessen Mitglieder sich eidlich verpflichtet haben, einander beizustehen und jede Strafe zu rächen, die einer der Ihren erhält. Zum Beweis führte er zwei Fälle an, in denen englische Gefangene, die sich an irgendeinem Verbrechen beteiligen sollten, dem Kommandanten das Treiben des »Ringvereins« gemeldet hatten. Sie wurden am Morgen erdrosselt in ihren Hängematten gefunden. Man leitete eine Untersuchung ein, doch keiner der neunzig Sträflinge in der Abteilung ließ sich zu einer Aussage bewegen.

Ich fürchte mich vor der Aufgabe, die meiner wartet. Wie soll ich solchen Männern Frömmigkeit und Moral predigen? Wie kann ich hoffen, auch nur die weniger schurkischen Burschen zu retten?

17. Mai

Heute die Abteilung besichtigt und verzweifelt zurückgekehrt. Die Zustände sind noch schlimmer, als ich dachte. Sie lassen sich einfach nicht beschreiben. Die »Neuen« aus England – es ist herzzerreißend, was einige von ihnen durchgemacht haben – werden von den abgefeimten Bösewichtern, dem Auswurf von Port Arthur und der Kakaduinsel, in der unflätigsten Weise beschimpft und brutal mißhandelt. Die gemeinsten Verbrechen gelten diesen Kreaturen als guter Witz. Manche von ihnen widersetzen sich offen allen Befehlen und führen sich derartig auf, daß man in einem Irrenhause zu sein glaubt. Von einigen ist bekannt, daß sie ihre Kameraden ermordet haben, ja sie rühmen sich dessen sogar! Und mit solchen Bestien werden englische Landarbeiter und Handwerker zusammengepfercht, Menschen, die aus Dummheit straffällig wurden, vielleicht auch nur das Opfer eines Meineids oder eines Irrtums sind. Ihnen gesellt man Chinesen aus Hongkong zu, Eingeborene aus Neuholland, Schwarze von den Westindischen Inseln, Griechen, Kaffern und Malaien, Deserteure, Idioten, Verrückte, Wilderer und Taschendiebe. Dieser furchtbare Ort scheint der Sammelplatz für alles Häßliche und Gemeine der menschlichen Natur zu sein. Die Rücksichtslosigkeit, die Aufsässigkeit, der Dreck und die Verzweiflung – all das entspricht haargenau der landläufigen Vorstellung von der Hölle.

21. Mai

Wurde heute offiziell in mein Amt als Seelsorger der Kolonie eingeführt.

Vormittags ereignete sich ein Zwischenfall, der ein weiterer Beweis für die Gefährlichkeit des »Ringvereins« ist. Ich begleitete Mr. Pounce zum Holzhof. Inmitten der Menge, die sich vor der Küchenbaracke drängte, bemerkten wir einen Mann, der ostentativ seine Pfeife rauchte. Der Polizeiinspektor der Insel – mein alter Freund Troke aus Port Arthur – sah, daß diese offene Herausforderung Mr. Pounces Unwillen erregte, und gab seinem Gehilfen einen Wink. Der Konstabler, Jacob Gimblett, ging auf den Gefangenen zu und forderte ihm die Pfeife ab. Der Mann steckte jedoch die Hände in die Taschen und schlenderte in einer Haltung, die tiefste Verachtung ausdrückte, zu jenem Teil des Hofes hinüber, wo die Mitglieder des »Ringvereins« versammelt waren.

»Bringt den Schurken ins Gefängnis!« schrie Troke.

Niemand rührte sich. Der Wächter an dem Tor, das durch die Tischlerei in die Baracken führte, rief uns zu, wir sollten lieber herauskommen, da die Gefangenen nicht dulden würden, daß man den Mann festnähme. Doch Pounce zeigte mehr Entschlossenheit, als ich ihm zugetraut hätte, und erklärte, er sei nicht gewillt, einen so offenkundigen Verstoß gegen die Disziplin durchgehen zu lassen. Nun blieb Troke nichts weiter übrig, als sich mit Püffen und Knüffen einen Weg zu der Ecke zu bahnen, in die sich der Mann zurückgezogen hatte.

Der Hof summte, als wäre ein Bienenschwarm aufgescheucht worden. Ich erwartete jeden Augenblick, daß die Schurken über uns herfallen würden. Gleich darauf erschien der Gefangene, von dem Polizeiinspektor der Insel eher eskortiert als bewacht. Er trat auf den unglücklichen Konstabler zu, der dicht neben mir stand, und fragte ihn: »Warum willst du mich einsperren?«

Der Konstabler riet ihm, ohne Widerrede mitzukommen, hatte aber noch nicht ausgesprochen, als der Sträfling die Faust hob und ihn zu Boden schlug.

»Gehen Sie, meine Herren, gehen Sie«, drängte Troke. »Die Leute greifen schon nach dem Messer.«

Wir eilten zum Tor, und die Menge schloß sich wie eine Woge um die beiden Konstabler. Ich war auf einen Mord gefaßt, doch nach wenigen Augenblicken tauchten Troke und Gimblett auf, von den Männern hart bedrängt, staubig, aber unversehrt. Der Sträfling, den sie zwischen sich führten, hob mürrisch die Hand, als er an mir vorbeiging, wie wenn er seinen Strohhut zurechtrücken oder sich zögernd entschuldigen wollte. Nie zuvor habe ich erlebt, daß sich jemand so frech, mutwillig und herausfordernd einem Befehl widersetzte wie dieser Mann. »Die alten Füchse« – so werden die langjährigen Sträflinge genannt – ergehen sich zwar oft in Schmähreden gegen ihre Vorgesetzten, die sich in solchen Fällen gewöhnlich taub stellen, aber daß ein Gefangener einen Konstabler einfach niederschlägt, hätte ich nicht für möglich gehalten. Ich vermute, er hat es aus bloßer Prahlsucht getan. Troke sagte mir, daß der Mann Rufus Dawes heißt; er ist der Rädelsführer des Ringvereins und steht in dem Ruf, der schlimmste Bursche auf der ganzen Insel zu sein. Er ließ sich erst nach langem Zureden bewegen, dem Konstabler zu folgen. Troke fügte hinzu, daß er sich nie an Dawes herangewagt hätte, wenn nicht ein von Seiner Exzellenz bevollmächtigter Beamter zugegen gewesen wäre.

Es handelt sich also um denselben Mann, an dem ich in Port Arthur schuldig geworden bin. Sieben Jahre Haft scheinen ihn nicht gebessert zu haben. Sein Urteil lautet auf »Lebenslänglich« – ein Leben lang an diesem Ort! Er war, wie ich von Troke hörte, der Schrecken von Port Arthur und wurde anläßlich einer »Säuberung« nach Norfolk Island geschickt. Seit vier Jahren ist er hier. Armer Kerl!

/ 24. Mai

Nach der Andacht besuchte ich Dawes. Er ist im alten Gefängnis untergebracht, mit sieben anderen in einer Zelle. Ich rief ihn heraus; er kam und lehnte sich an den Türpfosten. Er hat sich sehr verändert. Vor sieben Jahren war er ein gutaussehender, kräftiger Mann, der sich kerzengerade hielt. Jetzt ist er ein finsterer, trotziger Geselle mit hängenden Schultern. Sein Haar ist grau, obwohl er kaum älter als vierzig sein kann, und seine Gestalt hat jenes Ebenmaß verloren, das ihn einst beinahe anmutig erscheinen ließ. Auch sein Gesicht unterscheidet sich nicht mehr von anderen Sträflingsgesichtern – es ist grauenhaft, wie sehr sie alle einander ähneln! Das einzige, woran ich ihn wiedererkannte, waren die schwarzen Augen und eine bestimmte Art, die Lippen zusammenzupressen. Wie sehr doch Sünde und Elend das Menschenantlitz, dieses »Ebenbild Gottes«, entstellen! Ich sprach nur kurz mit ihm, denn die anderen Gefangenen hörten zu und waren, wie mir schien, darauf erpicht, Zeugen meiner Niederlage zu sein. Offenbar hat Rufus Dawes die seelsorgerischen Bemühungen meines Amtsvorgängers stets verächtlich zurückgewiesen. Ich begnügte mich damit, ihm zu sagen, wie töricht es sei, gegen einen Vorgesetzten aufzubegehren. Er gab keine Antwort und ließ sich nur einmal zu einer Gefühlsäußerung hinreißen – als ich ihn daran erinnerte, daß wir uns schon früher begegnet waren. Er zuckte die Achseln, wie einer, der Schmerz oder Ärger empfindet, und wollte wohl etwas erwidern. Dann aber fiel sein Blick auf die Männer in der Zelle, und er schwieg. Ich muß unter vier Augen mit ihm reden, anders ist es unmöglich, an ihn heranzukommen.

Ich ließ Hankey kommen und erkundigte mich nach den Zuständen in den Zellen. Er sagte, das Gefängnis sei bis zum Ersticken überfüllt. »Einzelhaft« ist ein leeres Wort. In einer Zelle, die das »Nonnenkloster« genannt wird, sind sechs Männer zusammengepfercht, von denen jeder in Einzelhaft sitzen sollte. Die Zelle ist sehr klein, und als ich eintrat, hockten die sechs Männer mit entblößtem Oberkörper dicht aneinandergedrängt auf dem Boden. Der Schweiß rann in Strömen von den nackten Leibern. Es ist widerwärtig, solche Dinge zu beschreiben.

26. Juni

Pounce ist auf der *Lady Franklin* nach Hobart Town zurückgefahren. Es geht das Gerücht, daß wir einen neuen Kommandanten bekommen werden. Die *Lady Franklin* steht unter dem Kommando eines alten Mannes namens Blunt, der ein Protektionskind von Hauptmann Frere ist. Der Kerl ist mir unsympathisch, obgleich ich meine Abneigung durch nichts begründen kann.

Heute früh Rufus Dawes besucht. Er ist nach wie vor mürrisch und verschlossen. Die Auskünfte über ihn sind sehr schlecht. In seinen Akten reiht sich Strafe an Strafe. Er und ein gewisser Eastwood, der den Spitznamen Jacky Jacky hat, rechnen es sich, wie ich hörte, zur Ehre an, Rädelsführer des Ringvereins zu sein; sie sollen offen erklärt haben, daß sie lebensmüde seien. Ob wohl die unverdiente Strafe, die der arme Bursche in Port Arthur erdulden mußte, mit dazu beigetragen hat, daß er sich in einer so schrecklichen Gemütsverfassung befindet? Das wäre durchaus denkbar. Oh, James North, erinnere dich deines eigenen Verbrechens und bitte den Himmel, er möge dich wenigstens eine Seele retten lassen, die vor Gottes Richterstuhl für dich spricht.

30. Juni

Heute nachmittag habe ich mir ein paar freie Stunden gegönnt und bin zum Mount Pitt hinausgewandert. Gleich einem »Sommereiland Edens im purpurdunklen Kreis des Meeres«, wie Mrs. Freres Lieblingsdichter singt, lag die Insel zu meinen Füßen. Sophokles drückt sich im »Philoktet« ganz ähnlich aus; leider weiß ich die Stelle nicht auswendig. Bemerkenswert: eine Fichte, die einen Umfang von dreiundzwanzig Fuß hat. Ich folgte dem Lauf eines Bächleins, das auf den Hügeln entspringt und sich durch dichtes Unterholz und blühende Schlingpflanzen schlängelt, bis es ein liebliches Tal erreicht, in dem hohe Bäume, von üppig wuchernden Weinreben umschlungen, einen dichten Laubengang bilden. Dort fand ich eine alte verfallene Hütte, die von den ersten Siedlern bewohnt wurde. Zitronen-, Feigen- und Guavenbäume bildeten ein dichtes Gestrüpp, dessen Grün mit den dunkel- und hellroten Blüten großblättriger Winden gesprenkelt war.

An diesem Platz ließ ich mich nieder, um meine Pfeife zu rauchen. Offenbar hat der frühere Bewohner meiner Räume in der Siedlung die französische Sprache beherrscht; denn als ich nach einem Buch suchte, das mich auf meiner Wanderung begleiten sollte

– ich gehe nie ohne Buch spazieren –, stieß ich auf einen Band Balzac. Wie sich herausstellte, war es ein Band aus der Reihe »La Vie Privée«, und ich schlug zufällig eine Erzählung mit dem Titel »La Fausse Maîtresse« auf. Balzac führte mich in das Paris seiner dichterischen Phantasie – wo Marcas Politiker, Nucingen Bankier, Gobseck Geldverleiher und Vautrin Kandidat für einen ähnlichen Ort wie diesen war – und machte mich mit einem Polen namens Paz bekannt, der die Frau seines Freundes liebt und es sich angelegen sein läßt, über ihr Glück und das Wohl ihres Gatten zu wachen. Der Ehemann ist ein Spieler und Schürzenjäger, den seine Ausschweifungen in bittere Armut gestürzt haben. Paz aber erzählt der Frau, daß er schuld an ihrer Notlage sei, da er einem leichtsinnigen Lebenswandel huldige und sich von ihrem Mann Geld geliehen habe. Als sie ihm nicht glaubt, heuchelt er eine Liebschaft mit einer Zirkusreiterin, um allen Verdacht einzuschläfern. Sie sagt zu ihrem angebeteten Gatten: »Trenne dich von diesem verschwenderischen Freund! Fort mit ihm! Er ist ein lasterhafter Mensch, ein Spieler und Trinker.« So reist denn Paz ab, und erst nach seinem Verschwinden erkennt die Frau den Edelmut des armen Polen. Die Erzählung hat keinen eigentlichen Schluß. Dazu war Balzac ein zu großer Meister seiner Kunst. Auch im wirklichen Leben fällt der Vorhang niemals über einem endgültig abgeschlossenen Drama. Das Spiel geht ewig weiter.

Ich habe den ganzen Abend an diese Erzählung denken müssen. Ein Mann, der die Frau seines Freundes liebt und sich mit aller Kraft dafür einsetzt, ihr Glück zu mehren, indem er die Seitensprünge ihres Mannes vertuscht! Kein anderer als Balzac wäre auf einen solchen Einfall gekommen. »Ein Mann, der die Frau seines Freundes liebt.« Asmodi, Dämon und Versucher, ich schreibe nicht weiter! Ich habe mich so lange nicht mehr mit dir unterhalten, daß ich mich schäme, dir alles zu offenbaren, was mein Herz bewegt. Genug der Worte, ich *will* es nicht bekennen.

24. August

Seit dem 30. Juni weist mein Tagebuch nur eine Eintragung auf, die von der Ankunft des neuen Kommandanten berichtet. Ich hatte richtig vermutet: Es ist kein anderer als Hauptmann Maurice Frere.

Inzwischen haben sich hier so große Veränderungen vollzogen, daß ich kaum weiß, wie ich sie berichten soll. Hauptmann Frere hat meine schlimmsten Erwartungen noch übertroffen. Er ist brutal, rachsüchtig und anmaßend. Das einzige, was ihn von dem blutrünstigen Ungeheuer Burgess unterscheidet, ist seine bessere Kenntnis des Sträflingswesens. Er hat nur einen Gedanken: die Gefangenen zu unterjochen. Solange Ruhe auf der Insel herrscht, ist es ihm gleichgültig, ob die Männer leben oder sterben. »Ich bin hierhergeschickt worden, um für Ordnung zu sorgen«, sagte er wenige Tage nach seiner Ankunft zu mir. »Und bei Gott, Sir, das werde ich tun!«

Alles, was recht ist, er hat sein Wort gehalten. Aber der Haß, den er gesät hat, wird vielleicht eines Tages schreckliche Früchte tragen. Auf seinen Befehl sind drei Polizeiverbände gebildet worden. Der eine patrouilliert auf den Feldern, der zweite bewacht die Speicher und die öffentlichen Gebäude, der dritte dient als Geheimpolizei. Auf der Insel sind zweihundert Soldaten stationiert. Der kommandierende Offizier, Hauptmann McNab, hat von Frere Anweisung erhalten, den Dienst zu verschärfen. Die Zügel der Disziplin sind plötzlich fest angezogen worden. Die Unordnung, die ich hier seinerzeit vorfand, hat einer übertrieben strengen Zucht Platz gemacht. Wird ein Offizier dabei erwischt, daß er einem Gefangenen auch nur das kleinste Stück Tabak schenkt, so muß er mit seiner sofortigen Versetzung rechnen. Der wildwachsende Tabak ist ausgegraben und vernichtet worden, damit die Männer nur ja kein Blatt davon bekommen. Früher hatten die Leute, wenn sie abends von der Feldarbeit zurückkehrten, Anspruch auf ein Kännchen heißes Wasser; jetzt wird ihnen nicht einmal das zugestanden. Den Schafhirten, Hüttenwächtern und allen anderen Gefangenen, gleichviel, ob sie in Longridge arbeiten oder bei den Kaskaden (wo die englischen Sträflinge untergebracht sind), ist es verboten, sich einen Papagei oder einen anderen Vogel zu halten. Auch das Flechten von Strohhüten in der Freizeit ist nicht mehr gestattet. Rings um die Unterkünfte der »alten Füchse« sind Grenzschranken errichtet worden, die kein Gefangener überschreiten darf, es sei denn, er geht zur Arbeit. Vor zwei Tagen stieg Job Dodd, ein Neger, über die Schranke, um seine Jacke aufzuheben, und wurde unbarmherzig ausgepeitscht. Diese grausige Strafe ist überhaupt an der Tagesordnung. An manchen Vormittagen ist die Erde vor den Foltergestellen mit Blut getränkt, als hätte man es eimerweise ausgeschüttet; es fließt in kleinen Rinnsalen nach allen Seiten. Andererseits muß ich um der Gerechtigkeit willen zugeben, daß es Frere gelungen ist, völligen Gehorsam zu erzwingen. Ich glaube kaum, daß noch jemand an Meuterei denkt. Die Männer gehen ohne Murren zur Arbeit und schleichen am Abend wie verprügelte Hunde in ihre Schlafsäle. Die Gefängnisse sind überfüllt (auch die Einzelzellen!), und jeden Tag werden neue Strafen für neue Verbrechen verhängt. Es ist hier schon ein Verbrechen, etwas anderes zu tun, als zu leben.

Die Methode, mit deren Hilfe Hauptmann Frere diese bedrückende Friedhofsruhe zuwege gebracht hat, ist bezeichnend für ihn. Er läßt jeden durch jeden bespitzeln, schüchtert die verwegenen Burschen ein, indem er ihre Roheit mit noch wüsterer Gewalttätigkeit übertrumpft, ernennt die schlimmsten Schurken zu Aufsehern und zwingt sie, sämtliche strafbaren Handlungen zu melden. Jeder Verrat wird belohnt. Die Sträflingspolizisten dürfen ihre Mitgefangenen durchsuchen, wo, wann und sooft sie wollen. Sie gehen dabei meist mit äußerster Brutalität und Gemeinheit vor. Leistet jemand Widerstand, so wird er mit einem Stockhieb niedergestreckt. Überall herrschen inquisitorische Wachsamkeit und unterschiedslose Härte, und Hunderte von Gefangenen leben ständig in Angst vor den anderen und Ekel vor sich selbst.

»Ich kann mir nicht vorstellen, Hauptmann Frere«, sagte ich eines Tages, als er mir sein System erklärte, »daß diese Schurken, die Sie zu Konstablern gemacht haben, ihre Pflicht tun.«

»Es bleibt ihnen ja gar nichts weiter übrig«, erwiderte er. »Wenn sie nachsichtig mit den Gefangenen sind, lasse ich sie auspeitschen, das wissen sie genau. Und wenn sie tun, was ich ihnen befehle, dann machen sie sich so verhaßt, daß sie lieber ihren eigenen Vater foltern als den Verlust ihres Postens riskieren würden.«

»In Ihren Augen sind sie also so etwas wie Wärter von wilden Tieren. Sie müssen die Bestien mißhandeln, damit sie nicht selber mißhandelt werden.«

»Richtig«, sagte er mit seinem rauhen Lachen. »Und wenn sie die Bestien erst einmal mißhandelt haben, fürchten sie nichts mehr, als wieder zurück in den Käfig zu müssen, verstehen Sie?«

Ein furchtbarer Gedanke, daß ein Mensch, der eine Frau, der Freunde und Feinde hat, einer so grausamen Logik fähig ist. Es ist die Logik eines Tierquälers. Oh, wie ich diesen

Ort hasse. Er läßt einen an jeder sozialen Gerechtigkeit zweifeln. Dieses System nimmt der Strafe alles, was sie vielleicht adeln oder wertvoll machen könnte. Es ist ein grausames, entwürdigendes, unmenschliches System.

26. August

Heute wieder bei Rufus Dawes gewesen. Sein Verhalten ist wie immer bewußt grob und brutal. Er ist in seiner Selbsterniedrigung so tief gesunken, daß er Freude an seiner Demütigung empfindet. Dieser Zustand ist mir nur allzu vertraut.

Er arbeitet in der Kolonne, der Hankey als Unteraufseher zugeteilt ist. Der blinde Mooney, ein augenkranker Gefangener, der kürzlich ins Hospital eingeliefert wurde, erzählte mir, seine Arbeitskameraden hätten Hankey ermorden wollen, doch habe Dawes die Tat verhindert, weil er dem Unteraufseher zu Dank verpflichtet sei.

Ich suchte Hankey auf und fragte ihn ob er wisse, daß man ihm nach dem Leben trachte. »Nein«, sagte er und zitterte dabei wie Espenlaub. »Allerdings bin ich schon lange auf so etwas gefaßt, und Major Pratt hatte mir versprochen, mich zu versetzen.« Auf meine Frage, weshalb Dawes ihn in Schutz nähme, wollte er zunächst nicht antworten, und erst als ich ihm versprach, dem Kommandanten nichts davon zu sagen, rückte er mit der Sprache heraus. Er ist in der letzten Woche eines Morgens mit einem Bericht von Troke zu Hauptmann Frere gegangen und hat auf dem Rückweg im Garten eine Blume gepflückt. Dawes hatte ihm dafür zwei Tagesrationen geboten. Hankey, der kein schlechter Mensch ist, brachte ihm die Blume. »Er hatte Tränen in den Augen, als er sie nahm«, sagte er.

Es muß irgendeine Möglichkeit geben, an das Herz dieses Menschen zu rühren, so verderbt er auch zu sein scheint.

28. August

Gestern wurde Hankey ermordet. Er hatte nochmals um seine Versetzung gebeten, war aber von Frere abschlägig beschieden worden. »Ich dulde keine Drückebergerei«, sagte der Hauptmann. »Gerade weil sie gedroht haben, dich zu ermorden, wirst du noch einen Monat bleiben.«

Diese Äußerung wurde der Kolonne hinterbracht, und gestern fielen sie über den unglücklichen Hankey her. Sie erschlugen ihn mit ihren Schaufeln. Troke sagt, daß einer der Schurken dabei rief: »Da hast du deinen Lohn! Und wenn sich dein Herr nicht vorsieht, wird es ihm eines schönen Tages genauso ergehen!« Die Kolonne war mit dem Bau eines Wellenbrechers beschäftigt, und die Männer standen bei der Arbeit bis zu den Achseln im Wasser. Hankey fiel in die Brandung und rührte sich schon nach dem ersten Schlag nicht mehr.

»Es war Freres Schuld«, erklärte mir Dawes, als ich die Leute aufsuchte. »Er hätte den Mann wegschicken sollen.«

»Ich bin erstaunt, daß Sie nicht eingegriffen haben«, sagte ich.

»Ich habe getan, was ich konnte«, lautete seine Antwort. »Außerdem kommt es doch hier auf ein Menschenleben mehr oder weniger nicht an.«

Die Aufseher sind so bestürzt über den Vorfall, daß sie den Kommandanten in einer Eingabe ersucht haben, er möge sie ablösen lassen.

Es ist bezeichnend für Frere, wie er auf diese Bittschrift reagierte. Sein Verhalten erfüllt mich mit Bewunderung und Abscheu zugleich. Mit dem Schreiben in der Hand erschien er auf dem Hof, wo die Kolonne angetreten war, schloß das Tor hinter sich und sagte: »Das hier habe ich gerade von meinen Aufsehern bekommen. Sie fürchten, ihr könntet sie umlegen, wie ihr es mit Hankey getan habt. Wenn ihr unbedingt jemand ermorden wollt, dann ermordet gefälligst mich. Hier bin ich. Na, los doch!«

Er sprach herausfordernd, in einem Ton bitterster Verachtung, aber niemand rührte sich. Obgleich ihnen allen der Haß aus den Augen sprühte, schüchterte sie der bullenbeißerische Mut des Mannes ein. (Wie ich höre, hat sich in Sydney einmal etwas Ähnliches zugetragen.) Es wäre ihnen ein leichtes gewesen, Frere auf der Stelle zu töten, und ich weiß, daß sie geschworen haben, ihn umzubringen; doch keine Hand hob sich gegen ihn. Der einzige, der eine Bewegung machte, war Rufus Dawes, und auch der hatte sich sogleich wieder in der Gewalt. Nun beging Frere eine Unvorsichtigkeit, die ich ihm nie zugetraut hätte: Er trat auf diesen Schrecken des Gefängnisses zu und betastete seine Taschen, wie es die Konstabler tun, wenn sie einen Mann durchsuchen. Dawes ist ein jähzorniger Mensch, und bei dieser Herausforderung stieg ihm das Blut in den Kopf. Ich glaubte schon, er würde Frere niederschlagen, aber nichts dergleichen geschah. Frere blieb vor ihm stehen – wohlgemerkt, er war unbewaffnet und allein – und fragte: »Wie geht's, Dawes? Denkst du noch immer dran, auszureißen? Schon wieder mal ein Boot gebaut?«

»Sie Teufel!« rief der Gekettete, und in seiner Stimme schwang so viel Mordgier mit, daß seine Kameraden zusammenzuckten.

»Ich kann leicht einer werden«, erwiderte Frere hohnlachend. Dann wandte er sich an mich und fuhr in dem gleichen scherzenden Ton fort: »Da haben Sie einen reuigen Sünder, Mr. North – an dem können Sie sich die Zähne ausbeißen.«

Ich war sprachlos über seine Unverschämtheit, und wahrscheinlich verriet mein Gesicht, welchen Abscheu ich empfand, denn Frere wurde rot. Als wir den Hof verließen, bemühte er sich um eine Entschuldigung und meinte, es habe keinen Sinn, Steinen das Evangelium zu predigen. An einem so ausgekochten Schurken wie Dawes sei Hopfen und Malz verloren. »Ich kenne den Burschen von früher«, sagte er. »Er war auf dem Schiff, mit dem ich aus England gekommen bin, und versuchte, eine Meuterei an Bord anzuzetteln. Er war es auch, der um ein Haar meine Frau ermordet hätte. Er ist in den letzten achtzehn Jahren nie ohne Ketten gewesen – außer wenn er auf der Flucht war. Und da er dreimal ›lebenslänglich‹ bekommen hat, wird er zweifellos auch in Ketten sterben.«

Offensichtlich ein gewalttätiger Mensch. Trotzdem fühle ich mich zu diesem Ausgestoßenen seltsam hingezogen.

KAPITEL 4
Eine Überraschung für Mr. Richard Devine

Mr. Richard Devines Stadtwohnung befand sich in der Clarges Street. Das bescheidene Herrenhaus war übrigens keineswegs sein einziger Besitz. Mr. John Rex hatte recht kostspielige Neigungen. Wenn er auch von der Jagdleidenschaft frei war und sein Kapital weder in schottischen Hochmooren angelegt noch zum Bau von Jagdschlössern in Leicestershire verwendet hatte, so waren doch seine Rennställe das Tagesgespräch von London. Seine Pferdefarm in der Nähe von Doncaster war fast so groß wie ein Dorf.

Seine Jacht lag in Cowes, und außer einem Haus in Paris hatte er noch eine Villa in Brompton gemietet. Er war Mitglied mehrerer Klubs, in denen die Londoner Lebewelt verkehrte, und nichts hätte ihn gehindert, dort wie ein Fürst aufzutreten. Aber die ständige, quälende Furcht vor Entdeckung, die auch drei Jahre unbestrittener Sorglosigkeit und zügelloser Ausschweifung nicht zerstreut hatten, ließ ihn der Abgeschlossenheit seines eigenen Hauses, wo er sich seinen Umgang auswählen konnte, den Vorzug geben. Das Haus in der Clarges Street war ganz nach dem Geschmack seines Besitzers eingerichtet. An den Wänden hingen Pferdebilder, und die Bibliothek bestand teils aus Rennsportberichten, teils aus Romanen, die vom Sportleben handelten. Mr. Francis Wade, der am Vormittag des 20. April 1846 auf seinen Neffen wartete, dachte mit einem leisen Seufzer an sein kultiviertes, stilles Heim in Northend House.

Mr. Richard erschien im Schlafrock. Das üppige Leben und der reichliche Alkoholgenuß der drei letzten Jahre hatten seine Gestalt ihrer athletischen Schönheit beraubt. Er war nun über die Vierzig hinaus, und die plötzliche Abkehr von der schweren körperlichen Arbeit, die er als Sträfling und später als Siedler hatte verrichten müssen, war seiner natürlichen Veranlagung zur Korpulenz entgegengekommen; man konnte ihn nicht länger stattlich nennen, er war ganz einfach dick. Seine rotgeäderten Wangen verrieten, daß er heiße, scharfe Getränke bevorzugte. Die Hände waren geschwollen und nicht mehr so sicher wie früher. Der Backenbart war bereits mit einem ungesunden Grau gemischt, und um die Augen, leuchtend und schwarz wie eh und je, spann sich ein Netz von Krähenfüßen. Er war vor der Zeit kahl geworden – ein sicheres Zeichen für geistige oder körperliche Überbeanspruchung.

Er begrüßte seinen Gast laut und übertrieben herzlich, in einem Ton gekünstelter Sorglosigkeit. »Hallo, lieber Onkel! Bitte, behalten Sie doch Platz. Ich freue mich, Sie wieder einmal zu sehen. Haben Sie schon gefrühstückt? Dumme Frage – natürlich haben Sie schon gefrühstückt. Ich bin ziemlich spät ins Bett gekommen. Darf ich Ihnen nicht doch etwas anbieten? Ein Glas Wein? Nein? Dann setzen Sie sich und erzählen Sie mir, was es Neues in Hampstead gibt.«

»Danke, Richard«, sagte der alte Herr ein wenig steif. »Aber ich habe ernsthaft mit dir zu reden. Was gedenkst du mit dem Besitz anzufangen? Diese ewige Ungewißheit macht mich ganz krank. Entweder nimmst du mir die Treuhänderschaft ab, oder du läßt dich von meinem Rat leiten.«

»Nun ja«, entgegnete Richard mit einem Blick, der nichts Gutes verhieß, »Tatsache ist, daß ich – was soll ich lange darum herumreden – Tatsache ist, daß ich in Geldverlegenheit bin.«

»In Geldverlegenheit!« rief Mr. Wade entsetzt. »Purkiss sagte doch, daß der Besitz jährlich zwanzigtausend Pfund abwirft.«

»Das war vielleicht einmal so – vor fünf Jahren. Aber meine Pferdezucht, die Rennwetten und andere Vergnügungen, die wir besser mit Stillschweigen übergehen, haben beträchtliche Summen verschlungen.«

Er sprach rücksichtslos und grob. Offenbar hatte der Erfolg den »Stutzer« zum Rowdy werden lassen. Armut und schlaue Berechnung hatten ihn einst bewogen, den Gentleman herauszukehren; nun, da er am Ziel seiner Wünsche war, kam die natürliche Brutalität seines Wesens ungehindert zum Durchbruch. Mr. Francis Wade nahm eine Prise und sagte mit deutlichem Widerwillen: »Ich lege nicht den geringsten Wert darauf, von deinen Ausschweifungen zu hören. In welchem Maße du unseren Namen beschmutzt hast, ist mir zur Genüge bekannt.«

»Unrecht Gut gedeihet nicht!« versetzte Mr. Richard kurz angebunden. »Mein Vater hat sein Geld auf schmutzigere Art und Weise zusammengebracht, als ich es jetzt ausgebe. So einen knickrigen alten Gauner findet man nicht zum zweitenmal, davon bin ich überzeugt.«

Mr. Francis war empört.

»Du solltest deinen Vater nicht beschimpfen, Richard. Immerhin hat er dir sein Vermögen vermacht.«

»Ja, aber durch einen bloßen Zufall. Er hatte ganz andere Pläne. Wenn er nicht im richtigen Augenblick gestorben wäre, dann hätte Maurice Frere, dieser verdammte Schurke, alles geerbt. Übrigens«, fügte er in verändertem Ton hinzu, »haben Sie mal etwas von Maurice gehört?«

»In den letzten Jahren nicht mehr«, antwortete Mr. Wade. »Soviel ich weiß, ist er bei der Sträflingsverwaltung in Sydney.«

»So?« sagte Mr. Richard schaudernd. »Na, hoffentlich bleibt er dort. Doch nun zum Geschäft. Also, ich habe – kurz und gut, ich will alles verkaufen.«

»Alles verkaufen?«

»Ja, ganz recht. Das Haus in Hampstead und was sonst noch dazugehört.«

»Northend House verkaufen!« rief der arme Mr. Wade in heller Bestürzung. »Die Schnitzereien von Grinling Gibbons sind die schönsten in ganz England.«

Mr. Richard lachte. »Na wennschon«, meinte er und läutete. »Ich brauche Bargeld, und zwar sofort. – Das Frühstück, Smithers. – Ich gehe wieder auf Reisen.«

Francis Wade rang nach Luft. Die Zumutung, das Schmuckkästchen zu verkaufen, das seine Kunstschätze enthielt – seine Münzen, seine Porzellansammlung, seine Bilder und die wertvollen Urkunden –, erschien dem kultivierten alten Herrn ebenso ungeheuerlich, als hätte man ihm vorgeschlagen, die Sankt-Pauls-Kathedrale zu Geld zu machen.

»Das ist doch nicht dein Ernst, Richard?« keuchte er.

»Doch. Mein voller Ernst.«

»Aber ... aber wer wird es kaufen?«

»Eine Menge Leute. Ich teile das Grundstück in Bauparzellen auf. Übrigens spricht man von dem Bau einer Vorortbahn nach St. John's Wood; die Strecke würde dann mitten durch den Garten führen. Haben Sie auch bestimmt gefrühstückt? Dann gestatten Sie wohl, daß ich...«

»Richard, du treibst deine Späße mit mir! Das kannst du doch einfach nicht tun!«

»Ich denke an eine Reise nach Amerika«, erwiderte Mr. Richard und schlug ein Ei auf. »Europa hängt mir allmählich zum Halse heraus. Was soll denn ein Mann wie ich mit einer ›alten Familie‹, einem ›Landsitz‹ und all diesem Humbug anfangen? Heutzutage regiert das Geld, mein lieber Onkel. Bares Geld! Das ist das einzige, was zählt, verlassen Sie sich drauf.«

»Und du willst also wirklich...«

»Die Leibrente meiner Mutter, wie vorgesehen, ablösen, den Besitz zu Geld machen und reisen«, ergänzte Mr. Richard und legte sich eine Portion Rebhuhnpastete vor.

»Ich bin erstaunt über dich, Richard. Ja, ich bin völlig verwirrt. Natürlich kannst du tun, was dir beliebt. Aber ein so plötzlicher Entschluß... Das alte Haus... die Vasen ...die Münzen...die Bilder...in alle Winde zerstreut...Nein wirklich, ich...Aber es ist ja dein Eigentum, selbstverständlich...Dann wünsche ich dir also einen guten Morgen!«

Ich werde auch tun, was mir beliebt, sagte Rex zu sich selbst, während er sein Frühstück verzehrte. Soll der doch seinen Krimskrams versteigern und ins Ausland gehen, nach Deutschland oder meinetwegen auch nach Jerusalem. Je weiter, desto besser. Ich verkaufe jedenfalls den Besitz und mache mich dünn. Eine Reise nach Amerika wird meiner Gesundheit nur guttun.

Ein Klopfen an der Tür ließ ihn zusammenfahren. »Herein!« (Verdammt, wie nervös ich geworden bin!) »Was ist los? Post? Her damit! Zum Teufel, Smithers, hier fehlt ja schon wieder der Brandy!« Er trank gierig und wandte sich dann seinen Briefen zu.

»Verdammter Grobian«, knurrte Smithers draußen vor der Tür. »Er könnte nicht ordinärer sprechen, wenn er ein Graf wäre. Der Teufel soll ihn holen! – Jawohl, Sir«, fügte er hinzu, als ein lautes Gebrüll seines Herrn ihn zurückrief.

»Wann ist das hier gekommen?« fragte Mr. Richard, der einen Brief mit ungewöhnlich vielen Marken in der Hand hielt.

»Gestern abend, Sir. Ist erst nach Hampstead gegangen, Sir, und dann mit der übrigen Post nachgeschickt worden.« Das zornige Funkeln in den schwarzen Augen bewog ihn hinzuzusetzen: »Ich hoffe, es ist nichts passiert, Sir.«

»Nichts, du verfluchter Idiot!« schrie Mr. Richard, bleich vor Wut, »außer daß es mir sofort hätte zugestellt werden müssen. Siehst du nicht, daß ›dringend‹ draufsteht? Kannst du nicht lesen? Was steht hier? Lüge nicht noch. Raus!«

Smithers verschwand. Mr. Richard durchmaß das Zimmer mit langen Schritten, fuhr sich über die Stirn, trank ein großes Glas Brandy und setzte sich schließlich, um den Brief noch einmal zu lesen. Er war kurz, ließ aber an Deutlichkeit nichts zu wünschen übrig.

The George Hotel, Plymouth
17. April 1846

Mein lieber Jack!

Du siehst, ich habe dich doch gefunden. Wie, das tut im Augenblick nichts zur Sache. Ich kenne Deine Lebensumstände, und wenn Mr. Richard Devine seine *Gattin* nicht mit der gebührenden Schicklichkeit empfängt, wird er sich bald in Polizeigewahrsam befinden. Also, mein Schatz, telegraphiere an Mrs. Richard Devine unter der obengenannten Adresse.

Mr. Richard Devine, Esq. Northend House Hampstead	Wie immer Deine Sarah

Das war ein unerwarteter und schwerer Schlag. Gerade jetzt, auf der Höhe des Erfolges, sollte er in die alte Knechtschaft zurückgezerrt werden. Die liebevollen Schlußworte des Briefes konnten ihn nicht über Sarahs wahre Absichten hinwegtäuschen. Minutenlang saß er regungslos da und starrte auf den Brief. Er sagte kein Wort – Männer sprechen selten in solchen Fällen –, aber seine Gedanken waren um so beredter: Da ist sie schon wieder, das verdammte Frauenzimmer! Und ich war so froh über meine

Freiheit. Wie hat sie mich nur entdeckt? Na, spielt ja auch keine Rolle. Was soll ich nur tun! Ich kann gar nichts tun. Weglaufen hat keinen Sinn, sie erwischen mich doch. Außerdem habe ich auch kein Geld. Mein Konto bei Masterman ist mit zweitausend Pfund überzogen. Wenn ich überhaupt türme, dann muß es gleich sein – binnen vierundzwanzig Stunden. Aber bei allem Reichtum könnte ich in dieser Zeit wohl kaum mehr als fünftausend Pfund zusammenkratzen. Für so etwas braucht man ein paar Tage, mindestens achtundvierzig Stunden. In achtundvierzig Stunden ließen sich zwanzigtausend flüssigmachen. Nein, so lange kann ich nicht warten. Verdammtes Weib! Ich kenne sie doch. Wie, in Dreiteufelsnamen, hat sie mich bloß entdeckt? Es ist zum Verrücktwerden. Immerhin, wenn ich ihr keinen Anlaß dazu gebe, wird sie mir nichts tun. Ein Glück, daß ich nicht wieder geheiratet habe! Am besten gehe ich auf ihre Bedingungen ein und vertraue meinem Glück. Schließlich meint sie es ja nicht schlecht mit mir. Arme Sarah! Ohne sie wäre ich auf dieser Teufelsinsel verfault. Sie ist gar kein so schlechter Kerl. Und hübsch obendrein. Wir werden uns schon einigen. Ich verkaufe den Besitz und gehe mit ihr auf Reisen. Es hätte schlimmer sein können. Dreihunderttausend Pfund kriege ich bestimmt, damit läßt sich in Amerika allerhand anfangen. Und sie werde ich dann schon irgendwie los. Ja, ich muß nachgeben. Verfluchtes Frauenzimmer! Er läutete. »Smithers!« Smithers trat ein. »Hol mir ein Telegrammformular und eine Droschke! Warte noch. Pack meine Koffer, ich muß ein paar Tage verreisen.« Ich fahre zu ihr, das ist das beste. »Und bring mir das Kursbuch!« Der Teufel soll das Weib holen!

KAPITEL 5
Der Herzanfall des Kaplans

Das Haus des Kommandanten von Norfolk Island war äußerst behaglich eingerichtet und ließ nichts von den Scheußlichkeiten ahnen, die im Gefängnis geschahen. Der Widerwille aber, mit dem Sylvia die Insel betreten hatte, diese letzte und gefürchtetste Stätte des sorgfältig ausgeklügelten Sträflingssystems, unter dem sie zu ihrem Unglück leben mußte, war dadurch nicht geringer geworden. Schmerzensschreie und Folterszenen verfolgten sie bis in ihre Träume. Es war ihr unmöglich, ohne Schaudern aus dem Fenster zu sehen. Abends, wenn ihr Mann nach Hause kam, zitterte sie, daß er ihr irgendeine neue Greueltat berichten könnte. Morgens wagte sie nicht zu fragen, wohin er ging, aus Angst, er werde von einem furchtbaren Strafgericht sprechen und sie in namenlosen Schrecken versetzen.

»Ich wollte, wir wären nie hierhergekommen, Maurice«, sagte sie kläglich, als er ihr von dem Auftritt im Gefängnishof erzählte. »Eines Tages werden dir diese unglücklichen Menschen etwas Entsetzliches antun.«

»Unsinn!« erwiderte er. »Dazu haben sie gar nicht den Mut. Sie wissen, daß ich mit jedem von ihnen fertig werde, auch mit dem Stärksten.«

»Ich begreife nicht, wie du an soviel Elend und Schurkerei deine Freude haben kannst. Für mich ist das alles so furchtbar.«

»Geschmackssache, mein Kind. – Jenkins! Verdammt, wo steckt er denn wieder? He, Jenkins!« Der Diener trat ein. »Wo ist das Führungsbuch? Wie oft soll ich dir noch sagen, daß es immer bereitzuliegen hat? Warum tust du nicht, was ich dir befehle, du fauler Hund? Hast dich wohl wieder mal in der Küche rumgedrückt, was?«

»Nein, Sir, ich habe...«

»Halt den Mund und gib mir das Buch.«

Er nahm es, und während sein Finger die Seite hinunterglitt, las er halblaut die Straftaten, die es am nächsten Morgen abzuurteilen galt. Gelegentlich fügte er noch von sich aus eine Bemerkung hinzu. »Meer-a-seek: Pfeife geraucht – der räudige Hinduschurke! Benjamin Pellet: Hat Fett an sich gebracht. Miles Byrne: Nicht schnell genug gelaufen. Na, wir werden Mr. Byrne schon auf Trab bringen. Thomas Twist: Pfeife geraucht und Licht angezündet. William Barnes: Beim Appell gefehlt; gibt an, er hätte sich gewaschen. Na, den werde ich waschen! John Richards: Appell versäumt und frech gewesen. John Gateby: Frech und aufsässig. James Hopkins: Führt unverschämte Reden. Rufus Dawes: Grobe Unverschämtheit, Arbeitsverweigerung. Aha! Um den Burschen müssen wir uns wieder mal kümmern. Steckt sich hinter den Pfaffen. Ich werde deinen Starrsinn schon brechen, mein Junge. – Du, Sylvia!«

»Ja?«

»Dein Freund Dawes macht seiner Erziehung alle Ehre.«

»Wer?«

»Dawes, dieser teuflische Schurke. Der Höllenhund legt es geradezu darauf an...«

Sie unterbrach ihn. »Maurice, gebrauche doch nicht immer so scheußliche Ausdrücke. Wie oft habe ich dir gesagt, daß ich das nicht mag.« Sie sprach kalt und traurig, wie jemand, der genau weiß, daß jede Ermahnung zwecklos ist, und der es doch immer wieder versucht.

»Du lieber Himmel! Meine zartbesaitete Frau verträgt es nicht, wenn ihr Mann flucht! Wie vornehm wir doch geworden sind!«

»Ich wollte dich nicht kränken«, sagte sie müde. »Bitte, keinen Streit!«

Er ging hinaus und schlug die Tür hinter sich zu. Sylvia saß da und starrte auf den Teppich, bis ein Geräusch sie hochfahren ließ. Ihr Gesicht leuchtete auf, als sie North erblickte.

»Ah, Mr. North! Ich hatte Sie gar nicht erwartet. Was führt Sie zu uns? Sie bleiben natürlich zum Essen.« (Sie läutete, ohne seine Antwort abzuwarten.) »Mr. North ißt mit uns; leg ein Gedeck mehr auf.« Dann zu North gewandt: »Haben Sie mir das Buch mitgebracht? Ich bin schon sehr neugierig darauf.«

»Hier ist es«, sagte North und zog einen Band des »Grafen von Monte Christo« aus der Tasche. »Ich beneide Sie.«

Sylvia griff rasch nach dem Buch, blätterte darin und schlug dann das Titelblatt auf.

»Es gehört meinem Vorgänger«, sagte North, der ihre Gedanken erriet. »Er war anscheinend ein großer Liebhaber der französischen Literatur, denn ich habe viele französische Romane in seiner Bibliothek gefunden.«

»Und ich dachte immer, Geistliche lesen keine französischen Romane«, meinte Sylvia lächelnd.

»Es gibt gute und schlechte französische Romane«, erwiderte North. »Nur wer sie nicht kennt, wirft sie alle miteinander in einen Topf. Ich hatte einen sehr ehrenwerten Freund in Sydney, der entsetzt war, daß ich Rabelais las. Als ich aber fragte, ob er ihn gelesen hätte, antwortete der Gute, er würde sich lieber die Hand abhacken als so ein Machwerk berühren. So kann man natürlich auch über Bücher urteilen!«

»Aber ist das hier wirklich gut? Papa hat einmal gesagt, es sei Unsinn.«

»Es ist ein Abenteuerroman, aber meiner Meinung nach ein sehr guter. Ein junger Seemann, der im Gefängnis einen Freund und Lehrer findet, einen Priester übrigens, und der als vollendeter Gentleman in die Welt zurückkehrt, um Rache zu nehmen – das ist doch ein prächtiger Einfall.«

»Halt, halt, Sie dürfen mir nicht alles vorher erzählen«, protestierte sie lachend und fügte mit echt weiblicher Logik hinzu: »Und worum geht es in dem Buch?«

»Es ist die Geschichte eines zu Unrecht eingekerkerten Mannes, der auf wundersame Weise entkommt, steinreich wird – ›jenseits aller Träume der Habsucht‹, wie Doktor Johnson sagt – und fortan sein Leben und sein Vermögen der Rache weiht.«

»Und rächt er sich?«

»Ja, an allen Feinden außer einem.«

»Und der?«

»*Die* ... war die Frau seines größten Feindes, und Dantès schonte sie, weil er sie liebte.«

Sylvia wandte sich ab.

»Sehr interessant«, sagte sie kühl.

Ein kurzes peinliches Schweigen entstand, das anscheinend keiner als erster brechen wollte. North biß sich auf die Lippen, als bereue er seine Worte; Mrs. Frere wippte mit dem Fuß. Schließlich blickte sie auf, und als sie die Augen des Geistlichen auf sich gerichtet sah, erhob sie sich eilig, um ihrem Mann entgegenzugehen.

»Sie essen natürlich mit uns«, sagte Frere, der den Geistlichen zwar nicht leiden konnte, aber stets froh war, wenn er den Abend nicht allein zu verbringen brauchte.

»Eigentlich wollte ich Mrs. Frere nur ein Buch bringen.«

»Sie liest schon viel zuviel. Immer hat sie ein Buch in der Hand. Es ist nicht gut, andauernd über Büchern zu hocken, nicht wahr, North? Reden Sie ihr doch mal ins Gewissen, Ihnen gehorcht sie vielleicht. So, und jetzt kommen Sie, ich habe Hunger.«

Er sprach mit jener übertriebenen Munterkeit, hinter der Ehemänner seines Schlages ihre schlechte Laune verbergen.

Im Nu war Sylvia in Abwehrstellung gegangen. »Natürlich, wie sollte es anders sein, ihr Männer haltet zusammen. Wann wären sich wohl zwei Männer nicht einig, wenn es um die Pflichten einer Frau geht? Aber ich werde trotzdem lesen. Wissen Sie übrigens, Mr. North, daß ich meinen Mann nur unter der Bedingung geheiratet habe, ihm keine Knöpfe annähen zu müssen?«

»Was Sie nicht sagen!« erwiderte North, der sich diesen plötzlichen Stimmungsumschwung nicht recht erklären konnte.

»Und sie hat sich streng an die Abmachung gehalten«, fügte Frere hinzu, den der Anblick des gedeckten Tisches ein wenig aufzuheitern schien. »Ich habe kein einziges Hemd, das in Ordnung ist. Ob Sie es glauben oder nicht, in der Kommode liegen wohl ein Dutzend Hemden, an denen die Knöpfe fehlen.«

North starrte verlegen auf seinen Teller. Ein Ausspruch des allwissenden Balzac fiel ihm ein: »Le grand écueil est le ridicule«, und sogleich tauchte sein Geist in alle möglichen philosophischen Tiefen, in denen ein Kaplan eigentlich nichts zu suchen hatte.

Nach Tisch kam Maurice auf sein Lieblingsthema zu sprechen: das Sträflingswesen. Er war froh, einen Zuhörer zu haben; denn seine Frau schätzte derartige Erörterungen gar nicht und strafte ihn mit Nichtachtung, sooft er versuchte, ihr seine Pläne zur

Unterjochung der aufsässigen Schurken darzulegen. »Du wolltest ja unbedingt hierherkommen«, sagte sie dann wohl. »Ich war von Anfang an dagegen. Verschone mich mit solchen Gesprächen. Laß uns lieber von anderen Dingen reden.« Wenn sie diesen Ton anschlug, blieb ihm nichts weiter übrig, als klein beizugeben, denn in gewisser Weise fürchtete er sich vor ihr. In dieser seltsamen Ehe war er nur scheinbar der Herr. Seine Tyrannei beschränkte sich auf das Physische; er verachtete jedes Geschöpf, das schwächer war als er selbst, und seine derbe Natur triumphierte über die zartere seiner Frau. Von Liebe war zwischen ihnen schon längst nicht mehr die Rede. Aus dem impulsiven, empfindsamen Mädchen, das sich ihm vor sieben Jahren gegeben hatte, war eine müde, leidende Frau geworden. Eine Frau ist stets das, was ihr Mann aus ihr macht, und seine rohe Sinnlichkeit hatte sie zu dem nervösen, kränklichen Wesen werden lassen, das sie jetzt war. Er hatte keine Liebe in ihr geweckt, dafür aber einen Widerwillen, der sich bisweilen zum Ekel steigerte. Wir besitzen weder die Geschicklichkeit noch die Kühnheit jenes tiefschürfenden Philosophen, dessen kritische Analyse des menschlichen Herzens North zu gewissen Reflexionen anregte, und so wollen wir es nicht unternehmen, eine Abhandlung über die Ehegeschichte dieses Minotaurus zu schreiben. Begnügen wir uns mit der Feststellung, daß Sylvia ihren Mann am wenigsten liebte, wenn er sie am heftigsten begehrte. Und gerade in diesem Widerwillen lag ihre Macht über ihn beschlossen. Wenn eine triebhafte und eine geistige Natur einander begegnen, triumphiert die edlere, auch wenn sie scheinbar unterliegt. Maurice Frere wußte, daß er trotz aller Fügsamkeit seiner Frau der Schwächere war, und er fürchtete sich vor der Statue, die er geschaffen hatte. Sie war aus Eis, aber aus jenem künstlichen Eis, das die Chemiker selbst bei glühender Hitze herstellen. Ihre Kälte war zugleich ihre Stärke und ihre Schwäche. Wenn sie ihn frösteln machte, beherrschte sie ihn.

Ohne zu ahnen, welche Gedanken seinen Gast beschäftigten, schwatzte Frere munter drauflos. North sprach wenig, trank aber dafür um so mehr. Der Wein ließ ihn indessen nicht redselig, sondern schweigsam werden. Er trank, um unangenehme Erinnerungen zu vergessen, und er trank weiter, als ihm das nicht gelang.

Schließlich begaben sich die beiden Männer in den Salon, wo Mrs. Frere sie erwartete. Frere war gesprächig und gut gelaunt, North verschlossen und in menschenfeindlicher Stimmung.

»Sing uns was vor, Sylvia!« sagte Frere mit jener Selbstverständlichkeit, als befehle er einer lebenden Spieldose: Spiel uns was vor.

»Ach, Mr. North macht sich nichts aus Musik, und ich bin auch gar nicht zum Singen aufgelegt. Ich finde Gesang ist hier überhaupt unangebracht.«

»Unsinn!« rief Frere. »Weshalb sollte er hier weniger angebracht sein als anderswo?«

»Mrs. Frere meint gewiß, daß Fröhlichkeit dieser traurigen Umgebung nicht recht ansteht«, warf der feinfühligere North ein.

»Traurige Umgebung?« Frere ließ seinen Blick über das Klavier, das Sofa, die Sessel und den Spiegel gleiten. »Zugegeben, das Haus ist vielleicht nicht so schön wie das in Sydney, aber es ist doch sehr behaglich eingerichtet.«

»Du verstehst mich nicht, Maurice«, sagte Sylvia. »Es ist dieser finstere Ort, der mich so bedrückt. Allein der Gedanke an all diese unglücklichen Menschen in Eisen und Ketten macht mich ganz krank.«

»Dummes Geschwätz!« polterte Frere. »Diese Schufte verdienen es ja nicht besser. Um die brauchst du dich wirklich nicht zu sorgen.«

»Diese armen Menschen! Was wissen wir denn von ihren Versuchungen, was von der bitteren Reue, die sie vielleicht empfinden?«

»Die Strafe ist der gerechte Lohn der bösen Tat«, sagte North plötzlich mit rauher Stimme und griff nach einem Buch. »Verbrecher müssen lernen, sie auf sich zu nehmen. Keine Reue kann ihre Sünden auslöschen.«

»Aber gewiß wird doch auch den schlimmsten Übeltätern Gnade zuteil«, widersprach Sylvia sanft.

North wollte oder konnte ihr offenbar nicht antworten, denn er nickte nur.

»Gnade!« rief Frere. »Ich bin nicht hier, um Gnade zu üben, sondern um diese Schurken in Schach zu halten, und bei Gott, das werde ich tun!«

»Sprich nicht so, Maurice. Bedenke doch, wie leicht jeden von uns das gleiche Schicksal hätte treffen können. Irgendein Zufall... Was haben Sie denn, Mr. North?«

Mr. North war kreidebleich geworden. »Nichts«, erwiderte er keuchend. »Ein kleiner Schwächeanfall.«

Frere riß die Fenster auf, und der Kaplan kam langsam wieder zu sich, ähnlich wie vor sieben Jahren in Burgess' Wohnzimmer in Port Arthur. »Ich habe öfter solche Attacken. Ein Herzfehler, glaube ich. Ich muß mal ein, zwei Tage ausspannen.«

»Ja, nehmen Sie Urlaub«, sagte Frere. »Sie sind überarbeitet.«

North atmete noch immer schwer; er war blaß, und um seine Lippen spielte ein gespenstisches Lächeln. »Das – das werde ich tun. Wenn ich mich eine Woche nicht sehen lasse, Mr. Frere, dann wissen Sie den Grund.«

»Eine Woche! So lange wird es doch hoffentlich nicht dauern«, rief Sylvia besorgt.

Das zweideutige »es« schien ihn zu beunruhigen, denn er wurde rot und stammelte verlegen: »Manchmal noch länger. Es ist... es ist ganz ungewiß.« Zum Glück trat in diesem Augenblick Jenkins ein und lenkte die Aufmerksamkeit von ihm ab.

»Eine Botschaft von Mr. Troke, Sir.«

»Von Troke? Was ist denn nun wieder los?«

»Dawes war aufsässig, Sir, er hat Mr. Troke angegriffen. Mr. Troke schickt mich her, weil Ihnen doch jede Widersetzlichkeit von Gefangenen sofort gemeldet werden soll.«

»Richtig. Wo ist er?«

»Im Gefängnis, Sir! Wie ich hörte, hat es einen harten Kampf gegeben, bis sie ihn drin hatten.«

»So? Na schön, eine Empfehlung an Mr. Troke, und morgen früh Punkt neun Uhr wird es mir ein Vergnügen sein, den Starrsinn des Mr. Dawes zu brechen.«

»Maurice«, sagte Sylvia, die dem Gespräch mit sichtlicher Unruhe gelauscht hatte, »willst du mir einen Gefallen tun? Quäle diesen Menschen nicht länger.«

»Warum bittest du ausgerechnet für ihn?« fragte er mit jäh aufflammender Heftigkeit.

»Weil mir sein Name seit meiner Kindheit gleichbedeutend ist mit Leiden und Qualen, weil er seine Verbrechen – so schwer sie auch sein mögen – durch die lebenslängliche Strafe bis zu einem gewissen Grade gesühnt haben muß.«

Inniges Mitleid verklärte ihr Gesicht, und North, der keinen Blick von ihr wandte, sah Tränen in ihren Augen schimmern.

»Hältst du das hier etwa für Sühne?« fragte Frere schroff und schlug auf den Brief.

»Ich weiß, er ist ein böser Mensch, aber...«, sie fuhr sich mit der Hand über die Stirn, und es war die alte verstörte Gebärde, »er kann nicht immer böse gewesen sein. Mir ist, als hätte ich irgendwann einmal Gutes über ihn gehört.«

»Unsinn!« entschied Frere und stand auf. »Das ist alles Einbildung, und ich will davon nichts mehr hören. Der Mann ist aufsässig, also muß er durch Schläge zur Vernunft gebracht werden. Kommen Sie North, wir trinken noch einen Schluck, bevor Sie gehen.«

»Mr. North, wollen Sie mir nicht bitten helfen?« rief die arme Sylvia, die alle Selbstbeherrschung verloren hatte. »Sie haben doch ein Herz, und Sie kennen die Leiden dieser armen Menschen!«

Aber North, der seine Gedanken anscheinend erst aus fernen Gefilden zurückrufen mußte, blickte zur Seite und sagte mühsam, mit trockenen Lippen: »Es steht mir nicht zu, mich in die Amtsgeschäfte Ihres Gatten einzumischen, Madam.« Damit erhob er sich und verließ sie ohne Gruß.

»Du hast den alten North ganz krank gemacht«, sagte Frere, als er nach einer Weile zurückkam. Er hoffte, den Vorwürfen seiner Frau dadurch zu entgehen, daß er den Spieß umdrehte. »Eine halbe Flasche Brandy hat er zur Nervenberuhigung getrunken, und dann ist er wie ein Besessener aus dem Haus gestürzt.«

Sylvia starrte gedankenverloren vor sich hin und antwortete nicht.

KAPITEL 6
Eines Mannes Starrsinn wird gebrochen

Die Widersetzlichkeit, deren sich Rufus Dawes schuldig gemacht hatte, war alles andere als ein schweres Vergehen. Hauptmann Freres neuernannte Konstabler, die mit Hirschfängern bewaffnet waren, pflegten nachts mit viel Lärm und Geschrei in die Schlafräume einzudringen. Sie zerrten die Männer roh aus ihren Hängematten, tasteten sie nach verstecktem Tabak ab und ließen sie sogar den Mund öffnen, um zu sehen, ob sie etwa Tabak kauten. Die Männer in Dawes' Kolonne, gegen die Mr. Troke eine besondere Abneigung hegte, wurden oft mehrmals in einer Nacht durchsucht, und zwar mit äußerster Rücksichtslosigkeit; das gleiche geschah, wenn sie zur Arbeit gingen, bei den Mahlzeiten, vor und nach dem Gottesdienst. Die Opfer dieser ständigen Verfolgung, denen man nicht nur ihren Schlaf raubte, sondern auch das bißchen Selbstachtung, das sie sich vielleicht noch bewahrt hatten, waren sämtlich von dem Wunsch beseelt, sich auf ihre Peiniger zu stürzen und sie zu töten.

Troke legte es vor allem darauf an, Dawes bei einem Vergehen zu ertappen. Aber der Anführer des »Ringvereins« war auf der Hut. Vergeblich hatte Troke, der sich seinen Ruf als scharfer und unnachsichtiger Aufseher bewahren wollte, dem Sträfling zu jeder Tages- und Nachtzeit nachgestellt: Nie wurde etwas bei Dawes gefunden. Vergeblich hatte er Tabakrollen an lange Fäden geknüpft und hinter einem Busch auf das Zucken der Leine gewartet: Der Fisch war zu schlau, um auf den Köder anzubeißen. Schließlich verfiel der Aufseher, von Wut und Ehrgeiz getrieben, auf einen raffinierten Trick. Er war sicher, daß Dawes Tabak besaß; es handelte sich nur darum, ihn bei ihm zu finden. Nun hatte Rufus Dawes, der sich im allgemeinen von seinen Kameraden fernhielt, in dem blinden Mooney einen Freund gefunden – falls man ein so stumpfsinniges Wrack überhaupt einen Freund nennen konnte. Vielleicht ließ sich diese seltsame Freundschaft dadurch erklären, daß Mooney der einzige Mensch auf der Insel war, der mehr von den Schrecken des Sträflingslebens wußte als der Anführer des »Ringvereins«. Hinzu kam noch, daß Mooney blind war; und zu einem schwermütigen, verschlossenen Menschen, der unvermittelt in wilde Raserei verfallen konnte und alle seine Mitgefangenen ständig mit Argwohn betrachtete, paßte ein blinder Gefährte besser als ein scharfäugiger.

Mooney gehörte zur »alten Garde«. Als vierzehnjähriges Bürschchen war er 1789, also vor siebenundfünfzig Jahren, mit einem der ersten Transporte nach Sydney gekommen. Er hatte in Ketten geschuftet, hatte als Leibeigener gearbeitet, hatte geheiratet, war geflohen und erneut verurteilt worden. Der Alte war gewissermaßen der Patriarch von Norfolk Island, denn er lebte auf der Insel, seit sie mit Sträflingen besiedelt war. Er hatte keine Freunde. Seine Frau war längst gestorben, und er berichtete, ohne sich je in Widersprüche zu verwickeln, daß sein Herr Gefallen an der Frau gefunden und ihn, den unbequemen Ehemann, ins Gefängnis eingeliefert habe. Derartige Machenschaften waren nicht ungewöhnlich.

Unter anderem hatte Rufus Dawes die Zuneigung des alten blinden Mannes dadurch gewonnen, daß er ihm von Zeit zu Zeit ein Stück Tabak zusteckte. Troke wußte das, und an dem fraglichen Abend kam ihm ein ausgezeichneter Einfall. Er schlich geräuschlos in den Bootsschuppen, in dem die Kolonne schlief, und kroch an Dawes heran. Es gelang ihm, Mooneys mummelnde Stimme so geschickt nachzuahmen, daß Rufus Dawes, der nur halb wach war, ihm auf seine wiederholte Bitte um »ein bißchen Tabak« etwas in die Hand drückte. Troke packte Dawes beim Arm und zündete Licht an. Diesmal war ihm der Vogel ins Garn gegangen. Dawes hatte dem vermeintlichen Freund ein fast fingergliedlanges Stück Tabak zugesteckt.

Man kann sich vorstellen, was ein Mensch empfindet, der auf so hinterhältige Weise in eine Falle gelockt wird. Kaum hatte Rufus Dawes das verhaßte Gesicht des Aufsehers erkannt, als er aus seiner Hängematte sprang und zu einem Hieb ausholte, unter dessen Wucht Mr. Troke den hereinstürzenden Konstablern in die Arme flog. Nun entspann sich ein verzweifelter Kampf, der damit endete, daß man den überwältigten Sträfling bewußtlos in eine Zelle schleppte. Er wurde auf den Steinfußboden geworfen, geknebelt und an dem Eisenring festgekettet. Dann schlugen fünf oder sechs Konstabler wild auf ihn ein.

Am nächsten Morgen ließ sich der Kommandant zu dem zusammengeschlagenen und gefesselten Rebellen führen.

»Hallo!« rief er. »Auch wieder hier? War's schön?«

Dawes blickte ihn mit stieren Augen an und gab keine Antwort.

»Du bekommst fünfzig Peitschenhiebe, mein Lieber!« sagte Frere. »Wollen doch mal sehen, wie du dich dann fühlst!«

Die fünfzig Schläge wurden vorschriftsmäßig verabfolgt, und tags darauf stattete der Kommandant Dawes einen zweiten Besuch ab. Der Rebell schwieg noch immer.

»Geben Sie ihm noch mal fünfzig, Troke. Dann wird sich ja zeigen, was in ihm steckt.«

Aus den fünfzig Peitschenhieben wurden im Laufe des Vormittags einhundertzwanzig; aber noch immer schwieg der Sträfling beharrlich. Daraufhin wurde er zu vierzehn Tagen

Einzelhaft in einer der neuen Zellen verurteilt. Er saß die Strafe ab und lachte seinem Peiniger bei dem nächsten Verhör ins Gesicht. Das trug ihm weitere vierzehn Tage ein; als er auch dann noch hartnäckig schwieg, wurde er wiederum ausgepeitscht und vierzehn Tage eingesperrt. Zu diesem Zeitpunkt hätte ihn der Kaplan wahrscheinlich für seine Tröstungen zugänglich gefunden; aber der Kaplan kam nicht – wie es hieß, war er krank. Nach seiner dritten Haftstrafe war Rufus Dawes so geschwächt, daß der Arzt ihn ins Hospital bringen ließ. Sobald er einigermaßen wiederhergestellt war, besuchte ihn Frere, und da er seinen »Starrsinn« noch immer ungebrochen fand, befahl er, ihn zum Maismahlen zu schicken. Als er die Arbeit verweigerte, kettete man seine Hand an den einen Hebelarm des Mühlsteins und ließ den zweiten von einem anderen Gefangenen drehen, so daß Dawes gezwungen war, jede Bewegung mitzumachen.

»Na bitte, du bist ja gar kein solcher Stein, wie die Leute immer behaupten«, höhnte Frere und wies auf das sich drehende Rad.

Sogleich spannte der unbezähmbare arme Teufel seine schmerzenden Muskeln an und brachte das Rad zum Stehen. Frere ließ ihm weitere fünfzig Peitschenhiebe verabreichen und schickte ihn tags darauf zum Peffermahlen. Vor dieser Strafe fürchteten sich die Sträflinge mehr als vor jeder anderen. Der beißende Staub wehte ihnen in die Augen und setzte sich in den Lungen fest, so daß sie Höllenqualen litten. Für einen Mann mit einem wunden Rücken bedeutete diese Arbeit ein Martyrium sondergleichen. Nach vier Tagen brach Rufus Dawes zusammen, ausgemergelt, halbblind, über und über mit Blasen bedeckt.

»Um Gottes willen, Hauptmann Frere, schlagen Sie mich doch tot«, flehte er.

»Ich denke nicht daran«, erwiderte der andere, hocherfreut über diesen Beweis seiner Macht. »Du hast nachgegeben, und mehr wollte ich nicht. Troke, bringen Sie ihn ins Hospital.«

Im Hospital besuchte ihn North.

»Ich wäre schon eher gekommen«, sagte der Geistliche, »aber ich bin schwerkrank gewesen.«

Er sah noch immer sehr elend aus. Anscheinend hatte er Fieber gehabt. Sein Bart war abrasiert und das Haar ganz kurz geschoren. Dawes erkannte, daß der abgemagerte, hohläugige Mann fast ebenso große Qualen erduldet hatte wie er selbst.

Tags darauf erschien Frere bei ihm, lobte seinen Mut und bot ihm den Posten eines Konstablers an. Der Sträfling drehte seinem Peiniger den narbenbedeckten Rücken zu und würdigte ihn keiner Antwort.

»Ich fürchte, Sie haben sich den Kommandanten zum Feind gemacht«, sagte North bei seinem nächsten Besuch. »Warum sind Sie nicht auf sein Angebot eingegangen?«

Dawes warf ihm einen verächtlichen Blick zu. »Soll ich meine Kameraden verraten? Zu dieser Sorte gehöre ich nicht.«

Der Geistliche sprach von Hoffnung, von Freilassung, von Reue und Erlösung. Der Gefangene lachte. »Wer sollte mich schon erlösen?« fragte er. »Um so einen wie mich zu retten, müßte wiederum ein Christus sterben.« Er kleidete seine Gedanken in Worte, die man gemeinhin als Gotteslästerung bezeichnet hätte.

North sprach ihm von Unsterblichkeit. »Es gibt ein Leben nach dem Tode«, sagte er. »Setzen Sie Ihre Seligkeit nicht aufs Spiel. Sie haben eine Zukunft, für die Sie leben müssen, Mann.«

»Das hoffe ich nicht«, sagte das Opfer des »Systems«. »Alles, was ich ersehne, ist Ruhe – Ruhe, die nie mehr gestört wird.«

Sein »Starrsinn« war gebrochen; aber so viel Widerstandskraft, daß er Freres wiederholte Angebote ablehnte, besaß er noch immer.

»Darauf beiße ich nicht an«, sagte er zu North, »und wenn sie mich in Stücke hacken.«

North beschwor ihn, um seines zerschundenen Körpers willen nachzugeben; doch alle Bitten blieben ohne Erfolg. Sein eigenes unberechenbares Herz entschlüsselte ihm die Geheimschrift, die das Wesen dieses Mannes für ihn darstellte. Eine edle Natur, dem Untergang geweiht, sagte er zu sich selbst. Was für ein Geheimnis verbirgt er in seinem Herzen? Dawes wiederum, der erkannte, wie verschieden von anderen Schwarzröcken dieser Priester war – so leidenschaftlich und so düster, so ernst und so gütig –, machte sich Gedanken über die eingefallenen Wangen, die brennenden Augen und die häufige Geistesabwesenheit seines Mentors. Er fragte sich, welcher Kummer dem Kaplan die von Qual erfüllten Gebete und die kühnen, beredten Bitten eingeben mochte. So knüpfte sich allmählich zwischen dem Priester und dem Sünder ein Band gegenseitiger Sympathie.

Eines Tages wurde dieses Band so straff angezogen, daß es ihnen beiden ins Herz schnitt. Der Kaplan trug eine Blume an seinem Rock. Dawes betrachtete sie mit sehnsüchtigen Blicken, und schließlich, als sich der Geistliche schon zum Gehen wandte, bat er: »Mr. North, würden Sie mir die Rosenknospe schenken?« North blieb unschlüssig stehen, offenbar von seinen Gefühlen hin und her gerissen. Dann zog er die Blume vorsichtig aus dem Knopfloch und legte sie in die braune, narbige Hand des Gefangenen. Sobald sich Dawes allein glaubte, drückte er das Geschenk an seine Lippen. Im gleichen Moment kam North noch einmal zurück, und die Augen der beiden Männer begegneten sich. Dawes wurde blutrot, North totenbleich. Keiner sprach ein Wort, aber jeder war dem anderen nähergekommen, denn sie hatten beide die Rosenknospe geküßt, die Sylvia gepflückt hatte.

KAPITEL 7
Auszüge aus dem Tagebuch des Reverend James North

21. Oktober

Für das nächste halbe Jahr bin ich bei einiger Vorsicht außer Gefahr; denn mein letzter Anfall dauerte länger, als ich erwartet hatte. Früher oder später werde ich wahrscheinlich einer Herzlähmung erliegen. Es wird mir nicht leid tun.

Ich möchte nur wissen, ob du, mein Vertrauter – langsam hasse ich diesen Ausdruck –, mir Wichtigtuerei vorwerfen wirst, wenn ich behaupte, mein Laster sei eine Krankheit. Ich bin fest überzeugt, daß dem so ist. Ich kann nicht anders, ich muß mich einfach betrinken, so wie ein Irrer schreien und toben muß. Vielleicht stände es anders um mich, wenn ich zufrieden und glücklich verheiratet wäre, wenn ich Kinder hätte und häusliche Sorgen, die mich ablenkten. So aber bin ich mir selbst zur Qual, ein einsamer, düsterer Mensch, ausgeschlossen von der Liebe, von Schwermut verzehrt und von den unterdrückten Begierden gepeinigt. Ich denke an glücklichere Männer mit blonden Frauen und Kindern, die sich an ihre Knie klammern, an Männer, die lieben und geliebt werden, an Frere zum Beispiel – und ein häßliches, wildes Tier scheint in mir zu erwachen, ein Ungeheuer, dessen Verlangen ich nicht befriedigen, nur in betäubendem Branntwein ertränken kann.

Reumütig und zerschlagen, gelobe ich mir, ein neues Leben zu beginnen, dem Alkohol abzuschwören und nichts als Wasser zu trinken. Einige Wochen geht auch alles gut, ja mich ekelt sogar, wenn ich Branntwein nur sehe oder rieche. Dann aber werde ich nervös, unzufrieden und schwermütig. Ich rauche, und das beruhigt mich. Doch an Mäßigkeit ist nicht zu denken; allmählich steigere ich die Tabakration. Aus fünf Pfeifen am Tag werden sechs, sieben, zehn oder zwölf, dann zwinge ich mich, mit drei bis vier auszukommen, bin schon am nächsten Tag wieder bei elf angelangt, und schließlich zähle ich überhaupt nicht mehr. Das viele Rauchen regt das Gehirn an. Ich fühle mich klar, heiter und gut gelaunt, nur ist mir am Morgen die Zunge wie ausgedörrt, und ich feuchte sie mit etwas Alkohol an. Ich trinke Wein und Bier mit Maßen, und alles geht gut. Meine Glieder werden wieder geschmeidig, meine Hände kühl, meine Gedanken ruhig und geordnet. Ich spüre, daß ich einen Willen habe, bin zuversichtlich, gelassen und hoffnungsfroh. Auf diesen Zustand folgt unvermittelt die schrecklichste Niedergeschlagenheit. Ich versinke in eine Verzweiflung, die mich für Stunden betäubt. Die Erde, die Luft, das Meer – alles erscheint mir öde und farblos. Das Leben ist eine Last. Ich sehne mich nach Schlaf, und ist er gekommen, so muß ich ihn vertreiben, weil mich in der Dunkelheit furchtbare Traumbilder umgaukeln. Nachts bete ich: »Gebe Gott, es wäre schon Morgen!« und morgens: »Gebe Gott, es wäre schon Abend!« Ich ekle mich vor mir selbst und vor meiner Umgebung. Ich bin matt, leidenschaftslos, von einer Bürde niedergebeugt, schwer wie die, welche auf Saul lastete. Ich weiß genau, was mich ins Leben zurückrufen, was meine Lebensgeister wecken kann – und was mich sogleich in noch schwärzere Verzweiflung zurückschleudern wird. Ich trinke. Ein Glas – mein Blut erwärmt sich, mein Herz pocht freudig, meine Hand zittert nicht mehr. Beim dritten Glas fühle ich mich von neuer Hoffnung beseelt – der böse Geist entflieht. Ich trinke weiter – liebliche Bilder bieten sich mir dar, blühende Felder, singende Vögel, ein saphirblaues Meer, warmer, strahlender Sonnenschein. Großer Gott, wer könnte einer solchen Versuchung widerstehen?

Mit letzter Anstrengung unterdrücke ich das Verlangen, noch mehr zu trinken, und zwinge mich, an meine Amtspflichten, meine Bücher und die unglücklichen Gefangenen zu denken. Eine Zeitlang gelingt es mir vielleicht; aber in meinen Adern kocht das Blut, vom Wein erhitzt, der mein Gift und mein Lebenselixier zugleich ist. Wieder trinke ich und träume. Ich fühle, wie sich das Tier in mir zu regen beginnt. Am Tage gaukeln mir meine Gedanken monströse Wahngebilde vor. Die vertrautesten Gegenstände wecken in mir die abscheulichsten Vorstellungen. Obszöne und gemeine Bilder drängen sich mir auf. Meine Natur scheint verwandelt; ich komme mir vor wie ein Wolf im Schafspelz, wie ein Besessener, aus dem jeden Augenblick der Teufel herausfahren kann, um ihn zu zerreißen. Des Nachts werde ich ein Satyr. Während ich diese Qualen erleide, hasse ich mich und fürchte mich zugleich vor mir selbst. Immer steht mir ein schönes Antlitz vor Augen, das wie ein wandernder Mond in einer stürmischen Tropennacht meine heißen Träume durchzieht. Ich wage mich nicht in die Nähe von Menschen, die ich liebe und achte, aus Furcht, meine wilden Gedanken könnten sich in noch wilderen Worten Luft machen. Ich bin kein Mensch mehr. Ich bin ein Tier. Aus dieser Tiefe gibt es nur einen Fluchtweg: tiefer hinab. Ich muß das Ungeheuer, das ich geweckt habe, betäuben, bis es wieder einschläft. Ich trinke und erlange Vergessenheit. Bei diesen letzten Anfällen hilft nur noch Branntwein. Ich schließe mich ein und lasse mich buchstäblich mit Alkohol vollaufen. Er steigt mir zu Kopf. Ich bin wieder ein Mensch! Und kaum bin ich mir dessen bewußt, da schlage ich der Länge nach hin – sinnlos betrunken.

Aber das Erwachen! Ich will es nicht näher beschreiben. Delirium, Fieber, Ekel, Schwäche, Verzweiflung. Aus dem Spiegel blickt mir ein verstörtes Gesicht mit geröteten Augen entgegen. Ich sehe meine zitternden Hände, meine abgemagerten, kraftlosen Arme, und ich überlege, ob ich nicht auf dem besten Wege bin, eine dieser grotesken Säufergestalten zu werden – mit ständig tränenden Augen, Triefnase, gedunsenem Bauch und welken Beinen. Brr! Es ist nur allzu wahrscheinlich.

22. Oktober

Den Tag bei Mrs. Frere verbracht. Sie wünscht sich offenbar nichts sehnlicher, als diesen Ort zu verlassen – genau wie ich. Frere freut sich seiner mörderischen Macht und lacht über ihre Vorwürfe. Ich glaube, Männer werden ihrer Frauen mit der Zeit überdrüssig. In meiner augenblicklichen Gemütsverfassung begreife ich einfach nicht, wie ein Mann seiner Frau etwas abschlagen kann. Ich halte es für unmöglich, daß sie ihn liebt. Ich bin kein sentimentaler Egoist wie die meisten Verführer und würde keinem Mann die Frau ausspannen, nur weil ich sie gern habe. Dennoch glaube ich, daß es Fälle gibt, in denen ein Liebender berechtigt ist, eine Frau glücklich zu machen, selbst auf die Gefahr hin, daß er dabei sein Seelenheil verliert.

Sie glücklich machen! Ja, das ist der springende Punkt. Würde sie glücklich mit mir sein? Nur wenige Menschen vermögen es zu ertragen, daß man sie »schneidet«, daß man über sie tuschelt und mit Fingern auf sie zeigt, und Frauen sind in dieser Hinsicht besonders empfindlich. Ich, ein Mann von vierzig Jahren, der schon grau wird, bin kein so ausgemachter Esel, daß ich mir einbilde, das Leben an der Seite eines schuldbeladenen Trinkers könnte eine Frau wie sie für den Verlust einer gesellschaftlich gesicherten Stellung entschädigen. Ich bin nicht so dumm, zu vergessen, daß die Frau, die ich liebe, eines Tages vielleicht aufhören wird, mich zu lieben; und da ich sie weder durch Selbstachtung noch durch soziale Stellung oder familiäre Pflichten an mich fesseln kann, wird sie ihrem Verführer irgendwann gewiß den gleichen Schmerz zufügen, den sie auf sein Geheiß ihrem Gatten zufügte. Ganz abgesehen von der Frage, ob es Sünde ist, das sechste Gebot zu brechen – ich möchte fast meinen, daß in der heutigen Gesellschaftsordnung der schlechteste Ehemann und die unglücklichste Ehe besser sind als der treueste Liebhaber. Fürwahr, ein sonderbares Thema für einen Geistlichen! Wenn dieses Tagebuch je in die Hände eines gottesfürchtigen Einfaltspinsels fiele, der nie in die Versuchung geriet, seines Nächsten Weib zu begehren, wie würde er mich verdammen! Und mit Recht.

4. November

In einem Wärterraum des neuen Gefängnisses hängt ein Pferdegeschirr, bei dessen Anblick man sich verwundert fragt, ob es überhaupt einen Gaul gibt, der klein genug ist, es zu tragen. Zieht man dann Erkundungen ein, so stellt sich heraus, daß dieses Zaumzeug mit allem Zubehör für Menschen gedacht ist. An dem Zaum ist ein rundes Querholz von fast vier Zoll Länge angebracht, dessen Durchmesser etwa anderthalb Zoll beträgt. Dieser Knebel wird in den Mund eingeführt und mit einem breiten Lederriemen festgehalten. Ein kleines Loch im Holz ist die einzige Atemöffnung. Riemen und Gurte sorgen für festen Sitz, und man kann sich schwerlich ein vollständigeres Zaumzeug vorstellen.

Gestern abend gegen acht Uhr war ich im Gefängnis. Ich hatte Rufus Dawes besucht und sprach dann noch ein paar Worte mit Hailey. Auch Gimblett war da, derselbe, der Mr. Vane zweihundert Pfund gestohlen hat; damals gehörte er zu den wegen guter Führung bevorzugten Sträflingen, war Schließer und verdiente zwei Schilling am Tage. Es war totenstill in den Zellen, und ich machte gerade eine Bemerkung über die Ruhe im Gefängnis, als Gimblett sagte: »Eben hat einer gesprochen, und ich weiß auch wer.« Damit nahm er das Zaumzeug und ein Paar Handschellen vom Haken.

Ich folgte ihm zu einer Zelle. Er schloß auf, und ich sah einen Mann ausgezogen und allem Anschein nach fest schlafend auf einer Strohmatte liegen. Gimblett befahl ihm, aufzustehen und sich anzukleiden. Der Mann gehorchte, und der Wärter führte ihn auf den Hof, wo er ihm den hölzernen Knebel in den Mund steckte. Der Laut, der jeden Atemzug begleitete (es schien, als habe der Ärmste große Beschwerden dabei), hörte sich an wie ein leises, undeutliches Pfeifen. Als Gimblett das Opfer seiner grausamen Willkür zu einem Laternenpfahl führte, erkannte ich den armen blinden Mooney. Der Wärter stellte ihn mit dem Rücken an den Pfahl, hieß ihn die Arme nach hinten strecken und legte ihm die Handschellen an. Er erzählte mir, daß der alte Mann drei Stunden in dieser Stellung verharren mußte. Ich eilte zum Kommandanten. Er bat mich in den Salon – eine Aufforderung, der ich wohlweislich nicht Folge leistete –, lehnte es jedoch ab, meiner Bitte um Gnade Gehör zu schenken. »Der alte Gauner schützt jedesmal seine Blindheit vor, wenn er ungehorsam war«, sagte er. – Und dieser Kerl ist *ihr* Mann!

KAPITEL 8
Der längste Strohhalm

Am nächsten Morgen bei der Arbeit erfuhr Rufus Dawes, wie übel man seinem Freund mitgespielt hatte. Er stieß keinen Racheschwur aus, nur ein dumpfes Stöhnen entrang sich seiner Brust. »Ich bin nicht mehr so stark wie früher«, murmelte er, und es klang, als wollte er sich entschuldigen. »Sie haben mich fertiggemacht.« Traurig blickte er auf seinen mageren Körper und die zitternden Hände.

»Ich halt's nicht länger aus«, sagte Mooney finster. »Ich habe mit Bland gesprochen, und er denkt wie ich. Du weißt, was wir uns geschworen haben. Jetzt ist es soweit.«

Rufus Dawes starrte in die blicklosen Augen, die fragend auf ihn gerichtet waren. Er griff in die Brusttasche, die seinen kostbarsten Schatz barg, und ein Schauder durchlief ihn. »Nein, nicht jetzt«, sagte er.

»Hast du etwa Angst?« fragte Mooney und streckte seinen Arm in die Richtung, aus der die Stimme kam. »Willst du dich drücken?« Der andere vermied die Berührung, indem er einen Schritt zurücktrat, starrte aber den Blinden unverwandt an. »Du hast doch geschworen, Dawes, und du bist keiner, der falsch schwört, das weiß ich. So sprich doch, Mann!«

»Macht Bland mit?« fragte Dawes und schaute sich um, als suche er eine Möglichkeit, dem Blick dieser blinden Augen zu entrinnen.

»Ja, der ist bereit. Sie haben ihn gestern wieder ausgepeitscht.«

»Laß uns bis morgen warten«, schlug Dawes vor.

»Nein, es muß gleich sein«, drängte der Alte mit seltsamem Eifer. »Ich hab's satt.«

Rufus Dawes warf einen sehnsüchtigen Blick auf die Mauer, hinter der das Haus des Kommandanten lag. »Nein, wir warten bis morgen«, beharrte er, die Hand noch immer in der Brusttasche.

Die beiden waren so in ihr Gespräch vertieft, daß sie den Schritt ihres gemeinsamen Feindes überhörten.

»Was hast du da?« brüllte Frere und packte Dawes beim Handgelenk. »Wieder Tabak, du Hund?« Die Hand des Sträflings öffnete sich, als sie so unsanft aus der Brusttasche gerissen wurde, und eine verwelkte Rose fiel zu Boden. Frere hob sie auf, empört und erstaunt zugleich. »He, was zum Teufel ist das? Bist du etwa in meinem Garten auf Blumenjagd gegangen, Jack?«

Der Kommandant nannte alle Sträflinge Jack, wenn er gerade gut aufgelegt war.

Rufus Dawes hatte einen gellenden Schrei ausgestoßen und stand nun zitternd und geduckt vor Frere. Nach diesem Aufschrei, der von Wut und Kummer zeugte, waren seine Kameraden darauf gefaßt, daß er dem Kommandanten die Blume entreißen oder irgendeine Gewalttat begehen würde. Vielleicht war das auch seine Absicht gewesen, aber er führte sie nicht aus. Man hätte meinen können, es liege ein Zauber über der Rose, die er so liebevoll gehütet hatte, denn er starrte sie wie gebannt an, während Hauptmann Frere sie zwischen seinen plumpen Fingern hin und her drehte. »Eine Rose fürs Knopfloch, sieh einer an! Du willst wohl am Sonntag mit deinem Liebchen ausgehen, was?« Die Männer lachten. »Wo hast du die Blume her?« Dawes schwieg. »Na, wird's bald?« Keine Antwort. »Troke, wir wollen doch mal nachsehen, ob Mr. Dawes seine Zunge verschluckt hat. Zieh das Hemd aus, Freundchen, das wird wohl der kürzeste Weg zu deinem Herzen sein – was, Jungens?«

Bei dieser unmißverständlichen Anspielung auf die Katze lachten die Männer wieder, dann aber sahen sie einander erstaunt an. Wurde der Anführer des »Ringvereins« etwa doch weich? Es hatte ganz den Anschein, denn Dawes war totenblaß und zitterte an allen Gliedern. »Lassen Sie mich nicht wieder auspeitschen, Sir!« rief er. »Ich habe die Blume auf dem Hof gefunden. Sie war Ihnen aus dem Knopfloch gefallen.« Frere lächelte und beglückwünschte sich im stillen zu dem Erfolg seiner Erziehungsmethode. Die Erklärung traf wahrscheinlich zu. Er trug öfter eine Blume am Rock, und es war so gut wie ausgeschlossen, daß der Sträfling sie sich auf andere Weise beschafft hatte. Ja, wenn es eine Rolle Tabak gewesen wäre! Frere wußte, daß viele Männer Tabak ins Gefängnis einschmuggelten. Aber wer würde für einen so wertlosen Gegenstand wie eine Blume fünfzig Peitschenhiebe riskieren? Also sagte er nur: »Laß das in Zukunft lieber bleiben, Jack. Wir pflanzen die Blumen nicht zu deinem Vergnügen an.« Dann warf er die Rose verächtlich über die Mauer und ging weiter.

Die Kolonne, die für einen Augenblick sich selbst überlassen war, wandte ihre Aufmerksamkeit Rufus Dawes zu. Tränen rollten über sein Gesicht, während er schweigend, wie in einem Traum befangen, die Mauer anstarrte. Die Männer verzogen geringschätzig den Mund. Einer, der mitfühlender war als die übrigen, tippte sich an die Stirn und zwinkerte seinen Kameraden zu. »Bißchen verdreht«, sagte der gutmütige Bursche, der nicht begreifen konnte, daß ein geistig normaler Gefangener Wert auf Blumen legte.

Dawes kam wieder zu sich, und die verächtlichen Blicke seiner Gefährten trieben ihm die Schamröte in die Wangen.

»Heute abend tun wir's«, flüsterte er Mooney zu, und der Blinde lächelte freudig.

Seit dem »Tabaktrick« saßen Mooney und Dawes im neuen Gefängnis, zusammen mit einem gewissen Bland, der schon zwei Selbstmordversuche unternommen hatte. Als der alte Mooney nach der Tortur mit dem Zaumzeug sein hartes Los beklagte, rückte Bland mit einem Vorschlag heraus, dessen Verwirklichung wenigstens für zwei von ihnen die Rettung bedeutete. Es handelte sich um eine Verzweiflungstat, zu der man sich nur im äußersten Notfall entschloß; aber jedes Mitglied des »Ringvereins« war eidlich verpflichtet, diesen letzten Ausweg ohne Zögern zu beschreiten, falls zwei andere Mitglieder ihn um Beistand angingen.

Der Plan war – wie alle großen Ideen – denkbar einfach.

Abends, als sich die Zellentür hinter ihnen geschlossen hatte und sie sicher waren, daß in der nächsten Stunde kein Wärter erscheinen würde, zupfte Bland einen Strohhalm aus der Matte und zeigte ihn seinen beiden Gefährten. Dawes nahm den Halm, riß ihn in drei verschieden lange Teile und händigte sie Mooney aus.

»Der längste gewinnt«, sagte der Blinde. »Los, Jungens, hineingefaßt in den Glückstopf!«

Offenbar sollte das Los darüber entscheiden, wem das Schicksal die Freiheit schenkte. Schweigend griffen Bland und Dawes zu; dann sahen sie einander an. Der Haupttreffer war nicht gezogen worden: Mooney – der Glückspilz – hatte den längsten Strohhalm behalten. Blands Hand zitterte, als er seinen Halm an dem seines Gefährten maß. Es entstand eine kurze Pause. Die blicklosen Augäpfel des Blinden starrten so angestrengt in das Dunkel, das ihn umgab, als könnten sie es in dieser schrecklichen Minute durchdringen.

»Meiner ist der kürzeste«, sagte Dawes zu Bland. »Du mußt es tun.«

»Das freut mich«, sagte Mooney.

Anscheinend war Bland entsetzt über das, was das Schicksal ihm auferlegt hatte; denn er stieß einen wilden Fluch aus und zerriß das verhängnisvolle Los in kleine Stücke. Zitternd vor Angst und Schrecken, saß er da und biß auf seinen Fingerknöcheln herum. Mooney legte sich auf die Pritsche. »Nur zu, Kumpel«, sagte er.

Bland packte Rufus Dawes mit zitternder Hand am Ärmel. »Du hast mehr Kraft als ich. Tu du es.«

»Nein, nein«, entgegnete Dawes, der kaum weniger bleich war als sein Gefährte. »Wir haben ehrlich gelost. Du warst es doch, der den Vorschlag gemacht hat.«

Der Feigling, der nun erkennen mußte, daß er selbst in die Grube gefallen war, die er, auf sein Glück vertrauend, den anderen gegraben hatte, stützte den Kopf in die Hände und wiegte sich verzweifelt hin und her.

»Beim Himmel, ich kann es nicht tun«, flüsterte er und hob sein blasses, schweißüberströmtes Gesicht.

»Worauf wartest du noch?« rief Mooney. »Nur zu, ich bin bereit.«

»Ich... ich dachte, du würdest vielleicht... ein Gebet sprechen wollen«, stammelte Bland.«

Diese Bemerkung erinnerte den Alten an eine Pflicht, die er in seinem Glückstaumel völlig vergessen hatte.

»Beten!« rief er. »Ja, das ist gut!« Er kniete nieder, schloß seine blinden Augen – es war, als blende ihn ein helles Licht, das seine Kameraden nicht sahen – und bewegte stumm die Lippen.

Nach einer Weile wurde die Stille vom Schritt des Wärters auf dem Korridor unterbrochen. Bland begrüßte die Störung; sie bedeutete einen Aufschub der verwegenen Tat, vor der er sich fürchtete.

»Wir müssen warten, bis er weg ist«, flüsterte er eifrig. »Vielleicht schaut er herein.«

Dawes nickte, und Mooney, dessen scharfes Gehör jede Bewegung des Aufsehers zu unterscheiden vermochte, erhob sich mit strahlendem Gesicht. Eine Sekunde später tauchte Gimbletts griesgrämiges Gesicht am Spion der Zellentür auf.

»Alles in Ordnung?« fragte er – wie es den drei Gefangenen schien – weniger unfreundlich als sonst.

»Alles in Ordnung«, war die Antwort, und Mooney fügte hinzu: »Gute Nacht, Mr. Gimblett.«

Warum ist denn der Alte auf einmal so munter, dachte Gimblett, als er in den nächsten Korridor einbog.

Kaum war das Echo seiner Schritte verhallt, da vernahmen Dawes und Bland das dumpfe Geräusch, das entsteht, wenn man einen Wollstoff zerfetzt. Mooney, der glückliche Gewinner, riß einen Streifen von seiner Decke ab. »Das wird wohl halten«, sagte er und zerrte an dem Stoff, um seine Festigkeit zu prüfen. »Ich bin ja ein alter Mann.« Man hätte meinen können, er bereite sich auf den Abstieg in eine tiefe Schlucht vor und wolle sich an dem Stoffstreifen hinunterlassen. »Hier, Bland, halt fest. Wo bist du denn? Sei doch kein Feigling, Mann. Es dauert ja nicht lange.«

In dem Raum war es jetzt stockdunkel, aber als Bland vortrat, schwamm sein Gesicht, einer weißen Maske gleich, auf der Finsternis, so geisterhaft blaß war es. Dawes drückte seinem glücklichen Kameraden die Hand und zog sich in die hinterste Ecke der Zelle zurück. Bland und Mooney waren einige Augenblicke mit dem Strick beschäftigt. Das Schweigen wurde nur durch das Klirren von Blands Ketten unterbrochen – er zitterte heftig, wie von einem Krampf geschüttelt. Schließlich sprach Mooney, und seine Stimme klang seltsam sanft und verhalten. »Dawes, mein Junge, glaubst du, daß es einen Himmel gibt?«

»Ich weiß nur, daß es eine Hölle gibt«, antwortete Dawes, ohne sich umzudrehen.

»Ja, und einen Himmel, mein Junge. Ich hoffe, daß ich in den Himmel komme. Und du auch, alter Junge, denn du bist gut zu mir gewesen. Gott segne dich, du bist sehr gut zu mir gewesen.«

Als Troke am Morgen kam, sah er sogleich, was geschehen war, und beeilte sich, die Leiche des erdrosselten Mooney fortzuschaffen.

»Wir haben gelost«, sagte Dawes und deutete auf Bland, der in einem Winkel der Zelle kauerte. »Das Los bestimmte ihn zum Täter. Ich bin der Zeuge.«

»Sie werden euch alle beide hängen«, sagte Troke.

»Hoffentlich«, erwiderte Rufus Dawes.

Und dies war der Plan, der aus Martern und Verzweiflung geborene Fluchtplan: Drei Männer taten sich zusammen und losten darum, wer ermordet werden sollte. Der

Glückliche, der den längsten Strohhalm zog, hatte gewonnen. Er wurde umgebracht. Derjenige, der nach dem zweitlängsten Halm griff, mußte die Tat vollbringen. Er wurde gehängt. Der dritte und letzte war der Tatzeuge. Er hatte natürlich die besten Aussichten, ebenfalls gehängt zu werden; aber so sicher wie den beiden anderen war ihm der Tod nicht, und daher betrachtete er sich als den unglücklichen Verlierer.

KAPITEL 9
Eine Begegnung

John Rex stellte mit Mißvergnügen fest, daß man im »Georg« auf seine Ankunft vorbereitet war und ihn wie einen Fürsten empfing. Dienstbeflissene Kellner nahmen ihm seine Reisetasche und seinen Überzieher ab, und der Wirt erschien in höchsteigener Person, um ihn willkommen zu heißen. Zwei Marineoffiziere kamen aus der Gaststube und starrten ihn neugierig an. »Haben Sie noch mehr Gepäck, Mr. Devine?« fragte der Wirt, als er die Tür zu seinem schönsten Gastzimmer aufriß. John Rex begriff, was hier gespielt wurde: Seine Frau war nicht gewillt, zuzulassen, daß er sein erborgtes Licht unter den Scheffel stellte.

In einer gemütlichen Ecke des Zimmers war der Tisch für zwei Personen gedeckt. Gläser und Bestecke funkelten im Kerzenschein, und im Kamin brannte ein munteres Feuer. Auf einem Sessel lag die Abendzeitung. Lächelnd, in einem eleganten Kleid, trat die Frau, die er so schmählich verlassen hatte, auf ihn zu. »Nun, Mr. Richard Devine«, sagte sie, »ich nehme an, Sie haben nicht erwartet, mich jemals wiederzusehen.«

John Rex hatte sich zwar in der Bahn eine Begrüßungsrede zurechtgelegt, aber angesichts dieser unnatürlichen Höflichkeit blieben ihm die sorgfältig gewählten Worte im Halse stecken. »Sarah, ich hatte nie die Absicht, dich...«

»Sei still, lieber Richard – so muß ich dich ja wohl nennen –, jetzt ist nicht der geeignete Augenblick für lange Erklärungen. Außerdem könnte der Kellner dich hören. Wir wollen zunächst einmal essen, du wirst gewiß hungrig sein.« Er wandte sich mechanisch dem Tisch zu. »Wie dick du geworden bist!« fuhr sie fort. »Du lebst wahrscheinlich zu gut. In Port Ar... Oh, Verzeihung, mein Lieber! – früher warst du nicht so fett. Na, setz dich. So ist's recht. Ich habe den Leuten hier erzählt, daß ich deine Frau bin, die du hast nachkommen lassen, und folglich behandeln sie mich äußerst respektvoll und mit größter Aufmerksamkeit. Raube ihnen nicht die gute Meinung, die sie von mir haben.«

Er öffnete den Mund, um eine Verwünschung auszustoßen, doch sie brachte ihn mit einem Blick zum Schweigen. »Keine unflätigen Ausdrücke, John, sonst lasse ich einen Konstabler holen. Daß wir uns gleich richtig verstehen, mein Lieber, für andere Leute magst du ja ein bedeutender Mann sein, aber für mich bist du nichts weiter als mein durchgebrannter Ehemann – ein entsprungener Sträfling. Wenn du nicht manierlich dein Abendbrot ißt, rufe ich die Polizei.«

»Sarah!« stieß er hervor, »ich wollte dich wirklich nicht verlassen. Auf Ehre! Es ist ein Mißverständnis. Ich werde...«

»Später, John – Richard wollte ich sagen. Iß nur erst. Ah, ich weiß schon, was du willst.«

Sie füllte ein Wasserglas zur Hälfte mit Brandy und reichte es ihm. Er goß das Getränk in einem Zug hinunter, lachte auf, als hätte der Alkohol ihn erwärmt, und sagte: »Was für eine großartige Frau du doch bist, Sarah! Ich war gemein zu dir, das sehe ich ein.«

»Ein undankbarer Schurke warst du«, erwiderte sie in aufflammendem Zorn, »ein ausgekochter, selbstsüchtiger Schurke.«

»Aber Sarah...«

»Rühr mich nicht an!«

»Wirklich, Sarah, du bist ein feiner Kerl. Ich war ein Dummkopf, daß ich dir weggelaufen bin.«

Das Kompliment schien sie zu besänftigen, denn sie schlug einen etwas versöhnlicheren Ton an. »Es war roh und grausam von dir, Jack. Ich bewahre dich vor dem Tode, ich sorge für dich, mache dich reich, und du – du benimmst dich zum Dank wie ein Schuft.«

»Das gebe ich zu.«

»So, das gibst du zu. Aber von Scham keine Spur, was? Bedauerst du es denn gar nicht, daß ich in all den Jahren soviel um dich gelitten habe?«

»So groß wird die Sehnsucht schon nicht gewesen sein.«

»Meinst du? Nun ja, du hast mich eben nie geliebt. Aber ich, John Rex – ach was, die Tür ist zu –, ich habe nur an dich gedacht und ein Vermögen ausgegeben, um dich aufzuspüren. Jetzt habe ich dich gefunden, und jetzt bist du es, der leiden wird.«

Er verbarg seine Unruhe unter einem Lachen. »Wie hast du mich eigentlich entdeckt?«

Mit einer Bereitwilligkeit, die deutlich erkennen ließ, daß sie diese Frage erwartet hatte, holte sie eine Schreibmappe, schloß sie auf und nahm eine Zeitung heraus. »Durch einen jener Zufälle, mit denen Männer wie du nie rechnen. Unter den Zeitungen, die mein Inspektor von englischen Freunden bekam, war auch diese.«

Sie hob das Blatt hoch – es war die illustrierte Sonntagsausgabe einer Sportzeitung – und deutete auf ein Bild, das die Titelseite schmückte. Es stellte einen breitschultrigen, bärtigen Mann dar, dessen sportliche Kleidung den Rennstallbesitzer und Pferdeliebhaber verriet. Er stand neben einer Estrade, auf der Pokale und Siegestrophäen aufgebaut waren. Unter diesem Kunstwerk las John Rex die Worte:

MR. RICHARD DEVINE
Der Löwe des Turf

»Und danach hast du mich wiedererkannt?«

»Das Bild hat immerhin so viel Ähnlichkeit mir dir, daß ich auf den Gedanken kam, Nachforschungen anzustellen. Und als ich erfuhr, Mr. Richard Devine sei nach vierzehnjähriger geheimnisvoller Abwesenheit plötzlich heimgekehrt, da machte ich mich ernsthaft ans Werk. Es hat mich eine Menge Geld gekostet, John, aber gefunden habe ich dich.«

»Das hast du klug eingefädelt. Meine Hochachtung.«

»Ich weiß genau Bescheid über dich, John Rex«, fuhr sie hitzig fort. »Jeder Schritt, den du seit deiner Flucht aus meinem Hause getan hat, ist mir bekannt. Ich weiß um deine Reisen auf dem Kontinent, um deine Suche nach bestimmten Anhaltspunkten. Ich habe das Puzzlespiel zusammengesetzt, Steinchen um Steinchen, genau wie du es getan hast, und ich weiß, daß du durch einen gemeinen Trick das Geheimnis eines Totgesagten gestohlen hast, um eine unschuldige und tugendhafte Familie ins Verderben zu stürzen.«

»Nanu«, rief John Rex lachend. »Seit wann hast du's denn mit der Tugend?«

»Spotte nur, mein Lieber, du bist trotzdem am Ende deines Lateins. Ich habe mich mit der Frau in Verbindung gesetzt, deren Sohn du um sein Vermögen geprellt hast. Zweifellos werde ich in den nächsten Tagen von Lady Devine hören.«

»Und dann?«

»Dann werde ich ihr das Vermögen um den Preis ihres Schweigens zurückgeben.«

»Oho! Was du nicht sagst.«

»Jawohl, das werde ich tun. Und wenn mein Gatte nicht freiwillig zu mir zurückkehrt, wende ich mich an die Polizei.«

John Rex sprang auf. »Wer wird dir schon glauben, du dumme Gans«, schrie er. »Ich lasse dich einfach als Schwindlerin ins Gefängnis werfen.«

»Du vergißt, mein Lieber«, entgegnete Sarah, während sie kokett mit ihren Ringen spielte und ihn aus den Augenwinkeln beobachtete, »du vergißt, daß du mich vor dem Wirt und den Dienstboten bereits als deine Frau anerkannt hast. Für solche Manöver ist es zu spät. Mein lieber John, du hältst dich für sehr klug, aber so klug wie du bin ich schon lange.«

Er unterdrückte einen Fluch und setzte sich neben sie. »Hör zu, Sarah. Es ist doch Unsinn, daß wir wie zwei Kinder streiten. Ich bin reich...«

»Ich auch.«

»Um so besser, dann werden wir eben unsere Vermögen zusammenwerfen. Ich gebe zu, ich war ein Dummkopf und ein Schuft, daß ich dich verlassen habe. Aber es ging um einen hohen Einsatz. Richard Devines Name war rund eine halbe Million wert. Das Geld gehört jetzt mir, ich habe es gewonnen, und du sollst es mit mir teilen. Sarah, du und ich, wir haben vor Jahren gemeinsam der Welt getrotzt, laß uns jetzt nicht uneins werden! Gewiß, ich war undankbar. Vergiß es. Wir wissen ja, daß wir beide keine Engel sind. Wir haben unseren Weg Seite an Seite begonnen – erinnerst du dich noch an unsere erste Begegnung? –, und wir waren fest entschlossen, Geld zu machen. Nun, das ist uns gelungen. Und da sollen wir uns jetzt gegenseitig vernichten? Du bist schön wie immer, und ich habe nichts von meinem Verstand eingebüßt. Weshalb willst du also aller Welt erzählen, daß ich ein entsprungener Sträfling bin und du eine...? Sag selbst, haben wir das nötig? Küß mich, Sarah, und sei wieder gut. Freiwillig wäre ich wohl nicht zu dir zurückgekehrt, das gebe ich zu. Aber du hast mich aufgespürt, also füge ich mich deinen Wünschen. Du willst deinen Mann wiederhaben. Du sagst, du bist Mrs. Richard Devine. Gut, einverstanden. Du hast dein Leben lang eine große Dame sein wollen. Bitte sehr, nimm deine Chance wahr!«

Sarah hatte allen Grund, ihn zu hassen, sie kannte seinen hinterhältigen und undankbaren Charakter, sie wußte, daß sie wenig Veranlassung hatte, ihm zu trauen, und doch fühlte sie, wie die sonderbare und krankhafte Liebe zu diesem Schurken sie von neuem beschlich und bezwang. Während sie der vertrauten Stimme lauschte, die sie so liebte, und gierig das Versprechen künftiger Treue einsog, von dem sie im voraus wußte, daß er es brechen würde, rief sie sich die vergangenen Tage des Glücks ins Gedächtnis zurück, und in ihrer Phantasie verwandelte sich der eigensüchtige Schurke, den sie für sich forderte, wieder in jenen Mann, der einst ihre eigenwillige und unberechenbare

Liebe erobert hatte. Die selbstlose Treue, die sie dem Betrüger und Sträfling unverändert bewahrt hatte, war in der Tat ihre einzige versöhnende Tugend; und vielleicht spürte die Ärmste dunkel, daß sie nichts Besseres tun könne, als sich daran zu klammern, auch wenn sie die ganze Welt verlöre. Unter dem Einfluß solcher Gedanken schmolz ihr Wunsch nach Rache dahin. Die Bitternis verschmähter Liebe, die Scham und der Zorn, von diesem Undankbaren verlassen und verraten worden zu sein, all das löste sich in nichts auf. In ihren Augen schimmerten Tränen süßer Vergebung, in ihrer Stimme zitterte die blinde Liebe des Weibes, das allein der Liebe treu bleibt, der Liebe bis in den Tod. Sie küßte die Hand des Verräters und verzieh ihm seine Gemeinheit mit dem einen Vorwurf: »Oh, John, John, hättest du mir nicht vertrauen können?«

John Rex hatte gesiegt, und er lächelte, als er sie umarmte. »Ich wollte, ich hätte es getan«, sagte er, »dann wäre mir so mancher Kummer erspart geblieben. Aber denk nicht mehr daran. Komm, jetzt können wir essen.«

Nach Tisch saßen die beiden zusammen und berieten, was als nächstes zu tun sei.

»Du erhoffst dir Vorteile, Sarah«, sagte John Rex, »doch du mußt auch einen Nachteil in Kauf nehmen. Die Gefahr des Entdecktwerdens wird größer.«

»Wieso?«

»Man hat mich zwar ohne Mißtrauen aufgenommen, aber ich fürchte, nicht ohne Widerwillen. Mr. Francis Wade, mein Onkel, hat mich von Anfang an nicht leiden können, und ich war so ungeschickt, es auch mit Lady Devine zu verderben. Wenn sie jetzt feststellen, daß ich eine Frau habe, wird sich ihre Abneigung zum Verdacht steigern. Ist es nicht unwahrscheinlich, daß ich seit so vielen Jahren verheiratet bin und sie mit keinem Wort davon unterrichtet habe?«

»Sehr unwahrscheinlich«, bestätigte Sarah seelenruhig. »Und aus diesem Grund bist du eben *nicht* seit vielen Jahren verheiratet. Wirklich«, fügte sie lachend hinzu, »ihr Männer seid doch zu schwerfällig. Nun hast du ihnen schon tausend Lügen erzählt, aber die tausenderste will dir nicht einfallen.«

»Was meinst du denn nur?«

»Mein lieber Richard, hast du etwa vergessen, daß du mich im vorigen Jahr auf dem Kontinent geheiratet hast? Du warst doch im vorigen Jahr drüben, stimmt's? Ich bin die Tochter eines armen Geistlichen der Kirche von England; mein Name – na, das spielt keine Rolle, such dir einen aus. Wir haben uns in – wo wollen wir sagen? – in Baden-Baden, Aix oder Brüssel kennengelernt. Wenn du willst, auch jenseits der Alpen, meinetwegen in Rom.«

John Rex griff sich an den Kopf. »Natürlich – wie blöd von mir«, sagte er. »Mir scheint, ich bin nicht mehr ganz auf der Höhe. Hab sicher zuviel getrunken und gebummelt.«

»Nun, das wird sich bald ändern«, entgegnete sie lachend, aber ihr ängstlicher Blick strafte ihre Heiterkeit Lügen. »Von jetzt an wirst du ein häusliches Leben führen, John – Dick wollte ich sagen.«

»Schon gut«, sagte er ungeduldig. »Wie geht's weiter?«

»Sobald wir uns über all diese Einzelheiten geeinigt haben, nimmst du mich mit nach London und stellst mich deinen Verwandten und Freunden vor.«

Er blickte erschrocken auf. »Ein kühnes Spiel.«

»Kühn? Unsinn! Der einzig sichere Weg. Die Leute schöpfen im allgemeinen nur dann

Verdacht, wenn man geheimnisvoll tut. Außerdem kannst du gar nichts anderes tun, denn ich habe schon alles entsprechend vorbereitet. Hier im Hotel weiß jeder, daß ich deine Frau bin. Es besteht nicht die geringste Gefahr – oder hast du etwa inzwischen wieder geheiratet?« fügte sie argwöhnisch hinzu.

»Oh, da brauchst du keine Angst zu haben. So ein Trottel bin ich nun auch wieder nicht, daß ich eine andere geheiratet hätte, solange ich dich am Leben wußte – selbst wenn ich einer begegnet wäre, die mir zusagte. Aber was machen wir mit Lady Devine? Du sagtest vorhin, du hättest dich mit ihr in Verbindung gesetzt.«

»Ich habe ihr mitgeteilt, sie möchte postlagernd an Mrs. Carr in Torquay schreiben, falls sie etwas für sie Wichtiges erfahren wollte. Wenn du Sperenzien gemacht hättest, John, wäre dieses ›Etwas‹ ein Brief mit genauen Angaben über dich und deine Herkunft gewesen. Da du willfährig bist, wird sie einen Bettelbrief erhalten, den sie vermutlich nicht einmal beantworten wird, weil derartige Schreiben dauernd bei ihr eingehen. Na, ist das nicht klug ausgedacht, Richard Devine?«

»Du verdienst, daß der Erfolg dir treu bleibt, Sarah«, antwortete der alte Ränkeschmied mit aufrichtiger Bewunderung. »Beim Himmel, das ist ein Ding wie in den alten Tagen, als wir noch Mr. und Mrs. Crofton waren.«

»Oder Mr. und Mrs. Skinner, nicht wahr, John?« sagte sie mit so viel Zärtlichkeit in der Stimme, als sei sie eine tugendhafte Ehefrau, die sich an ihre Flitterwochen erinnert. »Viel Glück hat uns der Name allerdings nicht gebracht, was, Schatz? Aber du wolltest ja damals nicht auf mich hören.« Nachdenklich lächelnd überließen sich die beiden für ein Weilchen den angenehmen Erinnerungen an frühere Schurkenstreiche. Rex erwachte als erster aus seinen Träumereien.

»Diesmal werde ich deinem Rat folgen«, versicherte er. »Also, wie denkst du dir die Sache?«

»Nun ja, da du meinst, daß meine Anwesenheit die Gefahr vergrößert, werden wir eben England in aller Stille verlassen. Sobald du mich deiner Mutter vorgestellt hast und mit Mr. Francis in reine gekommen bist, ziehen wir uns fürs erste nach Hampstead zurück. In dieser Zeit mußt du so viele deiner Besitzungen zu Geld machen, wie du nur irgend wagst. Dann fahren wir ›für die Saison‹ ins Ausland – und dort bleiben wir. Nach ein, zwei Jahren schreibst du dann unserem Agenten, er soll einen weiteren Teil des Besitztums verkaufen, und schließlich, wenn man sich an unsere ständige Abwesenheit gewöhnt hat, so in drei oder vier Jahren, schlagen wir den Rest los und setzen uns nach Amerika ab. Wenn du willst, kannst du dann eine wohltätige Stiftung machen oder auch eine Kirche erbauen – zum Andenken an den Mann, dessen Platz du eingenommen hast.«

John Rex brach in lautes Gelächter aus. »Eine großartige Idee. Die Sache mit der wohltätigen Stiftung gefällt mir. Das ›Devine-Hospital‹ – klingt nicht übel, was?«

»Wie hast du übrigens so viele Einzelheiten aus dem Leben dieses Mannes erfahren? Er ist doch damals beim Brand der *Hydaspes* umgekommen.«

»Nein«, erklärte Rex nicht ohne Stolz. »Er wurde unter dem Namen Rufus Dawes auf der *Malabar* deportiert. Du erinnerst dich sicher noch an ihn. Es ist eine lange Geschichte. Was die Einzelheiten betrifft – die waren gar nicht so zahlreich, und wenn die alte Dame nur ein bißchen mißtrauischer gewesen wäre, dann hätte sie mich leicht entlarven können. Aber sie hatte es sich nun mal in den Kopf gesetzt, daß ihr Sohn noch am Leben sein müsse, und war nur allzu bereit, vieles auf Treu und Glauben hinzunehmen. Na, davon erzähle ich dir ein andermal; jetzt möchte ich schlafen gehen. Ich bin müde, und mein Kopf schmerzt, als wollte er zerspringen.«

»Es bleibt also dabei, daß du meinen Anweisungen folgst?«

»Ja.«

Sie erhob sich und legte die Hand auf die Klingel.

»Was willst du tun?« fragte er besorgt.

»Ich will gar nichts tun. Aber du wirst deinem Butler ein Telegramm schicken, damit er alles zum Empfang deiner Frau vorbereitet, die übermorgen mit dir in London eintrifft.«

John Rex griff rasch nach ihrer Hand und hielt sie fest.

»Hört sich ja alles verteufelt klug an«, sagte er, »aber wenn es nun schiefgeht?«

»Das ist deine Sache, John. Es hängt ganz von dir ab, ob du deine Rolle weiterspielen willst oder nicht. Mir wäre es sogar lieber, wenn du es nicht tätest.«

»Was, zum Teufel, soll dann aus mir werden?«

»Ich bin zwar nicht so reich wie du, aber mit der Farm und allem Drum und Dran bin ich immerhin meine siebentausend Pfund im Jahr wert. Komm mit mir zurück nach Australien und laß diese armen Menschen wieder ihr Eigentum genießen. Ach, John, glaube mir, das wäre wirklich das beste. Wir können es uns jetzt leisten, anständig zu sein.«

»Ein feiner Plan!« rief er. »Eine halbe Million wegwerfen und nach Australien zurückkehren! Du mußt verrückt sein!«

»Dann telegraphiere.«

»Aber, meine Liebe...«

»Pst! Der Kellner kommt.«

John Rex schrieb das Telegramm. Mit Unbehagen erkannte er, daß es ihm zwar gelungen war, ihre Liebe zurückzugewinnen, daß diese Liebe aber noch ebenso herrisch war wie einst.

KAPITEL 10
Auszüge aus dem Tagebuch des Reverend James North

7. Dezember

Ich habe mich entschlossen, diesen Ort zu verlassen. Am liebsten würde ich mich wieder im Busch vergraben und dort mein Ende erwarten. Ich versuche mir einzureden, daß ich fort will, weil ich die schrecklichen Zustände im Gefängnis nicht länger mit ansehen kann, weil ich täglich Zeuge von Folterszenen und Gemeinheiten bin, die mich entsetzen und elend machen, weil ich, wenn ich schon andere nicht zu retten vermag, wenigstens mir selbst Qualen ersparen möchte. Aber ich habe gelobt, in diesem Tagebuch nichts als die reine Wahrheit zu schreiben, und so bin ich zu dem Bekenntnis gezwungen, daß dies nicht die eigentlichen Gründe sind. Ich will den Grund offen aussprechen: Ich begehre meines Nächsten Weib. Es sieht nicht gut aus, wenn es so dasteht. Es sieht häßlich aus. In meiner Brust finde ich zahllose Entschuldigungen für meine Leidenschaft. Ich sage mir: Mein Nächster liebt sein Weib nicht, und sie leidet unter der Trübsal eines liebeleeren Daseins. Man zwingt sie, in der furchtbaren Abgeschiedenheit dieser fluchbeladenen Insel zu leben, und sie verzehrt sich in Sehnsucht nach einem Gefährten. Sie fühlt, daß ich sie verstehe und schätze, daß ich sie lieben, sie glücklich machen könnte, wie sie es verdient. Ich fühle, daß ich der einzigen Frau begegnet bin, die an mein Herz zu rühren vermag, in deren Macht es steht, mich vor dem Verderben zu bewahren, in das zu stürzen ich im Begriff bin, die einen nützlichen Menschen aus mir machen kann – einen Mann, der kein Trinker ist. Wenn ich mir diese Argumente zuflüstere, drängt es mich, der öffentlichen Meinung die Stirn zu bieten und das Glück zweier Menschen herbeizuführen. Ich sage mir, oder vielmehr meine Begierden raunen mir zu: Was für eine Sünde soll denn das sein? Ehebruch? Nein. Denn der schändlichste Ehebruch ist eine Ehe ohne Liebe. Was bindet einen Mann und eine Frau aneinander? Die kirchliche Zeremonie, die das weltliche Gesetz als »legale Eheschließung« anerkennt? Sicherlich ist dies nicht das einzige Band, denn die Ehe ist ja eine Partnerschaft, ein gegenseitiger Treuevertrag. Jeder Vertrag aber wird ungültig, wenn einer der Partner die Bedingungen des Abkommens nicht einhält. Mrs. Frere ist also durch die Handlungsweise ihres Mannes nicht länger an den Vertrag gebunden. Ich kann nicht umhin, so zu denken. Aber ist sie bereit, die Schande einer Scheidung auf sich zu nehmen oder gegen das Gesetz zu verstoßen? Vielleicht. Ist sie stark genug für die schwere Bürde der Verachtung, die ihr unweigerlich zuteil werden wird? Muß sie den Mann, der sie in Schande brachte, nicht zwangsläufig verabscheuen? Bietet ihr der äußere Komfort, der sie umgibt, nicht Ersatz für die fehlende Liebe? Und so geht das quälende Fragespiel weiter, bis ich vor Liebe und Verzweiflung der Raserei nahe bin.

Natürlich habe ich unrecht; natürlich schände ich mein Priestertum; natürlich gefährde ich – nach dem Glauben, den ich lehre – meine und ihre Seele. Aber unglücklicherweise haben auch Priester ein Herz und Leidenschaften wie andere Menschen. Gott sei Dank, ich habe meinen Wahnsinn noch nie in Worten ausgesprochen. Oh, was hat das Schicksal über mich verhängt! Bin ich ihr nahe, so leide ich Qualen; bin ich ihr fern, so sehe ich sie in meiner Phantasie mit tausend Reizen ausgestattet, die nicht ihr, sondern all den Frauen meiner Träume eigen sind – Helena, Julia, Rosalinde. Daß wir uns doch von unseren Sinnen so narren lassen! Wenn ich an sie denke, erröte ich; wenn ich ihren Namen höre, setzt mein Herzschlag aus, und ich werde blaß. Liebe! Was ist die Liebe zweier reiner Seelen, die sich des Paradieses, das sie betreten haben, kaum bewußt sind, im Vergleich zu diesem Delirium des Wahnsinns? Jetzt weiß ich, was das Gift in Circes Becher bedeutet; es ist die bittersüße Qual einer verbotenen Liebe wie der meinen! Fort mit dem groben Materialismus, dem ich so lange gehuldigt habe! Ich, der ich die Leidenschaft als ein Produkt des Temperaments und der Leichtlebigkeit verlachte, der ich mir zutraute, alle Tiefen und Untiefen menschlicher Empfindungen mit meinem Verstand auszuloten, der ich meine eigene Seele zergliederte umd meine Sehnsucht nach Unsterblichkeit verspottete, ich bin gezwungen, die fühllose Macht meines Glaubens zu vergotten und an Gott zu glauben, damit ich zu Ihm beten kann. Nun ist mir klar, warum die Menschen sich, aller Vernunft zum Trotz weigern, die kalte Unpersönlichkeit als Beherrscherin der Welt anzuerkennen – weil sie lieben. Sterben und nicht mehr sein; sterben und in Staub zerfallen, der über die Erde wirbelt; das geliebte Wesen schutzlos und einsam zurücklassen, bis auch die heitere Seele, die der unseren zulächelte, wieder zur Erde wird, aus der sie kam? Nein! Lieben heißt ewig leben. Gott, ich glaube an Dich! Hilf mir! Erbarme Dich meiner! Ich sündhafte Kreatur habe Dich geleugnet. Siehe, ich beuge meine Knie vor Dir! Erbarme Dich meiner oder laß mich sterben!

9. Dezember

Ich habe die beiden verurteilten Gefangenen, Dawes und Bland, besucht und mit ihnen gebetet. O Herr, laß mich eine einzige Seele retten, auf daß sie vor Deinem Angesicht für mich bitte! Hilf mir, daß ich ein lebendes Wesen davor bewahre, in diesem Abgrund zu versinken! Ich weine – ich ermüde Dich mit meinen Gebeten. O Herr, blicke gnädig auf mich herab! Gib mir ein Zeichen, wie Du es in alten Zeiten Menschen gegeben hast, die nicht inbrünstiger zu Dir flehten als ich. So steht es in Deinem Buch, an das ich glaube – ja, an das ich glaube. Gib mir ein Zeichen, ein einziges kleines Zeichen, o Herr! Ich will sie nicht sehen. Ich habe es geschworen. Du kennst meinen Kummer, meine Qual, meine Verzweiflung. Du weißt, warum ich sie liebe. Du weißt auch, wie ich danach trachte, mich ihr verhaßt zu machen. Ist das kein Opfer? Ich bin so einsam – ein einsamer Mann, der nur einen Menschen auf der Welt liebt. Doch was gilt Dir irdische Liebe? Grausam und unversöhnlich, sitzt Du auf Deinem Himmelsthron, den Dir die Menschen errichtet haben, und verachtest die Menschheit! Vermag Dich denn das Blut der Heiligen, die man verbannt und erschlagen hat, nicht zu besänftigen? Bist du nicht satt von all dem Blut und all den Tränen, o Gott der Rache, des Zorns und der Verzweiflung? Lieber Heiland, erbarme Du Dich meiner. Ja, Du wirst Dich erbarmen, denn Du warst Mensch! O Heiland, zu dessen Füßen eine Magdalene kniete! Der Du trotz Deiner Göttlichkeit in höchster Verzweiflung Deinen grausamen Vater anflehtest, Dich zu retten – gedenke des Augenblicks, da Du Dich selbst verlassen wähntest, und verlaß mich nicht! Jesus, sei Deinem sündigen Knecht gnädig.

Ich kann nicht mehr schreiben. Ich will mit meinen Lippen zu Dir beten. Ich will meine flehentlichen Bitten hinausschreien. Ich will Dich so laut anrufen, daß alle Welt mich hört und über Dein Schweigen verwundert ist – ungerechter und unbarmherziger Gott!

14. Dezember

Was für Gotteslästerungen habe ich in meiner Verzweiflung ausgestoßen! Gräßlicher Wahnsinn, der du mich niederwarfest, in welche Abgründe der Raserei hast du meine Seele getrieben!

Wie jener Mann, der einst zwischen Gräbern umherirrte und schreiend seine Kleider zerriß, so bin auch ich vom Teufel besessen. Seit einer Woche leide ich Höllenqualen, die jedes andere Empfinden auslöschen. Ich bin meinen täglichen Pflichten nachgegangen wie einer, der im Traum die gewohnten Handgriffe macht und nichts davon weiß. Die Menschen haben mich sonderbar angesehen. Sie sehen mich noch immer so sonderbar an. Ob mich vielleicht meine Trunksucht in geistige Umnachtung gestürzt hat? Bin ich schon wahnsinnig, oder stehe ich erst am Rande des Wahnsinns? O Gott, ich habe Dir in meiner tiefen Not alles gebeichtet – laß mich nicht den Verstand verlieren, bewahre mich vor der Erniedrigung, daß man mit Fingern auf mich zeigt oder mich bemitleidet! Verwirf mich nicht gänzlich, schone mich ein wenig in Deiner Gnade, gib, daß meine Strafe mich nicht hier ereilt. Mag *sie* mich als rauhen und brutalen Menschen in Erinnerung behalten, mag *sie* für immer glauben, daß ich der undankbare Schurke bin, als der ich mich zeige – aber laß nicht zu, daß sie mich *so* erblickt!

KAPITEL 11
Das seltsame Verhalten des Kaplans

Um den 8. Dezember herum bemerkte Mrs. Frere, daß sich in dem Kaplan eine plötzliche und unerklärliche Veränderung vollzogen hatte. Eines Nachmittags besuchte er sie, und nachdem er eine Weile ziemlich unklar und sprunghaft über die elenden Zustände im Gefängnis und die unglückliche Lage einiger Gefangenen gesprochen hatte, brachte er die Rede unvermittelt auf Rufus Dawes.

»Ich will nicht an ihn denken«, sagte Sylvia schaudernd. »Ich habe die seltsamsten und gräßlichsten Träume, in denen er mich verfolgt. Er ist ein böser Mensch. Als ich klein war, versuchte er, mich zu ermorden, und wäre mein Mann nicht gewesen, so hätte er es sicher getan. Seither habe ich ihn nur einmal wiedergesehen – in Hobart Town, als man ihn festnahm.«

»Er spricht manchmal von Ihnen«, sagte North und blickte sie unverwandt an. »Einmal bat er mich um eine Rose, die Sie in Ihrem Garten für mich gepflückt hatten.«

Sylvia erblaßte. »Und Sie haben sie ihm gegeben?«

»Ja, gewiß. Warum auch nicht?«

»Natürlich, eine Blume hat ja keinerlei Wert, aber immerhin – einem Sträfling!«

»Ärgern Sie sich darüber?«

»O nein! Weshalb sollte ich mich ärgern?« erwiderte sie mit einem gezwungenen Lachen. »Ich wundere mich nur, daß der Mann ausgerechnet darauf verfallen ist.«

»Wenn ich Sie jetzt um eine Rose bäte, würden Sie mir wohl keine mehr schenken?«

Sylvia wich seinem Blick aus. »Ihnen? Warum nicht?« sagte sie unsicher. »Sie sind doch ein Gentleman.«

»Nein. Sie kennen mich nicht.«

»Was wollen Sie damit sagen?«

»Daß es besser für Sie wäre, Sie hätten mich nie gesehen.«

»Mr. North!« Sylvia sprang auf, erschrocken über das wilde Funkeln in seinen Augen. »Wie seltsam Sie heute reden!«

»Oh, Sie brauchen keine Angst zu haben, Madam, ich bin nicht betrunken!« Dieses letzte Wort sprach er mit besonderem Nachdruck aus. »Ich werde Sie jetzt lieber verlassen. Und ich glaube, ja ich glaube tatsächlich, je seltener wir uns begegnen, desto besser.«

Sylvia war über diesen befremdlichen Ausbruch verwundert und so tief verletzt, daß sie keinen Abschiedsgruß für ihn fand. Sie sah, wie er den Garten durchquerte und die kleine Pforte heftig zuschlug; was sie aber nicht mehr sehen konnte, waren sein schmerzverzerrtes Gesicht und die traurige Gebärde, mit der er seine absichtliche Selbsterniedrigung beklagte. Sie dachte mit wachsender Besorgnis über sein Verhalten nach. Er konnte doch unmöglich betrunken sein – jedes andere Laster hätte sie ihm eher zugetraut als dieses. Wahrscheinlicher war, daß er noch an den Folgen des Fiebers litt, das ihn unlängst ans Bett gefesselt hatte. So überlegte sie und erkannte mit Schrecken, wie wichtig ihr sein Wohlbefinden war.

Tags darauf traf sie ihn auf der Straße. Er grüßte und ging rasch an ihr vorbei. Das tat ihr weh. Hatte sie ihn etwa mit einem unbedachten Wort gekränkt? Sie ließ ihn durch Maurice zum Essen einladen, doch zu ihrer Überraschung schützte er Krankheit vor.

Nun fühlte sie sich in ihrem Stolz beleidigt und schickte ihm seine Bücher und seine Noten zurück. Eine Neugier, die ihrer unwürdig war, zwang sie, den Diener zu fragen, was der Geistliche gesagt hätte, als er das Paket erhielt. »Gesagt hat er nichts – nur gelacht.« Gelacht! Er machte sich also über ihre Torheit lustig! Sein Benehmen war unfein und zügellos. Sie nahm sich vor, so schnell wie möglich zu vergessen, daß ein solcher Mensch je für sie existiert hatte. Dieser Entschluß bewog sie, ungewöhnlich geduldig mit ihrem Mann zu sein.

So verging eine Woche, und Mr. North ließ sich nicht blicken. Unglücklicherweise beschwor er mit seinem Selbstopfer genau das herauf, was er um jeden Preis hatte vermeiden wollen. Wäre ihre Bekanntschaft auch weiterhin in ruhigen, gleichmäßigen Bahnen verlaufen, so hätte sie vermutlich das Schicksal der meisten Bekanntschaften dieser Art geteilt – durch neue Ereignisse und neue Eindrücke wäre jede Erinnerung an ungewöhnliche Sympathien ausgelöscht worden, und Sylvia hätte nie entdeckt, daß sie für den Kaplan mehr als nur Achtung empfand. Aber die plötzliche Trennung von ihrem Seelengefährten offenbarte ihr die Trostlosigkeit des einsamen Lebens, zu dem sie verurteilt war. Ihr Mann paßte ganz und gar nicht zu ihr – zu dieser bitteren Erkenntnis hatte sie sich schon längst durchgerungen. Sie fand keine Freude an seiner Gesellschaft und sah sich gezwungen, das Verständnis, das sie brauchte, anderweitig zu suchen. Seine Liebe zu ihr war ausgebrannt; das, was Sylvia für Zuneigung gehalten hatte, war – wie sie sich mit einem Gefühl der Selbsterniedrigung eingestehen mußte – nur Sinnlichkeit gewesen, die sich in ihrem eigenen Feuer verzehrt hatte. Viele Frauen machen leider irgendwann in ihrem Leben eine ähnliche Entdeckung, aber den meisten bietet sich eine Beschäftigung, die sie ablenkt. Hätte Sylvia in der vornehmen Welt gelebt, so wären ihr vielleicht die geistreichen Plaudereien und die Huldigungen gebildeter Männer Trost und Zerstreuung gewesen. In einer Stadt hätte sie vielleicht zu jenen reizenden Frauen gezählt, die alle nur irgend verfügbaren klugen Männer um sich versammeln, während dem Ehemann die nützliche Tätigkeit des Sektflaschenöffnens zufällt. Berühmte Frauen, die ihren häuslichen Kreis verließen, um in der großen Welt Entzücken oder Erstaunen zu erregen, haben dafür fast immer ein unglückliches Familienleben in Kauf nehmen müssen. Aber der armen Sylvia war ein solches Schicksal nicht beschieden. Auf sich selbst gestellt, fand sie keinen Ausweg aus ihren Kümmernissen; erst als sie einem Mann begegnete, der alt genug war, daß sie ihm vertraute, und klug genug, daß sie seine Gesellschaft und seinen Rat suchte, gelang es ihr zu vergessen, was sie bedrückte, und zum erstenmal fühlte sie, wie ihre Natur unter der Sonne eines ihr wesensverwandten Geistes aufblühte. Und nun war diese Sonne plötzlich verschwunden. Sylvia, deren Seele sich an Licht und Wärme gewöhnt hatte, schauderte vor der Dunkelheit; sie blickte sich entsetzt um und erschrak vor dem langweiligen, trostlosen Leben, das vor ihr lag. Mit einem Wort: North' Gesellschaft war ihr so zum Bedürfnis geworden, daß es sie tief bekümmerte, ihrer so plötzlich beraubt zu sein – ungeachtet der Tatsache, daß ihr Mann noch da war, um sie zu trösten.

Mit solchen Überlegungen schlug sie sich wohl eine Woche lang herum, und von Tag zu Tag erschien ihr die Trostlosigkeit ihres Daseins unerträglicher. Schließlich bat sie ihren Mann um die Erlaubnis, nach Hobart Town zurückzukehren. »Auf dieser schrecklichen Insel kann ich einfach nicht länger leben«, sagte sie. »Ich werde krank hier. Laß mich für ein paar Monate zu meinem Vater fahren.« Maurice willigte ein. Seine Frau sah wirklich sehr elend aus, und Major Vickers war ein alter Mann – ein reicher alter Mann –, der seine einzige Tochter liebte. Es konnte also gewisse Vorteile mit sich bringen, wenn sie ihren Vater besuchte; überdies bestand so wenig Sympathie zwischen den beiden Ehepartnern, daß Maurice nach der ersten Überraschung froh war, sie für eine Weile loszuwerden. »Du kannst mit der *Lady Franklin* segeln, mein Schatz«, sagte er. »Ich erwarte sie jeden Tag.« Er war nicht wenig erstaunt, als sie ihn daraufhin so zärtlich küßte, wie sie es seit dem Tode ihres Kindes nicht mehr getan hatte.

Die Nachricht von Sylvias bevorstehender Abreise wurde rasch bekannt, doch North ließ sich noch immer nicht blicken. Hätte es Mrs. Frere nicht für unter ihrer Würde gehalten, so wäre sie zu ihm gegangen, um ihn seines unerklärlichen Benehmens wegen zur Rede zu stellen. Aber ihre Sympathie für ihn war bereits von des Gedankens Blässe angekränkelt, und so scheute sie vor dem Schritt zurück, zu dem sich ein junges Mädchen in aller Unschuld ohne Zögern entschlossen hätte. Als sie jedoch eines Tages die Frau des Arztes besuchte, traf sie dort den Kaplan, und da sie – wie die meisten Frauen – eine vollendete Schauspielerin war, machte sie eine spöttische Bemerkung über sein Fernbleiben. Das Verhalten des armen Teufels, den ihre Worte wie ein Dolchstoß ins Herz trafen, war recht merkwürdig. Er vergaß seine guten Manieren und die Achtung, die er einer Dame schuldete, warf ihr einen halb verzweifelten, halb ärgerlichen Blick zu und ließ sie stehen. Sylvia wurde dunkelrot und versuchte, diese Unhöflichkeit mit einem Hinweis auf seine kürzlich überstandene Krankheit zu entschuldigen. Die Arztfrau schien peinlich berührt und wechselte das Thema. Bald darauf begegnete Sylvia der Dame auf der Straße, grüßte sie freundlich und empfing einen so frostigen Gegengruß, daß ihr Blut in Wallung geriet. »Ich möchte nur wissen, was ich Mrs. Field getan habe«, sagte sie zu Maurice. »Sie hätte mich heute am liebsten geschnitten.« – »Ach, die alte Krähe!« erwiderte Maurice. »Die kann uns doch gleichgültig sein.« Einige Tage später war sie ihm offenbar nicht mehr so gleichgültig; denn er begab sich zu Field und hatte ein langes, ernstes Gespräch mit ihm. Als Mrs. Frere den Inhalt der Unterredung erfuhr, weinte sie vor Scham, Entrüstung und beleidigtem Stolz bittere Tränen. Dem Bericht zufolge hatte North gewartet, bis Sylvia das Haus des Arztes verließ, war dann zurückgekommen und hatte »stotternd und zögernd«, wie Mrs. Field sich ausdrückte, erklärt, er könne Mrs. Frere nicht leiden und werde sie nie wieder besuchen, denn sie sei von einer tadelnswerten Leichtfertigkeit, die einer verheirateten Frau ihres Standes und Ranges keineswegs anstehe. Mit dieser niederträchtigen – oder edelmütigen – Handlungsweise hatte der unglückliche Priester sein Ziel erreicht: Sylvia nahm von ihm keine Notiz mehr.

Die Beziehungen zwischen dem Kommandanten und dem Kaplan kühlten sich merklich ab, und Frere legte es darauf an, North durch allerlei kleine Schikanen so weit zu bringen, daß er sein Amt niederlegte. Die Sträflingsaufseher bemerkten sehr bald, daß der Kaplan in Ungnade gefallen war, und verhielten sich dementsprechend. Respekt wurde durch Unverschämtheit ersetzt, Diensteifer durch mürrischen Trotz, Gehorsam durch freche Dreistigkeit. Die Gefangenen, die North begünstigte, mußten besondere Roheiten erdulden, und wenn einer von ihnen im Gespräch mit dem Geistlichen gesehen wurde, so konnte er sicher sein, daß ihn grausame Quälereien erwarteten. North war machtlos dagegen. Er spürte, wie die Seelen, um die er rang und die zu retten er sich bemühte, in den Abgrund zurückglitten, wie die Männer, die er schon halb gewonnen hatte, ihm auszuweichen suchten; er entdeckte, daß seine Anteilnahme den Gefangenen mehr schadete als nützte. Der unglückliche Mensch wurde unter dieser seelischen Marter zusehends magerer und blasser. Er hatte einer Liebe entsagt, die zwar strafbar, aber nichtsdestoweniger die einzige wahre Liebe seines Lebens war; und nun stellte er fest, daß ihm dieser Sieg über sich selbst den Haß aller Menschen eingetragen hatte, mit denen er in Berührung kam. Die Macht des Kommandanten war so groß, daß ein Zucken seiner Brauen über Sein oder Nichtsein entschied. Wer es mit ihm verdarb, der war dem Untergang geweiht, und wen der Kommandant haßte, den mußten auch alle jene hassen, die in Frieden zu leben wünschten. Nur einer weigerte sich, seine Gesinnung zu ändern – der Sträfling Rufus Dawes, der seinen Tod erwartete. Unter der Last des Kummers und des Trotzes zusammengebrochen, war er viele Tage lang stumm geblieben; aber North, nunmehr jeder anderen Liebe und Zuneigung beraubt, rang unermüdlich mit dieser kämpfenden Seele, um ihr den Frieden zurückzugeben. Es schien dem Priester – vielleicht hatten unmäßiger Alkoholgenuß und übermenschliche seelische Qualen diesen Gedanken zur fixen Idee werden lassen –, daß der Sträfling, um den er Tränen vergossen hatte, ihm als Geisel für sein eigenes Seelenheil überantwortet sei. Ich muß ihn retten oder zugrunde gehen, sagte er sich. Ich muß ihn retten, und sollte ich ihn mit meinem eigenen Blut loskaufen.

Frere, der nicht begriff, aus welchem Grunde der zum Tode verurteilte Missetäter seinen Hohn und seine Quälereien so gelassen hinnahm, bildete sich ein, Dawes heuchle Frömmigkeit, um in den Genuß höherer Fleischrationen zu gelangen, und er verdoppelte seine Strenge. Auf seinen Befehl wurde Dawes ausgerechnet in der Zeit zur Arbeit geführt, die der Kaplan gewöhnlich für seine Besuche wählte. Unter dem Vorwand, der Mann sei gefährlich, wies Frere einen Wärter an, bei allen Gesprächen zugegen zu sein, »damit der Kaplan nicht etwa ermordet wird«. Er ordnete an, daß alle Beamten der Zivilverwaltung den als Wärter beschäftigten Sträflingen Rede und Antwort zu stehen hätten. Wenn North erschien, um mit seinen Zöglingen zu beten, wurde er daher mindestens zehnmal von grinsenden Schurken angehalten, die ihm ihr »Wer da?« ins Gesicht brüllten und seine Ankunft mit lautem Gelächter quittierten. Ferner wurden die als Konstabler eingesetzten Sträflinge ermächtigt, jederzeit und überall Haussuchungen vorzunehmen, wenn der Verdacht bestand, daß ein Gefangener im Besitz fremden Eigentums war. Selbstverständlich war auch der Diener des Kaplans ein Gefangener, es galt also, den Kaplan vor Diebstählen zu schützen, und so wurde North' Kommode zweimal in der Woche unter Trokes Aufsicht durchwühlt. North ließ sich diese Unverschämtheiten widerspruchslos gefallen, und Frere stand vor einem Rätsel, bis schließlich die Ankunft der *Lady Franklin* die scheinbare Gleichgültigkeit des Kaplans erklärte. Er hatte bereits vor zwei Monaten seine Entlassung eingereicht, und der würdige Meekin war an seiner Stelle ernannt worden. Da sich Frere außerstande sah, sein Mütchen an dem Geistlichen zu kühlen, und zudem über seine Niederlage empört war, rächte er sich an Rufus Dawes.

KAPITEL 12
Mr. North spricht

Mit welchen Mitteln und Methoden Frere seine Rache vollzog, wurde auf der Insel ausführlich, wenn auch im Flüsterton erörtert. Wollte man den Gerüchten glauben, so hatte North das Verbot, den Sträfling zu besuchen, mit der Drohung beantwortet, er werde bei seiner Rückkehr nach Hobart Town kein Blatt vor den Mund nehmen, eine Ankündigung, die den Kommandanten zwang, seinen Befehl zu widerrufen. Die Folge war jedoch, daß Frere an Rufus Dawes Zeichen von Aufsässigkeit entdeckte und unverzüglich daranging, seinen »Starrsinn« auf altbewährte Art zu brechen. Dem unglücklichen Sträfling wurden Nahrung und Schlaf entzogen, er mußte die härtesten Arbeiten verrichten, und man schloß ihn in die schwersten Ketten. Troke deutete mit teuflischer Bosheit an, er könne seine Lage verbessern, wenn er sich weigere, den Kaplan zu sehen; aber seine Einflüsterungen blieben erfolglos. Fest überzeugt, daß ihm der Tod gewiß sei, klammerte sich Dawes an North, in dem er den Retter seiner gemarterten Seele erblickte, und wies die heimtückischen Angebote samt und sonders zurück. Frere war außer sich über soviel Halsstarrigkeit und verurteilte sein Opfer zum »ausgebreiteten Adler« und zum »Streckverband«.

Das Gerücht von der Verstocktheit dieses unerschrockenen Sträflings kam auch Sylvia zu Ohren und erinnerte sie an jenes seltsame Gespräch mit dem Geistlichen, in dem auch von Dawes die Rede gewesen war. Sie hörte andeutungsweise von den fürchterlichen Folterstrafen, die auf Befehl ihres Mannes über ihn verhängt worden waren, sie dachte – da ihr die letzte Unterhaltung mit dem Kaplan nicht aus dem Sinn ging – immer wieder an die Blume, die dem Gefangenen seltsamerweise soviel zu bedeuten schien, und allmählich regten sich wieder die unbestimmten und entsetzlichen Erinnerungen, die ihre Kindheit verdüstert hatten. Was verband sie mit diesem gefährlichen Schurken? Wie kam es, daß sie mitunter ein so merkwürdiges Mitleid für ihn empfand und daß er, der ihr doch nach dem Leben getrachtet hatte, um eine Blume bat, die ihre Hand berührt hatte?

Sie versuchte, von ihrem Mann Näheres über die Missetaten des Sträflings zu erfahren, aber Maurice Frere, grob und gereizt wie stets, wenn der Name Rufus Dawes fiel, lehnte schroff jede Auskunft ab. Dieses Verhalten steigerte ihre Neugier nur noch. Sie dachte daran, wie grausam Maurice von jeher gegen diesen Menschen gewesen war; sie erinnerte sich, wie der gehetzte Gefangene im Garten in Hobart Town vertrauensvoll bei ihr Schutz gesucht hatte; der Stoffetzen fiel ihr ein, den er verzweifelt von sich geschleudert und den Maurice geringschätzig in den Bach geworfen hatte. Und das seltsamste war, daß sich mit dem verhaßten Namen Dawes irgendwie die Begriffe Trost und Hoffnung verbanden. Was für ein Geheimnis lag hinter dem Zwielicht verborgen, das die Erinnerungen ihrer Kindheit trübte?

Bei North, dem sie noch vor ein paar Wochen ihre Zweifel und Befürchtungen anvertraut hätte, konnte sie sich keinen Rat mehr holen, und so entschloß sie sich zu einem Schritt, vor dem ihr insgeheim graute. Sie wollte das Gefängnis besuchen und sich mit eigenen Augen überzeugen, inwieweit die Gerüchte über die Grausamkeit ihres Mannes gerechtfertigt waren.

An einem trüben Nachmittag – der Kommandant befand sich gerade auf einem

Inspektionsritt – erblickte Troke, der vor dem neuen Gefängnis herumlungerte, zu seiner nicht geringen Überraschung die Frau des Kommandanten.

»Was wünschen Sie denn, Madam?« fragte er, und es klang, als traue er seinen Augen nicht.

»Ich möchte zu dem Gefangenen Dawes.«

Troke sperrte Mund und Nase auf. »Zu Dawes?«

»Ja. Wo ist er?«

Troke suchte krampfhaft nach einer Ausrede, aber die gebieterische Stimme und der klare, feste Blick verwirrten ihn.

»Er ist hier.«

»Führen Sie mich zu ihm.«

»Er ist ... er ist unter Strafe, Madam.«

»Was soll das heißen? Wird er ausgepeitscht?«

»Nein, das nicht. Aber der Mann ist gefährlich, Madam. Der Kommandant hat...«

»Wollen Sie nun die Tür aufschließen oder nicht, Mr. Troke?«

Troke blickte sie ratlos an. Offensichtlich war er keineswegs gewillt, die Tür zu öffnen. »Der Kommandant hat strengstens befohlen...«

»Soll ich mich erst beim Kommandanten beschweren?« rief Sylvia mit einem Anflug ihrer alten Lebhaftigkeit; denn sie schloß aus Trokes Zögern, daß die Aufseher den Sträfling vielleicht zu ihrem eigenen Vergnügen folterten. »Öffnen Sie sofort die Tür! Sofort!«

Troke brummte etwas von »nicht meine Angelegenheit« und fügte hinzu, Mrs. Frere werde dem Kommandanten hoffentlich alles genauso erzählen, wie es gewesen sei; dann schloß er eine Tür an der rechten Seite des Ganges auf. In der Zelle war es so dunkel, daß Sylvia zunächst nur die Umrisse eines Gestells erkannte, auf dem etwas lag, was einem menschlichen Körper ähnelte. Ihr erster Gedanke war, der Mann müsse tot sein; aber das war nicht der Fall – er stöhnte. Allmählich gewöhnten sich ihre Augen an die Dunkelheit, und sie sah, was es mit der »Strafe« auf sich hatte. Mitten in dem Raum stand ein sechs Fuß langer und zweieinhalb Fuß breiter Eisenrahmen, dessen runde, ebenfalls eiserne Querstangen in etwa zwölf Zoll Abstand voneinander angebracht waren. Der Gefangene, dem ihr Besuch galt, war der Länge nach auf dem Gestell festgebunden, und zwar so, daß Hals und Kopf über den Rand hinausragten. Wenn er den Kopf hängenließ, schoß ihm das Blut ins Gehirn, und er drohte zu ersticken; versuchte er, ihn in der Schwebe zu halten, so litt er infolge der unnatürlichen Muskelanspannung Höllenqualen. Sein Gesicht war dunkelrot, vor seinen Lippen stand Schaum.

Sylvia stieß einen Schrei aus. »Das ist keine Strafe, das ist Mord! Wer hat das befohlen?«

»Der Kommandant«, erwiderte Troke mürrisch.

»Das glaube ich nicht. Binden Sie ihn los!«

»Ich darf nicht, Madam«, sagte Troke.

»Binden sie ihn los, sage ich. Heda – Hailey!« Inzwischen hatten sich mehrere Wärter eingefunden. »Hören Sie denn nicht? Wissen Sie nicht, wer ich bin? Binden Sie ihn los, sage ich!« Von Mitleid überwältigt, kniete sie in ihrem Eifer neben der Folterbank nieder, und ihre schwachen Hände zerrten an den Stricken. »Schurken, ihr habt ihn ins Fleisch geschnitten! Er stirbt! Hilfe! Ihr habt ihn getötet!«

Der Gefangene war ohnmächtig geworden, als er diesen Engel der Barmherzigkeit über sich gebeugt sah und dicht an seinem Ohr die Stimme vernahm, die er seit sieben Jahren nur im Traum gehört hatte. Sylvias Verzweiflungsausbruch bewog Troke und Hailey, das Gestell auf den hellen Gang zu schleppen, wo sie hastig die Stricke zerschnitten. Dawes rollte wie ein Baumstamm herunter, und sein Kopf streifte Mrs. Freres Kleid. Troke schob ihn mit dem Fuß beiseite und rief nach Wasser.

Zitternd und leichenblaß vor Erregung, wandte sich Sylvia an die Männer. »Wie lange hat er so gelegen?«

»Eine Stunde«, antwortete Troke.

»Lüge!« sagte eine strenge Stimme von der Tür her. »Neun Stunden!«

»Schurken!« schrie Sylvia empört. »Das sollt ihr büßen. Oh, oh, mir ist so schwindlig.« Sie tastete nach der Mauer. »Ich ... ich ...« North beobachtete sie, und auf seinem Gesicht malte sich unsägliche Qual, aber er rührte sich nicht. »Ich werde ohnmächtig. Ich ...« Sie stieß einen verzweifelten Schrei aus, in dem Zorn mitschwang. »Mr. North! Sehen Sie denn nicht? Oh! Bringen Sie mich nach Hause ... nach Hause!« Hätte North sie nicht in seinen Armen aufgefangen, sie wäre über dem gefolterten Gefangenen zusammengebrochen.

Rufus Dawes erwachte aus seiner Betäubung. Im Sonnenlicht, das durch ein Fenster des Korridors hereinflutete, sah er die Frau, die gekommen war, seinen Leib zu retten, gestützt auf den Priester, der gekommen war, seine Seele zu retten. Er richtete sich taumelnd auf und streckte, vor den beiden kniend, mit einem heiseren Schrei die Arme aus. Dieser Anblick rief der Frau des Kommandanten ein Bild aus der geheimnisumwitterten Vergangenheit in das getrübte Gedächtnis zurück: eine ganz ähnliche Gestalt, die einem erschrockenen Kind die Arme entgegenstreckte. Sie zuckte zusammen, strich sich das Haar aus der Stirn und warf einen angstvoll forschenden Blick auf das Gesicht des Knienden, als hoffe sie, dort eine Erklärung zu finden, die sie peinigte. Vielleicht hätte sie sogar gesprochen, aber North, der glaubte, die Aufregung habe bei ihr, wie schon oft, eine Nervenkrise ausgelöst, zog sie sanft zum Ausgang. Der Sträfling ließ die Arme sinken, und eine dumpfe Ahnung künftigen Unheils befiel ihn, als er sah, wie der Priester, bleich vor Erregung, das schöne junge Geschöpf langsam aus dem Sonnenlicht in den finsteren Schatten des Torbogens führte. Einen Augenblick lang verschlang die Dunkelheit die beiden Gestalten, und es kam Dawes vor, als habe sich der seltsame, wilde Gottesmann unvermittelt in den Leibhaftigen verwandelt und die lichte Schönheit der wehrlosen Unschuld zunichte gemacht. Einen Augenblick lang – dann traten sie aus dem Tor ins Freie hinaus, und die Sonne schien wieder golden auf ihre Gesichter.

»Sie sind krank«, sagte North. »Ich fürchte, Sie werden ohnmächtig. Weshalb sehen Sie so verstört aus?«

Sylvia schien in sich hineinzulauschen. »Was ist es nur«, flüsterte sie wie im Selbstgespräch, »was ist es nur, was mich mit diesem Menschen verbindet? Welche Tat ... welcher Schrecken ... welche Erinnerung? Von allen Seiten stürmen die Gedanken auf mich ein, aber sie verlöschen, bevor sie mir etwas zuraunen können. Oh, dieses Gefängnis!«

»Beruhigen Sie sich doch, wir sind ja im Freien, und die Sonne scheint.«

Sie strich sich mit der Hand über die Stirn und seufzte schwer wie jemand, der aus unruhigem Schlummer erwacht. Ein Schauder überlief sie, und sie zog ihren Arm aus dem seinen. North deutete die Bewegung richtig, und das Blut schoß ihm ins Gesicht. »Verzeihen Sie, aber ich kann Sie nicht allein gehen lassen. Sie werden fallen. Ich bringe Sie bis an die Gartenpforte.«

Und wirklich, sie wäre gefallen, wenn er nicht rasch zugegriffen hätte. Sie schaute ihn an, und der traurige Vorwurf, den er in ihren Augen las, hätte ihm fast ein Geständnis entlockt, aber er senkte den Kopf und schwieg.

Sie erreichten das Haus, und er setzte sie behutsam in einen Sessel. »Meine Pflicht ist erfüllt, Madam«, sagte er, »ich verlasse Sie jetzt.«

Sie brach in Tränen aus. »Warum behandeln Sie mich so, Mr. North? Was habe ich Ihnen getan, daß Sie mich hassen?«

»Ich Sie hassen?« erwiderte North mit bebenden Lippen. »O nein, ich ... ich hasse Sie nicht. Ich bin nur so ein ungeschliffener Kerl und drücke mich oft recht grob aus. Sie müssen das vergessen und ... und mich auch.«

Der Hufschlag eines Pferdes erklang auf dem Kiesweg, und gleich darauf stürzte Maurice Frere ins Zimmer. Auf dem Rückweg von den Kaskaden hatte er Troke getroffen und von der Befreiung des Gefangenen gehört. Er war empört über das Verhalten seiner Frau und empfand es als Demütigung, daß sie nun um seine niederträchtige Rache an dem Mann wußte, dem er so schändliches Unrecht zugefügt hatte. So war er denn in gestrecktem Galopp nach Hause geritten, fest entschlossen, seine Autorität zu behaupten, und der Brandy, dem er reichlich zugesprochen hatte, steigerte noch seine natürliche Brutalität. In seiner blinden Wut sah er nur seine Frau. »Was zum Teufel höre ich da? Du mischst dich in meine Amtsgeschäfte ein? Du befreist Gefangene? Du ...«

»Hauptmann Frere!« sagte North und trat einen Schritt vor, um ihn auf die Anwesenheit eines Fremden aufmerksam zu machen.

Frere fuhr herum, erstaunt, daß es der Kaplan gewagt hatte, sein Haus zu betreten. Auch das war eine Beleidigung seiner Würde, ein Schimpf, der seiner unumschränkten Autorität widerfuhr, und in seinem unbändigen Zorn fand er dafür nur eine Erklärung – die schlimmste.

»Sie hier?« brüllte er. »Was tun Sie hier ... bei meiner Frau? Ist das etwa euer Streit!« Seine Augen funkelten unheilverkündend, als er von einem zum anderen blickte. Er trat auf North zu. »Sie scheinheiliger, verlogener Schuft! Wenn Ihr schwarzer Rock nicht wäre, ich würde ...«

»Maurice!« rief Sylvia, von Scham und Angst gepeinigt, und versuchte ihn zurückzuhalten. Er schrie ihr einen so schändlichen Fluch zu, daß North, leichenblaß in seinem gerechten Zorn, drauf und dran war, den stämmigen Rohling niederzuschlagen.

Einen Augenblick lang standen sich die beiden Männer Auge in Auge gegenüber, dann schleuderte Frere seine Frau heftig von sich und stürmte aus dem Zimmer, dumpfe Drohungen gegen alle und jeden ausstoßend – gegen die Sträflinge, die Kerkermeister, seine Frau und den Priester.

Sylvia fiel schwer gegen die Wand, und als der Kaplan ihr zu Hilfe eilte, hörte er die Hufschläge des davongaloppierenden Pferdes.

»Oh!« stöhnte Sylvia und barg ihr Gesicht in den zitternden Händen. »Ich will fort von hier, nur fort!«

North legte den Arm um sie und bemühte sich, tröstende Worte zu finden, die sie beruhigen sollten. Noch halb benommen von dem Sturz, klammerte sie sich schluchzend an ihn. Zweimal versuchte er sich von ihr loszureißen; aber hätte er sie nicht gehalten, so wäre sie gefallen. Doch wie konnte er die leidende, in Tränen aufgelöste Frau an sein Herz drücken und schweigen? In einem Sturzbach qualvoller Beredsamkeit brach die Geschichte seiner Liebe aus ihm hervor. »Warum dulden Sie, daß er Sie so quält?« rief er. »Es war nicht der Wille des Himmels, daß Sie die Frau dieses Grobians wurden – Sie, deren Leben eitel Sonnenschein sein sollte. Verlassen Sie ihn. Er hat Sie von sich gestoßen. Wir haben beide gelitten. Verlassen wir gemeinsam diesen furchtbaren Ort – diese Brücke zwischen Erde und Hölle! Ich werde Sie glücklich machen.«

»Ich gehe«, sagte sie mit schwacher Stimme. »Ich hatte ohnehin beschlossen abzureisen.«

North zitterte. »Es war nicht meine Absicht. Das Schicksal hat es so gefügt. Wir gehen zusammen!«

Sie sahen einander an – sie fühlte das Fiebern seines Blutes, sie las die Leidenschaft in seinen Augen, sie begriff, was es mit seinem »Haß« auf sich hatte, und zog totenbleich ihre kalte Hand zurück.

»Gehen Sie!« flüsterte sie. »Wenn Sie mich lieben, dann verlassen Sie mich – verlassen Sie mich! Sie dürfen mich nicht wiedersehen oder mit mir sprechen...« Und ihr Schweigen fügte die Worte hinzu, die sie nicht auszusprechen vermochte: *bis dann*.

KAPITEL 13
Der Aufbruch

Maurice Freres Wut hatte sich in dieser letzten Gewalttat erschöpft. Er ritt nicht zum Gefängnis, wie es eigentlich seine Absicht gewesen war, sondern bog in die Landstraße ein, die zu den Kaskaden führte. Seine voreiligen Verdächtigungen reuten ihn bereits. Was war denn schon Ungewöhnliches an der Anwesenheit des Kaplans? Sylvia hatte den Mann immer gern um sich gehabt; gewiß war er gekommen, um sich wegen seines Verhaltens zu entschuldigen, und sie hatte ihm verziehen. Und er, Frere, benahm sich wie ein Idiot, machte aus einer Mücke einen Elefanten! Es war doch nur natürlich, daß sie Dawes hatte losbinden lassen – Frauen sind nun einmal so zart besaitet. Ein paar treffende, ruhig vorgebrachte Gemeinplätze – daß es unumgänglich sei, streng durchzugreifen, so grausam eine solche Behandlung auch Leuten erscheinen müsse, die von der Bösartigkeit dieser zu allem fähigen Schurken nichts ahnten – wären weit angebrachter gewesen als Drohungen und Schimpfworte. Überdies sollte North mit der *Lady Franklin* reisen, und es war sehr wohl möglich, daß er seine Drohung, eine offizielle Beschwerde einzureichen, wahr machte, wenn man ihn nicht behutsam anfaßte. Es war auch nicht ratsam, Dawes noch einmal foltern zu lassen, denn dann würden Troke und seine Freunde wissen, daß die Frau des Kommandanten eigenmächtig gehandelt hatte, und das durfte nicht sein. Mit anderen Worten: Er mußte die Sache irgendwie in Ordnung bringen. Seine Frau sollte ja wie North mit der *Lady Franklin* fahren, also konnte er in ein paar Tagen seine »Strafdisziplin« ungehindert fortsetzen. So ritt Frere nun doch zum Gefängnis und teilte dem armen Troke mit, er sei erstaunt über seine barbarische Grausamkeit. »Mrs. Frere, die mich heute abend hier abholen wollte, hat mir gerade erzählt, daß Dawes, der arme Teufel, seit sieben Uhr früh auf dem Streckverband war.«

»Sie haben befohlen, wir sollen ihn gleich morgens draufbringen, Euer Gnaden«, sagte Troke.

»Ja, Sie Dummkopf, aber ich habe nicht befohlen, daß er neun Stunden draufbleiben soll. Ein Wunder, daß Sie ihn nicht gleich umgebracht haben, Sie blöder Kerl!« Troke kratzte sich bestürzt den Schädel. »Nehmen Sie ihm die Ketten ab und schaffen Sie ihn in eine Einzelzelle im alten Gefängnis. Und wenn der Mann zehnmal ein Mörder ist, deswegen haben Sie das Gesetz noch lange nicht eigenmächtig auszulegen, verstanden? Seien Sie in Zukunft etwas vorsichtiger, Troke.«

Auf dem Rückweg begegnete er dem Kaplan, der eiligst in einen Seitenpfad einbog, als er seiner ansichtig wurde.

»Hallo!« brüllte Frere. »He, Mr. North!« North blieb stehen, und der Kommandant ritt auf ihn zu. »Hören Sie, Sir, ich war vorhin ein bißchen grob zu Ihnen – verteufelt grob sogar. Sehr unhöflich von mir. Ich muß mich entschuldigen.« North verbeugte sich schweigend und machte Miene weiterzugehen. »Sie müssen meine Heftigkeit entschuldigen«, fuhr Frere fort. »Ich bin nun mal jähzornig, und ich liebe es nicht, wenn meine Frau sich um Dinge kümmert, die sie nichts angehen. Sie wissen ja, Frauen betrachten das alles mit anderen Augen, weil sie keine Ahnung haben, wie diese Schurken wirklich sind.« North verneigte sich abermals. »Teufel noch mal, Sie sehen ja ganz verstört aus. Geradezu unheimlich. Ich habe Ihnen wohl scheußliche Sachen gesagt, was? Na, lassen Sie's vergeben und vergessen sein und kommen Sie mit zum Essen.«

»Ich werde Ihr Haus nicht mehr betreten, Sir«, entgegnete North erregter, als es die Situation zu rechtfertigen schien.

Frere zuckte die Achseln, eine Bewegung, die gutmütige Nachsicht vortäuschen sollte, und streckte dem Priester die Hand hin.

»Schlagen Sie ein, North. Sie werden sich ja meiner Frau auf der Reise ein bißchen annehmen müssen, und da ist's doch wirklich besser, wenn wir unseren Streit vorher begraben. Na, geben Sie mir schon die Hand!«

»Lassen Sie mich vorbei, Sir!« rief North wütend, mit hochrotem Gesicht. Ohne die ausgestreckte Hand zu beachten, eilte er mit langen Schritten davon.

»Ein verdammt feines Benehmen für einen Pfarrer, das muß ich schon sagen«, murmelte Frere vor sich hin. »Na schön, wer nicht will, der hat schon. Ich werde dich nicht noch mal bitten, Freundchen, darauf kannst du Gift nehmen.«

Ebenso erfolglos waren seine Bemühungen, sich mit Sylvia zu versöhnen. Sie begegnete ihm mit eisiger Miene. Ihr Stolz war allzu tief verletzt, als daß sie noch Tränen hätte vergießen können.

»Spar dir deine Worte«, sagte sie. »Ich fahre zu meinem Vater. Wenn du den Wunsch hast, dein Betragen zu erklären, dann erkäre es ihm.«

»Sei nicht so hart, Sylvia«, bat er. »Ich war ein Scheusal, ich weiß. Verzeih mir.«

»Gib dir keine Mühe, es ist zwecklos. Ich kann nicht mehr. Ich habe dir in diesen sieben Jahren so vieles verziehen.«

Nun versuchte er, sie zu umarmen, doch sie stieß ihn mit einer Gebärde des Abscheus zurück. Er fluchte laut und hüllte sich dann in trotziges, eigensinniges Schweigen. Nach einer Weile kam Blunt mit den Schiffspapieren, und die beiden Männer tranken einen Rum, während Sylvia in ihrem Zimmer noch ein paar Kleinigkeiten zusammenpackte (es ist bewunderswert, wie die Beschäftigung mit Haushaltsdingen eine Frau von ihren

Gedanken abzulenken vermag). North dagegen, der arme Narr, stand in seinem Zimmer und starrte, bald fluchend, bald betend, zu ihrem erleuchteten Fenster hinüber.

Inzwischen saß Rufus Dawes — der unfreiwillige Urheber all dieser Wirren — in seiner neuen Zelle, dachte über die glückliche Wendung nach, die sein Geschick genommen hatte, und segnete die schönen Hände, denen er diese Erleichterung verdankte. Er zweifelte nicht, daß Sylvia bei seinem Peiniger für ihn gebeten und ihm durch ihre sanfte Fürsprache einige Vorteile verschafft hatte. »Gott segne sie«, flüsterte er. »Ich habe ihr in all diesen Jahren unrecht getan. Sie hatte keine Ahnung, daß ich so leiden mußte.« Er wartete ungeduldig auf North, der ihm die Richtigkeit seiner Vermutung bestätigen sollte. Ich will ihn bitten, ihr in meinem Namen zu danken, dachte er. Aber zwei Tage vergingen, ohne daß North sich blicken ließ. Niemand kam — außer den Wärtern. Wenn er aus dem Zellenfenster auf das Meer hinausschaute, dessen Gischt an die Gefängnismauern sprühte, sah er den Schoner vor Anker liegen, der ihm höhnisch zu zeigen schien, wie nah und doch unerreichbar die Freiheit war. Endlich, am dritten Tag, trat North bei ihm ein. Er sprach gezwungen und schroff. Seine Augen schweiften unstet umher, und offensichtlich quälten ihn Gedanken, die er nicht zu äußern wagte.

»Ich möchte Sie bitten, ihr in meinem Namen zu danken, Mr. North«, sagte Dawes.

»Wem soll ich danken?«

»Mrs. Frere.«

Der unglückliche Priester erzitterte, als er ihren Namen hörte. »Ich glaube nicht, daß Sie ihr Dank schulden. Ihre Ketten wurden auf Befehl des Kommandanten entfernt.«

»Aber bestimmt hat sie ihn dazu überredet. Ich fühle es. Oh, ich habe ihr unrecht getan, als ich glaubte, sie hätte mich vergessen. Sagen Sie ihr, daß ich sie um Verzeihung bitte.«

»Um Verzeihung?« wiederholte North, und er dachte an die Szene im Gefängnis. »Was haben Sie getan, daß Sie ihre Verzeihung erbitten müßten?«

»Ich habe an ihr gezweifelt«, antwortete Rufus Dawes. »Ich habe sie für undankbar und treulos gehalten. Ich glaubte, sie wäre es gewesen, die mich in die Knechtschaft zurückstieß, der ich entflohen war. Ich glaubte, sie hätte mich verraten — verraten an diesen gemeinen Schurken, den ich nur ihr zuliebe gerettet habe.«

»Was reden Sie denn da?« fragte North. »Davon haben Sie mir ja noch nie erzählt.«

»Nein, ich hatte gelobt, es für immer in meiner Brust zu verschließen. Es war zu bitter, ich konnte darüber nicht sprechen.«

»Sie haben ihm das Leben gerettet?«

»Ja, und ihr auch. Ich baute das Boot, das sie in die Freiheit trug. Ich hielt sie in meinen Armen und sparte mir für sie die Bissen vom Munde ab.«

»Unmöglich, daß sie das weiß«, murmelte North.

»Vielleicht hat sie es vergessen, denn sie war noch ein Kind. Aber nicht wahr, Sie werden sie daran erinnern, mich vor ihr rechtfertigen, bevor ich sterbe, und sie in meinem Namen um Verzeihung bitten?«

North konnte dem Sträfling nicht erklären, was ihn hinderte, die Bitte zu erfüllen, und so gab er das gewünschte Versprechen.

»Sie fährt mit dem Schoner fort«, sagte er, ohne seine eigene Abreise zu erwähnen. »Ich werde sie aufsuchen, bevor sie an Bord geht, und ihr alles erzählen.«

»Gott segne Sie, Sir«, sagte der arme Dawes. »Und nun beten Sie mit mir.«

Der unglückliche Priester sprach mechanisch eins der für solche Fälle vorgeschriebenen Gebete.

Tags darauf brachte er seinem Schutzbefohlenen die Nachricht, Mrs. Frere habe ihm vergeben. Das war eine Lüge. Er hatte sie gar nicht gesehen. Aber was kam es ihm jetzt noch auf eine Lüge an? Er hatte sich entschlossen, den geraden Weg zu verlassen, also waren Lügen unumgänglich. Und doch litt er schwer unter dem Betrug, zu dem er sich gezwungen sah. Er war seiner Leidenschaft erlegen, er hatte freiwillig auf Wahrheit und Ehre verzichtet, um die Liebe zu erringen, nach der er sich sehnte; aber sobald er allein war mit seiner Sünde, verachtete und haßte er sich. Um sein Gewissen zu betäuben, seine Gedanken zu ersticken, griff er zum Branntwein, und es gelang ihm tatsächlich, jede ruhige Überlegung auszuschalten, obgleich ihn die wilde, durch Hoffnungen und Ängste hervorgerufene Erregung gegen die lähmende Wirkung des Alkohols feite. In gewissen Nervenkrisen werden unsere physischen Kräfte durch den Alkohol nicht beeinträchtigt; wir mögen zehnmal betrunkener sein als der Säufer, der lallend in der Gosse landet, und sind doch imstande, aufrecht zu gehen und zusammenhängend zu reden. Viele Menschen entfalten gerade in dieser künstlich aufgepeitschten Hochstimmung einen glänzenden Witz und eine Schärfe des Verstandes, über die ihre Freunde entzückt und ihre Ärzte erschrocken sind. North hatte diesen Zustand zerebraler Trunkenheit erreicht. Deutlicher gesagt: Er stand am Rande des Wahnsinns.

Die Tage vergingen rasch, und bald waren Blunts Vorbereitungen für die Seereise abgeschlossen. Von den beiden Heckkajüten des Schoners war die eine für Mrs. Frere, die andere für Mr. North bestimmt. Maurice Frere hatte keinen weiteren Versuch unternommen, eine freundschaftliche Verständigung herbeizuführen, und der Kaplan hatte nicht gesprochen. Sylvias letzter Worte eingedenk, wollte North nicht eher wieder mit ihr zusammentreffen, als bis die Reise und damit ihr Weg in eine gemeinsame Zukunft begonnen hatte. Am Morgen des 19. Dezember erklärte Blunt, er werde gegen Abend in See stechen, und am Nachmittag kamen die beiden Passagiere an Bord.

Von seinem Fenster aus beobachtete Rufus Dawes den Schoner, der außerhalb des Riffs vor Anker lag. Er nahm ohne Verwunderung zur Kenntnis, daß nach dem Boot des Kommandanten, das Mrs. Frere zum Schoner brachte, ein zweites Boot mit dem Kaplan vom Land abstieß. Für ihn war es klar, daß Mr. North nur von seinen Freunden Abschied nehmen wollte, und so stand er den ganzen heißen und stillen Nachmittag lang am Fenster seiner Zelle, wartete auf die Rückkehr des zweiten Bootes und hoffte, der Kaplan werde ihm eine Botschaft von der Frau bringen, die er auf Erden niemals wiedersehen sollte. Die Stunden schleppten sich träge dahin, und keine Brise kräuselte die Wasserfläche. Der Tag war ungemein schwül und drückend; schwere schwarzbraune Wolken hingen am Horizont, und alles deutete darauf hin, daß die Windstille anhalten würde, falls nicht ein Gewitter die Luft reinigte. Blunt aber behauptete mit dem Eigensinn eines alten Seebären, es werde bestimmt noch eine Brise aufkommen, und er habe keinen Anlaß, seine Pläne zu ändern. Der heiße Nachmittag verging, rot und dunstig tauchte die Sonne ins Meer, und erst als die Abendschatten länger wurden, sah der Gefangene, wie sich ein Boot von der Bordwand des Schoners löste, durch das ölige Wasser glitt und auf die Mole zuhielt. Der Kaplan kam zurück! Gewiß würde er in kurzer Zeit bei ihm sein und ihm die tröstliche Botschaft übermitteln, nach der seine Seele dürstete.

Rufus Dawes reckte seine durch keine Fesseln behinderten Glieder, warf sich auf die Pritsche und versank in Erinnerungen. Die Vergangenheit zog an ihm vorüber – der Bau des Bootes, die Nachricht von seinem Reichtum, seine Liebe und sein Verzicht.

North kehrte zurück, zwar nicht, um dem Gefangenen eine tröstliche Botschaft zu überbringen; aber doch in der Absicht, ihn zu besuchen. Der unglückliche, von Gewissensqualen und wilden Leidenschaften zerrissene Mann hatte sich zu einem Entschluß durchgerungen; Er wollte seinen verbrecherischen Betrug sühnen, indem er Dawes gestand, daß er ihn belogen hatte, daß er selbst die Frau des Kommandanten liebte und daß er im Begriff war, mit ihr die Insel für immer zu verlassen. Ich bin kein Heuchler, dachte er in seiner krankhaft überreizten Stimmung. Wenn ich mich für die Sünde entscheide, dann will ich auch kühn sündigen; und dieser arme Kerl, der mich für einen Engel hält, soll erfahren, wer ich in Wirklichkeit bin.

Der Gedanke, daß er sich mit diesem Geständnis dem Manne verhaßt machen würde, den er gelehrt hatte, ihn zu lieben, tat seiner kranken Phantasie wohl. Er befand sich in einem Geisteszustand, der unweigerlich derartige Vorstellungen bewirkt, und auch die Art, wie er seinen Plan mit aller Schlauheit und List durchführte, war charakteristisch für das Leiden, das ihn befallen hatte. Es erschien ihm wünschenswert, erst im allerletzten Augenblick zu dem verhängnisvollen Schlag auszuholen; er wollte seine Niedertracht ganz plötzlich enthüllen und dann auf Nimmerwiedersehen verschwinden. Zu diesem Zweck hatte er Vorsorge getroffen, daß er kurz vor der Abfahrt noch einmal an Land gehen könnte. Er hatte absichtlich in seinem Zimmer eine Reisetasche stehenlassen – nichts ist wahrscheinlicher, als daß man so etwas in der Hast des Aufbruchs vergißt und sich erst daran erinnert, wenn es schon fast zu spät ist. Durch geschickte Fragen hatte er herausbekommen, daß Blunt nicht vor Eintritt der Dunkelheit mit Wind rechnete, aber »alles klar und an Bord« wissen wollte, und so entdeckte er, als die Sonne zu sinken begann, daß er unbedingt noch einmal zurückfahren mußte. Blunt erklärte mit einem Fluch, wenn der Kaplan darauf bestehe, könne er es nicht ändern.

»In zwei Stunden frischt der Wind auf«, sagte er. »Sie haben also Zeit genug, aber wenn Sie beim ersten Windstoß nicht an Bord sind, segle ich ohne Sie, darauf können Sie sich verlassen.«

North beteuerte, er werde pünktlich sein. »Und wenn ich es etwa doch nicht schaffe, dann brauchen Sie nicht auf mich zu warten«, fügte er in dem unbekümmerten Ton hinzu, hinter dem Männer gern ihre Angst verbergen.

»Ich an Ihrer Stelle würde ihn beim Wort nehmen, Blunt«, sagte der Kommandant, der ungerührt darauf wartete, sich endgültig von seiner Frau zu verabschieden. »Legt euch ins Zeug, Leute«, rief er der Bootsbesatzung zu, »und wartet an der Mole. Wenn Mr. North das Schiff durch eure Faulheit verpaßt, dann könnt ihr was erleben.« Das Boot stieß ab, und North lachte unbändig bei dem Gedanken, daß er – ausgerechnet er – sich verspäten sollte. Frere beobachtete mit einiger Verwunderung, wie sich der Kaplan in einen Wettermantel hüllte, der auf den Heckplanken lag. »Der Bursche scheint wahrhaftig bei dieser Mordshitze noch zu frieren!« sagte er zu Blunt. Tatsächlich zitterte North vor Kälte, obgleich seine Hände und sein Gesicht glühten. Vielleicht war das auch der Grund, weshalb er an Land, kaum daß die Besatzung ihn nicht mehr sehen konnte, eine Taschenflasche Rum hervorholte und einen kräftigen Schluck nahm. Der Alkohol gab ihm Mut zu der schweren Prüfung, zu der er sich selbst verurteilt hatte, und mit festem Schritt eilte er zum alten Gefängnis. Zu seiner Überraschung verwehrte ihm Gimblett den Zutritt.

»Aber ich komme im Auftrag des Kommandanten«, sagte North.

»Haben Sie einen Passierschein, Sir?«

»Einen Passierschein? Nein.«

»Dann kann ich Sie nicht hereinlassen«, sagte Gimblett.

»Ich muß den Gefangenen Dawes sprechen. Ich habe eine Botschaft für ihn. Deswegen bin ich ja eigens zurückgekommen.«

»Bedaure sehr, Sir, ich...«

»Hören Sie, Mann, das Schiff segelt in zwei Stunden, ich werde es noch verpassen«, rief North, entrüstet, daß man seinen Plan vereiteln wollte. »Lassen Sie mich durch!«

»Ich würde es ja gern tun, Sir«, versicherte Gimblett, der auch seine guten Seiten hatte. »Aber Befehl ist Befehl, das ist nun mal nicht zu ändern, Sir.«

North war verzweifelt. Plötzlich jedoch durchzuckte ihn ein Gedanke – ein großartiger Gedanke, auf den er in nüchternem Zustand niemals verfallen wäre: Er würde sich den Zutritt erkaufen. Er zog das Rumfläschchen hervor und reichte es dem Wärter. »Reden Sie doch nicht solchen Unsinn, Gimblett. Glauben Sie etwa, daß *ich* keinen Befehl habe? Los, nehmen Sie einen Schluck und lassen Sie mich durch.«

Auf Gimbletts Gesicht malte sich ein breites Grinsen. »Natürlich, Sir, wenn Sie es sagen, wird's schon stimmen«, meinte er, und während er mit der einen Hand nach der Rumflasche griff, schloß er mit der anderen Dawes' Zelle auf.

North trat ein. Als die Tür hinter ihm zuschlug, war der Gefangene, der schlafend auf seiner Pritsche gelegen hatte, mit einem Satz auf den Beinen und machte Miene, ihm an die Kehle zu springen.

Rufus Dawes hatte geträumt. Allein in der Dunkelheit, hatte er die Vergangenheit heraufbeschworen und sie mit Erinnerungen bevölkert. Er glaubte, noch einmal an dem öden Strand zu stehen, vor dem holden Kind, das er liebte. Er lebte erneut sein nützliches und ehrenhaftes Leben. Er sah sich an dem Boot arbeiten, sah, wie er es mit den anderen bestieg, wie sie aufs Meer hinausfuhren... Der blonde Kopf des unschuldigen Mädchens ruht an seiner Brust; ihre jungen Lippen flüstern freundliche Worte in sein gierig lauschendes Ohr. Frere sitzt neben ihm, beobachtet ihn, wie er ihn schon früher beobachtet hat. Ringsum breitet sich das Meer aus, das keine Hilfe schickt. Doch – dort, aus dem Grau des kalten, stürmischen Morgens taucht die amerikanische Brigg auf! Hoch über sich sieht er die bärtigen Gesichter der erstaunten Matrosen; er sieht, wie Frere mit dem Kind im Arm an Deck klettert; er hört den aufbrandenden Freudenschrei und drückt die Hände, die sich den geretteten Schiffbrüchigen entgegenstrecken. Das Deck ist voller Menschen. Alle, die er je gekannt hat, sind versammelt. Er sieht das weiße Haar und die strengen Züge von Sir Richard Devine, und neben ihm steht seine Mutter, die weinend ihre schlanken Hände ringt. Nun tritt Frere vor, und hinter ihm drängt sich John Rex, der Sträfling, durch die Menge der Gefangenen und Aufseher; er will auf Sir Richard Devine losgehen, aber in diesem Augenblick erhebt sich der ermordete Lord Bellasis und stößt ihn zurück. Wie laut die Hämmer auf der Schiffswerft pochen! Zimmert man einen Sarg? Nicht für Sylvia – nein, gewiß nicht für sie! Die Luft wird stickig, Flammen züngeln, schwarze Rauchwolken steigen auf. Die *Hydaspes* brennt! Sylvia klammert sich an ihren Mann. Gemeiner Schuft, du willst sie vernichten! Schau empor: Zahllose Sterne glitzern am mitternächtlichen Himmel, über dem Rauch atmet die Luft köstliche Frische. Einen Schritt – noch einen! Sieh mir fest in die Augen – so – sieh auf mein Herz! Ach, sie wendet sich ab; er greift nach ihrem Kleid... Was! Ein Priester ist es – ein Priester sucht sie mit teuflischem Grinsen in den brennenden Abgrund zu zerren, der dort für ihn gähnt. Der Träumer springt dem Schurken an die Kehle. »Schuft, habe ich sie gerettet, damit sie dieses Schicksal erleidet?« schreit er, erwacht – und steht vor dem Ungeheuer seines Traums, dem Idol seiner wachen Sinne. »Mr. North!«

Von der Plötzlichkeit des Angriffs nicht weniger gelähmt als von der prophetischen Anklage, ließ North seinen Mantel fallen und stand zitternd vor dem Manne, dessen Haß zu erwecken er gekommen war.

»Ich habe geträumt«, sagte Rufus Dawes. »Ein schrecklicher Traum! Aber jetzt ist ja alles gut. Die Botschaft – Sie bringen mir doch eine Botschaft? Oh, was fehlt Ihnen denn? Sie sind so blaß, Ihre Knie zittern. Habe ich Ihnen weh getan...?«

North nahm alle Kraft zusammen. »Es ist nichts. Ich muß mich kurz fassen, meine Zeit ist bemessen. Sie haben mich für einen guten Menschen gehalten – für einen von Gott Gesegneten, für einen dem heiligen Dienst Geweihten, für einen ehrlichen, lauteren und vertrauenswürdigen Mann. Ich bin gekommen, Ihnen die Wahrheit zu sagen: Ich bin nicht der, für den Sie mich halten.«

Rufus Dawes starrte ihn an, unfähig, diesen Wahnsinn zu begreifen.

»Ich erzählte Ihnen, daß die Frau, die Sie lieben – denn Sie lieben sie doch –, Ihnen vergeben hat. Das war eine Lüge.«

»Was?«

»Ich habe ihr nichts von Ihrem Geständnis gesagt. Ich habe nicht einmal Ihren Namen erwähnt.«

»Und sie wird fortgehen, ohne zu erfahren... Oh, Mr. North, was haben Sie getan?«

»Meine Seele zugrunde gerichtet!« schrie North in wilder Qual, von dem vorwurfsvollen, verzweifelten Ton gepeinigt. »Klammern Sie sich nicht an mich. Meine Aufgabe ist getan. Jetzt werden Sie mich hassen. Das ist mein Wunsch – ich verdiene es. Lassen Sie mich gehen! Ich komme sonst zu spät.«

»Zu spät? Wozu?« Er blickte auf den Wettermantel – hörte durch das geöffnete Fenster die Stimmen der Männer im Boot – dachte an die Rose – erinnerte sich der Szene im Gefängnis – und mit einmal begriff er. »Großer Gott, ihr wollt zusammen fort!«

»Lassen Sie mich gehen!« rief North mit heiserer Stimme.

Rufus Dawes vertrat ihm den Weg. »Nein, Wahnsinniger, ich lasse Sie nicht gehen, denn was Sie vorhaben, ist ein schweres Verbrechen. Sie wollen diese unschuldige junge Seele töten, die – Gott helfe ihr! – Sie liebt.« North, der zu seiner Bestürzung unversehens vom Angreifer zum Angegriffenen geworden war, preßte sich ängstlich an die Wand. »Nein, Sie werden nicht gehen! Sie werden Ihrer beider Seelen nicht zerstören! Sie lieben sie! Ich auch! Und meine Liebe ist stärker als die Ihre, denn meine Liebe wird sie retten!«

»Um Gottes willen...«, rief der unglückliche Priester und hielt sich die Ohren zu.

»Ja, um Gottes willen! Um jenes Gottes willen, den ich in meinen Qualen vergessen hatte! Um jenes Gottes willen, an den Sie mich wieder glauben lehrten! Ja, der Gott, der Ihnen befahl, mich vor der Verzweiflung zu retten, gibt nun mir die Kraft, Sie zu retten! Oh, Mr. North, mein Lehrer, mein Freund, mein Bruder, der Sie mir die süße Hoffnung auf Barmherzigkeit predigten, haben Sie Erbarmen mit dieser irrenden Frau!«

In North' Augen flackerte angstvolle Verzweiflung. »Aber ich liebe sie doch! Ich liebe sie, hören Sie nicht? Was wissen Sie von Liebe?«

»Liebe?« rief Rufus Dawes, und ein Leuchten flog über sein bleiches Gesicht. »Liebe! Oh, Sie sind es, der nicht weiß, was Liebe ist. Liebe ist der Verzicht auf das eigene Ich, der Tod aller Begierden, die dem anderen schaden. Liebe ist etwas Erhabenes. *Sie* lieben? Nein, nein, Ihre Liebe ist Selbstsucht und wird in Schande enden! Hören Sie zu, ich werde Ihnen die Geschichte einer Liebe wie der Ihren erzählen.«

Unfähig, sich dem überwältigenden Willen des anderen zu entziehen, wich North zitternd zurück.

»Ich werde Ihnen das Geheimnis meines Lebens erzählen, den Grund, weshalb ich hier bin. Kommen Sie näher heran.«

KAPITEL 14
Die Entdeckung

Das Haus in der Clarges Street hatte eine Herrin bekommen: Mrs. Richard Devine war eingetroffen, eine Tatsache, die von Smithers und den anderen Dienstboten mit Erstaunen und Widerwillen zur Kenntnis genommen wurde. Wenn nun noch Lady Devine ihre Schwiegertochter offiziell anerkannte, boten die übrigen Punkte des klug ersonnenen Plans keine Schwierigkeiten mehr. John Rex war sich der Stellung, die ihm sein gestohlener Name in der Gesellschaft verschafft hatte, sehr wohl bewußt. Was die Dienstboten und Kellner betraf, die Leute, denen Dienstboten und Kellner allerlei Tratsch zutrugen, die Turfbesucher und Bummler – soweit die sich überhaupt um Mr. Richards häusliche Angelegenheiten kümmerten –, so würde dieser Personenkreis das Ereignis mit einem beiläufigen: »Wie ich höre, hat Devine kürzlich geheiratet« oder so ähnlich abtun. Und die »große Welt«, deren Klatsch seinem Ruf hätte schaden können, regte sich schon längst nicht mehr über Mr. Richard Devines Treiben auf. Sogar die Mitteilung, der Löwe des Turfs habe seine Waschfrau geheiratet, wäre in den Salons der Reichen lediglich mit der Bemerkung quittiert worden, etwas anderes habe man von ihm auch nicht erwartet.

Um die Wahrheit zu sagen, Mr. Richard hegte die stille Hoffnung, Lady Devine werde – von seiner Brutalität abgestoßen – nichts mehr mit ihm zu tun haben wollen und ihm damit die peinliche Aufgabe ersparen, ihr seine Frau vorstellen zu müssen. Lady Devine hatte es jedoch anders beschlossen. Die Nachricht, daß Mr. Richard den Verkauf von Northend House plante, ermutigte sie zu einem offenen Bekenntnis ihrer Abneigung, die mit der Zeit immer stärker geworden war, und vermehrte die Zweifel, deren Schatten hin und wieder ihren Glauben an die Identität des Mannes trübten, der sich ihr Sohn nannte.

»Sein Verhalten ist brutal«, sagte sie zu ihrem Bruder. »Ich begreife das einfach nicht.«

»Es ist mehr als brutal, es ist widernatürlich«, entgegnete. Francis Wade und warf ihr einen verstohlenen Blick zu. »Und obendrein ist er verheiratet.«

»Verheiratet?« wiederholte Lady Devine entgeistert.

»Ja, hier steht es«, fuhr Mr. Francis fort und zog einen Brief aus der Tasche, den Rex nach Sarahs Diktat geschrieben hatte. »Er teilt mir mit, daß seine Frau, die er im vorigen Jahr im Ausland geheiratet hat, nach England gekommen ist und von uns empfangen werden möchte.«

»Ich werde sie nicht empfangen«, rief Lady Devine, die erregt im Zimmer auf und ab ging.

»Aber das würde eine offene Kriegserklärung bedeuten«, sagte der arme Francis, während er unschlüssig einen italienischen Onyx, der seine Hand schmückte, hin und her drehte. »Ich halte das nicht für ratsam.«

Mit der Gebärde eines Menschen, der sich endlich zu einem schweren und lange erwogenen Entschluß durchgerungen hat, blieb Lady Devine stehen.

»Richard wird dieses Haus nicht verkaufen«, erklärte sie.

»Meine liebe Ellinor«, erwiderte ihr Bruder, leicht erstaunt über die ungewohnte Bestimmtheit, mit der sie sprach, »ich fürchte, du wirst es nicht verhindern können.«

»Wenn er ist, was zu sein er behauptet, dann kann ich es«, erwiderte sie mit sichtlicher Überwindung.

Francis Wade schnappte nach Luft. »Wenn er... Wahrhaftig, ich habe auch schon manchmal gedacht... Oh, Ellinor, sind wir etwa einem Betrüger in die Hände gefallen?«

Lady Devine flüchtete sich in die Arme ihres Bruders, genau wie sie vor neunzehn Jahren in eben diesem Garten bei ihrem Sohn Zuflucht gesucht hatte. »Ich weiß es nicht, ich wage kaum, daran zu denken. Aber es gibt ein Geheimnis – ein schmachvolles Geheimnis, Francis, das außer Richard und mir keinem anderen Menschen bekannt ist. Wenn der Mann, der mich bedroht, dieses Geheimnis nicht kennt, ist er auch nicht mein Sohn. Kennt er es dagegen, dann...«

»So sprich doch weiter! Was dann?«

»Dann weiß er, daß er keinen Anspruch auf das Vermögen des Mannes hat, der mein Gatte war.«

»Ellinor, du erschreckst mich. Was bedeutet das?«

»Ich werde dir alles erzählen, falls es notwendig sein sollte«, antwortete die unglückliche Frau. »Aber nicht jetzt, nein, nicht jetzt. Ich wollte nie wieder davon sprechen, auch zu ihm nicht. Bedenke, es fällt mir schwer, ein fast zwanzigjähriges Schweigen zu brechen. Schreibe diesem Menschen, daß ich ihn allein sehen will, ehe ich seine Frau empfange. Nein – er soll nicht hierherkommen, wir müssen erst wissen, woran wir sind. Ich werde zu ihm nach London fahren.«

Mr. Richard war ziemlich erregt, als er am Nachmittag des 3. Mai 1846 mit seiner Frau im Salon saß und den Besuch seiner Mutter erwartete. Schon seit Tagen litt er unter einer nervösen Unruhe, und der Gedanke an die bevorstehende Aussprache lastete wie ein Alpdruck auf ihm, obgleich er sich den Grund dafür nicht zu erklären wußte. Weshalb will sie mich allein sprechen? fragte er sich. Und was mag sie mir zu sagen haben? Nach all diesen Jahren kann sie doch wohl kaum Verdacht geschöpft haben. Er gab sich alle Mühe, seine Befürchtungen zu zerstreuen, aber vergeblich. Das Klopfen an der Haustür, das ihm die Ankunft seiner Mutter meldete, ließ sein Herz schneller schlagen.

»Ich fühle mich verteufelt wacklig, Sarah«, bemerkte er. »Laß uns schnell noch einen nippen.«

»Du hast in den letzten fünf Jahren viel zuviel genippt, Dick. (Ihre Zunge hatte sich inzwischen an den neuen Namen gewöhnt.) Deine ›Wackligkeit‹, fürchte ich, ist eine Folge des dauernden Nippens.«

»Bitte keine Moralpredigt, dazu bin ich nun wirklich nicht in der Stimmung.«

»Na schön, trink nur. Bist du auch ganz sicher, daß du weißt, was du zu sagen hast?«

Durch den Brandy gekräftigt, begrüßte er Lady Devine mit gespielter Herzlichkeit.

»Meine liebe Mutter, darf ich Ihnen...«

Er stockte, denn in Lady Devines Zügen las er die Bestätigung seiner schlimmsten Befürchtungen.

»Ich möchte dich allein sprechen«, sagte sie und übersah geflissentlich die Frau, der ihr Besuch doch angeblich galt.

John Rex zögerte. Sarah aber erkannte die Gefahr und beeilte sich, ihr zu begegnen. »Eine Ehefrau sollte der beste Freund ihres Mannes sein, Madam. Ihr Sohn hat mich aus freien Stücken geheiratet, und selbst seine Mutter kann ihm nichts zu sagen haben, was zu hören nicht meine Pflicht und mein Recht wäre. Ich bin kein Kind mehr, wie Sie sehen, ich vermag jede Nachricht zu ertragen.«

Lady Devine biß sich auf die bleichen Lippen. Sie hatte sogleich erkannt, daß diese Frau nicht von vornehmer Herkunft war; aber sie spürte auch Sarahs geistige Überlegenheit. Obwohl sie auf das Schlimmste gefaßt war, verwirrte es sie, daß die Feindseligkeiten so rasch und so rücksichtslos eröffnet wurden – und gerade das hatte Sarah beabsichtigt. Lady Devine fühlte, daß sie ihre Kraft nicht mit Wortplänkeleien vergeuden durfte, wenn sie die Aufgabe, die sie sich gestellt hatte, bewältigen wollte.

Ohne ihre Widersacherin auch nur eines Blickes zu würdigen, wandte sie sich an Rex. »Mein Bruder wird in einer halben Stunde hier sein«, sagte sie, als wollte sie andeuten, daß sie nicht ganz ohne Schutz sei. »Ich habe ihn gebeten, ein wenig später zu kommen, weil ich ungestört mit dir sprechen wollte.«

»Nun, es wird uns niemand stören«, versetzte John Rex. »Was haben Sie mir zu sagen?«

»Ich möchte dir mitteilen, daß ich dir verbiete, Sir Richards Besitztum zu veräußern.«

»Ah, darum geht's also!« rief Rex sichtlich erleichtert. »Sie sollten wissen, daß mich der Letzte Wille meines Vaters dazu ermächtigt.«

»Der Letzte Wille deines Vaters ermächtigt dich keineswegs zu einem solchen Schritt, und das weißt du auch genau.« Sie sprach, als sage sie eine vorher einstudierte Rede auf, und Sarah beobachtete sie mit wachsender Unruhe.

»Unsinn!« empörte sich John Rex aufs höchste erstaunt. »Ich habe ja schließlich den Rat eines Rechtsanwalts eingeholt.«

»Erinnerst du dich, was sich auf den Tag genau vor neunzehn Jahren in Hampstead abgespielt hat?«

»In Hampstead?« wiederholte Rex, der plötzlich blaß geworden war. »Heute vor neunzehn Jahren? Nein. Was meinen Sie?«

»Du erinnerst dich also nicht?« fragte sie eifrig, fast ungestüm, und beugte sich gespannt vor. »Erinnerst du dich nicht, weshalb du das Haus verließest, in dem du geboren wurdest und das du jetzt an fremde Menschen verkaufen willst?«

John Rex stand wie versteinert da; das Blut pochte in seinen Schläfen. Er wußte, daß ihm zumindest ein Geheimnis des Mannes, den er um sein Erbe geprellt hatte, unbekannt geblieben war — das Geheimnis jenes Opfers, auf das Lady Devine schon früher einmal angespielt hatte —, und er ahnte, daß dies die Waffe war, mit der er vernichtet werden sollte.

Auch Sarah Purfoy zitterte, aber mehr vor Wut als vor Angst. Sie trat auf Lady Devine zu und zischte: »Sprechen Sie doch, wenn Sie etwas zu sagen haben! Was werfen Sie meinem Mann vor?«

»Er ist ein Betrüger!« rief Lady Devine. Ihr beleidigter Mutterstolz gab ihr den Mut, ihrer Feindin die Stirn zu bieten. »Dieser Mensch mag Ihr Gatte sein, aber mein Sohn ist er nicht!«

Nun, da das Schlimmste gesagt war, fühlte John Rex, der krampfhaft nach Luft rang, wie alle Teufel seines Innern sich gegen die Niederlage empörten. »Sie sind ja wahnsinnig!« brüllte er. »Drei Jahre lang erkennen Sie mich als Ihren Sohn an, und auf einmal, nur weil ich mein Eigentum verlange, wollen Sie alles ableugnen. Ich warne Sie, treiben Sie mich nicht zum Äußersten! Wenn ich nicht Ihr Sohn bin, so haben Sie mich doch immerhin anerkannt. Das Gesetz ist also auf meiner Seite, und ich bestehe auf meinen Rechten.«

Beide Hände an die Brust gepreßt, wandte sich Lady Devine ihm zu. »Du sollst deine Rechte haben! Du sollst bekommen, was dir nach dem Gesetz zusteht! Oh, wie blind war ich in all diesen Jahren! Beharre nur auf deinem schändlichen Betrug! Nenne dich weiterhin Richard Devine, und ich werde aller Welt das schmachvolle Geheimnis offenbaren, um dessentwillen mein Sohn den Tod fand. Sei Richard Devine! Richard Devine war ein Bastard, und nach dem Gesetz steht ihm nichts zu — nichts!«

An der Wahrheit ihrer Worte war nicht zu zweifeln. Keine Frau wäre fähig gewesen, eine solche sie selbst entehrende Lüge zu erfinden, auch nicht, wenn es galt, eine Beleidigung zu rächen, wie sie Lady Devine widerfahren war. Doch John Rex zwang sich, ein ungläubiges Gesicht zu machen, und seine trockenen Lippen fragten: »Wenn Ihr Gatte nicht der Vater Ihres Sohnes war, wer war es dann?«

»Mein Vetter Armigell Esmé Wade, Lord Bellasis.«

John Rex schnappte nach Luft. Seine Hand zerrte an der Krawatte, riß den Hemdkragen auf, der ihn zu ersticken drohte. Der Horizont seiner Vergangenheit loderte hell auf und unter einem Blitz, der ihm die Sinne benahm. Sein ohnehin durch Ausschweifungen geschwächtes Gehirn vermochte diesem letzten Schlag nicht standzuhalten. Er taumelte und wäre zu Boden gestürzt, hätte er sich nicht an einen Schrank geklammert. Die geheimsten Gedanken seines Herzens drängten sich ihm auf die Lippen, und unbewußt sprach er sie aus: »Lord Bellasis! Er war auch mein Vater — und ich habe ihn getötet!«

Ein schreckliches Schweigen trat ein. Dann ging Lady Devine, von Furcht und Entsetzen gepackt, mit ausgestreckten Armen auf den Mörder zu. Grauen und flehentliche Bitte mischten sich seltsam in ihrer Stimme, als sie flüsternd fragte: »Was haben Sie mit meinem Sohn gemacht? Haben Sie ihn auch getötet?«

John Rex ließ den Kopf hängen wie ein Tier auf der Schlachtbank, dem man den tödlichen Schlag versetzt hat, und gab keine Antwort. Sarah Purfoy aber, die trotz ihres Entsetzens über die dramatische Wendung nicht vergessen hatte, daß Francis Wade jeden Augenblick eintreffen mußte, erkannte ihre letzte Chance und zögerte nicht, sie wahrzunehmen. Sie berührte die Mutter an der Schulter. »Ihr Sohn lebt!«

»Wo?«

»Versprechen Sie, uns nicht am Verlassen des Hauses zu hindern, wenn ich es Ihnen sage?«

»Ja, ja.«

»Versprechen Sie, das Geständnis, das Sie soeben hörten, geheimzuhalten, bis wir England verlassen haben?«

»Ich verspreche alles. Um Gottes willen, Frau, so reden Sie doch, wenn Sie ein Herz in der Brust haben! Wo ist mein Sohn?«

Sarah Purfoy schonte die Feindin nicht, die sich als die Stärkere erwiesen hatte. Langsam, jedes Wort betonend, sagte Sie: »Man nennt ihn Rufus Dawes. Er ist als Sträfling auf Norfolk Island und wurde auf Lebenszeit deportiert wegen des Mordes, den, wie Sie nun wissen, mein Mann begangen hat. – Ah!«

Lady Devine war in Ohnmacht gefallen.

KAPITEL 15
Fünfzehn Stunden

Sarah eilte zu Rex. »Steh auf, John, ich bitte dich, steh auf! Wir dürfen keine Sekunde verlieren.«

John Rex fuhr sich müde mit der Hand über die Stirn. »Ich kann nicht mehr denken. Irgendwas stimmt mit mir nicht. Ich bin krank. Mein Gehirn ist wie gelähmt.«

Sie riß den Schrank auf, griff nach Hut und Schleier, zog hastig den Mantel an und warf dabei immer wieder besorgte Blicke auf den zusammengebrochenen Mann. Im Nu hatte sie ihn aus dem Haus und in eine Droschke bugsiert.

»Lombard Street neununddreißig. Schnell!«

»Du lieferst mich doch nicht aus?« fragte Rex und sah sie stumpfsinnig an.

»Ich dich ausliefern? Nein. Aber die Polizei wird hinter uns her sein, sobald diese Frau den Mund auftut und ihr Bruder seinen Anwalt kommen läßt. Ich weiß, was ihr Versprechen wert ist. Wir haben höchstens noch fünfzehn Stunden Zeit.«

»Ich kann nicht mehr, Sarah«, murmelte er. »Ich bin so müde und benommen.«

Sie unterdrückte die schreckliche Angst, die sich in ihrem Herzen regte, und bemühte sich, ihn aufzumuntern.

»Du hast einfach zuviel getrunken, John. Bleib schön ruhig sitzen und warte auf mich. Ich will nur rasch Geld für uns holen.«

Damit verschwand sie in der Bank, und ihr Name verhalf ihr sofort zu einer Unterredung mit dem Direktor.

»Das ist eine reiche Frau«, flüsterte einer der Schreiber seinem Freund zu.

»Und noch dazu eine Witwe! Das wär was für dich, Tom«, meinte der andere lachend. Gleich darauf kam ein Angestellter aus dem Allerheiligsten des Direktors, gab Auftrag, einen Wechsel über dreitausend Pfund abzüglich Spesen auf Sydney zu ziehen, ließ sich einen mit Sarah Carr unterschriebenen Scheck über zweihundert Pfund auszahlen und eilte mit dem Geld ins Büro zurück.

Von der Bank begab sie sich zu Greens Reederei. »Ich brauche dringend eine Kabine auf dem ersten Schiff, das nach Sydney segelt.«

Der Reedereiangestellte sah bereitwillig auf eine Tafel. »Die *Highflyer* geht in zwölf Tagen, Madam, eine Kabine ist noch frei.«

»Ich muß eher fahren – morgen, spätestens übermorgen.«

Der junge Mann lächelte bedauernd. »Ich fürchte, das ist unmöglich, Madam«, sagte er.

In diesem Augenblick trat einer der Chefs aus seinem Privatbüro; er hielt ein Telegramm in der Hand und winkte den Angestellten zu sich. Sarah wollte gerade den Raum verlassen und eine andere Schiffsagentur aufsuchen, als der junge Mann auf sie zustürzte.

»Sie haben Glück, Madam«, sagte er. »Ein Kunde, der eine Kabine erster Klasse auf der *Dido* bestellt hatte, telegraphiert uns soeben, daß seine Frau plötzlich erkrankt ist und er die Kabine zurückgeben muß.«

»Wann segelt die *Dido*?«

»Morgen früh. Sie liegt in Plymouth und wartet auf die Postsäcke. Wenn Sie heute abend den Postzug um neun Uhr dreißig nehmen, treffen Sie noch rechtzeitig ein. Wir schicken dann ein Telegramm.«

»Gut, ich nehme die Kabine. Der Preis?«

»Hundertdreißig Pfund, Madam«, antwortete er.

Sie holte ihre Banknoten hervor. »Bitte zählen Sie nach. Wir sind übrigens auch durch einen Krankheitsfall aufgehalten worden. Mein Mann ist schwer leidend. Der Unterschied ist nur, daß wir niemand finden konnten, der uns das Fahrgeld zurückerstattete.«

»Wie war doch gleich der Name?« fragte der Angestellte, während er die Banknoten zählte. »Mr. und Mrs. Carr? Danke sehr.« Damit überreichte er ihr die Fahrkarte.

»Ich habe zu danken«, erwiderte Sarah mit einem bezaubernden Lächeln.

John Rex saß apathisch in der wartenden Droschke und kaute an seinen Fingernägeln. Sie hielt ihm die Karte hin. »Du bist gerettet. Ehe Mr. Francis Wade und seine Schwester zur Besinnung kommen, sind wir längst über alle Berge.«

»Nach Sydney!« rief Rex ärgerlich, als er auf den Schein sah. »Warum denn ausgerechnet nach Sydney?«

Sarah warf ihm einen verächtlichen Blick zu. »Dein Plan ist gescheitert, also bin jetzt ich an der Reihe. Du hast mich schon einmal sitzenlassen, und in jedem anderen Land würdest du mir wieder davonlaufen. Du bist ein Mörder, ein Schurke und ein Feigling, aber das ist mir egal. Ich rette dich, und dafür will ich dich behalten. Wir fahren nach Australien, wo ich nur ein Wort zu sagen brauche, damit der erste beste Polizist dich, einen entsprungenen Sträfling, festnimmt. Wenn du nicht mitkommen willst, dann bleib hier. Mich kümmert das nicht. Ich bin reich. Ich habe nichts verbrochen. Mir kann kein Richter etwas nachweisen. Nun, hast du's dir überlegt? Dann sag dem Kutscher, er soll zu Silver nach Cornhill fahren, ich will dich neu einkleiden.«

Nachdem sie alle Reisevorbereitungen getroffen hatte, brachte sie Rex, der seltsam teilnahmslos und niedergeschlagen war, in einem ruhigen Wirtshaus nahe dem Bahnhof unter, und nun erst versuchte sie herauszufinden, wie es zu dem Verbrechen gekommen war, das er gestanden hatte.

»Warum hast du Lord Bellasis eigentlich getötet?« fragte sie ruhig.

»Ich hatte von meiner Mutter erfahren, daß ich sein unehelicher Sohn war, und eines Tages, als er und ich von einem Taubenschießen zurückritten, erzählte ich es ihm. Er verhöhnte mich – und da schlug ich zu. Ich wollte ihn nicht töten, aber er war ein alter Mann und ich wie von Sinnen in meinem Zorn. Er fiel zu Boden, und da ich einen Reiter zwischen den Bäumen zu sehen glaubte, ergriff ich schleunigst die Flucht. Damit begann mein Unglück, denn an demselben Abend wurde ich im Hause des Falschmünzers verhaftet.«

»Es hieß doch immer, er wäre auch noch beraubt worden.«

»Nicht von mir. Aber um Gottes willen, sprich nicht mehr davon. Ich bin krank. Mir dreht sich alles im Kopf. Ich möchte schlafen.«

»Bitte seien Sie vorsichtig! Heben Sie ihn behutsam hinüber!« sagte Mrs. Carr, als das Boot im fahlen Licht eines trüben Maimorgens an der düster und grimmig daliegenden *Dido* längsseits ging.

»Was ist denn da unten los?« fragte der Wachoffizier, der sich über das Hin und Her im Boot wunderte.

»Der Herr ist krank. Wahrscheinlich ein Schlaganfall«, gab ein Matrose zur Antwort.

Er hatte richtig vermutet. Es bestand keine Gefahr mehr, daß John Rex der Frau, die er betrogen hatte, noch einmal davonlaufen würde. Sarah Purfoy hatte den Geliebten dank ihrer teuflischen Klugheit gerettet – aber nur, um ihn bis an sein Lebensende zu pflegen. John Rex starb, ohne ihre zärtliche Fürsorge auch nur zu bemerken, er starb wie ein Tier, bar des Verstandes, den er in seiner Selbstsucht und Gemeinheit mißbraucht hatte.

KAPITEL 16
Die Sühne

»Nun wissen Sie alles. Möge Ihnen das furchtbare Geschehen zur Warnung dienen. Lassen Sie ab von Ihrem Vorhaben, schonen Sie die unschuldige Frau! Die Strafe für die Sünde trifft nicht nur den Sünder. Jede Freveltat lebt in ihren Folgen für immer weiter, und diese Tragödie eines schändlichen und verbrecherischen Lebens, deren würdiger Abschluß meine Hinrichtung sein wird, ist durch eine selbstsüchtige Sünde wie die Ihre heraufbeschworen worden.«

In der Gefängniszelle war es dunkel geworden. Rufus Dawes fühlte, wie die zitternde Hand des Kaplans nach der seinen griff. »Lassen Sie mich Ihre Hand halten! Nicht Sir Richard Devine hat Ihren Vater ermordet, sondern ein Reiter, der Lord Bellasis begleitete, ihn erschlug und dann die Flucht ergriff.«

»Barmherziger Gott! Woher wissen Sie das?«

»Weil ich Zeuge des Mordes war, weil – lassen Sie meine Hand nicht los! – weil ich die Leiche beraubte.«

»Sie?«

»Ich war in meiner Jugend ein Spieler. Lord Bellasis hatte im Spiel gewonnen, und ich bezahlte meine Schuld mit zwei gefälschten Wechseln. Er entdeckte den Betrug. Skrupellos und grausam, wie er war, drohte er, mich anzuzeigen, falls ich ihm nicht die doppelte Summe gäbe. Auf Wechselfälschung stand in jenen Tagen der Tod, und ich bemühte mich verzweifelt, das Geld aufzutreiben, um die Beweise meiner törichten Tat zurückzukaufen. Es gelang mir auch. An jenem Abend, von dem Sie sprachen, sollte ich Lord Bellasis in der Nähe seines Hauses in Hampstead treffen, ihm das Geld aushändigen und dafür die Wechsel in Empfang nehmen. Als ich ihn fallen sah, ritt ich hinzu, aber anstatt den Mörder zu verfolgen, stahl ich die gefälschten Wechsel aus seiner Brieftasche. Ich hatte Furcht, vor Gericht auszusagen, sonst hätte ich Sie retten können. — Ach jetzt haben Sie meine Hand doch losgelassen!«

»Gott vergebe Ihnen!« sagte Rufus Dawes; dann schwieg er.

»Sprechen Sie!« rief North. »Sprechen Sie, wenn Sie mich nicht zum Wahnsinn treiben wollen. Machen Sie mir Vorwürfe, verachten Sie mich, speien Sie mich an! Sie können nicht schlechter von mir denken als ich selber.«

Aber der andere hatte den Kopf in die Hände gestützt und schwieg. Mit einer wilden Gebärde taumelte North aus der Zelle.

Fast eine Stunde war vergangen, seit der Kaplan dem Wärter die Rumflasche in die Hand gedrückt hatte, und Gimblett sah mit halbtrunkenem Erstaunen, daß sie noch nicht leer war. Ursprünglich hatte er sich vorgenommen, daß die Belohnung für sein Entgegenkommen nur in einem einzigen kräftigen Schluck bestehen solle — er kannte nämlich seine Schwäche für geistige Getränke. Aber während er wartete und wartete, wurden aus dem einen Schluck zwei und dann drei, bis schließlich mehr als die Hälfte des Rums durch seine Kehle geflossen war. Und nun hätte er gar zu gern weitergetrunken. Gimblett war in einer verzwickten Lage. Wenn er die Flasche nicht leerte, würde es ihn ewig reuen. Leerte er sie dagegen, dann betrank er sich, und Trunkenheit im Dienst war eine unverzeihliche Sünde. Er blickte hinaus auf das dunkle Meer, dorthin, wo die Positionslichter des Schoners auf und nieder schwankten. Der Kommandant war weit weg! Eine schwache Brise, die, wie Blunt vorausgesagt hatte, gegen Abend aufgekommen war, wehte die Stimmen der Bootsbesatzung von der Mole zu ihm herauf. Der Steuermann war sein Freund Jack Mannix. Gimblett beschloß, daß Jack auch einen Schluck haben sollte. Er ließ das Tor unbewacht, ging zur Kaimauer, beugte sich weit nach vorn und rief seinen Freund. Doch die plötzlich auffrischende Brise trug seine Worte mit sich fort, und da Jack Mannix nichts hörte, unterbrach er sein Gespräch nicht. Tief gekränkt durch diese Unhöflichkeit, setzte sich Gimblett am Fuße der Mauer nieder und leerte die Rumflasche in einem Zuge. Die Wirkung auf seinen zwangsweise des Alkohols entwöhnten Magen trat sofort ein. Er machte einen schwachen Versuch, auf die Beine zu kommen, warf einen vorwurfsvollen Blick auf die Rumflasche, bemühte sich vergeblich, ihrer Leere noch einen letzten Tropfen zu entreißen, wünschte die Insel mit allem Drum und Dran zum Teufel und schlief dann mit einem sorglosen und zufriedenen Lächeln ein.

North bemerkte die Abwesenheit des Aufsehers nicht, als er das Gefängnis verließ. Er war nicht in der Verfassung, überhaupt etwas zu bemerken. Barhäuptig, ohne seinen Mantel, rannte er durch das Tor in die Nacht hinaus, mit starrem Blick und geballten Fäusten, wie ein Mensch, der vor einer schrecklichen Vision flieht. Tief in Gedanken versunken, ohne auf seine Schritte zu achten, schlug er den vertrauten Pfad ein, der hügelan zu seinem Häuschen führte. »Und dieser Mensch ist ein Sträfling!« murmelte er. »Ein Held ist er, ein Märtyrer! Was für ein Leben! Liebe! Wahrhaftig, das ist Liebe! Oh, James North, du Verworfener, wie stehst du neben diesem verachteten Ausgestoßenen vor Gottes Angesicht da!« Im Gehen raufte er sich die grauen Haare, trommelte mit den Fäusten an die pochenden Schläfen und sprach dabei unablässig vor sich hin. Als er sein Zimmer betrat, sah er im Mondlicht die Reisetasche, die er auf dem Tisch hatte stehenlassen. Dieser Anblick erinnerte ihn an sein Vorhaben. Er zündete die Kerze auf dem Tisch an, nahm die Tasche und schaute sich noch einmal in dem Zimmer um, das seine nutzlosen Seelenkämpfe und den Triumph seiner niederen Instinkte mit angesehen hatte. Ja, so war es. Das Schicksal hatte ihn zur Sünde verdammt, und das Verhängnis, das er einst hätte abwenden können, mußte nun seinen Lauf nehmen. Plötzlich war ihm, als treibe der dunkle Fleck, der das Schiff war, langsam von der Küste fort. Er durfte nicht länger zaudern; an der Mole warteten sie auf ihn. In diesem Augenblick warf der bisher hinter schnell ziehenden Wolken versteckte Mond einen Silberstreifen über das Wasser, und North sah ein Boot dahingleiten. Wie? Narrte ihn sein wirres Gehirn? Wer war der Mann, der im Heck saß, in einen Mantel gehüllt? Eine heftige Bö trieb die dunkle Wolkenwand vor den Mond, und das Boot verschwand, als habe der aufkommende Sturm es verschlungen. North taumelte, als er begriff, was geschehen war.

Er erinnerte sich seines Versprechens: »Ich will ihn mit meinem eigenen Blut loskaufen!« War es möglich, daß dieses Gelöbnis einen gerechten Himmel bewogen hatte, den Mann, der das Opfer eines elenden Feiglings war, entkommen zu lassen und den zurückbleibenden Feigling zu bestrafen? Oh, dieser Mensch verdiente die Freiheit; er war anständig, edel und wahrheitsliebend! Er selbst dagegen – ein hassenswerter Egoist, ein unkeuscher Priester, ein Trinker. Auf dem Tisch stand der Spiegel, in dem sich nun bald das Gesicht des Frömmlers Meekin spiegeln sollte, und während North mit einer Hand mechanisch in der offenen Reisetasche wühlte, starrte er auf das bleiche Gesicht und die blutunterlaufenen Augen, die ihm entgegenblickten, und eine rasende Wut überkam ihn. Was war er doch für ein gemeiner Schurke geworden! Der letzte verhängnisvolle Impuls des Wahnsinns, der Wunsch, sein verhaßtes Ich abzuschütteln, beschlich ihn, und seine Finger schlossen sich krampfhaft um den Gegenstand, den sie gesucht hatten. »Es ist besser so«, raunte er heiser seinem verabscheuten Spiegelbild zu. »Ich habe dich lange genug betrachtet. Ich habe in deinem Herzen gelesen und deine Geheimnisse aufgeschrieben! Du bist nur eine Schale – die Schale, die ein verderbtes und sündiges Herz umschließt. *Er* soll leben; *du* sollst sterben!«

Rasch hob er den Arm, die Kerze fiel um – und alles war dunkel.

Die unvermutete Enthüllung hatte Rufus Dawes so überwältigt, daß er sich minutenlang nicht zu rühren vermochte. Unwillkürlich wartete er auf das dumpfe Geräusch, mit dem das schwere Außentor hinter dem Kaplan ins Schloß fallen mußte. Aber er hörte nichts, und mit einemmal schien ihm, es sei in der Zelle merklich kühler geworden. Er ging zur Tür und blickte hinaus, denn er nahm an, daß sich Gimblett im Flur zu schaffen machte. Zu seiner Verwunderung stand das Gefängnistor weit offen, und niemand war zu sehen. Sein erster Gedanke galt North, und er fragte sich, ob seine tragische Lebensgeschichte, seine flehentlichen Bitten den Kaplan bewogen hatten, von seinem Vorhaben abzusehen. Er blickte sich um. Der Nachthimmel war trübe, von Wolken verhangen; der Wind hatte aufgefrischt, von jenseits des Riffs tönte das heisere Grollen der wütenden See herüber. Wenn das Schiff in dieser Nacht in See stechen sollte, mußte es so schnell wie möglich in tiefe Gewässer hinaussteuern. Wo war der Kaplan? Hoffentlich hatte er sich so gründlich verspätet, daß sie ohne ihn aufgebrochen waren. Aber ach – irgendwann würde er ja doch wieder mit ihr zusammentreffen...

Rufus Dawes trat an die Kaimauer heran und schaute umher. Hatte sich der Kaplan in seinem Wahnsinn vielleicht etwas angetan und so den zuverlässigen Gimblett gezwungen, seinen Posten zu verlassen? »Rrrr! Puh!« Da lag er ja, der zuverlässige Gimblett – sinnlos betrunken!

»He! Hallo!« brüllte jemand von der Mole herauf. »Sind Sie's, Mr. North? Wird langsam Zeit, Sir!«

Drüben auf dem Hügel, im Hause des Kaplans, wurde ein Fenster hell – North hatte die Kerze angezündet. Die Männer im Boot konnten den Lichtschein nicht sehen, aber den Gefangenen erfüllte er mit einer wilden Hoffnung, die sein Herz höher schlagen ließ. Er lief in seine Zelle zurück, stülpte sich den breitrandigen Hut des Priesters auf, warf den Mantel um seine Schultern und eilte hastig die Treppe zur Mole hinunter. Wenn nur jetzt nicht der Mond zum Vorschein kam!

»Steigen Sie schnell ein, Sir«, sagte der ahnungslose Mannix, der nur an die Prügel dachte, die man ihm angedroht hatte. »Das wird heute eine schlimme Nacht werden! Legen Sie sich die Plane über die Knie, Sir. Stoß ab! Los!« Das Boot glitt dahin, und sekundenlang fiel ein Mondstrahl auf den Schlapphut und die verhüllte Gestalt. Aber Mannix und seine Leute hatten alle Hände voll zu tun, das Boot bei dem aufkommenden Sturm zwischen den Felsen hindurchzusteuern, und so achtete niemand auf den Kaplan.

»Alle Wetter, Jungens, wir haben's gerade noch geschafft!« rief Mannix, als sie am Schoner festmachten, der schwarz in der Dunkelheit lag. »Schnell die Leiter rauf, Hochwürden!«

Der Wind hatte sich gedreht, er kam jetzt von Land. Blunt, der schon fast wünschte, er hätte nicht zum Aufbruch gedrängt, aber viel zu eigensinnig war, das einzugestehen, wollte nun wenigstens so rasch wie möglich die offene See erreichen.

»Was schert mich der Pfaffe!« hatte er in seiner derben Art gesagt. »Wir können doch nicht die ganze Nacht auf ihn warten. Ankerkette einholen, Mr. Johnson!« Und so war der Anker bereits gelichtet, als Rufus Dawes an Bord ging.

Der Kommandant, dessen Boot soeben ablegte, brüllte einen Abschiedsgruß: »Wiedersehen, North! Wär aber um ein Haar schiefgegangen!« Dann leiser: »Verdammter Bursche! Nicht mal antworten kann er.«

Der Kaplan sprach mit niemandem. Er eilte die Luke hinunter und ging auf die Heckkajüten zu. »Hat gerade noch so geklappt, Hochwürden!« sagte irgend jemand ehrerbietig und öffnete ihm die Tür. Der Mann hatte recht; aber der Geistliche stimmte mit keinem Wort zu. Er schloß die Tür ab und warf sich keuchend, kaum die Gefahr begreifend, der er entronnen war, in seine Koje. Über ihm dröhnten eilige Schritte, und dazwischen erklang das muntere »Hau ruck! Hau ruck!« der Männer am Spill. Durch das offene Kajütenfenster wehte Seegeruch herein, und er konnte das Licht im Hause des Kaplans auf dem Hügel erkennen. Nun hörte das Trampeln auf, das Schiff kam in

Fahrt, unter ihm tauchte für einen Augenblick das Boot des Kommandanten auf – die *Lady Franklin* war in See gegangen. Die Augen auf das ferne Licht gerichtet, überlegte Rufus Dawes, was nun werden sollte. Der Betrug, den er im Schutze der Dunkelheit und im Durcheinander des Aufbruchs so erfolgreich bewerkstelligt hatte, konnte nicht lange unentdeckt bleiben. Und selbst wenn es ihm gelang, sich während der langen und anstrengenden Fahrt verborgen zu halten, so würde ihn doch in Hobart Town sein Schicksal ereilen. Aber das war nicht so wichtig. Er hatte Sylvia gerettet, denn North war zurückgeblieben. Der arme North! Von Mitleid erfüllt, starrte er auf das Licht, und da – es erlosch. Wie von einer unwiderstehlichen Macht getrieben, fiel Rufus Dawes auf die Knie und betete für das Seelenheil des Mannes, der ihn erlöst hatte.

»Das war ein Schuß von der Küste«, sagte Partridge, der Steuermann. »Eine rote Rakete, Käpt'n. Da ist ein Gefangener getürmt. Sollen wir beidrehen?«

»Beidrehen?« rief der alte Blunt mit einem wilden Fluch. »Wir werden ganz was anderes tun müssen. Sehen Sie sich doch den Himmel an!«

Am nördlichen Horizont stand ein breiter fahlgrüner Streifen, und darüber dräute eine mächtige schwarze Wolke, deren Form sich ständig veränderte.

KAPITEL 17
Der Zyklon

Nun, da Blunt wußte, was für eine Gefahr ihnen drohte, bereute er seine Starrköpfigkeit. Alle Anzeichen deuteten auf das Herannahen eines Wirbelsturms hin.

An der Südküste Australiens sind Hurrikane keine Seltenheit, wenn auch in den meisten Monaten des Jahres die üblichen Westwinde und Stürme der höchsten Breiten vorherrschen. Die Stürme ziehen zunächst bei niedrigem Barometerstand nach Nordwesten, setzen dann ihre Bahn mit zunehmender Heftigkeit nach Westen und Südwesten fort und biegen allmählich nach Süden um. Regelrechte Zyklone kommen in Neuseeland vor. Im Logbuch der *Adelaide* finden wir unter dem 29. Februar 1870 einen Zyklon beschrieben, der eine Stundengeschwindigkeit von zehn Meilen hatte und alle Kennzeichen eines echten tropischen Wirbelsturms aufwies, zum Beispiel die parabelförmige Bahn und die völlige Windstille im Zentrum. Ein Zyklon, der die Westküste von Neuseeland heimsucht, nimmt seinen Ausgang von den Neuen Hebriden, wo solche Stürme sehr häufig sind, und kreuzt auf der Höhe von Norfolk Island die Route der von Südamerika und Sydney segelnden Schiffe. Einer dieser Wirbelstürme, ein entwichener Tropensturm, bedrohte die *Lady Franklin*. Die unheimliche Flaute, die am Tage über der Insel gebrütet hatte, war einem steifen Nordostwind gewichen, und als der Schoner, der bislang auf der Leeseite der Insel vor Anker gelegen hatte (der »Hafen« lag fast genau im Süden), das offene Meer erreichte, wurde es Blunt klar, daß bei diesem Sturm eine Umkehr unmöglich war. Er konnte nur hoffen, daß der Orkan erst mit voller Wucht über sie hereinbrechen würde, wenn sie weit draußen auf hoher See waren.

Von den Aufregungen der letzten Stunden erschöpft, war Rufus Dawes eingeschlafen, wurde aber nach kurzer Zeit durch die Bewegungen des lavierenden Schiffes geweckt. Er sprang auf und stellte fest, daß es inzwischen stockfinster geworden war. Über sich hörte er Blunts heisere Kommandorufe und das Getrappel der hin und her laufenden Männer. Erstaunt, daß der Mond nicht mehr schien, der doch vorhin die See in silbernes

Licht getaucht hatte, stieß er das Kajütenfenster auf und blickte hinaus. Wie bereits erwähnt, hatte man North die eine der beiden Heckkajüten zugewiesen, und so konnte der Sträfling das Herannahen des Sturmes genau beobachten.

Ein Naturschauspiel von wilder Großartigkeit bot sich seinen Augen. Die riesige schwarze Wolke, die am Horizont hing, hatte ihre Gestalt verändert, sich aus einem Vorhang in einen Bogen verwandelt. Unter diesem weiten und hochgewölbten Portal leuchtete der Himmel gelblichgrün. Die blassen Blitze eines Wetterleuchtens zuckten geräuschlos durch den fahlen Raum, und in der Ferne ertönte ein dumpfes, bedrohliches Murren – das Rollen des Donners, das Prasseln des Regens und das Brüllen des Sturmes und der See, die miteinander kämpften. So schnell hatte der stete Wind den Schoner vor sich hergetrieben, daß die Lichter der Gefängnisinsel bereits verschwunden waren. Ringsum breitete sich schwarz und trostlos der Ozean aus. Rufus Dawes beobachtete auf der düsteren Wasserfläche eine seltsame Erscheinung: Die Blitze schienen aus dem finsteren Schoß des Meeres emporzuschießen. Von Zeit zu Zeit spien die dunkelrollenden Wogen Feuer aus, und rote Lohen zuckten hoch. Der Wind nahm an Heftigkeit zu, Regenschauer zerfransten den Lichtbogen, der sich – wie vom Widerschein eines Brandes – langsam dunkelrot färbte. Plötzlich rollte ein gewaltiger Donnerschlag, von einem furchtbaren Regenguß begleitet, über den Himmel. Der Lichtbogen verschwand, als habe eine unsichtbare Hand das Schiebefenster einer Riesenlaterne geschlossen. Brüllend stürzte eine breite Regenwand auf die Wasserfläche nieder, und mit unbeschreiblichem Getöse, in dem sich Laute des Grauens, des Triumphs und der Qual mischten, brach der Zyklon über sie herein.

Rufus Dawes begriff, daß er dem Aufruhr der Elemente auf Gedeih oder Verderb preisgegeben war. Angesichts der entsetzlichen Gefahr erwachte in ihm die natürliche Widerstandskraft. In den nächsten Stunden mußte sich sein Schicksal entscheiden, und es galt, alle Möglichkeiten genau zu erwägen. Das heißt, im Grunde gab es ja nur zwei Möglichkeiten: Entweder er ertrank hier unten in der Kajüte, oder er war – falls das Schiff den Sturm überstand – gezwungen, an Deck zu gehen, wo man den tollkühnen Betrug sofort entdecken würde. Für einen Augenblick überwältigte ihn die Verzweiflung, und er schaute auf die tobende See, als wollte er sich hineinstürzen und so seinen Leiden ein Ende machen. Der Klang einer Frauenstimme rief ihn in die Wirklichkeit zurück. Vorsichtig öffnete er die Tür zur Nachbarkajüte und lugte durch den Spalt. Im Schein einer hin und her schaukelnden Lampe erkannte er Sylvia, die eine der Frauen über den Sturm ausfragte. Rufus Dawes sah, wie sie halb hoffnungsvoll, halb ängstlich auf die Tür blickte, hinter der er stand, und er begriff, daß sie glaubte, der Kaplan werde heraustreten. Er schloß die Tür und zog hastig North' Kleider über, fest entschlossen, zu warten, bis seine Hilfe ausdrücklich gefordert wurde, und dann zu ihr zu eilen. In der Dunkelheit würde Sylvia ihn für den Priester halten. Sollte es sich als nötig erweisen, zu den Rettungsbooten Zuflucht zu nehmen, so wollte er sie ins Boot tragen und alles Weitere dem Zufall überlassen. Solange sie in Gefahr schwebte, war sein Platz an ihrer Seite.

Die Männer an Deck des Schiffes waren Zeugen eines entsetzlichen Schaupiels. Die Wolken ballten sich immer dichter zusammen. Der Lichtbogen war verschwunden; ringsum herrschte schwärzeste, sturmgepeitschte Finsternis. Am Horizont türmten sich gewaltige Wasserberge, die alle auf den Schoner zuzurollen und sich über ihn zu ergießen schienen. Es war, als liege das Schiff inmitten eines riesigen Strudels, so hoch stiegen die Pyramiden der Wassermassen zu beiden Seiten empor. Mächtige Böen fegten durch die Lüfte – Windstöße, die wie Donnerschläge polterten. Ein Segel, das sich von der Takelung gelöst hatte, wurde aufs Meer hinausgeweht und trieb wie ein Papierfetzen davon. Das Barometer stand auf 29,50. Blunt, der bei der Rumflasche Trost gesucht hatte, fluchte gotteslästerlich und beteuerte, keine Seele an Bord werde den neuen Tag erleben. Vom Alkohol umnebelt, brach er in Tränen aus, als Partridge ihm untersagte, in einem solchen Augenblick den Namen Gottes zu mißbrauchen. Das Heulen des Sturmes war ohrenbetäubend. Von Grauen gepackt, wie gelähmt vor Entsetzen, hatten die Matrosen nur noch einen Gedanken: sich an irgend etwas zu klammern, sich irgendwo festzuhalten. Es war unmöglich, den Kopf zu heben und luvwärts zu blicken. Man bekam die Augenlider nicht auseinander, und das Gesicht brannte von dem beißenden Gischt. Die salzige Luft rief Übelkeit und Brechreiz hervor. Partridge erkannte, daß Befehle sinnlos waren – nicht einmal der Mann neben ihm hätte sie hören können. Das Schiff lag fast auf der Seite, mit dem Ruder nach oben. Sogar die auf den Rahnocken zusammengerollten Segel waren über Bord gegangen. Menschenhände konnten hier nichts mehr ausrichten.

Gegen fünf Uhr morgens erreichte der Sturm seinen Höhepunkt. Der Himmel sandte Regengüsse herab, die der Wind mit sich riß, ehe sie das Meer erreichten, und zuckende Blitze, die von den gierigen Wellenbergen verschlungen wurden, ehe sie die Dunkelheit durchstoßen konnten. Das Schiff lag nun ganz auf der Seite, festgehalten von dem wild tosenden Wind, der die See zu glätten schien, denn er kappte die Schaumkronen der Wellen, so daß feiner weißer Gischt wie eine dichte Wolke bis zur Höhe der Marsstange stäubte. Bei jedem Windstoß glaubte man, er sei an Heftigkeit nicht mehr zu übertreffen, und doch folgte ihm nach einer Pause, die keine Stille, sondern ein Keuchen war, eine Bö von noch rasenderer Gewalt. Das Barometer stand auf 27,82. Das Schiff war nur noch ein ächzendes, kampfunfähiges Wrack, das jeden Augenblick sinken konnte. Um halb vier war das Barometer auf 27,62 gefallen. Abgesehen von den kurzen Sekunden, in denen Wetterleuchten aufzuckte und die angstverzerrten Gesichter der zusammengekauerten armen Teufel enthüllte, spielte sich diese Tragödie der Elemente in einer beinahe greifbaren Dunkelheit ab.

Plötzlich stieg die Quecksilbersäule des Barometers auf 29,90, das Heulen des Windes ging in ein schreckliches, schrilles Kreischen über, und dann trat Stille ein. Die *Lady Franklin* hatte das Zentrum des Zyklons erreicht. Partridge schaute hinüber zu dem betrunkenen Blunt, der sich am Steuerrad festgebunden hatte, und beim Anblick der hilflos hin und her schwankenden Gestalt durchströmte ihn eine seltsame selbstsüchtige Freude. Wenn das Schiff diesen Sturm überstand, würde man den betrunkenen Kapitän entlassen und ihn, Partridge den Tapferen, an seine Stelle setzen. Der Schoner, nicht länger vom Wind niedergehalten, war jetzt ein Spielball der Sturzseen. Gewaltige Wassermassen schlugen über ihm zusammen. Gleich darauf legte er sich abermals auf die Seite: Der Wind hatte ihn mit einem Triumphgeheul erneut angesprungen, diesmal aus einer anderen Richtung. Der Sturm hatte auf seiner Bahn kehrtgemacht. Der Hurrikan war im Begriff, seine Attacke von Nordwesten her zu wiederholen.

Das Wasser, das durch die geborstene Luke stürzte, riß die Kajütentür aus den Angeln. Plötzlich sah sich Sylvia von einer wild gurgelnden Sturzsee umgeben, die sie fortzuschwemmen drohte. Sie schrie laut um Hilfe, aber nicht einmal sie selbst vermochte ihre Stimme zu hören. An den Mast geklammert, der durch die kleine Kajüte ging, die Augen auf die Tür gerichtet, hinter der sie North wähnte, schickte sie ein letztes Stoßgebet zum Himmel. Da öffnete sich die Tür, und eine schwarzgekleidete Gestalt trat ein. Im Schein der verlöschenden Lampe erblickte Sylvia ein Gesicht, das nicht das des Mannes war, den sie zu sehen gehofft hatte. Sie sah in zwei dunkle Augen, aus denen unsägliche Liebe und inniges Mitleid strahlten, sie fühlte sich von zwei nassen Armen emporgehoben, wie schon einmal in jenen vergangenen Tagen, über deren Geschehen ein geheimnisvoller Nebel lag. Im Entsetzen dieses Augenblicks zerriß das Dunkel, das ihr Gehirn so lange umwölkt hatte. Das Verhalten des Mannes vervollständigte und erklärte das Verhalten des Kettensträflings, der in Port Arthur die Kohlenwagen gezogen, der auf Norfolk Island in der Folterkammer gekniet hatte. Sie erinnerte sich an das schreckliche Erlebnis in Macquarie Harbour. Sie entsann sich des Abends, an dem zwei kräftige Arme sie hoch über das soeben fertiggestellte Boot in die Luft schwangen und sie ihrem Retter versprach, für ihn um Gnade zu bitten. Und nun, da sie ihr Gedächtnis wiedererlangt hatte, erkannte sie auch, welche Qualen und welche Schmach dieser Mensch in seinem langen Elendsdasein erduldet hatte. Sie begriff, daß ihr Mann sie betrogen, daß er sich ihre junge Liebe durch gemeine Lügen und schamlose Ungerechtigkeit erschlichen hatte. Es kam ihr nicht in den Sinn, zu fragen, wie dieser zweifach verurteilte Gefangene von der gräßlichen Strafinsel entkommen war. Sie fragte nicht – auch nicht in Gedanken –, wie es ihm gelungen war, in die für den Kaplan bestimmte Kajüte zu gelangen. In ihrem jähen Erwachen dachte sie nur an das furchtbare Unrecht, das er erlitten hatte, erinnerte sich nur seiner wunderbaren Seelenstärke und Liebe, wußte in diesem letzten Augenblick ihres reinen, unglücklichen Lebens nur, daß er gekommen war, sie vor Sünde und Verzweiflung zu retten, so wie er sie einst vor dem Hungertode bewahrt hatte.

Wer je in Todesgefahr geschwebt hat, der weiß, wie rasch das Denken längstvergessene Bilder zurückholt, und er wird verstehen, wie in Sylvias rückschauendem Geist das Einst mit dem Jetzt verschmolz, wie sich der Schock des wiedergewonnenen Erinnerungsvermögens in dem dankbaren Ausruf früherer Tage löste: »Der gute Mr. Dawes!«

Die Augen des Mannes und der Frau trafen sich in einem langen leidenschaftlichen Blick. Lächelnd streckte Sylvia die weißen Arme aus, und nun war es Richard Devine, der mit einem Schlag alles begriff. Die Geschichte ihres freudlosen Lebens enthüllte sich ihm, und er erkannte, wie sie geopfert worden war.

An dem großen Wendepunkt unseres Lebens, wenn wir, Aug in Auge mit der Vernichtung, nach Atem ringend vor dem großen Nichts des Todes stehen, werden wir uns bewußt, daß unser Ich, das wir so gut zu kennen meinten, ungewöhnliche und ungeahnte Fähigkeiten besitzt. Die Schilderung eines Sturmes der Elemente ist nicht leicht; aber die Schilderung eines Sturmes der Seele ist unmöglich. Wie Federn, wesenlos und unbeachtet, treibt ein solcher Sturm tausend Erinnerungen vor sich her, und jede von ihnen trägt einen Leichnam im Busen, eine tote Tat, unter deren Einfluß wir noch immer stehen. Die Nebel, die unsere Selbsterkenntnis einhüllen, werden durchsichtig, und blitzartig begreifen wir den Mißbrauch, den wir mit unserer Macht über unser Schicksal getrieben haben.

Dies fühlen und erkennen wir; aber wer vermag kaltblütig den Hurrikan zu beschreiben, der ihn in dieser Weise überwältigt? Ebensogut könnte man den ertrunkenen Matrosen fragen, welche Wunder des Meeres er erblickte, als er in die große Tiefe versank und das Dunkel des Todes ihn umfing. Diese beiden Menschen spürten, daß sie mit dem Leben abgeschlossen hatten. So vereint, allein in unmittelbarer Nähe des Todes, entschwand ihnen die Welt, die zu verlassen sie im Begriff waren. Ihr nach innen gewandter Blick wurde klar. Sie fühlten sich als Wesen, die ihre Leiblichkeit bereits abgestreift hatten, und während ihre Hände sich fanden, stürzten ihre befreiten Seelen, jede die Schönheit der anderen erkennend, einander zitternd entgegen.

Von dem zurückkehrenden Wirbelsturm herangetragen, schoß eine gewaltige, in der Dunkelheit glitzernde Woge hoch und verhielt eine Sekunde über dem Wrack. Mit Schaudern starrten die unglücklichen Männer, die sich noch immer an das Deck klammerten, in den gierig gewölbten grünen Schlund, und sie wußten, daß das Ende gekommen war.

EPILOG

Am Morgen nach dem Sturm fielen die Strahlen der aufgehenden Sonne auf einen Gegenstand, der unweit der Stelle, wo der Schoner gesunken war, auf dem Wasser schwamm.

Dieser Gegenstand war ein Teil des Großmastes der *Lady Franklin,* und in der Takelung hingen zwei Leichen — ein Mann und eine Frau. Die Arme des Mannes umschlangen den Körper der Frau, ihr Kopf lag an seiner Brust.

Die Gefängnisinsel war nur mehr ein langer, schmaler Strich am fernen Horizont. Der Sturm hatte ausgetobt. Je höher die Sonne stieg, desto linder wurde die Luft, still und friedlich lag der Ozean da. Im goldenen Licht des neugeborenen Morgens trieb das Wrack mit seiner Last auf die See hinaus.

NACHWORT

Marcus Clarke (1846–1881), einziger und unsteter Sohn eines Londoner Juristen, kam mit achtzehn Jahren nach Melbourne. Familiäre Vorsorge hatte ihm dort einen Platz als Bankeleve gesichert, indessen litt es ihn nicht lange auf dem Kontorschemel. Einige Zeit verbrachte er auf einer Viehzuchtstation im Innern des Landes. Dann kehrte er in die Stadt zurück.

1867 wurde er Mitarbeiter der Tageszeitung »Argus« und entfaltete in der Folge eine vielseitige journalistische Tätigkeit. Als er für eine historische Artikelserie Tatsachenmaterial über die Sträflingslager Australiens zusammentrug, waren es neben mündlichen Berichten vor allem die Archive von Hobart Town, der Hauptstadt Tasmaniens, die ihm eine reiche Ausbeute an erschütternden Dokumenten lieferten.

Die Erforschung eines der düstersten Kapitel der englischen Kolonialgeschichte mußte den mit Phantasie und Einfühlungsvermögen begabten jungen Wahrheitssucher zutiefst erregen. Er fühlte, daß man diese Vergangenheit nicht begraben lassen sein dürfe. Gewiß ließen sich begangene Verbrechen gegen die Menschlichkeit nicht ungeschehen machen; aber eben weil das bei der Erschließung des neuen Erdteils seit 1788 bis in die Mitte des 19. Jahrhunderts praktizierte System der Deportation mit seiner Sklaverei und Menschenschinderei nie vor einem Tribunal verurteilt worden war und anderwärts noch unangefochten florierte – lediglich in Tasmanien hatte es wegen zu geringer Arbeitsproduktivität allmählich abgewirtschaftet –, galt es, nachträglich im Namen der Humanität Anklage zu erheben. Dazu reichten ein paar Zeitungsartikel nicht aus. So nahm der flammende Protest Marcus Clarkes gegen jenen ebenso barbarischen wie berechnenden Strafvollzug die Gestalt eines danteskten Romans an, der 1870–1872 in Fortsetzungen im »Australian Journal« erschien. Die für die Buchausgabe revidierte Fassung, worin der ursprüngliche Versuch, den Helden am Ende für zwanzig Jahre unsäglichen Leidens durch Rückkehr ins bürgerliche Leben zu »entschädigen«, einsichtigerweise aufgegeben wurde, erregte weltweites Aufsehen. Das Echo erstreckte sich über Jahrzehnte.

Diesem einen großen Wurf verdankt der infolge Raubbaus an seiner Gesundheit frühverstorbene Autor seinen Nachruhm als ein hervorragender Vertreter der australischen Literatur.

Für die englische Literatur, in deren Geschichte sein Werk mit gleichem, wenn nicht mit größerem Recht zu nennen wäre, wird er seltener in Anspruch genommen. Die Vermutung, daß diese Außerachtlassung etwas mit der Thematik des Romans »Lebenslänglich« zu tun habe, liegt nicht allzu fern. Wer als Anwalt des gequälten Menschenmaterials die Stimme erhebt, wie Clarke es hier tut, gilt bei der Bourgeoisie als lästiger Zwischenrufer, dessen Widerhall tunlichst abgedämpft werden sollte. Gerade deshalb schenken wir ihm wieder Gehör. Wir lassen uns von ihm zeigen, was nie verziehen und vergessen werden darf.

Im einzelnen freilich muß dem modernen kritischen Betrachter des schaurigen Panoramas die ungleiche Qualität der Wiedergabe und die unterschiedliche Echtheit der verwendeten Farben auffallen. Neben Partien, deren künstlerische Gestaltung sie zum Erlebnis werden läßt, sei es durch dramatische Wucht, durch Erzeugung einer suggestiven Atmosphäre oder auch durch sarkastisch pointierte Kontraste, stehen unvermittelt andere, die in ihrer trivialen Schablonenhaftigkeit peinliche Empfindungen auslösen. Bisweilen schlägt ergreifendes Pathos in hohle Rhetorik um, und mit einigem Recht ist dem Autor von den meisten Beurteilern eine Neigung zur Effekthascherei nachgesagt worden, ein Vorwurf, von dem freilich auch Charles Dickens nicht ganz freizusprechen ist.

Die Zwiespältigkeit Clarkes erklärt sich zum großen Teil daraus, daß er gleichzeitig zwei Ziele verfolgt, die schlecht miteinander in Einklang zu bringen sind. Sein Buch sollte ein monumentales Memento werden und außerdem sämtliche Elemente des damals gängigen kriminalistischen Sensationsromans der Collins-Braddon-Schule enthalten. So geriet die schriftstellerische Konzeption mit den Regeln der literarischen Warenfabrikation in Konflikt. Zum Glück überwiegt der aus dem Stoff natürlich erwachsende Reichtum an Spannung und Abenteuer die künstlichen Zutaten, die insbesondere zur Schürzung des die verschiedenen Handlungsfäden vereinigenden zentralen Knotens benötigt wurden.

Zu den Schwächen der nach bewährten Rezepten allzu schematisch konstruierten Fabel gesellen sich Talmibestandteile in der Personenbeschreibung. Im Gegensatz zu seinen hervorragend originalen Naturschilderungen bietet Clarke hier gelegentlich an Stelle eigener Prägungen stilistische Scheidemünzen an, die man um so leichter entdeckt, als sie abgegriffen sind. Bis zu einem gewissen Grade wird davon auch die Charakterzeichnung betroffen; vor allem hat die Süßlichkeit der konventionellen viktorianischen Heroine, wie wir sie nicht nur bei zweitrangigen Schriftstellerinnen wie Ellen Wood und Charlotte Yonge, sondern fast ebenso bei Dickens und Tennyson antreffen, merklich auf die leidende Heldin Sylvia abgefärbt, ohne freilich die menschlich ergreifende Substanz dieser positiven Gestalt zu zerstören.

Es ist nicht wohl angängig, über solche und ähnliche Mängel hinwegzusehen; unrecht wäre es aber, den Blick darauf zu konzentrieren und wegen einiger Schlacken die Lauterkeit des epischen Werkes anzuzweifeln oder gering einzuschätzen. Clarke war keineswegs nur ein wendiger Journalist: Es drängte ihn, dem eigenen Erleben dichterischen Ausdruck zu geben, die dokumentarische Wahrheit mit den Mitteln der Phantasie lebendig werden zu lassen und sich ein tiefes menschliches Anliegen von der Seele zu schreiben.

Dabei kam ihm seine ungemeine Belesenheit sehr zustatten; denn wenn sie ihn auch zu Anleihen bei minder nachahmenswerten Autoren verleitete, so konnte er andererseits und in weit stärkerem Maße an die besten Traditionen der englischen Romankunst und an französische Vorbilder anknüpfen. Der Einfluß Daniel Defoes (1660?–1731) ist unverkennbar, desgleichen die Anklänge an Tobias Smollet, der in »Roderick Random« (1748) mit kommentarloser Unerbittlichkeit den Dienst in der englischen Kriegsmarine geschildert und Sadisten vom Schlage des Hauptmanns Frere gestaltet hatte. Henry

Fieldings »Jonathan Wild« (1743) stand offensichtlich Modell für den Hehler Mr. Blicks. (Es ist interessant, daß sich Clarke mit deutlicher Anspielung auf Fagin im »Oliver Twist« von der herkömmlichen Kennzeichnung dieses Typus als Juden distanziert und ihn zum strenggläubigen Christen und hochachtbaren Kaufmann macht, als welcher er ja dann auch in Bertolt Brechts »Dreigroschenroman« figuriert.) Das Mitleid mit den Opfern widriger Umstände, eine sozial gefärbte Wegelagerromantik und die Anklage gegen die Klassenjustiz finden sich bei William Godwin in »Caleb Williams« (1794) vorgezeichnet. Enger noch sind die Beziehungen zu Edward Lytton Bulwers freilich weniger klassischem Roman »Paul Clifford« (1830), dessen Tendenz sich speziell gegen die demoralisierenden Auswirkungen des Strafvollzugs richtete. In der Vorrede beruft sich Marcus Clarke ferner auf Victor Hugo (1802–1885). Am bewußtesten hat er wohl dem »allwissenden Balzac«, wie er ihn an einer Stelle nennt, nachgeeifert. Bei einigen Kapiteln endlich scheint Edgar Allan Poe (1809–1849) Pate gestanden zu haben.

Die klar zu ziehenden vielfältigen Verbindungslinien kennzeichnen Clarke nicht etwa als bloßen Kopisten und Kompilator; sie bestätigen eher die in Goethes »Tasso« ausgesprochene Erkenntnis: »Was wir sind, das sind wir andern schuldig.« Handelt es sich doch in allen diesen Fällen um die Übernahme fruchtbarer Anregungen und um eine wirklich schöpferische Aneignung des literarischen Erbes zur besseren Bewältigung der selbstgestellten Aufgabe. Es sind die Wurzeln, aus denen ihm Kraft zuströmt.

In besonderer Weise zeigt sich Marcus Clarke in »Lebenslänglich« zwei nur wenig älteren englischen Zeitgenossen verpflichtet, William Wilkie Collins (1824–1889) und Charles Reade (1814–1884). Collins, der Freund und Mitarbeiter von Charles Dickens, brillierte vor allem in der Erfindung verwickelter und geheimnisvoller Zusammenhänge und deren allmählicher Enträtselung. Seine in ihrer Art meisterhafte Spannungstechnik machte Schule und hinterließ deutliche Spuren sowohl in den Spätwerken von Dickens als auch beim frühen Thomas Hardy. Der englische Typus des Kriminalromans geht im wesentlichen auf Collins zurück, der ein großer Könner war. In der Tendenz, an Stelle des lebendigen Wechselspiels von Charakter und Umwelt das Hauptgewicht auf die Konstruktion des Handlungsgerüstes zu legen, drückt sich freilich eine gewisse Kommerzialisierung aus. Wie bereits angedeutet, gereichte die Einspannung in einen nach obligaten Normen fabrizierten Rahmen auch Clarkes Roman nicht zum Vorteil. Immerhin lieferte ihm Collins in dem zum Teil in Australien spielenden »Lebenslauf eines Gauners« (A Rogue's Life, 1855) das Modell für die breit angelegte Episode um den Fälscher Rex und Sarah Purfoy. Die Schilderung des Sträflingsdaseins fehlt in dieser Vorlage.

Das Zuchthausmilieu darzustellen, machte sich Charles Reade zur Aufgabe. Sein Roman »Zur Umkehr ist es nie zu spät« (It Is Never Too Late to Mend) erregte 1856 berechtigtes Aufsehen, zumal die Darstellung auf Fakten beruhte, die der Autor durch sorgfältiges Studium der Verhältnisse in englischen Strafanstalten ermittelt hatte. Darin führt ein Gefängnisgeistlicher (mit welchem der Kaplan North manche Züge gemein hat) einen lange Zeit erfolglosen Kampf gegen das behördlich sanktionierte System der »Erziehung« mittels Dunkelarrestes und Auspeitschung. Alle Beschwerden werden nach routinemäßiger Überprüfung niedergeschlagen; aufzumerken beginnt man erst, als ein gefolterter Knabe sich aus Verzweiflung in seiner Zelle erhängt hat. Die entsprechende

Szene bei Clarke im 21. Kapitel des dritten Buches, wo zwei Zwölfjährige als einzigen Ausweg aus dem Martyrium den Freitod wählen, ist selbstverständlich keine literarische Entlehnung, sondern ein Ausschnitt aus derselben Wirklichkeit, die in den australischen Sträflingslagern noch schrecklicher in Erscheinung trat.

Clarke folgte Reade vor allem in der Methode der exakten Dokumentation, wie sie unter dem Einfluß des Positivismus Comtes ferner zum Beispiel von Dickens in »Harte Zeiten« (1854) und von George Eliot in »Romola« (1863) angewendet wurde. War es Reades Ehrgeiz, die Richtigkeit kleinster Details in seinen Romanen an Hand einer riesigen Kartei jederzeit nachweisen zu können, so tat es ihm Clarke in dieser Beziehung nahezu gleich. Die Absicht korrekter Information äußert sich am auffälligsten in eingeschobenen Kapiteln und Abschnitten, in denen die Erzählung durch geographische Beschreibung und naturwissenschaftliche Berichterstattung abgelöst wird — dies übrigens ein gemeinsames Merkmal der frühen australischen Literatur. Tatsachenmaterial finden wir aber auch sonst allenthalben eingestreut. Selbst die Vorgeschichte der Familien Devine und Wade ist, soweit es irgend angeht, mit historischen Belegen untermauert. Als um so verläßlicher sind die Einzelheiten aus der Sträflingsmisere zu bewerten. Die Häufung der Greuel in »Lebenslänglich« ist alles andere als Sensationsmache und keine Ausgeburt einer morbiden Phantasie. Zudem trägt die psychologisch überzeugende Erfassung des Prozesses der Entmenschlichung unter unmenschlichen Bedingungen den Stempel der Wahrheit.

Obwohl der Held unter dem Aspekt des edelbürtigen Gentlemans gesehen und bisweilen ein wenig zu betont als »unter Larven die einzig fühlende Brust« hingestellt ist, wird dennoch der Eindruck vermieden, daß es sich bei seinen Leidensgenossen ausschließlich um Schwerverbrecher handele. Es sind vielmehr, den historischen Fakten entsprechend, in der Mehrzahl bettelarme Schelme, Landarbeiter und Wilderer, die wegen geringfügiger Eigentumsvergehen Opfer drakonischer Besitzerparagraphen geworden waren. Allein zwischen 1827 und 1830 wurden mehr als 8 500 Männer und Jungen des Wilddiebstahls überführt und zu einem großen Teil nach Australien deportiert. Die von Clarke mehrmals mit bitterem Hohn so genannte zivilisierte Gesellschaft ließ diese Armen schuldig werden und machte unglückliche Menschen durch grausame Knechtschaft zu Desperados oder geduckten Tieren.

Es gibt mitleidige Seelen in Clarkes Roman, die das Los der Verdammten gern lindern möchten; humane Regungen vermögen jedoch gegen das System nichts auszurichten. Besonders klar wird das am Beispiel des Hauptmanns Vickers. Manchmal zwar fragt er sich, »ob man mit Güte nicht weiterkäme als mit Ketten und der neunschwänzigen Katze«; aber wider den Stachel zu löcken hieße ja gegen seine Interessen verstoßen. So hält er sich an die Vorschriften und gelangt durch Umsicht zu Ansehen und Wohlstand. Auf seinen wohlfeil erworbenen Ländereien beschäftigt er Sträflinge als billige Arbeitskräfte. Er ist eine Stütze der Gesellschaft — honoriger Nutznießer eines ihm innerlich widerstrebenden Systems. Diesen typischen Widerspruch in seinem Charakter hat Clarke mit feiner Ironie herausgearbeitet. Eine ähnliche Zwielichtigkeit beobachten wir im Verhalten des Schiffsarztes Dr. Pine.

Das Schicksal des Rufus Dawes, gegen den sich alle Mächte des Bösen verschworen zu haben scheinen, entspricht vielleicht nicht in allen Punkten den Anforderungen der Wahrscheinlichkeit. Die verhängnisvolle Gedächtnislücke Sylvias etwa mag als hergeholte Zufälligkeit anmuten. Indessen bezeichnen solche Tücken des Geschicks, die bei Thomas Hardy zur gleichen Zeit nicht von ungefähr zum Grundbestandteil einer Weltanschauung werden, in einem tieferen realistischen Sinne das Ausgeliefertsein des Menschen an feindliche Kräfte, die außerhalb seiner Kontrolle liegen. Drückt sich diese Erkenntnis auch in metaphysischen Konzeptionen aus, so ist doch ihre Ableitung aus der Realität der Klassengesellschaft wahrzunehmen, wo der einzelne Entrechtete in aussichtslosem Kampf gegen eine Phalanx der Selbstgerechtigkeit steht.

In dem Begriff der Selbstgerechtigkeit ist die Auffassung enthalten: Was recht ist, bestimmen wir. Nach dieser Maxime handeln Frere und Burgess ohne Scham. Kaum minder abstoßend, nur mit einem Beigeschmack von Lächerlichkeit, präsentiert sich die scheinheilige Form der Selbstgerechtigkeit, als deren Hauptvertreter der salbungsvolle Reverend Meekin gelten kann. Der Pharisäer ist im zeitgenössischen englischen Roman des öfteren gezeichnet worden; an den Schriftgelehrten wagte man sich nicht heran. Nirgends sonst begegnen wir vor Samuel Butlers »Der Weg alles Fleisches« (1903) einem solchen Pecksniff im geistlichen Gewande. Die den typischen Eigenschaften beigefügten individuellen Züge lassen vermuten, daß diese Figur nach dem Leben gezeichnet wurde. Meekin nahe verwandt ist der den kolonialen Honoratioren verkörpernde Bürger Mr. Pounce, der sich im Brustton der Überzeugung zu dem gotteslästerlichen Zynismus versteigt, die Vorsehung hätte die Insel zur Strafkolonie bestimmt!

Die moralisierende Scheinfrömmigkeit der respektablen Leute erfüllt den Verfasser mit Abscheu. Seine starke Religiosität empört sich gegen Christen, die ihrer Pflicht genügt zu haben meinen, wenn sie die Kinder in Point Puer das Glaubensbekenntnis herunterleiern lassen, und die doch das Gebot der Nächstenliebe an diesem Ort des Schreckens täglich mit Füßen treten. Die beiden Kaplane Meekin und North verhalten sich zueinander wie der Gerechte in der Bibel zu dem Sünder, der Buße tut; aber dem Bischof ist Meekin wohlgefälliger. North ist in seiner selbstquälerischen Zerrissenheit der komplizierteste Charakter des Romans. Seine Tagebuchaufzeichnungen wirken als Bekenntnis fast authentisch. Man spürt, wie sich darin Dichtung und Wahrheit begegnen. Obgleich von einem Selbstporträt oder einer Lebensbeichte nicht gesprochen werden kann, vermittelt uns Marcus Clarke in jenen Kapiteln eine Ahnung von den zehrenden Konflikten in seiner eigenen Brust. Wir empfinden: Hier spricht ein Mensch, der selbst tragische Tiefen ausgelotet hat. Sein Roman ist – ungeachtet des nicht auszusondernden groben Beiwerks – mit Herzblut geschrieben.

Clarkes Schilderung der furchtbaren Kehrseite der kapitalistischen Zivilisation erfaßt typische Zustände in Australien zwischen 1827 und 1846. Sie ist trotzdem nicht überholt. Denn wenn auch die damaligen lokalen Erscheinungsformen abgelöst worden sind, so ist das dahinterstehende Prinzip der Brutalität der Gesellschaftsordnung im Monopolkapitalismus nur noch schärfer hervorgetreten. In mehr als einer Hinsicht waren die Strafkolonien die Vorläufer der faschistischen Konzentrationslager. Sie waren es auch insofern, als zu den Deportierten eine nicht geringe Zahl politischer Gefangener gehörte – namentlich irische Aufständische von 1798 und Führer der Chartistenbewegung der 1840er Jahre –, eine Tatsache, die Clarke nicht einmal am Rande erwähnt hat, da seine Kritik bei aller Schärfe doch durch klassenbedingte Hemmungen in bestimmten Grenzen gehalten wurde. Er mochte als Bürger des 19. Jahrhunderts glauben, daß es innerhalb des bestehenden Systems möglich sei, nicht nur humanitäre Reformen, sondern darüber hinaus das Postulat der Menschlichkeit durchzusetzen, und ahnte wohl kaum, wie stark seine Erfassung der Wirklichkeit ans Grundsätzliche rührte. Dies zu erkennen fällt dem heutigen Leser nach weiteren acht Dezennien kapitalistischer Entwicklung leichter. Man fühlt und begreift die Wesensverwandtschaft der Hölle von Macquarie Harbour oder Norfolk Island mit dem Inferno imperialistischer Kriege und versteht die Aussage des Buches in einem weiteren Sinne, als der Verfasser es selbst beabsichtigte.

Anselm Schlösser

ANMERKUNGEN

S. 5   *Charles Reade* — englischer Anwalt und Schriftsteller (1814—1884), der in zahlreichen Pamphleten und Artikeln sowie in seinen mehr als zwanzig Romanen das Gewissen der englischen Nation gegen die grausamen Mißstände in den Strafanstalten wachzurufen versuchte

S. 10 *Pellew, Parker, Nelson und Hood* — die berühmten englischen Seefahrer und Flottenbefehlshaber Edward Pellew (1757—1833), Hyde Parker (1739—1807), Horatio Nelson (1758—1805) und Samuel Hood (1724—1816)

S. 11 *Gilbert und Raleigh* — Sir Humphrey Gilbert (1537—1583) fuhr 1578 nach Westindien, um dort eine überseeische Kolonie zu gründen. Der später als Dichter und Staatsmann berühmt gewordene Sir Walter Raleigh (1552?—1618) nahm an der Expedition teil
Mendoza-Affäre — das Geschehen um Anna de Mendoza (1540—1592), Frau des Fürsten von Eboli. Anna wurde die Geliebte Philipps II. und seines Ministers Pérez. Eine Intrige führte 1579 zur Aufdeckung ihres Doppelspiels und endete in einem großen politischen Skandal
Pepys — Samuel Pepys (1633—1703), Sohn eines Londoner Schneiders, der zum Sekretär der Admiralität avancierte und durch sein in selbsterfundener Kurzschrift abgefaßtes Tagebuch berühmt wurde
Horace Walpole — englischer Schriftsteller (1717—1797)

S. 14 *Bow Street* — Straße in London, in der das städtische Polizeigericht liegt

S. 17 *Vandiemensland* — der bis 1853 gültige Name für Tasmanien

S. 34 *Jacques Callot* — französischer Zeichner und Radierer (1592—1635), bekannt durch seine Darstellungen aus dem Leben der Bettler, Zigeuner und Söldner

S. 35 *»Krähe«* — derjenige, der bei einem Einbruch Schmiere steht
Cockney — Spitzname für Bewohner der Londoner Innenstadt

S. 87 *Paul und Virginie* — die 1787 veröffentlichte Erzählung des Rousseau-Schülers Bernardin de Saint-Pierre (1737—1814)
Blairs Predigten — Hugh Blair (1718—1800), schottischer Geistlicher, wurde 1761 Professor der Rhetorik in Edinburgh. Seine »Predigten« (5 Bde.,

1777–1801) erlangten als Musterbild aufklärerischer Kunstprosa »eine autoritative Berühmtheit« (Helene Richter)
Tom Jones – der 1749 erschienene Roman des englischen Schriftstellers Henry Fielding (1707–1754)

S. 100 *»dehnen« zu lassen* – ein unter Sträflingen üblicher Ausdruck, der bedeutet, daß man den runden Ring der Fußfessel zu einem Oval biegt, aus dem die Ferse herausgezogen werden kann

S. 162 *ein zweiter Sir Oracle* – vgl. Shakespeare, »Der Kaufmann von Venedig«, Akt I, Sz. 1, Z. 93: »Ich bin Sir Oracle, Tu' ich den Mund auf, rühr' sich keine Maus.«

S. 221 *Béranger* – Jean Pierre de Béranger (1780–1857), volkstümlicher französischer Dichter
Sancho Pansas Insel – Die Hofgesellschaft, die im 2. Buch des »Don Quijote« den Ritter von der traurigen Gestalt in aller Feierlichkeit foppt, macht seinen Knappen Sancho Pansa zum Statthalter der nicht existierenden Insel »Barrataria«

S. 235 *Doktor Johnson* – Samuel Johnson (1709–1784), Kritiker, Moralist, Lexikograph und Dichter; bedeutendster Vertreter der englischen Aufklärung in ihrer Spätzeit.
Das Zitat aus Crokers Buch ist entweder der Biographie »Das Leben Johnsons« (1791) von James Boswell (1740–1795) entnommen, die John Wilson Croker (1780–1857) herausgab (1831), oder dem von ihm gleichfalls vorgelegten »Johnsoniana« (1836)
Pierce Egan – Schriftsteller und Journalist (1772–1849), bekannt als Autor eines der frühen Werke über den Boxsport: »Boxiana; oder Betrachtungen über den klassischen und modernen Faustkampf« (5 Bde., 1815–1819)
Shelley – Percy Bysshe Shelley (1792–1822), bedeutendster englischer Dichter der Romantik

S. 254 *Beshdellamare* – Bêche-de-la-mer (Meerestiere der australisch-chinesischen Gewässer)

S. 264 *Virgils Dares* – der in der »Äneis«, Virgils (70–19 v. u. Z.) römischem Nationalepos, in Buch 5, Zeile 369 ff. auftretende Faustkämpfer

S. 287 *König Midas* – Nach sagenhafter Überlieferung verlieh der beleidigte Apollo dem Midas Eselsohren, weil dieser in einem Sängerwettstreit zwischen Apollo und Pan letzterem den Preis zuerkannte. Sein Gebrechen suchte Midas vor seinen Mitmenschen zu verbergen. Nur sein Barbier bemerkte diese langen Ohren und vertraute in seiner Ratlosigkeit das Geheimnis dem Schilfrohr an. (Marcus Clarke überträgt die Rolle des Barbiers der Frau des Midas.)

S. 292 *Tennyson* — Alfred Tennyson (1809–1892), englischer Dichter
Burton, der Gott und die Welt zitiert — Gemeint ist Robert Burtons (1577–1640) »Anatomie der Melancholie« (1621)

S. 293 *Quelle Bandusia* — Die von Horaz (65–8 v. u. Z.) gepriesene Quelle befand sich auf seinem Gut im Sabinerland
fons Bandusiae splendidior vitreo — Die Quelle Bandusia, die klarer ist als Kristall

S. 309 *»Sommereiland Edens im purpurdunklen Kreis des Meeres«* — Dieses Zitat ist Tennysons (vgl. Anm. zu S. 292) Gedicht »Locksley Hall« (Z. 164) entnommen
Philoktet — das 409 entstandene Drama des Sophokles (496–406 v. u. Z.)

S. 315 *Grinling Gibbons* — englischer Bildhauer und Holzschnitzer (1648–1720)

S. 318 *Rabelais* — François Rabelais (1494–1553), berühmter französischer Gelehrter und Schriftsteller; »Pantagruel« und »Gargantua« (zwischen 1533 und [postum] 1562 erschienen). Rabelais greift hierin auf Formelemente aus Schwank, Volksbuch, Fabel, Abenteuer- und Ritterroman zurück und hüllte sie in ein eigenwillig krauses sprachliches Gewand, in dem Worthäufung, Wortspiel, Aufzählung und rhetorische Kunststückchen nur einen kleinen Teil eines unerschöpflichen, oft recht derben Humors darstellen. Den erhabenen ethischen Kern dieser beiden Werke bildet die Botschaft von einem neuen humanistischen Bildungsideal, das der streitbare Dichter dem sterbenden Feudalismus, der scholastischen Ideologie und deren reaktionären Vertretern in Kirche und Gesellschaft entgegenhält

S. 319 *»Le grand écueil est le ridicule«* — Die große Klippe heißt Lächerlichkeit

S. 320 *Minotaurus* — ein Wesen, das halb Mensch, halb Stier ist

S. 338 *Circe* — im griechischen Mythos die giftmischende und zauberkundige Tochter des Helios

INHALT

Vorrede des Autors 5
Prolog 7

ERSTES BUCH: DAS MEER. 1827

1. Das Gefangenenschiff 15
2. Sarah Purfoy 21
3. Die Eintönigkeit hat ein Ende 27
4. Das Krankenrevier 29
5. Der Käfig 33
6. Das Schicksal der *Hydaspes* 38
7. Typhusfieber 45
8. Eine gefährliche Krise 51
9. Die Waffen einer Frau 56
10. Acht Glasen 60
11. Entdeckungen und Geständnisse 66
12. Eine Zeitungsnotiz 69

ZWEITES BUCH: MACQUARIE HARBOUR. 1833

1. Topographische Beschreibung von Vandiemensland ... 71
2. Der Einsame vom Höllentor 73
3. Ein geselliger Abend 75
4. Der Ausreißer 83
5. Sylvia 86
6. Ein Sprung ins Dunkle 89
7. Abschied von Macquarie Harbour 94
8. Die Macht der Wildnis 98
9. Die Eroberung der *Osprey* 103
10. John Rex' Rache 107
11. Am Höllentor ausgesetzt 112
12. »Mr.« Dawes 121
13. Eine Offenbarung 128

14. Ein erfolgreicher Tag 131
15. Das Coracle 136
16. Die Schriftzeichen im Sand 142
17. Auf hoher See 145

DRITTES BUCH: PORT ARTHUR. 1838

1. Ein Arbeiter im Weinberg des Herrn 151
2. Sarah Purfoys Forderung 161
3. Die Geschichte zweier Raubvögel 169
4. Der berüchtigte Dawes 175
5. Maurice Freres guter Engel 181
6. Mr. Meekin spendet Trost 185
7. Rufus Dawes' Idyll 189
8. Flucht 192
9. John Rex' Brief in die Heimat 195
10. Die Abenteuer der Meuterer 202
11. Ein Andenken an Macquarie Harbour 211
12. In Port Arthur 213
13. Der Butler des Kommandanten 217
14. Das Leiden des Mr. North 220
15. Hundert Peitschenhiebe 227
16. Einer, der wider den Stachel löckt 231
17. Hauptmann Frere und Frau 234
18. Im Hospital 238
19. Die Tröstungen der Religion 240
20. Eine »natürliche Besserungsanstalt« 242
21. Eine Inspektionsreise 245
22. Der Plan nimmt Gestalt an 252
23. Spießrutenlaufen 261
24. Im Dunkel der Nacht 265
25. Die Flucht 270
26. Das Werk des Meeres 273
27. Im Tal des Todesschattens 281

VIERTES BUCH: NORFOLK ISLAND. 1846

1. Auszüge aus dem Tagebuch des Reverend James North 287
2. Der verlorene Erbe 296
3. Auszüge aus dem Tagebuch des Reverend James North 304
4. Eine Überraschung für Mr. Richard Devine 313
5. Der Herzanfall des Kaplans 317
6. Eines Mannes Starrsinn wird gebrochen 322

7. Auszüge aus dem Tagebuch des Reverend James North 325
8. Der längste Strohhalm 328
9. Eine Begegnung 332
10. Auszüge aus dem Tagebuch des Reverend James North 337
11. Das seltsame Verhalten des Kaplans 340
12. Mr. North spricht 344
13. Der Aufbruch 348
14. Die Entdeckung 355
15. Fünfzehn Stunden 359
16. Die Sühne 361
17. Der Zyklon 365

Epilog 370
Nachwort 371
Anmerkungen 377

ISBN 3-353-00448-3
17. Auflage 1990 (6. Auflage Broschur)
© Verlag Volk und Welt, Berlin 1958
(deutschsprachige Ausgabe)
L. N. 302
Printed in the German Democratic Republic
Alle Rechte vorbehalten
Einbandentwurf: Dieter Heidenreich
Gesamtherstellung: (140) Druckerei Neues Deutschland
LSV 7331
Bestell-Nr. 647 631 1